KB069762

존 치버의 일기

THE JOURNALS OF JOHN CHEEVER
by John Cheever

이 도서의 국립중앙도서관 출판예정도서목록(CIP)은
서지정보유통지원시스템 홈페이지(http://seoji.nl.go.kr)와
국가자료종합목록 구축시스템(http://kolis-net.nl.go.kr)에서 이용하실 수 있습니다.
(CIP제어번호: CIP2016001025)

존 치버의 일기

THE JOURNALS OF

존 **치버** 지음
박영원 옮김

문학동네

아버지는 1982년 6월 18일에 돌아가시면서 다듬어지지도, 출판되지도 않은 방대한 작품을 (당신의 일기에) 남기셨다. 일기는 필요에 따라 종이를 끼웠다 뺐다 할 수 있는 29권의 공책에 쓰여 있었는데 이를 토대로 로버트 고틀립이 손질해 내놓은 것이 여기에 실린 글이다.

일기의 일부가 『뉴요커』지에 실렸을 때 내가 아는 사람들 대부분은 열광적인 반응을 보였지만 몇 명은 그 내용을 읽고 상처받거나 당황하기도 했다. 일기에 관해 내게 얘기를 꺼냈던 이들은 두 가지 의문을 갖고 있었다. 존 치버는 정말로 그 글들이 출판되기를 원했을까? 만약 원했다면 이유는 무엇인가?

나도 공감이 가는 고민이다. 난 일기의 일부분을 읽으면서 말로 표현할 수 없는 고통을 겪었다. 하지만 아버지는 당신의 일기가 출판되기를 원하셨다. 내가 이렇게 말할 수 있는 것은 아버지가 내게 직접 말씀하신 적이 있기 때문이다. 그리고 그 이유도 알 것 같다.

애초 일기는 출판을 염두에 두고 쓰이지 않았다. 그것들은 당신의 소설을 위한 연습장이었다. 또한 당신의 인생을 위한 연습장이기도 했다. 아버지는 작은 공책을 한 권 구입한 다음 공책이 다 채워지면 또 한 권의 공책을 사들였다. 사용중인 공책은 아버지의 책상 위나 그 근처에서 발견할 수 있었다. 그렇게 일렬로 한데 늘어선 공책들은 아버지가 단편소설이나 장편소설을 쓸 때 사용했던 일반적인 공책, 즉 노란색의 커다란 공책들과는 쉽게 구별이 가능했다.

비록 곳곳에 대문자들이 보이고 오타가 많으며 줄을 죽죽 그어놓는 등 아무렇게나 휘갈기긴 했어도 내용을 알아볼 순 있었기 때문에 이는 커다란 유혹일 수밖에 없었다. 우린 그 공책들을 읽어서는 안 되었다. 아버지의 정확한 명령이 무엇이었는지 기억나진 않지만 읽으면 안 된다는 것은 확실했으며 그것도 강력한 경고의 형태를 띠었다.

그러므로 아버지가 그 글들의 출판 가능성을 처음으로 암시했을 때 난 놀라지 않을 수 없었다. 그때가 1979년 12월이었다. 나는 첫 아내를 떠나 부모님과 함께 있기 위해 고향으로 돌아왔다. 난 아주 기쁜 마음으로, 심지어 조금은 의기양양하게 집으로 왔다. 나중에야 아버지의 일기를 통해 아버지의 심정이 복잡했음을 알게 됐다. 아버지의 글은 이러했다. "아들 벤이 아주 망가진 채로 한 피정避靜* 장소에서 일주일을 보낸 뒤, 며느리를 떠나 토요일 아침에 집으로 왔다, 고작 몇 시간 정도만 머물다 가겠지만."

며칠 후 아버지는 내가 오랫동안 머물게 되리란 사실을 받아들이셨다. "아들이 여기에 있다. 우리는 서로를 잘 모른다. 그리고 우린 앞으로도 서로를 결코 알 수 없을 운명이라는 것이 내 생각이다. 우스운 일이지만 난 아들이 변기 물을 잘 내리지 않는다는 점을 알게 됐다. 아들은 내가 코를 곤다는 사실을 알게 됐다. 또다른 아들이 내일 돌아온다. 그 아들에 대해서는 더 잘 알고 있다고 생각하지만 이도 두고 봐야 알 일이다." 그리고 약간 유감스럽다는 듯 이렇게 덧붙였다. "자녀들을 사랑하는 일들 중 하나는 자녀들과 헤어지는 것이다."

나는 몇 달 정도 머물렀다. 아버지는 차츰 나와 함께 있는 순간을 즐기는 듯이 보였다. (아버지 일기에 내가 '사랑하는 아들'로 다시 언급되기 시작한 것이다.) 우리는 많은 대화를 나눴다. 아버지께서는 당신의 일기에 대해 말씀하고 싶어하셨다. 그리고

---

* 가톨릭에서 피정이란 세상을 떠나 영혼을 맑게 하는 활동을 뜻한다.—이하 각 주는 모두 옮긴이 주.

일기장들을 두 묶음으로 정리해 여러 유명한 도서관에 보냈다. 난 놀랍기도 하고 한편으론 부럽기도 했다. 아버지는 도서관 사서들이 혹시 분개하진 않았는지 알고 싶어하셨다. 사서들이 실제로 그랬는지 나로선 모르는 일이나 어쨌든 그들의 반응이 아버지에게는 실망스러우셨던가보다. 어느 정도 시간이 지난 뒤 보냈던 일기장들을 회수하셨기 때문이다.

아버지는 당신의 일기가 문서로서 가치가 있는지 궁금하다고 내게 분명히 말했다. 그리고 이에 대한 내 생각을 반복적으로 물어왔다. 난 모르겠다고 말했다. 또 아버지가 쓰신 글이라면 흥미로우리라 생각한다고, 하지만 한 번도 읽어본 적이 없으므로 판단이 서지 않는다고 대답했다.

1월의 어느 날 밤, 아버지는 내게 공책 한 권을 주셨다. 그리고 읽어줄 수 있는지 물으셨다.

우리는 식당에 있었다. 난 의자에 앉아 아버지가 주신 일기를 읽기 시작했다. 아버지 역시 그런 나를 의자에 앉아 지켜봤다. 그리고 내 생각이 어떤지 물어왔다. 난 흥미로운 글이라 생각한다고, 아름답게 쓰인 글이라 생각한다고 대답했다. 아버지는 더 읽어보라고 하셨고 이에 난 좀더 읽어나갔다. 어느 순간 고개를 들어보니 아버지는 울고 계셨다. 흐느끼진 않았지만 눈물이 볼을 타고 흘러내렸다. 난 아무 말도 하지 않았다. 그리고 다시 일기를 읽어나갔다. 또 고개를 들었을 때 아버지는 다소 진정된 듯 보였다.

난 글이 마음에 든다고 말했다.

아버지는 당신이 죽기 전까지는 그 일기들이 출판될 수 없으리라 생각한다고 말했다.

난 아버지의 말에 동의했다.

아버지는 책이 출판되면 나머지 가족들이 힘들어할 것이라 했다.

난 감수할 수 있으리라 생각한다고 말했다.

아버지는 내가 그 글을 정말 흥미롭게 생각하는지 알고 싶어하셨다.

난 젊은 작가들은 분명 흥미를 가질 거라고 대답했다. 이어 일기가 출판되길 원하느냐고 묻자 아버지는 미소를 지었다. 아버지는 그와 같은 가능성에 기뻐하는 것 같았다.

이후 몇 주 동안 우린 이를 주제로 자주 얘기를 나눴다. 아버지는 내가 정말 흥미를 느끼는지 계속 물어왔고 난 그렇다고 계속 대답했다.

그렇게 시간이 지나고 얼마 후 일기들을 읽어도 좋다는 허락이 떨어졌다. 난 그렇게 했다. 하지만 재미있진 않았다. 일기 속의 아버지는 여기 손님방이 내 방이었던 시절과는 달리 그렇게 재치 있고 매력적인 인물이 아니었다. 일기의 내용은 침울한데다 자주 천박했다. 일기엔 동성애에 관한 내용이 아주 많았다.

난 이를 이해할 수 없었는데 어쩌면 이해하고 싶지 않았을 수도 있다. 일기에 내가 거의 언급되고 있지 않다는 점 역시 나를 놀라게 했다. (아마도 남의 이목을 끌고 싶다는 열망을 갖게 만드는 식의 대우는 받지 않으셨던) 어머니를 제외하곤 우리 가족들 중 누구도 거의 등장하지 않는다는 점이 나로선 놀라웠다.

이는 다음과 같은 두번째 질문으로 이어진다. 왜 모든 이들이 아버지의 글이 출판되기를 원할까?

1979년 무렵에 나의 아버지 존 치버는 문단의 존경받는 원로가 되어 있었다. "나는 상표처럼 돼버렸어." 아버지는 말씀하시곤 했다. "콘플레이크나 시리얼처럼 말이야." 아버지는 이런 당신의 지위를 즐기시는 것처럼 보였다. 그리고 당신의 일기가 출판되면 이런 상황이 바뀌게 될 거라고 우려하셨음에 틀림없다. 대중에게 비치는 당신의 이미지는 고풍스러운 농가에 살면서 사냥개를 키우는 예의바른 영국 신사였다. 아버지는 나중에 인생의 또다른 면을 솔직히 표현한 작품들을 발표했지만 그와 같은 관심이 순전히 지적인 차원에서의 접근이었음은 충분히 상상할 수 있었다. 아버지가 지니고 있었던 양성애적인 면을 아는 사람은 거의 없었다. 극소수의 사람들만이 아버지가 지녔던 그와 같은 배반의 범위를 알고 있었을 뿐이다. 아버지 내면의 인생에 깃들어 있던 분명한 절망을, 아버지의 통찰력에 담겨 있던 냉소적인 본성을 예상했던 사람은 거의 없었다. 하지만 아버지가 콘플레이크가 되는 일에 큰 관심을 가졌다곤 생각하지 않는다. 아버지는 아침식사 메뉴인 콘플레이크이기 이전에 작가였다. 아버지는 또 한 남자이기 이전에 작가였다.

놀라운 재능을 가진 많은 작가들도 메모나 편지를 쓸 때는 긴장을 늦추고 방심하기 마련이라 궁색하게 진부한 표현을 쓰는 등 우리처럼 실수를 범하곤 한다. 하지만 아버지의 경우에는 이런 일이 없었다. "사무적인 편지조차 쓰기를 두려워하는 사람들이 있어. 자기 자신의 정체와 직면하고 이를 드러내게 되기 때문이지." 아버지는 경멸 조로 이렇게 말씀하시곤 했다. 이제 난 아버지가 경멸하던 대상이 바로 당신 자신이었음을 알고 있다. 아버지는 당신의 정체와 마주하지 않고서는 엽서 한 장도 쓸 수 없었다. 하지만 어쨌든 아버지는 엽서를 썼다. 당신의 정체와 마주하고 이를 변형시켰으며 그리하여 우린 그토록 많은 엽서들을 갖게 된 것이다.

아버지는 진정한 작가가 수행해야 할 역할에는 고상함과 실용성이 동시에 포함된다고 보았다. 아버지는 문명을 나타내는 첫번째 징후들 중 하나가 문학이었다고 말씀하시곤 했다. 또 한 편의 아름다운 글은 우울증을 치료할 수 있을 뿐 아니라 두통까지 낫게 할 수 있다는 말씀도 하셨다. 다른 위대한 치유자들과 마찬가지로 아버지는 당신 자신에 대한 치료도 염두에 두고 있었던 것이다.

인생의 많은 시간들을 아버지는 외로움에 시달렸고 그것도 아주 지독히 시달렸던 탓에 사실상 외로움을 신체적 질병과 구별할 수 없는 지경에까지 이르렀다. "아, 내가 맛보는 외로움이여." 아버지는 1979년 초에 이렇게 썼다. "내가 앉아 있는 의자, 방, 집 등 그 무엇도 내겐 중요하지 않다. 헤밍웨이를 생각해본다. 그의 작품에서 우리가 기억하는 것은 하늘의 색깔이라기보다 외로움이라는 절대적인 미각이다. 사실 내가 생각하기에 외로움은 절대적이지 않지만 그 외로움의 맛은 다른 무엇보다 강렬하다. 진지한 작가가 되고자 애쓰는 것은 무척이나 위험한 진전이라고 생각한다."

아버지는 글을 통해 외로움에서 탈출하고 타인으로부터의 고립을 떨쳐버리려 하셨던 것이다.

한 남성 독자로부터 감사의 편지를 받은 적이 있다는 말을 언젠가 아버지에게서 들은 적이 있다. 아버지의 소설 중 코벌리 왑샷*이 말과 섹스하는 꿈을 꾸는 장면이 나오는데 이를 읽고 보내온 독자의 편지였다. 그 대목이 아버지를 따르는 이 추종자를 근심에서 해방시켜줬다고, 외로움을 달래줬다고 했다. 그 편지는 아버지를 굉장히 기쁘게 했다. 그리하여 아버지는 일기를 쓰으

---

* 『왑샷 가문 연대기』에 나오는 등장인물.

로써 다음과 같은 과정을 지속하려 했다. 즉 일기를 통해 타인들에게 그들의 생각이 터무니없는 것이 아님을 알려주려 했던 것이다. 아버지는 좋은 작품을 남기겠다는 의도로 일기를 썼지만 동시에 이처럼 선동적인 작품이 출판될 수 있다는 기대감에도 즐거움을 느꼈다.

우리가 대화를 나눴던 1979년 무렵, 아버지는 스스로에게 상당히 너그러워진 상태였다. 아버지가 당신의 양성애에 대해 느끼는 회한은 당신이 젊었던 시절엔 거의 견디기 힘들 정도였다. 1980년에 아버지는 이렇게 썼다. "거북이 등에 의해 세계가 지탱된다고 믿었던 초기 시대 선원들이 저 대양의 한쪽 끝으로 항해하기를 두려워했던 것처럼, 1930년대와 1940년대의 사람들은 동성애를 두려워하는 것처럼 보였다."

어떤 바보 같은 이들은 양성애가 아버지가 안고 있던 문제들 중 핵심이었다고 생각할지 모르나 물론 그렇지 않다. 알코올중독도 핵심은 아니다. 아버지는 당신의 양성애와 타협하게 됐다. 술도 끊었다. 하지만 인생은 여전히 문제였다. 이를 다루는 아버지의 방식은 그 문제를 분명히 하는 것이었다. 아버지는 당신의 문제점을 이야기로 만들어냈고 다음엔 그 글을 출판했다. 당신의 인생을 다룬 이야기를 썼다는 사실을 발견했을 때에도 역시 이를 출판하고 싶어했다. 그리고 어쨌든 출판될 수 있다는 가능성으로 인해 아버지는 죽음에 대한 두려움을 다소나마 줄일 수 있었다고 생각한다. 갑자기 죽음이 하나의 기회로 다가왔던 것이다.

어머니는 아버지가 남긴 유산의 집행자이면서도 결정을 내릴 때는 자녀들이 만족할 수 있는지, 또 남편의 명성을 기릴 수 있는지를 항상 염두에 두셨다. 우리 모두는 일기의 출판과 관련된 결정에 참여했다. 그러므로 이 프로젝트는 우리의 책임이다. 그렇다고 우리의 책은 아니다. 다른 무엇보다 이는 존 치버의 책이며 이후에는 편집자에게 속한다. 로버트 고틀립은 크노프 출판사에서 아버지의 작품을 담당했던 사람이다. 다소 미심쩍어하는 아버지에게 『존 치버 단편선집』의 진정한 필요성을 확신시켰던 사람이 그였으며(그 책은 1978년에 출판됐다) 선별 작업을 담당했던 이도 그였다. 단편선집은 베스트셀러가 되어 퓰리처상까지 받았다. 하지만 보다 중요한 건 그것이 사실상 아버지의 인생과 예술이 유효하고 타당함을 증명해냈다는 점이다.

로버트 고틀립은 아버지의 글에 드러난 인생의 본질이 왜곡되지 않도록 주의하면서 이 책의 뼈대를 구축하고 일관성을 부여하는 일을 해냈다. 우리 가족은 이 과정을 경외에 찬 눈으로 지켜보면서 주로 후방에서 지원하는 역할을 맡았다. 우리는 『뉴요커』지에 발췌돼 실렸던 여섯 군데를 증보해 이 책에 포함시키는 것이 어떠냐고 제안했다. 또 연도를 확정하는 데도 도움을 제공했다. 하지만 우리 일의 많은 부분은 자제하는 것이었다. 우리는 방해하지 않았다. 아버지를 보호하고자 그 무엇도 하지 않았다. 우리 자신을 보호하고자 그 무엇도 하지 않았다. 우린 한쪽으로 물러나 있었다. 후방에서 지원하는 역할은 대부분 누이인 수전과 동생인 프레드, 그리고 내가 담당했다. 어머니는 대개 한쪽으로 물러나 계셨다. 작업해나가는 동안 우리에겐 시간이 필요했고 어머니에게는 용기가 필요했다.

벤저민 치버

1940년대 후반
~
1950년대

중년의 시기에는 신비로움이 있다, 미혹迷惑이 있다. 내가 이 시기에 성취할 수 있는 최대한은 일종의 외로움이다. 눈에 보이는 세상의 아름다움마저 힘없이 무너져내리는 것 같고 심지어 사랑 역시 그러하다. 뭔가 일이 잘못됐음을, 길을 잘못 들어섰음을 직감하지만 언제 그렇게 돼버렸는지 나는 모르며 앞으로 알게 될 가망성도 전혀 없다.

근 일주일간을 리앤더와 벳시, 에벤에 대해 생각하면서 단 한 줄도 쓰지 못하고 정체 상태에 빠져버렸다. (제노바로의 여행 등) 나의 모든 계획이 틀어질 것이 눈에 보인다. 혹시 나로서는 알지 못하는 본질적으로 잘못된 뭔가가 이 세 등장인물에게 있는 것은 아닐까? 오늘 오전 오페라 관람은 포기했다.

어제는 비가 내리고 구름이 짙게 끼었다. 4시에 B와 나는 K의 집으로 가려고 홀브룩 거리를 걸어올라갔다. 서서히 시원한 바람이 불어오기 시작했다. 짙게 끼었던 구름이 걷혀 찬란한 햇빛과 색깔이 드러날수록 더 많은 햇살이 계곡으로 쏟아져들어와 분위기는 떠들썩해지고 고양되어갔다. 우린 주사위 놀이를 하고 진을 마셨다.

어느 날 오후 뉴베리에서 스케이트를 탄 적이 있다. 매서운 추위가 닥쳤던 어느 겨울날의 끝자락이었다. 추위로 꽁꽁 얼어붙은 얼음은 천둥처럼 시끄러운 소리를 냈다. 얼어버린 들판을 밟으며 집으로 돌아올 때 그 시끄러운 소리가 우리의 귀를 울렸다. 그리고 밤에 다시 스케이트를 탔던 곳으로 갔다. 연못에는 아무도 없었다. G의 집에서 키우는 개가 짖고 있었다. 달빛 하나 없었고 얼음은 새카맸다. 연못 한가운데에서 스케이트를 타면서 하늘을 바라보니 눈에 들어오는 별들이 몇 배나 늘어나 있었다. 별들은 마치 마구 쏟아지는 눈송이들처럼 하늘에 촘촘히 박혀 있었다. 스케이트를 타고 연못 끝으로 돌아왔을 무렵 그 숫자는 줄어든 듯했다. 나는 어리둥절해졌다. 아마 위스키나 와인을 마셨기 때문에 착각했을 수 있다. 아니면 우주에 대한 나의 완전한 무지 때문일 수도 있다.

• • •

교회에 갔다. 사순 제2주일이다. 은행장 부인이 앉아 있는 뒤쪽으로부터, 그녀가 걸친 모피코트에서 풍기는 장뇌樟腦 냄새와 찬송가를 부를 때 그녀의 입에서 나오는 악취가 코로 밀려들었다. "영광이 성부와 성자와 성령께, 처음과 같이 이제와 항상 영원히, 아멘." 구약성서에서는 아버지께서 쓴 포도를 먹어야만 했다는 내용을, 신약성서에서는 눈에는 눈, 이에는 이라는 내용을 다뤘다. 설교는 신의 육화에 관한 것이었다. 주임사제는 아주 평범한 생각을 갖고 있다. 만약 평범한 생각에 매력적인 면이 조금이라도 있다고 한다면 그것들은 아마 평범함이라는 매력일 것이다. 과거로부터의 유산과 교양 습득을 통해 주임사제는 결코 변하지 않을 검소함을 지니기에 이르렀다. 그의 마음과 얼굴 생김새는 하나다. 그는 예수의 탄생과 기적, 그리고 죽음이라는 인상적이고 역사적인 기록을 언급했다. 교회는 사람들로 하여금 영국의 시골 지역을 떠올리게 했다. 출입문에 매달린 종들, 늦겨울의 햇살, 상단이 뾰족한 창문, 손으로 직접 다듬은 돌. 하지만 이것들은 진정한 과거의 진정한 파편들에 속한다. 나는 중얼거렸다. "처음과 같이 이제와 항상 영원히, 아멘." 그러나 어쩐지 나는 신의 자비라는 영역 바깥에 서 있는 것만 같다.

나는 앙심을 품거나 속 좁은 사람이 되고 싶지 않다. 난 허위

에 찬 동정심을 피하고 싶다. 한여름 밤을 생각하면서 그 술주정
뱅이는 이렇게 말했다. "프랑스어로 얘기하라고." 난 이것이 하
찮은 일임을 안다. 어제 싸구려 할인점에 갔을 때 벳시의 기쁨에
대한 묘사 역시 하찮음을 알게 됐다. 가게에서는 땅콩이나 싸구
려 사탕에서 나는 것과 같은 악취가 풍긴다. 음반을 파는 가게에
서 사랑 노래가 흘러나온다. 가게를 지키는 여자 점원은 공들여
화장한 얼굴을 하고 있다. 당신은 당신이 원하는 것을 산다. 그
러고는 떠나버린다. 거리에는 햇살이 가득하다. 버스에 타고 있
는 눈먼 흑인 여자아이가 이렇게 말한다. "난 혼자예요. 난 지금
혼자 집에 있어요. 거리에서도 난 혼자예요, 혼자라고요. 너무 혼
자 있어서 내가 꼭 동상 같다는 생각이 들어요. 동상처럼 언제나
혼자 있으니까요." 그러면서 휴대용 라디오를 흔든다. "작동이
안 돼요. 96번가에서 살았을 때부터 이 라디오를 갖고 있었는데
소리가 안 나와요. 또 고쳐야 할 것 같아요. 금방 낡아버린다니
까요." 이번엔 기차에 있던 한 남자가 말한다. "어, 내 얼굴이 아
주 활기차 보일 거라 생각하지만 난 지금 병원에 가는 길이에요.
C가 사과나무에서 떨어져 다리 두 군데가 부러졌다고 병원에서
방금 전화가 왔지 뭡니까. 바로 몇 분 전에 병원에서 전화가 왔
었어요, 그래서 이렇게 여기로 급히 달려와 기차를 타고……"

· · ·

　웨스트체스터에서 맞이하는 일요일의 밤들. 보통 토요일에는 파티가 열리기 마련이어서 희미한 숙취를 느끼면서, 또 입에서는 담배 냄새를 풍기면서 잠에서 깨어난다. 당신이 거실 바닥에 팽개쳐놓은 옷들에서 고약한 냄새가 풍겨온다. 당신은 샤워를 하고 낡은 옷을 꺼내 입는다. 그러고는 차를 몰고 가서 아내는 교회에, 아이들은 주일학교에 데려다준다. 집에 돌아오면 화단에서 잎들을 쓸어낸다. 너무 젖어서 태울 수 없는 잎들이다. 잔디밭에는 화학비료를 뿌리고 전구는 이상 없는지 점검한다. 일요일을 맞아 암스트롱 저택에서 열리는 점심 파티에 가는 중이던 로킹엄 부부가 인도에서 아침인사를 외친다. "아주 멋진 날이죠? 멋져요, 아주 멋진 날이에요." 아내와 아이들이 단정한 옷차림 그대로 교회에서 돌아온다. 점심을 들기 전에 간단히 술을 한잔한다. 가끔 손님이 있을 때도 있다. 산책을 한다. 더 많은 잎들을 청소한다. 아이들은 다른 아이들과 놀기 위해 뿔뿔이 흩어진다. 점심을 먹으러 교외로 출타하고자 아줌마, 아저씨, 그리고 사촌들이 탔던 남행열차가 돌아온다. 요리사, 가정부, 집사, 하인들이 반차 휴가를 즐기고자 시내로 타고 갔던 열차이기도 하다. 그럼 일요일은 거의 끝이 난다.

• • •

　새벽이 오기도 전에 잠에서 깼다. 피곤함이 몰려오는 가운데 단단히 결심했다. 술을 끊자. 이것, 이것, 이것도 하지 말자 등등. 새들이 지저귀는 소리가 점점 크게 들려온다. 딱따구리, 박새, 홍관조 같은 새들이다. 그 시끄러운 소리들 중에 앵무새 소리도 끼어 있는 것 같았다. 앵무새는 이렇게 말하는 듯했다. "프롤리는 크래커를 먹고 싶어. 프롤리는 크래커를 먹고 싶어." 피곤한 몸을 일으켜 7시 44분발 기차를 탔다. 강은 짙은 안개로 둘러싸여 있다. 어디선가 목소리가 들려왔다. "글쎄, 그 여자는 그걸 삶았다가 다음에는 굽더라구." 어젯밤에 먹었던 만찬을 다시 맛보고 있기라도 한 듯 고개 든 남자의 얼굴 위로 행복한 표정이 나타났다. "그 전기오븐과 똑같은 종류로 하나 샀어." "오, 뉴욕은 시카고와 전혀 달라요. 비슷한 게 하나도 없어요." 23번가에는 이런 간판이 서 있다. "보기 싫은 비만 때문에 사랑하는 사람을 잃지 마세요." 어떤 창문에는 플라스틱으로 만들어진 십자가들이 한가득 매달려 있다. 도시의 표면은 모순적이다. 모순에 빠진 사람들에게는 도시의 이런 면이 의지가 될 터이다. 치과 의자에 앉아 있는 동안 이번에도 난 내가 잘못된 경로로 탈출하려는 죄수처럼 느껴졌다. 사실 문은 그냥 열려 있을지도 모르는데 나는 이렇게 티스푼으로 열심히 굴을 파고 있는 것이다. "아!" 나는 생각했다. 약간이라도 성공을 맛볼 수만 있다면. 혹시 내가 서 있는 자리를 파내는 어리석은 짓을 저지름으로써 성공에 다가가지 못하는 건 아닐까? 이 아침에 잠들어 있는 아내 메리는 내가 사랑에 빠졌던 소녀의 얼굴과 비슷하다. 통통한 팔이 이불 밑으로 삐져나와 있다. 갈색 머리카락은 흐트러져 있다. 나를 떠나지 못하게 하는 메리의 저 진지함과 순수함이라니.

●　●　●

어두운 시간이 찾아오면 당신을 구원하는 데 재산은 쓸모가 없다. 오랫동안 다녔던 스키장이나 시냇물에 이르는 오솔길도 마찬가지다. 그보다 더 위대한 무엇을 당신은 반드시 찾아내야만 한다. 마음 한구석에서는 모욕과 파괴의 힘이 창의성의 힘보다 더 위대한 듯이 느껴진다. 창의성의 힘도 존재하긴 하나 파괴의 힘과 비교하면 그저 풍선에 붙어 있는 꼭지 정도에 지나지 않는다. 그리하여 그렇게 많은 파멸과 그토록 빈약한 사랑의 지식만 남아 있는 그는 남편으로서, 아들로서, 그리고 연인으로서 매우 초라해 보인다. 약간의 미소와 줄무늬 타이와 눈에 잘 띄지 않는 차림새에 가려진 채. 오, 그런 그의 마음에 깊이 뿌리박혀 있는 것은 기도라는 필요성과 습관이다. 그는 종교의 어리석음과 자랑스럽게 결별한 터이므로 (교회의 아침 종소리가 들려올 때) 파문당한 사람이 느끼는 심술궂고 비참한 기분을 느끼며 한 교회를 지나친다. 파문당했다는 고통이 그를 갑자기 휘감는다. 이 불쌍한 영혼은 그에게 어떤 특정한 형태와 의미를 부여해줄 구체적인 뭔가를 찾아 필사적으로 방안을 두리번거리지만 항상 담배꽁초로 가득 찬 재떨이나 널브러진 양말, 양탄자에 묻은 눈물만 붙들 수 있을 뿐이다. 이어 그는 하늘을 본다! 가슴 저미도록 파란 하늘을, 또 서서히 드러나는 어둠의 흔적을. 북서풍이 짙은 구름을 소탕하며 바다로 몰아내버려 완벽할 만큼 선명한 풍경과 색감들이 눈에 들어온다. 그리하여 그의 마음은 재떨이와 황혼 사이에서 방황하기 시작한다, 알려진 세계의 대부분이 그 둘 사이의 어딘가에 가만히 머물러 있는 동안에. 그는 걱정한다, 그의 콧수염에 대해, 오래된 남색 레인코트에 대해, 체중에 대해, 머리카락에 대해, 치아에 대해, 왼쪽 무릎에 느껴지는 통증에 대해. 만에 하나라도 그가 이런 근심을 초월할 수 있다면 (그와 닮았고 또 유사한 성향의) 하찮은 사람들로 구성돼 있는 국가에 대해 걱정할 것이다. 혹시 그가 세계연방주의자라면 세계에 대해 걱정하겠지만. 그 달콤했던 것들은 왜 사라져버렸을까? 이는 그의 근면한 노동에 합당한 새 자동차나 보너스, 혹은 약간의 명성과 함께 다시 돌아올 것이다. 컨버터블 자동차나 스페인으로의 여행 같은 것들 말이다.

· · ·

　이 비 오는 일요일의 완강한 따분함이라니. 저 아래쪽의 기차역에는 몇 안 되는 사람들이 남쪽으로 향하는 완행열차를 타려고 서 있다. 남은 음식이 잔뜩 든 종이가방을 들고 있는 헌 코트 차림의 여자 요리사는 친척들을 방문하러 용커스Yonkers*로 갈 예정이다. 일요일의 점심 약속 때문에 외출했던 이모도 집으로 돌아가는 참이다. 마지막 사람은 정체를 알 수 없는 인물인데 줄무늬 바지와 예복용 턱시도 와이셔츠 위로 낡은 폴로 코트를 걸치고 있다. 열차의 승객은 단지 이들뿐으로, 모두 마지못해 별 가망 없는 여행을 위해 기차를 타러 온 사람들처럼 보인다. 아무도 없는 대합실과 승강장에선 전화벨 소리만 계속 울려퍼진다. 청어와 농어를 잡기 위한 그물은 물속에 내팽개쳐져 있고 안도와 따분함을 연상시키는 소음이 휘젓는 가운데 그물보다 더 촘촘해 보이는 빗줄기가 지역을 에워싼다. 기찻길 위로는 줄들을 얹어놓은 격자 모양의 받침대들이 마치 활기찬 말 때문에 해지고만 구식 방충망처럼 걸려 있다. 무감각과 불편함, 혹은 독실한 교회 신자의 점심 같은 철저한 궁핍에 기인하는 이 완강하고도 끝없는 따분함이여. 야구는 비로 연기됐지만 〈황제〉 협주곡과 〈주피

---

* 뉴욕 주 남동부에 있는 도시.

터〉 교향곡은 계속 연주된다. 세계 인구의 절반 이상이 유쾌하지 못한 잠에 빠져 있다.

하지만 대합실과 화물보관소 사이로는 바닷가와 산이 보인다. 이어 눈은 계속 위로 올라만 가는데 그것은 비록 이슬비 때문에 해안가가 흐릿하긴 해도 잘 보이지 않는 것이란 전혀 없기 때문이다. 여기에 당신이 기대했던 것 이상의 더 많은 힘과 공간이 펼쳐져 있다. 이슬비 때문에 풀죽어 흩뿌려진 저 먼 곳 예인선의 연기는 바다를 향해 떠간다. 토실토실한 무릎처럼 둥글어 보이는 산, 또 수탉 벼슬처럼 날카롭게 잘린 모양새의 산이 보이고 심지어 기찻길과 바닷가 사이의 좁다란 둑을 따라 늘어선 3명의 낚시꾼들 때문에 (즉 미끼로 쓰는 죽은 장구벌레와 젖은 코르덴 바지 때문에) 황량함이 느껴지는 희미한 냄새까지 풍겨온다. 오, 너무나 따분해서 말 그대로 치아에 통증이 느껴질 정도다. 삶은 쇠고기 냄새가 위층 복도 위를 떠돌고 있다.

● ● ●

내가 이루고자 의도했던 것들 중 어느 하나도 성취하지 못한 채 (지금껏 내내 지향하며 노력해왔던 심오한 창의성에 한 번도 도달하지 못한 채) 마흔번째 생일에 다가가는 지금, 난 내가 초라하고, 애매하고, 또 변변치 못한 위치에 있음을 느낀다. 이는 내 운명은 아니나 내 잘못이다. 마치 언제부터인지 모르게, 가까이 있는 본연의 모습 내에서 나 자신을 유능하게 통제할 수 있는 기지와 용기를 잃어버렸던 것처럼. 리앤더와 다른 모든 인물들에 대해 생각해본다. 이것*이 실패의 이야기라서가 아니다. 나를 두렵게 만드는 건 그게 아니다. 이것은 지루한 기록들이다. 그들은 어떤 중요성도 갖고 있지 않다. 격렬한 열정에 한창 사로잡혀 황혼 속의 정원을 거니는 그 리앤더는 누구에게도 전혀 중요하지 않다. 이건 중요하지 않아. 이건 중요하지 않아……

• • •

점심을 먹으러 시내로 갔다. 에어컨, 향수와 술 냄새, 수석웨이터의 시중, 극장에서 감도는 분주함과 무게감과 자유로움의 현실적이면서도 비현실적인 분위기. 시내에서의 멋진 하루였다, 바람이 불고 청명하고 상쾌했던. 길거리의 소녀들도 즐거움 중 하나다. 세인트레지스 호텔을 지나는 맨팔의 소녀, 어깨를 드러낸 57번가의 소녀. 짙은 눈빛, 밝은 눈빛, 붉은 머리카락, 그리고 무엇보다 깨끗한 용모에서 풍기는 품위와 단호함이라는 놀라운 감각. 하지만 나는 그런 모습에서 속물적인 세계와 용기 및 다른

---

* 존 치버의 작품인 『왑샷 가문 연대기』를 말한다.

정신적 영역에 속하는 세계 사이의 불완전한 결합을 본다. 인생의 반 정도를 지난 시점에서, 체념이라는 것이 진보의 한 종류에 속하는 것이 아니라면 나는 그 어떤 진보도 이루어내지 못한 것 같다. 에로틱한 감정에 눈뜨는 때가 있으며 그것은 마치 탄생과 유사하다. 한편 눈에 보이는 세계, 즉 아마도 성숙한 세계로 돌아가기 위해 사람들이 의지하는, 빛이나 비 같은 그 어떤 순수한 상징이 존재한다. 도취감도 있다. 즉 인생이란 그저 겉으로 드러나 보이는 것, 다시 말해 (화장실 문에 낙서된 목이나 손, 외설에도 무너질 수 있는) 빛과 물과 나무들과 명랑한 사람들에 불과하다는 자각 말이다. 어딘가에는 일탈적인 육욕을 암시하는 단서가 언제나 존재하기 마련이다. 그리고 그러한 단서의 최악을 들라고 한다면 그것이 미로처럼 보인다는 점으로, 나로선 열린 감방에 앉아 있는 벌거벗은 죄수의 이미지가 계속 머리에 떠오르지만 솔직히 말해 그 죄수가 어떻게 탈출할지 알 수가 없다. 바로 여기서 살아가기를 꺼리는 마음인 죽음이 두각을 나타낸다. 그와 같은 마음의 형태 중 많은 것들이 죽음의 형상과 유사하다. 그리고 사람들은 모두 똑같은 육욕, 똑같은 엄청난 공포심을 느끼면서 그 죽음으로 다가간다. 난 인간의 육신은 어떤 탐닉으로부터도 깨끗해질 수 있다고 스스로에게 말하곤 한다. 유일한 죄악은 절망이다. 하지만 의미 없이 내 경우에 대해서만 말할 뿐이다. 순결함은 실재한다. 아침은 우리에게 순결할 것을 엄명한다. 순결함은 각성이다. 나는 내게서 음탕함을 씻어낼 수 없었다. 그러나 이런 모든 생각에는 공간과 자유와 빛과 유머가 결여돼 있다. 「이성적인 음악」에 대해 다시 생각해보니 바로 이런 이유로, 이는 형편없고 과욕에 찬 글이 아닌가 싶다. 야구라도 조금이나마 해보자. 그럼 난제는 부서져 먼지로 변하고 말리라.

● ● ●

월요일 오전의 기차보다 더 멋진 것이 있을까? 오전 8시 22분의 기차 말이다. 이는 주말에 (예를 들어 독립기념일 휴가처럼 길고 긴 여름 주말에) 푹 쉴 수 있었기 때문이다. 주말에 우리는 소풍을 가고, 폭죽놀이를 하고, 해변으로 산책을 나간다. 즉 함께 할 수 있는 온갖 즐거운 일들을 한다. 우린 일요일에 늦게까지 칵테일파티를 열었으며 정원에서 즉석 만찬도 가졌다. 어둠과 함께 주말이 끝나가지만 후회라고는 전혀 없다. 모두가 그토록 유쾌했기 때문이다. 정원에 있으면 서쪽으로부터 (거의 자정 무렵까지 이어질) 높은 음조로 올라가는 공원도로의 차량 소음이 들려온다. 다른 가족들이 산이나 해변에 갔다가 차를 몰아 다시 도시로 돌아오고 있기 때문이다. 잠자는 아이들, 뒷좌석에 걸려 있는 옷들, 끊임없이 이어지는 헤드라이트(그리고 거대한 탈출과 거대한 순례의 장소라 할, 차량들로 붐비는 일요일의 도로가 우리에게 선사하는 느낌)는 모두가 이 시간을 구성하는 요소들이다. 당신은 잔디에 물을 주고, 아이들에게 이야기를 들려주고, 목욕을 하고, 잠자리에 든다. 아침은 화창하고 또 싱그럽다. 당신의 아내는 당신을 컨버터블에 태워 기차역에 데려다준다. 아이들과 개도 따라온다. 잠에서 깨는 바로 그 순간부터 당신은 억누를 수 없는 기쁨을 감지하기 시작한다. 에일와이브스 아랫길에서 기차역까지의 드라이브는 의기양양하다. 아래쪽에 위치한 기차역과 나무와 일찌감치 모여 아침햇살 아래서 기차를 기다리는 사람들을 보는 것, 또 아내에게 키스하고 아이들에게 작별인사를 하고 개의 귀를 살살 긁어주고 승강장 주변의 모든 사람들에게 아침인사를 건넨 후 '트리뷴'지를 펼치면서 레일 위로 달려내려오는 8시 22분발 기차 소리를 듣는 것, 그것이 내게는 멋진 일로 여겨진다.

●　●　●

형에 대한 우려가 크다. 형의 모습에서 깊은 당혹감이 묻어난다. 일은 형이 의도했던 대로 진행되지 않았다. 말하고 둘러보는 태도, 거의 항상 멍청함과 자기방어를 연상시키는 정신 상태, 손톱을 깎거나 소매로 입가를 훔치는 모양새, 머리의 분주한 움직임 등 형에 관한 모든 것들이 깊은 당혹감과 의심을 드러내고 있다. 형이 손톱을 깎는 이유는 세련됨이나 고상함을 의심하기 때문이거나 혹은 보상받지 못하는 자기 자신 안의 그 어떤 고상함에 대한 반발 때문이다. 토라지고, 모순적이고, 말이 거의 없는 형. 난 걱정스럽다. 왜냐하면 내 형이기 때문이다. 그리고 형은 수년간 우리 가족의 가장이기 때문이다. 이제 이런 모든 변화들이 형을 무력하게 만들어버렸다.

· · ·

그녀는 퍼지-위그 부인으로 관행을 따르지 않는 사람이다. 그녀는 뒷골목에 있는 한 작은 집에 살면서 전등갓을 칠한다. 다섯 자녀는 모두 결혼해 각기 흩어져 살고 있는데 부인은 결코 자녀들의 집에 가고 싶어하지 않는다. 자녀들은 그녀의 기력이 아주 쇠약해져 (지금 80대다) 어쩔 수 없이 함께 살아야 하는 날이 닥칠까봐 두려워한다. 하지만 자녀들의 두려움은 그녀가 갖고 있는 두려움에 비하면 아무것도 아니다. 난 그 녀석들과 함께 살지 않을 거야. 부인은 자녀들을 떠올릴 때마다 이렇게 생각한다. 같이 살기 전에 죽고 말겠어. 죽고 말 거야. 요즘 그녀는 모든 표면을 장식하는 일에 몰두해 있다. 그러니까 장미 모양으로 말이다. 홀에 깔린 카펫, 아니 집안의 모든 카펫이 장미 무늬다. 홀 또한 피처럼 붉은색에다 그 크기가 상추만한 장미 무늬들로 가득하다. 그것들이 만들어내는 시각적 효과는 어질어질할 정도다. 하지만 홀에만 장미 무늬가 있는 것은 아니다. 거실의 모든 의자와 소파들 역시 장미 무늬가 찍힌 천으로 덮여 있다. 거실의 장미 무늬는 다른 것들보다 더 크다. 양배추만하다. 의자의 장미 무늬들은 벽지에도 그려져 있는데 크기는 거의 비슷하고 색깔만 약간 옅은 붉은색이다. 식당 안으로 들어가봐도 상황은 마찬가지다. 침실 카펫에도 장미, 침대보에도 장미, 벽에도 장미 일색이고, 핀을 놓는 쟁반, 전등갓, 쓰레기통, 성냥갑에도 장미가 그려져 있다. 최근 그녀가 작업에 몰두하고 있는 대상이 바로 이런 물건들이다. 하지만 집안에는 아직 장미 무늬가 없는 표면들도 많이 남아 있다. 전등갓 모두와 의자 뒷면의 많은 부분을 장미 무늬로 채웠지만 깡통이나 상자 등등은 여전히 아무 무늬도 없이 비어 있다. 그녀는 너무나 행복하다.

표면 아래서 나는 관행에 순응하지 않는다. 어떤 의미에서 이는 경이로운 일이다. 부인은 독립을 유지하고 있다. 그럼에도 어머니에 대한 애착으로부터 자연스럽게 해방되고 싶어하는 모든 자녀들의 희망은 무참히 빗나갔다. 즉 부인은 이따금 자녀들의 애정을 요구할 수 있는 자신의 권리를 독단적으로 주장해오곤 했던 것이다. 부인은 불쌍한 에벤에게 빵을 굽거나 바느질을 시키는 등 에벤으로 하여금 마치 꼬마 여자아이처럼 행동하도록 가르쳤다. 오늘날에도 작은 마을에서는 이와 같은 장면을 볼 수 있다. 코르셋 속옷 가게에서 여성용 모자 가게로 가려고 길을 건널 때 엄마의 팔을 꽉 움켜쥐고 있는 여자아이 같은 성격의 열두 살짜리 소년을 말이다. 이젠 모두 과거의 일이 됐지만 퍼지-위그 부인은 관행을 전혀 따르지 않았으므로, 사람들은 앞으로도 혹시 퍼지-위그 부인과 유사한 성향을 가진 여자가 바나나 껍질에 미끄러져 넘어지기라도 하면 마구 비웃어댈 것이다. 그녀가 사람들에게 심어놓은 애정과 혐오가 병적으로 결합된 바로 그 마음으로 말이다.

하루종일 눈을 피곤하게 하는 불빛들을 헤치며 운전한 탓에 그날 퀸시에서는 잠을 이루지 못하고 담배나 피웠다. 아침 식탁 위에는 잘린, 하지만 아직 너덜너덜하고 피가 묻어 있는 탯줄 하나가 놓여 있었다.

어제 차를 몰고 내려오다가 기다란 뱀을 보았다. 나는 차를 세웠고 곧 J와 함께 차에서 내렸다. 난 갑작스러운 사태에 바보처럼 행동했지만 그뿐이었다. 갈색의 안장 같은 무늬가 새겨진 뱀은 숲으로 사라지기는커녕 우리를 물려는 것처럼 똬리를 틀었다. 그리고 방울도 없으면서 방울뱀처럼 꼬리를 흔들었다. 나는 돌을 집어 머리를 쳤다. 이어 J가 또다른 돌을 집어들어 마무리지었다. 나는 그 못난 D처럼 뱀을 무서워하진 않지만 뱀이 사람들의 상상력에 끼치는 영향력에는 관심이 있다. 이 푸른 지역에서는 뱀이 서식하면 안 된다. 몇몇 일들이 뱀과 관련 있기 때문이다. 뱀이 있으면 요리사는 겁을 먹고 떠나버릴 것이다. 또 여기엔 아이들은 물론 P가 키우는 소 등등도 있다.

• • •

다시 여기로 돌아왔다, 통근자들이 붐비는 곳으로. 연기를 내뿜는 기차가 종소리를 내며 달리고 여성 운전자들은 6시 기차를 놓치지 않으려고 하몬 역 쪽으로 차를 몰고 간다. 저녁식사를 하거나 잔디에 물을 줄 시간이다. 비어 있는 집 때문에 심란하진 않았지만 텅 빈 집은 죽음을 연상시킨다. 옷장 안의 야회복들, 위층에 쌓여 있는 장난감, 유리잔과 도기들이 배치된 장식장…… 이 모든 것들에는 주인의 손길, 아니 생명의 기운이 결여돼 있다. 지금은 모두 유령처럼 보일 뿐이다.

오늘도 잠들기 위해 무진 애를 썼다. 하지만 나이가 들면서 이런 고통 중 일부는 극복할 수 있었다. 몇 년 전 뉴욕의 여름밤 거리를 걸었던 일이 생각난다. 당시 내가 살아 있어도 죽느니만도 못하게 고통스러웠다고는 말할 수 없다. 결코 그처럼 분명한 의미를 갖고 있진 않았다. 하지만 그것은 내게 고문, 즉 몸이 부서지는 듯한 고문이었고 또 좌절이었다. 나는 어떤 위대한 문의 무게감에 짓눌려 있었다. 그럴 때마다 항상 받는 느낌은 만약 내가 나 자신을 성적인 면에서 솔직히 표현할 수 있다면 다시 살아날 수 있지 않을까 하는 것이었다. 그러다 한 술집에 들어갔고 그곳에서 유쾌하면서도 바보 같은 남자가 말을 걸어와 대화를 나눴는데 그 남자는 내게 자신의 아버지가 웰페어 섬의 병원 원장으로 수년간 근무했다고 말했다. 이후 나를 억누르던 무게감이 사라졌다. 그저 도시의 어느 평범한 여름밤이었을 뿐이다. 이렇게 적는 것은 이젠 모두 과거라 생각하기 때문이다. 일탈적인 행동들은 대부분 과거에 속해 있는 듯하다.

• • •

요리사는 보통 목요일에 시내로 간다. 그런데 당신이 금요일 아침에 식사를 하려고 아래층으로 내려왔을 때 부엌에서 그 어떤 기운도 느껴지지 않는다. 요리사의 방문을 두드리지만 아무도 응답하지 않는다. 당신은 가만히 문을 열고 기민하게 방을 살핀다.

요리사의 오빠 사진이 없다. 당신은 옷장 문을 열어본다. 옷걸이들은 모두 비어 있다. 열어놓은 문으로 들어온 바람에 옷걸이들이 양철로 만든 종처럼 소리를 낸다. 구석에 요리사의 신발이 놓여 있지만 마룻바닥 전체에서 밑창이 닳은 구두 발자국을 볼 수 있다. 요리사인 그녀는 가버렸다. 텅 빈 셰리주 병만이 마루 한쪽에 뒹굴고 있을 뿐.

• • •

어느 날 우린 비니어드*로 갔다. 옅은 안개가 끼어 있고 햇살마저 따가워 운전하기가 피곤했다. 비록 노동절이 지난 후였지만 여행자들과 자동차 뒷좌석에 옷들을 걸어놓은 사람들은 여전히 많았다. 오후가 되자 햇살이 더 뜨거워졌다. 운하 부근에 다다른 우리는 곧 바다 쪽으로 차를 돌렸다. 바다에 낀 안개 때문에 모든 것이 흐릿하게만 보였다. 5시에 출발하는 배를 놓쳐버려 우리는 할 수 없이 그 거리를, 안개 낀 거리를 걸어다녔다. 한 술집에서 피아노 음악이 들려왔다. "당신이 함께 있는 한 난 어떻게든 살아갈 수 있을 거예요……" 뱃고동과 사이렌 소리를 내며 배가 늦게 도착했다. 우리가 배에 탔을 때는 이미 어두워진 후여서 수지가 겁을 집어먹었다. 하지만 항구에 도착하자마자 바람이 안개를 몰아냈고, 우리는 달과 웨스트 찹West Chop**의 불빛을 볼 수 있었다. 어두운 길을 걸어 숙소로 갔다. 얘기를 나눈

---

* 마서스비니어드Martha's Vineyard. 매사추세츠 주 케이프코드에 위치한 휴양지.
** 마서스비니어드 섬의 북쪽에 위치한 지역으로, '웨스트 찹 라이트'라는 등대가 있다.

후 난 바다로 수영하러 갔고 거기서 해변을 산책중이던 J. H.를 만났다. 그는 파혼했으며 군에서 영장이 나왔다고 말했다. 파도 소리를 들으며 잠을 청했다.

아침식사 전에 해변 산책에 나섰다. 아주 솔직한 심정으로 이곳 풍경에 대한 나의 느낌을 기록하기 위해서였다. 언덕과 (한때 그토록 녹음이 짙었던 것만큼이나 지금은 샛노랗게 변해 있는) 덤불, 그리고 대중목욕탕의 검은 지붕이 보였는데 이 모든 풍경들이 일본의 판화를 연상시켰다. 언덕은 바다보다 약간만 더 솟아올라 있는 것처럼 보였다. 하지만 사실은 아니다. 이곳은 바닷물이 차오르는 해안이기 때문이다. 작년에 죽은 한 노인은 지금은 깊은 바다인 곳이 원래 초원이었다고 주장했다. 비니어드 해협 건너편의 노션 절벽은 바다를 향해 내려갈수록 점차 울퉁불퉁한 모양을 띠었다. 걷다보면 이상야릇한 색깔의 암석들을 볼수 있다. 그 다양한 형태는 당신을 매혹시키고 또 행복하게 한다. 내륙으로 약 100미터쯤 가면 입에 거미줄이 쳐진 나선형 조개껍데기가 있다. (파도에 침식당하기도 하는) 앞바다의 바위는 거의 절반이 황금빛이 도는 초록색 해초로 뒤덮여 있다. 여기에는 꼭 찌그러진 공 같은 모양에 가운데 부분이 분홍색인 조개껍데기도 있다. 비뚤비뚤하고 변화무쌍한 해안은, 해초와 식료품 가게 상자와 배의 아래 활대나 부서진 방향타들이 널려 있는 해안은, 비록 무수한 죽음의 이미지들 가운데 하나이지만 공포라곤 전혀 느껴지지 않는다. 혹 그런 느낌이 있다 해도 미미한 수준이다. 왜냐하면 여기에는 변화가 있고, 재발再發과 부패(공기 중에는 그것들이 썩는 냄새가 풍기고 거의 늘 그것들의 소음이 들려온다)가 있기 때문이다. 한편 당신은 해변에 앉아 술을 마시고, 담배를 피우고, 시시껄렁한 잡담을 나누고, 아무 목적 없이 너무 많은 말을 한다. 이어 신발을 벗고는 그 세계의 바닥을 서성거린다. 악성 채무, 수업료, 그리고 대출금에 대해 생각하면서.

• • •

어젯밤에는 테네시 윌리엄스의 희곡을 무대에 올린 〈욕망이라는 이름의 전차〉라는 연극을 보러 갔다. 장면 사이의 어두운 조명 속에 등장하는 싸구려 술집이나 사창가의 재즈, 연극 상연 내내 연주하는 첼리스트, 모조 다이아몬드, 찢긴 이브닝드레스, 모자, 동성애자, 야만적인 남자, 광기, 범죄, 침침한 조명, 번쩍거리는 장식용 꽃, 외설스러운 발라드를 연주하는 첼리스트 등 지금까지 봤던 그 무엇보다 퇴폐적인 느낌을 주는 무대였다. 하지만 윌리엄스는 연극의 주제에 그 어떤 보편성을 부여했고 동시에 쾌락의 딸을 다루면서도 그녀를 비꼬는 것이 아니라 순수한 마음을 지닌 여자로 보이게 만들었다. 그 밖에도 지저분한 아파트에서의 감금과 밤의 아름다움에 관한 놀라운 감성 등 연극에서 주목할 만한 것들은 많았다. 비록 심금을 울리는 감동의 대부분이 광기와 아주 가까워 보이긴 했지만. 다시 말해 감금 등으로 인한 불안감이 그러하다. 더불어 테네시 윌리엄스는 진부한 표현뿐 아니라 그토록 내가 자주 범하는 그 반대의 경우도 피해가면서, 금기라곤 거의 없고 또 그 자신만의 법칙까지 갖고 있는 나름의 형식을 통해 효과를 발휘했다.

어원은 하루에 열일곱 장이나 써나간다는 메리언 쇼의 말을 어제 듣고 심란해졌다. 지난 15년 동안 이 일기장에 소설 쓰기에 관한 글을 기록해왔는데 오늘 아침부로 이를 자제해야겠다. 아마도 내일이면 「서턴 플레이스 이야기」를 끝마칠 수 있을 것이다.

잘 쓸 것, 정열적으로 쓸 것, 좀더 자유롭게 쓸 것, 좀더 너그러워질 것, 자신에게 좀더 엄격해질 것, 욕망의 물리적 힘뿐 아니라 그 지배력에 대해서도 인지할 것, 글을 쓸 것, 사랑할 것.

• • •

5월 4일, 내 아들 벤저민이 태어났다. 아, 너무나 멋지고 너그럽고 부드러운 내 아내여. 우리 둘 모두는 더 강한 운명의 힘에 얽매이게 됐다. 병원의 램프가 리놀륨 바닥에 반사돼 환한 빛을 내뿜는다. 저멀리 있는 놀이공원, 도시, 고속도로에서는 아름다운 불빛이 흘러나온다. 심장도 시계도 멈춰버린 듯하다. 무의식 상태에 빠지면 그렇듯이 뭔가를 중얼대는 메리, 가스와 에테르로 인한 환각 상태, 바짝 말라버린 입맛, 산마루처럼 이어진 조명들의 광환光環. 자비와 고통에 응답하는 인간의 위대함이 분출하는 순간이다. 성스러운 순간이여. 저 먼 곳에 있는 도시(병원, 묘지, 부두 들)의 일들을 우리는 잊었다. 네가 태어나던 날 나는 욕실 바닥에서 베이럼* 한 병을 깨뜨렸다. 어젯밤에 나는 네 엄마를 데리고 매기 테이트Maggie Teyte**의 노래를 들으러 갔었다.

• • •

노먼 메일러의 책『벌거벗은 자와 죽은 자』를 읽은 후 매우 기쁘고 흥분됐다. 특히 그 방대한 양이 인상적이었다. 책을 읽는 동안 부족한 나의 재능에 실망감이 몰려왔다. 내가 키우는 가을의 장미와 겨울의 황혼을 바라보다가 위대한 작가들 무리에 섞일 수 없을 것 같다는 생각이 들었다. 메일러가 묘사한 글 중 한 남자, 나이든 어느 이탈리아 병사가 기억에 남는다. 그는 처음엔 우스꽝스러운 인물로 보이다가 다음엔 용감하고 똑똑한 사람 같더니 마지막에는 완벽하리만치 또 명백하게 즉흥적이고 미성숙한 영혼을 보여주는 어리석은 자로 여겨졌다.

---

* 향료의 일종.
** 소프라노 가수.

내가 마침내 알게 된 것은 프랭클린 난로에서 타는 박달나무 냄새뿐만은 아니다. 오늘 아침 나의 자신감과 나의 모든 한계를 깨달았다. 어떤 면에서는 상냥하고 부드럽지만 음울하고 주관적이며, 내가 쓴 글을 어쩔 수 없이 내 기질 중 일부인 천박함으로 판단할 수밖에 없는 나는 괴벽스러운 사람임에 틀림없다.

• • •

일요일 밤의 공원. 하늘에서 물러나는 빛과 짙어지고 두드러지는 거리 위의 생명체. 그 경험이 선사하는 누그러들지 않는 성욕. 가로등 불빛에 보이는 작은 가슴, 검은 드레스로 옥죄어진 탓에 드러나는 그 가슴의 주름. 두세 명씩 짝을 이뤄 거닐거나 함성을 지르며 잔디밭 위에서 레슬링하는 젊은이들. 화려하게 빛나는 둥근 조명들, 나무들의 형체, 그 자체로 에로틱한 감정을 불러일으키는 조명들과 형체들. 그리고 음악. 아주 많이 사용된, 하지만 잘못 사용되어온 음악. 돌풍과 천둥을 뚫고 들려왔던 음악, 사람들이 레스토랑이나 공원 벤치에서 식사할 때 흘러나왔던 음악, 라디오 연극에서 클라이맥스를 강조하거나 영화에서 끔찍한 문제에 대한 해결책을 제시할 때 들려주는 음악, 특유의 난방 냄새가 풍기는 고등학교 강당에서 연주됐던 음악, 인도와 이탈리아와 뉴햄프셔 등지의 기념비적인 음악당에서 울려퍼졌던 음악. 꺾어지는 길목에서 풍겨나오는 어느 집 정원의 향기. 여기의 많은 사람들이 노인임에도 느껴지는 청춘의 강렬한 감각. 그 순수한 욕망.

• • •

이제껏 그랬던 것처럼 우리는 가난하다. 집세는 아직 내지 못했고 먹을 것도 거의 없다. 상대적으로 보면 먹을 것이 더 적다. 식용 혓바닥 통조림과 달걀이 있을 뿐이다. 청구서는 쌓여 있다. 나는 일주일에 이야기 한 편을, 아니 그보다 더 많이 쓸 수 있을지 모른다. 시도해본 적은 있지만 결코 성공하지 못했다. 난 다시 시도할 것이다.

• • •

뉴욕-퀸시-뉴헤이븐-뉴욕. 목요일 아침 늦게 비행기를 탔다. 여행, 그리고 여행에 대해 아주 마음 편하게, 또 장황하게 써내려갈 때의 가벼운 마음. 택시, 연착된 비행기, 코모도어 혹은 롱샴 식당에서의 마티니와 로스트비프 샌드위치, 반쯤 비어 있는 뉴스영화 극장, 그토록 오랫동안 스크린을 가로질러 걸어가던 회색과 흰색 피부의 난민들, 공항행 버스, 무슨 이유에서인지 침실처럼 꾸며놓은 후끈한 비행기 내부, 지명地名들이 적힌 창문 커튼. 부르릉대는 엔진, 그 엔진이 날개 밑의 수천 피트 아래로 떨어질 경우 마력에라도 걸린 것처럼 즉각 벌어지고 말 참사. 아직도 땅에서 벗어나지 못한 듯, 짐을 너무 많이 실은 듯, 또 오직 엔진의 위대한 노력으로 롱아일랜드의 수천 피트 상공 위에 떠 있는 듯 여겨지는 작은 비행기. 오후에 접어들자 마치 천국의 불꽃처럼 닥쳐오는 폭풍, 구름에서 아래로 불려나와 땅 위로 퍼져가는 흐릿한 연기. 하늘에서 내려다본 아일랜드풍의 보스턴……

보스턴은 얼마나 자그맣고 순진해 보이는가. 퀸시에 도착. 여전히 고집 세고 여전히 제멋대로인 엄마. 뉴헤이븐으로 가는 아침 기차, 그리고 그곳의 많은 사람들. 또다시 퀸시, 크리스마스이브의 이 음울한 마을. 조선소나 철공소에 가고자 약국 창문에서 새어나오는 강렬한 불빛 아래 트롤리 전차를 기다리는 사람들. 크리스마스를 맞아 화려하게 차려입는 남자여자들. 그리고 낮시간 내내, 또 밤시간 내내, 보이지 않는 곳과 보이는 곳의 모든 앰프와 찬송하는 이들이 노래하는 "너희 기뻐하는 자들을 하느님께서 편히 쉬게 하신다". 그리고 종이 연주하는 〈고요한 밤 거룩한 밤〉. 저 요염한 여자의 아름다움.

• • •

　『뉴요커』지에서 「베가」「시시포스」「이성적인 음악」을 거절했고 아마 「조지」도 거절할 것이다. 그들이 올해 보너스를 전혀 주지 않았고 생계비에도 못 미치는 임금을 지불했다는 사실이 자주 나를 터무니없이 화나게 한다. 이는 일종의 가부장적인 관계이며 그것이 사실이든 상상이든, 정말이지 난 내게 돌아온 거절에 대해 확실한 반응을 보일 생각이다.

• • •

　가벼운 감기에 걸렸다. 결코 심각한 증상은 아니지만 이로 인해 우울해지고 열과 마른기침이 있을 때마다 항상 불안해진다. 마른기침을 하면 가끔 소량의 피가 나오기도 하는데 그럴 때면 엄습해오는 죽음의 예감으로 난 말 그대로 심술궂어진다. 어젯밤 아내는, 내가 볼 때 나름의 합리적인 이유로, 그녀로부터 잠시 떨어져 있어달라고 제안했는데 나로선 이성적으로 대할 수 없는 제안이다. 오랜 별거나 이혼처럼, 오직 삐뚤어진 그 어떤 형태로만 스스로를 분명히 드러내는 일종의 자존심이 발동된 것이다. 우리 중 누구도 속을 터놓고 얘기하거나 관대하지 않기 때문에 오랜 기간의 별거는 위험하다. 아내의 성격 중 일부는 사교

성이나 따뜻한 애정과는 거리가 멀며 한바탕 상처를 주지 않고
는 내게든 아니면 누구에게든 양보하는 법이 없다. 그녀는 어릴
때부터 홀로 있는 것에 익숙했고, 따라서 고독이라는 습관이 이
따금 아내를 찾아온다. 가끔 아내는 자신의 사생활이 완벽하게
존재하지 않는다는 생각에 질식할 것 같은 기분을 느낀다고 했
다. 아내라면 당연히 할 수 있는 말이다. 나는 아내의 이런 면을
연애할 때도, 결혼할 때도 알고 있었다. 최근에 깨달았지만, 나의
인생은 실패의 모든 특징들을 포함하고 있는 것 같다.

· · ·

어젯밤, 모노그램monogram*이 제자리에 위치하도록 목욕수건
을 잘 접으면서 (그리고 자벨이 편집한 랭보 시집의 시 한 편을
읽은 후) 나는 내가 여기서 무엇을 하고 있는지 의아해졌다. (꽃
이나 광나는 담배 상자 같은) 외적 질서에 대한 우려는 (우리를
둘러싼) 잔인한 사회적 혼란에 관한 우리의 자의식을 보여주는
징후인 동시에, 우리로 하여금 그와 같은 사회적 혼란을 인지하
도록 하는 역할도 담당한다. 다시 말해 우리의 빵이 오염됐다는
사실을 간과하게 한다. 나는 고귀한 계급 태생이 아니며 그리하

---

* 두 개 이상의 글자를 합쳐 한 글자처럼 도안한 문양이나 표지.

여 인생 초기에 나 자신을, 마치 스파이처럼, 중산층 계급에 슬그머니 밀어넣음으로써 공격에 유리한 위치를 점해야겠다고 결심했었다. 하지만 이따금 난 이런 나의 임무를 망각하고 위장된 내 모습을 너무 심각하게 받아들이는 것 같다.

• • •

사랑, 어느 봄날 밤의 사랑. 그녀의 나이트가운에 달린 면 소재의 레이스, 잠들기 전 그녀가 사용하는 로션 혹은 향수의 신선한 향기, 그녀의 검은 머리와 잘 보이지 않는 창백한 얼굴, 흐트러진 레이스, 창틀 및 겹쳐진 커튼을 통해 새어들어와 우리의 몸 사이를 가로지르듯 비추는 가로등 불빛. 애정과 실망에 관한 완벽할 만큼의 솔직한 토로. 한 육체의 다른 육체에 대한, 한 대답의 다른 대답에 대한 완벽한 반응. 그리고 우리의 지적 능력을 사로잡아버리는 그 어떤 매혹을 향한, 이질적이고 압도적인 폭력이 여전히 남아 있는 곳을 향한 느릿느릿한 여행. 그리고 달콤한 잠.

피라미드여, 신이여.

이탈리아 문법책을 읽어라, 프랑스어 사전을 아무데나 펼쳐 어떤 프랑스 단어라도 읽어라. 이번 달에 우리는 어떻게 먹고살아야 하는지가 진정한 질문이다.

나는 성공적이지 못했던 나의 이야기들을 되풀이해서 열거한 후 그것들을 수정할 계획을 세웠다. 그것들이 만족스러운 기준에 미치지 못함을 알고 이에 더 나은 글이 나오기를 기다렸지만 아무 성과도 없었기에, 나는 이 글들을 그저 모험적인 사업 정도로 간주하고, 있는 그대로 보이는 것처럼 이류 작품 수준 정도로 마무리해야만 한다. 「이성적인 음악」은 완성할 계획이다. 반드시 다시 수정해 출판사에 보내야 한다.

「베가」에는 본질적인 극적 요소가 결여돼 있다. 지식인의 무책임한 간섭을 극적으로 표현하고 싶지만 애치슨에게 숨결을 불어넣을 수가 없을 것 같다. 나는 당장 이를 다시 읽은 후 어떡하면 좋을지 궁리할 것이다. 그리하여 어떤 결과가 나오는지 확인할 것이다.

「가난한 자들에게는 슬픈 날, 크리스마스」는 당연히 재미있는 이야기가 될 것 같다.

「엠마 보인턴」도 있다. 가벼운 글이지만 어느 정도는 팔릴 것이다.

• • •

  G, 그리고 J와 함께 크랜베리 호수에서 낚시를 하고 온 지 이틀이 지났다. (5월 11일이다.) 다른 여행에 비해 적을 만한 것이 별로 없다. 거론할 만한 그 무엇(색깔, 소리)도 없었던 듯하다. 우리는 노스 화이트 플레인스까지 기차를 타고 갔고 그곳에서 마중 나온 J를 만났다. 미끼는 아몽크에서, 낚싯대는 차파콰에서 마련한 후 북쪽인 타코닉 파크웨이까지 올라갔다. 이른봄이라는 계절에 맞지 않게 더웠던 늦은 오후, 네다섯 번 정도 길모퉁이를 돌자 초록의 계곡이 마치 평화로운 왕국처럼 우리 아래쪽으로 펼쳐졌다. 우리는 저녁식사를 하기 위해 라인벡의 한 여관에 도착했다. 어두워지기 십 분 전이었다. 초록색 신호등. 우체국 앞에서 깃발을 내리고 있는 한 여인. 심지어 전쟁 발발 직전이라 해도 이 평온함과 거대한 고요함은 변함없을 것만 같은 강변마을의 여름 저녁. 어둠 속의 저편은 올버니와 새러토가를 거쳐 글렌스 폴스까지 이어져 있다. 호텔방, 호텔 술집, 흰색의 야외음악당이 있는 텅 빈 푸른 공원이 내다보이는 창문, 사방에 나무를 거느린 자급자족적인 도시, 일상적인 풍경들, 연속성, 관습. 달이 저물어가고 있다. 벌거벗은 채 사탕단풍나무로 만든 안락의자에 앉아 스트레이트 스카치위스키를 마시면서 잠을 이루지 못하고 갈색 머리의 아내 얼굴을 떠올렸다. 계속 잠이 오지 않아 지는

달만 바라봤다. 다음날 아침, 공원 안에 있는 우아한 자태의 느릅나무 사이로 많은 비가 내렸다. 5월의 빗속으로 보이는 도시의 일상적인 풍경들.

조지 호Lake George*와 워런버그Warrensburg**를 통과했다. 조지 호를 보니 일광욕과 수영, 소다수인 페그와 진을 즐겼던 그 특별했던 시절이 떠올랐다. 이어 산을 넘어갔는데 햇살이 너무나 강렬하고 눈부셔, 뉴햄프셔의 새벽에 경험할 수 있는 바처럼, 마치 렌즈를 통해 사물을 바라보는 느낌이었다. 크랜베리에 다다른 우리는 호수 위쪽에서 워런의 보트를 타고 야영지에 도착했다. 도착해보니 한마디로 말해 기묘하다는 생각이 들 만큼 난장판도 이런 난장판이 없다. 오래된 『새터데이 이브닝 포스트』지와 『우먼스 홈 컴패니언』지의 앞면이 녹슨 못에 박혀 벽에 붙어 있고 고대 그리스 미술품 사진이 실린 1909년 달력이 있는가 하면, 벽마다 낡은 천으로 만든 커튼이 달려 있고, 오래된 속옷과 노퍽 재킷Norfolk jacket***을 비롯해 겹쳐진 부분에 좀먹은 흔적이 있는 낡은 플란넬 천이 보였으며, 천장에 매달아놓은 십자 모양의 철사에는 구멍 뚫린 새들 슈즈와 스니커즈 운동화, 모카신****, 부츠, 낡은

---

* 뉴욕 주에 위치한 휴양지 호수.
** 뉴욕 주 소재. 조지 호의 서쪽에 위치한 지역.
*** (허리에 벨트가 달린) 느슨한 주름이 있는 재킷.
**** (북미 인디언의) 밑이 평평한 노루가죽 신.

고무장화 등이 각각 끈에 매달려 있었다. 이들 모두는 전혀 쓸모가 없지만 미래에 있을 모종의 용도를 위해 남겨진 것이다. 즉이 쓸모없는 것들의 집합체는 이것들의 주인이었을 그녀에게, 아니 어쩌면 둘 모두에게 뭔가를 의미하고 있다.

그곳의 풍경은 사납고 황량하기만 했다. 얕은 시냇물에는 죽은 소나무들이 마치 버려진 돛대처럼 서 있었다. 반면 언덕은 새로 심은 포플러 나무와 노란 자작나무들이 뒤덮고 있었다. 비버가 만든 댐. 오리와 거위. 토요일에 선착장에 앉아 호전적인 송어들을 낚고자 미끼 꿴 낚싯대를 어두운 호수에 던져 10마리를 잡았다. 그렇게 낚시를 했던 토요일 밤에 나는 또 잠을 이룰 수없었고, 일요일이 되자 G와 함께 고무보트를 묶어놓고 숲을 통과해 다닝 니들^{Darning Needle} 연못까지 걸어갔다. 죽은 나무들은 어떤 인간의 실패를 알리는 유적이기라도 한 것처럼 연못에 으스스한 기운을 풍기고 있었다. 검은 물 위로 반사되던 하얀 빛. 추위. 비참함. 달걀 프라이. 온종일 낚시한 결과 송어 19마리를 낚았다. 우리는 어두워지기 직전 다시 숲을 통과해 보트를 타고 호수를 건넜다. 사슴이 보였다. 그리고 깊이 잠들었다.

• • •

이 두 사람, 나를 포함하면 세 사람. 그는 그녀에게 결코 미소짓거나 다정한 말을 건네지 않는다. 그리고 그녀가 어떤 의견을 피력하려 할 때마다 한숨을 쉬거나 방에서 나가버린다. 그의 짜증과 무시가 남긴 상처가 우울한 그녀의 얼굴에 드러난다. 그녀는 때론 즐거운 듯 보이고 때론 (짜증내는 남자를 통해) 자신이 바보임을 확신하는 것 같기도 하다. 그녀의 오빠나 아버지도 그녀를 바보라고 생각했을까? 외로운 여인. 사람들이 자신에게 기대하는 바대로 행동하며 사는 외롭고도 바보 같은 여인. 그녀는 침대를 정리하거나 우리가 돌아올 때면 난로에 불을 피운다. 우리 저녁식사도 준비한다. 그런 후에야, 다시 말해 우리가 식사를 마치고 시간이 꽤 지나서야 자신이 먹을 것을 준비하고 커피를 여섯 잔 마신다. 아까 불붙여놓은 담배는 잠시 까맣게 잊은 채. 그녀는 비참한 처지로 몰락했고 이를 감수하며 살 뿐이다. 자신이 알코올중독자라도 되는 것처럼, 혹은 알코올중독만큼이나 가망 없는 약점(아마도 바보스러움일 것이다)을 안고 살아가기로 작정한 것처럼. 그러한 약점은 그들의 결혼 계약이 이뤄지기 전에는 발견되지 않았었다. 이후 아이들이 태어났고 어느 날 밤새 대화를 나눈 끝에, 그게 뭐든 결혼생활에 이 같은 약점을 포함시키기로, 그리고 이를 죽을 때까지 안고 살아가기로 서로 동의했을 것이다. 지금 아무 말 없이 불 옆에 앉아 있는 그들을 보며 생각해본다. 어떤 비극을 공유하고 있다는 인식에 의해, 또 서로의 노력이 끔찍한 실패로 돌아가버렸다는 인식에 의해 한데 묶여 있지만 아이들에 대한 사랑과 법에 대한 존중 때문에 계속 함께 살아갈 한 남자와 한 여자. 난 이것이 사실이 아님을 안다. 즉 그들의 자녀들 중 누구도 익사하지 않았으며, 그들이 돈 때문에 친척을 독살한 것도 아니다. 그들 사이에 놓여 있는 형용하기 어려울 정도의 범죄는 오직 그들의 평범한 일상에 의한, 또 수시로 난무하는 무정한 말과 실망에 의한 결과일 뿐이지만 이는 그 어떤 악, 혹은 살인만큼이나 무겁게 그들 위에 걸려 있는 것이다. 그는 사회의 법에 큰 존경심을 지니고 있다. 법에 대해서는 청교도처럼 엄격한 존경심을 갖고 있다. 다만 그토록 소심한 탓에 사적인 사실에 대해 내게 지적하지 못할 뿐. 그래서 내가 바지를 말리려고 바지를 벗었을 때 그는 못마땅해하는 것 같았다. 내 아버지가 그랬듯이 그는 모든 벌거벗은 몸을 마뜩잖은 눈으로 바라본다. 나는 그를 좋아한다. 그러니까 우정 같은 심오한 즐거움을 그에게서 느낄 때가 있다. 하지만 그럴 때마다 불쌍한 사람이 불쌍한 사람에게 말을 거는 것 같은 비참한 기분이 든다. 이 얼마나 우스운가. 이 얼마나 절망적인가. 비록 죄 진 사람은 아니지만 나보다 앞장서 호수로 난 오솔길을 내려가고 있는 그는 마치 끔찍한 범죄에 우연히 연루돼버린 사람처럼 행동하고 있다.

저녁식사를 하면서 맥주 두 병을 마신 후 나는 인간은 육욕적이지 않고 흉포하다고 결론 내렸다. 하지만 내가 모든 사물에 부여하는 성적인 해석(이를테면 내 눈에 산은 사람의 무릎과 쇄골로 보인다)이 나를 곤란하게 한다. 그러나 이는 고상함이라곤 전혀 없는 인간이 짊어져야 할 부담들 중 하나인 듯하다. 십 분도 안 돼 터퍼 레이크Tupper Lake*의 열차 승무원과 짐꾼, 두 명의 웨이터, 그리고 영업사원 한 명이 자신의 그것이 매우 크고 쓸 만하다며 은밀한 제안을 해왔다. 우리가 엿듣게 되는 대화 속에는 이처럼 돈과 욕정이 넘쳐나고 있는 것이다.

나는 지쳐 있지만 이는 곧 지나갈 것이다. 나는 아내의 몸과 아이들의 순수함을 사랑한다. 그보다 더 사랑하는 것은 없다.

• • •

따뜻했던 날씨는 지나가고 어제는 무더운 한여름 날씨였다. 아주 덥다. 뒷방에 앉아 있으려니 너무 뜨거운 열기에 종이가 타는 듯한 냄새마저 느껴진다. 그런 후 날이 어두워지면 공기는 얼마나 미묘한 방식으로 신선해지는가. 완벽할 만큼 둥근 모양의 창백한 달은 어떻게 그렇게 숲에서 튀어나올 수가 있는가. 시원하고 습한 공기와 달빛 속에서 가을의 흥취가 느껴진다. 과수원을 통과해 들판을 가로질러 돌아올 때 땅에 떨어진 과실 냄새와

_____

* 뉴욕 주에 위치한 마을 이름.

사과의 싱그러운 향기가 나를 맞는다. 그러나 다음날이 되면 낮에는 여전히 덥다가 달 밝은 밤이 되면 또 가을이 느껴진다. 이런 다양함이라니, 우리의 감각과 기억에 영향을 미치는 그 지속적이고 자극적인 현상이라니. 가을은 얼마나 미묘한 방식으로 북서풍과 보름달 위로 내려앉는가. 그럴 때 여름이라곤 전혀 없다. 여름은 환상일 뿐이다. 독립기념일 무렵이면 골든로드 꽃이 피고 단풍나무의 푸른 색깔도 바래기 시작한다. 꽃과, 진 술병과, 스테이크 뼈의 날들이여.

• • •

나는 스스로에게 계속 이렇게 말한다. 이것은 지속될 수 없다고. 그래, 그래, 그래. 이건 전부 다 잘못됐어. 앨곤퀸*에서의 점심, 앙티브**에서 돌아온 쇼 부부, 로마에서 온 엘리노어, 사이암***에서 돌아온 페렐만 부부, 다른 누군가의 아파트에서 어윈에게 파티를 열어주는 케이파, 홀 바닥에 우편물이 떨어지는 소리를 들을 때 그것들 가운데 어쩌면 사랑, 우정, 명예, 혹은 수표가 담긴 편지들이 있을지 모른다는 느낌. 아침식사를 하고자 앉을 때 들었던 생

---

* 캐나다에서 가장 오래된 주립공원.
** 프랑스 남동부에 위치한 휴양지.
*** 태국의 다른 이름.

각, '난 반드시 구원받아야 해'. 깊은 잠에서 깨어날 때면, 그래서 성적인 에너지가 그토록 충만해질 때면 내 세계에서 의심이란 것이 차지할 여지란 전혀 없다. 하지만 다음에 이어지는 나의 저녁은 왜 그렇게 다른가. 술, 요리하는 냄새, 계단을 오르내리는 아이들의 슬리퍼 소리, 그리고 아름답고 끔찍한 어떤 무엇에 의해 감금돼 있다는 이 느낌. 궁금해진다. 이 구금은 치명적인가? 나는 나를 해방시킬 능력을 갖고 있기는 한가?

• • •

11월 27일. 눈이 내린다.

• • •

12월 5일. 아내의 제안도 있고 해서 솔 벨로의 소설을 통독했다. 벨로의 작품에는 내가 좋아하는 프랑스인과 러시아인의 혼혈인이 등장하며 또 세밀함과 혐오에 힘입어 묘사된 바퀴벌레와 벗겨진 벽지가 나온다. 이 작품의 주된 힘은 시적인 정서라고 난 생각한다. 그것들 중 어떤 것들은 ("나는 뼈 위에 서 있다"는 표현 등등) 아주 나쁜 시다. 하지만 어떤 것들은 아주 좋다. 나는 항상 빛을 좋아해왔고 이를 즐겨 묘사해왔다. 그리하여 그다지 영민하지 못한 내 머리를 쥐어짜 구체적인 묘사법을 개발하거나 혹은 아예 포기하려고 필사적으로 애써왔지만 역시 벨로의 세밀함은 인상적이다. 이에 난 또다시 내 글에 등장하는 감상, 육욕, 그리고 신파를 정당화하려고 애쓰고 있을 뿐.

어제는 어떤 프랑스인-스위스인 커플이 그들의 딸을 위해 5번가에서 주최한 한 파티에 수지를 데려다주고 왔다. 귀엽게 생긴 하녀, 귀를 즐겁게 하는 프랑스어, 분홍색 방, 어느 늦은 겨울날 오후 고급 과자점에나 놓여 있을 법한 사탕과 향수 냄새. 하지만 난 곤란할 정도로 부끄러움이 많다. 엘리베이터 직원에게 기다려달라고 부탁한 뒤 수지를 문까지만 데려다주고 돌아왔다. 최소한 그보다 훨씬 더 잘할 수 있으련만. 5번가를 걸어내려가니 메트로폴리탄 극장에서 쏟아져나온 군중이 나를 맞는다. 사람들은 스트라디바리우스가 베토벤 4중주를 연주한 적이 있던 프릭 갤러리에서 빠져나와 북쪽 방향으로 걸어갔다. 하늘은 칙칙했고 안개가 끼어 있었다. 그 칙칙한 조명 아래 센트럴 파크에는 도시의 죽은 나무들이 덤불처럼 한데 모여 있다. 두 줄로 나란히 늘어선 가로등이 안개를 뚫고 노란 불빛을 내뿜는다. 여기는 마치 계몽 시대의 한 도시, 즉 세기의 전환점에 서 있던 파리나 런던을 연상시킨다. 인간 창의력의 궁극적인 증거물, 즉 진보가 지배했던 당시의 도시들 말이다.

내 문체는 사색적이고 부드러운 것 같다. 내 묘사력은 내가 원하는 만큼의 수준에 이르지 못했다. 이 방에 약간의 공기와 빛이 들어오게 하고 싶다. 오늘 아침 잠에서 깨면서 역동적인 주먹다짐 장면을 활용해볼 수 있지 않을까 하는 생각이 들었다. 글을 쓰고 싶지만 뉴저지의 밤이라든가, 콜럼버스 서클Columbus Circle*의 사람이라든가, 병적인 생각이 과도하게 들어간 어떤 이야기가 아닌 뭔가 묵직하고 강력한 글을 쓰고 싶다. 혹서酷暑에 대해서도 쓰고 싶지 않다. 뉴스에 따르면 베를린에 눈이 내렸다 한다.

쇼 부부의 손님, 예를 들어 P 같은 사람은 서쪽에서 왔어야 한다. 그리고 그녀는 서쪽에서 왔다. 젊은 여인에게서 볼 수 있는 고운 얼굴색, 한쪽 눈에서 보이는 미묘한 시선, 목 부근에 두른 푸른 삼각형 무늬가 있는 자주색 스카프. "오늘이 무염시태無染始胎** 축일인 걸 아세요?" 그녀가 물었다. 계속해서 그녀는 자신은 가톨릭 집안에서 교육받았으며 부모가 유대인과의 결혼을 반대해서 지금도 자신을 처녀 적 이름으로 부른다고 말했다. "그건 아무것도 아니에요." 그녀가 말했다. "우리가 결혼하던 날, 부모님

---

* 뉴욕에 위치한 거리의 지명.
** 성모마리아가 예수 그리스도와 마찬가지로 원죄 없이 태어났다는 로마 가톨릭 교회의 교리.

은 아예 몸으로 막으려고 하셨죠." 내가 말하고자 하는 건 그녀가 우리보다 더 단순하다는 점이다. 우린 식탁에 둘러앉아 칵테일을 마시고 오르되브르*를 먹었다. 그녀가 말했다. "나는 진실한 대답을 듣고 싶어요. 유대인이란 대체 뭐죠?"

• • •

보스턴, 퀸시, 뉴헤이븐 등지에서의 크리스마스. 나의 자긍심을 고취하는 강장제는 바로 지하실 방을 떠나는 것이다. 보스턴행 비행기는 연착되었다. 하늘 길은 구름이 끼어 험난했다. 보스턴에서 탄 택시가 찰스타운에서 오도 가도 못하게 되는 바람에 도시로 걸어들어가야 했다. 날은 어둡고 비가 내렸다. 나는 트롤리 전차와 지하철, 버스를 이용해 퀸시로 갔다. 북대서양 해안을 따라 늘어선 작은 만과 해협, 그리고 감조하천에는 일인용 보트들과 다 허물어져가는 보트 대여점, 미끼를 파는 점포들이 늘어서 있고 대여용 노와 소형 보트들도 보였다. 노와 소형 보트의 경우 (어쩌면) 바다 밑바닥에서 건져올렸거나 아니면 조수에 밀려 흙 지천의 둑에 처박혀버린 쓰레기들을 이용해 만든 것으로 보였다. 양철로 만든 굴뚝들은 헝겊으로 덧대어져 철사로 한데

---

* 전채前菜 요리.

묶여 있다. 크래커와 치즈는 물쥐로부터 보호하기 위해 바구니에 담긴 채 천장에 매달려 있다. ('판매용 미끼'라든가 '대여용 보트' 같은) 표지판의 문구는 아마 어떤 초등학교 1학년생이 적었을 것이다. 이런 회사들과 낡은 점포와 부두를 둘러보고 있자면 인간의 노력과 바다 사이에 줄을 긋기란 불가능하다. 바다에서 건져올린 것들은 다시 소모된다. 일견 덧없어 보이는 미끼 판매점과 보트 대여점들은 가라앉고 있는 해안을 따라 마을과 도시까지 퍼져 있는 듯하다. 가장 큰 건물들(은행)조차도 자칫 파도에 파괴될 가능성이 있다. 바다는 어디에나 존재한다. 조수가 높아질 즈음이면 페인트 공장의 주차장에는 소금물이 고인다. 중고차 주차장에도 물이 발목 부근까지 차 있다. 다 이런 식이다.

이제 여든이 되신 어머니를 비롯해 내 가족들은 말하길, 아버지는 당신이 돌아가신 후에 어머니가 읽을 수 있도록 어머니를 비난하는 편지를 책상에 남겨두셨다고 한다. 어머니는 그 이야기를 고치려고 애를 쓰셨다. 어머니와 함께 앉아 있어도 내가 어머니를 아직 잘 모르고 있음을 느낀다. 아침이 되어 버스와 지하철을 이용해 다시 보스턴으로 갔고 다음에는 기차를 이용해 뉴헤이븐으로 갔다. 이네스 영 식당의 요리사가 전날 급사했다 한다. 프레디는 나를 도서관으로 데려가 오래된 회중시계 케이스 두 개를 보여줬다. 뒤쪽의 벨벳을 제거하면 포르노 그림이 나오는데 우습게 생긴 커다란 페니스를 가진 여자 그림 같은 것들이다. 내가 보기에 P는 가끔 아주 짓궂다. 나 자신으로 말할 것 같으면 너무 민감한 것 같고. 점심을 먹기 전에 메리가 울었다. 하지만 크리스마스 다음날, 비 오는 아침에 수지와 산책을 하면서 그토록 많은 고통과 좌절을 안겨줬던 열등감에서 (자유롭고 또 강한) 내가 풀려났다는 느낌이 들었다. 기차를 탄 덕분이자 지하실 방을 하루이틀 떠나 있던 덕분이다. 오직 이런 기분하에서만 계속 살아갈 수 있다. (혹은 글을 쓸 수 있다.) 그리고 나는 이런 기분을 내가 일하는 방에서 떠나 있을 때만 만끽하는 듯하다. 경멸스러울 정도의 왜소함, 내 작품의 평이성, 혼란스러운 나날들. 적어도 바로 이런 것들이 나를 아침에 일어나지 못하게 하는 요소들이다. 사람들과 얘기하거나 기차를 탈 때, 인생은 질문이 필요치 않은 선함을 겉으로 드러내는 듯하다. 내 타자기에서 예닐곱 시간을 보내거나 부서진 안락의자에서 숙취에 곯아떨어져 있을 때, 나는 나 자신으로부터 시작해 모든 것들에 대한 질문으로 그 끝을 맺곤 한다. 그러다 아주 병적인 결론에 이르면서 나는 자주 죽음을 원하게 되는 것이다. 나는 글쓰기와 인생 사이에서 어떤 균형점을 찾아내야만 한다. 자기파괴적인 생각을 계속해서는 안 된다. 아침에 일어날 때 난 더 강해져야 한다고, 더 잘해야만 한다고, 최소한 내 아이들을 위해 존경할 만하고 계도적인 작품을 남겨야 한다고 스스로에게 되뇌곤 하지만 한 시간 후 타자기 앞에 앉으면 후회의 감정에 파묻히고 이어 방에 홀로 앉아 있는 아론의 이야기를 한두 장 써내려간다, 그의 영혼을 둘러싸고 있는 벽이 무너짐을 느끼면서. 나는 작품을 써야만 한다. 그리고 날씨가 좋으면 이를 즐기고 또 숙면을 취하는 등, 내 작품은 내가 만족스러운 생활을 하고 있다는 올바른 지각을 내게 반드시 선사해야 한다. 내게 건강은 본질적인 것이며 그것은 문학과 함께할 때 가능하다.

● ● ●

마음속에서 자기파괴가 시작될 때, 그것은 그 크기가 단지 모래알 정도에 불과한 것처럼 보인다. 그것은 두통이요, 가벼운 소화불량이요, 오염된 손가락에 지나지 않는다. 하지만 당신은 8시 20분 기차를 놓치고 신용기한 연장정책에 관한 회의에 늦게 도착한다. 점심을 함께하기로 한 옛 친구는 갑자기 당신의 인내심을 바닥내고 이에 당신은 유쾌해지기 위한 노력으로 석 잔의 칵테일을 들이켠다. 하지만 그때쯤이면 이미 하루는 그 형태를, 그 의미와 감각을 잃어버린다. 어떤 목적과 아름다움을 되살리고자 당신은 너무 많은 칵테일을 마시고 너무 많은 얘기를 하고 다른 누군가의 아내를 유혹하면서 결국은 바보스럽고 외설스러운 어떤 일로 치닫게 되며 아침이 되면 차라리 죽어버렸으면 좋겠다고 생각한다. 그러나 이와 같은 심연에 빠지게 된 경로를 되돌아보려 할 때 당신이 발견하게 되는 것은 모래알뿐이다.

• • •

이 작은 마을에도 찾아온 할로윈데이의 오후. 가게 창문의 대부분은 묘비, 마녀, 악마, 유령으로 장식돼 있다. 유치한 그림도 보인다. 토끼로 분장한 소녀가 어머니의 손에 이끌려 길을 건넌다. 엄마 치마를 입고 엄마 구두를 신고 엄마 립스틱을 얼굴에 칠한 작은 소년은 가로등에 기대어 있다. 휴일의 흥분. 강 위로 해가 아름답게 지기 시작한다. 나는 기차를, 메리 혹은 요리사를 기다리는 중이다. 레인코트와 턱시도 바지 차림의 한 노인, 실직한 웨이터, 여행이 선사하는 놀라운 흥분에 도취된 저 비서. 어둠이 내리면 아이들은 불이 밝혀진 문으로 모여든다. 과자를 주지 않으면 장난을 치겠다면서. 10시 혹은 11시경이 되자 차가운 비가 본격적으로 내리기 시작했다. 나는 말싸움이 잦아들었을 때 빗소리 듣는 법을 배웠다. 비는 말싸움이 곧 끝날 것임을 의미했다. 비는 아득히 먼 무엇을 의미했다. 비는 산 자와 죽은 자와 아직 태어나지 않은 자 위에 떨어졌다. 비 내리는 소리를 들을 때 난 얼마나 심오한 기쁨을 느꼈던가. 마른잎들, 구겨진 잎들, 헤어 모스hair moss*, 호자덩굴 열매 등, 비가 떨어질 때 그 비 내리는 땅의 어지러운 모습을 난 얼마나 분명히 목도했던가.

---

* 중국 요리에 쓰이는 채소의 일종.

· · ·

　화요일 밤에 바람이 다가오는 소리를 들었다. 새벽이 오기 전에 차가운 비가 내리기 시작했고 계절이 바뀌었다. 우울한 날씨, 추위, 그리고 토요일 오후 늦게까지 이어지는 비. 북쪽에서 바람이 본격적으로 불어오자 하늘은 맑아졌다. 우체국까지 걸어내려 갔다. 노랗고 푸른 나뭇잎들이 마치 지폐처럼 어디에나 두껍게 쌓여 있다. 강을 쳐다보다가 산으로 눈을 돌렸다. 강과 산맥은 눈에 덮여 있다.

　토요일 밤에 열린 파티에 참석했다. 여기 눈에 보이는 모래알이 있다. 여기 나를 정복하는 불안정이 있다. 여기 일련의 단단한 사실들과 대면하게 됐을 때, 또다른 맥락에서, 내 마음이 소심해지고 배회하면서 던져지고 회피되는 질문이 있다. 이자율, 은행 잔고, 야구 타자의 타율, 정치적 통계가 내 마음속에 일종의 소심함을 유발하는 듯하다. 화제를 연극으로 돌렸다. 난 내가 교육받지 못한 자임을 기억하고 있다.

· · ·

　어젯밤 찰스 린드버그*와 앤 린드버그에 관한 오래된 뉴스영화 한 편을 보았다. 그야말로 젊은이다운 대담성을 과시했던 젊은이. 자연을 기꺼이 도전할 수 있는 대상으로 간주했던 젊은이. 그는 군대의 부관副官처럼 대담하면서도 어리석었다. 그 탁월했던 비행, 그것이 자신을 거의 초자연적인 위치에 올려놓을 것이라는 예감. 르 부르제에서의 환영 인파. 파리에서의 치하. 대사관 발코니에 내걸린 그의 사진. 절대적인 침착성. 그를 태우고 고향으로 돌아왔던 크루즈 배에 내걸린 그의 사진. 뉴욕 항으로의 입항과 종전 축하행사보다 더 대단했던 환영식. 다시는 보지 못할 충동적인 취재 열기.

그는 엘리자베스 모로와 사랑에 빠진다. 그리고 이어진 그녀의 죽음. 그녀의 죽음. 하지만 그보다 오래전에 앤이 있었다. 찰스는 앤 모로**와 사랑에 빠졌다. 앤은 매우 수줍어했을 것임에 틀림없다. 그리고 결혼.

그들의 황급한 여행. 그들의 첫번째 아이. 타락한 독일인. 거의 변태에 가까웠던 시간들. 광기. 그 독일인은 찰스 부부의 아이를 납치해 무분별하게, 또 잔인하게 살해했다. 동일시를 위해 아이를 보여주는 영화. 귀여운 아이. 재판. 침착한 찰스의 증언과 타락자인 범인을 죽이려 했던 그의 결심. 언론에서 보여주는 동정심의 신기한 분화. 앤의 비극. 범인 하우프트만의 죽음. 또다른

* 1927년 파리-뉴욕 간 대서양 무착륙 단독 비행에 성공한 비행사.
** 엘리자베스 모로와 찰스의 아내였던 앤 모로는 자매 사이다.

아이의 탄생.

둘의 은둔. 그들의 불행했던 동거. 그럼에도 결코 불가능한 이혼. 비극의 심화. 비록 나이는 들었지만 찰스는 젊은이의 표상인 대담함과 솔직함을 여전히 간직하고 있다. 그리고 파시즘과 엘리트에 동조하는 편이다. 그녀가 느끼는 바는 얼마나 다른가. 그녀는 얼마나 말을 아끼는가. 현재의 그녀와 나누는 대화. 상냥한 그녀의 눈과 다소 비틀려 보이는 입술. 잔뜩 긴장한 얼굴. 마치 안티고네*와 대화하는 듯한 분위기. 보다 터무니없는 비극으로 만들고자 한다면, 그녀가 첫번째 아들의 살인범과 닮은 남자를 사랑하게 되는 상황을 가정해볼 수 있으리라.

그 이야기는 잔인하고 경솔할 것이다. 그리고 어떤 면에서는 불가능하기도 하다. 왜냐하면 찰스의 대서양 비행과 견줄 정도로 중요한 그 어떤 사건도 찾아내기가 아주 어렵기 때문이다. 하지만 가볍게 언급한다면 이제 우리는 여기서 플로베르**와 헤어지는 듯이 보인다. 왜냐하면 그가 살았던 시기의 프랑스와 달리 오늘날 우리는 숭배받는 인물들 및 영웅들로 이루어진 서열 체계를 갖고 있기 때문이다. 그들은 우리 시대의 핵심적인 부분이며 우리 문학의 핵심적인 부분이 되어야 한다. 신문에 등장한 비극적인 사건들을 이용해 이 분야를 손댈 수 있다면 좋으련만. 이

---

* 그리스 신화에 등장하는 여성으로 테베 왕 오이디푸스의 딸.
** 프랑스의 자연주의 소설가.

들은 공적인 인물들이다. 이것은 공적인 비극이다. 그들은 유명인이다. 그리고 그들은 통치중인 왕과 왕비의 가치관으로 공적인 평판과 사생활을 바라본다. 그들이 잉글우드Englewood*의 대문을 닫아버리는 것은 『오이디푸스 왕』과 『메데이아』의 문이 닫혀버린 것과 같다. 우리는 쫓겨나고 만다.

이사 준비의 일환으로 예전의 원고를 쭉 훑어봐야만 했는데 15년 전의 내 문체를 확인하고는 실망하고 말았다. 당시의 문체도 뛰어나고 명확해 보였으므로 그간의 발전은 피상적인 것에 불과하다는 생각이 들었기 때문이다. 나는 성숙했다는 어떤 징후도, 보다 통찰력 있는 모습도 보여주지 못했다. 이해력도 더 깊어지지 않았다. 나는 항상 사랑에 빠져 있었다. 들판에서 낮잠 하기를 좋아했고 차가운 호수에서 수영하기를 좋아했고 깨끗한 옷으로 갈아입기를 좋아했다. 과거의 나는 지금의 나보다 더 기력이 넘쳤고 위에 언급한 것들에 대해 더 순진했으며 또 더 사랑했다. 하지만 이는 보다 나은 것을 향한 변화는 아니다. 수많은 메모들이 있고, 그동안 쓴 글이 수천 장에 이르고, 거기에 수없이 많은 인상적인 대화가 있었다. 하지만 그것들 모두 내적 논리성이 부족하므로, 또 열정이 결여되어 중요성은 전혀 없다.

---

* 미국 캘리포니아 주 소재. 한때 찰스 린드버그가 살았던 곳.

···

　메인, 뉴햄프셔, 그리고 버몬트는 내게 세 종류의 사과를 연상시킨다. 러셋, 매킨토시, 피핀이 그것이다. 그중 내가 좋아하는 뉴햄프셔는 러셋이다. 러셋은 적갈색의 겨울철 사과로 속살은 거칠지만 강한 향을 갖고 있다. 뉴햄프셔가 왜 내게는 다른 곳과 비교할 수 없을 만큼 좋아 보이는지 나도 모르겠다. 그저 푸르기만 한 많은 언덕들과 커다란 나무들, 그리고 산들을 많이 봐왔기 때문일까. 헬더베르그Helderberg*는 프랑코니아Franconia** 근처에 있는 산들만큼이나 높다. 하지만 헬더베르그는 동부 해안에서 가장 높은 지대이며 지구 표면 중 가장 오래된 단층애斷層崖로, 산바람이 이 지역을 관통해 불어댄다. 그 공기의 특성은 널리 알려져 있다. 아침이 되면 공기는 차가워지는 동시에 어두워지며 또 유리만큼이나 깨끗해진다. 깨끗한 공기 속의 어두움은 흡사 세토細土의 작은 입자로 구성된 것처럼 거의 눈에 드러날 듯하지만 그럼에도 50마일 정도의 거리는 충분히 내다보인다. 지금 이 시간 무렵이면 공기는 너무나 차가워져 그 고유한 향기도 느껴지지 않는다. 코끝을 간질이는 것은 대개 커피와 소시지 냄새, 또 점심

---

* 뉴욕 주에 위치한 절벽 지대.
** 뉴햄프셔 주 소재.

으로 먹을 차우더*에 들어갈 소금에 절인 돼지고기 냄새다. 11시 경이 되면 태양이 공기를 데워놓는다. 그때부터는 헛간 뒤쪽의 목장에 있는 정원, 소나무, 잡초, 꽃의 향기가 흘러나온다. 공기는 따뜻하지만 여전히 가볍고 또 가변적이다. 점심 이후가 되기까지 공기는 그리 무거워지지 않는다. 이어 설탕과 향료 냄새가 공기에 묻어나오지만 얼마 후 공기가 점점 무거워지고 더워짐에 따라 목장의 풀냄새가 무성해진다. 풀냄새는 향료보다 강해서 마치 약 같은 냄새를 풍긴다. 이 모든 시간 동안 산속의 공기는 여전히 차갑고 가변적인 상태에 머물러 있으며, 오후 5시나 6시 가 되어 아이들이 저녁을 먹으러 돌아올 즈음 마치 구름처럼 차 가운 공기가 나무들 사이로 급속히 퍼져가기 시작한다. (실제로 산의 공기를 느껴보라.) 향료와 약 냄새는 사라져도 차가운 공기 는 비대칭적으로 퍼져나가고 테라스에 서 있거나 장작을 쌓아둔 곳을 향해 걷다보면 호수의 물결만큼이나 분명하게 차가움과 따 뜻함, 깨끗함과 향기로움의 소용돌이를 느낄 수 있다. 저녁시간 이 지나면 테라스의 공기는 다시 시원해지고 또 어두워지며 많 은 냄새들을 머금고 있기엔 불가능할 정도로 (비가 내리지 않는 다면) 아주 가벼워지지만 테라스에 앉아 있거나 집에 있으면 여 전히 가변적인 공기를 눈치챌 수 있을 것이다. 창문에 달아놓은

---

* 생선 혹은 조개에 우유, 절인 돼지고기, 양파 등을 넣어 만든 수프.

커튼이 흔들린다. 열어놓은 굴뚝의 많은 화강암들로부터 풍기는 차가운 돌냄새는 벽에 부딪혀 가라앉으면서 우리가 있는 모든 곳으로 내려앉는다. 이어 그 냄새는 사라지고 이번엔 생화의 향기가 코로 몰려든다. 근처 어딘가에서(헤브론이나 알렉산드리아일까?) 비는 내리고 약 십 분에 걸쳐 내리는 비에서 방출된 자극적인 냄새가 공기에서 느껴진다. 그럼 방, 판자, 재, 꽃이 풍기는 일상적인 냄새는 가만히 정지해 있다. 뉴햄프셔에 대한 나의 반응을 예민하게 만드는 것이 바로 이와 같은 빛과 공기와 물의 지속적인 변화다. 이는 또한 여름과 청춘에 대한 지각이기도 하다. 오시닝Ossining*을 통과해 리버 로드River Road를 따라 큰길을 운전해 내려오면서 도시가 가까워져옴을 느낀다, 동시에 자꾸 추악해져가는 어떤 곳을 향해 차를 몰아가고 있다는 사실까지도.

• • •

빵 한 조각과 스팸 한 통, 그리고 샐린저의 책을 사기 위해 오시닝으로 갔다. 군복무할 때의 느낌이 되살아났다. 하늘은 잿빛이고 날씨는 후텁지근했다. 오시닝은 마치 군부대 지역처럼 보였다. 슬퍼졌지만 그것은 소용없는 슬픔이었다. 아내 메리와 아

---

* 미국 뉴욕 주 동남부에 위치한 마을.

이들이 그립다. 가족의 목소리가 위층에서 들리는 것만 같다. 글을 열심히 쓰고자 매년 이곳으로 와서 가족과 떨어져 지내곤 하지만 한 번도 진정으로 떠난 적은 없으며 가족을 떠나서는 나 자신이 불구나 바보처럼 느껴진다. 내가 아는 모든 사람에게 전화를 걸었지만 모두 어딘가로 가고 없다. 고향 집의 식모에게 메시지를 남기고 마티니를 마신다. 전화벨이 울리기를 기다리면서. 운이 좋지 않으면 난 술에 취해 영화관으로 갔다가 브리스틀로 돌아온다. 그 목적은 한 장소에서 떠나기 위함이지만 결코 벗어날 수 없다. 다른 곳에 결코 갈 수가 없다. 나를 구속하는 것에서 벗어나려 애쓰지만 그 굴레의 본성을 잊고 있다. 영화관에 간다. 4시에 일어나 새벽 무렵까지 책을 읽는다. 내가 여기 와서 하려고 했던 일 외에는 무엇이든 한다.

지난밤에는 긴장해야 했다. 밤이 오기 전에 이 지역에서 죽은 자가 나타난다는 얘기를 나눴던 터였다. 나는 초자연적인 현상은 믿지 않는다. 이를 경멸한다. 하지만 이곳에는 뭔가 버림받은 듯한 분위기 혹은 그렇게 느낄 만한 것들이 존재하는데, 다 무너져가는 빌딩이라든가 풀이 길게 자란 정원 등이 그렇다. 투르게네프의 책을 읽고 샤워를 한 다음 잠자리에 들었다. 잠들 무렵, 깊은 수면에 들어가기 전 보통 내가 마지막으로 기억하곤 하는 신경성 반사 작용이 일어나는 듯하던 순간, 아이들의 방에서 어떤 소음이 들려왔고 이에 난 잠들지 못하고 공포에 떨었다. 이어 갑자기 내 딸이 잠든 상태에서 거친 목소리로 여덟 번에서 열 번에 걸쳐 어떤 이름을 불렀다. 낮게 으르렁거리는 듯한 그 목소리는 잠에서 깨어나는 딸의 목소리와는 달랐다. 나는 딸의 침대 옆으로 가서 아이가 말을 멈출 때까지 서 있었다. 하지만 시간이 지날수록 더 많은 목소리와 더 많은 소음들이 생겨났다. 그중 한 남자의 목소리가 환청처럼 들려왔는데 그것은 한숨이라기보다 목소리에 약간 가까웠다. 이처럼 무서웠던 적은 한 번도 없었다. 으스스 몸이 떨려왔다. 어쩔 수 없이 심장이 마구 뛰었다. 만약 유령이라는 것이 존재한다면 누가 유령이 될까? 연방준비제도이사회Federal Reserve Board*의 창설 멤버가 될 정도의 평판은 한 번도 받지 못해 괴로워하던 한 병약한 은행 간부? 반역자를 자신의 손으로 교수형에 처하겠다고 했던 광고회사의 중역? 아니면 사기꾼?

· · ·

올가을에는 단편소설집을 내보려 한다. 「애절한 짝사랑의 노래」 「부서진 꿈들의 도시」 「엠마 보인턴」 「돼지가 우물에 빠진

---

* 미국의 중앙은행 역할을 하는 기구.

날」「기괴한 라디오」「이혼의 계절」「서턴 플레이스 이야기」「황금 단지」, 그리고 아마도 「라디오 맨」, 그러니까 「엘리베이터 맨」이 들어갈 예정이고 여기에 단편집을 완성하기 위해 두 편의 단편을 더 쓰려고 한다. 두 단편은 저무는 가을과 아무 상관 없는 제법 긴 이야기들이다. 어제 사무실에서 지난 5년 동안 내가 썼던 작품들을 읽었고, 이어 정말 뜻하지 않게도, 오후 5시가 되면 사무실에서 빠져나와 저 열린 거리로 향할 수 있다는 사실에 들뜨고 행복해졌다. 내 이야기들은 그리 좋아 보이지 않았다. 전쟁 이야기들은 그 자체로 문제가 있는 쇼비니즘* 요소 때문에 엉망이 돼버렸다. 무식한 속물근성을 지닌 보기 딱한 증거물들도 발견했는데 군대에 관련된 글에서 내 지식을 독자들에게 이해시키려드는 과도한 희망을 드러내는 것이다. 또 내 등장인물들이 마땅히 해야 할 대사들보다는 일반적인 대화를 사용하는 경향도 발견했다. 그것들 중 최고라 할 일부는 일련의 인물에 대한 묘사들인 것 같다. "엠마 불랑제는 하녀의 영혼을 지니고 있었다" 등등. 이런 기성 형식들은 어떤 위기 상황과 어울릴 때 활용할 수 있을 것이다. 이는 플로베르에게서 차용한 것으로, 내가 일반화라는 나쁜 특징으로 돌아서고 있음을 보여주는 징후다. 이런 전형적인 표현들은 중대한 장면에 어울릴 경우 활용할 수 있을 것

---

* 광신적인 애국주의.

이다. 다듬어지지 않은 나의 대화체 문장은 많이 노력해야 할 필요가 있다. 사랑과 같은 감정들의 묘사는 그런대로 잘 이뤄지고 있다. 그러나 경멸하는 투의 표현과 화려한 미사여구가 너무나 많다.

• • •

크리스마스이브, 날이 어두워지기 조금 전에 스케이트 링크를 구경시켜주려고 아들을 센트럴파크로 데려갔다. 아직 어린데다 낯선 장소와 낯선 시간에 소심해진 아들은 내 팔을 꽉 잡고는 유순히 복종하고 따르는 전형적인 아이가 되어 있었다. 난 어둠 속에서 아들을 붙잡고 쓸쓸한 사랑이 담긴 키스를 해주었다. 이처럼 어둡고 낯선 곳에 온 탓에 유순해질 만큼 유순해졌던, 지금보다 더 어렸을 때의 내 딸이 기억난다. 아들은 모든 것을 의지한다는 듯 나를 바라봤다. 그리고 내 행동을 그대로 따라 했다. 내가 불 켜진 링크와 음악에 감탄하자 내 말을 반복했다. 버스를 기다리는 동안 내가 다리를 꼬자 아들도 다리를 꼬았다. 불현듯 크리스마스이브에 이 도시를 한 번도 본 적이 없었다는 생각이 들었다. 왁자지껄 우스갯소리를 하는 길모퉁이의 사람들, 이브닝드레스를 입고 파티 장소로 출발하는 사람들, 선물 꾸러미와 꽃다발을 든 채 택시를 부르는 젊은이도 보였다. 하지만 내 기분에 젖어 있었기 때문인지 주위 사람들 모두 쓸쓸하고 재미없어 보였다. 난 슬프고 외로웠다.

● ● ●

생각과 행동의 경로를 되돌아보는 일에 공포(혹은 최소한 용기의 부족)를 느낀다면, 이는 자신이 지닌 예술가로서의 유용성을 스스로 파괴해버리지 않을까 하는 공포와 관련 있을지 모른다. 하지만 예술가의 유용성은 때때로 다양하게 바뀌며, 또 그 유용성들은 우리가 살아온 인생의 시간들 속에 녹아 있으므로 비록 가끔은 쓸데없는 일로 보인다 해도 이를 되돌아보는 것 말고 어떤 다른 방법이 있을 수 있겠는가? 당신은 숲에서 길을 잃었다. 당신은 당신의 마음이 어떤 식으로 작동할지 알고 있다. 길을 잃었다는 사실을 깨닫는 순간, 당신의 마음은 즉각 일종의 절제된 쾌활함을 띠면서 약동하기 시작한다. 당신은 생각한다. '상황이 얼마나 악화될 것인가?' 당신이 가진 것은 따뜻한 옷, 마른 성냥, 물이 반쯤 남아 있는 물통이다. 만약 이삼일을 숲에서 보내야 한다 해도 분명 생존할 수 있다. 당신은 반드시 공황 상태를 피해야 한다. 눈과 마음을 지속적으로 최적의 상태로 적응시키고 긴장을 풀어주어야 한다. 한 시간 정도 지나면 이와 같은 침착성은 보상을 받는다. 오솔길이 나타났기 때문이다! 새로운 피가 갑자기 당신의 심장으로 몰려드는 듯하다. 당신의 기력과 호흡은 원기를 회복하고 이에 그 길로 나선다. 물론 늦어지긴 했지만 적당한 보폭으로 꾸준히 걸어간다면 어두워질 무렵엔 보트가 있는 물가로 돌아갈 수 있을 것이다. 당신은 꾸준히 걸어간다. 눈은 가느다랗게 나 있는 길의 자취를 날카롭게 뒤쫓는다. 물을 마시거나, 담배를 피우거나, 혹은 휴식을 취하기 위해 걸음을 멈추는 법이 절대 없다. 오후가 끝날 무렵까지 걷고 난 뒤 햇빛이 사위어가기 시작함을 깨달은 당신은 지금쯤이면 당연히 들려와야 할 파도 소리를 찾아 귀를 기울인다. 당신이 걸음을 멈춘 곳은 왠지 익숙해 보인다. 저 죽은 오크나무를 본 적이 있으며 사방을 둘러싼 바위와 그루터기도 마찬가지다. 이제 당신은 주변을 둘러본다. 보아하니 오후에 당신이 버렸던 바구니가 저쪽에 널려 있다. 당신은 길을 잃어버렸다는 사실을 알아챘던 아까 그곳으로 되돌아온 것이다. 가벼웠던 마음, 새롭게 생겨났던 기운, 물가를 향해 걷고 있다고 믿었던 착각 등 오후 내내 당신의 용기를 북돋았던 것들이 사실은 환상에 불과했던 것이다. 당신은 길을 잃었다. 그리고 날은 점점 어두워져간다. 이는 내가 그토록 많은 나의 등장인물들에게서 발견하는 상황이다. 어떤 등장인물은 그 즉시 그날 밤을 무사히 보내기 위해 캠프를 친다. 상황이 훨씬 악화될 수도 있다고 생각하면서. 하지만 나는 그들을 결코 숲에서 데리고 나오지 못할 것 같고, 그들의 세계를 숲으로 바꿀 수 있을 것 같지도 않다. 나의 자식인 등장인물들은 진정 길을 잃었다. 하지만 그들이 길 잃은 곳은 다른 거의 모든 사람들은 해결책을 알고 있는 듯한 세계이다. 그들은 자신들이 길 잃은 자로 취급된다는 사실에 열정적으로 반항한다. 그들은 용기와 지혜의 불균형 상태 때문에 희생되어온 듯하다. 길 잃은 자들의 허울좋은 쾌활함, 고약한 연민, 깊은 정감을 지닌 웃음 및 불 밝힌 방의 다정한 얼굴들을 향한 그들의 애착. 이런 것들은 적절한 도덕적, 혹은 미학적 해결책으로는 보이지 않는다.

• • •

빚을 지고 있다는 부담감. 기존과 다른 방식으로 글을 쓰고자 시도할 때 겪는 어려움. 추가로 남은 시간은 7일, 이제 6일⋯⋯ 한때 뉴햄프셔에서 3개월간 머물며 머릿속에서 이야기를 짜내 보려 했지만 제대로 되지 않았고 날카로운 어조를 지닌 일련의 글들을 써보겠다는 시도도 전혀 성공적이지 못했다. 땀 흘리며 열심히 써나갈 때가 있는가 하면 그렇지 못할 때도 있다.

마음을 편히 갖는 편이 도움이 될 것이다.

외진 길. 어느 봄날 밤 당신은 다른 차와 마주치는 일도 없이 낯선 길을 따라 25마일에서 30마일 정도를 운전하고 있다. 몇몇 집에는 불이 켜져 있지만 대부분은 불이 꺼져 어둡다. 늪이나 연못을 지나는 중인지 청개구리 소리가 들려온다. (봄의 소리가 시끄럽게 귀를 울리다 사라져간다.) 연못이나 개울 등, 물 많은 곳이 근방에 있는 듯하다. 길은 구불구불하고 잠깐 시야에서 사라지기도 하더니 '최대 무게 7톤'이라는 문구가 적힌 표지판에 이어 작은 다리 하나가 나타난다. 저렇게 어두운 걸 보면 대부분의 집들이 여름휴가용 별장임에 틀림없다. 하지만 한적한 도로다. 나를 향해 다가오는 다른 자동차의 헤드라이트가 보인다. (한 시간 만에 처음으로 만난 자동차다.) 차체가 높은 커다란 고속버스로, 버스가 지나칠 때 안을 살펴보니 대부분의 승객이 잠들어 있다. 이윽고 버스는 가버리고 당신은 어두운 도로에 다시 홀로 남겨진다. 청개구리들의 울음소리가 구슬프게 들린다.

어제는 아름다운 날이었다. 햇볕을 받으며 땀을 흘렸고 그늘에서는 몸을 떨기도 했다. 작품을 구상하며 역까지 걸어갔다. 마음속까지 비쳐오는 듯한 햇살. 선외 모터와 그 안의 많은 부품들이 시끄러운 소리를 냈다. 흡사 하루라는 시간이 둥근 유리에 반사돼 보이는 느낌이었다. 사과처럼 둥근 유리에. 영화를 보러 갔는데 왠지 마을이 낯설게 여겨졌다. 가로등 불빛 아래로 허리를 숙인 극장의 전면前面이 마치 조명이 비치는 기괴한 무대 전면에 마스크를 쓰고 서 있는 사람들 같다. 희미한 불빛, 마스크를 쓴 사람들 뒤로 보이는 밝고 강한 불빛의 후광. 로비에서는 땅콩 냄새와 퀴퀴한 냄새가 났다. 티켓을 파는 노부인은 반짝거리는 장식이 달린 드레스를 입고 있다. 반짝이는 목걸이도 보였고 손가락에는 반지가 줄줄이 끼워져 있었다. 노부인을 뒤로하고 희미한 불빛 속으로, 종이 스크린이 있는 곳으로 향했다. 영화는 〈사랑하는 시바여, 돌아오라〉다. 꽤 괜찮은 영화였다는 생각이 들었다. 차를 몰고 집으로 돌아오는데 비치우드의 도서관에 불이 켜져 있다. 나는 너무 많은 어리석음을 그대로 드러내고 있는 듯하다. 진실을 말하고 있다면 걱정할 일은 전혀 없어야 한다.

• • •

이 푸른 봄날이여, 이 향기로운 봄날이여, 동굴처럼 휑뎅그렁하면서도 춥지 않은 봄날이여. 생선 껍질과 붉은 지렁이의 냄새. 그리고 차가운 물.

• • •

아이 하나가 한밤중에 치통을 앓았다. 메리가 물과 아스피린을 가져왔다. 아픈 아이는 졸음이 오는 듯한 소리를 냈다. 나는 그 어떤 초월적인 인내심과 대면하는 느낌을 받았다. 지금까지 많은 약속들이 깨져왔지만 바로 여기 사랑을 불러일으키는 능력과 비슷한, 출산의 고통 속에서 생겨나는 강인함과 유사한 인내심이, 여성스럽고도 초월적으로 보이는 영혼과 정신의 침착함이 있다. 지금은 새벽 2시. 아내가 아스피린과 물이 담긴 유리잔을 가져온다. 모든 것이 불행하고, 부서지고, 공허하지만 한 시간 동안은 이런 것들이 전혀 문제되지 않는다. 비는 에벤의 원수들이 잠들어 있는 집의 지붕 위에도 내린다. 낯선 이와 원수들이 잠자고 있는 지붕 위로 떨어지는 빗소리를 그는 듣는다. 비 내리는 시끄러운 소리 속에서 아래층으로 내려오는 슬리퍼 소리와 위층으로 올라가는 부츠 소리를 그는 듣는다. 에벤에게 비는, 아니심지어 비마저도 적대적이고 낯선 나라의 잔디로 떨어진다.

여름밤의 뉴욕. 지금 켜져 있는 불빛은 얼마나 많은가? 한 남자가 코트와 구두도 없이 짙은 펠트 모자만을 쓴 채 공립 도서관 앞쪽 계단에 앉아 있다. 구두는 그 남자 밑의 대리석 계단에 놓여 있다.

• • •

내 지성의 피로감에 분노를 느낀다, 그러니까 술을 너무 많이 마시고 있다. 최근 들어 유일한 목적이자 유일한 아름다움으로 느껴지는 에로틱한 애정을 내가 갈망하고 있다는 사실에 대해서도 분노한다. 노부부가 그들의 아들과 아침식사하는 풍경을 보면서 (아들은 아마 뉴욕 대학의 여름 강좌를 수강중일 것이다) 나는 가장의 책무를 유능하고 강인하게 잘 수행할 수 있기를, 아이들이 모든 분야에 걸쳐 조언을 구해올 때를 대비해 도덕적인 고귀함을 지닌 뭔가를 조각할 수 있기를 기원했다. (나의 부족함은 딸의 고독을 가엾은 일로만 여겼던 내 태도에서 엿볼 수 있다.) 입으로 오래된 와인을 음미하면서 회색빛 하늘을 쳐다봤지만 꿈같았던 산에서의 멋진 시간들, 그 깨끗함, 꽃을 들고 집으로 돌아오던 P의 모습, 그 광대한 풍경, 찬물에서의 수영, 그리고 얇은 지붕 아래서 나눴던 사랑을 떠올리기는 쉽지 않았다. 이에 훌륭하게 기억될 이야기, 노래가 될 이야기, 온갖 종류의 빛과 기쁨을 지닐 이야기를 쓰고 싶다는 갈망에 휩싸였던 그 몇 개월에 대해 생각했다.

실패와 절망에 대해 얘기하자면 이는 뉴욕과 그 교외 지역의 분위기 때문에 더 악화되고 있다. 어떤 경우 뉴욕과 스카버러 두 지역은 공히 청춘의 건강함과 활력을 요하는 이기주의를 만들어내고, 혹시 그런 에너지들이 없다면 모조품이라도 만들어내는 듯하다. 두 지역은 모두 지옥과도 같은 깊은 구렁을 연상시키며 따라서 가끔 그 깊은 구렁에 빠져버린 사람들의 목소리를 듣거나 표정을 목격하게 될 때가 있다. 더러운 카페테리아에서 달걀 프라이 요리를 기다리는 동안 당신은 카운터와 부엌 사이의 창을 통해 스토브 위로 몸을 구부린 늙은 남자를 보게 된다. 그는 느슨한 흰색 복장, 다시 말해 죄수복과 비슷한 옷을 입고 있으며 뚱하고 떫은 표정을 짓고 있다. "밖이 너무 추워요." 아기를 돌보는 보모가 더러운 모피옷을 당신에게 건네며 말할 때, 당신은 그녀의 잿빛 얼굴과 고상한 목소리를 통해 그녀가 그 심연의 구렁으로부터 당신에게 왔음을 즉각 알게 된다. A부부가 빌려 살았던 에일와이브스 레인의 모퉁이 집이 다시 비었다. 그들은 1년 동안 열심히 살았지만 밀린 청구서를 곳곳에 뿌려놓은 채 한밤중에 떠나갔다. 하지만 뉴햄프셔에서는 불길한 기운이라곤 전혀 찾을 수 없으며, 심연의 구렁이 존재한다는 징후라곤 전혀 없으며, 청춘의 에너지를 모방해야 할 필요도 전혀 없고, 파멸과 외로움과 수치에 대한 공포 역시 없다. 나무에서 나는 연기 냄새와 바람 소리만이 우리의 삶을 직접적으로 건드려올 뿐이다. 그곳에서 우리는 우리가 어떻게 살고 있고 또 어떻게 변하는지 조용히 이해한다. 가을의 황혼을 생각해보자. 꽃을 다듬는 노부인을 상상해보자. 섬의 해변을 건드려오는 자주색 바다의 포효 소리도 떠올려보자.

일요일 오후. 이슬비 내리는 마을. 바이올린을 연습하는 한 남자. 비 내린 후의 짙은 습기. 저녁식사를 하러 C의 집으로 걸어갔다. 여행가방을 들고 5번가를 따라 급히 내려가는 젊은 남자. 남편에게 어서 길을 건너라고 거만하게 말하는 화려한 옷차림의 영국 여자. 칵테일과 저녁식사. 저 먼 동쪽으로 보이는, 여행가방을 들고 하숙집 계단을 오르는 푸에르토리코 사람. 라파예트 가를 지나면 반쯤 폐허로 변한 건물이 하나 있다. 무너진 식당과 로비, 그리고 술집의 천장을 통해 햇살이 안으로 쏟아진다. 큰 창문들이 활짝 열려 있었던 과거 어느 봄밤의 이 방들을, 불빛과 친구들과 치킨과 와인 냄새로 가득했을 이 방들을 떠올리기란 어렵지 않다. 더불어 우리가 만남과 이별을 기리곤 했던 이 공간들이 지금은 햇살이 내부까지 직접 들어올 정도로 폐허로 변해버렸다는 사실은 그 유쾌했던 추억을 오히려 쓰라린 기억으로 만들어버린다. 여행가방을 들고 가는 3번가의 남자. 더러운 창문 사이로 보이는 하얀 스커트 차림의 쿠바 소녀. 스커트는 새로 산 것임에 틀림없다, 소녀가 옷을 보며 어찌나 즐거워하던지 하숙집을 지나쳐 가는 사람도 소녀가 기뻐한다는 것을 알 수 있을 정도였다. 얼마 후 천둥이 치고 홍수라도 날 것처럼 마구 비가 내렸다.

• • •

일곱 시간 동안 차를 몰았다. 직사광선에 눈이 매우 피곤해졌다. 아내가 말했다. "여기는 정말 신록이 푸르네요." 잔디가 햇살을 예쁘게 반사했지만 돌아간다고 생각하니 특별히 기쁘진 않았다. 그것은 사무실로 돌아간다는 뜻이요, 그랜드센트럴 역으로 돌아간다는 뜻이요, 나를 집에 데려다주는 저녁 기차가 있는 곳으로 돌아간다는 뜻이요, 더운 날씨에도 정장을 입어야 하는 불편 속으로 돌아간다는 뜻이요, 피곤함으로 돌아간다는 뜻이요, 편협한 지역주의를 대해야 한다는 뜻이요, 세계의 작은 부분으로 돌아간다는 뜻이요, 흥분이라곤 없는 곳으로 돌아간다는 뜻이기 때문이다. 여기에 영웅이 전혀 없다는 것이 영웅이 어느 곳에도 존재하지 않음을 의미하는 것은 아니다. 나는 뉴욕에서 떨어져 있다는 기분을, 소음과 떠들썩함에서 떨어져 있다는 기분을 계속 느끼고 싶다. 여기가 이 세계에서 얼마나 작은 부분에 속하는지 계속 느끼고 싶다. 하지만 너무 심각히 여기지 말고 극복하도록 애써보자.

• • •

노동절이다. 폭풍 경보. 허리케인. 섬과 산에서의 계절은 끝이 났다. 햇빛도 다소 약해진 듯하다. 한 해의 끝. 여기는 어둡고 습하다, 비는 찔끔찔끔 내린다. 올여름 내내 겪은 적 없었던 가벼운 숙취. 나는 섬이나 산에 대한, 그러니까 지금 내가 있는 계곡이나 교외 지역이 아닌 다른 곳들에 대한 향수를 갖고 있다. 이곳은 내 영혼이 지닌 사악한 측면에 미묘하게 영향을 끼치는 듯하다. 난 어느새 수동적인 자세로 돌아오고 말았다. 내가 만족할 만한 수양과 집중의 경지는 여전히 멀다.

• • •

솔 벨로에 대한 비평을 읽을 때마다 토할 것만 같다. 오, 이 거대하고, 야만적이고, 소란스러운 곳이여, 창녀와 권투선수가 판치는 곳이여. 황혼이 지는 여기서, 나는 퇴락한 중년 사업가의 분위기를 풍기며 오래된 강만 바라볼 뿐.

뉴욕으로, 숨이 막힌다. 인종이라는 개념을 보여주기 위해 도열한 남자들. 모두 머리를 아주 짧게 깎아서 두피 위의 머리카락들이 흡사 머리에 딱 맞는 펠트 모자처럼 보인다. 한 여자는 두르고 있는 베일과 깃털 모자와 모피코트와 진주와 보석들 사이로 그야말로 솔직하고 다정한 미소를 반짝인다. 『뉴요커』잡지사로 들어갔더니 교외 지역을 다룬 작품들에 대해 의견이 분분하다. 잡지사에서 나와 5번가를 걸어올라갔다. 멋진 행렬이 나타났다. 행진 대열이다. 그들은 57번가 골목에서 모계사회를 찬양하는 시위를 잠깐 벌이는 듯했다. 하지만 이는 흉한 생각으로 그런 시절은 이미 지나갔다. 많은 동성애자들이 오전의 중반에 여기저기를 돌아다닌다. 공원의 한쪽 끝을 따라 박물관으로 걸어갔다. 아시리아의 왕. (고대 분위기를 풍기는) 사자가 그려진 초기 에게 문명의 어떤 묘비. 감탄을 자아내는 에트루리아의 전사, 군신軍神, 머리에 끈을 두른 슬픈 표정의 운동선수. 모든 것들은 강에서 발견됐다. 콘스탄티노플의 보물은 론 강에서, 접시와 허리끈 버클은 루아르 강에서, 칼은 다뉴브 강에서, 비너스 상은 테베레 강에서. 여전히 건재한 아프로디테 상. 콘스탄티누스 대제의 보석들이나 알바니아의 몇몇 보물들, 해적 모건의 유물들. 호화로움에 대한 나의 생각은 이제 바뀌었다. 한때는 이런 호화스러운 유물들이 너무 값비싸고, 무의미하고, 미숙하고 또 어리석게 여겨졌지만 이제는 마땅히 그랬어야 할 필요성이 있는 것처럼 느껴진다. 몇 개의 투구, 얼굴 가리개, 철모, 기다란 코, 바보처럼 씩 웃는 웃음, 오래된 신神. 아주 육중하면서도 아름다운 어떤 칼들은 기사도, 영광스러운 사자使者, 치명적인 죽음, 혹은 숭배를 나타내는 것으로 보였다. 버스를 기다렸다. 타인을 바라보는 여기 사람들의 시선에는 일반적으로 유머가 부족하다. 경제력과 성적 매력만 있는 딱딱한 분위기. 예쁜 여자들에게 따라붙기 마련인 경탄을 제외하면 뉴요커들이 서로를 쏘아보는 시선은 너무나 딱딱했다. (이야말로 진정한 무관심이다.) 매디슨 애버뉴를 오가는 사람들의 표정에서는 친밀함과 신뢰를 찾기 어렵다. 아침에 맞이하는 강은 차가워 보였다. 불친절한 기운이 느껴졌다. 강둑을 따라 늘어선 집들의 가족(엄마와 아빠, 할아버지와 손자들)은 속옷 바람으로 접이식 의자에 앉아 있거나, 수영을 하거나, 밥을 먹거나,

뜨거운 햇볕을 쬐며 올여름을 났다. 하지만 지금은 몇몇 사람들만 나와 있고 그들 대부분도 목 부근에 흉터가 났거나 귀를 가리기 위해 모자를 푹 눌러쓴 나이든 사람들뿐이다.

● ● ●

어제는 날씨가 춥고 비도 내렸다. 흐린 날, 어둑한 집, 심해지는 부채 의식에 대한 근심. 오늘은 빛나는 햇살이 눈을 맑게 해준다. 갈고 닦은 듯한 푸른색과 매끈한 황금색이 찬란하게 빛난다. 북풍, 물냄새를 머금은 공기, 여기는 자주색인가 하면 저기는 초록색이다. 새벽이 오기 전에 바람이 몰려왔다. 잎들은 계속 떨어지며 쌓인다. 소란스러운 바람이여, 해롭지 않은 바람이여.

북쪽과 남쪽으로 모두 트여 있는 이 집의 거실은 길쭉하기 때문에 해가 안까지 비치는 날은 손에 꼽을 정도다. 잘난 체만 할 뿐 쓸모도 없는 여러 집기들이 굴러다니고 뒤죽박죽인 기억들이 존재하는 이곳은, 또 어둡고 춥기까지 한 이곳은 나를 우울하게 하고 따라서 내가 누려왔던 건강을 위협하는 듯하다. 이는 아마 여기에서의 인생과 그 인생을 변화시키려 할 때 우리가 마주치게 되는 답답함 사이의 유사성 때문일 것이다. 이런 습관들은 최근 들어 오래된 옷들처럼 여겨진다. 햇살도 청명하지만 소리 또한 선명하다. 먼 곳을 달리는 기차의 바퀴 소리가 생생히 들려온다. 코가 아파온다. 벤을 데리고 언덕에 올랐다. 일몰을 보기 위해, 청명한 어둠을 보기 위해, 언덕을 보기 위해, 먼 곳의 불빛을 보기 위해, 채색된 구름을 보기 위해, 라벤더와 레몬색으로 수놓인 하늘을 보기 위해.

• • •

몇 가지를 순서대로 간단히 재평가해본다. 이 임무는 항상 가변적이었으나 뭔가를 기억해내기란 쉽지 않다. 지난 2년 동안 많은 일들이 있었다. 나 자신에 대한 비판, 좋지 않은 서평, 어머니가 내게 끼쳤던 그 한탄스러울 정도의 영향력으로부터 점차 멀어지는 느낌, 외로움이라는 공포의 감소 현상, 그리고 나의 내면에 존재하는 대부분의 갈등은 내가 부모의 유전자를 물려받았다는 점을 감정적으로 외면함으로 인해 발생한다는 확신. 과거에 난 너무나 행복했고 따라서 그것은, 내 생각에, 히스테리의 흔적이었던 것으로 보인다. 그리고 이 한가운데에 솔 벨로의 책이 내게 큰 충격을 가했다는 사실이 있다. 나는 그것들과 나를 너무 깊이 동일시하는 바람에 이를 객관적으로 평가할 수가 없었는데 그렇게 동일시해야만 하는 합당한 이유가 사실 티끌만큼은 있다. 이어 왑샷 부인에 관한 글을 끝낸 후 병을 앓으며 허약해지고 기진맥진해버렸다. 또 렉싱턴 애버뉴가 공동묘지처럼 보일 정도로 신물나고 우울했던 뉴욕에서의 시간이 있었다. 나로선 어쩔 수 없었던『뉴요커』와의 분쟁도. 추가할 사항은 내가 그토록 강하고 행복했던 느낌을 받았던 적은 결코 없으며 그토록 깊이 히스테리를 두려워했던 적도 없었다는 점이다. 산에 가서 며칠을 보내면 이 모든 문제들이 풀리지 않을까 생각하지만 그럴 처지는 아니다. 또 한 가지를 덧붙이자면 만약 내가 심리적으로 급격한 변화를 일으킬 경우 몸이 이를 따라오지 못하리라는 점이다. 나로선 잘 모르는 몇 사람들의 아름다움을 난 갖고 있지 못하며 이를 목표로 하는 것은 감당치 못할 부담을 안겨준다. 하지만 나는 나만의 아름다움을 갖고 있는바, 내 삶의 마흔한번째 해를 맞이하는 지금 왜 이런 문제가 내 건강을 갉아먹어야 하는지 그 이유를 전혀 모르겠다.

• • •

수지가 프랑스어 수업을 마칠 때까지 벤과 함께 R의 집에서 기다렸다. 북서풍이 불기 시작했고 겨울의 황혼이 다가왔으며 어둑해지기 전 달은 이미 떠올라 반짝였다. 집으로 돌아오는 밤은 추웠다. 이런 순간이 오면 우린 한 해가 생명을 다해버렸다는 위협에 사로잡힌다. 빛은 광활함을 잃어버린다. 하지만 청명함이나 힘까지 잃어버리진 않는다. 미묘하게 빛나는 그 푸른색들과 희미한 노란색들은 무감각, 고뇌, 평온의 빛처럼 보인다. 별은 창공에 떠오르고 별빛의 희롱은 계속된다. 빛은 사라지는 것이 아니다. 하늘에서 내려온 어둠이 빛을 흐리게 하면서 모든 것들 위에 내리기 때문이다. 어둠은 모든 것들 위에 내린다. 추운 날씨 때문인지 개가 밥그릇을 보며 짖어댄다. 빛나는 별들, 집안의 불빛, 그리고 쓰레기를 태우는 불꽃들.

• • •

깨어 있을 때나 꿈을 꿀 때나, 나는 짜증과 의심과 적개심으로 이어지는 우스꽝스러운 순환 속에 사로잡혀 있는 듯하다. 일하다 보면, 그리고 잠에서 깨는 시간이면 내가 원하는 것이 뭔지 확실히 알게 된다. 그것은 사랑, 시, 혹은 필요하다면 무한한 이해심과 용서, 그리고 후회스럽지 않은 유머다. 하지만 그런 만큼이나 확실하게 나의 원기가 타락해가고 있다는 점도 알게 된다. 게으르고 병적인 상상력이 내 눈에 분명히 보이며 난 상상 속에서만 존재할 것 같은 온갖 종류의 비열함에 무릎을 꿇는다. 나아가 이런 생각까지 하게 된다. 내가 갈기갈기 찢겨져나가는 느낌인데 어떻게 나에 대한 자부심을 가질 수 있겠는가? 하지만 우리는 스스로 과거에 행했던 것 및 행하지 않고 그대로 남겨둔 것으로 이루어진 거대한 무대에 올라 우리의 열정을 쏟아붓는다는 것을, 이따금 감정의 기복(적개심)이 내 기질의 구조를 가로지르고 있음을 알고 있다. 왜냐하면 찢겨나가는 듯한 이 고통의 감정은 아주 오래전에도 느꼈던 바이기 때문이다. 이성理性은 시체를 생기 있게 하거나 원기왕성하게 할 수 없다. 또 내 욕망의 힘이 손상되면 지혜의 힘도 손상된다. 하지만 적어도 난 내 희망에 의지해 버틸 수 있다. 내가 아는 한, 여행이나 스키나 일광욕 같은 단순한 치료법이 내 마음을 자유롭게 만들어줄 것이라는 점이다.

• • •

그리 잘 지내지 못하고 있다. 내가 살고 있는 이곳에는 고난과 욕망이라는 극적인 일들이 얼마나 깊이 묻혀 있는가. 적어도 내게는 그렇게 보인다. 한겨울에 대한 공포심. 난 계속 이렇게 자문한다. 이건 내 행복의 최고치가 아냐. 나는 왜 가을의 황금기에 그랬던 것처럼 행복하지 못할까? 이 화창한 날이 선사하는 강건한 것을 살펴봐, 대담한 모든 것들을. 언덕 위로 피어오르는 하얀 연기, 겨울햇살의 따뜻함 속에 묻어나는 작년 나뭇잎들의 냄새, 어린 시절의 당황스러웠던 경험들, 거기에 북쪽 지방으로 떠났던 낚시 여행까지. 이젠 사랑이 있다. 죽은 잎들 사이로 피어나는 스컹크 캐비지Skunk cabbage*도 있다. 시냇물 역시 여전히 흘러간다. 달콤함과 강건함, 내게 인생이란 수시로 나를 찾아왔다 떠나는 희미한 향수와도 같다. 왜, 나는 궁금하다. 내가 초라하게 여겨지고 지루함을 느낀다. 하지만 오늘은 이런 감정들을 털어내야 한다. 장작 더미들 사이에서 톱질하던 그는 고개를 들어 겨울의 황혼을 바라봤다. 그리고 결혼 10주년째를 기념해 심은 사과나무를 손질했다. 이어 피워놓은 모닥불 앞에서 술을 마시고 다른 이의 팔에 안긴다. 아, 이 열정적이고 격렬하며 변덕스럽기까지 한 마음이여.

나는 연민이라는 달콤한 정취를 내 마음대로 불러내진 못하지만, 우리가 경험해본 바와 같이, 인생이란 한 교환을 통해 잃는 것이 다음의 교환에 의해 채워지는 것보다 더 많은 창조적인 힘(이는 어떤 것이 다른 것에 유용하게 이용됨을 뜻한다)이며, 또 우리를 사악함과 어둠과 분노의 길로 이끄는 것은 오직 우리 자신 및 우리가 가진 불쌍한 오해뿐이라고 결론 내릴 수 있다. 어떨 때는 곁눈으로 힐끗 들어오는 세상말고는 아무것도 보지 못할 때가 있다. 나를 흘끔거리며 쳐다보는 낯선 사람, 놋쇠를 두드려 만든 장작통 안에서 갑자기 휙 움직이는 쥐 한 마리, 잡화점 안에 들어가 있는 매춘부 등이 그렇다. 이해와 사랑의 감정

---

* 우리말로는 '앉은부채'라는 이름을 가진 풀로서 약용 및 식용으로 쓰인다.

이 팔과 다리 등 내 온몸으로 흘러넘치는 경험을 할 때도 있다. 즉 만약 그 매춘부가 외국에 있는 한 기숙사 학교의 학생이라면 미국 소녀의 매력적인 외모를 결코 그토록 많이 잃진 않을 것이다. 그녀의 짙은 노란색 머리카락, 하얀 블라우스⋯⋯ 여행이나 휴가, 혹은 소풍을 가게 되면 그 끝에 이르러 만나게 되는 듯한 뭔가 특별한 불운들이 존재한다. 다시 말해 곱슬곱슬한 머리카락은 불가사의하게도 자꾸 머리끝으로 삐져나오고 모자, 그리고 코트의 어깨 자락에는 먼지가 자꾸만 들러붙으며 립스틱은 희미해지고 안경에는 김이 서린다. 또 세상과 마주하려는 의지로 화사한 미소를 머금어보지만 습관적인 표정이라 할, 외로움으로 인한 우거지상으로 되돌아오고 마는 것이다. 하얀 장갑은 더러워지고 리본은 풀어지며, 비록 힘차게 (심지어 용기 있게) 매력이 없다는 자신의 문제점들을 해결하려 애쓰지만 결국엔 좌절하고 만다.

● ● ●

이 얼마나 아름다운 날인가, 멋진 날인가. "오늘 날씨는 정말이지," 가정부가 말했다. "살아 있다는 사실에 기뻐하고 싶을 만큼 좋군요." 이른 아침의 공기는 촉촉하고, 달콤한 흙냄새 속에는 연기 냄새와 생선 굽는 냄새와 한가롭게 흘러가는 강냄새가 뒤섞여 있다. 우리가 이와 같은 빛과 색채의 공연에 가슴 설레는 것은 전혀 이상한 일이 아니다. 온전한 정신과 공포로 가득한 정신이 명확히 다른 것처럼. 나는 기분이 너무 좋아져 B.G.와의 대화를 그만두거나 그게 아니라면 최소한 그에게 나는 그저 확신을 원할 뿐이라고, 월계수 향기는 비정상이 아니라는 말을 듣고 싶은 것뿐이라고, 개인적인 힘에 대한 이 뒤늦은 발견에 격려받고 싶을 뿐이라고 말하고 싶었다. 그가 했던 말들 중 일부는 과거 한 번도 드러난 적이 없었던 내 마음의 일부에 빛을 비추었고, 이에 나는 그곳에서 인간이 만든 거미집, 달리 말해 실이나 약간의 유리 조각, 작은 종, 오래된 크리스마스 장식, 기타 쓰레기 같은 것들로 이루어진 일종의 복잡한 장치를 발견했다. 그 장치에는 방금 말한 것들이 아주 단단히, 그리고 촘촘히 매달려 있어 어떤 곳을 건드리더라도 매달린 모든 것들이 일제히 움직이고 소리를 내게 돼 있었다. 나는 단번에 이 장치를 파괴시키지 못할지도 모른다. 하지만 최소한 매우 밝은 불빛이 그 장치로 향하고 있다. 오늘 같은 아침이면 집 바깥으로 발을 내딛자마자 불가사의한 감정을 느낄 수 있다. 기묘하게도 버섯 냄새를 풍기는 4월의 황혼을, 레몬 나무의 향기가 실려 있는 서풍을.

• • •

　일상적인 결혼생활의 행복에 관해 헉슬리가 말했을 때 내가 바로 그 지점에 서 있지 않나 하는 생각이 들었다. 저녁식사 후 아이들과 개를 데리고 산책하면서 매우, 매우 행복했기 때문이다. 아들과 나는 길목 어귀에서 메리와 수전이 나타나기를 기다렸다. 우리가 서 있는 숲은 어두웠지만 저 돌아가는 길모퉁이에는 아직 햇빛이 남아 있었다. 메리가 시야에 들어오기 시작했다. 어깨를 그대로 드러낸 메리는 가슴께까지 파인 드레스 차림이었다. 아내의 팔에는 백합이 한가득 들려 있었는데 아내는 그 백합이 지닌 진정한 슬픔의 향기를 여기저기 뿌리면서 천천히 걸어왔다. 아내는 행복한 듯했고 그래서 나도 행복했으며 아내가 내 팔을 잡자 우린 서로 팔짱을 끼고는 파편처럼 여기저기로 가지를 뻗고 있는 너도밤나무 밑을 마지막 햇살 아래 계속 걸었다. 그토록 오랜 세월을, 또 그토록 많은 성적 매력을 느끼며 함께 살아오다보니 내게는 우리 둘이 캠퍼스 분위기에서 거니는 두 사람, 혹은 카드에 나란히 새겨진 한 쌍의 연인처럼 여겨졌다. 분명 공간과 활동과 돈이 부족한 것은 사실이나 나는 성적인 타락이 우리의 지평을 넓힌다고는 생각지 않는다. 가끔은 그런 것이 스며들어올 때도 있긴 하지만 말이다. 우리는 행복하다, 우리는 행운아다. 감상적인 의존성을 피할 수 있다면 이 상태를 지속시킬 수 있을 것이다. 비너스와 에로스는 변덕이 심하므로 우린 당장 내일이라도 싸우게 될지 모른다. 하지만 약간의 인내심과 현명함만 있다면 좋은 감정이 다시 찾아오리란 사실을 우리 둘 모두 망각하지 않고 있다.

• • •

6월의 마지막날, 구름이 많이 끼고 계절답지 않게 추운 날씨. 칵테일파티는 별로였다. 모지스와 클리어 헤이븐*에 대한 글을 마무리했다.『개인 비서』**와『희생자』***의 일부를 읽었다. 활기찬 도시를 보여주는 배경들이 마음에 든다. 그 안에 위험요소라곤 전혀 없다. 이와 같은 유형의 글이 담긴 좋은 작품을 읽는 것이 내겐 힘이 되는데 이런 유형이란 바로 빛에 의한 현상들을 보여주는 대목을 말한다. 물에 젖은 도로, 하얗게 변해가는 나무들, 이 아침햇살 아래 철길을 질주해 내려오는 7시 46분발 기차를 지켜보는 스릴에서 우리가 언제나 발견하게 되는 정수精髓가 바로 그것이다. 여기 물의 빛이 있고 물의 냄새가 있다. 태고의 효

---

* 모지스는 인명人名, 클리어 헤이븐Clear Haven은 지명地名으로 존 치버의 작품인 『왑샷 가문 연대기』에 등장한다.
** T. S. 엘리엇의 시극詩劇.
*** 솔 벨로가 1947년에 발표한 장편소설.

율적인 에너지와 성적인 에너지가 있다. 나는 생각한다, 여행을 위한 자금을 마련하라. 어젯밤에는 체리 잼을 만들었다. 네 개의 단지가 스토브 위에서 끓어올랐다. 설탕과 함께 끓고 있는 체리 향기가 온 집안을 뒤덮었다. 유쾌한 경험이었다.

티타운 로드에서 칵테일파티가 있었다. 휴일의 끝자락이었다. 메리는 내가 술을 너무 많이 마시고 주사를 부리지 않을까 걱정하면서도 오래도록 자리를 뜨지 않았다. 결과적으로 우린 너무 많이 마셔버렸고 서로에게 언짢아졌다. 프레드 형과도 대화를 나눴는데 형의 말은 모두가 엉망진창인 것 같았다. "내 말 좀 들어봐." 술에 취한 형이 말했다. "랭거는 매카시와 똑같아. 그건 여기가 빌어먹을 정도로 큰 지역이기 때문이지. 그에 비하면 동부는 땅 한 뙈기에 지나지 않아." 배드민턴을 쳤다. 어둑어둑한 가운데 한 노부인과 쳤다. "그는 아주 상냥해졌어요, 이제 그 집을 팔았으니까요." 노부인이 말했다. "물론 우리는 항상 좋은 친구였답니다. 내 남편도 그를 사랑했죠." 대단한 저녁이었다. 어느새 바람의 방향이 바뀌어 배드민턴을 그만둬야 했다. 아, 대단한 황혼이여. 예의범절의 붕괴가 아닌, 일관성의 붕괴여. 모두가 술잔 하나씩을 들고 주변을 걸어다녔다. "가지 말아요, 가지 말라니까." 형이 말했다. "프라이팬에서 구운 생선 부스러기를 드릴 테니 한입들 맛보셔야지, 가지 말아요." 생선 부스러기는 먹고 싶지 않다고 생각하다가 너무 까다롭게 구는 나 자신을 책망했다. 진입로에서는 오줌을 누다가 바지를 적시고 말았다. 구슬프게도 장미가 그런 나를 한껏 조롱하는 듯하다. 지루해졌고 메리에게 몹시 화가 났다. 말썽꾸러기 같으니. 벗어나고 싶다. 짐을 싸서 한밤을 틈타 도망치고 싶다. 그리고 나를 사랑해줄 검은 피부의 노부인, 아니면 나이든 남자를 찾는 거다. 이 끝없이 계속되는 칵테일파티가 나의 너그러움과 사랑을 삐걱거리게 만든다. 침을 뱉어버리고 싶은 비열한 사람으로 만든다. 하지만 그런 침을 받아줄 정도의 여유가 내겐 있다. 이는 지나갈 것이다. 좋은 상태일 때의 평정심도 있지만 그럼에도 우리는 낭만적인 판타지를 여전히 지니고 있다. 만약 내가 원수를 사랑해야 한다면 분명 내 형도 사랑해야만 하리라.

• • •

복잡한 감정으로 여기에 복귀했다. 나는 이 집 지붕 아래서 많은 행복과 많은 비참함을 겪어왔다. 이 집은 매력적이고 느릅나무는 찬란하며 잔디 아래쪽엔 물이 촉촉하지만 다른 어딘가로 가고 싶다, 여기서 떠나고 싶다. 아마 이는 근본적인 무책임성일지 모른다, 아버지와 가장이라면 당연히 져야 할 부담을 꺼리는 마음 말이다. 돌아올 때마다 느끼는 바지만 여기는 너무 좁고 지역색도 너무 강하다. 모든 것을 망쳐버리고 싶다는 생각이 드는 이유들 가운데 하나는 바로 이 지역에 감도는 지역색이다. 나는 더 폭넓은 공동체를 원하는데 누군들 그렇지 않겠는가. 새벽에 깼다. 알몸으로 잔디밭을 거닐었다. 창백한 하늘과 멋들어진 느릅나무를 즐기는 가운데서도 난 계속 생각했다. 산에 있는 편이 낫다. 여기가 아닌 다른 곳이라면 어디든 좋다. 난 여기에 너무 오래 있었다.

• • •

이곳에는 즐거운 일들이 있다. 유쾌하거나 유쾌하지 못한 추억도 있다. 장미와 수국, 나중에는 달리아 꽃으로 불타는 허름한 공터. 길모퉁이에서마다 보이는, 정류장에서 7시 버스를 기다리는 사람들. 요즘 유행하는 숄을 걸친 예쁜 소녀. 제복을 입은 젊은 관리, 볼을 엷은 분홍색으로 화장한 간호사 복장의 노부인. 여기엔 온갖 종류의 좋은 일들이 있지만 그렇게 만족스러운 것만은 아니다. 특히 동서로 가로놓여 있고 나무로 그늘져 있는 이 집은 사람을 낙담시키는 어떤 힘을 갖고 있다. 전에도 그런 적이 있듯이, 여기서 평정심을 잃어버릴까 두렵다. 계곡과 그곳에 자리한 집들은 (장소라는 의미에서 볼 때) 매력을 갖고 있음에 분명하나 그 매력들 속에서는 지역적인 편협성이 느껴진다. 사람들은 분명 친절하고 따뜻하다. 하지만 어느 정도 보수적인 기질이 존재한다. 혹시 이곳에 영구히 거주하게 되는 건 아닐까 하는 두려움이 있다. 난 어쩌면 지역적인 편협성을, 내가 안고 있는 무책임함에 대한 깊은 부담을, 혹은 결혼생활에서 이따금 나를 압도해오는 그 뭔가를 말하고 있는지도 모른다. 마을 안으로 차를 몰아 쓸데없이 비참하고 우울해했던 길들을 따라 달린다. 난 셰이디 힐보다 훨씬 더 큰 세상을 상상해보길 좋아한다. 모두가 그러할 것이다. 베니스나 뉴햄프셔, 마서스비니어드는 어떤 모습일지 나로선 잘 모른다. 하지만 그런 곳에 정착하고 싶고 동시에 마음의 여유를 유지하고 싶다. 물론 그런 곳에도 내가 모르는 결함이 있을 수 있지만 아직까지 난 알지 못한다. 비록 또다른 겨울을 여기서 보내게 될지라도 나의 기대가 한층 활발해지기를 기대한다. 아마 그럴 수 있을 것이다.

한여름 밤. 옷도 걸치지 않은 채 타월만 두르고 수영장으로 내려갔다. 공기는 바람 없이 눅눅했다. 분수와 수영장의 불빛은 꺼져 있었다. 단일한 형태의 불빛 하나가 나뭇잎들 사이로 비쳐왔고, 저멀리 내 집에서 흘러나오는 불빛도 보였다. 난 그렇게 약간의 성욕을 느끼며 메리를 기다렸다. 강에서 힘차게 고동치는 배의 모터 소리가 정지된 눅눅한 공기를 뚫고 선명히 들려왔다. 그 커다란 배(유조선 아니면 화물선일 것이다)는 앞으로 잘도 나아갔다. 선박의 프로펠러 소리는 클리어 헤이븐을 지나칠 때 많이 커지다가 강 위쪽으로 옮겨가면서 차츰 약해졌다. 머리 위로는 비행기 한 대가 착륙등을 요란하게 번쩍거리며 지나갔다. 과도하게 데워진 온기 속에 앉아『더 레이디스 홈 저널』이나『타임』지를 읽는 서른네 명의 남녀, 그리고 아마도 한 명의 아기를 태우고 있을 그 비행기의 창문은 환히 밝혀져 있다. 커버가 덮여 있고 커튼이 쳐져 있으며 커피, 멀미 예방약, 데니시 페이스트리 빵들(이야말로 지루하고 의미도 없는 긴장감의 이미지가 아닐까)로 넘쳐날 그 비행기는 큰 별들 아래를 느릿느릿 나아가는 듯했다. 청개구리가 시끄럽게 울어댔다. 추운 겨울이 닥쳐도 청개구리는 시끄럽게 울어대리라. 여름 중 가장 더운 밤이었다. 뒤쪽의 물탱크 안에서 쥐들이 우는 소리가 들려왔다. 빛이 비치는 물 위로는 사냥중인 박쥐가 보였다. 친근하고 유쾌했던 모든 것들이 잠시 추하게만 보였다. 고양이 한 마리가 숲에서 실성한 아이처럼 울어댔다. 물에서는 썩은 냄새가 났다. 수영하러 들어갔던 나는 풀밭으로 다시 걸어나왔다. 나를 사로잡고 있던 상념이 종교적인 것이든, 미신적인 것이든, 베블런이 말했던 직무태만자의 독실함이든, 아니면 그 밖에 뭐가 됐든, 난 좋은 것들이 있는 유쾌한 공기 속으로, 즉 내게 〈기쁘다 구주 오셨네〉라는 노래처럼 영원한 기쁨을 분명히 말해주는 듯했던 길에서 빠져나와 샛길로 들어선 기분이었다. 그렇게 난 새벽 2시에 잠에서 깨어 돌 위에서 담배를 피웠고, 청개구리는 여전히 시끄럽게 울어댔다. 고양이는 집으로 사라졌다. 별이 많이 떠 있었다.

• • •

어머니를 생각할 때마다 당신이 대부분의 시간을 보내셨던 퀸시 거리가 떠오른다. 보다 크고 빨리 돌아가는 다른 지역에 비해 그곳은 상대적으로 작고 어두운 곳이다. 어머니에게 한 곳에서 다른 곳으로 옮긴다는 것은 많은 도덕적, 정서적 유대 관계가 단절된다는 사실을 의미했다. 한 곳을 떠난다는 것은 일반적으로 한 사람이 그의 태생과 단절하거나 절망 속에 살아가게 됨을 뜻했던 것이다. 어머니는 뛰어난 자질을 많이 갖춘 분이다. 하지만 그 많은 직접적인 관계들 속에서 그리 안락하게 지내진 않으셨다고 생각한다. 그 수많은 우정에 대해 언급하실 때마다 어머니에게서는 매번 외로움의 분위기가 묻어나왔다. 그 외로움은 매우 강력한 감각적인 세계로, 불과 꽃의 냄새요, 빵을 구울 때 나는 냄새요, 잼을 만들기 위해 복숭아를 요리하는 냄새요, 가을 숲과 봄 숲과 오래된 집의 복도에서 나는 냄새였고, 또 비와 바다가 내는 소음이요, 천둥과 서쪽에서 불어오는 바람이 내는 소리이기도 했다. 흥분되고도 감탄스러운 유산이다.

• • •

퀸시에서 일기를 쓴다. 강 하류 쪽으로 달리는 스카버러발 기차를 타고 가면서 깊은 생각에 잠겼다. 지금까지 어머니는 그토록 제한적이고 자기중심적인 영역 내에서만 문제를 해결해오신 탓에, 만약 당신의 원칙을 그보다 조금이라도 더 넓은 영역에까지 적용하려 하신다면 여자로서의 불안감이라는 크나큰 비참함을 맛보실지도 모른다. (그동안의 절망이나 고통 때문에 더욱 악화돼버린 어머니의 충동적인 성격도 이에 한몫할 것이다.) 하늘도 물도 흐렸다. 태리타운을 지날 때는 가을비에 가라앉아버린 보트가 보였다. 보스턴행 1시 기차에 올라 쾌활한 성격의 한 사업가와 함께 식당칸에서 위스키를 조금 마셨다. 식당칸에서는 썩은 음식 냄새가 났다. 리넨 보는 지저분했으며 웨이터는 짜증난 표정을 짓고 있었다. 세면실의 변기는 고장난데다 물까지 넘쳐흘렀다. 기차 밖으로는 가을의 시골 풍경이 펼쳐졌다. 시냇물은 강둑까지 불어나 있었고 해안을 따라 펼쳐진 바다는 내게 마치 슬픈, 아주 슬픈 이야기를 들려주는 것 같았다. 이런 여행을 수도 없이 해본 나로서는 과거에 비춰볼 때 혹시 내가 불안감을 느낀다 해도, 다시 유치한 행동을 벌인다 해도, 구체적인 이미지가 아니라 (시선에 힐끗 들어오는 사물처럼) 정체 모를 뭔가를 두려워한다 해도, 이는 너무 당연하지 않나 싶다. 여행 끝 무렵에 위스키를 좀더 마시려고 식당칸으로 갔다. 역시 아까처럼 썩은 음식 냄새가 풍겼다. 웨이터는 구두를 갈아 신는 중이었고 식당칸의 마지막 여자 손님이 나가자 바지도 갈아입었다. 차창 밖으로 파란 서쪽 하늘이 들어왔으며 이어 소나기가 한차례 지나갔다. 약간의 위스키를 마시고 나서야 비로소 비 오는 하루의 끝자락을 헤치며 여행하고 있다는 단순한 기쁨을 만끽할 수 있다. 오, 완전성을 추구하던 나의 모든 자신감은 어디로 사라졌는가? 현명하게도 자기예찬을 늘어놓던 나의 타고난 재능은 어디로 가버렸는가?

지선으로 갈아타고 퀸시에 도착했다. 평평한 해안가의 산업지역이다. 이곳의 공기는 자극적인데다 가로등, 진흙탕, 밤하늘의 별, (예쁜 소녀나 떠들썩한 남자아이들을 제외하곤) 하나같이 생기 없는 사람들 등 타락의 기운을 풍긴다. 어머니는 중풍으로 자리에 누우셨다. 목소리는 잠겨 있었지만 그 고집불통, 청각, 식욕, 지적인 능력은 여전했다. 미국의 항구로 한 번도 배를 몰고 오지 않았던 선원과 12년 동안 약혼중인 평범한 여인 조세핀이여. 나쁜 감정들과 좋은 감정들. 불안이라는 에너지와 활력은 인생을 활기와 창조적인 발상으로 가득 채우기도 하지만 어쨌든 자기중심적인 행위에 불과하다. 어느 날 위스키를 마시며 저녁을 먹고 있는데 프레드 형이 방문했다. 형과의 불화는 내가 두려워하는 것들 중 하나다. 내가 볼 때 형은 까다롭고 화를 잘 내는 사람이다. 만약 글을 통해서 형을 그 같은 사람으로 묘사할 수 있다면 아마도 도움이 되리라, 즉 내 분노를 줄일 수 있으리라. 형을 실수투성이에 무책임하기만 한 바보라 부르고 싶지만 나의 중요한 의무 중 하나는 형을 사랑하는 것임을 알고 있다. 그저 그런 텔레비전 쇼를 보다가 잠을 청했다. 옅은 붉은색으로 천장이 칠해진 방인데, 아마도 예전에는 휘장이 매달려 있지 않았을까 싶다. 이 방이 풍기는 음울함을 지우려 했던 여린 마음씨도 느낄 수 있다. 새벽 4시에 잠에서 깨었을 때 관음증 환자들로 주변이 가득 차 있진 않은지 궁금했다. 그러나 귀뚜라미 우는 소리가 들려왔고 바다 냄새는 감미로웠다. 난 반쯤 잠든 상태에서 이렇게 생각했다, 모든 기쁨은 환상에 불과하다고, 사랑은 조선소 노동자들이 먹는 타르트 같은 거라고. 쇠로 만든 종의 달콤한 울림, 그리고 불쾌한 악몽이여. 근심이라는 고통스러운 부담감과 완전한 황량함에 시달리며 아침산책에 나섰다. 난 어머니가 지닌 허망한 윤리를, 동시에 이 적막한 곳에서 도망치려 했던 수많은 흔적들을 떠올렸다. 슈퍼마켓에서 비엔나의 왈츠 음악이 흘러나왔다. 세탁소 벽에는 사냥중인 영국인의 그림이 걸려 있고, 볼링장에는 인디언들이 카누를 타고 수정처럼 맑은 어떤 산의 호수를 건너는 벽화가 그려져 있다.

• • •

일요일을 맞아 교회에 다녀왔다. 맑은 가을이었다, 비록 올해에는 잎들이 그리 화려하지 않지만 말이다. 벤과 함께 낙엽을 쓸고 불태웠고 그러는 동안 기분이 무척 좋아졌다. 약간 축축한 나뭇잎들 사이로 불꽃이 물결치듯 돌아다녔으며 그 불꽃들 속에서 각각의 잎들이 형체를 드러냈다. 연기가 피어오를수록 바스락거리는 나뭇잎들도 많아졌다. 날이 어두워지면서 낙엽을 태우는 불빛에 우리의 얼굴뿐 아니라 마치 얼룩처럼 나뭇가지, 회색빛 재, 바구니 등이 드러났다. 어렸을 때 우리도 그랬듯이, 꼬마인 벤은 서늘한 저녁공기에 따뜻해진 잿더미 위를 맨발로 뛰어다녔다. 열정적인 사랑에 빠졌던 작년 가을을 생각해본다. 천장에 금이 가는 줄도, 침대 밑에 먼지가 쌓이는 줄도 모를 정도의 사랑이었지만 악의와 당황 속에서 그 사랑은 어떻게 끝나버렸던가. 그러나 장차 우리를 죽이는 것은 이런 것들이 아니다. 이는 현기증에 고생하던 남자가 택시에 치여 죽어버리는 경우와 비슷하다. 나는 낭비할 시간이 없음에도 내게 주어진 날을 낭비하고 있다. 나를 기다리고 있는 「더 저널」과 「절도범」이 있고 다른 초고도 계속 써나가야 한다. 『왑샷』도 있다. 무엇보다 오늘 안에 「더 저널」을 끝내야 한다.

우리가 비통함이나 슬픔을 느끼는 이유는 우리 자신과 (거의 실낙원에 가까운) 이 세상이 성장 가능한 관계로 결부될 수 없다는 데서 기인하는 듯하다. 그 이유를 알 만할 때도 있고 모를 때도 있다. 아침에 일어났을 때 가끔 우리는 이 세상과 그 안에 사는 사람들의 탁월함을 극대화시키는 렌즈가 깨져 있음을 발견한다. 토요일이 바로 그런 날이었다. 전구를 갈아 끼우고 점심 전에 술을 약간 마셨다. 하지만 마음은 편치 않았다. 나중에 미식축구를 잠깐 했는데 바로 여기에 우리를 올바른 방향으로 나아가게 하는 하나의 방법, 즉 우리 자신을 저 푸른 하늘에, 저 나무에, 강의 빛깔에, 그리고 서로 간에, 관계를 맺을 수 있게 해주는 수단이 있지 않을까 하는 생각이 들었다. 친구, 이웃들과의 지루한 만찬. 다음날에는 일찍 교회에 갔다. 아무 방해도 받지 않은 멋진 날이었다. 이어 S의 집에 술을 마시러 갔을 때 그곳에 모인 사람들에게 내가 쓴 「교외의 남편」을 읽어보라며 건네주었다. 사회적 위기 속에서 난 그들이 어떤 지점에서 실패하게 될지 알 수 있으며 내 글은 그런 그들을 질색하게 할 것이다. 하지만 나는 그들을 사랑한다. 그날 늦게 개를 데리고 관리가 안 돼 엉망인 정원을 산책하다가 커다란 나무 아래의 돌 위에 죽어 있는 홍관조를 발견했다. 돌 주변에는 국화가 볼품없이 자라고 있었고 새의 밝은 선홍색 피도 보였다. 여기저기 구멍이 뚫린 장식용 대리석은 지난주에 내렸던 비로 아직도 거무튀튀했다. 이어 온실 안을 들여다보았다. 무화과나무에는 열매들이 매달려 있었지만 일부 잎들은 말라 있었다. 그 모습이 왠지 (내가 항상 사랑과 쾌활함의 상징으로 여기는) 죽어버린 화려한 빛깔의 홍관조와 마찬가지로 (바보 같은 생각이긴 하지만) 어렴풋이 불길한 징조로 다가왔다. 물론 이 역시 오늘처럼 맑고 차갑고 아름다운 오후 풍경의 일부이긴 하지만. 그러나 저 큰 집에서 새어나오고 있는 불빛이나 고운 황금색으로 빛나는 나무 등 모든 것들이 우리가 누리는 자연스러운 건강함을 확인시켜주고 있는 듯하다. 이는 아름답다, 그렇지만 저 길에 늘어선 플라타너스의 나뭇가지들이 살을 발라낸 뼈처럼 번쩍인다는 생각이 든다. 이는 아름답다, 하지만 나의 멋진 쾌활함은 부자들의 화려한 정원에만 국한된 것인가? 세상에는 (그 안에 존재하는 거리와 사람들 속에는) 어쩔 수 없는 추악함이 있다. 초라한 집을 보게 될 때도 이와 똑같이 아름답다는 생각이 들까? 나는 그러리라 생각한다.

• • •

퀸시로 가는 길 내내 우울증을 걱정하던 나는 지금도 우울해하고 있다. 정오 기차를 타고 강을 따라서, 또 사운드Sound* 하구를 따라서 이곳에 온 후 두 잔의 마티니를 마시고 숯불에 구운 고기 등을 먹었다. 그리고 이렇게 좁은 곳에 앉아 특별한 열정에 휩싸여 혼자 숙고하고 있다. 보이는 세계와 보이지 않는 세계를 서로 가로지르는 정확한 지점이 어디인지 찾고 있는 코벌리를 떠올리면서. 나는 백 베이Back Bay**에서 다 닳은 가방을 들고 기차에서 내렸다. 외로운 여정이었고 지금까지도 깊은 우울에 잠겨 있다. 그동안 나 자신을 추악한 인간으로, 무용하고 외설적인 인간으로 보는 시각에서 벗어나고자 얼마나 이리저리 날뛰었던가. 또 그동안 나는 얼마나 고집스럽게 기도를 외면해왔던가. 카플리 광장을 지났다. 하늘은 어두웠고 왼쪽 발에 통증이 느껴졌다. 하나같이 싸구려 물건들만 파는 보일스톤 스트리트를 걸어내려왔다. 워싱턴 스트리트(이곳은 18세기에 조성된 거리로 붉은 네온등이 현란하게 켜져 있다)도 걸어내려왔다. 이어 위쪽의 어두운 골목을 거쳐 스콜레이 광장 부근에 도착했다. 낡고 기분 나쁜 장소였으며 구슬픈 불빛을 밝힌 곳은 문장紋章이 들어간 간판을 내건 홍등가로, 쥐의 이빨 같은 치아를 가진 창녀와 늙은 남자들이 보였다. 조이 스트리트로 올라갔을 때 창가에 책이 쭉 진열된 어떤 방에 늙은 남자와 늙은 여자가 함께 있는 모습을 보았다. 햇빛이라곤 결코 받아본 적이 없었을 그곳에서 그 두 사람은 먹

---

* 코네티컷과 뉴욕 사이에 걸친 강의 하구.
** 매사추세츠 주 보스턴의 인근 지역.

고 자며 지내는 것 같았다. 우울한 풍경이다. 노인들의 방을 지나쳐 마운트버넌 스트리트로 나왔다. 이곳은 바로 직전의 과거, 즉 잘 규율된 사회, 오페라 시즌, 사교계 여성과 기금 마련 파티, 상점, 경연대회, 고궁, 디너파티 등의 흔적이 남아 있는 도시로, 번화가는 이제 망가져버려 사람이 살고 있지 않으며 대신 도시의 힘은 교외로 옮겨갔다. 일종의 산란장이라고 할 교외 지역은 바다인 동쪽만 제외하고 사방 30마일에 걸쳐 뻗어 있다. 여기는 지역색이 강한 도시다. 9시가 되자 불이 꺼지기 시작했다. 술을 한잔 마시기 위해 들른 술집에서는 세 명의 군인들이 창녀 한 명과 데이트하면서 바체크^{bar check}*를 화제로 떠들다가 자기들끼리 말싸움을 벌이느라 가엾은 여자를 또 혼자 내버려두었다. 매카시를 칭송하는 사람들도 있었다. "공산주의자들," 그들이 말했다. "공산주의자들, 이 세상은 그런 놈들로 꽉 차 있다고." 극장으로 갔다, 역시 지역색이 강한 극장이다. 뉴욕으로 가려다 여기서 멈춘 공연들이 상연되는 곳이다. 늙은 매표원은 내게 담배를 끄든지 아니면 로비에서 피우라고 정중하게 요청했다. 아직 시간은 있었다. 더러운 거울, 붉은색의 낡은 카펫, 짙은 빛깔의 금박 장식품이 복도에 있었는데 모든 것들은 하늘을 나는 큐피드, 혹은 오크나무와 월계수 빛깔의 로프에 의해 지탱되고 있었다. 즉 거

---

* 음파를 통해 수심을 측정하는 방법에 관한 해양 용어.

울뿐 아니라 공중으로 툭 튀어나와 있는 특등석, 심지어 발코니까지도 거무죽죽한 금박 빛깔을 띤 이 날개 달린 신이 차지하고 있었던 것이다. 기둥의 재료는 옥수玉髓*였고 낡은 커튼은 들추기만 하면 아주 많은 먼지가 날리면서 고약한 냄새가 났다. 별로 맘에 들지 않는 연극이었지만 박수가 터져나왔다. 데이트중인 것으로 보이는 한 여자는 코트를 벗어 의자 뒷부분에 펼쳐 걸어놓고는 어두운 무대와 자신을 직접 비추는 희미한 조명을 쳐다보며 환히 미소지었다. 저 여자의 기쁨은 얼마나 순수한가.

하지만 그날 밤, 이렇게 말하기 꺼려지긴 하지만, 내게 건강함이란 전혀 없었다. 오직 인내심만 있을 뿐이었다. 나는 괴물과 야수의 세계를 보았다. 창조적이고 건전한 것에 대한 나의 이해력은 사라져버렸다. 나는 이를 정당화하기 위해 과거에 내게 가해졌던 폭력을 떠올렸다. 그 더러운 집과 극심해져만 갔던 외로움을. 그것들로부터 난 얼마나 멀리 왔는가, 나는 생각한다. 그럼에도 전혀 멀리 온 것 같지는 않아 보인다. 나는 나 자신을 파괴시킬 수 있는, 즉 죽음과 직결된 미美에 관한 어떤 병적인 생각에 시달리고 있으며 이를 감수할 각오가 돼 있다. 그리고 인생은 경쟁이라고, 선과 악의 힘은 불굴이며 분명히 존재한다고, 또 나 자신에 대한 의심이 아주 깊고 거의 절대적이기까지 하므로, 내

---

* 석영이 변해 이루어진 광물.

가 행동할 때 의지할 수 있는 유일한 것은 하나의 보이지 않는 가느다란 선뿐이라고 생각하고 있다. 그렇게 난 살아가고 있다. 퀸시는 나의 우울증을 더 깊어지게 할 뿐이다. 왜 나처럼 다 자란 어른이 과거의 불행 속으로 이렇게 내동댕이쳐져야 하는가? 내가 기댈 수 있는 정열적이고 깨끗한 감정의 원천은 어디에 있는가? 이처럼 비참하기 짝이 없는 마음으로 난 다시 기차역으로 되돌아왔다. 소금기를 머금은 작은 만의 향긋한 물과 바다로 흘러가는 맑은 시냇물. 아직 도착하지 않은 듯한 승객을 기다리는 한 이탈리아 가족. 프로비던스와 미스틱 사이를 통학하는 건장한 남자 고등학생들. 탁한 목소리, 그리고 동물의 울음소리. 도시의 불빛을 보자 내 심장이 다시 뛰기 시작한다. 내가 처해 있는 딜레마를 지나치게 깊이 생각하는 것은 아닐까. 나는 그동안 수도 없이 했던 (애처가, 불안, 그리고 어린 시절 형성기에 가해졌던 폭력에 대한) 생각을 또 하려다가 그만두었다. 그래서인지 오늘 아침 바지 지퍼를 올리다가 괜히 우쭐해지며 행복하다는 기분이 들었다. 하지만 내게 그토록 해로운 영향을 끼치는 세계의 일부분들이 존재해야 한다는 사실에 나는 분노한다.

• • •

수지와 시내로 갔다. 이는 수지와의 연례 크리스마스 행사다.

매우 추운 날씨, 열한 살답게 바보 같은 질문을 마구 던지는 유쾌한 소녀. 바람을 맞으며 강 위로 올라가는 배들의 뱃머리와 지붕들, 그리고 얼음으로 하얘진 세계. 많은 갈매기들, 몇 마리의 오리와 거위들. 시내로 들어섰지만 매서운 겨울바람이 엄습하는 통에 그리 많이 걸을 순 없었다. 구세군 종소리가 들려 고개를 돌려봤으나 그들이 신은 부츠는 산타를 흉내낸 모조품이었고 수염도 어색해 보였다. 성 패트릭 성당에 도착해서는 창문으로 내부를 들여다봤다. 제단 주변에서 초 타는 냄새와 재냄새가 났다. 교황에 대해서는 아는 게 별로 없지만 어쨌든 성당이 타락의 장소로는 보이지 않는다. 점심을 먹으려고 허름해 보이는 중국 식당으로 들어갔다. 거울로 만들어진 커다란 별들로 장식해놓았지만 붉은 식탁의 표면은 담뱃불로 지진 흔적 때문에 보기 흉했다. 고기도 형편없었다. 식당을 나온 우리는 라디오시티 뮤직홀 공연장으로 향했다. 전에 이곳에 대해 쓴 적이 있는데 더 추가할 내용이라곤 전혀 없다. 깊이라곤 전혀 없어 보이는 시끄러운 포크송. 세미클래식 곡들의 메들리, 절제미 있는 오페라풍의 노래들, 두 명의 일류 곡예사, 그리고 국기가 휘날리는 가운데 전 출연진이 등장해 〈신이여, 미국을 축복하소서〉를 부르는 애국적인 마무리. 눈물을 쏙 빼놓은 그 영화에 나왔던 남녀 배우들의 눈은 스케이트를 탈 수 있는 호수만큼이나 컸으며 여배우들의 가슴 역시 그 그늘진 부분으로 지프차도 몰 수 있겠다는 생각이 들 만큼 컸다. 진부한 표현들이 나오긴 했지만 그렇다고 폄하할 이유가 어디 있으랴. 사실 나는 뼈만 남은 앙상함을 매력으로 내세우는 무용수들을 좋아하지 않는다. 그 빼빼 마른 다리, 자그마한 가슴, 순전히 야망에서 비롯된 미소. 로즈메리 클루니라는 젊은 여배우가 있는데 가슴이 유난히 크고 아무렇게나 헝클어진 풍성한 머리카락은 노란색이다. 그녀의 용모는 단정함과 거리가 멀다. 입은 크고 넓은데다 코도 마찬가지다. 이마도 넓다. 하지만 그런 여자에게서는 완고함과 깊고도 단순한 정서를 느끼게 하는 아름다움이, 또 이면裏面을 제시하는 아름다움이 엿보인다. 여기서 이면이란 특정한 장소가 아니다. 대부분의 미인들이 갖고 있는, 지평을 제시해주는 신비로운 힘을 뜻한다. 여기서 빼빼 마른 무용수에 대해 다시 말해보자면 내게 가장 좋지 않은 인상을 남겼던 것은 그녀의 어깨뼈였다. 치아가 드러나는 싱그러운 미소와 아주 멋지게 염색된 긴 머리카락의 그녀들이 카메라로부터 등을 돌릴 때, (굶주린 아이의 뼈처럼) 가냘픈 그 어깨가 그녀들을 배반하고 있는 듯이 여겨지는 것은 무슨 까닭일까.

• • •

다음 절 단어를 만들기 위해 말장난을 이어가는 게임에 빠져 있는 V부인의 꿈을 꾸었는데, 꿈에 나오는 그 큰 집에서 난 그

게임을 해야만 한다는 데 상당한 부담감을 느끼고 있었다. 흐트러진 물건들의 이미지가 인상적이었던 꿈으로, 펼쳐진 책 위로 음식이 놓여 있었고 바닥은 더러웠다. 그녀의 아들은 테라스에 앉아서 로마 시대 귀족 부인의 음란한 성생활에 대해 얘기하는 중이었다. 어젯밤에 보았던 연극의 마지막 부분이 바뀌어 있고 누군가 그 이유에 대해 상세히 설명해주는 꿈도 꾸었다. 퀸시로 돌아와 있는 꿈도 꾸었는데 그곳에 있는 아버지를 발견한 나는 아버지가 다시 살아 돌아온다면 어머니가 얼마나 불행해질 것인가 생각했다. 아버지는 얼굴이 좋아 보였지만 술은 거절했다. 아버지가 서 있던 부엌은 쥐들로 가득했다. 또 사랑을 나누는 동안 초인종과 전화벨 소리 때문에 이를 번번이 중단해야 하는 꿈도 꿨다. 말장난 게임을 완벽할 정도로 잘하는 T의 모습과 V부인이 안달하도록 자극하던 내 모습도 꿈에서 봤다.

● ● ●

겨울이면 뉴욕에서는 바라나시*의 고개처럼 곳곳이 불타오른다. 선박용 운하가 있는 저 황량한 북쪽 땅에서는 조종사 복장을 한 아이들이 크리스마스트리를 불태운다. 강둑에 있는 쓰레기통은 화염에 휩싸인다. 슬럼가 뒷골목의 쓰레기통에서도 불꽃은 너울거린다. 슬럼가가 사라지는 더 남쪽으로 내려오면 오래된 선반 공장에서 큰 화재가 발생한다. 96번가에서도 또다른 쓰레기통과 또다른 크리스마스트리가 불타오른다. 83번가 귀퉁이에서는 낡은 고리버들나무 탁자가 불로 사라지고 있다. 50번지대 거리에서는 아이들이 공터에서 매트리스를 불태우기도 했다. 유엔 건물이 있는 남쪽의 한 식료품 가게 뒤편에서는 마분지로 만든 상자들이 불타오른다. 슬럼가의 시궁창과 뒤뜰에서도 많은 불이 타오른다. 나무상자를 태우는 생선 가게 앞의 모닥불이 보인다. 배터리 공원도 마찬가지여서 햇살이 사라지기 전, 어둠이 찾아오기 시작하는 겨울 저녁이 되면 다른 모든 불들이 그렇듯이, 아무도 없는 가운데 오직 불꽃만이 쓰레기로 가득 찬 철제바구니를 휘감으며 어둠을 밝힌다. 자, 이제 「절도범」에 대해 생각해보자. 자꾸 이러다가는 또다시 빈털터리가 될지 모른다.

오늘 아침, 교회에 갔다. 오늘은 확신할 수 있을 것이다. 오늘 아침에 들었던 생각은 우리가 태어난 이유는 사랑 때문이라는 점이다. 즉 우리는 한 여관에서 발정난 남녀의 결과물로 만들어지진 않았다는 것이다. 내가 너무 신경과민이라고, 나의 부족함을 신앙으로 위장하려 한다고 나 자신을 꾸짖을 수는 있겠지만 그런 질책은 나를 성공적인 결과로 전혀 이끌지 못한다.

---

* 인도 동부에 있는 힌두교의 성지.

S가 말했다. "저녁식사 전에는 결코 술을 마시지 않아요, 왜냐하면 그랬다간 너무 졸려 텔레비전을 보지 못하니까요. 가끔 내 남편이 마티니를 한잔할 때가 있는데 그럼 재미있는 일이 일어나죠. 남편은 두 잔을 마시면 항상 내가 아름다운 프랑스어를 구사한다고 말해요. 남편과 나는 고등학교 때 프랑스어 수업을 같이 들었는데 난 항상 A를 받았죠. 반면에 남편은 프랑스어를 전혀 못했어요. 마티니를 두 잔째 마실 때면 남편은 그때의 일을 언제나 기억하더군요. 세번째 잔을 비우고 나면 온 집안을 돌아다니며 나를 졸졸 쫓아다니죠."

　　R가 물었다. "마티니를 세 잔씩 마시는 일이 자주 있나요?"

　　S가 대답했다. "오, 이런. 아니에요. 크리스마스 휴일 정도?"

　　R가 물었다. "마티니를 세 잔째 마셨는데 당신이 집에 없다면요?"

　　S가 대답했다. "오, 난 남편을 믿어요. 사막에서 200명의 여자들과 같이 있다 해도 말이죠. 그는 한 여자만의 남자예요. 시아버님도 그랬고 형제들도 그랬죠. 그건 가문 내력이에요."

　　R가 말했다. "나와 함께 있을 때는 남편을 믿지 말아요."

⬤ ⬤ ⬤

　살다보면 글을 써야 할 시간이 있고, 산책해야 할 시간이 있고, 생각에 잠겨야 할 시간이 있고, 행동해야 할 시간이 있는데 오늘 난 이 일기를 마지못해 쓰고 있다. 타자기에 허리를 굽힌 채 보다 덜 사색적인 뭔가를 하기 바라면서, 가끔 스스로 나 자신의 가장 이성적인 부분을 발가벗기기도 한다고 느끼면서. 하지만 건강한 상태라면 오늘을 되돌아보는 일 정도는 견뎌낼 수 있어야 한다. 우선 125번가에서 재의 수요일* 예배를 봤다. 봄햇살이 마을의 위쪽 거리를 환히 비추었다. 가슴을 적시고 동요하게 만드는 햇살이다. 오, 이런. 내가 한 번이라도 우울증에 빠진 적이 있었던가? 아침이 되자 산에 올라 버크셔 언덕과 산들을 통과하며 계곡 길을 산책했다. 우유를 만드는 목장이었던 것 같다. 걸으면서 이런저런 생각에 잠겼다. '북쪽으로의 이 여행은 불길한 기운 없이 얼마나 평화로운가!' '어째서 죽음에 대한 우리의 모든 예감은 말 그대로 예감 그 자체에 지나지 않는 것인가?' '어째서 사마르칸트**로 가는 우리의 모든 여행이 멍청한 노부인들을 위한 것이 돼야 하는가?' 눈이 이곳저곳에 쌓여 있다. 눈 쌓인 언덕은 동물들의 겨울코트처럼 보이고 헛간으로 이어지는 길

---

* 부활절 전에 40일간 금식하는 사순절의 첫날을 '재의 수요일'이라고 한다.
** 우즈베키스탄에 있는 과거 비단길의 교역 기지.

의 진흙은 발이 푹 빠질 정도로 깊다. 이어 구름 낀 산이 우리 눈을 시원하게 해주어 우리는 고개를 들고 어깨를 감싸안았다. 공기는 아주 상쾌했고 우리는 그날 늦게 얼음 위에 검은 빛깔의 흔적이 삐뚤삐뚤 나 있는 강둑의 길을 따라 내려왔다. 곳곳의 농장들로부터 아궁이에서 타는 나무 냄새가 풍겨왔다. 마을에서 만난 할머니들은 두 명씩 짝을 지어 서로를 부축하며 얼음 위를 걸어가고 있었다. 우리가 도착하자 농장에 전깃불이 들어왔고 모든 스키장들이 그렇듯 방안의 온도가 아주 높아져서 우리는 땀을 흘리며 숨가빠했다. 그리고 마침내 스키를 탔다. 나는 스키 타기를 좋아한다.

• • •

거리에서, 그러니까 동창이나 그와 비슷한 누군가를 만났다고 가정해보자. 당신은 그 동창의 저녁식사 초대를 받아들인다. 친구의 집안으로 들어서자마자 당신은 뭔가 일이 잘못됐음을 깨닫는다. 친구의 아내는 울고 있고 동창은 술에 취한 것 같다. 비틀거릴 정도는 아니지만 술을 상당히 많이 마신 것처럼 눈에 띄게 이상한 짓만 한다. 당신이 땅콩을 사양하면 냉소적인 표정을 짓는다. 저녁식사를 하려고 식탁에 앉기 전, 친구가 자기 아내를 욕하고, 멸시하고, 조롱한다. 한창 식사하는 도중 친구는 자기 아내가 더러운 계집이라며 흉을 본다. 친구의 아내는 평범하고 착한 심성을 가진 여자 같다. 당신이 식사중에 모자와 코트를 집어 밖으로 나오는 동안에도 그녀는 계속 울어대고 친구는 입에 담지 못할 온갖 더러운 말로 그녀를 욕해댄다. 10년에서 15년이 지난 어느 날 저녁, 극장에서 빠져나오던 당신은 동창이 당신의 이름을 외치는 소리를 또 듣는다. 옆에 있는 아내는 여전히 같은 여자여서 당신은 호기심 어린 눈으로 그녀를 쳐다보는데 동창의 아내는 행복한 표정이다. 동창의 집은 당신이 사는 곳 근처로 밝혀지고 이에 같이 택시를 타고 가다가 술을 한잔 마시기 위해 내린다. 십 분 동안은 모든 게 유쾌하다. 동창 친구는 아내에게 왜 샌드위치를 만들어주지 않느냐고 묻는다. 왜 그 엉덩이를 움직여 뭔가 쓸모 있는 일을 하지 않느냐고 따진다. 친구의 아내는 울기 시작하며 부엌으로 들어가고 당신이 모자와 코트를 챙겨 밖으로 나올 즈음 동창은 또 자신의 아내를 향해 계집년, 더러운 년, 창녀라면서 욕을 해댄다.

● ● ●

일요일에 석재로 지어진 난방도 잘 안 되는 교회에 들어서는 순간 초와 종을 들고 서 있는 신부의 모습에, 어린 시절의 의식이나 혹은 입회식(그러니까 그린 호넷 Green Hornet*으로부터 비밀스러운 지령을 부여받을 때 헛간이나 오두막에서 치렀던 의식)을 떠올린다고 하여 문제될 것이 무엇인가? 그것이 왜 문제인가? 또 우리의 마음이 기도에 적합하지 않은 주제를 배회하든 말든, 깔고 앉아 있는 쿠션에 난 구멍을 우리가 유심히 쳐다보든 말든, 앞에 앉아 있는 여자의 머리 냄새를 킁킁거리며 맡든 말든, 성생활에 대해 고찰해보든 말든, 뜨거운 커피를 마시고 싶다고 생각하든 말든, 복도를 사이에 두고 앉은 남자보다 더 우렁찬 목소리로 응답기도를 하든 말든, 그것이 왜 문제가 된단 말인가?

• • •

부활절이다. 제단은 초와 하얀 꽃으로 장식됐다. 부활절 예배는 이를테면 뭔가 수상쩍은 이유로 내가 하지 않은 야구 경기와도 같다. 그럼에도 이 야구 경기는 성사聖事와 같아서 한 성사를 받았다면 다른 성사도 받아야 하는 것이다. 이에 대해 허탈해해봤자 쓸데없는 짓이다. 우리는 금욕을 위해 기도하는 것이 아니다. 우리는 이를 찾아나선 것이다.

---

* 정의의 편에서 싸우는 미국의 만화 캐릭터.

● ● ●

헤이스팅스 집에서 댄스파티가 열렸다. 칵테일, 등나무 등등. "나를 소개하고 싶어요." 밀짚 빛깔의 머리카락에 초췌한 얼굴을 한 어떤 여자가 내게 말했다. "이렇게 여기 왔으니 모두에게 나를 소개하고 싶어요, 또 마음껏 즐기고 싶고요. C는 나를 누구에게도 소개하지 않을 거예요. 그런데도 이런 댄스파티가 열릴 때마다 나를 부른답니다. 이전에는 댄스파티에 갈 기회가 전혀 없었는데 C는 항상 내게 초청장을 보내오죠. 3년 동안 쭉 이런 댄스파티에 나를 초청해왔어요. 아이들은 그 단 하나의 이유가 어질러진 데를 청소해주길 기대하기 때문이라고 말하지만 그 정도의 일이라면 난 꺼리지 않아요. 여기 있는 동안 마음껏 즐기면 되니까요."

● ● ●

제임스 에이지James Agee*가 어제 택시에서 숨을 거두었다. 그는 내게 매우 관대했지만 만약 내가 그를 위한 어떤 예배에라도 간다면 위선적이고 부정직한 일이 될 것이다. 우리는 좋은 친구

---

* 미국의 시인, 소설가이자 시나리오 작가. 1958년 『가족 속의 죽음』으로 퓰리처상을 수상했다.

사이가 아니었다. 그는 많은 친구들을 사귈 수 있는 재능이 있었고 활달한 성격을 가졌다. 우리의 성향은 각기 달랐지만 그 이유 외에 서로 통하지 않았던 이유가 무엇인지 난 모른다. 오늘은 심란한 날이다. 어두운 생각과 밝은 생각들의 덩어리가 한데 요동치고 있다. 하지만 나를 둘러싼 풍광과 일 년 중 이맘때는 그 어떤 나쁜 감정도 품지 못하게 할 정도로 좋기만 하다.

하잘것없는 생각이지만 에이지의 작품이 그 작품의 진가를 알아봤던 사람들과 맺었던 관계와 그의 작품이 다른 모든 이들의 작품과 맺었던 관계 사이에는 불균형이 존재하리라 본다. 그가 세상을 떠났다고 생각하니 슬프다.

• • •

밤에 천둥이 쳤고 새벽 3시 반 이후엔 비가 내렸다. 5시 반을 지나자 음울한 하늘이 그 회색빛을 교회 잔디 위로 길게 늘어뜨리며 토끼 모양을 만들었다. A와 함께 커피를 마신 후 인적이 거의 없는 웨스트 브랜치 강으로 올라갔다. 비가 세차게 내린 후여서 물기가 축축한 숲. 잔디 뿌리와 꽃 뿌리, 그리고 관능적인 생각을 불러일으키는 가죽 냄새 비슷한 시냇물 냄새. 강한 비가 내린 후 생기기 마련인 여기저기의 강안개. 웅덩이에서 풍기는 습한 기운과 정적. 소나무에서 떨어지는 물방울. 단풍나무 아래 깊은 물가에서 뛰어오르는 송어. 시냇물의 표면 아래 둥근 돌들로 이루어진, 아베르누스* 호처럼 정적인 세계. 파슨스 폰드Parson's Pond**에서 죽은 모든 이들, 그리고 마른땅의 세계와 물의 세계 사이의 가느다란 경계. 긴 장화로 차가운 물이 몰려들자 찾아드는 한기. 나는 네레이드***와 털이 덥수룩한 강의 신들을 떠올렸다. 동이 터오는 지금 바로 여기에, 또 강한 월계수 향기와 하트 모양의 충충나무 꽃잎이 둥실 떠가는 물 위로, 사랑스러움뿐 아니라 음탕함 역시 한데 뒤섞여 있다. 그러니까 처녀와 사티로스**** 둘 모두가 말이다. 하코트 부부의 집 아래에 있는 다리를 건너며 보니 단풍나무로 만든 작은 다리에서 잎이 돋아나고 있었다. 두꺼운 소맷동 모양의 하얀 거품은 다리로 몰려와 부딪혔다. 등뒤로는 시냇물이 '파르티아인, 메데이아인, 엘람인, 메소포타미아와 유대와 카파도키아와 폰투스와 아시아와 프리지아와 팜필리아와 이집트에 사는 사람들, 그리고 리비아의 키레네 일부 지역 사람들, 로마의 이방인, 유대인과 개종자들, 크레타인과 아라비아인'의 음성으로 떠들어댔다. 우리는 정말 시냇물이 위의 모든 언어로 말하는 것을 들었다. 나는 세속적인 일들에 대해 생각했다.

---

* 이탈리아 나폴리 근처에 있는 화구호火口湖.

** 캐나다의 뉴펀들랜드에 위치.

*** 그리스 신화에 나오는 바다의 여신.

**** 숲에 사는 반인반수半人半獸의 신으로 그리스 신화에서 장난이 심하고 주색을 밝히는 것으로 묘사된다.

무엇이 우리의 양심을 비추거나 아니면 어둡게 하는가? 무엇이 우리로 하여금 창문 아래의 그늘진 곳에서 온갖 종류의 음란한 장면을 엿보게 하는가? 무엇이 우리에게 애정과 인내심을 부여해주는가? 이렇게 우리가 저지르는 깃털처럼 가벼운 도둑질들. 이어 햇빛이 계곡에 떨어지기 시작했다, 습하면서도 황금색으로 빛나는 계곡으로. 상류에서는 송어가 접시가 깨지는 듯한 시끄러운 소리를 내며 뒤척인다. 왁자한 소음, 우린 그 송어를 잡는다. 낚싯대가 휘어진다. 맑은 물을 통해 이리저리 움직이며 소리를 내는 송어가 보인다. 은색과 담홍색의 저 송어들이야말로 물에 가라앉아 있는 우리의 보물이다.

• • •

집 앞의 돌 위에 놓인 의자에 앉아 스카치를 마시면서 아이스킬로스*의 작품을 읽었다. 그리고 우리가 얼마나 많은 축복을 받고 있는지 생각했다. 우리는 식욕을 만족시키며 살아가고 있음은 물론 피부를 따뜻하고 청결하게 유지하면서, 다양한 욕구와 욕망까지 만족시키며 살아가고 있다. 나는 짙은 빛깔의 이 나무와 황금색 햇빛보다 더 멋진 그 무엇도 원하지 않을 것이다. 고

---

* 고대 그리스의 비극 시인.

대 그리스 시대의 작품을 읽으면서 길 건너의 광고업자도 나와 마찬가지가 아닐까 생각했다. 전쟁과 가난으로부터 한숨 돌리고 나면 사람들은, 심지어 광고업자라 해도, 좋은 것들에 관심을 기울이기 마련이기 때문이다. 메리는 위층에 있고 나는 곧 여기서 나만의 시간을 가질 생각이다. 저 비에 젖은 돌과 우리 몸에서 자라는 체모 사이의 차이에 생각이 미치자 언젠가는 죽어야 할 인간의 숙명에 가슴이 저릿해졌다. 그러나 의자를 타고 올라간 아이들이 개미를 죽이려고 비치해놓은 당질의 아비산나트륨을 삼켜버리는 사태는 정작 우리가 키스하며 사랑을 나눌 때 일어난다. 사랑과 독 사이에 진정한 연관 관계란 결코 없지만 그럼에도 그 둘은 같은 공간 안에 존재하고 있는 듯하다.

아이가 토하기 시작해서 일요일 밤에 해독제를 구하러 시내로 향했다. 내가 갔던 길모퉁이의 약국 겸 잡화점으로 말할 것 같으면 일요일 밤이 아주 붐비는 시간이다. 왜냐하면 그 시간에는 잘나가는 모든 경쟁 가게가 문을 닫기 때문이다. 거리에서 유일하게 불을 밝히고 있는 곳은 그 가게뿐이다. 진열창에는 전시물들(피타고라스의 그림, 묶여 있는 형상의 비너스, 휴대용 관수기와 향수들)이 어지럽게 배치돼 있는데 어지럽기는 가게 안도 다를 바가 없다. 이 가게는 말하자면 약을 파는 잡화점인 동시에 골동품 가게이며, 유원지에서 볼 수 있는 유령의 집이며, 자신의 몸에 선탠 로션을 바르고 있는 여자 사진과 소나무향 비누를 광고하는 숲 사진을 보관하기 위한 창고이며, 카드게임용 테이블보와 플라스틱으로 만든 물총 따위로 가득 차 있는 선반이자 쓰레기통이며, 거기에 어찌 보면 작은 가정이라고까지 말할 수 있다. 왜냐하면 단정하게 차려입은 약사의 아내가 제복 차림의 세 아들 사진을 등뒤의 선반 위에 정렬해놓고 근심스러운 표정으로 소다수 판매대 앞에 앉아 있기 때문이다.

약국에서 나오자 여름밤인지라 거리는 거의 텅 비어 있다. 고약한 마리화나 냄새를 풍기며 둘씩 짝지어 활보하는 불량배들이 보름달이 뜰 무렵의 암컷 늑대들처럼 큰 소리를 내며 거리를 내려온다. 그들은 우리에게 낯설다. 그들을 어떻게 우리들의 세계, 다시 말해 그리스, 독을 먹은 아이, 침대에서의 속삭임과 결부시킬 수 있단 말인가? 차량 절도범이나 노상강도처럼, 불량배들은 이질적이고 약탈적이며 진정 위험하다. 그들은 우리의 모든 소중한 가치, 심지어 자존감을 비롯해 재산권, 사랑의 힘, 법과 즐거움을 위협하는 듯이 보인다. 그들과 우리가 나눌 수 있는 유일한 관계라고는 경멸이나 당황스러움뿐이지만 그럼에도 그들은 자기발견이 한창 진행되고 있는 이 나라의 어두운 대지 어딘가에 버젓이 존재한다.

여름밤을 음미하며 돌아오는 동안 처음으로 인동* 냄새를 맡았다. 아이는 아프다. 하지만 우리는 불을 끄고 계속 속삭였다.

이어 나는 L. E.를 유혹하는 꿈을 꾸었는데, 물론 유혹이 힘들기는 꿈속에서도 마찬가지다. 아, 이해할 수 없는 잠자는 마음의 음탕함이여.

• • •

이 집은 매력적인 동시에 치유 기능도 갖고 있다. 이는 수많은 여름들을 지나면서 쌓인 것이다. 손님들이 가져왔다가 놓고 가버린 통에 고아 신세가 돼버린 책들. 유리 컵받침, 비 오는 날에 페인트칠을 했던, 닻과 나뭇잎 그림이 새겨진 조개껍데기 장식. 전체가 은촉물림 판자**로 지어진 벽들. (판자들 중 일부는 연노란색이거나 혹은 그보다 더 밝아 거의 흰색에 가깝다. 폭풍이 자주 들이치고 지붕에서 판자로 빗물이 새는 서쪽 방향의 벽들은 담뱃재처럼 짙은 빛깔이다.) 삐걱대긴 하지만 앉아서 일몰을 감상하기에 딱 좋은 고리버들나무 의자. 수없이 많은 육중한 트렁크들이 긁으며 지나가는 바람에 갑판의 승강구 계단처럼 흉터가 남아 있는 계단. 이 집 전체는 깨지기 쉬운 일종의 공명판 같아서 밤에 바람이라도 불면 유리가 덜거덕대듯 밤새 삐걱거린다.

---

* 덩굴식물의 일종.
** 판자의 일종으로 판자 측면의 튀어나온 부분과 들어간 부분이 서로 맞물리게 하여 조립한다.

비가 내릴 때도 마찬가지다.

• • •

메리와 소풍에 나서 해변으로 나갔다. 술은 보온병에 담아갔
다. 알몸으로 수영을 했다. 메리를 안으려 했지만 메리는 부드럽
게 거절했다. 나는 나를 덮쳐오는 강렬한 욕구, 바다, 불꽃, 그리
고 성욕에 대해 생각했다. 세상은 얼마나 기꺼이, 또 당당하게,
그 아름다움을 우리에게 드러내는가. 저 하늘은 얼마나 푸르고
멋진가, 바다의 천둥소리는 또 얼마나 엄청난가. 조개와 가리비
를 많이 주우려고 위쪽 해변으로 갔다가 아내와 사랑을 나누기
위해 오후 6, 7시경 집으로 돌아왔다. 아래층의 아이들은 젓가락
으로 피아노를 두드리며 놀고 있다. 태양은 낮게 가라앉았지만
아직 해가 지진 않았다. 침실의 좁고 긴 창문을 통해 만과 모래
톱과 대양을 볼 수 있었고 그뿐만 아니라 이 오래된 해안에 배어
있는 19세기의 정취도 느낄 수 있었다. 스페인풍의 산책로나 일
본풍의 초롱, 그리고 악단 연주회는 고래잡이 유물만큼이나 과
거의 일부분에 속하기 때문이다. 이렇게 벌거벗고 상쾌한 조명
아래 함께 누워 있는 기쁨도 그러하다. 아이들은 깡통 차기 놀이
를 하러 밖으로 나갔다.

그후 저녁식사를 하러 술집으로 갔다. 우리가 커피를 마시는

동안 대학생 몇 명이 들어오더니 맥주를 주문한 후 레코드에서 흘러나오는 곡에 맞춰 춤을 췄다. 첫 곡은 독일 왈츠 곡이어서 나는 메리의 허리에 손을 얹고 춤추기 시작했다. 그러자 이내 젊은이들이 하나둘 플로어에서 사라져 로비에서만 머물렀다. 우리는 중년의 정열로 모든 것을 망쳐놓고 있었던 것이다. 춤을 멈추고 자리로 다시 돌아오자 로비에 있던 한 젊은이의 목소리가 들려왔다. "됐어, 이제 내려왔군." 젊은이들이 다시 플로어로 돌아와 춤을 췄다. 술집 밖으로 나오니 몇몇 웨이터들이 꼬마들과 잡기 놀이를 하고 있었다. 숙소로 돌아와서는 현관 앞의 안락의자에 앉아 멀리 보이는 낸터킷Nantucket*의 불빛과 저녁바람을 기분 좋게 음미했다.

• • •

손님들이 떠난 후 온종일 자고 일어난 나는 어둑해질 무렵 아이들 여럿을 차에 태우고 샌커티 헤드Sankaty Head 등대**로 갔다. 흔들리는 좁은 창문들을 따라 둘러 있는 나선형 계단과 널찍한 발코니로 통하는 문, 그리고 천에 가려진 등대의 전등이 인상적이었다. 바로 이 전등이 저 먼바다에 있는 타인들의 생명을 구하

* 매사추세츠 주에 속해 있는 섬.
** 낸터킷 섬에 있는 등대.

는 장치로 이 섬에서 가장 오래된 것들 중 하나다. 우리가 도착했을 때 그 등대는(혹은 다른 등대 역시) 켜져 있는 상태였다. 두 대의 등대가 모두 전등에 천이 씌워져 있었다. 헤드 등대에서부터 땅이 낮아지기 시작해 약 25미터 떨어진 해변까지 이어지며, 여기에서 우리는 짙은 빛깔의 채드윅스 폴리 탑 너머로 그레이트 포인트 등대를 내려다볼 수 있다. 파도 위에 높이 솟아 있는 이곳에서 파도는 마치 쫙 펼쳐진 레이스처럼 보인다. 파도는 거머리말과 해초들로 인해 울긋불긋하다. 해변을 향해 등대에서 내려가기 시작한 아이들의 형체가 작아지고 또 작아진다. 마침내 모래사장에 도착했을 때 아주 작아져버린 아이들은 해초를 모아든 후 자기 이름을 쓰기 시작한다. 수지 치버, 넬리 톰프슨, 토미 글리드 톰프슨, 노라 보인튼, 벤지 C. 벤의 이름은 넬리가 대신 적어준다. 벤은 아직 자기 이름을 쓸 줄 모르기 때문이다. 이어 갑자기 아이들이 경사진 면을 앞다퉈 올라가기 시작했다. (날이 어두워지고 있어서 깜깜한 해변에 갇히기 싫었기 때문이리라.) 그때 등대지기 한 명이 나타나서는 자신은 해변을 항상 주시해야 한다고 말했다. 사람들이 자주 해초를 이용해 외설적인 글을 쓰기 때문이라고 했다. 그때는 해가 거의 넘어간 후여서 우린 등대의 불빛이 얼마나 밝은지 실감할 수 있었다. 스콘셋 가게에 들러 아이들에게 더블 스쿠프 커피아이스크림을 사준다. 수지가 말한다. "아이스크림이 혈색에 도움이 됐으면 좋겠어."

넬리가 대꾸한다. "물론 도움이 되진 않아. 그러니까 그걸 먹는 건 너한테 좋지 않다는 뜻이지. 여드름이나 나게 할걸. 난 사탕을 너무 먹으면 혀끝이 좀 아파와. 혀의 오른쪽 끝. 텔레비전을 보면서 사탕을 먹었는데 한 상자를 거의 비웠지 뭐야, 그때도 혀 오른쪽 끝이 아파왔어. 월트 디즈니 사탕은 이제 맛이 없어."

• • •

우울해하는 친구 L과 점심을 함께했다. "난 내가 여기서 실패했다는 확신이 들기 전엔 캘리포니아로 가고 싶지 않아." 그렇게 말하긴 했지만 친구는 여기서 20년을 살아오면서 해놓은 일이 별로 없다. 생각건대 친구는 진정 우울하다고 말할 수 있는 사람이다. 친구는 야망으로 가득 차 있지만 이를 실현할 수 있는 활력을 갖고 있지 않으며 호색한이면서도 내성적인 성격인데다 자신의 결함을 깊이 의식하며 아내와 만났기 때문에 애처가에다 아내에게 의존적이었던 그런 남자다. 여기 외로움에 속절없이 내쳐진 한 사람이 있다. 낯선 도시에서 홀로 살면서 친구나 여자를 사귈 활기라곤 없는 사람이다. 그는 이를테면 로마나 파리의 한 호텔에 혼자 남아 아내와 아이들에게 편지를 쓴다. 그는 너무나 외로웠음에 틀림없다. 크리스마스이브에 귀국해서 가족을 깜짝 놀라게 해주겠다고 결심했을 정도니 말이다. 공항에서 만난 그의 아내는 자신이 다른 남자와 사랑에 빠졌으며 석 달째 같이 살고 있다는 소식을 전했다. 여자가 뭐라고 계속해서 떠들자 남자는 알겠다고 대꾸했다. 그는 달라진 상황을 알게 됐고 이내 아내에게 그저 자신을 호텔에 남겨놓고 떠나달라고 했다.

그러자 여자가 말했다. "어쩜 그렇게 무심할 수 있죠? 크리스마스트리에 불을 밝혀놨고 당신을 위해 선물도 샀어요. 아빠와 엄마, 그리고 아이들이 당신을 기다리고 있단 말이에요."

남자가 말했다. "이봐, 당신과 아이들에 대한 내 인생은 이제 끝났다고 방금 말하지 않았어? 난 끝장났다고 방금 당신이 말하지 않았느냔 말이야. 그런데 지금 집으로 돌아가서 산타클로스 놀이나 하라고? 게다가 난 당신 부모도 좋아하지 않아."

그러자 여자가 말했다. "오, 당신이 이토록 잔인한 사람인 줄 전혀 몰랐어요. 내가 헨리와 사랑에 빠진 건 내 잘못이 아니에요. 그 문제에서는 내게 주어진 선택권이 하나도 없었다고요. 당신은 마치 내가 고의로 일을 저지른 것처럼 말하는군요. 또 이모든 일을 아빠 엄마에게 어떻게 설명하라고요? 부모님은 아무것도 몰라요. 우린 나무를 장식하면서 저녁을 보냈어요, 당신을 위해서요. 모두가 기다려요, 아주 좋은 옷을 차려입고."

그래서 남자는 아이들을 보고 싶다는 생각에, 또 자신의 집에 들어가고 싶다는 생각에 여자와 함께 집으로 돌아갔다. 인생이 하나의 슬프고도 슬픈 동화라는 걸 그 남자가 알게 된 것은 행운인 것 같다. 그 이상 그가 어떻게 더 잘할 수 있을까. 다른 많은 우울증 환자들과 마찬가지로 그의 성적 취향은 매우 중요하지만 이를 제대로 드러낼 수 있었던 적은 한 번도 없었다. 유럽의 동성애에 대해 언급하자면 우리는 마치 우리가 순결한 처녀라도 되는 양 얼굴을 붉히고 눈을 내리깐다. 정말로 우리가 순결하기라도 한 것처럼. 그럼에도 난 그가 어느 구두닦이 흑인과 함께 베로나*에서 신혼을 보내는 것이 그에게 조금이라도 이로우리라고는 생각지 않는다. 나는 그가 보다 행복해지길 바라며 그가 왜 그럴 수 없는지 이유를 모르겠다.

• • •

엉덩이 쪽에서 아주 불쾌한 기분이 느껴졌고 이에 난 유일하게 내 세계를 함께 지탱하고 있는 사랑과 위스키, 용기와 추억에 진저리가 난다고 말하며 바너드로 향했다. 나를 얽어매고 있는 것들과 덧없는 모든 것들에 지쳐버렸다. 여기 음탕한 마음을 지닌 한 남자가 있다. 반쯤 잠이 든 그는 이리저리 뛰노는 생각들에 지친 나머지 단순히 다리만을 생각해보기로 한다. 그러나 그렇게 떠올려본 다리조차 그의 머릿속에서 또 얼마나 도약하며

* 이탈리아에 있는 도시.

많은 가지를 치기 시작하는가. 폭풍 속의 현수교, 대리석으로 만든 베니스의 다리, 서스쿼해나와 델라웨어의 철교, 계곡 하천 위의 목교, 센 강의 다리, 루아르 강의 다리, 허드슨 강과 만의 다리들. 하지만 그에게 음탕함이란 이 모든 것들도 문제되지 않는 에너지이자 시금석과도 같다.

몸이 아팠지만 병원에 가야 할지 망설였다. 이런 일은 결정을 내리기 힘들다. 대부분의 시간을 위스키로 진통을 달래며 보냈다. 여기 아닌 곳에만 있다면 더 행복할 것 같은 생각이 들지만 어디로 가야 할지 아직 모른다. 야도Yaddo*는 이럴 때 은거하기에 딱 적당한 곳 같다. 고통이 시시하게 느껴지는 곳, 밀폐된 느낌이 드는 곳, 어둡고 환기도 되지 않지만 정감 어린 작은 다락방 같은 곳. 어린 시절 숨바꼭질을 할 때 한 번쯤은 갇혀봤을 벽장 같은 곳. 그것은 어쩌면 나라는 사람이 모피를 태우며 넘실대는 불꽃 같은 기질을 갖고 있기 때문인지 모른다. 나는 아침이 되면 더 나아질 거라고, 지금도 점점 나아지고 있다고 생각했다. 낙엽을 쓸면서 이런 생각을 한 것 같다. '보다 덜 치열하게 살아가는 법을 배워야 해.' 난 열심히 낙엽을 치운다. 그럼 우리는 갑자기 방향을 바꾸어 서쪽에서 불어오는 신선한 바람 소리를 듣게 되

---

* 뉴욕에 있는 예술가들의 공동체. 존 치버도 한때 이곳에 머문 적이 있다.

며 이는 우리를 기쁘게 한다. 그런 바람이야말로 우리 각자가 지닌 회복력을 일깨워주기 때문이다.

우리가 지닌 유머와 선의의 저장고는 병에 의해 고갈되는 듯하며 우리가 스스로의 온화함으로부터 멀어질 때 느끼게 되는 비참함은 그 온화함을 되찾아오는 데 아무 도움도 되지 않는 듯 보인다. 그저 자갈 바닥에 앉아 휴식을 취하고 있어도 정신이 회복되어 마구 요동치는 것을 알 수 있고 이에 우리는 붉은색이나 황금색의 깃발을, 명랑함과 원기를 보여주는 여러 징표들을 발견하게 된다. 나는 내가 아플 수밖에 없음을 알고 있지만 왜 이런 나약함이 내 정서적인 삶에 스며들어올 수밖에 없는지 이해되지 않는다. 하늘처럼 푸른 빛깔의 스웨터를 입은 한 어린아이가 왜 완전무장을 한 파괴의 천사처럼 파인 스트리트를 질주해야 할까. 왜 나는 빛을 좋아하면 안 되는가. 왜 나는 행복해지기 위해 희미하기만 한 야망을 제외한 다른 무엇도 가져선 안 되는가. 하지만 난 최소한 다음의 것들은 갖고 있다. 그러니까 최소한 이 새벽 3시에, 머릿속에 떠오르는 어떤 선명한 유대감에 마음이 따뜻해져오고 유쾌해짐을 느낄 수 있다.

하루종일 침대에 누워 있었다. 아름다운 날이었다. 하지만 난 세상의 아름다움을 비난으로 받아들이지 않을 것이다.

흐린 일요일. 검은 구름 아래로 눈이 내렸지만 공기는 따뜻했
다. 미식축구를 조금 했다. 이 놀이를 나는 얼마나 좋아하는지.
맥주를 마시고 일찍 잠자리에 들었다. 월요일 오전은 매우 조마
조마했다. 다시 몸이 아파오고 소화불량까지 걸렸기 때문이다.
나의 유일한 문제점은 치열함에 있다고 혼자 중얼거리며 알약을
하나 먹었다. 점심은 K, H. T.와 함께했다. 난 놀라움에 팔짝 뛰
어오를 준비가 돼 있다. 그러나 언제나 그렇듯 교실 안의 십자가
에 못박힌 예수 그림처럼 우울한 이 분위기. 시내에서 버스를 탔
다. 이토록 비참한 기분. 허름한 술집에서 마티니를 두 잔 마신
다음 어윈 쇼*가 있는 곳으로 향했다. 두 개의 방이 있는 스위트
룸, 3일은 된 듯한 장미들, 두 대의 개인 전화기, 그리고 세 명의
텔레비전 회사 중역들. 나는 어윈을 존경, 아니 사랑하는 것 같
지만 너무 부자인 그는 아가일 공작 같은 사람들과 저녁을 자주
함께하는 반면 난 아주 가난하며 바로 이것이 그와 나의 차이점
이다. 텔레비전 회사 중역들은 나에 대해 알려고 애썼으나 실패
했다. 아마 술에 취해 어설프게 행동했을지도 모르겠다. 그렇다
고 나를 책망하고 싶은 마음은 없다. 어윈이 할리우드와 관련된

---

* 미국의 극작가, 소설가.

거액에 대해 말하는 동안 일요일자 신문을 읽었다. 그러다 어윈의 소설에 등장하는 주인공 한 명을 기억해냈다. 그 주인공은 외국인 음악가로 예술과 투쟁하다가 결국 자살로 생을 마감하고 마는데 아마도 어윈은 나만의 그런 투쟁을 연민과 경멸로 바라봤을 것이다. 그곳을 떠났다. 아마도 술에 취한 채로. 오, 신이여전 너무 비참합니다. 하지만 어디로 발길을 돌려야 할 것인가? 이 도시에 나의 유일한 친구들이 있다고 한다면 그것은 아주 우울한 사람들인 듯싶지만 그런 사람들로 하여금 내 상처를 치료하게 하고 싶진 않다. 또 나의 비참함과 애통함을 구구절절 늘어놓으며 아내의 귀를 괴롭히고 싶지도 않다. 너무 민감해진 탓인지 난 제정신이 아닌 듯하다. 심지어 하늘의 별마저 내게 화를 내는 것 같다. 눈물을 흘리며 외롭기 그지없는 나의 삶을 생각했다. 아아, 슬프다. 행선지를 알리는 차장의 목소리까지 내 비참함을 질타해오는 듯하다. 새벽 3시에 비참한 심정으로 잠에서 깨어 좋은 일(항해, 스키, 아이들의 쾌활함)들을 떠올리려 애썼지만 그마저 여의치 않았다.

• • •

시내로 가서 B부부와 함께 영화를 봤다. 기분이 무척 좋아졌다. 메리가 그런 나를 흘겨본다. 메리에게 이런 외출은 흔한 일이기 때문이다. 어쨌든 만약 결혼을 보트에 비유할 수 있다면 뱃머리에서 바다로 뛰어들 수 있는 어떤 지점이 있으리라. 도시는 아름답고 분주하며 온갖 목적과 활력과 생기로 가득 차 있다. 난 그저 기뻐하며 즐거워할 뿐이었다. 우리는 하버드 클럽 건물 내부에 있는 휴게실 중 한 곳에서 B부부를 만났고, 메리는 B부부를 보자마자 즉각 화색이 돌며 말이 많아지기 시작했다. 아마 내가 제정신이 아니거나, 예민하거나, 괴상하거나, 무력하거나, 또 가치 없는 인간이라 이런 모든 상상을 하는지 모르지만 나의 즐거운 저녁은 서서히 산산조각나기 시작했다. 난 생각했다. '별 의미 없잖아.' 그러나 수하물 보관소에서 말을 걸어온 나이든 워커 에번스(무슨 일인지 그의 얼굴은 잔뜩 부어 있었다)와 얘기할 때 메리는 B와 유쾌하게 떠들었고 이에 나는 질투와 무력감을 느꼈다. 아내는 B와 수다를 떠는 동안 노골적인 반박을 드러내고자 대화가 끊긴 틈을 타 단 한 번 나를 돌아봤을 뿐이었고 이에 상상에 불과하든 아니든 난 속이 뒤집어지는 기분이었다. 이후 예의를 지키며 사람들을 대해줄 여유가 내겐 더이상 남아 있지 않았다. 내 즐거움이 깨져버렸기 때문이다. 난 집에 돌아와 차고 벽에다 맥주병을 집어던진다. 이어 소파에 웅크린 채 비통한 눈물을 흘린다. 지금까지 참 많이 눈물을 흘렸다는 생각이 든다. 진gin*의 눈물, 위스키의 눈물, 그저 짠맛이 나는 평범한 눈물, 하지만 너무 많이 흘렸다. 또 나의 변덕스러움을 만족스럽게 종결시킬 방법을 찾고자 어깨를 움츠린 채 이 길들을 너무 자주 걸어다녔다. 오늘은 희망을 만들어낼 그 어떤 의지도, 배짱도, 용기도 없다. 나는 맑은 심성을 지니고 있는 여자, 즉 부드러운 성격의 아내나 연인, 금발 혹은 검은 머리의 여인을 꿈꾼다. 하지만 이렇게 닫힌 방 안에서 타자기나 쳐다보고 있는데 어떻게 그런 여자를 발견할 수 있단 말인가? 여기서 뛰쳐나가야 하겠으나 난 나의 외출을 무한정 미루기만 할 뿐이다. 프랑스로 가는 비행기에 올라탈 수도 있으리라. 부족한 것은 배짱뿐이다. 지금의 내 감정이 완전히 착오일 수 있지만 내가 지금 느끼는 바는 그렇다.

• • •

이런 문제들에 대해 고민하는 것이 내가 해야 할 적절한 일인지 궁금해졌다. 만약 그렇다면 정서적인 영역에 속하는 모든 단어, 모든 변화를 붙잡아 빛에 비춰보면서 이를 신중히 따져보는 일을 힘들어하지 않으리라. 차라리 내가 아침의 어둠 속에 홀로 남겨졌다가 밤의 어둠 속으로 돌아가는 거래처 담당 임원 혹은 텔레비전 프로그램 책임자라면 일은 좀더 쉽게 풀릴 것이다. 메리에 대한 꿈을 꾼다. 흔히 말하는 정원 딸린 저층 아파트 같은

---

* 독한 술의 일종.

곳의 그 많은 안뜰에서 메리를 뒤쫓는 꿈을. 하지만 그때마다 메리는 나를 벗어나며 바로 앞에서 문을 닫고 만다. 이어 메리는 옅은 핑크색 장미 무늬 침대에 누운 연인이 되어 화해를 청한다. 매우 선정적인 자태의 메리. 그럴 때마다 난 곳곳이 망가진 거미집을 고치려고 애쓰는 느낌이 든다. 하지만 망가진 곳을 복구할 때마다 훼손되거나 느슨하게 늘어진 새로운 곳을 발견할 뿐이다. 아마 메리는 X나 Y, 혹은 Z와 사랑에 빠져 있을지 모르지만 그렇다 해도 이를 내게 알려줄 사람은 없을 것이며 결코 알 수도 없을 것이다. 그게 비록 복부에 통증을 느끼지 않고는 생각조차 할 수 없는 일이긴 해도 말이다. 뭔가를 알아내고자 농담이나 선물, 뉴스거리들을 동원해보지만 그때마다 돌아오는 것은 곁눈질과 쓰라린 반박뿐이며 이에 나는 슬픔에 가득 차 거리를 오랫동안 헤맨다. 가끔은 내가 파괴적인 힘에 정면으로 맞서 싸우지 못하는 사람이 아닐까 생각되기도 한다. 그 파괴적인 힘은 내가 따라잡을 수 없는 그 무엇이다. 말싸움이라도 벌이게 된다면 슬픈 이야기를 듣게 될지 모른다. 지금까지 나라는 인간은 구제불능이고, 재수없고, 잔소리꾼이고, 비열하고, 또 잔인한 사람이었지만 나 자신을 비난하는 데도 한도가 있고 그런 난장판을 견딜 만한 배짱도 없다. 난 퀴퀴한 여관에서 크리스마스를 보내고 싶지 않다. 친절한 친구들과 보내고 싶지도 않다. (오, 신이여.) 푸른 나무의 냄새를 맡고 싶고, 아이들에게 선물을 주고 싶고, 교회에 가고 싶고, 칠면조 요리를 먹고 싶고, 소파에 앉아 위스키를 마시고 싶고, 인생의 풍요로움에 대해 생각해보고 싶다. 하지만 뭘 기대해야 할지 모르겠다. 어쩌면 크리스마스는 내게 최악의 불쾌감, 눈물, 쾅하고 닫히는 문, 히스테리 증세, 비관적인 시선, 그리고 일주일 동안 이어질 침묵을 안겨주는 시간이 될 수도 있다. 오늘 아침엔 외설적인 생각까지 하며 제법 활기찬 기분으로 깨어났지만 마주친 현실은 초췌한 얼굴과 쓰디쓴 모순뿐이다. 나 자신을 책망해야 하리라. 이것이 희망을 발견할 수 있는 유일한 해결책으로 보인다. 난 모든 것들이 잘 풀려나가리라고 믿는다. 저절로 잘 해결되리라 믿는다. 나의 질투는 어처구니없는 일이다. 누가 신경이나 쓸 것인가, 누가.

· · ·

코벌리에게 그녀는 그의 협곡이요, 예감이요, 모든 것을 의미했으므로 세인트 보톨프라는 건조한 단어는 그녀를 표현하는 데 아무 도움도 되지 않았다. 그녀는 코벌리의 예쁜이이자 연인이었다. 그가 그녀 위로 몸을 덮어갈 때 그녀는 애인처럼 얼마나 부드럽게 속삭이고 또 몸을 떨었던가. 하지만 단지 이에 그치지 않고 그녀는 코벌리의 인생 대부분을 구성하고 있는, 그 간단하면서 어쩌면 거칠기도 한 시詩를 이해하는 열쇠이기도 했다. 그것은 방향을 바꾸는 바람 소리, 타다 남은 난로의 깜부기불에 내려앉는 눈, 저녁의 겨울햇살을 받으며 피어나는 꽃, 비를 맞으며 한밤중에 훔치는 장미와 같아서, 그녀에게 이상이라도 생길 경우 그것이 코벌리의 탓이든 아니든, 그는 생기 있어 보였던 거의 모든 것들을 빼앗겨버렸다.

● ● ●

화창한 겨울날이다. 코벌리에 관해서는 어느 정도 진도를 나갔다. 그러니까 이론적으로 볼 때 희망이라곤 찾을 수 없는 상황 속에서 사람들이 스스로를 구원하는 바로 그 지점까지, 이론적으로 볼 때 모든 것들이 침묵하고 대신 건전하고 엉뚱한 질문들만 던져지는 바로 그 순간까지 말이다. 장미 위로 낙엽을 덮어줬다. 북풍을 타고 약간의 마른눈이 비스듬하게 흩날렸지만 하늘은 아주 푸르다. 이 얼마나 상쾌한가. 해는 다양한 형상으로 변하면서 저문다. 황금색을 띠다가 청동색으로, 이어 레몬처럼 노란색의 줄무늬로 변하더니 다음엔 예기치 못한 장미색으로 가득 채워온다. 수지를 차에 태워 시내로 가면서 참으로 즐거운 인생이라는 생각을 한다. 건강과 열정, 유용함이 느껴지고 내 인생의 함정들도 내가 파악하는 만큼 그렇게 위험하고 깊지는 않기 때문이다. 그리고 우리가 저지른 죄에 대해, 앞선 세대들이 저지른

죄에 대해 참회해야 한다는 생각이 든다. 어쩌면 우린 그렇게 참회하고 있거나 나아가 이미 참회했는지도 모른다. 그렇기 때문에 이렇게 겨울의 황혼을 볼 수 있고 마음껏 술을 마실 수 있고 크리스마스 카드를 적는 아이들을 도와줄 수 있는 것 아니겠는가. S부부와 함께 합창단을 위한 파티에 갔는데 A는 지휘자를 가리키며 그의 불안정한 눈에, 그의 얇은 입술에, 병든 그의 아내와 그의 예쁜 딸에게 화를 냈다. A를 한 손으로 집어들어 흔들어보라, 덜거덕대는 소리가 들릴 것이다.

우리는 월요일 새벽에 일어났고 (언덕 위에 있는 어떤 집의 욕실에서만 유일하게 불빛이 새어나오고 있었다) 면도를 하는 동안 혹시 우린 어떤 미묘하고도 광범위한 고통에 사로잡혀 있지 않나 하는 생각을 한다. 원하거나 필요로 하는 것들의 대부분을 갖고 있음에도 불구하고, 마치 빛으로 가득 찬 필라멘트처럼, 우리의 지각은 이 같은 환멸에 잔뜩 빠져 있다. 이는 어쩌면 우리가 어느 순간 실패의 가능성을 엿보았기 때문일 수 있고 아니면 단지 토요일 밤에 술을 너무 많이 마셨기 때문일 수도 있다. 우리는 불치병 수준의 여린 마음을 보고 있는지도 모른다. 하지만 화요일 오전이면 지중해나 그와 비슷한 문명권으로 가 있는 멋진 꿈을 꾸며 깨어나게 될 수도 있다. 그리하여 털이 복슬복슬한 꼬리를 흔드는 강아지처럼 희망에 가득 차게 될지 모른다.

제법 많은 양의 위스키를 마셨다. 마음을 진정시키려 애쓴 다음에야 『왑샷』을 읽을 수 있었다. 내가 뭘 하려는 건지 알 수가 없다. 리앤더의 전체적인 그림은 다시 고민해볼 필요가 있다. 이 소설이 무엇에 관한 이야기인지 내가 알고 있다고 말할 수 없기 때문이다. 리앤더의 비극에 담긴 교훈을 난 모르겠다. 그는 전통을 깬 사람이거나 아니면 전통을 깨야 할 숙명을 안고 있어 시련을 겪는 인물이다. 그는 나이들어가고 있으며 또 고통받고 있다. 하지만 그는 변변찮은 시에 등장하는 인물 같기만 하다. 너무 다채롭고, 기이하고, 어딘지 허전한 구석도 있다. 하지만 클라리사의 비극은 토파제*의 비극과 긴밀히 연동돼 있다. 내가 모르는 부분이 바로 그 비극 이후의 시간이다. 그는 손자를 기다리는 늙은이에 지나지 않으며 이것으로는 충분치 않다. 세라에 대해서도 많이 신경써야 하고 룰루도 끼워넣어야 한다. 내가 가장 걱정해야 하는 것 중 하나가 바로 조급증이다. 조급증과 돈. 나는 그것들이 어떤 도덕적인 가치를 지니길 원한다. 왜냐하면 토파제가 난파하고 만 것은 리앤더의 잘못이 아니기 때문이다. 그는 어떻게 스스로를 구원할 수 있을 것인가? 그 배를 난파시키는 것

_____

*『왑샷 가문 연대기』에 나오는 주인공 리앤더 왑샷의 보트 이름.

은 삶의 복잡성이며 나는 그가 그 복잡성과 싸워 승리하는 모습을 보여주고 싶다. 하지만 아직까지 어떡해야 할지 모르겠다.

• • •

흉부에 통증이 느껴진다. 메리가 계속 흘겨보는 통에 언쟁을 벌였고 이에 아주 우울해졌다. 솔직히 거의 미칠 지경이다. 어머니가 매우 위중하시다는 전갈이 퀸시에서 왔다. 감정이 요동쳤다. 눈물이 났다. 퀸시로 가고자 보스턴행 야간열차에 올랐다. 이런 곳과 비슷한 모든 장소라면 성적인 비행非行이 충분히 일어날 수 있지 않을까 하는 생각이 들었다. 물론 나만의 주관적인 생각에 불과하겠지만. 비 내리는 새벽의 보스턴, 비 오는 일요일 오전. 갱생의 기미라곤 찾을 수 없는 어두운 날의 보스턴 슬럼가. 이런 곳들은 그 얼마나 끈질긴 생명력을 갖고 있는가, 누구도 손대지 못할 그 생명력. 어머니를 만나고 보니 기력이 많이 쇠했고 지쳐 있다. (어머니는 인생에 지쳤다고 했다.) 그러나 여전히 예민한 어머니의 기지와 청각. "베이컨 부인에게 소리쳤지만 신경도 안 쓰더구나. 사람들은 내가 소리치는 걸 좋아하지 않아. 베이컨 부인은 전화로 얘기하는 중이었지. 심박동에 관해 누군가와 대화하는 중이었어. 난 이렇게 소리질렀단다. '당신의 그 심박동 얘기를 듣고 싶어하는 사람은 아무도 없어.' 하지만 콧방귀도

안 꿔더라고." 비록 어머니는 나이들고, 허약해지고, 외롭고, 또 무력해지셨지만 난 여전히 어머니로부터 비극적인 오해를 사고 있는 듯하다. "그애는 정상이야." 어머니가 누군가에게 말했고 나는 아직도 몸이 움찔거린다. 새벽 1시쯤 여기에 도착한 뒤 깜깜한 밤에 허드슨 강둑 위쪽을 지나 따뜻하고 편안한 내 집으로 들어왔다. 내게 문제가 있는 것은 사실이지만 그것이 견디기 힘든 것 같지는 않다. 또 나는 작품을 통해 불쾌하고도 은밀한 비밀을 누설하는 그런 작가는 되고 싶지 않다.

· · ·

어머니께서 22일에 돌아가셨다. 내가 와인으로 가득 찬 성배에 대해 언급하지 않듯이 이에 대해서도 더이상 언급하지 않겠다. A의 괴상한 집. 묘지로 향하는 길을 따라 걸을 때 나를 휘감아오는 이 격한 감정. 오래전에 내린 눈으로 덮여 있는 노웰^{Norwell*}.

· · ·

잔뜩 흐린 날의 하몬 기차역 구내. 내 인생이 너무 내향적으로

---

* 미국 매사추세츠 주에 속한 지역.

변해버려 여행을 할 수 없을 거라고 생각했지만 그렇진 않다. 객차 내부에 세잔의 복제품 그림이 걸려 있다. 뉴욕을 방문하고 돌아오는 듯한 커플이 아무렇게나 떠들었다. "수요일 오후에 〈버스 정거장〉이란 영화를 봤어. 목요일 오전에는 라디오시티 공연장으로 갔고 다음엔 엠파이어스테이트 빌딩 꼭대기에서 점심을 먹었지. 목요일 밤에는 〈문에 있는 호랑이Tiger at the Gates〉*, 금요일 오후에는 시네마스코프**를 봤고" 등등. 좀더 북쪽으로 가니 눈이 쌓여 있다. 마음을 우울하게 만들 정도로 지독히 추워 보이는 풍경 속에 눈이 설탕가루처럼 드문드문 뿌려져 있다. 이와 같은 풍경은 글로 적거나 내 작품에 넣고 싶은 생각이 전혀 없다. 대신 신을 찬양하고 경배하는 글, 인간의 자유를 발견하고 강조하는 글을 쓰고 싶다. 비록 이에 대한 나의 통찰력은 결코 분명치 않지만. 나는 사랑을 두 가지 관점에서 바라본다. 우선 사랑이란 황금처럼 찬란하게 빛나는 것으로, 여기엔 침대 밑의 먼지도 예외가 아니다. 다른 하나는 곁눈질로만 힐끗 보게 되는 꾀죄죄한 속옷이다. 이 두 가지 관점 모두 나의 천성 중 일부를 구성한다. 도중에 우아한 노부인과 옛친구를 만났고 그들과 헤어진 후 목욕탕으로 향했다. 흰색의 은촉물림 판자로 만들어진 칸막이 형

---

* 프랑스 작가 장 지로두가 쓴 『트로이 전쟁은 일어나지 않을 것이다』란 희곡의 영어판 번역본 제목이다.
** 표준보다 가로 비율이 더 높은 와이드스크린에서 상영되는 영화.

태의 방안에 얼룩 묻은 욕조가 있다. 온탕에 들어가 '헤럴드 트리뷴'을 읽었다. 한 나이든 남자가 허리에 타월을 두르고 들어와 모래 섞인 비누로 내 엉덩이를 문질렀다. 로마의 마지막날들이여. 그런데 낯선 사람이 위치 하젤witch hazel*로 내 발가락 사이를 문지르는 동안 헛된 욕망으로 불타오르는 이 육신은 대체 뭐란 말인가? 내가 할 수 있는 최선은 농담을 건네는 것이다, 슬프지 않은 농담을. 위스키와 수다, 천둥, 그리고 번개. 여기에서도 스키를 탈 수 있는 날들은 끝났다. 내가 젊었을 때는 이 침대에 누워 기쁨에 잠겼다. 나중에 만나게 될 좋은 아내와 활기찬 아이들을 생각하면서. 하지만 지금은 욕망에 얽매여만 있는 것 같다. 속죄하는 마음으로 내가 지닌 에로틱한 욕망을 생각해본다. 이는 인격의 부족인가, 의지의 부족인가, 계율의 의미에 대한 오해인가, 유아증인가, 아니면 병인가? 이는 음탕한 본성과 점잖은 본성이 겪는 시련에 불과하다. 더 형편없는 것도 있다. 오, 나는 내가 알고 있는 것들을 그 얼마나 갈망해왔던가. 바로 나이든 나 자신, 차분한 나 자신, 성실한 나 자신, 그리고 아름답지 않은 나 자신에 대한 건강한 인식을 말이다. 나의 사랑스러운 아이들은 어디에 있는가? 마르시**는 어디에 있는가?

---

* 피부 상처 치료용 약물.
** 찰스 슐츠의 인기 만화 『피너츠』에서 조연으로 나오는 여자아이 캐릭터의 이름으로 찰리 브라운을 좋아한다.

• • •

　교회에서(대성당에서도 마찬가지다) 무릎을 꿇고 있다보면 우리가 가진 있는 그대로의 인간성과 직면하게 된다. 우리는 주를 찬양하고, 경배하고, 숭배한다. 영광을 바친다. 그러면서 통로 저편의 바리톤 음성을 가진 남자가 누구인지, 사과꽃 향기를 풍겨오는 오른쪽의 예쁜 처자는 누구인지 궁금해한다. 창자는 뒤틀리듯 아파오고 고환은 따끔거린다. 영적인 삶을 기도하면서도 그것이 너무 영적이지 않기를 슬그머니 희망한다. 뒤쪽의 문이 삐걱거리며 열리기라도 하면 방금 들어온 사람이 누군지 궁금해한다. 아서? 찰리? 헨리 펜로즈? 격자무늬 셔츠를 입은 저 소년은 누구지? 견진성사는 언제 받았을까? 앞좌석에 앉아 있는 저 여자는 왜 우는 걸까? 빵과 포도주를 향해 예배가 정점을 향해 치달을 때도 우리의 관찰은 계속된다. 가만히 보고 있으면 성단소 옆에서 복사服事가 사용하는, 붉은 플러시 천으로 만들어진 쿠션이 오크나무 바닥에 고정돼 있다는 사실을 알게 된다. 더불어 제단을 덮고 있는 천은 튤립 무늬로 장식돼 있다는 점도. 이렇게 서로 공통점이라고는 없는 있는 그대로의 모든 사실들을 관찰하다보면 우리는 신의 위엄과 인간의 재능에 관한 깨달음을 얻게 되는 거의 무아지경 비슷한 순간에 이르게 되는 것이다.

• • •

A. S.와 함께 웨스트 브랜치로 올라갔다. 매우 춥고 땅은 얼어붙어 있다. 시냇물에도 얼음이 얼었다. 근처에 있는 묘목은 홍관조의 날개처럼 붉었지만 아직 그리 선명하고 화려하진 않다. 물고기가 전혀 없다, 펄떡이는 움직임조차도. 하지만 시냇물에 발을 담그는 이 기쁨이라니, 비록 시냇물에 더 많은 물고기들이 있기를 기대했지만 말이다. 게다가 A와 함께할 수 있어 기쁨이 더욱 컸다. 나는 항상 언젠가는 그와의 우정이 내가 겪었던 다른 많은 우정들과 마찬가지로, 수상하게 깨져버리는 감정의 결합으로 그 모습을 드러내리란 느낌에 사로잡히지만 아직까지 그 같은 징후는 전혀 없다. 그저 지금까지 내가 알고 있는 그 어떤 우정보다 더 밝고, 단단하고, 유쾌하고, 또 깨끗할 뿐이다. 나의 부질없는 공상과 문제점에도 불구하고 그 우정 속에서는 어떤 음울함이나 추악한 요소도 발견할 수 없다.

• • •

낚시를 하는 동안 그날 밤의 일을 떠올리며 다음과 같은 생각에 잠겼다. 사랑은 자체적으로 억제력과 통제력을 발휘하며 따라서 강력한 열정이 있고 그 열정을 보상받는 사람은 통상 보다 건전해지기 마련이라고. 그러니 이를테면 오직 정서적으로 황폐한 자만이 호색한이라 불리게 되는 거라고. 한편으로 우리가 무엇을 의도하든 사랑의 행위는 우호적이지 않다. 우리는 당면한 사랑에 관해 허물없이 웃고 농담하고 떠들 수 있으나, 그 행위가 채 끝나기도 전에 맹목적인 환상에 빠지게 될 것이다. 오늘은 아주 기분좋은 날이다. 나의 나이와 재능, 그리고 한계를 느낄 수 있었던 날이기 때문이다. 만족스럽고 힘이 솟는다.

· · ·

스카버러-포츠머스-프렌드십*. 터무니없지만 나 자신에게 보내는 축하편지를 써보았다. 졸음이 몰려왔다. 아마도 따분했기 때문일 것이다. 여행중에 마실 위스키를 좀 사려고 주류 가게에 들렀는데 그곳에서 난 나의 몰락 지점을 보여주는 이미지와 마주쳤다. 점원이 느끼하게, 또 내 생각이지만 호색한으로까지 보였던 것이다. 어떤 상황에서든 병적인 요소만 찾으려드는 내 꼴이라니. 다리는 승객들을 강 아래로 처박을 것이고 가로등 밑에서 만난 젊은이는 나를 살해하려들 것이다.

---

* 모두 미국의 지역명.

시속 120킬로미터의 속도로 파크웨이를 운전하다보니 위에서 보듯 조망하지 못하고 시야에 제한을 받게 된다. 그리하여 그토록 광활하게 장식되어 펼쳐진 전원을 보지 못한 채 그저 붉은 진흙이 있는 곳에서 검은 흙이 있는 곳으로 통과중이라는 사실만 알게 되거나, 다리의 수만 헤아리거나, 혹은 바다 냄새만 맡게 되는 것이다.

우리는 두 명씩 짝을 지어 황폐하고 심지어 추해 보이기까지 하는 지역을 관통해 걸었다. 그런 곳에서 엄마와 아빠, 아들과 딸, 거기에 암수 한 쌍의 값비싼 애견이라니, 우리가 우스꽝스럽게 여겨졌다.

이 해안의 저녁 불빛은 지금까지 봤던 것들 중 가장 아름답다. 산이 있어서인지 불빛은 경사를 이루며 줄지어 있고 땅거미는 천둥이 치기 전의 흥분되는 어둠 같기만 하다. 숲의 푸른색은 밝고도 깊다. 흔히 '초자연적인 빛'이라는 표현을 쓸 때가 있는데 내 생각에 그렇게 말할 때의 빛이 태양의 그것은 아닐 것이다. 이 파도가 부서지는 아름다운 해변이여.

• • •

계속해서 나 자신에게 보내는 축하편지를 썼다. 북클럽 선정용으로는 『왑샷』을 골랐다. 상과 리본과 온갖 메달을 받을 때 난 환한 미소를 지으며 허리 굽힐 것이다. 그러나 그 작품이 지니고 있는 내가 알고 있는 어떤 결점에 대해서도 숙고해보길 거절할 것이다. 그러니까 오노라에 대한 리앤더의 재정적인 처리 문제 같은 것들 말이다.

● ● ●

오늘 아침 게으름과 습관에서 탈피해 글쓰는 곳으로 돌아오면서, 글쓰기라는 것이 때로는 인생의 최고점으로부터 멀어지는 일종의 후퇴 행위가 아닐까 생각했다. 진리 혹은 미를 향한 그 어떤 추구도 위험하며 이는 일상적인 위험이기도 하다. 범선을 직접 끌고 바다로 나가는 것과 일기장을 채워나가는 것 사이에는 엄청난 차이가 존재하지만 난 그 두 세계를 모두 품에 안고 싶다. 우리가 가진 지혜는 선과 악에 관한 지식이지 둘 중 어느 하나를 선택할 수 있는 힘은 아니다. 그리고 가끔 우리 작가들은 독자들을 즐겁게 해주면서도 많은 경우 의도치 않게 독자들을 타락으로 유도하기도 한다. 왜냐하면 글쓰기는 여러 멋진 것들(이를테면 신념, 탐구심, 환희 등)과 관련 있는 동시에 여러 나쁜 것들(이를테면 사기치려는 수작, 화장실 벽에 외설적인 낙서 하기, 몰래 코를 후비려고 경기 중간에 빠져나오기 등)과도 관련 있기 때문이다. 하지만 이는 다른 대부분의 재능들처럼 하나의 모순이며, 이에 난 불필요한 위험을 피하고 신을 신뢰할 것이다.

독립기념일 밤 11시에 몰래 위스키 한 모금을 마셨고 다음날 정오에는 마티니를 연달아 두 잔 마셨다. 메리를 모터보트에 태워 샌드 아일랜드로 데려갔다. 거기서 진토닉을 마시고, 게살 샌드위치를 먹고, 바다가 눈에 들어오는 높은 곳의 후미진 데로가 사랑을 나눴다. 풀이 몸을 따갑게 긁으며 지나갔다. 나로서는 이런 자유분방한 행위를 했다 하여 이교도라는 소리 따윈 듣고 싶지 않으며 이는 오히려 독실함이라는 자질만큼이나 확실한 우리의 타고난 재능인 것이다. 메리와 나는 협상을 벌였다. 즉 메리는 만약 내가 자신을 폭풍과 번개 속에 만물이 떨고 있는 롱아일랜드로, 온통 초록색으로 불타오르는 그 섬으로 데려간다면 내가 하고 싶은 것을 마음대로 할 수 있게 해주겠노라고 했다. 프렌드십 굿 수로水路를 헤치며 걸어가던 우리는 바위들 사이를 통과하다가 언덕에 늘어선 마을의 전경에 경탄을 금치 못했다. 난 잔디밭에서 마티니를 마시며 평화로움을 만끽했다. 새들은 노래 부르고 햇살은 나를 비추며 고귀한 구름은 하늘에 떠가고 있다.

●●●

　구름이 많이 끼었지만 멋진 날이다. 덥지도 않다. 그저 낮은
구름 사이로 삐져나온 햇살이 마치 강철로 만든 칼처럼 보여 약
간 으스스할 뿐. 이탈리아어를 공부하면서 이따금 혹시 이 나라
는 도덕적 타락의 중심지가 아닐까 하는 생각을 했다. 케 코자
데지데라?* 아하. 저녁을 먹고 벤을 데리러 갔으나 벤은 집에 오
기 싫어했다. 보트도 타지 않으려 했다. 그저 친구들과 놀고만
싶어했다. 저녁을 너무 많이 먹어서인지 장에서 경련, 혹은 떨림
현상이 일어나 위스키로 이를 달랬다. 수지를 교회에 데려다줬
다. 나는 들어가지 않았다. 회색빛 하늘, 신선한 공기, 약간의 서
늘함, 그리고 소금 냄새. 교회 입구에 서서 육신의 노화와 병약
함을 이해할 수 있게 해달라고, 병과 상처의 고통에서 면제해달
라는 것이 아니라 이를 이해하게 해달라고, 또 도덕적인 불결함
으로 여겨지는 고통에서 벗어나게 해달라고 기도했다. '나의 기
도가 그토록 중요하다면' 난 생각했다. '왜 난 교회로 들어가지
않을까?' 나는 우유부단하지 않으며 혹시 그럴까봐 걱정하지도
않는다. 야심 찬 꿈이라는 그들의 부담과, 음탕한 환상과, 또 불
만족에 타협했던 이들의 삶을 생각해본다. 즉 깜짝 놀란 사람처

───────────

* Che cosa desidera? '무엇을 원하십니까?'라는 뜻의 이탈리아어.

럼 큰 눈을 갖고 있는 D는 그야말로 대단히 어리석고 오만하기 짝이 없는 아내와 살았다. A는 변덕스러운 성욕에 따라 이 언덕, 저 계곡을 돌아다녔고 그 결과 아주 늙었거나 때로는 바보 같아 보이기도 한다. 둘 중 나로서는 D의 경우가 더 존경스러워 보인다. 어쨌든 이로 인해 알 수 있는 사실은, 대부분의 경우 차분한 판단을 내릴 수 있을 만큼 나 스스로가 충분히 꽉 찬 사람은 아니라는 점이다.

• • •

도시는 내게 낯설고 멀게만 느껴진다. 우울하다. 실상 내가 가진 평정심은 너무나 민감하기 이를 데 없어 이를 통제하려 애쓰는 것은 시간 낭비에 불과할 가능성이 아주 크다. 식료품을 들고 파크 애버뉴를 건너는 가냘픈 체구의 젊은 남자를 보며 난 생각에 잠겼다. 그는 저 식료품을 집에 있는 아내에게 가져다주는 것일까 아니면 외국인 매춘부에게 들고 가는 것일까. 그러니까 간단히 말해 난 과거엔 자주 지니고 있던 것을 지금은 지니고 있지 않다. 그것은 우리의 심연에서 우러나오는 힘으로, 타인을 대할 때 나로 하여금 실제적이고, 만족스럽고, 또 자비로운 판단에 도달할 수 있도록 보장해주는 관점, 즉 자존감에 대한 기분좋은 느낌이다. 〈모비 딕〉을 보러 갔다. 놀라운 영화임과 동시에, 진부한 것들도 많이 담고 있는 영화다. 극적인 장면에서 뱃머리 너머의 파도로 천천히 이동하는 장면이 그렇다. 나는 가여운 제임스 에이지에 대해 생각했다, 그라면 더 나은 솜씨를 보여줬을 텐데. 루번 가게에서 샌드위치를 먹다가 옆 칸에 앉아 있는 옛 동창을 발견했다. 이어 두 명의 중년 부인이 가게 안으로 들어왔는데 (둘 모두 일광욕이라도 했는지 피부가 까맸다) 하나같이 보석과 모피코트를 걸치고 있었다. 머리와 옷에 꽤 공을 들이긴 했지만 적어도 내 기준으로 볼 때 많은 비용과 그로 인한 매력 상승 사이에는 큰 상관성이 없는 것 같다. 이런 생각은 내가 우울하기 때문일 수 있다. 호텔 입구에서 맨어깨와 맨뒤꿈치를 드러낸 날씬한 여자도 봤지만 내게 즐거운 기분을 선사하진 못했다. 왈도버러 빨래방에서 봤던 소녀도 그보다는 예뻤다. 맥주 한 병을 들고 침대로 갔지만 잠을 이룰 수 없었고 그 이유도 알 수 없었다. 잠이 오지 않는 것이 모두 성적인 환상 때문이라고 탓할 수만은 없어 지루하지만 지금까지의 내 성생활을 돌이켜봤다. 그리고 얻어낸 결론은 이 모든 하찮은 것들에게도 신경을 쓸 수 있을 만큼 내가 최대한 아주 많이 생명의 힘을 받았다는 점이었다. 나는 작품성이 그리 좋지 않은 소설의 축약본을 읽어본 후 새벽 2시에 텔레비전을 켰다가 어느 장관이 나오기에 바로 꺼버렸다. 이어 별로 뛰어나지 않은 또다른 소설의 축약본을 읽어내려갔지만 뼈도 쑤시고 눈과 머리도 아파와 계속 잠을 이룰 수 없었다. 그런대로 괜찮은 소설의 축약본을 읽고 나서야 간신히 잠에 들었다. 새벽 4시가 다 되었을 무렵이 틀림없다. 아침공기는 퀴퀴했다. 성 토마스 성당에 가서 기도를 올리고 롱샹이라는 식당에서 아침식사를 한 후에야 나는 다시 집으로 돌아왔다.

● ● ●

요즘은 거리를 걷는 중에도 아름다움이라는 관념에 대해 찬찬히, 또 수시로 심사숙고하고 있는 터이므로 오늘은 이 문제를 한번 상세히 언급해보려 한다. 여기서 내가 의미하는 아름다움의 범주엔 관능적인 것과 유사하지 않은 그 무엇은 절대 포함되지 않는다. 나는 이러한 아름다움들이 지닌 영향력 중 성공적으로 보이는 영향력과 파괴적으로 보이는 영향력을 분명히 인지할 수 있다. 잔잔하고 푸른 바다라 해도 배가 전복되는 사태가 일어난다면 나는 익사하고 말 것이다. 모르는 사람의 볼이 부드럽고 통통해 보인다 해도 만약 이를 애무한다면 결국 경찰서에 끌려가고 말 것이다. 하지만 이런 불안감들은 우리의 내면 중 어둡고 흐릿한 영역에 존재하고 있는 듯하다. 즉 그것들은 우리의 가장 깊은 본성에 바탕하고 있지 않은 것으로 보인다. 달리 생각해보면 잔잔하고 푸른 바다를 항해하는 것은 기쁨일 것이며 통통하고 부드러운 내 애인의 볼을 애무한다면 헤아릴 수 없는 기쁨을 얻게 되지 않겠는가. 내가 이해하지 못하는 것이 바로 이와 같은 두 영향력 간의 경쟁이다. 즉 이는 인생이란 강물처럼 자연스럽게 흘러간다는, 혹은 그래야만 한다는 우리의 본능적인 감정과 상충되기 때문이다.

• • •

오, 가을이다. 침대 시트에서 등유 냄새가 났던 프렌드십, 트리탑스의 아름다운 집인 매디슨 호텔, 그리고 도핀 호텔, 이 여름의 장소들. 나는 여기가 매우 편안해서 가장 생산성이 높아진다는 것을 느낄 수 있고, 밤에 잠에서 깨어 바람의 흐름이 바뀌는 소리를 듣거나 나무 사이의 공간을 통해 어두운 하늘을 바라보는 것이 너무나 좋다. 어제 마을로 가보니 낚시꾼들이 강둑을 따라 늘어서 있었다. 이맘때쯤이면 볼 수 있는 풍경이다. 이른봄일 경우에는 스카프와 모자를 두른 낚시꾼들이 일찍 일어난 새처럼 여기에 나타나며 그러다 여름이 오면 꽃이 피어나듯 그 숫자가 많아진다. 이들의 여자친구가 보이고 아내와 아이들이 보인다. 옷 벗은 차림이거나, 맥주를 마시거나, 잡초를 뽑지 않은 정원의 꽃들처럼 강둑에 쫙 퍼져 있다. 그러다 차가운 바람이 불기 시작하면 특별히 건강한 사람을 제외하곤 뿔뿔이 흩어진다. 마지막까지 남은 사람들은 체리처럼 코가 빨개진 채 모자나 스카프를 착용하고 앉아 있다. 여기에선 낚시만 하는 사람과 수영만 하는 사람, 옷을 과하게 차려입은 사람과 옷을 벗고 있는 사람, 그리고 정신이 맑은 사람과 맥주에 취한 사람 모두를 볼 수 있다.

• • •

새러토가로 갔다. 여기는 매우 덥다. 계곡에서 고무가 타는 듯한 냄새가 났다. 기차에는 프랑스계 캐나다인들이 몇 명 타고 있었다. 그중 그리 젊어 보이지 않는 한 여자의 머리카락이 햇빛에 반짝거린다. 화장실에서 담배를 피우며 허드슨 강을 바라보는 동안 넓고 멋진 강이지만 어쩐지 슬픔의 감정도 밀려들었다. 떨어지는 낙엽을 보며 한동안은 고향에 가지 못하겠구나 하는 생각이 들었다. 커피를 사서 마신 다음 그 종이컵에다 위스키를 부어 마셨다. 이어 식당칸으로 가서 미국 여행이 처음이라는 유쾌한 성격의 스위스 사람을 만나 점심을 함께했다. 차창 밖으로 척박한 토지, 버려진 차고, 주유소, 삼베 천에 덮인 채 방치돼 있는 탱크 등의 풍경이 지나갔다. 나는 스위스인에게 강둑을 따라 쭉 늘어서 있는, 아직도 남아 있는 옛 방앗간들의 모습을 손으로 가리켰지만 스위스인은 그 풍경이 인상적이지 않은 듯 당황스러워했다. 기차에서 내린 후 터키탕으로 가 온천욕을 즐겼는데 터키탕에 간 것은 좋은 선택이었다. 왜냐하면 안마사에 대한 나의 불안감이 근거 없는 것임을 알게 됐기 때문이다. 다른 이들도 나와 같은 선택을 한다면 대체로 유쾌한 진실을 발견하게 되리라. 터키탕 입구에서 택시를 기다리는데 천둥소리가 들려왔다. 바람이 내가 앉아 있는 곳까지 비냄새를 몰고 왔다. P가 아주 멋져 보이는 집을 구석구석 훑으며 잔디밭과 분수, 그리고 버몬트의 산들이 잘 내다보이는 큰 방으로 안내해주었다. 사실 나는 추억과 여기에 온 목적 등 이런저런 생각에 잠겨 있었지만. 식사중에 사무적인 태도를 취하는 것은 내 성격에 맞지 않다. 하비 스와도스 Harvey Swados*와 얘기를 나눈 후 그 집을 나오다가 솔 벨로와 마주쳤다. E의 집에서는 딕 에버하트Dick Eberhart**와 칵테일을 마셨는데 평범하고 건강하며 그늘진 데가 없는 딕의 성격이 나를 놀라게 했고 M은 가십에 관한 한 최고였다. 저녁식사를 하는 동안 솔 벨로와 같은 공간에 있다는 사실이 계속 의식됐다. 저녁을 먹은 후 솔 벨로와 담소를 나누었고 난 그와 함께할 수 있어 기뻤다. 나와 비슷해 보이는 체구, 진한 회색빛 머리. 이따금 그의 매끄러운 피부와 활력에서 비극의 기운이 느껴지기도 했다. 코는 다소 길었고 눈에서는 외설적인 기운이 다소 풍겼으며 (나만의 생각이다) 그의 손과 목소리가 가늘다는 점을 알 수 있었다. 무거운 분위기는 전혀 없었다. 나중에 둘이 함께 산책도 했지만 이

---

* 유대계 미국인으로 소설가이자 에세이스트.
** 리처드 에버하트. 미국의 시인. 딕은 리처드의 애칭.

길에서 나와 진한 우정을 나눴던 다른 사람, 즉 R와 F가 생각난다는 말 외엔 달리 할말을 찾지 못했다. 그만큼 내 감정을 전혀 판단할 수 없었던 것이다. 서로에게 강하게 끌렸던, 또 비슷한 목적들을 가졌던 과거의 두 작가들을 떠올려보았다. 나는 솔 벨로의 불운을 기도할 생각이 없다. 그렇다고 그의 시종이 될 생각도 없다. 오늘따라 이 모든 것들이 어리석게 느껴진다.

● ● ●

시내로 나갔다. 이탈리아 영사관에 간 나는 기다리고 또 기다렸다. 나로선 전형적인 관료주의를 접해보기는 처음이었다. 대기실은 조그맣고 작은 조각에 불과한 이런저런 신분증들이 확인되기를, 혹은 반환되기를 기다리는 사람들로 가득 차 있었다. 우리는 각자 사진까지 첨부해 서류를 제출한 후 기다리고 또 기다렸다. 에나멜가죽과 비슷한 빛깔의 머리카락에 역시 비슷한 색깔의 신발을 신은 관리들은 거기에다 죽음의 사신이라도 되는 것처럼 검은색 정장까지 입고 있었다. 우리를 기다리게 하는 것이 그의 기쁨인 것이다. (유쾌한 세대에 속하는) 우리는 각양각색의 인내심 있는 얼굴들을 구경할 수 있었다.

나는 걷고 또 걸었다. 53번가에서는 기도도 올렸다. 점심을 먹은 후 야구 경기를 관전했다. 기차를 타고 집에 돌아온 나는 진을 마시고 이탈리아어를 공부했다. 그러다 새벽 3시에 잠에서 깬 후 해놓지 않은 일들이 생각나 진땀을 흘려야 했다. 예를 들자면 양치질 같은 것들 말이다. 그러다 창의성과 밝음, 또 어둠과 불행을 가르는 경계선이 종이 한 장 차이에 불과한 인간관계의 변화를 분명히 알게 됐다. 이는 유전적으로 내게 지워진 짐으로, 여기엔 어머니의 영향이 지대하다. 그리고 다른 모든 것들이 그러하듯 결국은 빛이 승리할 것이라 믿는다. 하지만 나는 지혜와 명확함과 시가 지닌 유혹의 힘을 분명히 알고 있으며 그것들은 사악한 함정과, 일련의 부드럽지만 가짜에 불과한 약속들, 그리고 우유와 꿀이 흐르는 허위의 땅처럼 배양되고 또 꽃피워질 수 있다. 말하자면 장미에도 벌레가 있기 마련이지만, 이것은 치명적이지 않다. 그렇다 해도 난 이런 암울한 인생관을 피하고 싶으며 따라서 이를 위해, 혹은 인생의 지배력은 경쟁에 있다는 사실을 보다 충실하고 유연하게 이해할 수 있도록 해달라고 기도했다.

• • •

  그럼 이 남자를 보자. 그는 오줌이 마려워서 새벽 3시에 잠에서 깼다. 화장실에 다녀온 후 다시 침대에 누웠지만 잠이 오지 않는다. 그리하여 알람시계가 울리는 7시까지 그는 그렇게 훨씬 더 예민해진 상태로 깨어 있었다. 그런데 어둠 속에서 뭔가가 움직인다. 겨드랑이에서는 약간의 땀이 흘러내린다. 뭔가 일이 벌어지고 있다고 그는 생각한다. 밖에 있는 자갈밭 쪽에서 발소리가 들린 것 같다. 그것은 마약중독자의 발소리로 마약중독자는 얼음 깨는 송곳을 들고 그의 아이들을 살해하러 여기에 온 것이다. 하지만 혹시 현관문이 열리고 계단을 오르는 발소리가 들리지 않나 기다리던 그는 아무 소리도 들리지 않자 이제 곧 시작될 항해에 빠져들기 시작한다. 배는 가라앉고 그는 아내, 아이들과 함께 구명보트에 타고 있다. 근처에는 한 항해사가 조종하는 호위함이 있다. 그런데 바람과 조수 때문에 호위함으로부터 멀어져버렸고 이에 그는 설혹 구명정이 아조레스*에서 불과 5마일 정도만 떨어져 있다 해도 자신은 배를 다루는 법을 거의 모르기 때문에 사랑하는 가족을 안전한 곳으로 데려갈 수 없음을 깨닫는다. 그가 천장을 향해 몸을 돌리자 자기가 가치 있다고 여기며 거만하게 구는 그의 물건이 곧추선다. 하지만 그날 밤에 그 물건을 사용할 수 있으리란 기약이 전혀 없음을 알고는 그런 자신이 바보스럽게만 느껴진다. 이런 음란한 생각에 그는 이번엔 옆으로 몸을 뒤집어 자신이 결벽에 대해 더 잘 이해할 수 있게 해달라고

---

* 포르투갈 앞바다에 있는 군도.

하늘을 향해 간절히 기도한다. 이제 그는 구명보트로 다시 돌아와 있다. 그리고 바닥에 배를 대고 엎드린 채 이번엔 그저 잠에만 빠지게 해달라고 기도한다. 하지만 누가 안는 것 같은 느낌이 들어 눈을 들어보니 자신을 감싸고 있는 것은 어딘가에서 빌려온 듯한 더러운 냄새가 풍기는 천사의 옷이다. 그가 또 몸을 굴러 등을 아래쪽으로 붙이고 눕자 갑자기 크리스마스가 되어 있다. 지금은 크리스마스이브이고 그는 다시 꼬마가 된 것이다. 깨끗한 천에 꼭 감싸인 사랑스러운 벌거벗은 아이로. 하지만 다시 그의 물건이 심술을 부리고, 이에 또 기도를 하고…… 이런 순환이 지겹도록 계속된다.

● ● ●

　　로마에서 맞은 첫번째 밤에 나는 스페인 광장으로 갔다. 약간 실망스러웠다. 그러나 사람들은 매우 핸섬하고 미국인처럼 비밀이 많아 보이진 않았다. 여인들은 사랑스럽고 남자들은 잘생긴 데다 용감하기까지 하다. 미국인을 한 명 만났는데 여기에 그리 잘 동화된 것 같지 않고 옷도 촌스러워 보인다. 우리 미국인을 관음증에 빠진 국민이라고 할 순 없지만 여기 사람들에 비하면 내성적인 성향을 갖고 있는 듯하다. 여기서 난 그리 행복하진 않아서 새벽 3시에 깰 때면 여러 가지 일들로 근심에 잠긴다. 하지만 그렇다고 가여운 비어스튜브에 관해 쓰는 것은 쓸데없는 짓이다. 그는 텔레비전 방송작가로 섹스에 관한 훌륭한 연극 대본을 쓰고자 로마에 왔지만 로마 어디에서든 잔돈도 제대로 거슬러 받지 못하는 등 돈은 물처럼 새기만 했고 또 자신을 향해 씩씩하게 달려드는 로마 남자들로 인해 그의 내면에서 서로 경쟁하는 성적 취향이 다시 생각나 우울해했다. 그리하여 왜 편안한 고국을 떠나왔는지 고민하다가 점심이 되기도 전에 술을 마시곤 했다. 그러니 나는 그런 이야기는 결코 쓰지 않을 작정이다.

• • •

불쌍한 비어스튜브는 지독한 향수병에 걸려버렸다. 그는 비아베네토 거리에 우두커니 서서 미국으로 가려고 공항행 버스를 타는 사람들을 지켜봤다. 그는 평생, 심지어 잔혹 행위와 음주 때문에 군법회의에 회부된 중사 밑에서 이등병으로 복무하던 보병 시절에도 이토록 심한 향수병에 시달리진 않았다. 그는 살아온 인생의 절반에 해당하는 시간 동안 항해하는 꿈을 꾸었다, 고향을 향해 밤낮으로 항해하는 꿈을.

부동산업자와 언쟁을 벌였지만 아무 소용이 없는 듯하다. 비록 내가 예상하지 않았던 법적, 혹은 정서적인 문제란 전혀 없었지만 말이다. 대여섯시경에 팔라초 도리아 거리를 떠났다. 해질 녘이 되자 도시가 또 소란스러워진다. 걱정이 밀려들었고 난 그저 술만 마시고 싶을 뿐이다.

• • •

지금은 오후 4시, 여기는 로마이고 술 생각이 간절하다. 창문 밖을 바라보니 이젠 아파트로 개조되는 중인 오렌지색 주택이 보이고 골목으로는 지퍼를 올리며 종종걸음으로 걷는 한 남자가 눈에 들어온다. 메리와 수지는 벤을 만나러 나가고 없다. 오늘은 벤이 처음으로 학교에 가는 날이다. 오전에 아메리카 익스프레스 은행에 가서 알아보니 내가 받을 돈이 아직 지급 대기 상태로 남아 있었다. 이런 일이 생기리라곤 예상도 못했다. 이어 나는 무니 부인과 함께 로마의 전기 회사를 방문했는데 상당한 미모의 여인들이 몇몇 눈에 띄었다. 내 머릿속에서는 다음과 같은 이런저런 생각들이 돌아다녔다. '내 인생은 본질적으로 거래의 성격을 띠고 있어. 그것도 상당히 공정한 거래.' '난 인생이 가져다주는 기적을 믿지만 이번처럼 그런 나의 믿음을 지키기가 힘들었던 적은 한 번도 없었지.' '마음과 몸이 조화를 이루지 못해 겪는 이 고통은 모두 평생을 근심에 쌓여 지내다 돌아가신 가여운 어머니 탓이야.' '오, 저 소녀는 얼마나 아름다운가.' '기도하자.' '저기 공작부인처럼 밍크코트를 입은 여인과 어깨에 작은 혹이 난 눈이 큰 소녀, 그 둘 중 나는 소녀가 더 예뻐 보여.' '한 나라에서 다른 나라로 가는 이 여행이 대충대충 살아온 내 인생에 너무 많은 성찰을 요구하는 것 같군. 실제로 그 성찰은 내게 영향을 끼치고 있고 말이야.' '사람들은 로마를 스카우트 캠프에 빗대어 얘기하더군. 2주 정도는 여기가 싫겠지만 그후에는 떠나고 싶어하지 않을 거라고. 그러니 이 낯선 폭풍에 신나게 몸을 맡기다 2주, 혹은 한 달 후에 내가 과연 어디쯤에 있는지 확인해보는 게 현명한 행동일 거야.' 그런 생각들을 하며 난 전기 회사를 떠났다.

● ● ●

점심을 먹고 거리를 걷던 중 여기 사람들의 얼굴 특징이 그동안 보아왔던, 그러니까 로마 황제나 황후에게서 볼 수 있는 딱딱하고 피곤에 찌든 모습과는 상당히 다르다는 사실을 알았다. 우리가 미국에서 마주치는 로마인의 인물 조각상들 대부분이 미국인과 닮아 보이는 것은 결코 우연이 아닐 것이다. 그 이유는 나도 모르겠지만. 여기 사람들이 서로 껴안거나, 예쁜 소녀의 이름을 부르거나, 현관에서 키스하거나, 자니콜로 언덕 근처 담벼락에서 소녀와 함께 서로 다리를 교차해 앉아 있을 때 보이는 그 자연스러운 편안함과 우아함은 우리의 생각과 아주 다르다. 이는 언어나 인종, 기후, 혹은 관습의 차이에 기인하지 않는다. 그것은 바로 인간성의 원천에 대한 엄청나게 다른 접근법에 기인한다.

• • •

팔라초 도리아 거리에 있는 집의 부엌에 들어간 나는 이곳에서 우리가 애정에 넘친 한 해를 보낼 수 있기를, 실속 있는 한 해를 보낼 수 있기를 기원했다. 가스 스토브는 새고 하수구는 막혀 있다. 비가 많이 와서 로마가 어둑어둑하다. 흔한 날씨는 아니다. 벤과 메리 둘 다 기침을 한다. 수지도 훌쩍이며 학교로 갔다. 거의 한 달 만에 처음으로 차분히 생각을 정리하려 일어나 앉았고, 비 내리는 거리의 횡단보도와 높은 창문, 축축해진 교회들, 낯설어 보이는 새벽 3시의 침대, 또 이름 모를 어떤 멋진 사람의 매끄러운 다리에 대해 생각했지만 그마저 곧 사라질 것 같다.

처음으로 배를 탔다. 그동안 배를 타지 않았던 이유는 배는 결국 가라앉고 말리라는 공포를 갖고 있었기 때문이다. 이런 바보 같은 생각에 힘들어하지 않은 적이 한 번도 없었다. 꽃병이 깨지고 약통이 넘어지는 소리에 잠에서 깨니 새벽 3시. 나의 그것은 풀이 죽어 있고 놀란 심장은 종달새처럼 퍼덕거린다. 여기는 갑판이야. 나는 서성거리면서 혼잣말로 중얼거렸다. 이건 지지대, 이건 구명정, 이건 텅 빈 수영장. 이런 생각들은 잠깐 스쳐지나갈 뿐이지만 마음을 안정시키는 데는 유용한 진실들이다. 하지만 뱃머리 쪽의 어둠이 눈에 들어오고, 저 서쪽에서 뭔가를 예언하는 것처럼 불길해 보이는 빛이 보이기 시작하고, 또 거의 움직이지 않을 때까지 배의 속력이 서서히 줄어들고 있음을 깨달았을 때 난 우리의 사정이 여의치 않음을 분명히 느낄 수 있었다. 뱃머리 오른쪽으로 눈 덮인 코르시카 산들이 나타났지만 배를 안전하게 대기에 해안은 위험하게만 보였다.

• • •

여덟 시간짜리 회의를 하기 위해 미국에서 날아왔다는 한 인쇄업자는 그가 묵고 있는 허름한 호텔의 술집에서 유적지에 관해 다음과 같이 의견을 피력했다. "당신은 우리 모두가 어디에서 왔는지 확실하게 알게 될 겁니다. 그러니까 과거에 대한 지각은 너무나 황홀한 경험이라는 거죠." 하지만 이를 경험한다는 것이 항상 쉬운 일만은 아니다. 안내책자나 가이드, 친구들, 지인들, 심지어 모르는 타인들조차 과거를 온몸으로 느껴보라고 재촉해댄다. 하지만 현재는 어떻게 할 것인가? 판테온 신전에서 돔에 깊은 인상을 받으며 서 있었지만 아이들은 그저 내 코트를 잡아끌면서 페이스트리를 사달라거나 현관 지붕 근처에서 어슬렁대는 멋진 고양이들 중 한 마리를 집에 데려가자고 조르기만 할 뿐이다. 비가 와서 어둑한 가운데 E를 만나기 위해 카라칼라 목욕탕* 근처에 이르렀을 때 거대한 벽돌 더미를 힐끗 쳐다보던 내 눈에 어느 작은 운동장에서 축구를 연습중인 아이들이 들어왔다. 난 오히려 그런 아이들에게 관심이 훨씬 더 많다. 벤과 함께 포럼**을 지나쳐 걸어가는데 돌들 사이에서 자라나며 끈질긴 생명력을 보여주고 있는 푸른 잔디 때문인지 포럼은 내게 두 가지 의미를 지닌 유적으로 다가왔다. 즉 이는 말 그대로 고대의 유적인 동시에, 한편으로는 섬세한 정서를 지녔던 18, 19세기 여행객들에게 하나의 기념비 같은 건물이기도 했다. 왜냐하면 우리는 여기서 로마의 유령들뿐 아니라 파라솔을 든 숙녀들, 수염을 기른 남자들, 훌라후프를 돌리고 있는 꼬마들의 영상도 동시에 목격할 수 있기 때문이다. 콜로세움에선 여기가 바로 기독교인들이 사자들에게 잡아먹혔던 곳이라고 벤에게 말해주었다. 비록 난 사실이 아니라고 생각하지만. 외부에 있는 웅장한 아치형 입구는 인상적이었다. 하지만 포츠머스의 한 회계사무실 건물에서 느꼈던 것만큼의 과거에 대한 강렬한 체험으로 받아들이진 못했다. 우리는 로마의 현재를 느끼고 싶은 마음에 길거리의 고양이를 어루만졌다.

---

* 3세기 초 카라칼라 황제 시대에 지어진 거대한 목욕탕.
** 고대 로마에서 집회나 시장 용도로 쓰였던 건축물.

이곳에서 느끼는 향수병이 미국적인 삶의 애수와 아름다움을 불러일으키는 일련의 어떤 구체적인 이미지들을 의미하진 않는다. 그것은 다름 아닌 부富에 대한 향수요, 전쟁에 대한 향수요, 간단한 말조차 제대로 알아듣지 못해 여기서 느끼는 불안감이요, 이곳에서 사기를 당하고 있다는 데 대한 분노다. 미국의 강이나 특정 지명, 혹은 어떤 방앗간 마을의 공원에 대한 그리움이 아니라는 뜻이다. 진실로.

"이것이 당신의 과거요." 우리는 로마인들에게, 그리고 작은 소도시에서 온 미국인들에게 이렇게 말한다. 내게도 과거가 있다. 그러니까 이전의 집들, 알고 지냈던 사람들, 이전의 기질, 옛 이름 등이 내게는 있다. 지중해는 그것들 중 일부가 아니다. 하지만 그럼에도 근 10여 년 동안 난 지중해를 꿈꿔왔다. 어떤 면에서 지중해는 우리의 꿈들 중 일부인지 모른다.

정오가 되어 비가 그치자 도시의 분위기, 아니 어쩌면 내 기분이 다소 활기차졌다. 태양이 거리를 비춘다. 인생은 신나고 아름다우며 그리 많은 분수들의 물소리가 마음을 편하게 만들어준다. 난 스페인 광장에 앉아서 고향에서 온 편지를 뜯거나 펠햄 Pelham*에서 온 소식을 읽기 위해 인도 한가운데에 멈춰 서는 미국인들을 경멸스러운 시선으로 바라보곤 했지만 정작 내가 편지

---

* 미국 뉴욕 주에 속한 지역.

를 받게 되자 나 역시 똑같은 행동을 했다. 난 나의 정체성을 상기시켜주는 몇 장의 편지들을 손에 든 채 활짝 미소짓고 껄껄거리면서 로마인들과 부딪쳐가며 거리를 걸어내려왔다.

메리와 함께 판테온 근처의 한 이탈리아 음식점에서 점심을 먹었다. 분수의 물이 햇빛을 반사하며 부서져내렸다. 우리는 판테온의 커다란 입구와 거대한 문을 지나쳐 걸었다. 이것이 이교도의 건물인지 크리스천의 건물인지 구별하긴 곤란하지만 어쨌든 파란색의 원주를 품은 돔은 당당한 자세로 우뚝 서 있다. 미국인으로서, 우리는 색이 희미해진 페인트와 얼룩진 벽들을 바라봤다. 촛대와 롬바르드 묘지는 먼지로 검게 변해 있었다. 심지어 초의 밀랍도 더러워져 있고 화가 라파엘로의 묘지 위에는 지푸라기가 얹혀 있었다.

다른 미국인들이 나타났다. 가이드가 그들을 이끌고 있었다. "그저 둘러보고만 싶어요. 얘길 듣고 싶지 않다고요." 한 미국 여자가 가이드에게 말했다. "어차피 당신의 말을 알아들을 수도 없으니까." 집으로 돌아와 소파에서 한숨 잔 다음 수지를 만나러 캄피돌리오 광장으로 올라갔다. 환한 불빛으로 아주 근사해 보였지만 디오스쿠로이*의 석상은 머리만 클 뿐, 그저 마르쿠스 아

---

* 제우스 신의 쌍둥이 아들인 카스토르와 폴리데우케스를 가리키는 명칭. 로마의 승리를 도왔다고 한다.

우렐리우스의 청동 기마상이 드리우는 황금색 그림자만 더욱 돋보이게 할 뿐이었다. 정원을 통과해 걸으면서 봄이 되면 여기서 유모차를 끌고 가게 될 거라고 생각했다. 북풍이 불어오는 가운데 하늘은 그 많은 풍경화나 박물관에 있는 나무 그림들의 멋진 검은색 나뭇잎 사이로 보이는 풍경, 즉 가슴을 벅차오르게 만드는 어둠과 빛으로 가득 차 있었다. 수지가 제과점에서 도넛을 샀고 이어 같이 벤을 만났다. 가스 회사가 파업을 일으켜 저녁식사가 지연되는 바람에 대신 술을 한잔 들이켰다. 수지는 기숙사 학생들 중 한 명이 잼 단지를 훔쳤고 이에 여자 원장이 전교생에게 근신 조치를 내렸다는 소식을 전했다. 즉 매일 아침마다 그 도둑을 위한 기도를 올리고 있다고 했다. 만약 미국이었다면 거센 반발이 일어났을 터이다. 우리는 멋진 저녁식사를 했지만 수지는 식사 후 침대에 엎어져서는 고향으로 데려가달라며 울어댔다. 비어스튜브를 만나면 이렇게 전해줘야겠다. 당신의 아이가 울고 있다고.

• • •

베네치아 궁전 박물관으로 갔다. 날이 너무 추워 뼛속까지 얼어붙는 듯했다. 허름하고 지저분한데다 그림을 비추는 조명도 형편없어서 그림들 중 절반이 보이지 않았다. 니스를 칠해놓은 곳에 반사된 조명이 너무 강해 어떤 내용의 그림인지 알아볼 수 없었던 것이다. 그러한 까닭에 천장의 그림이 오히려 보기에 더 편했다. 바다괴물이 나체 여인을 납치하는 내용의 그림이다. 그 복제품을 예전에 본 적이 있지 않을까 생각되는, 한 방에 가득 찰 정도로 큰 청동상도 있었다. 다소 음탕하고 호색한 같은 분위기를 풍기는 단단한 체구의 남자를 형상화한 조각이다. 무장한 사람을 그린 아주 오래된 그림도 있었지만 탄복하며 감상하기는 쉽지 않았다. 황금색으로 빛나긴 했어도 정작 얼굴은 칙칙하고 이상해 보이기만 했기 때문이다. 역시 내가 좋아해 마지않는 것은 난잡한 농담, 그리고 훌륭한 신앙심이다. 결국엔 그런 것들이 우리의 본성을 나타내는 정직한 척도가 아니겠는가. 어떤 방에서는 많은 경비원들이 한데 모여 담배를 피우거나 혹은 긴 테이블 아래로 5리라짜리 동전을 던지며 노름을 하기도 했다.

우리는 햇볕을 받으며 앉아 있다가 캄피돌리오 광장으로 올라갔다. 가을이 왔지만 로마에 왔다고 해서 "'로마의 가을'입니다"라고 말하기보다는 그저 "가을입니다"라고 말하는 편이 가장 나을 것이다. 경사진 곳의 풀은 여름의 막바지에 볼 수 있다는 바램이다. 주차장에는 천수국도 약간 피어 있었다. 관광객은 꽃들만큼이나 그 숫자가 적었는데 가이드는 우리들을 마르쿠스 아우렐리우스의 동상으로 끌고 가서는 가을이라 경기가 좋지 않다고 불평해댔다. 포럼을 구경하고 온 일단의 또다른 미국인들이

들어왔지만 그들은 아무 말도 하지 않았다. 들리는 소리라곤 그저 동영상을 찍는 소음과 카메라의 셔터 소리뿐. 캄피돌리오 광장을 내려가다 독일인들을 지나쳤다. 예수 그리스도 교회 건물의 지붕 부근에서 자라는 노란 금어초, 마치 사람의 콧구멍에서 자라는 코털처럼 아우렐리아누스 성벽의 모든 구멍들마다 자리 잡고 있는 잔디와 잡초, 성벽 입구인 핀치아나 문의 틈새 곳곳에서 보이는 삼백초, 그리고 산타 마리아 성당의 종탑 주위를 두껍게 둘러싸고 있는 풀들. 이 모든 것들이 점점 어둠 속으로 사라지기 시작했다.

• • •

내가 빠져나오리라 결심한 것: 틀에 박힌 구성, 폐쇄돼 있는 것들, 막혀버린 문장들.

유럽의 현관문에는 니스와 광택제, 그리고 왁스까지 칠해져 있다. 그것들이 지키고 있는 집이 아무리 허물어져가는 낡은 집이라 해도. 이 커다란 도시의 현관에 칠해진 것은 상한 레몬에서 볼 수 있는 것과 비슷한 색깔이다. 포르투갈에 가면 주택의 높다란 출입구 위쪽에 채광창이 달려 있는 것을 볼 수 있는데 우울한 표정으로 죽마를 타고 있는 마른 체구의 사람이 스테인드글라스로 그려져 있다. 한편 포르토니라고 부르는 이곳의 문들은 말 탄

무장 기사와 공성 망치의 공격을 견딜 수 있게끔 만들어졌다. 하지만 당신이 그 집의 주인일 경우 열쇠를 자물쇠에 넣어 돌리기만 하면 꼼짝도 하지 않을 것 같은 육중한 문이 활짝 열린다. 당신이 바로 주인이기 때문이다. 저 거리의 많은 사람들 중 당신만이 그 열쇠를 갖고 있다. 당신이 문을 잠그고 돌아서면 주변은 곧 어두워지고 스산해지며 분수의 소음만이 아주 크게 들려온다. 승강기의 자물쇠를 푼 당신은 곧 서리가 끼어 있는 유리문을 열어젖히고……

• • •

보르게세 공원에 아이들을 데려가 말을 태워줬다. 나이든 남자가 벤이 올라탄 꾀죄죄한 조랑말 옆에서 빠른 걸음으로 같이 걸었다. 수지는 가이드와 함께 말을 탔다. 흰 말을 몰고 있던 한 남자는 몇 번이고 힘겹게 말을 점프시키려 했지만 말은 놀라면서 그대로 동작을 멈춰버렸다. "이런, 못난 녀석." 마부가 말했다. 마부가 더이상의 시도를 멈추었을 때 말은 흥분 상태였고 말에서 내려온 마부는 지쳐서 기진맥진한 듯 크게 숨을 들이쉬었다. 마부는 체구가 작았다. 아이들을 지켜보며 기다리던 내 머릿속으로 잠깐 동안 (그리 오랫동안은 아니다) 그 장소, 공원이 들어왔으며 이에 예전에 내가 갖고 있었던, 또 보다 만족스러웠던 로마에 대한 인상을 떠올렸다. 내게 부족한 점이 뭔지 궁금했다. 그리고 지금까지 내가 사랑에 빠지는 흥분감 없이, 혹은 최소한 친구조차 사귀는 일 없이 어떤 장소라도 둘러본 적이 있었는지 기억을 더듬었다. 여기서는 단 한 명의 친구도 사귀지 못했고, 잘 지내고 있는 메리도 내 흥을 떨어뜨렸다. 나는 내가 원하는 것이(혹은 목표로 하고 있는 것이) 사랑에 빠진 젊은이가 느끼게 되는 기쁨이 아닌 다른 것인지 생각에 잠겼다. 그동안 여러 곳을 세세히 둘러봤다. 산 피에트로 인 빈콜리 대성당부터 비토리오 에마누엘레, 그리고 한결같이 똑같은 곳(그러니까 성 베드로 성당이 있는 곳)을 향해 전차를 모는 모습의 기념비에 새겨진 두 명의 기수들까지. 이따금 나는 쓸모없는 많은 감정의 수화물들을 짊어지고 여행한다. 배고픔, 갈증, 근심, 공포가 그것으로, 분명 나의 생각을 흐리게 할 수 있는 것들이다. 내가 원하는 바가 있다면 나 자신을 이 도시와 친숙하게, 그리하여 내 것으로 만드는 것이며 이는 문학적인 차원에서의 얘기는 아니다. 메리는 비아 베네토 거리에서 한 이혼녀와 함께 차를 마셨다. "오, 그 불빛은 정말 아름다웠어요." 메리가 말했다. "미국인과 마주칠 일도 없었구요." 아내는 나보다 이 도시를 더 확실히 둘러본 것 같다.

한 개인주택에서 열린 만찬에 참석할 기회가 있었는데 그곳은 로마의 음울함을 제대로 보여주는 곳이라 할 만했다. 방은 촛불 아니면 횃불로 조명을 밝히는 구조로, 훗날 로마인들이 주로 사용한 간접조명에도 쉽사리 그 자리를 내어주지 않은 듯이 보인다. 그 결과 어두침침하고 음울한 분위기였고 이는 내게도 상당한 영향을 미치고 있다. 오래 서 있어서 다리가 아파왔지만 그렇다고 아무 생각 없이 자리에 앉아버린다면 더 갇혀 있어야 할지도 모른다. 집사가 질이 떨어지는 브랜디와 버번이 담긴 쟁반을 들고 내 곁을 지나갔다. 치아디^{John Ciardi}*는 로마에 대해 이렇게 불평했다. "이 정도인 줄 알았다면 오지 않았을 거야." 여기는 음울하다, 또 황량하다. 마치 비가 오는 혼잡한 밤시간에 플라미니오 터미널을 향해 운행하는 버스처럼, 따분한 손님들에게 싸구려 와인을 대접하는 것처럼.

미국의 경우 젊은이들과 노인 (혹은 젊음과 젊지 않음), 그리고 끼니 문제가 해결된 자들과 여전히 이를 한창 좇고 있는 자들 사이의 경쟁이 성적인 문제, 때로는 야만성의 문제로까지 악화되고 있는 듯이 보인다. 몸에 착 달라붙는 바지를 입고 작은 나이프를 든 채 가로등 밑에 서 있는 젊은 불량배, 그리고 아내가 기르는 푸들을 데리고 공원을 산책중인 잘 차려입은 중년의 사업가. 만약 이 두 사람이 서로 숨기지 않는 증오의 시선을 주고

---

* 미국의 시인이자 어원^{語源}학자.

받는다면 그 결과는 살인이다. 나이 차라는 당연한 사실이 그들을 원수로 만들어버린 것이다. 나는 이런 모습을 유럽에서는 보지 못한 것 같다. 이런 어려움은 나만의 것일 수 있겠지만 과연 그런지는 두고 봐야 알 일이다.

• • •

정서적인 한기寒氣와 차가운 바람에 포위된 나는 마음이 불안하다. 집에 돌아오니 맑고 푸른 하늘이 창밖으로 보인다. 5시에 『뉴요커』를 읽은 후 마티니를 마셨다.

여기 당신이 구경해볼 만한 방을 제시해본다. 아주 작은 방으로, 미혼이며 실상 거의 알려지지 않은 영국 소설가의 집이다. 방안에는 친구가 그려준 상당히 큰 추상화와 몇 점의 로마 예술품, 전시戰時 때부터 그 자리에 있었을 법한 검은색 커튼, 메마른 열을 발산하면서 위험할 정도로 방안의 산소를 잡아먹는 가스 히터가 있다. 이제 몇 명의 사람들을 소개한다. 우선 자신들이 로마에 있다는 사실에 충분히 기뻐할 만한 두 명의 미국인 동성애자들이 있다. 여기서 이들은 하숙집 주인 아줌마의 수다거리도 되지 못한다. 삐딱한 청소년들이라도 그들이 거리를 걸어갈 때 휘파람을 불어대지 않을뿐더러 주민들 역시 적개심이나 경멸로 이들을 대하지 않는다. 다음으로 흑인과 그의 여자친구가 있다. 미국 남부 지방이었다면 받았을 수도 있는 스트레스가 여기엔 없다. 10개의 도시 중 아홉 도시가 그를 배척하지 않으며 레스토랑에 있거나 트롤리 전차를 탈 때도 당황스러운 일들은 결코 일어나지 않는다. 그의 팔에 안겨 있는 여자가 백인이라는 사실을 이곳 사람들은 누구도 신경쓰지 않는다. 그는 자신의 조국을 싫어하는 것 같다. 항상 비판적인 어조다. 다음으로 소개할 사람은 미국인 소설가와 여성 기자로 일하고 있는 그 소설가의 아내다. 남자는 참견하기 좋아하고 문제나 일으키는 한 여인의 아들이며 (이런 일은 가능하다), 소설가의 아내는 한 알코올중독자의 딸로서, 둘 모두 자신의 부모로부터 벗어나고 싶다고 솔직히 얘기한다. 남자는 12년 전에 소설 한 편을 썼지만 다음 작품에 대한 계획은 아직 세우지 못했다. 그러나 뉴욕에서는 이런 이야기들이 그의 등뒤에서 쑥덕대며 오갔던 반면 여기 로마에서는 누구도 신경쓰지 않는다. (뉴욕이었다면 아직 알려지지 못한 그의 재능은 불안, 심지어 조롱의 대상까지 됐을 것이다.) 여자는 아주 작고 지저분한 곳에서 젊은 시절을 보냈음에 틀림없다, 왜냐하면 로마에 있다는 사실 자체가 그녀를 기쁘게 하기 때문이다. 마치 이 도시가 어린 시절의 그녀를 가득 채웠던 비상飛上과 활기의 기운을 여전히 간직하고 있기라도 한 것처럼 말이다. 소개할 또 한 사람은 미국인 이혼녀. 그녀는 이웃 남자와 바람을 피웠고 그래서 남편에게 이혼당했다. 남편은 여자가 바람을 피워서 이혼한 것이 아니라고 했지만 실제로는 그것이 이유였다. 부모, 형제, 이웃 등 주변 사람들은 그녀의 부정을 맹렬히 비난했으나 그녀가 저질렀던 행위가 사실 그리 드문 일은 아님을 알고 있었다. (혹은 최소한 짐작은 했다.) 그녀는 자신이 놀랍기 그지없는 위선에 노출돼 있으므로 그곳을 떠나 육체의 삶이 별로 근심거리가 되지 못하는 지중해로 가면 행복해질 수 있으리라 생각했다. 그녀가 좋아하는 화제는 미국에서의 도덕성이며 그들 모두(즉 동성애자들, 흑인, 골치 아픈 부모가 있는 남녀)는 그들이 탈출한 것들에 대해 이야기하길 좋아한다. 마지막으로 소개할 이는 그 부와 권력이 대단해서 누구나 알 수 있을 법한 한 미국 가문 출신의 개성 넘치는 여자다. 그녀는 이런 가문의 딸이 되길 원치 않았다. 가문의 기대를 따라 결혼해야 하고 대중에게 노출되어야 하며 신문에도 사진이 실리기 때문이다. 그녀는 자신이 원하는 바대로 했고 이는 그녀의 가족에게 깊은 상처를 주기 위한 계산된 행동으로 보인다. 즉 그녀는 히스테릭한 발레리노와 결혼했고 소설까지 한 편 썼는데 그 소설에서 그녀의 아버지는 (그것도 실명으로) 도덕적으로 가혹하기 짝이 없는 인물로 등장한다. 사실 소개할 사람들은 이 밖에도 더 많다. 가난한 삼류 작가들, 잊혀버린 희곡 작가, 슬픈 부자 등등. 이런 사람들의 방 부근을 어슬렁거릴 때 우리가 그들에 대해 비판할 수 있는 바는 이들에겐 탈출에 대한 압력이 탐구의 힘을 능가하는 것처럼 보인다는 점이다. 우리는 그들에게 작별을 고하지만 (술은 끔찍할 만큼 맛이 없는데다 나로서는 저녁 6시 30분에 케이크 먹는 걸 좋아하지 않는다) 오히려 그것이 우리가 그 방에 있는 누구와도 깊이 연관돼 있음을 보여주는 것 같다.

• • •

내가 탈출하고자 하는 바는 보잘것없는 문학계의 인물로 지내면서 알코올에 찌든 채 살아가야 하는 뉴욕 웨스트체스터에서의 삶이다. 또 내가 싫어하는 사람들과 어울려야만 하는 상황으로부터, 불행한 청춘 시절에 기인하며 (여기서는 볼 수 없는 풍경과 사람들인) 같은 장면과 유형 때문에 지속적으로 떠올리게 되는 성적인 고민으로부터 벗어나고 싶다. 거기에 탈출하기를 원하는 이 의지의 허약함까지도.

• • •

강에서 산책을 마치고 돌아오니 짜증났던 사춘기 시절의 외로움이 기억났다. 나는 아직도 이 외로움에서 벗어나지 못한 듯하다. 이는 인생에서 해야 할 일이라곤 불 켜진 창을 통해 다른 사람들의 만족감과 활기를 엿보는 것 외엔 전혀 없었던 외롭고도 외로운 소년의 관음증이다. 그렇게 너그러운 대접을 받았음에도 비를 맞으며 이스트 밀턴 거리를 따라 걸어가는 꼬마의 이미지에 갇혀 있다니 우스꽝스럽고 터무니없기만 하다.

• • •

하루 일정으로 나폴리에 다녀왔다. 로마를 떠나자니 왠지 다시는 돌아오지 못할 것처럼 마음이 무겁고 슬퍼졌다. 거기에 혹시 누가 나를 살해하고 발가벗긴 후 뒷골목에 내던져버리는 건 아닐까 하는 불쾌한 예감까지 온몸을 휩쓸고 지나갔다. 막상 로마를 떠날 때의 기분은 유적지, 그러니까 어마어마한 물리적, 정신적 폭발이 일어났던 그런 유적지를 떠나올 때와 비슷했다. 남쪽으로 내려오니 과실수에는 꽃이 활짝 피어 있고 모든 정원들은 푸르고 푸르다. 그러나 지금까지 물질적 쾌락을 누리고 타인의 애정을 끄는 일에만 관심 있는 삶을 살아온 것 같아 창밖의 아름다운 풍경을 보면서도 마음이 몹시 괴로웠다. 나폴리에 도착해서는 베르무트 포도주를 약간 마셔가며 화랑을 목표로 원형 건물과 궁전 등을 지나쳐 걸어갔다. 구두를 닦아준 구두닦이 남자가 내 아내와 가족을 위해 기도해주겠노라고 말해서 그런 기도들이 장차 필요하게 될 거라고 대꾸해주었다. 웬런 부부와 함께 시끄러운 음악이 들리는 곳에서 저녁식사를 했고 이어 산책을 한 다음 잠자리에 들었다. 저녁식사로는 스크램블드에그를 곁들인 미국식 햄을 순식간에 해치웠다. 잠깐 망설이다가 폼페이의 프레스코 그림을 보러 박물관으로 향했다. 글렌스 폴스Glens Falls*에라도 온 것처럼 낯선 도시의 아침이다. 태양은 환하게 빛나고 사람들은 일하러 가기 위해 커피향 나는 거리를 지나쳐 걸어간다. 박물관 안에는 볼 것들이 많았으며 외설적인 내용의 유적들도 많아 프레스코 그림들은 어디에 있는지 궁금해졌다. 나를 이끌었던 안내원은 수상한 프레스코 그림은 보여주길 꺼리면서 대신 고상한 그림들만 보여주려 했다. '아하, 하긴 그렇겠지.' 하지만 이어 다른 방에 들어갔을 때 그저 벽에 걸린 그림들을 설명하기에만 급급한 그 불쌍한 안내원의 모습을 보곤 방에서 빠져나와 이가 덜덜거릴 만큼 쌀쌀한 거리로 나섰다. 부질없는 공상에 잠겨 정처 없이 걷다가 커피 볶는 냄새가 나고 교회 종소리가 들려오며 햇볕이 내리쬐는 거리로 되돌아왔고, 길모퉁이에 이르던 바로 그때 바다 냄새가 코로 밀려들어왔는데 그 강렬하고 신선한 바다 향기에 나의 부질없던 상념도 끝이 났다. 바다 냄새는 나를 이렇게 설득하는 듯했다. 인간에 대한 신뢰를 가지라고. 그 어두운 화랑에서 머물렀던 일이 분 정도의 짧은 시간 동안 우리는 우연히 깜깜한 어둠을, 그리고 양심의 경계를 발견

---

* 뉴욕 주의 워런 카운티에 있는 도시.

했고 그 순간 타인들의 얼굴에 드러난 약속과 인생은 아주 조금이라도 영적인 가치를 지니고 있다는 사실을 의심했던 것이다. 위런 부부와 점심을 먹은 후 특급열차에 올랐다. 내가 앉은 객실에는 오페라 극장에서 볼 수 있는 것과 같은 붉은색의 플러시 천이 걸려 있었다. 다시 로마를 향해 북쪽으로 발걸음을 재촉하게된 것이다. 같은 객실에 탄 사람으로는 노인 한 명, 젊은 학생, 그리고 군인이 있었다. 아까 봤던 그 과실수와 덩굴을 매달고 있는 또다른 나무들, 그 유명한 바다, 꾀죄죄하니 허름한 여름별장들위로 보이는 원형의 탑, 영웅을 기리는 기념물들, 그리고 자주색예복 차림의 성직자들이 화려하게 등장했다가는 곧 사라졌다. 이에 해 질 무렵의 시골 풍경을 바라보던 내 입에선 감탄만 나올뿐이었다. '인생이란 얼마나 불가해한가.' 아내가 임신중인 아이, 아킬레우스의 대리석 팔을 어루만지는 안내원, 바다의 냄새, 아이들에 대한 나의 사랑, 자체적으로 발광하듯 어둠 속에서도 자태를 뽐내는 과실수, 전혀 알아들을 수 없는 언어로 떠드는 승객3명의 수다, 얼마 되지 않는 농가들의 불빛, 그리고 모든 마을들로 통하는 저 길 위의 달구지와 자전거들……

• • •

출판된 책이 한 부 도착하다. 관대한 평이 담긴 S. B.의 편지와 함께. 몹시 도취된 느낌, 어쨌거나 동요가 되는 건 사실이다. 오만이라는 죄악을 저지를까봐, 겸손함을 갖추기가 힘들까봐. 하지만 내 책이 조금이라도 읽을 만하다고 한다면 그건 순전히 우연일 뿐, 그것이 성실의 산물이요 전력을 다한 열정의 결과물이라는 식으로 간주하는 것은 아무 의미가 없다. 그럼에도 흥분으로 머리가 어지러워져 담배를 사러 나갔다가 바람기가 굉장히 많아 보이는 카페의 예쁜 여자가 내게 보이는 철저히 무관심한 표정 때문에 낙담하며 다시 현실로 돌아오다. 하지만 인쇄된 책을 보는 것만으로도 이런 기분을 달랠 수 있을 터이다. 내게 책이라는 것은 매우 제한된 시야를 가진 일종의 열쇠 구멍으로, 난 내 책이 더 나은 글을 쓸 수 있는 자극제가 되기를 희망한다. 이런 경험은 「참담한 작별」이라는 작품에서 느낀 바 있다. 즉 그 이야기는 거의 1년에 걸쳐 나 자신을 표현하는 적절한 작품으로 여겨졌으며 그리하여 나중에 그 작품을 다시 읽었을 때 그것이 자극제로 작용해 앞으로 나아갈 수 있었던 것이다.

● ● ●

아직도 감기에 걸려 있다. 점심을 먹은 후 로마로 산책을 나갔다. 화창하고 햇살이 뜨거운 오늘은 카니발의 마지막날이다. 콧물이 계속 흐르는 가운데 이상한 기분에 휩싸였다. 그러니까 모든 것들이 어떤 식으로든 이 도시와 나를 친해지게 하려고 애쓰고 있다는 느낌이 들었다. 한 유적지 건물의 창을 통해 파란 하늘을 올려다본 나는 아무 생각 없이 걷던 중 잔디가 잘 관리돼 있는 아우구스투스의 묘지에 우연히 들렀고 이어 판테온으로 갔다가 나보나 광장으로 곧장 내려갔다. 분수는 꺼져 있었지만 잔뜩 인상을 쓰며 두 다리로 물고기와 사투를 벌이는 형상의 조각상을 감상하는 것도 그런대로 괜찮았다. 내가 좋아하는 카페의 햇볕 잘 드는 자리는 미국인들로 가득 차 있었다. 그런 그들이 보기에 썩 좋지는 않았는데 와인을 잔뜩 마신 얼굴이 햇빛에 드러나자 더욱 보기 좋지 않았다. 성 아그네스 성당의 시계가 3시를 알렸고 이에 앉아 있던 미국인들은 각자 (모두 6명이었다) 소매를 걷고 손목시계를 들여다봤다. 나는 왼쪽으로 방향을 틀어 가본 적 없는 한 어두운 거리로 올라갔다. 경사진 거리에 작은 언덕을 이루고 있는 벽돌들이 보였다. 좁은 골목을 빠져나오자 꼽추나 난쟁이처럼 보이는 한 남자가 꼬마의 손을 잡은 채 걸어오고 있었는데 꼬마는 꼭 동화에 나오는 공주처럼 눈부실 만큼 번쩍거리는 파란 가운과 눈에 띄는 실크 모자, 그리고 긴 베일을 걸치고 있었다. 어디선가 드럼 소리가 들려오기에 여러 작은 길들이 한데 모여 형성된 작은 광장 쪽을 어두운 골목 사이로 살펴봤다. 그곳에는 더 많은 계단과 포장된 작은 언덕이 있었고 호박색으로 칠해진 건물들이 군데군데 아무렇게나 들어서 있었다.

더벅머리를 노랗게 물들인 한 여자가 그녀보다 더 어려 보이는 검은 머리카락의 여자 옆에서 햇살을 받으며 창가에 기대어 서 있다. 하지만 내 주변을 가득 채워왔던 것은 드럼 소리여서 난 어쩔 수 없이 그 소리를 들어야만 했다. 그것은 위압적인 소리, 거친 소리, 팽팽하게 긴장된 심장이 뛰는 것처럼 귀에 거슬리는 소리, 또 아무 꾸밈 없는 적나라한 소리였으므로 마치 욕망이나 배고픔, 혹은 꽉 찬 오줌보처럼, 피할 수 없는 인생의 어떤 현실을 말하는 듯했다. 이런 축제라면 으레 그렇듯 축제에 참가한 인원의 규모는 매우 컸다. 선원 복장을 한 2명의 드럼 주자와 역시 같은 옷차림의 탬버린 주자, 그리고 2명의 댄서가 보였다. 의상은 하나같이 남루해서 어느 부엌에 처박아둔 철 지난 크리스마스 의상들을 아무렇게나 이어붙여놓은 것처럼 보였다. 축제는 나만큼이나 로마인들도 아마 잘 모르는 그 어떤 전통에 따라 치러지는 듯했다. 댄서들은 교수형 집행을 연상시키는 드럼 소리에 맞춰 서로 돌아가며 춤을 춰댔다. 두 댄서는 둘 다 남자로, 한 명은 왕자나 귀족 같은 옷차림이었고 다른 한 명이 걸친 옷은 알 수 없는 의문의 의상이었다. 머리에는 숄을 두르고, 눈에는 마스크를 하고, 등은 머리 위까지 올라오도록 쭉 추어올리고, 또 사타구니 사이엔 마녀 형상의 인형을 끼워넣은데다 바지 위로는 스커트와 앞치마까지 두르고 있었던 것이다. 포장도로 위에서 펼쳐진 춤은 원시적이고 단순했으며 시종일관 피곤과 무관심이 완연히 묻어나는 동작을 통해 성적인 행위로 보이는 안무만을 선보였다. 마침내 춤이 끝나자 모든 군중이 다시 행진하기 시작했다. 그럼에도 드럼 소리는 결코 멈추지 않아서 내가 코르소 거리로 향하는 중에도 계속 귀를 괴롭혔다. 차들로 정체돼 있는 코르소 거리에서는 전차에 타고 있는 한 소년이 눈에 들어왔다. 화장분과 연지를 바른 얼굴에 인디언 왕자 같은 옷을 입은 그 소년은 색종이를 흩뿌려댔다. 기도를 올리기 위해 제수 성당*으로 들어갔다. 앞자리를 보니 붉은 제의를 입은 독일 대학생들이 죄다 차지하고 있다. 내 왼쪽에 앉은 남자는 술에 취했거나 잠든 듯 보였는데 쿵 소리와 함께 몸을 한 번 움직이더니 내가 기도하는 동안 계속 잠을 잤다. 집에 돌아오니 아이들 역시 발코니에서 색종이를 뿌리며 놀고 있다. 내 체온이 정상으로 돌아왔기에 우리 가족은 네 개의 베토벤 소나타 연주(비올론첼로와 피아노로 이루어진 곡이었다)를 들으러 음악당으로 갔다. 아주 좋았다. 내가 볼 때 그런 음악은 다른 무엇보다도 우리의 평온한 성향을 증명해주는 사례가 아닌가 한다.

점심 전에 술을 많이 마시지 않아도 되기를 희망하지만 만약 메리가 아기를 출산한다면 오늘만은 마음껏 마셔볼 참이다. 아침식사를 하려고 식탁에 앉았을 때, 규범 없이는 예측 불가능한

---

* 로마에 있는 로마 최초의 예수회 성당 본부. 예수회 성당의 모태.

것이 바로 인간의 행동에 깃든 무정부적 성향이 아닐까 하는 생각이 들었다.

• • •

아들이 태어난 다음날, 나는 아들에게 축복(용기, 사랑, 힘, 자아에 대한 건강한 지각, 신과의 긍정적인 관계)을 비는 행복 가득한 마음으로 잠에서 깨어났다. 아들이 자라면 초코루아Chocorua 산에 함께 올라가리라. 하녀와 아이들에게 아들이 얼마나 예쁘고 건강한지 얘기해주었다. 매우 흥분한 상태지만 감기는 여전히 낫고 있지 않아서 눈이 아프고 계속 눈물이 흐른다. 교회에는 가지 않았다, 의무적인 예배는 필요치 않다고 생각했기 때문이다. 벤, 수지와 함께 버스를 타고 병원으로 갔다. 버스 정류장에서 내려 병원까지 가는 도중에 우리는 어두운 골목을 통과해야 했다. 여기서 '어둡다'는 것은 정서적인 의미에서 그렇다는 말이다. 즉 K는 이곳에서 살인 사건이 일어났다고 말했으며 그래서인지 그 어두운 골목에서는 성적인 폭력이 벌어졌음직한 분위기가 풍겼고, 자세히 살펴보자 그 밖에도 오줌 냄새, 쓰레기통에서 자는 고양이, 추잡하기만 한 벽낙서들이 보였다. 병원에 가니 아내인 메리와 사랑스러운 아들, 아들을 위해 계획했던 모든 것들이 있다. 내가 한 아이를 이토록 지극히 사랑했던 적은 결코 없는 듯하다. 이어 우리는 만원인데다 냄새까지 지독한 버스를 타고 집으로 향했다. 집에 돌아와 술을 마시는 동안 참으로 묘한 기분에 사로잡혀 (아마도 감기 탓이리라) 발코니에서 거리를 내려다보며 오픈카를 타고 오스티아* 방면으로 떠들썩하게 내달리는 젊은이들의 자유를 갈망하듯 쳐다봤다. '어떻게 이 세상이 줄 수 있는 거의 모든 것을 다 누릴 수 있으랴' 하는 생각이 들면서도 난 부러움에 찬 시선으로 젊은이들을 계속 바라보았다. 점심을 먹은 후에는 팔라틴 언덕으로 산책을 나갔고 감기로 예민해졌기 때문인지 주변의 풍경들이 별스럽게 다가왔다. 하늘은 사랑스럽고 햇살은 곳곳에서 반짝였지만 어디선가 불어오는 차가운 바람과 이리저리 몸을 움직이는 낙엽들의 분주한 소리에 가을이 왔음을 실감할 수 있었다. 양지바른 곳을 이리저리 찾아다니며 햇볕을 쬐었지만 몸이 따뜻해지지는 않았다. 아무래도 약부작용 혹은 이상 증세가 내 몸을 지배하고 있는 듯하다. 집으로 돌아와 아래층으로 이어지는 계단을 걸어내려오면서 이런 생각을 했다. 이 세상과 우리 안에 악이 존재하고 있다는 사실을 인정하기란 얼마나 힘든 일인가. 또 우리 자신에 대한 자아 표현 (혹은 자기확장)과 옳다고 생각하는 것들 사이에서 균형을 취하기란 얼마나 어려운 일인가.

---

* 로마 시의 서남쪽 방향에 위치.

다시 병원에 들렀다가 집으로 돌아온 나는 너무 피곤해서 바로 잠들었다. 이 감기가 어서 낫기를 바란다.

• • •

비평들이 나왔지만 내겐 아무 의미도 없다.

• • •

벤을 데리고 학교로 가던 중 한 남자가 차에 치이는 사고를 목격했다. 사고 나는 소리가 거리에 울려퍼졌다. 생명을 위협할 수 있을 정도의 심대한 타격이 가해질 때 나는 엄청나게 큰 소리가. 가해자는 운전석에서 빠져나와 베네치아 궁전의 뜰을 통해 도망쳤다. 체포된다면 보석도 받지 못하고 재판에 회부되는 내년 어느 때쯤까지 기약 없이 구속돼 있을 게 뻔함을 알고 있기 때문이리라. 피해자는 도로 위에 웅크린 채 누워 있었다. (허름한 차림새였지만 그의 자랑거리였음에 분명한 검은 곱슬머리에는 머릿기름을 잔뜩 바른 상태였다.) 사람들이 몰려들었으나 성호를 긋는 몇몇 여자들을 제외하면 심각한 표정이란 전혀 찾을 수 없었고 모두 곧 열광적으로 떠들어대기 시작했다. 피해자의 피가 도로를 적시고 있었지만 그를 돕기 위해 손가락 하나도 까딱하지 않았다. 바로 여기에 위험한 로마가 있다. 내가 말하고자 하는 바는 교통신호라든가 교차로에 배치되어야 할 교통경찰 같은 예방의 문제가 아니라 생명의 지속성과 가치에 관해 그들이 우리와는 너무나 판이한 시각을 갖고 있다는 것을 말한다. 미국인들이 볼 때 이는 발생한 사건의 중요성을 인지하거나 이에 집중하지 못하는 불능에 기인하는 것으로 보인다. 죽어가는 남자는 들것에 실려갔지만 사람들은 자신의 의견과 좀 전의 사고 경위에 대해 신나게 떠들어댔다. 거리는 다시 사람을 죽이기라도 할 것처럼 달려드는 차량들로 채워졌고 로마 시민들은 그런 차들 사이를 미친 암탉처럼 동에 번쩍 서에 번쩍 여기저기 쏘다녔다. 어제 나는 두 대의 리무진을 목격했다. 바티칸에 들렀다 나오는 외교관들이 가득 타고 있는 리무진이었는데 일방통행 도로의 반대편을 향해 시속 100마일 정도의 속도로 내달리는 것이 아닌가.

대사관에 가서 페데리코의 출생 신고를 했다. 다음으로 시급히 해야 할 일은 차량 구입이 아닐까. 페데리코가 거의 잠을 자지 않는다. 졸음이 온다.

• • •

솔직히 말해 퓰리처상을 수상한 그날 오전 3시, 난 어리둥절했다. 수상 소식은 '오시닝 신문' '로마-아메리칸' '일 메사제로'

등등의 매체를 통해 알았다. 내 책이 15만 달러에 팔렸다는 소식을 담은 전보도 상상했다. 『라이프』지의 사설에는 이곳 미술관에 있거나 스페인 광장을 내려오는 내 사진이 실려 있었다.

수지와 아침식사를 했다. 얼어 있는 오렌지주스라든가 네스카페 등 우리가 먹은 모든 음식은 군부대 매점에서 사온 것들이다. 점심 후에는 딱 한 번만 중간에 깼을 정도로 깊은 잠을 잤고 그래서 기분이 좋아지고 우울함도 가셨지만, 그래도 우중충한 날씨의 오늘은 로마에서 겪은 최악의 날들 중 하나라 할 만하다. 메리는 아이들을 데리고 동물원에 갔으며 나는 'avere*' 등 이탈리아 단어를 외우면서, 또 감기 때문인지 짜증을 부리는 페데리코를 돌보면서 하루를 보냈다.

• • •

이번에 출판된 책이 베스트셀러가 된다면 내가 자만하게 될 거라는 메리의 말에 성공의 본질이 무엇인지 생각했다. 실패하고 싶은 사람은 없을 것이나 내가 두려워하는 바는 성공에 따르는 책임감이다. 나는 무대 뒤편에서 살아가는 쪽을 선호하는 사

---

* '갖다, 소유하다'라는 의미를 지닌 이탈리아어.

람에 해당되는 듯하다. 하지만 솔직히 말하면 우울할 때 좋은 소식을 상상하며 나 자신을 위로하듯, (불행하고 외롭다고 여겨져) 잠을 이루지 못할 때면 내 책이 4쇄, 5쇄씩 인쇄되거나 베스트셀러 목록에 내 이름이 올랐다는 상상으로 기운을 내곤 한다.

● ● ●

종려주일을 맞아 찾아간 교회에서 한바탕 눈물을 흘렸다. 하지만 난 내 눈물이 음탕하다고 생각했다. 예수의 수난을 생각하며 눈물을 흘렸듯이 경마를 보거나 추잡한 농담을 하면서도 눈물 흘린 적이 있었기 때문이다. 내가 두려워하는 것은 (종교가 지닌 최루성의 측면이라고 누군가 칭하기도 했던) 감상적인 정서다. 난 제단 앞의 난간에 서 있던 중 엄청난 감정의 격변을 느꼈지만 이를 애써 억눌렀다. 그러면서 커다란 역경에도 불구하고, 유용하고 영적인 삶을 꾸려가기 위해서는 어떤 다른 방식으로 열망이라는 우리의 깊은 감정과 투지를 표현할 수 있을지 고민했다. 어떤 이들은, 예를 들어 이성주의자들은 금욕이나 근면, 공정함, 사랑 등 우리가 가진 재능을 개발함으로써 이것이 가능하다고 말하기도 하지만 난 그런 것들말고도 다른 무엇이 있으리라 생각한다.

・・・

　아침 7시의 하늘은 온통 분홍색과 황금색이었지만 우리가 로카Rocca 성채로 떠날 계획을 세울 때쯤 캄피돌리오 방향의 하늘이 어두워지더니 천둥 및 번개 소리와 더불어 엄청나게 많은 비가 쏟아졌다. 운전과 그 밖의 모든 것들에 불안해진 나는 팔을 움직여 긴장을 풀다가 스카치를 한 모금 마셨고 이에 기분이 상당히 나아졌다. 담배 가게에 갔다 오는 길에 이런 생각이 들었다. 내가 원하는 것은 인생이 주는 웃음이라고. 다음과 같은 옛 기도문도 있지 않은가. "우리를 위해 모험을 준비하라. 그렇다고 위험을 없애지도 말라." 주위는 순식간에 어두워졌고 우리가 떠날 때쯤 더 많은 천둥과 번개가 내리쳤다. 지아니콜로 언덕에서 B부부를 만난 다음 험한 날씨 속에서 해변도로를 운전해 내려가기 시작했다. 운전석에서 바라본 풍경은 아주 멋졌지만 이런 생각이 들었다. '작가의 역할은 이 세상에서 가장 아름다운 장소를 찾아 묘사하는 것이 아냐. 최소한 내가 해야 할 일은 아니라고.' 캄파냐는 너무나 파래서 어두워진 후인데도 밝게 빛나는 듯했다. 산 위에 걸쳐 있는 뇌운雷雲, 시냇물과 흩뿌리는 비, 그리고 소금을 머금은 맑고 깨끗한 푸른 바다 위쪽으로 펼쳐진 개간지. 바다는 태평양보다 훨씬 짙은 푸른색이었다. 이 지역 전체가 꽃으로 만든 카펫 같았다. 이런 장관은 한 번도 본 적이 없었지만 어쨌든 어쩔 수 없는 여행자인 우리는 발걸음을 서둘렀다. 우리는 여기서 스스로에게 소중한 그 무엇을 찾고 있는 것이 아니므로. 또 꽃으로 덮인 캄파냐는 어떤 의미에서는 그저 제한된 풍경에 불과하므로. 치비타베키아를 통과하고 타르퀴니아의 성벽 아래를 걸으며 길을 재촉했다. 산에는 아직도 폭풍이 가져다둔 어둠과 굉음이 남아 있었다. 바다 위의 불빛은 아주 화려했다. 오늘 로카는 매우 아름답다. 기다란 화환 형태를 이루며 성벽에 피어 있는 루핀과 금어초가 보인다. 공기에서는 소금 냄새가 났다. 산(해변의 바위 모양으로 보건대 아마도 휴화산일 것이다)이 보이고 저멀리로 꼭 부러진 이빨같이 생긴 탑(혹은 성)이 서 있는 언덕도 보인다. 나는 또 한번 내가 사랑에 빠진 젊은이가 아님을 아쉬워했다. 여기는 젊은 연인들을 위한 풍경이자 장소들이기 때문이다. 모든 풍경들이 마치 그렇게 주장하듯 펼쳐져 있다. 이 세상의 많은 곳들이 내겐 그저 젊은 남자가 젊은 여인을 이끄는 장소로만 보인다.

● ● ●

백악관이 나오는 꿈을 꿨다. 저녁을 먹고 잠자리에 들 때 백악관 사진이 있는 엽서를 봤기 때문일까. 꿈에서는 아이젠하워와 메이미Mamie*만 나왔다. 메이미는 워싱턴에서 발행되는 『스타』

지를, 아이젠하워는 『왑샷 가문 연대기』를 읽고 있었다.

• • •

차를 타고 플라미니오 다리를 통과해 수지의 졸업식장으로 갔다. 중년인 부모는 우리뿐인 듯했다. 수녀님들은 졸업식을 무사히 치르기 위해 분주히 움직였고 이는 나로선 충분히 공감되고 이해되는 일이었다. 내가 마지막으로 참석했던 한 고등학교 행사에서, 강당에 있던 한 어린 소녀를 더듬던 두 명의 불량배들과 거의 싸움을 벌일 뻔했던 경험이 있기 때문이다. 하지만 여기엔 젊음과 노년 사이의, 혼란과 질서 사이의 충돌이라곤 전혀 없다. 소년들은 역시 활기에 넘쳤지만 정중함을 잃지 않았다. 그리고, 오, 소녀들. 연약해 보이는 그녀들, 그리고 N. N의 미모는 고통과 같다. 틀림없이 오고야 말 겨울처럼 3년 안에 사라져버리고 말 것이기 때문이다. 소년 같은 얼굴을 한 보스턴 출신의 소녀는 등까지 내려오는 실크처럼 고운 노란 머리에 어린이용 리본을 매고 있다. 안절부절못하는 소녀, 곱슬머리를 이마에 납작하게 붙인 아이가 있는가 하면 맨 끝에 있던 수수한 인상의 소녀는 거의 쓰러질 뻔하기까지 했다. 현악 3중주단이 〈위풍당당 행

---

* 아이젠하워 대통령의 부인.

진곡〉을 그야말로 아주 느린 속도로 연주하는 가운데 소녀들은 결혼하는 신부처럼 꽃을 들고 중앙 통로로 내려와 카펫을 쳐다보거나 혹시 부모님이 어디에 있는지, 그리고 더 자주는 친구들이 어디 있는지 살피려고 (왜냐하면 여긴 국제학교라 많은 학생들이 부모와 떨어져 살고 있기 때문이다) 좌우를 두리번거렸다. 여자들은 울고 남자들은 바보처럼 웃기만 했다. 졸업식에 참석했던 모든 이들은 소녀들이 보여주는 장관壯觀과 그들이 품고 있는 기회의 풍부함에 감격했다. 이어 교황이 온통 붉은 빛깔의 예복을 입은 채 역시 붉은 혈색이 도는 얼굴로 식장에 등장했다. 그의 얼굴은 (혹시 상상이 가능하다면) 갈비뼈가 6개나 되는 갈비구이처럼 넓고 두툼했다. 이어 파나마 대사가 나와서 소녀들을 여기저기 날아다니는 한 무리의 새로 묘사했다. 또 카디널 뉴먼 Cardinal Newman*의 말도 인용했다. 교황은 비오 12세의 말을 인용했다. 졸업장과 상장이 수여됐으며 현악 3중주단이 광상곡狂想曲을 연주하자 교황이 선두에 서서 학교 입구 쪽으로 행렬을 이끌었다. 분위기는 결혼식과 매우 흡사해서 소녀들은 모든 이들에게 빛나는 미소를 지어 보였다. 우리는 교황을 알현할 수 있었는데 로마인들은 교황의 반지에 키스했고 신교 신자들도 대담하게 악수를 청했다. 정원에는 펀치 주스와 샌드위치가 마련돼 있었

---

* 영국의 가톨릭 신학자.

다. 소녀들은 작별인사를 건네면서 편지를 쓰겠노라고 약속했다. 나의 눈은 매디슨 애버뉴의 광고에 등장하는 모델처럼 당당해 보이는 바르바리니 공주의 모습을 놓치지 않았다. 왕자는 보잘 것없었다. 학교는 로마 경계 바로 너머에 있는 한 작은 언덕 위에 있다. 새롭게 개발되고 있는 주택단지이긴 하나 아주 비싼데다 아직은 보기 흉한 비그나 클라라 지역이 바로 옆 언덕에 위치해 있다. 하지만 그 둘 사이의 계곡은 여전히 (노란 밀과 붉은 양귀비가 피어 있는) 대평원의 일부를 이루고 있다. 이제 그 유명한 그림자가 서서히 지기 시작하고 있었다. 우리는 교통체증을 뚫고 지저분한 공원과 아파트가 있는 주택가, 그리고 멋지거나 혹은 멋지지 않은 대도시의 교외 지역을 통과해 집으로 돌아왔다.

기분이 좋지 않아 어떻게 해야 나아질지 궁리했다. 그래서 수영 마스크를 착용하고 수영을 했는데 아들도 마스크를 착용하고 수영을 즐겼다. 물속에서 아들을 보고 있으면 신기함과 함께 감동적인 느낌마저 밀려든다. 아들이 건드린 작은 모래 알갱이들이 연기처럼 천천히 위로 올라갔다. 햇볕을 쬐며 바위 위에 앉아 있던 중 나를 엄습해오는 정서적인 불안감에 대해 고민했다. 우리가 스스로의 성적 본능을 개선하는 것은 불가능하다는 생각이 들었다. 어느 순간이 되면 부인否認은 순전히 위선에 불과해지고 이에 힘겹고 어리석은 불안감이 끊임없이 몰려든다. 우리는 거리낌없이 자유롭게 행동해야 하며 (이 문제에서 비밀이란 전혀 있을 수 없다) 우리가 살고 있는 조건들하에서 스스로를 가장 잘 표현할 수 있는 방법을 찾아내야만 한다. 잠에서 깨면서 내 인생이 얼마나 편협하고 불안한지 생각했다. 산과 푸른 들, 그리고 그 광대한 풍경은 어디에 있을까?

• • •

여기는 스카버러에 있는 한 침실이고 우선 일할 수 있는 장소부터 물색해야만 한다. 어리석은 (그리고 어쩌면 무의미한) 많은 고민 끝에 로마에 있는 내 거처의 명판을 떼어낸 다음 차에 짐을 싣고는 좋은 일이 있길 기원하는 짐꾼과 그의 아내를 뒤로한 채 나폴리로 갔다. 우리는 커피를 마시기 위해 테라치나의 어느 곳에 잠깐 멈췄다가 점심시간에 늦지 않게 나폴리에 도착했다. 호텔은 편안하고 우아해 보였다. 비록 침대에 벌레들이 있다는 생각이 들긴 했지만. 다음날 오후 아이들을 데리고 베수비오 화산에 올라갔는데 약간 어지러웠다. 돌아오는 길에 올라탄 버스에서는 어느 아름다운 덴마크 여배우와 같은 좌석에 앉게 됐다. 최소한 내 책 한 권이라도 보내줄 생각으로 이것저것 물어봤으나 그녀는 나의 모든 말에 흥미를 보이지 않았고 결국 이름도 알아내기 전에 기차역 버스 정류장에 갑자기 내려버렸다. 호텔로 돌아와서는 발코니에 서서 큰 유리잔에 위스키를 담아 마시며 공터와 공사중인 건물, 크레인, 그리고 항구에 늘어선 여러 장비들을 물끄러미 바라봤다. 아무래도 나는 사랑을 동경하고, 갈구하고, 또 사랑에 빠져 있는 것만 같다. 이 변덕스러움에 대해서는 이쯤 해두기로 하자. 아침에는 우리를 폼페이로 데려다 줄 차량과 운전수를 물색했다. 운전사가 잔뜩 긴장한 탓에 영어로 말하는 데 어려움을 겪었다. 우리가 탄 차에는 두 명의 다른 젊은 미국인들도 있었는데 그들은 어머니 쪽을 많이 닮았음에 틀림없다. 그렇게나 힘들어하는데다 또 연약해 보여서 그들에게서 활력이라곤 도저히 찾아볼 수 없었기 때문이다. 다음날 오전, 우리는 식은땀을 잔뜩 흘릴 정도로 힘들어하며 배에 올랐고 점심을 먹은 후에는 이곳과 작별을 고하고자 갑판으로 나갔다. 이탈리아를 향한 내 사랑의 깊이와 진실에 대해 수개월의 시간을 고민한 끝에, 또 지금 같은 장면을 수도 없이 상상해본 끝에, 난 이렇게 배의 후미 갑판에 서서 해변을 따라 늘어선 절벽들을 보고 있다. 그것들은 하나같이 카드로 지은 집처럼 무의미하게, 또 신속하게 멀어져갔다.

"혹시 끈 좀 있으신가요?" 한 미국인이 내게 물었다. "모자에 묶어두려고요, 하하."

"난 절대 돌아가지 않을 거야." 식당에 있던 한 노부인은 이렇게 말했다. 감정이 많이 상했는지 짜증이 밴 목소리였다. "난 편한 게 좋아." 노부인이 계속 말했다. "그리고 지금 그걸 원해. 결혼하기 전까지 누추한 오두막집에서 살았다고."

"내 딸은 지금 낡은 집들을 꾸준히 사들이고 있어요. 계속해서요." 또다른 사람이 말했다. 그 사람은 살다보면 대체 어디 있을지 호기심을 불러일으키는 어떤 미국식 장식미술품들을 연상시켰다. 어둑해질 무렵이 되자 보이는 땅은 어디에도 없었다.

● ● ●

센추리 식당에서 M과 점심을 함께했다. "그 책은," 그가 말했다. "대단한 반향을 불러일으켰어요." 나는 정말이지 우쭐한 기분이 들었다. 어쨌든 이는 나의 첫 장편소설이 아니던가. 거리는 부와 성적인 매력을 겨루는 분위기로 가득하다. '나는 너보다 부자다' '나는 너보다 가난하다' '내가 더 정력이 넘친다' '당신이 나보다 더 정력적이다' '더 좋은 성적으로 졸업했다' '더 좋은 대학을 나왔다' '내 코트의 디자인과 헤어스타일을 보면 내가 당신보다 더 우월한 사회적 위치를 갖고 있음을 알 것이다' '내가 일하는 곳은 규모는 작지만 더 실력 있는 광고 회사다' '내가 다니는 클럽이 당신이 다니는 클럽보다 낫다' '내 전용 양복 재단사, 내 전용 제화업자, 심지어 내 눈과 장기臟器도 당신의 것보다 낫다(혹은 못하다)' 등등. 공중화장실에서 일을 보던 중 오른쪽에 있던 남자가 나를 유혹해왔으나 난 감히 고개를 들어 그를 볼 생각조차 못했다. 하지만 그가 어떻게 생겼는지 궁금했다. 이런 고민을 가진 다른 사람들처럼, 그 역시 더 잘생기거나 더 못생기지도 않은 평범한 얼굴이리라. 어떤 방법을 쓰든지 가능한 신속히 이 문제를 해결해버리는 것이 내게는 최선으로 보인다. (내 생각이지만) 만약 로마였다면 그나마 덜 문제가 됐을 것이다.

• • •

여행 안내책자가 말해주지 않는 것은 로마를 방문하는 사람이 겪게 되는 위험의 감지 문제다. 타지에서 긴 주말을 보낸 후 로마로 차를 몰고 돌아오면 캄포 베라노*의 정문 앞에 길게 늘어선 영구차를 보게 된다. 로마에 있는 거의 모든 영구차들과 유족 전용 버스들이 그곳에 모여 있다. 그 장면을 지켜보는 동안에도 두 대가 더 달려와 맨 끝 줄에 선다. 분명 25대는 돼 보인다. 영구차 운전사들 중 한 명에게 무슨 일이 있느냐고 물으니 전염병이 발생했다고 대답한다. 운전사는 먹고 마시거나 잠잘 틈도 없이 3일간 계속 로마에서 사망자들을 실어나르는 중이다. 운전사는 성호를 그은 후 정문을 향해 천천히 걸어간다. 시내인 베네치

---

* 로마에 있는 공동묘지.

아 광장에는 사람을 우울하게 하는 이 지역 특유의 습기가 감도는 가운데 겨울밤이 다가오고 있다. 기념비를 비추는 투광 조명은 기념비뿐 아니라 이 대도시를 덮고 있는 노란 안개도 보여준다. 당신은 주차를 한 다음 점화 스위치와 운전대, 그리고 모든 문을 잠가놓는다. 매일 밤마다 차량 절도범들이 돌아다니기 때문이다. 담배를 사러 들른 인근의 가게는 너무나 축축하고 추워서, 여자 종업원은 불쌍하게도 (스웨터를 세 벌이나 껴입고 털구슬이 달린 부츠까지 신고 있는데도) 오들오들 떨고만 있다. 석간신문을 사서 돌아오는데 가게 안의 사람이든 거리에 있는 사람이든 모두가 기침을 하고 있다. 집에서 일하는 짐꾼에게 전염병에 대해 아는 바가 있느냐고 묻자 짐꾼은 페스트라고 대답하면서 하지만 신의 무한한 은총으로 자신의 가족과 집은 무사하다고 말한다. 그러면서 누이는 이 도시의 유독한 공기를 피하기 위해 조카들을 카프라니카로 보냈지만 자신은 아이들을 보낼 곳이 전혀 없어 그저 기도만 할 뿐이라고 덧붙인다. 당신은 위층으로 올라가 혹시 전염병을 예방하는 데 도움이 될까 싶어 위스키를 한잔 마신 후 이 위험하고 미스터리한 도시를 관찰하려고 발코니로 나간다. 이어 친구에게 전화를 걸어보지만 전화를 받은 사람은 당신의 친구가 스위스로 갑자기 떠났다고 대답한다. 다른 친구에게 전화했더니 그 친구는 마조르카 섬으로 갔다고 한다. 이제 당신은 의사에게 전화를 건다. 의사는 다소 짜증이 나 있다. 저녁식사를 하던 중에 전화를 받아야 했기 때문이다. 당신은 의사에게 이 도시가 위험한지 묻는다. 의사는 이렇게 외친다. "그래요, 이 도시는 위험하죠. 로마는 항상 위험한 도시였어요. 인생도 위험하죠. 영원히 살길 바라시는 건가요?" 쾅하는 소리와 함께 전화가 끊긴다. 당신은 전염병에 관한 정보를 얻으려고 신문을 펼친다. 일상적인 정부의 위기에 관한 뉴스, 시칠리아에서 새 유전이 발견됐다는 뉴스, 비아 카시아 도로에서 살인사건이 일어났다는 뉴스가 실려 있지만 전염병에 관한 기사라곤 성당 여섯 곳에서 건강한 로마를 기원하기 위한 미사를 열 예정이라는 것 외엔 전혀 찾을 수 없다. 당신도 친구처럼 스위스나 마조르카로 갈 수 있을 것이다. 하지만 무엇으로부터 도망치려 하는지 알지도 못하는데 도대체 어떻게 도망칠 수 있단 말인가?

• • •

유럽에서는 경험하지 못했던, 정체성에 대한 유쾌한 지각이라는 이 불가사의라니. 상류층 모임에서 갑자기 내가 따돌림을 받는 사람처럼 여겨졌다. 천하고 더러운 사기꾼인데다 외면받아 마땅한 외톨이, 정신적인 면에서나 성적인 면에서나 경멸스러운 사기꾼, 혹은 혐오스러운 인간으로 말이다. 그래서 일부러 깊은 숨을 쉬면서 당당한 자세를 취했고 이에 앞서 말한 기분 나쁜 이미지들을 떨쳐버릴 수 있었다. 나는 여기 있는 다른 사람들보다 더 잘나지도, 더 못나지도 않다. 그야말로 나는 나일 뿐인 것이다. 이럴 때의 기분은 혀에 느껴지는 상쾌한 맛과 같다.

해외에서 내 자의식을 들여다볼 기회가 상대적으로 적었기 때문일까.

산을 통과중인 특급열차 안에서 한 번도 본 적 없는 여자와 뒤엉켜 구르는 꿈을 꾸었다. 육신이란 얼마나 바보 같은 존재인가, 이 살과 뼈는 또 얼마나 어리석은가. 여자를 건드리기나 하질 않나, 아프다고 수시로 투덜거리질 않나, 까다로운 요구만 해대지 않나, 사기꾼이나 못된 에이전시의 요구에 잘 속기나 하질 않나, 제멋대로 굴질 않나, 겁쟁이가 되질 않나, 거기에 또 얼마나 변덕스럽기만 한가 말이다.

● ● ●

어젯밤 햄을 너무 많이 먹은 것 같아 운동 삼아 K연못에서 스케이트를 탔다. 밤 8시 30분이었다. 별들이 많았지만 달은 뜨지 않았다. 오리온자리 중 칼과 벨트에 해당하는 별들이 밝게 빛났고 이름을 잊어버렸거나 결코 알지 못하는 다른 별들도 역시 환한 빛을 비추었다. 어린 시절 연못에서 스케이트를 탔던 기억과 함께 별빛으로 인해 자극받았던 힘과 용기와 목적의식에 대한 동경이 되살아났다. 지금도 거의 마찬가지다. 최근 들어 나의 열정은 약해지고 별빛도 어릴 때와 달리 그저 은은하게만 타오르는 듯하지만, 얼음판 위의 어두운 하늘에 그 별들이 떠 있다는 사실에서 내가 느끼는 크디큰 기쁨은 전혀 달라지지 않았다.

• • •

금요일과 토요일에 파티가 있었고 일요일에는 산책을 나갔다. 강에서 불어오는 바람은 매우 차가웠지만 햇볕이 내리쬐는 아늑한 곳에선 따스한 흙과 낙엽의 냄새를 맡을 수 있었다. 오, 너무나 행복했다. 이 계곡, 아내, 아이들, 그리고 저 하늘. 이어 난 지극히 일상적인 근심들 밑에서 꿈틀거리는 비밀들과 알 수 없는 것들을 생각했다. 어느 기차역에서 내려 나를 아는 사람이 없는 도시의 거리로 들어설 때 내가 느끼곤 하는 성적인 욕망은 대체 무엇인가? 너무나 간절히 필요로 하는 탓에 나의 상식마저 허물어버리는 이것은 어떤 종류의 애정에 속하는가? 이 알 수 없는 욕구는 무엇인가? 하루가 저물어가던 어느 겨울밤, 사람들로 붐비는 로마의 트롤리 전차에서 누군가 우연히 내 어깨를 건드려왔다. 고개를 돌리지 않아 그자가 남자인지 여자인지, 매춘부인지 신부인지 알 순 없었지만, 내게 그 부드러운 촉감은 위안을 주는 그런 종류의 애정을 향한 갈망을 너무나 부추겨서 이에 난 숨을 토했다. 다리마저 떨려왔다. 이는 제비꽃 향기를 맡으며 내 뱉는 한숨이나 쇼팽을 연상시키는 것과 같은 고상한 갈망이 아니다. 내 복부에 난 털만큼이나 추잡하면서도 실제적인 욕구다.

• • •

외설적인 것은 내 입장에서 볼 때 다음과 같은 것들이다. 부엌이나 뒤쪽 계단에서 우연히 목격하게 되는 위로 추켜올라간 페티코트, 베니스의 물냄새와 유사한 향이 풍기는 시트를 덮고 침대에서 보내는 길고 긴 오후. 하지만 내 손이 욕망으로 떨리고 있다 해도 그것은 성배를 향한 일요일의 내 손의 떨림과 다르지 않을 것이다. 그리고 그 욕망이 나를 멋대로 날뛰게 만든다 해도 그것은 내 무릎을 꿇려 감사기도와 연도煉禱를 바치게 하는 힘보다 결코 강하지 않을 것이다. 이 변덕스러운 육체가 축복이 아니라면 무엇이 될 수 있단 말인가?

오전부터 피곤함이 몰려왔다. 시내로 나섰다. 하늘은 어둡다. 비도 내린다. 타임스 스퀘어 근처 거리로 나서니 몇몇 나이트클럽에서 여자 사진을 이용해 만든 홍보물이 보였다. 첫번째로 본

사진은 젊은 여자가 아니라 외로운 선원들에게 어머니처럼 포근한 인상을 줄 법한 약 마흔 살 이상의 여자로, 부드럽게 흘러내린 머리카락이 목을 따라 출렁거렸다. 풍만하고, 부드럽고, 따뜻하며 또 성숙미가 넘치는 가슴을 강조하기 위함인지 그녀는 커다란 천을 두른 채 힘든 포즈임에도 선한 미소로 카메라를 바라보았다. 이탈리아인의 특징이 뚜렷이 보였던 또다른 여자는 빛나는 두 개의 구슬이 달린 코르셋으로 가슴을 꽉 조이고 있었다. 한 여자는 그 외모가 어린 시절의 내 친구를 생각나게 했다. 모험심이 넘치고 승마를 즐겼던 그 친구는 몇 번의 결혼을 거친 끝에 지금은 알코올중독자가 돼버렸다. 어쨌든 사진 속 여자는 친구처럼 짙은 눈썹, 빛나는 머리카락에 산뜻하면서도 어딘지 절박함을 풍기는 표정을 띠고 있었다. 네번째 여자는 얇은 옷을 걸치고 맨어깨를 드러낸 채 양손으로 가슴을 붙잡고 있었는데 나로선 가장 인상 깊었던 여자였다. 당황스러워하는 표정을 짓고 있었기 때문이다. 하지만 그 표정이 주위에서 그녀에게 기대하는 바였고 그녀는 앞으로도 이런 표정을 지을 것이다. 그 표정을 지각 있는 후회라고 간주하기엔 너무 앳돼 보이는 얼굴이긴 했으나 당황한 표정이 그럴듯하긴 했다. 그러나 그녀는 당황스러운 표정을 지으며 직감적으로 전혀 다른 무엇을 예상했으리라. "어떤 여자가 가장 마음에 드십니까?" 한 남자가 내게 물어왔다. 그의 손엔 페이스트리 빵한 조각과 커피가 담긴 종이컵이 들려 있었다.

비록 유쾌하게 대꾸해주긴 했지만 비가 내리는 오늘 여기서 봤던 그 매춘부들의 낭만적인 이미지들은 내가 볼 땐 외설적이었다.

• • •

기분이 별로 좋지 않다. 심장박동 소리가 귀에 거슬린다. 기침을 하다 피를 쏟았다. 반사신경도 느려졌다. 별로 내키지 않았지만 우리는 국제펜클럽PEN에서 주최한 파티에 가기로 했다. 차를 몰고 뉴욕을 통과하는데 비가 내려 사방이 어둑했고 서쪽의 구름은 방출된 산업폐기물 때문인지 오렌지색을 띠고 있었다. 난로마를 떠올렸다, 현대 도시의 문제점(즉 매연과 교통)을 극복하지 못하는 로마의 비극을. 누가 루이지*에게 난로에서 쓰레기를 태워서는 안 된다고 설명해줄 수 있을까. 파티에서 M을 만났다. 마마보이처럼 보이는 그는 나의 팬이다. 우리 사이에 얼마나 창의적인 관계가 가능할지 생각해봤지만 이 나라에서 그것은 의심과 불신의 대상이 될 것임을 알고 있다. 우선 나 자신부터가 그렇다.

---

* 루이지 피란델로. 이탈리아 극작가이자 소설가.

· · ·

아주 낯설어 보이는 이 모든 친구들은 대체 누구란 말인가?
말괄량이 같은 여자. 김 서린 안경을 쓰고 비 내리는 어두운 거
리를 걸어가는 남자. 이상한 악센트의 영어에 체크무늬 코트를
입고 딱딱한 표정으로 배에 오르는 남자. 칵테일파티에서 남편
의 발기부전을 불평해대는 여자. 자신의 비통함을 되새기기 위
해 술을 마시는 남자. 돼지 같은 놈들. 모두 잊어버리자.

인생에서 가장 놀라운 사실이 있다면 그것은 바로 우리가 스
스로의 내면에 도사리고 있는 자기파괴 본능을 거의 건드리지
않는다는 점이다. 혹시 자기파괴적인 모습을 갈망하거나 꿈꿀
수도 있겠지만 이런 우리의 생각은 한줄기 빛에, 또 불어오는 바
람의 변화에 그래서는 안 된다고 설득당하는 것이다.

· · ·

집안일은 사소하다. 단 그것이 나타내는 특별한 의미만 제외
한다면. 내가 여자를 대할 때 겪는 가장 큰 어려움들 중 하나가
바로 이것이었다. 그 뿌리는 할머니로부터 시작된다. 더이상 도
움을 받거나 재정적인 문제를 해결할 수 없게 되자 할머니는 접
시를 닦아야 했고 이로 인해 가족 중 남자 구성원들은 고통을 겪

었다. 특출하고 좋은 가문에서 태어났으며 똑똑하기까지 한 할머니가 설거지통 위로 몸을 굽히고 있어야 하는 것은 다 우리의 잘못이었다. 만약 누가 도와주겠다는 말이라도 하면 할머니는 손을 저어 물러나게 하셨다. 그러나 우리는 경제적인 면에서나 남자의 능력이라는 면에서나 할머니를 만족시키지 못했다. 똑같은 경우가 어머니에게도 적용된다. 집안일을 하거나 설거지를 할 때 어머니는 항상 당신이 남자 가족 구성원들의 무능과 어리석음 때문에 순교당하고 있다는 분위기를 풍겼다. 왜 이렇게 뛰어나고 똑똑한 여자가 카펫 청소기를 돌리는 수모를 당해야 하는가? 그것은 그녀의 아들과 그녀의 남편이 거의 쓸모없는 인간에 가까웠기 때문이다. 그래서 나는 카펫 청소기를 어머니로부터 멀리 치워놓거나 설거지를 대신 하기도 했지만 그런다고 하여 결코 마음이 편해지진 않았다. 죄의식은 항상 남아 있었던 것이다.

• • •

우리는 우리를 일탈의 유혹으로부터 막아주는 불가사의한 힘을 알고 있다. 하지만 이 힘이 무너지기라도 하면 어떻게 해야 할까? 그러니까 만약 저울의 추가 악마 쪽으로 기운다면? 우리는 그 저울추가 상식적으로는 파란 하늘과 잠들어 있는 아이들의 숨결로 향해 있음을 안다. 하지만 우리가 자는 동안 왜 그 저울추는 아래를 향해 떨어지고 마는 걸까?

• • •

한 학술원 강연에 참석해 연단에 앉아 있던 나는 관객석에서 유명한 여자 영화배우를 발견했다. 이에 추파를 던졌고 혹시 반응이 오지 않을까 생각해봤지만 그건 나만의 착각일 터이다. 여배우는 검은 드레스를 입고 있었고 작은 십자가 금목걸이와 함께 가슴도 살짝 보였다. 그 가슴을 봤을 때 받았던 느낌은, 그 유용성이 무엇이든 간에, 바로 엄청난 경탄이었다. 난 홀딱 반하고 말았다. 여배우는 모든 사람들을 흥분시킬 만한 미모를 지니고 있었다. 그 창백한 머리칼을 보기 위해 많은 가정의 소년들과 성인들이 집에서 뛰어나올 것이다. 까르르 웃는 아기의 귀여운 웃음, 사랑스러운 여자의 탄원, 벽난로의 안락함, 그리고 다 자란 자녀들의 애정을 뒤로한 채 그 무엇도 문제될 게 없다고 생각하면서 말이다. 그녀의 눈은 결코 째져 올라가지 않았으며 알아보기 힘든 미모도 결코 아니었다. 난 그녀의 얼굴에 드러난 완벽하게 달콤해 보이는 면에 매료됐다. 길고 지루한 연설이나 졸음을 부르는 더운 온기도 이를 막을 순 없었다. 나중에 더 강한 조명인 햇볕이 내리쬐는 계단에서 그녀를 볼 기회가 있었다. 자세히 보니 창백한 머리칼에는 염색을 했고 얼굴엔 짙은 화장을 한 상태였다. 강한 햇볕 탓인지 실내에서 봤던 그녀의 아름다움은 다소 반감돼 있었다. 그럼에도 그녀는 여전히 놀라웠다. 진정 아름다운 여인이여.

• • •

『사슴 동산The Deer Park』*을 읽고 나서 난롯불 속에 집어넣어버렸다. 내가 읽었던 대부분의 작품들보다 훨씬 더 뛰어났다. 비록 그가 솔**을 흉내내고 있거나 내가 솔을 흉내내고 있거나, 아니면 그가 나를 흉내내고 있을지 모른다는 생각이 들긴 했지만. 나는 『오기 마치』***가 세상에 나오기 훨씬 전에 이미 1인칭 시점으로 은어나 속어를 사용한 바 있다. 누가 이를 처음으로 사용하기 시작했는지 확신할 순 없지만 태평스러운 성격의 인물은 그동안 충분히 자주 등장했다. 주요 등장인물 중 하나인 엘레나에 대해, 나는 그녀가 엉성하며 도덕적으로 타락한 인물이라는 것만 알고 있을 뿐이다. 이것만으로는 충분치 않다. 글을 쓸 때 과거의 내

---

* 미국의 소설가 노먼 메일러의 작품.
** 작가 솔 벨로를 지칭한다.
*** 원제는 '오기 마치의 모험The Adventure of Augie March'으로 솔 벨로의 작품이다.

방식에 반드시 매달려야 필요는 없지만 하나를 버린다면 그 대신 다른 뭔가를 선택해야만 하는 법이다. 솔직함이라는 미덕은 내게 관심이 없을 테지만 나는 그것이 (참여자의 입장으로든 아니면 단순히 지켜보는 입장으로든) 어디에 있을지 가끔 궁금해하곤 한다. 그리고 바로 여기에 위험이 도사리고 있다. 즉 내가 볼 때 절정으로 치닫는 형식의 이야기 방식만으로는 충분한 감동을 줄 수 없다. 반면 솔직함은 글쓰기에서 존경받을 만한 미덕으로 보인다.

• • •

말다툼을 했다. 4, 5일 동안이나 그토록 다정히 대했는데도 거절당했기 때문이다. 메리는 특히 토요일에 적대적이 된다. 우리가 옷을 입는 동안 P. B.가 들어와 피아노를 치기 시작했다. "근사한 것 같지 않아?" 메리가 다정한 목소리로 말했다. 하지만 그렇지 않다. 그는 만약 옆방에서 연주를 듣는다면 발로 피아노를 치고 있음에 분명하다고 여기게 되는 그런 피아니스트다. 아내는 그를 보고 기뻐하는 것 같다. 아니면 나에 대한 불만이 누그러들었든지. 일요일이면 난 항상 사랑과 애정이 넘치는 사람이 되지만 이번에는 그렇지 못했다. 월요일 오후 3시가 되었을 때 난 이 유쾌하지 못한 임무를 그만뒀다. 복부에 통증이 느껴져 마티니를 한잔 마신 다음 아들과 산책을 나갔다. 아들은 멋진데다 튼튼하기까지 한 것 같다. 이 두 가지야말로 인생이 의미하는 바이리라. 저녁식사중에 수지가 포크로 버터를 먹고 있기에 꾸중을 했다.

"잔소리 그만하세요." 수지가 대꾸했다.

"식탁에서 일어나." 내가 말했다.

수지는 내 말대로 했고 나는 이내 만약 사과한다면 다시 식탁으로 돌아와 딸기를 먹어도 된다고 말했다.

"엄마와 함께 영화나 보러 가자꾸나." 집에 돌아온 메리가 수지에게 말했다. 아버지를 무례하게 대하는 수지에게는 영화를 보러 갈 자격이 없다. 아들과 다시 산책을 했다. 마침내 날씨가 맑아졌기 때문이다. 지금은 여름 저녁, 올해엔 이 시간에 아들과 산책했던 적이 별로 없다. 잔디밭을 황금색으로 물들이는 햇살이 따뜻했다. 우리는 걸었다. 아들은 풀을 뽑아서 먹기도 했다. 나는 평소 개에게 말하듯이 구슬픈 목소리로 아들과 대화를 나눴다. 그동안 나는 아내의 짜증을 이해하기 위해 하늘의 빛과, 우연히 나타난 별과, 혹은 꽃을 바라보면서 이 길, 이 잔디, 이 나무 아래로 너무 자주 왔던 것 같다. 그런 경우가 하도 잦아 이젠 피곤함을 느낀다. 혹시라도 메리가 기분 나빠하지 않도록 신중히 단어를 고르는 일에 말이다. 사실 내가 반드시 고민해봐야 할 것은 우리의 결혼이나 우리 사이의 관계가 아니라 둘이 만나기도 전인 아내의 어린 시절이 아닐까. 혹시 과거의 어느 비 오는 날 오후, 장인이 메리를 허리띠로 때리진 않았을까? 어쩌면 화를 잘 내고 일면 잔인하기도 한 아버지 밑에서 메리는 어린 시절을 보냈고 그리하여 평온한 삶을 결코 얻지 못하게 된 건 아닐까? 아내는 당연히 사랑을 필요로 하는 사람이지만 동시에 살아 있음을 느끼기 위해 그 반대의 것을 필요로 하는 듯하다. 즉 아내의 평정심은 이례적일 정도의 적의에 의존하고 있는지도 모른다. 우리가 결혼 후 지나온 그 모든 세월 동안 난 그저 방문객에 지나지 않은 듯하다. 그러니까 메리가 어렸던 시절의 어느 비 오는 날, 점심시간 이후에 들렀던 그런 방문객 말이다. 하지만 부모님은 오후 5시에 돌아올 예정이니 난 가야만 하리라. 화가 치민 내가 흥분해서 아들에게 뭐라고 지껄였지만 아들은 단 한마디의 말도 알아듣지 못한 채 그저 눈앞에 펼쳐진 밤의 풍경에 귀여운 기쁨의 소리만 낼 뿐이었다.

아내와 딸이 영화를 보러 갈 때까지 난 둘과 떨어져 있으면서, 쩨쩨하게도, 희미한 조명 아래 팝콘을 먹어가며 〈마조리 모닝스타Marjorie Morningstar〉*에 나오는 주인공의 낭만적인 불행을 감상하고 있을 두 사람을 상상했다. 점점 더 화가 났다. 내가 왜 이토록 급격한 감정의 변화를 겪어야 하지? 중요한 일이라곤 전혀

---

* 나탈리 우드 주연의 1958년 영화.

일어나지도 않았단 말이다. 난 지금까지 이보다 더 심한 상황이 닥칠 경우에 대비해 감정을 추스르려 노력해왔다. 그러나 난 분노를 통제할 수 없었으며 그 분노는 불처럼 타올랐다. 아들은 잠을 자러 갔고 나 역시 잠을 청했지만 아내의 고집스러움, 무신경함, 내게 부족한 인내심 등이 여전히 머릿속을 맴돌았다. 내가 생각하기에 아이들에 대한 아내의 접근 방식은 많은 경우 사랑에 의한 것이라기보다 제멋대로이고 비뚤어진 면이 있다. 아내는 자주 아이들에게 선물을 퍼주곤 하는데 정작 아이들에게 필요한 다정하고 현명한 교육은 전해주고 있지 못한 듯하다. 너무 흥분한 탓에 수면제 한 알을 먹었지만 잠들자마자 아기가 울어대기 시작했다. 아기를 침실에서 달래는 동안 이번에는 실망하는 '마조리 모닝스타'의 모습에 유치한 눈물을 흘릴 메리를 상상했다. (이 얼마나 쩨쩨한가.) 난 언젠가 캘리포니아 시인들을 논박하는 글을 쓸 생각이다. 즉 점잖은 전통을 옹호하는 글, 혹은 (컨트리클럽을 배경으로 한 글을 쓰면서 내가 밥벌이를 하는 장소인) 새로 개조한 공구실의 부러진 안락의자에 앉아 있는 것에 관한 글을 말이다. 하지만 그런 글을 쓸 수 있는 재치나 실제적인 무엇도 갖고 있지 못할뿐더러 그런 생각은 지금 내가 절실하게 원하는 이 분노로부터의 탈출에 아무 도움이 되지 못한다. 아기가 잠들어 수면제를 또 한 알 먹고 막 잠들려 할 무렵 메리가 위층으로 올라왔다. "세상에, 드디어 돌아오셨군그래!" 화난 목소리로 내가 외쳤다. 영화가 재미있었다는 아내의 말에 난 그야 말로 놀랄 정도의 적의를 보이며 당신이 바로 그 여주인공 같다고, 영화에 나오는 바로 그 마조리 모닝스타 같다고 퍼부었다. 하지만 심장이 터질 듯 고동치는 바람에 세번째로 수면제 알약을 먹어야 했다. 너무나 화가 났기에 증오에 찬 물리적 폭력까지 궁리할 지경이었다. 이러다간 아내를 목 졸라 죽일지도 몰라. 이에 난 마음을 진정시키고 잠에 들었다.

오늘 아침 변기에 앉았을 때도 아내를 용서하고 싶은 생각은 들지 않았다. 더이상 못 참아. 난 계속 중얼거렸다. 그리고 쓸데 없이 이혼에 대해 숙고했다. 난 이혼을 원치 않는다. 나로서는 지금의 상황이 정확히 그대로 유지되길 바란다. 부부관계에서는 나쁜 일보다 좋은 일이 훨씬 많은 법이다. 또 내 아이들과도 헤어지고 싶지 않다. 그러면서 혹시 따뜻한 식사와 친교가 보장되는 이 집의 안락함과 헤어지길 원치 않는 게 아닐까 의심스러워 졌다. 난 호텔에서의 생활, 카페테리아에서의 식사를 두려워하며 이는 내 용기를 손상시키는 듯하다. 난 꽃을 가꾸는 것, 열중하는 아들의 표정을 보기 위해 아들의 귀에 조개껍데기를 대어 주는 것, 그리고 계단 통로에 (그토록 짧은 시간 동안만) 피어 있는 작약의 향기를 너무나 좋아한다. 하지만 한 남자가 저녁이 되면 돌아가 쉴 수 있는 집을 만드는 것이 잘못된 일인가? 싸구려 호텔에 있는 성병 걸린 유령들을 피하고 싶어하는 것이, 오토매트* 식당에서 같은 식탁에 앉게 될지 모를 얼빠진 놈들을 피하고 싶어하는 것이 잘못된 일인가? 나는 독신 친구들과 인생을 같이 보내고 싶지 않으며 내가 아는 결혼한 이들의 집에 얹혀살면서 그들에게 저녁식사용 와인이나 그 집의 꼬마들에게 줄 선물을 갖다 바치는 짓도 하고 싶지 않다. 그렇다고 가정적인 안락함을 좋아하는 내 취향이 이 세상에 대한 열등감이나 공포와 연루되기도 원치 않는다. 비록 내가 소중히 간직하고 있는 평정심과 침착성만으로 텅 빈 호텔방을 극복할 수 있을지 의심스럽긴 해도 말이다. 결국엔 이런 생각들이 아무 쓸모 없게 돼버릴지 모른다. 이는 환영할 만한 일이다. 화가 치밀어 이렇게 생각했다. 아내를 차로 뉴햄프셔에 데려다주지 않겠노라고. 짐작건대 이런 생각의 밑바닥에는 치사하게도 아내에 대한 토라짐이, 그녀를 벌주고 싶은 마음이 도사리고 있다. 얼마 후 내 머릿속은 아내의 자동차에 관한 이런저런 생각들로 가득 찼다. 아내를 우울하게 만드는 것이 나의 의도라면 차로 뉴햄프셔에 데려다줄 마음이 없다. 하지만 여행으로 인해 아내가 평소의 매력적인 성격으로 돌아오지 않을까 하는 기대도 있다. 어떤 경우든 비열한 징벌의 편에 계속 사로잡혀 있어선 안 된다. 이런 생각까지 하게 된 것은 불가항력적이었다는 말로 나 자신을 정당화하기 망설여진다. 내가 그토

---

* 자동판매기로 음식과 음료를 팔던 식당의 이름.

록 예민하고 또 그토록 쉽게 잘못된 방향으로 나간다면 그 잘못
은 내게 있다.

• • •

　나는 고독한 술꾼이다. 점심 전에 약간의 진통제를 복용하지
만 정말이지 오후 늦게까지도 일할 수가 없다. 4시나 4시 반, 혹
은 5시 무렵이 되면 마티니를 마신다. 나만큼이나 글을 쓰지 못
하고 있는 수많은 사람들이 이미 술집에 눌러앉아 있을 거라고
생각하면서. 그렇게 진을 반잔 정도 마시고 나면 반드시 이혼해
야겠다고 결심한다. 사실을 말하자면 메리의 기분이 또 좋지 않
다, 비록 나의 술중독이 메리의 우울증과 관련 있을지는 몰라도.
저녁까지 계속 술을 마시다보면 결혼생활에서 겪었던 가장 어려
운 시기들이 머리를 스쳐지나간다. 그리고 예전에 문학계 여성
들이 보내왔던 편지들도 떠오른다. 거기엔 섹스에 관한 나의 경
험은 불가사의할 정도로 힘들었을 것임에 틀림없으며 난 그보다
더 나은 대우를 받을 자격이 있다는 내용이 암시돼 있었다. 그들
의 생각은 얼마나 옳은가. 나는 훨씬 더 좋은 대우를 받을 자격
이 있다. 난 다정하고 성격 좋은 사람으로 사랑스럽고 똑똑한 아
내를 가질 자격이 있다. 내 결혼생활이 과도한 검증의 대상이라
는 점은 머리에 떠오르지 않았다. 내가 아는 다른 여자들이 고집

스럽게 밀담을 나누고 있다는 점에도 생각이 미치지 않았다. 난 자격이 있다. 더 나은 뭔가를 가져야만 한다. 그런 생각을 하며 난 진을 마셔대고 저녁식사 후 술은 위스키로 바뀐다. 난 내 술잔을 다른 사람들이 보지 못하도록 마룻바닥에 놓아둘 만큼 약간 교활해졌다. 분명 메리는 내게 말을 건네고 싶어하지 않는다. 표정은 어둡고 짜증만 낸다. 내 성격이 좋다는 점을 보여주고자 성급히 몇 개의 농담을 던져봐도 메리는 웃지 않는다. 심지어 듣지도 않는다. 나와 같은 방에 있고 싶어하지도 않는다. 그럴 바에야 메리는 차라리 밖으로 나가 비를 맞을 것이다. 난 과거에도 이런 적이 수없이 많았다는 점을 깨달았다. 내 인내심의 원천까지는 아니라 해도 요즘 나의 전반적인 관점은 상당한 변화를 겪고 있다. 술을 또 한잔 마시고 이탈리아어를 읽어보려 하지만 너무 취해서 진도를 많이 나갈 수가 없다. 소파에서 졸다가 침대로 갔다. 아침에 일어나니 토하고 싶어졌다. 두통도 몰려온다. 간밤에 쥐 한 마리가 집안에 들어와 테이블 위에 놓아뒀던 과일을 먹어치운 모양이다. 올해의 많은 날들처럼 오늘 역시 눅눅하고 흐리다.

• • •

점심 전에 위스키를 마신 후 페데리코를 데리고 산책을 갔다.

또 한차례 소나기가 내렸지만 산책에 지장이 있을 정도로 어둡진 않았다. 참담함을 느끼는 오늘, 날씨마저 전혀 마음에 들지 않는다. 메리는 우리 사이의 긴장 상태를 끝내기 위해 노력하는 것처럼 보였고 나도 기꺼이 그럴 준비가 돼 있었지만 설거지 문제 때문에 이런 노력은 물거품이 돼버렸다. 난 설거지가 아니라 아기를 돌보기로 돼 있었다. 하지만 난 내가 설거지를 하고 아내가 아기를 맡는 편이 낫다고 생각했다. 결국엔 내가 아기를 돌보게 됐지만 아기가 소리지르며 아파하는 바람에 아내는 설거지를 중단하고 뛰어와야 했다. 내가 말했다. "우린 대화를 해야 해, 대화를. 더이상 참을 수가 없어. 당신에게 편지를 쓸 생각까지 하고 있다고."

"그럼 쓰면 되잖아." 메리가 웃으며 말했고 상황이 나아질 기미는 사라졌다. 아이들의 귀를 피해 얘기할 수 있는 장소도 전혀 없다. 하지만 그 순간 난 결심을 굳혔고 이에 새벽 3시 무렵, 다음과 같은 점을 분명히 해야겠다고 생각했다. (1) 아내는 자신이 변덕스러운 우울증의 희생자임을 인정해야 하며 이를 개선하기 위해 뭔가 조치를 취해야 한다. (2) 나는 아내를 뉴햄프셔에 데려다주지 않을 것이다. 아내는 혼자 그곳에 가서 장인과의 시간을 갖는 편이 좋을 것이다. (3) 이 집에 대해 계속 불만을 제기하고 다른 집을 원한다면 나 없이 아이들과 함께 살 수 있는 적정한 임대료의 집을 찾아야 한다. 하지만 3시 반이 지날 무렵 한바당 비가 쏟아졌다. 바람의 방향이 바뀌었고 담요가 필요해질 만큼 날씨가 서늘해졌으며 이에 갑자기 기분이 좋아지고, 행복해지고, 또 명랑해졌다. 아마 괴물처럼 커다란 쥐 한 마리가 쥐덫에 걸려 목이 부러지던 바로 그때였을 것이다. 신선한 새벽햇살에 내 결심은 연기처럼 사라졌다. 난 메리의 우울증을 언급하지 않을 것이다. 난 아내를 뉴햄프셔에 데려다줄 것이다. 오늘 오후에는 농장을 함께 둘러볼 것이다.

가끔 악마에게 내 일부를 팔아버린 건 아닐까 하는 생각이 든다. 악마와 거래하지 않았다면 어떻게 그런 꼴사나운 일을 상상할 수 있단 말인가?

• • •

화요일 일찍 뉴햄프셔를 향해 출발했다. 그동안 아내와의 관계가 계속 좋지 않았으므로 장인, 장모와도 점점 소원해지고 애정이 식어온 것이 사실이다. 우리는 가는 길의 대부분을 도로에서 보내야 했다. 이곳은 정말이지 내가 좋아할 만한 것들이 많지 않다. 차가 과열되는 바람에 멈출 수밖에 없었다. 차를 너무 심하게 몰았나보다. 과열 상태가 이어져 한동안 차를 세워둬야 했다. 평소 등에 근육통이 있지만 나는 이 근육통을, 말하자면 밤이 오기 전에 제거해야 하는 감염된 콩팥으로 여긴다. 바보 같은 생각이지만 고통스러운 것은 어쩔 수가 없다. 수영을 하려고 보트창고 앞에 차를 세웠다. 물은 신선하고 차가운데다 맑기까지 했지만 바다에 비하면 역시 생명력이 부족하다. 주변으로 산과 소나무 등이 보였고 이에 잠시 뭉클함을, 그러니까 강건한 기운이 서린 뭉클함을 느낄 수 있었다. 소나무 사이로 부는 바람 소리, 비단이 스쳐가듯 부드럽게 끊임없이 들려오는 그 소리. 이 신선한 공기에는 긴장을 풀어주고 급히 돌아가는 세상일을 잊게 해주는 뭔가가 있다. 석조 주택에서 P와 W가 마중 나와 있었다. 만나자마자 P는 『뉴요커』를 향해 실컷 욕을 퍼부었고 W는 필라델피아에 대한 가십거리를 늘어놓았다. 이어 둘은 큰 소리로 떠들면서 동문서답을 해댔는데 W가 잠깐 고개를 돌린 사이 P는 W를 향해 찡그린 표정을 지으며 그녀가 어리석기 짝이 없는 여자라고 말했다. 우리는 술을 한잔 마신 다음 벤이 머물고 있는 캠프장으로 갔다. 나는 너무 피곤하고 술도 너무 많이 마신 터라 캠프장에서 떠나올 때까지도 그곳에 대해 깊이 생각해보거나 자세히 둘러보질 못했다. 나는 아들을 사랑하지만 아들은 아직 나를 사랑할 준비가 전혀 돼 있지 않은 듯하다. 캠프장에서 돌아와보니 P와 W는 여전히 큰 소리를 내며 동문서답하고 있다. P는 W의 예의바른 질문에도 제대로 대꾸조차 하지 않더니 급기야 그녀가 한창 말하는 중인데도 방을 떠나버리고 말았다. 이후 우리는 소박하지만 향기로운 침실로 들어가 잠을 청했다. 비단결처럼 부드러운 바람 소리와 소나무들 사이로 흘러가는 시냇물 소리가 우리를 더없이 행복하게 해주었다. 부부 사이의 의무를 소홀히 해왔다는 생각에 새벽쯤 이를 만회하고자 했지만 퇴짜만 맞았다. 옷을 차려입은 후 언덕으로 올라가 커피를 한잔 마셨다. 새벽 5시 반이었다. 공기는 상쾌하고 향기로웠다. 꽃향기와 건초 냄새도 났다. 이렇게 멋진 공기는 어디에서고, 심지어 이탈리아의 시골마을에서도 결코 맡아본 적이 없다. 여기는 한 가족의 역사가 배어 있는 여름별장이다. 내 생각에 특별한 향기를 풍기는 가족이라 할 순 없지만 지금 바로 이 시간, 그들 삶의 향기가 이 별장 벽에 배어 있는 듯하며 이는 시간이 지남에 따라 더 향기로워지고 있다. 여기의 가족사진은 시스티나 성당에 있는 한 그림의 작풍과 세밀함을 연상시킨다. 성모마리아와 아이들을 그린, 마리아를 제외한 모든 아이들이 그들이 입은 가장 멋진 옷을 찢고 있는 그림 말이다. 아직 태양이 떠오르지 않은 여전히 조용하고 사랑스러운 이 시간, 청춘의 시간을 이 방들에서 보냈을 그 모든 이들을 부드럽게 느껴본다.

• • •

케루악*의 책에 대한 나의 첫번째 느낌은 이랬다. 별로 좋지 않다고. 그 말투나 효과는 진정한 탐험가, 예를 들어 솔 같은 작가에게서 연유한 것이라고. 종말론적 이미지도 그다지 좋아 보이진 않는다고. 또 진정한 재능이나 심오한 감정, 비전은 결코 찾아볼 수 없다고. 그에게 불리한 평을 쓰고 있자니 유쾌한 기분이 들었지만 요약해 말하자면 이는 아마도 내가 순수성이 결여된 사람임을 나타내는 것인지 모른다. 자, 여기 고된 일로 생계를 꾸려야 하는 어머니와 같이 살아가고 있는 나이 서른의 남자가 있다. 그는 가게에서 일을 마치고 돌아오는 어머니를 위해 저녁을 준비하거나, 가난한 흑인 여자와 변변찮은 연애를 하거나 (하지만 이 여자는 자신이 남자에게 쉬운 상대에 불과하다는 것을 전혀 모른다), 아주 수상쩍게도 친구와 몸싸움을 벌이거나, 불쌍한 어머니를 떠올리게 하는 기차역 야적장에서 눈물을 흘리기도 한다. 그러다 지금까지 세상에 속아왔음을 깨닫고 글을 쓰기로 결심한다. 그의 문체는 대략 비유해 말하자면 추상화와 같은 장점을 갖고 있다. 즉 이성적이어야만 한다는 고집을 포기할 때 우린 이따금 더 광범위한 연상들을 떠올릴 수 있는 힘을 갖게 된다. 인생은 혼란이며 따라서 이는 혼란의 용어로 표현될 수 있다. 그의 단점을 지적하자면 저속함, 구체적으로는 세련되지 못하다는 것이다. 그의 성적 정체성이나 절묘한 솜씨는 그리 많이 드러나지 않는다. 그는 작가이며 따라서 유명한 작가, 부자인 작

---

* 잭 케루악. 미국의 소설가이자 시인. 『길 위에서』란 소설로 주목받았다.

가, 성공적인 작가가 되기를 원하지만 탁월함이란 문제에 대해
서는 어떤 고민도 하지 않은 듯하다. 그러니까 감정의 거대한 깊
이에 관한 문제, 가장 시급히 언급해야 할 사안에 관한 문제에
대해 말이다. 나의 인생은 그가 묘사하는 바와는 매우 다르다.
그의 글에서는 우리의 감정과 사건들이 교류하는 지점을 거의
찾아볼 수 없다. 나는 아내와 자식들의 사랑에 지속적으로, 그리
고 깊이 연관돼 있다. 자식들에게 인생의 기회를 제공해주는 것
이 나의 간절한 바람이다. 그리고 이 사랑과 간절한 바람이 나의
천성을 개선해주지 못했다는 것은 잘 알려진 사실이다. 그러나
삶이라는 사건은 놀라울 정도의 진지함을 담고 있으며 시인이
된다고 하여 면제받는 것은 아니다. 당신은 건강에 유의해야 한
다. 돈을 잘 관리할 줄 알아야 하고 감정적인 의무도 존중해야
한다. 여기 내 눈에 보이는 또다른 세계, 즉 혼돈으로 가득 찬 세
계가 있으며 우리는 그 혼돈의 세계 위에 줄 하나만을 붙잡은 채
매달려 있다. 하지만 그 끈은 튼튼하다. 화장실에서의 사랑을 추
구하거나 이에 빠지는 자들은 우리의 지극한 배려를 받을 자격
이 없다. 그래도 그들은 용서받을 것이다. 그리고 어쨌든 이따금
은 그들 역시 그런 종류의 사랑만을 추구하진 않는다. 그들은 세
상에 대한 그들의 증오와 의심을 표현할 수단을 찾기도 한다. 가
끔은 말이다.

• • •

만약 미래를 상상하지 않는다면 그것이 존재함을 어떻게 믿을 수 있겠는가? 나는 1, 2년 내에 공기는 다시 정화되고, 상처는 치유되고, 우리가 맑은 햇살 아래 산책에 나설 수 있으리라 믿는다. 하지만 나는 지금처럼 혼돈을 그토록 깊이 의식했던 적이 한 번도 없었다. 마치 우리가 도덕이라는 대기와 궤도로부터 떨어져나가기라도 하는 것처럼, 또 인생의 달콤한 진지함이 커다란 위기에 봉착해버리기라도 한 것처럼 혼돈을 그토록 깊이 의식했던 적은 한 번도 없었다.

• • •

시내에 나갔다가 문학제가 하루 연기됐다는 소식에 기분이 좋아졌다. 오전 11시경, 파크 애버뉴와 36번가 모퉁이에서 한 야한 차림의 여자가 내게 추파를 던지는 것이 아닌가. 그녀를 지나칠 때 난 놀랍고, 흥분되고, 또 두려웠다. 그러나 그녀를 지나치고 나서도 내 마음은 계속 그녀의 옆을 따라가고, 계단을 올라가고, 또 그녀가 열쇠로 자물쇠를 연 다음 천박한 우리의 접촉 전체를 풍부하면서도 역겹도록 자세히 상연할 동안 기다렸다. 이는 불결하고 불명예스럽게 느껴졌으며 이에 돌아오라는 양심의 소리에도 불구하고 계단을 올라가는 내 마음을 꾸짖었지만 둘 모두 서로의 길을 바꾸는 데는 무력했다. 그러나 다음 모퉁이에서 옅은 갈색 머리칼을 가진 꼬마를 보는 순간 내 아이들이 떠올랐고 이어 자식들로 인해 자극받은 미래에 대한 사랑이 불빛처럼 내 안에서 뛰놀았다. 우리의 피를 식혀주는 그 같은 감정의 도움으로 난 다시 상쾌해졌다. 아이들을 위해 어떤 좋은 것들을 해줄 수 있을 것인가, 어떤 거대한 것을 지을 수 있을까. 그러나 야한 여자를 뒤쫓는 내 상상력의 독립성은, 가치 있고 깨끗한 삶을 살아가겠다는 내 소망의 진지함을 되돌아보게끔 하는 듯하다.

• • •

우리는 카디건 산에 올랐다. 숨이 가빠왔다. 구름이 많았고 정상에서 바라보니 구름 그림자는 언덕 위를 지나 섬이 이웃한 저쪽의 평원으로 천천히 흘러가고 있었다. 공기는 그야말로 상쾌했으며 관리소 근처에서 자라는 소나무와 이끼, 참제비고깔의 향기가 한데 어울려 진하게 풍겨왔다. 파이어스크루 산의 화강암은 세차게 흐르고 분출했던 용암의 흔적을 여전히 간직하고 있다. 나는 정상에 오르느라 쌓인 피로를, 코를 킁킁거려가며 나무 냄새를 음미하거나 붉은 빛깔의 아주 자그만 꽃들로 뒤덮여 장관인 늪을 감상하는 것으로 풀면서 천천히 내려왔다. 가장 낮은 곳에서 흐르는 하천 바닥의 바위는 온통 이끼로 덮여 있다. 2년 전 다른 산에서 내려왔을 때가 기억났다. 당시 나는 피곤했던 내 다리만큼이나 불편한 마음으로, 그것도 외설스러운 생각을 하며 내려오다 갑자기 바위 위로 쏟아지는 물소리를 들었고 그 순간 내 마음의 연못에서는 진정 여기의 시냇물처럼 푸른 황금색이 퍼져나가기 시작했다. 쏟아지고, 쏟아지고, 쏟아지고, 또 쏟아지고. 와인 소리만큼이나 달콤한, 오, 아니 그보다 훨씬 더 달콤한 이물 쏟아지는 소리여.

● ● ●

주차딱지 벌금을 내러 경찰서에서 기다리는 동안 공공장소에서 음란한 행위를 한 죄로 호리호리한 몸매에 약 170센티미터의 키, 그리고 갈색 머리인 중년 남자를 수배한다는 라디오 뉴스를 들었다. 뉴스에 따르면 그는 엘름 애버뉴와 체스트넛 스트리트에서 바지 지퍼를 내렸고 그로부터 약 이십 분 뒤 A. & P. 슈퍼마켓에서도 똑같은 짓을 했다고 한다. 뉴스는 수배된 남자가 노란색 컨버터블 자동차를 몰았다고 전하면서 그러나 차량번호와 구체적인 차종은 모른다고 했다. 5개 주에 수배령이 내려졌다는 그는 어디에 있을까? 아이들에게 『토미 티트마우스Tommy Titmouse』란 책이라도 읽어주고 있을까? 차고 안에 숨어 있을까? 영화관에 있을까? 아니면 술집에서 술을 마시고 있을까? 난 교회에서 다른 누구보다 그를 위해 기도했다. 오늘은 비 내리는 일요일, 신자용 좌석에 비치된 강한 쿠션 냄새가 코를 찔러온다. 빗소리가 워낙 커서 신부의 말을 알아듣기 힘들었다. 나는 잠깐 동안 한 농장의 어린아이로 되돌아가 삼베로 만든 쿠션에 기대 빗소리를 듣고 있는 듯한 착각에 빠졌다. 비록 잠시였지만 그 착각은 너무나 생생하고 강렬했다. 마치 뜨거운 푸딩을 한입 베어 무는 순간 추억이 몰려드는 것처럼. 내 자신을 꾸짖었다. 또 내 자신을 꾸짖는 내 자신을 꾸짖었다. 그리고 교회에서 행하는 자기 성찰의 본질에 대해 명상했다. 인생의 불가사의와 열정을 마주하게 되면 우리 인간은 겸손해질 수밖에 없으며 이는 기도하는 자세로 가장 잘 표현되지 않을까 생각했다. 인생의 불가사의와 열정이라…… 내 앞쪽이나 뒤쪽 어딘가에 한 불량한 젊은이가 보여서 그 녀석의 문제는 무엇일지 잠시 생각에 잠겼다. 곁눈으로 보기에도 아주 많이 타락한 놈처럼 보인다. 일요일자 신문을 읽었다.

• • •

4시쯤 페데리코와 산책에 나섰다. 강 위쪽의 경사진 곳으로 올라갔을 즈음 해가 지기 시작했다. 황갈색 햇빛이 M이 살았던 집의 아래층 창문을 강하게 비췄다. M의 집은 2년째 비어 있어 어린이들에게는 유령이 나오는 집, 좀더 큰 소년들에게는 모험의 공간, 경찰에게는 골치 아픈 장소가 되어 있다. 하지만 햇빛이 아래쪽 창문을 비추던 그 잠깐 동안, 여전히 그 집은 거실에 난로와 램프가 켜져 있고 뒤쪽 계단에서는 요리 냄새가 풍겨오는 건강과 사랑이 넘치는 공간으로 보였다.

잔디는 태양의 마지막 햇살을 받아 노르스름하게 변해가기 시작했다. 땅바닥은 여전히 네군도 단풍나무Acer Negundo로 덮여 있다. 페데리코는 난생처음 달을 보고는 아주 매료돼버렸다. 페데리코가 달을 가리키기에 달에 해당하는 영어 단어를 말해주었다. "달," 페데리코가 말했다. "달. 우와, 달." 달이 나무에 걸리거나 길을 돌아서는 바람에 사라져버리기라도 하면 페데리코는 이렇게 말했다. "안녕, 달아. 안녕." 그러다 또다른 길모퉁이에서 여전히 하늘에 떠 있는 달을 보면 놀라는 동시에 또 기뻐했다. 메리는 정원의 장미를 덮어주고 있었고 페데리코는 그런 엄마에게 달빛을 보여주었다. 이어 집안으로 들어와서는 창가로 의자를 끌고 가더니 달빛을 보기 위해 그 위로 올라섰다.

• • •

빛 아래서 이 세상은 얼마나 밝게 빛나는가.

더 나은 문체에 관한 꿈을 꾸었다. 미봉책이 전혀 들어 있지 않은, 직접적으로나 간접적으로나 혹은 정서적으로나 지성적으로나 보다 사색적이고 감정 묘사에 보다 효과적인 문체에 관한 꿈을. 유쾌한 꿈이었다. 기분이 좋다.

• • •

그러나 내 형은, 내 형은 앞으로 어떻게 될까? 형에게 뭐라고 말해봤자 소용이 없는 듯하다. 형은 성급한 실수를 저지르면서 파국으로 향하고 있다. 조카들은 어찌될까? 우아하고 예쁜 조카인 S는 최근 노랗게 머리를 염색해 더 멋있어졌다. 하지만 실수만 하는 형이 조카가 필요로 하는 도움을 줄 수 있을까?

우리는 혼자서 악에 맞설 수가 없다. 혼자만의 방법으로는 마음과 영혼을 정화할 수 없다. 죄를 저지를 때 (물론 나도 죄를 지었다. 음란한 상상에 빠지거나 벽에 쓰인 외설적인 글을 읽은 적이 있다) 우리가 망가뜨리는 것처럼 보이는 건 우리의 피와 살이 아니다. 혹은 우리가 손상시키는 것처럼 보이는 건 불멸의 존재가 될 수 있는 기회가 아니다. 경우에 따라 밝게 빛나기도 하고 어둡기도 하지만, 그것은 바로 우리의 실수로 인해 망가질 수도 있는 인생의 전체적인 그림인 것이다.

천국이란 다름 아닌 친구와 연인에 관한 여린 추억에 불과할지 모른다. 용기와 유머를 건드리는, 우리가 만들어내는 그 어떤 유령 같은 재현 말이다.

가끔 형이 엉망으로 취해 우리집에 올 때가 있는데 나중에 내가 이를 책망이라도 할라치면 형은 그저 주변 사람들에게 옳은 소리를 해주고 싶었을 뿐이라고 말하곤 한다. 하지만 형은 대체로 평온과 사랑을 가꿔나가려는 안락한 우리집에 마치 폭풍이나 천둥소리처럼 놀랄 만큼 비참한 몰골로 찾아오고 그럴 때의 형은 인생 문제에 전혀 대처하지 못하는 사람, 모든 쓴소리에 귀막은 사람, 알코올로 정신과 감정과 몸이 상해버린 사람, 어리석고 의미를 알기 힘든 미소만 짓는 사람, 또 마음속으로 스스로를 파괴해버리겠다고 작정한 사람처럼 보인다. 어린 시절 우리 형제가 함께 누렸던 즐거움들을 생각했다. 얼음이 얼어 있는 연못에서의 하키 게임, 에머슨의 연못, 눈싸움, 해변에서의 산책, 여름밤에 낡은 로드스터roadster를 타고 떠난 여행, 그 높았던 이상, 활기찬 기운, 유희, 그리고 사랑. 하지만 지금 형은 식탁까지 제대로 걸어가지 못할 만큼 취해 있으며 그나마 간신히 식탁까지 가서도 뭐든 전혀 먹질 못했다. 형은 술에 취해 잠에 빠졌다. 형은 이를 형수 탓이라고 여긴다. 형은 2시에 여기서 떠나 우리가 추수감사절에 즐기곤 했던 터치풋볼 게임을 하고 싶어했다. 하지만 형수는 자꾸 늑장만 부렸다. 옷을 입는 데 두 시간이나 걸렸고 (소박한 즐거움이자) 형이 하고 싶어하는 터치풋볼을 거절했으며, 이에 형은 기다리다가 술에 취해버렸다. 문제는 형에게 있다, 우리 모두 기다려야만 했으니까. 하지만 형수는 도대체 왜 형을 파멸로 몰고 가는 걸까?

● ● ●

플라자 식당에서 점심을 먹었다. 트루먼 커포티가 남성 전용 술집에 앉아 있다. 앞머리를 노랗게 염색했고 여자처럼 가느다란 목소리를 갖고 있으며 웃을 땐 바리톤 음성을 내는 그는 이목을 끄는 남자 매춘부처럼 보인다. 그런 인생은 힘겨울 것임에 틀림없겠으나 한편으로는 분명 인생을 살아가는 매우 드문 방식에 속한다 할 것이다. 내가 볼 때 그는 거부감보다는 호기심을 자극하는 인물이다. 요즘엔 거의 누구나 '비피터'나 '하우스 오브 로드' '램프라이터' 같은 특정 상표의 진, 혹은 보드카를 마신다. 실제로 여기에서도 그런 주문들이 오가는 모습을 볼 수 있다. 바텐더가 이탈리아 출신으로 보이는 잘생긴 웨이터를 부르더니 청소기를 놓아두는 한쪽 구석으로 함께 사라졌다. 경마 내기를 정산하기 위해서였기를 난 희망한다. 그러나 엄격하고 단순한 형태의 삶에 친숙한 사람들에게는 그런 장면들이 우리가 영화에서 보는 로마 제국의 그 사치스럽고도 천박한 죽음의 고통처럼 퇴폐적이고 종말론적으로 보일 것이다.

• • •

새러토가 병원의 지하 복도에서 흉부 엑스레이를 찍기 위해 기다리는 동안 극도로 피곤해진 나는 내가 언제 다시 건강해질지 의구심이 들었다. 생각해보니 잘못된 장소에 잘못된 구조로 지어진 건물처럼 (그러니까 모래 위의 성처럼) 인생을 잘못 살아온 것 같다. 나는 생각했다. 덕을 행함으로써 돌아오는 보상은 무엇인가? 호흡기 감염, 궤양, 식은땀? 위스키와 방탕의 생활에서 빠져나와 성스러움과 인생의 품위를 말하는 것은 위선인가? 하지만 여기 있다. 가장 근엄하고도 아름다운 변화의 과정이 어리석은 타락으로 이끄는 힘 역시 우린 지니고 있다. 나는 나 자신이 되려는 나 자신을 거부한다.

요양중이기 때문인지 혹은 숙취 때문인지, 아니면 이 방을 비추는 조명이나 이 방의 고립성이나 라디에이터의 온기 때문인지, 나는 내가 원하는 것을 찾지 못하는 듯하다. 내가 원하는 것은 파란 하늘이다. 그러니까 원기왕성함을 원하며 영원히 지속될 것만 같은 이 열병으로부터의 탈출을 원한다. 스키를 탈 수 있다면 그렇게 할 수 있을 것 같다. 스키는 내 마음을 열어주고, 또 내가 써왔던 글에 결여된 가벼움과 활력과 속도라는 세계를 품어 안는 그 어떤 방법이 될 것 같다.

오늘 「음악 선생」을 마무리했다. 시내로 산책에 나섰다. 유니언 애버뉴를 따라 늘어선 웅대한 건물들. 겨울날에 펼쳐진 한 작은 미국 마을의 볼거리들. 다양한 흔적의 과거, 철도 건널목이 위치한 곳에서 솟아올라 있는 땅, 볼링핀 형상의 대기실이 딸린 새 볼링장, 성공회 건물에서 풍기는 어렴풋한 영국 분위기, 슈퍼마켓에서 쏟아져나오는 댄스음악, 택시 정류장에 서 있는 아주 뚱뚱한 체구의 운행관리원(그녀는 데이트라도 앞두고 있는지 머리는 염색한데다 얼굴에는 화장을 하고 있다). 이 애처롭고 착잡하며 또 눈물나는 사랑과 변화의 풍경들이여. 여고생들, 마스카라를 칠한 그녀들의 눈, 그녀들의 커다란 목소리, 대담한 행동, 그리고 종종걸음으로 그 뒤를 따르는 한 무리의 소년들.

• • •

「힐 타운The Hill Town」을 끝냈다, 다소 격렬한 면이 없진 않지만 그런대로 괜찮다는 생각이 든다. 토요일에는 몸이 개운해짐을 느꼈다. 마침내 건강이 다시 회복된 것이다. 하지만 메리는 우울해 보인다. 인생의 모든 일들이 그녀를 좌절시키고 화나게 하는 것 같다. 메리는 칠면조를 향해 욕을 해댔으며 감자 요리를 보고도 욕을 해댔다. 원기를 되찾았고 아이들도 사랑스러웠지만 기분이 나아지면 나아질수록 메리의 우울을 더 분명히 느낄 수 있었다. 교회를 다녀온 뒤 어리석은 말들을 입에서 나오는 대로 메리에게 퍼부어댔고 메리는 이에 눈물을 한바탕 흘렸다. 난 생각했다. 이 상황은 나로서도 어쩔 수 없다고, 내가 할 수 있는 일이나 해줄 수 있는 말이 없다고. 난 이제 나 자신의 행복엔 더이상 관심이 없다. 아이들을 보호하는 일에만 관심이 있을 뿐. 점심을 먹은 후 스케이트를 타러 갔다. 얼음은 약 30센티미터나 될 만큼 두꺼웠는데 돌과 나뭇가지들 때문에 얼음 여기저기가 검은색이었다. 하늘은 겨울하늘다웠으며 구름이 살짝 끼어 있다. 어딘가에서 개 짖는 소리도 들려온다. 나는 연못에서 위아래를 오르내리길 반복하거나 낡은 하키 스틱으로 나뭇조각들을 치며 놀았다. 너무 행복했다. 이곳이 바로 나의 피난처이며 기쁨인 것이다. 얼음이 부서지면서 큰 소리를 냈다. 겨울바람은 우리가 스케이트를 타며 만들어낸 얼음 가루를 휩쓸어갔다. 추웠다. 난 여기를 얼마나 사랑하는가. 이 벌거벗은 대지를, 버드나무의 빛깔을, 스케이트 타기와 게임에 얽힌 추억을. 이탈리아의 그 보르게세 공원으로부터 난 얼마나 멀리 떨어져 있는가.

일기장에 과음에 대해 쓰긴 싫지만 뭔가 조치를 취해야만 할 것 같다. 한 친구가 찾아왔다. 안 그래도 교류가 없어 이를 원하던 차에 친구를 만나자 난 최고의 흥분과 친밀감을 느꼈고 이에 평소의 두 배나 되는 많은 술을 마셔버렸다. 아침이 되자 몸이 너무 좋지 않았다. 몸 안의 장기는 간신히 제 기능을 할 뿐이어서 신장이 아파오고 손이 떨려왔다. 매디슨 애버뉴를 걸어내려오는 동안 이러다 죽고 마는 건 아닐까 하는 두려움에 휩싸였다. 하지만 저녁이면, 아니 심지어 점심시간에도 술은 어김없이 나를 유혹해오고 이런저런 긴장감이 한데 합쳐져 위스키가 나의 신체적, 지적 건강을 해칠 수 있다는 자의식마저 흐릿해지고 만다. 나는 스스로를 아주 쉽게 망가뜨릴 수 있다. 10시인 지금도 나는 정오에 술을 마셔볼까 궁리중이다.

• • •

잔뜩 흐린 날씨, 얼음에 덮인 나뭇가지가 눈의 무게로 휘어졌다.

"수지는 가엾게도 기차역까지 걸어가야만 했어." 메리가 말했다.

"미안해." 내가 말했다. "알았다면 차로 데려다줬을 텐데."

"허, 그래?" 메리가 대꾸했다.

"그런 식으로 말하지 마." 내가 말했다. "그럴 필요 없잖아." 하지만 상처받은 뒤였다. 어디를 보나 우울뿐이다. 솔직히 말하면 내 무능함이 두렵다. 어쩌면 메리와 더이상 같이 있지 못할지 모른다. 나아가 메리가 먼저 우리의 결혼생활을 불가능하게 하는 행동이나 말을 할 수도 있다. 나는 잔혹한 일을 전혀 원치 않는다. 나에 대한 메리의 사랑은 그저 사랑일 뿐이다. 아내는 불행한 것 같고 그 불행의 원인을 우리 결혼생활에서 찾고 있지만 내가 볼 때 그렇게 된 원인은 훨씬 오래전의 시간에서 찾아야 한다. 그러나 당연하게도, 메리는 이를 정면으로 직시하지 못한다.

• • •

오늘 아침에 언짢은 소리를 했고 이에 메리는 점심시간에 아기와 개를 데리고 밖으로 나가버렸다. 어떤 전갈이나 설명도 없이. 계곡에 안개가 잔뜩 끼어 운전하기 힘들었지만 그렇다고 크게 짜증나진 않았다. 나는 위스키를 한잔 마신 다음 부엌의 벽에 대고 욕을 퍼부었다. 내 말의 요지가 메리를 짜증나게 만들었을 것이다. 하지만 그럼 내가 취해야 할 가장 이성적이고 효과적인 방법은 무엇인가? 말도 없이 떠나버린 일을 내가 말하지 않는다면 상황은 더 곪아터질 것이다. 조용히 이를 지적할 생각이다. 말싸움을 벌일 용기는 결코 없다.

다시 써야겠다. 난 차분함과는 거리가 먼 사람이다. 내 목소리는 분노로 떨렸다. "어디에 있었지?" 대답이 없다. "아기와 함께 어디로 갔냐고." 재차 묻자 아내는 시내에 있을 때 우리집에서 한때 일했던 한 나이든 여자 재봉사의 집으로 갔으며 그 여자는 지금 변호사와 결혼해 교외에 자리를 잡았다고 말했다. 뼈가 드러날 정도로 앙상한 몸매에 새된 목소리를 갖고 있고 페키니즈를 품에 안고 있는 그 천박한 재봉사는 내가 볼 때 항상 좀 이상한 여자였다. 오후 5시에 칵테일을 여러 잔 만들어 마신 후 벤과 함께 전기자에 코일을 감았다. 벤은 전기모터에는 전혀 관심이 없다. 그러나 난 얼마나 멋진 아빠인가! 얼마나 현명하고 참을성 있는 아빠인가! 벤을 위해 얼마나 많은 것들을 만들어줬던가! 대부분의 다른 아빠들에 비해 얼마나 많은 것들을. 메리가 자장가를 부르기 시작하자 아기는 체념하며 잠에 들었고 이에 우리 셋은 만족스러운 표정으로 책을 읽기 시작했다. 벤은 『토미 티트마우스』를, 수지는 『나사못 회전』을, 나는 단테의 글을 읽었다. 메리의 얼굴과 다시 마주쳤을 때 난 많이 침착해지고 평온해진 후였다. 책을 좀더 읽다가 (솔직히 말하자면 이런저런 생각에 잠겨 있었다) 목욕을 했으며 퉁명스러운 목소리로 메리에게 잘 자라는 인사를 던진 후 곧 잠에 들었다. 그러다 새벽 3시 반이 됐을 무렵 지하실에서 들려오는 펌프 소리에 잠에서 깨어났다. 신장에 통증이 느껴졌다. 입이 마르고 단내가 났다. 지하실이 물에 잠겼는지 걱정됐지만 넘치진 않은 상태였다. 욕실에서 담배를 피우며 생각해보니 고작 재봉사와 점심을 함께했던 일로 화를 낸 나 자신이 쩨쩨하고 유치해 보였다. 어떻게 그렇게 화를 낼 수 있었을까? 정말이지 고통스러울 정도로 부끄러웠다. 하지만 나는 곧 자기방어에 들어가기 시작했다. '난 그렇게 인격이 뛰어난 놈이 아냐. 또 쉽게 평정심을 잃는 성격이라구. 그런데도 메리는 왜 내 평정심을 해치는 행동만 하는 거지?' 펌프는 7시 반이 넘을 때까지 계속 소리를 냈다. (재의 수요일을 맞아) 교회에 가려고 면도를 하면서 지난 여덟 시간 동안 내가 분노와 (나를 훌륭한 아빠라고 생각했던) 자만심, (내 배는 날씬하다는) 속된 자기예찬, 외설적인 상상, 술에 취하는 나태함 등의 죄를 지었음을 깨달았다. 교회에서 들려주는 사도 서간은 장엄했지만 잡생각만 자꾸 들 뿐이었다. 북서쪽에서 맑은 바람이 불어왔다. 지옥에 대해, 그리고 가족에 대해 생각해봐야겠다.

• • •

　분명히 적어두지만 밸런타인데이에 난 메리에게 진주목걸이를 선물했다. 메리는 내게 접시를 선물했고 말이다. 도자기 종류도 좋기는 하나 하트가 그려진 속옷이었다면 더 좋았을 것이다. 진주목걸이를 선물했다는 생색을 내기는커녕 난 아내가 자기 전에 일찍 침대로 갔다. 오늘밤엔 이 침대라는 성^城에서 이따금 벌어졌던 서로에 대한 공격이나, 포위나, 사다리를 이용한 침투나, 큰 칼로 싸우곤 했던 일들은 가치가 없을 것이다. 토요일에는 점심시간이 되기 전에 K의 집에 가서 술을 마셨다. 내 집에서 나올 수 있어 행복했다. 바람을 피워볼까 하는 생각도 했다. 그렇게 한들 누구에게 해가 될 것인가? 요람에 있는 저 아기에서, 이젠 은퇴해 플로리다의 데이토나^{Daytona} 해변에 가 있는 나이든 신사에 이르기까지 누구에게 해가 된단 말인가? 그에 비해 내 집은 우울한데다 짜증으로 더 우울해지고 있으며 이를 없애버릴 힘과 의지가 내게는 없다. 고통스럽게도 나는 애정 결핍을 느끼고 있다. 여기에는 두 가지가 관련돼 있다. 애정의 결여, 그리고 이를 유머와 사랑으로 치료할 수 없는 나의 무능력. 오후 늦게 수지가 시내에서 돌아왔고 딸과 대화를 나누는 동안 기분이 좋아졌다. 이것이 바로 내가 원했던 전부였다. 하지만 술을 너무 많이 마셔 댄 탓인지 아침이 되자 간에 통증이 느껴졌다. 우리는 Z의 집으로 가서 점심을 먹었지만 그 유쾌한 장소에서 유쾌한 사람들과 앉아 있는 가운데서도 난 완전히 얼이 빠져 있었다. 제스처를 해대고, 수다를 떨고, 또 내가 술을 마시던 테이블에서 다른 테이블로 옮겨다닐 수도 있었겠지만 내 마음은, 나의 영혼은 혼란스러웠다. 랜디가 4시에 왔고 난 쓰라린 간을 달래며 8시 반 무렵 혼자서 잠에 들었다. 침대에 누워서는 거대한 죽음의 공포에 떨어야 했다. 내게 죽음이란 혼란스러움이며 (다 하지 못하거나 아직 시작도 못한) 내 작품의 불완전함을 드러내는 어떤 힘이기도 하다. 여행은 이제 막 시작됐을 뿐이다. 내 아들들은 아직 성인도 되지 못했다.

• • •

내 안에는, 최소한 내가 보기엔, 이 사회의 가치나 관습에는 순응하는 반면 내 육신의 욕망과 요구는 거부하는 어떤 난제, 단단한 껍데기, 혹은 어떻게 해결할 길 없는 성향이 존재하는 듯하다. 물론 그러한 것들이 내게 창의성으로 작용하여 내 인생을 독창적인 긴장이 가득한 곳으로 만들었다는 사실은 인정한다. 하지만 그러한 창의성은 이제 덜 중요한 문제가 돼버렸다. 나는 안다, 그런 것들이 가진 위협은 무의미해졌음을. 이런 불가사의한 설득에 빚진 상태이기 때문에 아마도 그것과 나는 친구 사이가 되어 살아가는 것이리라.

• • •

3시에 프린스턴으로 갔다. 눈앞에 펼쳐진 산업지역은 강렬해 보이면서도 한편으론 추한 모습으로 다가왔다. 하지만 바로 여기가 우리가 소비하는 성생활용품, 구두 틀, 타이어 내의 튜브, 바닥용 니스, 속옷, 지붕널을 만들어내는 곳으로, 그토록 많은 제품을 요구해대는 우리가 산업 때문에 황폐해진 이곳에 어찌 불평할 수 있으랴. 프린스턴 대학은 조용하면서도 아주 세련된 분위기를 풍겼다. 아무래도 남쪽으로 상당히 많이 내려온 모양이다. 연못들은 온통 (펜실베이니아에서 남쪽인 조지아에 이르기까지 곳곳에서 흔히 볼 수 있는) 붉은 흙으로 얼룩져 있다. 멀리서 종소리가 들려온다. 잘 차려입은 젊은이들이 들어왔다. 오하라John O'Hara*가 차를 마시러 들어왔다. 그는 나무랄 데 없는 신사였고 이에 난 내가 결국 대학 문을 밟지 못할 것이라는 오래된 예감과 마주쳤다. 결국 세상은 내가 버릇없는 인간인데다 닥치는 대로 사는 허점 많은 사람임을 알게 되겠지. 나는 12명도 채 안 되는 학생들을 대상으로 강의를 했다. 전날 저녁에는 비트제너레이션Beat Generation**에 속하는 시인 세 명이 강의를 했는데 그중 한 명은 항문성교를 옹호하는 발언을 해서 청중을 수백 명이나 끌어들였다고 한다. 하지만 난 그렇게 잘 알려진 사람이 아니며 앞으로도 그럴 일은 결코 없을 것이다. 다시 집으로 돌아왔을 때 봄의 매력을 뽐내는 정겨운 풍경을 다시 볼 수 있게 되어 매우

---

* 미국의 소설가이자 수필가.
** 패배의 세대라는 뜻으로 1950년대 기성 질서를 강하게 거부하며 등장한 보헤미안적인 예술가그룹. 대표적인 작가로 노먼 메일러와 잭 케루악 등이 있다.

기뻤다. 어쩌면 위압적이고 섬뜩한 기운을 풍기는 그 산업 지역과 거대한 늪지대는, 드러난 돌들과 부서진 건축물 잔해와 아무렇게나 자란 풀이 있는 그곳은, 쫓기는 범죄자들이 마지막으로 모여드는 이 세상의 자연스러운 은신처로 변할지도 모른다.

• • •

　부활절 전야다. 예쁘게 꾸민 달걀과 갖은 재료를 넣은 칠면조 요리. 모든 것이 유쾌하다. 부활절 아침의 햇살은 화창했고 공기는 선선했다. 수지와 벤을 데리고 교회로 갔다. 이번에는 교회 안이 꽉 들어찼다. 나는 예수가 다시 살아났다는 사실에 기뻐했다. 그리고 나의 생식 능력이 앞좌석에 앉아 있는 예쁜 여자의 얼굴 때문에 다시 자극받는 것은, 비록 털은 많이 나 있지만 초롱초롱한 인상을 가진 왼쪽 청년에 대해 궁금해하는 것은 신의 의지에 반하는 것이 아니라고 생각했다. 왼쪽에 있는 청년이 나의 시선을 끌던 이유는 그의 몸에 난 털이 그가 풍기는 동경 어린 우아함과 묘한 조화를 이루었기 때문이다. 흰 천에 둘러싸인 남자를 마리아가 무덤에서 발견했다는 대목을 들으면서 의아한 생각이 들었다. 나로서는 신이 자신의 의지나 의도를 그런 구체적인 이미지로 표현한다고 믿기 힘들었기 때문이다. 하지만 제단에 나아갔을 때 깊은 감동이 나를 휘감았다. 제단은 백합으로 가득 차 있었고 그것들의 향기는 그 많은 수만큼이나 신선했다. 이는 오늘이 좋은 날이라는 하나의 표지다. 부활의 메시지는 우리 사이에서 드러났어야 하며 이를 소중히 간직하는 것이 우리의 가장 멋진 승리로 보인다. 우리는 이 제단에서 초월적인 사랑을, 그리고 죽음을 비롯한 온갖 음란한 거짓들을 제압하는 힘찬 승리의 가능성을 본다. 설사 그와 같은 것들을 향한 의지와 열망만 존재한다 해도 그 자체로 얼마나 놀라운 일인가. 교회에서 나온 후 막내와 함께 햇살 아래를 거닐었다. 정말이지 내 인생의 모든 사랑들이 아들이라는 형상 주변으로 모여드는 듯하다. 진실로 아들은 나를 아름다운 야망으로 가득 채우고 있다. 새들은 노래한다. 아지랑이는 살짝살짝 어른거린다. 어둠의 순간은 이제 사라졌다. 아들이 물 위로 나뭇가지를 던지자 햇살을 담고 있는 그야말로 깨끗하고 얇은 물결이 일어났다. 아들은 오래전에 떨어진 잎들을 손으로 만지작거렸다.

나중에는 부활절 달걀을 나누러 B의 집으로 갔다. 하지만 갑작스러운 부끄러움이 나를 사로잡아버려 내 미소는 경직되고 내 민감성은 달아올라버렸다. 어깨를 움츠리고 고개를 숙인 채 우울해진 나는, 오직 한잔의 버번만이 원래의 나로 돌아오게 할 수 있을 거라고 생각했다. 10시까지 진정제에 의지해 버티다 자리에서 물러나 반쯤 잠든 상태에서 난 내가 존경하는 미덕, 즉 용기, 건장함, 깨끗함, 사랑, 자비, 힘, 근면성, 지성, 그리고 통찰력을 몇 번도 넘게 홀로 숙고했다.

• • •

　B는 말하길 프레드 형은 사춘기 이전에 겪었던 어떤 경험 때문에 고통받고 있다고 했는데 그 경험이란 아마 나의 출생일 것 같다. 형의 인생에서 전환점이 무엇이었는지 알아내려고 몇 년을 보냈던 나이지만 이런 생각은 결코 해보지 못했다. 이는 임상적인, 혹은 준과학적인 발견이며 내게는 다른 그 어떤 발견보다 의미가 크다. 이제 모든 것을 쉽게 연상할 수 있다. 형은 행복하고, 활기차고, 사랑받는 아이였으나 일곱 살이 되었을 때 이제 그의 우주를 동생과 나눠야만 한다는 말을 들었을 것이며 이에 대한 형의 예감은 당연히 비통하고 심각했을 것이다. 그런 예감은 나의 출생을 둘러싼 터무니없는 환경으로 인해 더욱 깊어졌을 것이다. 판촉행사로 열었던 연회 이후 어머니는 원치 않게 나를 임신했다. 어머니는 마지못해 나를 출산했을 것이며 아버지는 어머니로부터 새로 태어날 아이를 전혀 사랑하지 않는 게 아니냐는 말을 들었을 것임에 틀림없다. 이런 터무니없는 상황이 형의 갈등을 훨씬 더 확대시키고 극한으로 몰아갔음에 분명하다. 나에 대한 형의 감정은 항상 격렬하고 애매했으며 (그것은 증오였고 또 사랑이었다) 이 모든 것들 밑에는 형이 우월했던 분야

(즉 부모의 사랑)에 내가 도전했다는 생각이 도사리고 있었음에 틀림없다. 형의 그러한 충동이 나를 파괴할 것이라는 예감을 (비록 완벽한 무의식 속에서이긴 하지만) 난 오랜 시간 동안 느껴왔다. 형의 과음에 그 어떤 지독한 교활함이 존재하고 있음을 느껴왔다는 말이다.

여기 세 개의 세계가 있다. 밤, 낮, 그리고 밤 안에 숨은 또다른 밤이다. 여기 적의와 힘을 지닌 채 우리들 사이를 자유롭게 돌아다니는 사자死者의 흥분과 야망이 있다. 여기 열린 무덤의 세계가 있다. 여기 우리의 상상이 좌절되고 마는 세계가 있다. 어떤 이름이나 형체, 관점, 혹은 빛이나 색깔 등으로 이런 힘들을 설명할 길은 전혀 없지만 그럼에도 이것들은 살아 있는 사람들만큼이나 큰 영향을 미친다. 비록 형은 창문을 통해 환한 햇살에 빛나는 도시를 볼 수 있으며 또 이를 열망하지만 이런 미래상보다는 50년 전 어떤 어두운 계단에서 들었던 나의 울음소리에 더 자극받을 것이다. 바로 그것이 형을 파괴하고 이어 나를 파괴해버리라고 형을 유혹해오는 듯하다. 우리는 서로에게 목의 가시 같은 존재들 같다. 우리는 용의 꼬리가 죽은 잎들 사이에서 몸부림치는 소리와 마녀에게 눈이 뽑히고 만 신앙심 깊은 아이들의 비명소리를 듣고 또 뱀구덩이의 축축한 냄새를 맡는다. 이와 같은 형에 대한 새로운 의견 혹은 발견은 내게 매우 중요하며 이것이 형에게 도움이 될 수 있기를 기도한다.

• • •

　저녁을 먹은 후 "토스카"라고 외치는 소리가 우리 귀에 들려왔
는데 그야말로 엄청 큰 소리였다. 나는 텅 빈 집에서 『오블로모
프』*를 읽었다. 커다란 창문은 활짝 열려 있다. 이 야밤에 테라스
쪽 바깥에서 들려오는 커다란 소음이 나를 불안하게 했다. 행여
내가 불안해하는 사자死者를 성가시게 만들기라도 했단 말인가?
잠들었다가 새벽에 깼다. 잠에서 깬 것은 오줌이 마렵기도 했거
니와 둥지를 짓는 새들이 내는 시끄러운 소리 때문이기도 했다.
양철로 만든 홈통 위로 새들이 나뭇가지를 끌고 지나가는 소리
가 들렸다. 또 일제히 크게 울어대기도 했다. 그런 후에 곧 변덕
스럽기만 한 나의 그 부위가 재미를 보고 싶은지 벌떡 일어났다.
아래층에서는 친구가 기침하는 소리와 변기 물을 내리는 소리가
들려왔다. 송어가 노니는 하천을 떠올리다가 이렇게라도 억지로
명랑해져야만 하는 건지 마음이 언짢아졌다. 상상 속의 나는 시
냇물과 웅덩이를 전전한다, 그리고 모자를 그물 삼아 큰 송어 한
마리를 건져올리고…… 음란한 나의 근육은 계속 잔소리를 해
대고 불평해대지만 사랑이든 아름다움이든 음탕함이든 난 아무
것도 원치 않는다. 그저 다시 잠들 수 있기만 원할 뿐이다. 마침

---

* 러시아의 소설가인 이반 곤차로프의 소설.

내 난 잠들었으며 J. P. 마퀀드John Phillips Marquand*의 집에서 벌어
진 칵테일파티를 망치는 달콤한 꿈을 꾸었다. 꿈속의 나는 손님
들 사이를 우아하게 지나가며 환대받았다. 막바지에 이를 무렵
P가 등장했고 P와 이탈리아어로 대화를 나누자 다른 몇 명의 이
탈리아 손님들도 우리에게 이탈리아어로 말을 걸어왔다. 바로
그때 술에 취하고, 사과하기 바쁘고, 도저히 어쩔 수 없는 나
의 형이 나타났다. 형은 파티를 망치러 왔지만 이는 형이 원해서
가 아니라 알 수 없는 어떤 힘에 이끌렸기 때문이다. 형이 어렸
던 시절, 즉 내가 태어난 후 한 이웃집에서 파티가 열렸다. 형은
초대받지 못했지만 그 집에 나타나 창문을 통해 돌을 던졌다. 현
재 형은 이 사건을 우리 인생에서, 그리고 내 꿈에서 재현하고
있다. 눈을 뜨자 마음이 편안해지고 기뻤다.

• • •

나는 알코올중독을 점진적인 질병으로 간주해야만 한다. 술을
과도하게 많이 마신 날이 일주일 이상은 이어진 것 같다. (그러
니까 거의 매일 마셨다.) 욕구로부터 거부당하고 있는 내 정체성
문제도 있다. 이 문제로 역시 일주일 내내 고민중이다. 거기에다

---

* 미국의 소설가.

저녁식사가 채 차려지기도 전에 난 메리의 말에 위축돼버렸다. "설거지가 끝나자마자," 메리가 말했다. "난 위층에 가서 바로 잘 거야." 의식적으로 한 말이 아닐지 모르지만 난 나를 향해 고의적으로 한 말이라 생각한다. 요즘엔 이런저런 일로 심란해지는 경우가 많다. 지난밤에는 철제 롤러roller, 컬러curler*, 핀 같은 것들이 한데 정렬돼 있는 장면에도 우울해졌을 정도다. 나의 아랫도리가 따끔거려와 잠에서 깼고 이에 감상적으로 매춘부를 떠올렸다. 왜 창녀는 처벌받고, 체포되고, 감옥에 던져지는 걸까. 그녀들은 우리를 딜레마에서 꺼내주기 위해, 우리로 하여금 스스로와 평화롭게 지낼 수 있도록 하기 위해 일했을 뿐인데 말이다. 나는 또 6주 동안 성관계를 거부당해 욕정에 고통받다가 매춘부에게 끌린 한 남자를 생각했다. 그가 발길을 돌릴 수 있는 곳은 어디인가? 그가 갈 수 있는 곳은 어디인가?

• • •

벤과 벤의 친구들을 데리고 낚시를 하러 강 아래쪽으로 내려갔다. 제방 사이의 바위들 사이로 거미들과 호박벌들이 보인다. 이곳, 이 환경의 힘이여. 타다 남은 재, 맥주캔, 녹슨 건축 자재,

---

* 롤러와 컬러 모두 머리를 곱슬곱슬하게 만드는 데 이용하는 미용도구다.

수백 대의 차들을 싣고 저멀리 굽이치며 사라지는 화물열차, 한 시간 동안 세 번이나 강물에 오줌을 누는 노인, 돌 던지는 소년들, 배 안의 튼튼한 낚시꾼(그는 꼬마들을 상대로 장난치면서 이런저런 질문을 던지며 농담을 해댔다), 우리가 흔드는 손에 늦게야 미소지어 보이는 토요일 열차의 승객들. 막다른 곳이지만 얼마나 평화로운 곳인가. 여기서 맥주를 마시며 앉아 있자니 너무나 행복하다. 하지만 아이들이 자칫 철교 밑으로 떨어지지 않을까 걱정됐다. 더 솔직히 말하자면 아이들이 빠질 경우 구하러 뛰어들어야 하는 사태가 벌어질까 두렵다. 난 겁쟁이다.

• • •

페데리코를 데리고 정원에 갔다. 페데리코는 대단히 원기왕성하다. 내 사랑의 근육은 계속 말을 듣지 않고 말이다. 페데리코는 넋을 잃고 화강암으로 만든 사자와 대리석으로 만든 개를 쳐다봤다. 이어 내가 말렸는데도 고집을 피우며 자갈로 수도꼭지를 채우려 들었다. 비가 내릴 것 같다. 아들을 팔로 들어올리자 아들은 곧 곯아떨어졌다. "오, 난 너를 사랑한단다." 아들을 옮기며 내가 말했다. "넌 나의 가장 소중한 존재야. 너와 저 홍관조의 노래가 이 아빠를 욕망과 분노에서 해방시켜주는구나." 벤을 데리고 의사에게 갔다. 의사는 손가락으로 벤의 엉덩이를 들어보고 고환도 살짝 두드려봤다. 이처럼 사랑스러운 엉덩이를 가진 아들의 인생은 나와 전혀 다를 것임에 틀림없으리라. 아들의 얼굴과 행동에서 지독한 외로움의 흔적이 보인다. 메리는 정원에 앉은 노란색 되새 한 무리를 지켜보는 중이었다. 새의 숫자는 분명 50마리는 돼 보였다. 메리를 포옹하면서 내가 밤시간을 어떻게 보낼 작정인지 알려주고 싶었지만 부엌에서는 이미 좋지 않은 분위기가 흐르고 있었다. 나는 신경과민인데 이 분위기를 해소하려면 어떻게 해야 할까? 어쨌든 내 욕망은 완고하기만 하다. 수지의 숙제를 도와주고 위층으로 일찍 올라갔지만 너무 늦었다. 불이 꺼져 있었던 것이다. 아내의 두 눈은 이미 닫혀 있고 이마 위쪽으로는 만약 메리를 끌어안는다면 몸에 상처를 낼지도 모를 장신구들이 아주 많이 놓여 있었다. 잘못하면 눈을 다치게 할 수 있을 만큼.

　나의 모든 다정한 감정은 이제 비참함과 분노로 변했다. 욕실의 가장자리에 앉아 담배를 피우면서 이 지경에 이르도록 만든 상황에 분개했으나 구구절절 내 생각을 말하려든다면 돌아오는 것은 냉담에 찬 커다란 비웃음뿐일 것이다. 너무 화가 치민 나머지 나는 살인자가 품는 당혹스러운 격노의 감정을 알 수 있을 듯했다. 그리고 가끔은, 그러니까 형의 경우처럼, 삐뚤어진 심성을 가진 여자가 한 남자를 파괴할 수도 있겠구나 하는 생각이 들었다. 형수는 형의 가장 심오한 자기표현 방식, 즉 형이 지닌 사랑의 힘 전체를 조롱하며 거절했다. 그렇다면 형은 다른 여자를 찾아야겠지만 어디서 찾을 것인가? 형의 비서는 너무 빼빼 마르고 입냄새도 심하다. 가정부에게 치근덕거리는 것은 점잖지 못하다. A는 너무 뚱뚱하다. B는 너무 키가 작다. C는 너무 열정적이다. D는 너무 소극적이다 등등…… 오, 형수는 정말 뛰어나고 친절한 여자임을 알고 있지만 그렇다고 무릎을 꿇고 애원하고 싶진 않다. 나는 최고를 희망했으나 오늘 아침 슬픔과 피로를 느낄 뿐이다. 메리는 창가에 서서 정원에 있는 한 무리의 되새를 보고 있다. 50마리쯤 되는 되새들은 (아주 민감해서) 집에서 나는 움직임 혹은 소리 하나하나에 반응하며 솔송나무 위로 날아올랐다. 이어 사방이 조용해진 후에야 다시 내려왔다. 그렇게 내려오는 노란 새들이 꼭 차가운 바람에 떨어지는 낙엽 같았다.

　나는 시내로 갔고 아름다운 여자와 점심을 먹기로 결심했지만 전화번호부 책에서 그녀의 번호를 찾자니 책자의 글을 읽기엔 내 시력이 너무 약해졌다는 것을 알았다. 내 뒤에 있는 사람이 놀랄지 모르나 번호를 알아내려면 성냥을 그어 전화번호부 책에 불을 가까이 대고 봐야만 할 것 같다. 만나기로 약속한 후 한 시간 정도 걷다가 메리와 내가 처음으로 사랑에 빠졌던 집(정확히는 그 집의 창가)을 우연히 지나쳤다. 날씨가 화창했으므로 더 많은 미인들이, 더 많은 괴짜들이, 아니 모든 사람들이 거리로 나왔다. 얼마나 장관인가. 지금은 봄이고 나는 행복하다.

또 곧 술집에서 예쁜 여자를 만날 것이다. 어두운 술집 안은 광고업에 종사하는 사람들로 가득했다. 이들은 정기적으로 여기서 술을 마시는지 어젯밤과 그저께 밤에 있었던 일에 대해 얘기를 나눴다. R가 들어왔다. 매우 예쁘다. 우리는 점심을 먹었고 나중에 그녀를 집에 데려다줬다. 기분이 훨씬 나아졌다. 우울함이 사라졌다. 이 세상에는 예쁜 여자들이 수도 없이 많고 나 역시 그리 매력 없는 사람은 아니다. 메리의 문제는 가볍게 생각하기로 했다. 왜 내가 메리의 고집스러운 성격을 걱정해야만 하는가? 하지만 함께 간 콘서트(모차르트와 드뷔시, 그리고 베토벤의 현악 4중주를 들었다)에서 연주를 들으면서 나는 메리를 이해하기 위해 노력해야 한다고, 나의 정서적인 책임들이 향해야 할 곳은 바로 여기라고 마음을 돌렸다. 나중에 메리와 욕실에 같이 있게 됐을 때 내 욕망은 최고조에 이른 듯했다. 하지만 메리는 이렇게 말했다. "노틸러스 식당에서 점심을 먹었어. 값은 비싸면서도 형편없는 곳이더라고. 처음에 먹었던 건 밀가루를 입힌 클램차우더*였고 다음엔 샐러드를 먹었는데 오래된 것 같았어. 꼭 남은 샐러드를 가져온 것처럼. 그리고 고등어가 나왔는데 너무 기름기가 많은 게 신선하지 않더라고. 아직도 입가에 그 맛이 느껴지는 것 같아. 브로콜리도 형편없었고……" 오, 제발, 제발. 난 신음

---

* 대합, 돼지고기, 토마토 등으로 만든 진한 수프.

했다. 제발 서둘러줘, 난 급하다고. 우리는 욕실에서마저 의견 차를 보였던 것이다.

• • •

새벽 6시에 일어났다. 오늘 아침의 풍경은 특히나 아름다워 지구의 한구석인 바로 이곳에서 모든 것들이 일제히 싹을 틔우고 꽃을 활짝 피어낸 것만 같다. 말로 표현할 수 없을 만큼 다양하기 그지없는, 그리하여 바라보는 이로 하여금 넘치는 기쁨에 이까지 덜덜 떨게 할 것만 같은 저 다채로운 빛깔과 향기들. 찬란한 황금색으로 빛나는 아침햇살이 동쪽 창문을 통해 쏟아져들어온다. 하지만 나를 흥분시키는 것은 딱히 정의할 수 없는 빛이라 할 저 그림자와 아직 잎사귀는 다 자라나지 않았지만 그 아름다움과 수액의 풍부함으로 감탄을 자아내는 단풍나무로, 특히 단풍나무는 단지 수백만 그루 중 하나가 아닌, 내게는 어린 시절에서부터 연유하는 기나긴 일련의 경험들을 떠올리게 하는 매개체다.

오늘은 예수님 승천 기념 주일인 일요일. 세상에는 두 가지 종류가 있으니 보이는 세계와 보이지 않는 세계가 그것이며 이 소량의 와인과 빵은 그 두 세계를 연결시켜주는 고리다. 나는 저 땅 밑으로부터 하늘에까지 쭉 이어진 존재의 사슬을 목격하는 듯했다. 사람들의 기도가 제단을 향해 올라가기 시작했다. '맥주 회사 주식을 팔아야 할까?' '이제 피콧 부인을 멀리해야 할까?' '랠프를 프린스턴 대학에 입학시키는 것이 낫겠지?' '스테이션왜건 자동차를 반환해버릴까?' 그러나 이런 기도들 중에서도 가치 있는, 또 깊은 갈망이 담긴 기도를 찾아볼 수 있다.

• • •

이곳의 초등학교가 불타버렸다. 각종 탑과 크레오소트를 흠뻑 칠해 보수한 건물 등으로 이루어진 커다란 목조건물이 불꽃 속에서 폭발하듯 터졌다. 한 노선생이 연기 냄새를 맡은 지 십 분후 거대한 불기둥이 솟아올랐다. 불길은 소방수도 접근할 수 없을 만큼 거셌다. 학교를 둘러싸고 있던 모든 나무들이 죽어가는 것 같았다. 야만적인 그 불꽃과 거세게 덮쳐오는 그 힘은, 인생의 다른 많은 것들처럼, 모든 예방책을 피해나가는 가차없는 존재였다. 삼십 분 안에 옷, 아이들의 장난감, 여행과 뛰어난 경기력을 기념하는 물건 등, 이 모든 활력들의 풍부한 정수들이 다사라져버렸다. 3시까지만 해도 학교는 부근을 지배하고 있었으나 3시 20분에는 발가벗겨진 채 자선기금에 의존해야 하는 신세가 됐다. 연기는 정말이지 지독했다.

• • •

　매해마다 일기장에서 읽게 되는 것은 내가 술을 너무 많이 마신다는 점으로, 증상이 악화되고 있다는 사실은 의심의 여지가 없다. 나는 많은 날들을 낭비했으며 깊은 죄책감에 고통받고 있다. 새벽 3시가 되면 금주를 다짐하며 잠에서 깬다. 음주가, 그 행위가, 술을 권하는 환경이, 또 그 결과가 모두 혐오스럽다. 하지만 정오가 되면 위스키 병으로 손을 뻗친다. 내가 절제하며 술을 마시지 못하는 것 같은데도 이를 멈출 수가 없다.

• • •

　마흔일곱번째 생일을 맞았다. 나이를 먹은 것 같지도 않고 젊은 것 같지도 않다. 그 중간 정도의 활기만 느낄 뿐이다. 마흔여덟이 될 때까지 괜찮은 책을 쓸 수 있게 해달라고 기도했다. 면도하면서 나 자신을 받아들이기 위해 노력하자고 다짐했다. 나는 내가 작은 사람이라고 생각한다. 작은 키, 작은 나의 그것, 작은 손, 작은 허리. 다 사실이다. 그러니 나의 주의를 작은 것에 기울여야만 한다. 작은 여자들, 작은 의자에 앉기 등등. 하지만 돌이킬 수 없는 청춘 시절을 오점처럼 간직하고 있는 작은 남자들을 난 얼마나 싫어했던가. 칵테일파티에서 소심하기 짝이 없는 마음으로 작은 체구의 아내들 뒤에 서 있던 그 작은 키, 작은 손, 작은 허리를 가진 남자들을 난 얼마나 경멸했던가.

• • •

더 힘찬 느낌을 주는 단어들을 찾고 싶다. 그리고 세련돼 보이는 어투를 쓰지 않도록 조심하지 않으면 안 된다. 이런 것들이 내 글에 들어오면 그 글은 최악이 된다.

• • •

음주로 인한 네번째 통증. 통증은 수지를 시내에 데려다줄 때부터 시작되더니 어즐리Ardsley에 이르자 신경성 위통으로까지 악화됐다. 이럴 땐 보통 심리적인 격동이 일어나고 이에 점심 전에 마티니를 두 잔 마시곤 하는데 그럼 기분이 한결 나아진다. 이런 목적으로 마시는 술은 무방하다고 할 수 있다. 오후가 지나갈 무렵부터 통증이 더 심해지기 시작했고 그래서 집에 도착한 나는 약간의 칵테일 정도는 마땅히 마셔도 된다고 생각했다. 아침이면 페데리코를 돌봐야 하고 이는 일을 할 수 없다는 뜻이므로 난 이를 핑계삼아 저녁식사 후 술을 마셨다. 아침이 되자 나 자신이 혐오스러워지면서 절망과 음란함에 신물이 났다. 침착해지기 위해 11시 반에 술을 한잔 마셨지만 4시 반 무렵부터 술을 마구 들이켜기 시작했고 더불어 이에 대한 핑곗거리도 만들기 시작했다. 그리고 결국 만들어냈다. 사리분별력이 사라져버린 나는 설거지를 끝내고 나서 밤색의 위스키를 강장제라 여기며 마셔버렸다. 토요일이 되자 몸이 더 나빠졌다. 점심 전에 술을 마셨더니 어지럼증과 두통이 찾아왔다. 메리와 나는 저녁식사 후 '라 타타' 레스토랑에 가야만 했다. 이는 의무적이랄 수 있는 의례적인 만남으로, S는 계속 내 잔에 스카치를 채웠다. 일요일에는 최악이었다. 페데리코를 데리고 산책에 나섰다. 11시 15분경에는 음주라는 악마를 비난하는 글을 썼다. 이어 전화번호부를 뒤져 알코올중독 예방협회의 전화번호를 찾았다. 손이 떨려와 남아 있는 위스키나 진, 베르무트 등 떨리는 손을 진정시킬 수 있는 것이라면 무엇이든 찾아 마셨다. 한바탕 음주는 지나갔고 곧 원래의 나 자신으로 돌아왔지만 난 내가 음주를 끝낼 수 있기를 희망했다.

기차역에서 페데리코와 나는 기차를 향해 손을 흔들었다. 기관사가 손을 흔들어줬고 가끔은 차장과 승객들도 손을 들어줬다. 아침햇살 아래 시카고에서 출발한 기차가 저 강 아래쪽에서 다가오고 있었다. 객차의 창틀에는 커피가 담긴 종이컵들이 줄지어 서 있었다. 1등석 승객들은 1인실 침대차 안에 홀로 앉아 있었는데, 저런 곳은 얼마나 큰 외로움을 안겨주는 곳이란 말인

가. 식당차는 닫혀 있었다. 웨이터들은 테이블보를 치우고 평상복으로 갈아입었다. 비록 뉴욕에 도착하려면 한 시간은 더 걸릴 테지만 기차에 탄 사람들은 하차 준비를 모두 끝낸 상태였다. 모자를 쓴 숙녀들이 장갑과 가방을 들고 있었다. 모든 것이 준비됐음에도 기차가 연착되어 대기하고 있는 그들을 보며 나와 아들은 기차가 빠르게 달려 목적지에 안전하게 도착하길 기원했다. 더불어 기차역에서 친구나 가족을 만날 수 있기를, 애정과 신뢰와 때로는 사랑이 반기는 장소로 갈 수 있기를 희망했다. 그들이 오늘의 끝을 호텔방에서 맞이하는 일은 없기를……

• • •

토요일에 금연을 시작했다. 극심한 소화불량 현상이 흡연 때문이라는 생각이 들었다. 하지만 토요일 밤에 열린 파티에서는 한 갑 정도를 피웠음에 틀림없다. 일요일 정오가 되기 전에 세 개비, 오후에는 한 개비를 피웠다. 월요일에 두세 개비, 화요일에 한 개비를 피웠다. 오늘 수요일에는 한 개비도 피우지 않았고 지금은 10시 15분이다. 내 폐는 깨끗해질 것이며, 내 기관지에서 녹슨 문을 여닫을 때처럼 쌕쌕거리는 소음을 듣지 않아도 된다는 것은 기쁜 일이다. 아침에 기침을 했지만 다른 때와 달리 죄의식은 없었다. 하지만 금연으로 니코틴을 끊으니 머리가 좀 어지러웠다. 당장 오늘밤 차를 운전해 셔먼으로 가야 하는데 말이다. 혹시 위험한 상황이 닥칠 수도 있다. 금연한 지 얼마 되지 않았지만 노끈과 죽은 잎들로 만들지 않았을까 싶은 담배에 (특히 여행할 때) 의존했던 시절로 돌아가기는 싫다. 물론 다시 담배를 피우게 될 테지만. 내 머리가 어디 붙었는지 모르겠다.

『천사들도 발 딛기 두려워하는 곳』*이라는 책을 읽었다. 작가는 미에 대한 사랑과 진실에 대한 사랑을 순수함과 능변으로 써 나가고 있으며 그로 인해 우리는 마치 고결한 세상에서 살아가고 있는 듯이 보인다. 하지만 사실 우리가 보는 것은 두 명의 독신녀와 어린아이를 유괴해 결국 죽음으로 몰아가는 풋내기 청년이다. 아이의 죽음이라는 사건은 개연성도 없고 혐오스럽기까지 하다. 인생의 많은 경우와 마찬가지로, 나는 허구인 글에서도 정당한 명분 없이 아무 죄 없는 사람을 죽이거나, 병자 등 무방비인 사람을 박해하거나, 또 뜬금없는 악의가 있어서는 안 된다고 생각한다. 작가는 고상하고 우아한 글을 선보이고 있고 이에 나는 내 글이 천박하다고 했던 비난에 대해 생각해봤다. 하지만 내 글이 저속하다면 (사실 그럴지 모르지만) 그것은 아마도 정직한 저속함이요, 선천적일 정도로 고치기 힘든 저속함이요, 내 성격과 가깝다고 할 수 있는 저속함일 것이다. 그러나 작가가 냉혹한

---

* 포스터의 소설.

사회 현실에 대해 얘기하는 대목에서는 그 명석함이 부러웠다. 그가 보여주는 통찰력, 즉 이 세상에서의 인간 행동이 지니는 근본적 성격을, 인간이 과연 무엇을 성취할 수 있는가를 알아보는 일종의 시도로 파악한 것은 나로선 쉽게 생각해낼 수 있는 바가 아니다. 나는 작가가 성찬에 대한 하나의 경구(驚句)로 이 글을 펼쳐 보였다고, 다시 말해 성찬이 운명적이지 않다는 것은 사실이 아님을 보여주기 위해 글을 썼다고 생각한다.

담배를 피우지 않으니 머리도 잘 돌아가지 않는다.

• • •

7월 8일. 여기서 지낸 지 12일째 되는 날이다. 저녁에 나가보니 두 개의 모래언덕 사이로 자그맣게 내다보이는 바다의 모습이 상어 지느러미처럼 날렵하다. 우리는 햇빛을 등지고 서서 북서쪽을 바라봤다. "오, 얼마나 아름다운가." 내 입에서 감탄사가 튀어나왔다. "이토록 아름다운 평화가 있을 수 있다니." 포르트에르콜레*와 브리스틀**, 그리고 뉴햄프셔에서도 이런 말들이 터져나왔다. 코스카타***로 가는 길에도 감탄을 자아내는 풍경이 있

---

* 이탈리아 토스카나 지역에 위치한 항구.
** 영국 잉글랜드에 위치한 항구.
*** 매사추세츠 주에 속한 섬.

긴 하다. 하지만 바다에 대한 우리의 감정은 얼마나 당연하며 또 얼마나 원시적인가. 바로 이 죽음의 이미지가 말이다. 소금물에서 나왔으니 소금물로 돌아갈지어다. 이런 부정적인 생각은 어쩌면 병적으로 음울한 나의 기질 탓일지 모르나 이는 사실이다. 바다는 우리보다 강하다. 당신의 가장 강한 의지도 이 단순한 파도보다 오래가지 못한다. "안드레아 도리아 전함[*]도 저 바다 밑에 있지 않을까?" 메리가 물었다. "배의 라운지며 아이스박스까지 바닷물에 다 잠겼겠네." 우리는 코스카타로 걸어갔고 거기서 오래되고 진부한 얘기를 메리에게 들려줬다. 연못에서도 바닷빛이 여전히 이글거리는 듯했다. 들장미와 나이프 그래스knife grass[**]가 아름답게 펼쳐져 있었다. 수평선에서는 언제나 그렇듯 태양의 잔광이 어른거렸다.

일몰을 보려고, 또 저녁별과 새로 뜬 달을 보려고 만의 해변으로 걸어갔다. 나는 더 나은 사람이 될 수 있기를 진심으로 기도했다. 다음날 아침에는 벤과 함께 황새치를 잡으러 갔다. 우리가 탄 배의 선장은 친절해 보이는 그을린 얼굴, 아주 튼튼한 목, 삭발이라도 한 것처럼 회색이 감도는 머리카락, 그리고 건강한 치아를 갖고 있었다. 건초가 널린 들판을 지날 때 선장은 젊을 때

[*] 전시에 활약했던 이탈리아의 전함.
[**] 잎 가장자리가 칼처럼 단단하고 날카로운 열대식물.

건초를 만드느라 고생했던 추억담을 들려줬다. 선장에게서 받은 이미지는 다음과 같다. 즉 그는 더이상 젊지 않지만 인생에서 감당해야 할 것들, 즉 농장의 소년, 고등학생, 남편, 아버지 등의 역할을 차례대로 더할 나위 없이 잘 소화해냈으며 그의 이미지는 바로 이런 역할들의 총합인 것이다. 바다로 출발하기 전에 선장은 무거운 풀오버를 입으며 오두막 지붕 위에 서더니 소매를 팔꿈치까지 걷어올린 후 데님으로 만든 작업복과 스니커즈 신발을 착용했다. 이어 발을 벌리고 서서 한쪽 팔로 부근의 수직 기둥을 끌어안고, 또다른 한쪽 팔은 자신의 다리 위에 느슨히 걸쳤다. 그러나 손가락만은 뭔가를 반추하는 듯 신경질적으로 끊임없이 움직여댔다. 마치 부드러운 천에 행여 구멍이라도 나 있지 않나 찾으려는 사람처럼. 그런 그의 모습에서 보기 드문 섬세함과 일관성, 그리고 그가 지닌 높은 수준의 통찰력을 파악할 수 있었다. 나뿐 아니라 누구나 비스듬히 기울어져 있는 그의 어깨를 보면 그의 과거가 어떠했고 현재는 어떠한지 짐작할 수 있을 것이다. 선장은 황새치를 찾기 위해 여섯 시간 동안 바다를 주시했다. 그의 통찰력과 친절함은 전혀 변함이 없었다.

우리는 스미스 포인트의 위험한 모래밭을 통과했다. 스미스 포인트에는 지난주에 난파됐다는 한 낚싯배가 부서진 채로 (묶인 구명보트는 이리저리 흔들리고 갈매기들이 잔해를 약탈하는 중이었다) 널려 있었다. 기분이 극도로 나빠졌지만 만약 바로 이 순간, 인생이 그토록 멋지고도 동시에 비참한 것으로 밝혀진다면 어쩔 수 없이 이를 순순히 받아들이거나 (이것이야말로 짜증나는 특효약이다) 아니면 (비가 오는 날 떨어지는 잎의 그림자에도 소스라치게 놀라는 아이처럼) 신경쇠약증에 걸려 죽은 바나 마찬가지인 삶을 살아가는 방법밖에 없다. 나는 진을 마시고 잠들었다. 얼마 후 눈을 뜨니 몸에 활력이 넘치고 있었다. 나의 무의식이 강해져서일까. 근심은 저멀리 사라져버렸다.

● ● ●

프레드 형이 전화를 걸어와 사업에 대해 의논하고 싶다기에 점심식사에 초대했다. 혹시 또 술에 취해 있을까봐 내심 걱정했지만 오늘은 그렇지 않았다. 표정이 무척 진지했다. 그동안 쌓인 알코올 때문인지 자리에서 일어나거나 차에 탈 때 약간 부자연스러운 움직임을 보이긴 했다. 하지만 형은 평소답지 않게 강인하고 인내심 있어 보였고 난 그런 형의 모습을 볼 수 있어 기뻤다. 점심을 먹은 후에는 막내를 차에 태우고 운전해 기차역까지 데려다줬고 거기서 잠시 주차한 채 머물렀다. 그것은 형으로 하여금 형의 방문 목적을 설명하도록 하기 위함이었으며 한편으로는 아들이 좋아하는 장면인 기차가 지나가는 모습을 보기 위해서였다. 마침내 기차가 지나가자 의도했던 대로 아들은 무척이

274

나 좋아했다. 8월에 이 나라를 떠나 해외여행을 할 계획이라는 형의 말에 마침내 난 가능한 한 부드러운 어투로 무슨 생각으로 여행을 떠나는지 물었다. "그런 거 없어." 형이 말했다. "그냥 가는 거야." 하지만 좀더 추궁해보니 형은 푸에르토리코의 산후안이나 캘리포니아의 팰로앨토에서 남성 의류 상점을 낼 계획이었다. 산후안에 가는 목적은 사업적인 검토를 하기 위해서라고 했다. 형은 낸터킷에도 잠시 다녀올 생각을 하고 있었다. 돈이 필요하냐는 내 말에 형은 필요 없다고 했지만 난 집으로 다시 차를 몰고 가서 500달러짜리 수표를 형에게 끊어주었다. 형은 수표를 주머니에 넣고 떠나갔다. 그렇다고 짜증은 전혀 나지 않았다. (그런 기분으로는 일할 수 없다.) 메리도 이런 일로 말을 하는 사람은 아니다. 단지 형에게 오늘처럼 계속 돈을 줄 수 있으려면 더 많은 돈을 벌 방도를 찾아야 할 텐데 하는 걱정만 들었을 뿐. 어쨌든 최소한 오늘은 그동안 형에게서 보였던 교활함은 찾을 수 없었다. 메리는 지적하기를, 형수의 경우 비록 쉽게 일자리를 구할 수 있다 해도 일을 하지 않을 거라고 말했다. 또 형은 직업을 선택할 때 비현실적이라고도 했다. 즉 형과 결코 맞지 않는 그런 일만 찾고 있다는 것이다. 하지만 이 부분에서라면 난 솔직히 형의 심정이 이해가 됐다. 다시 말해 난 바느질도구 판매점의 직원으로 일하진 못할 것이다. 주류 가게를 열거나 정원사로 일하게 될지도 모르지만 내게 자존심과 사회적 지위는 거의 극복하기 힘든 장애가 될 것이다. "당신 형과 당신 모두 결코 아내가 일하게 내버려두지 않을 사람들이야." 메리는 이렇게 말했고 그 말 때문에 우리 사이의 상황은, 분위기는 또 냉랭해지고 말았다. 가슴 아픈 지적이다. 어머니가 일해야 했을 때 어머니는 여자로서의 모든 책무를 방기했다. 우리집은 추웠다. 내가 요리를 했고, 설거지를 했고, 청소를 했다. 아버지는 비참해졌다. 메리의 지적에 당황한 표정으로 나를 변호하는 말을 하긴 했지만 사실 나로선 메리가 내 아내로 계속 남아 있는 한, 남성과 여성의 역할이 바뀌지 않는 한 여자가 일하는 것에 대해 전혀 반대하지 않는다. 그런 와중에 난 엉뚱하게도 사랑의 삼각관계에 빠진 나 자신을 상상했다. 후퇴할 곳도 없이 에로틱한 사랑에 사정없이 빠져드는 나를.

분위기가 차가워진 것은 아마도 이런 나의 기질 탓일 것이다. 즉 난 육욕에 가득 찬 상상, 혹은 활기라곤 없이 비통한 생각에 쉽게 빠져드는 성향이 있다. 이후 메리는 한 시간 동안 전화로 동생과 수다를 떨었는데 목소리와 억양이 달라졌다. 아내는 또다른 자매와 삼십 분을 더 통화했고 이에 목소리와 억양은 또 달라졌다. 내가 볼 때 우리 모두는 아주 오래전에 끊어지고만 어린 시절의 역할을 어느 정도 지속적으로 수행하는 듯하다. 나 자신도 형과 함께 있으면 말투에 변화가 일어나곤 하니까. 메리는 이어 B에게 전보까지 보냈고 그래서 우리 사이의 분위기도 달라졌다. 우리는 여름휴가를 어디서 보낼 것인지 의견을 나눴다. "그 문제는 걱정할 필요 없어." 메리가 말했다. 간단하기 그지없는 말이었지만 그 어투가 나를 화나게 했고 이에 나는 내 주제넘은 짓을 용서해달라는 말로 분위기를 다시 악화시켜버렸다. 밤 인사로 키스를 나눈 후 잠들었지만 화가 치밀면서 나 자신이 불결하고 심지어 난잡한 사람으로까지 여겨졌다. 아이가 잠에서 깨었기에 우리 침대로 데려왔다. 아이를 보면서 나에게 사랑의 신선함과 깨끗함을 상기시켜주는 것은, 나를 그와 같은 세계로 데려가주는 것은 바로 아이의 힘이라는 생각이 들었다.

• • •

코벌리를 복귀시키는 것만으로는 충분치 않다는 생각이다. 오노라의 죽음도 고민해봐야겠다. 놀려고 했던 계획이 무산되고 말았던 어릴 적의 어느 토요일 오후가 생각난다. 축구공에 바람이 빠진데다 공기 주입구도 찾지 못했기 때문이다. 때는 가을이었다. 우리는 R의 헛간으로 가서 누구의 그것이 제일 큰지 온갖 난장판을 벌이며 경쟁을 벌였다. 그리고 모든 것이 끝났을 때 나 자신에 대해 정말이지 큰 죄책감과 부끄러움, 슬픔, 그리고 불쾌함을 느꼈다. 온갖 종류의 삶들이 우리 주변에 놓여 있었지만 우리는 그 안으로 들어갈 수 없을 것만 같았다. 신이여, 그렇게 할

수 있으려면 우리는 얼마나 오랫동안 기다려야 하는지요? 집에
가서 샌드위치를 먹었고 어머니가 나중에 목욕을 시켜주셨다.
하지만 물이 너무 뜨거워 피부가 쭈그러들었고 그래서 몸에 닿
는 그 무엇도 불쾌하게 느껴졌다. 하얀 셔츠(너무 작은데다 나이
든 핀란드 부인이 해놓은 다림질도 엉망이었다)와 서지^{serge*}로
만든 옷(역시 너무 작았다)이 내게는 벌처럼 여겨졌으며 게다가
무용할 때 신는 신발도 찾지 못했다. 나는 이 일을 오전에 벌인
음란한 행위와 연결지었다. 벌을 받았다고 여겼던 것이다. 그래
서 벽장에 들어가 무릎을 꿇고 주기도문을 세 번 외웠다. 세번째
주기도문을 바치던 중 내가 찾던 신발이 내 위쪽에 있는 옷걸이
에 매달린 가방에 담겨 있음을 알게 됐다. 이것만 해도 최소한
내 기도의 상당 부분이 응답받은 셈이었지만 나는 아주 지독한
갈망에 가득 차 있었으므로 목욕을 하고 난 후였는데도 꺼림칙
하고 불편하기만 했다. 나중에 찰리와 함께 프리메이슨 사원으
로 내려갔을 때 그곳에서는 대규모 행진이 막 시작되고 있었다.
어머니가 그날 오후 행진의 주요 참가자라는 점 때문이 아니더
라도 난 어딘가로 도망치고 싶었지만 그래봤자 그 파란 서지 옷
을 입고 내가 숨을 만한 곳이 어디 있었겠는가? 초원에는 집들
이 몇 채 있었다. 숲에 집들을 짓는 중이었기 때문이다. 우리는

---

* 모직물의 한 종류.

그날 오후를 그런 집들 중 왁스가 칠해진 한 집의 바닥에서 무용 학교가 끝나는 시간이 될 때까지 창밖의 빛이 희미해지는 것을 지켜보고 어린 여자아이들과 놀면서 보냈다. 그때의 토요일은 그랬다.

• • •

그때는 모든 미국인들이 동성애를 걱정하던 해였다. 물론 다른 것들도 걱정하긴 했지만 그들의 그 다른 걱정은 출판되고, 논의되고, 또 사람들에게 환기되었던 반면, 동성애에 대한 우려는 말해지지 않고 어둠 속에만 잠겨 있었다. 그 사람이? 그가 그랬을까? 그들이? 내가? 내가 그럴 수 있을까? 이런 질문들이 모든 이들의 한구석에 남아 있었던 것이다. 이에 대한 방어책의 일환으로 남자다움, 운동, 사냥, 낚시, 그리고 보수적인 옷차림이 크게 강조됐지만 외로운 아내들은 사냥 캠프로 가는 남편들을 힐끗 쳐다보며 궁금해했고 남편 자신들은 소나무로 대충 만든 침대를 과연 누구와 같이 쓰게 될지 궁금해했다. 그였을까? 그 남자가? 그가? 그 사람이 정말 원했을까? 그가 한 번이라도 그런 적이 있었을까? 하지만 내가 정말 말하고자 하는 바는 이런 우려가 바보스럽다는 것이다. 죄의식을 느끼는 사람이 있을지도 모르지만 오직 터무니없이 충동을 억압받는 자들만이 그렇게 행동할 것이기 때문이다.

• • •

「단편소설의 죽음」이라는 글에 대해 아주 막연히 생각해본다. 다람쥐가 집으로 들어온 그해에 써봤던, 이 나라로 돌아오는 것에 대한 나의 느낌이 투영돼 있던 그 글을. 내가 썼던 두 편의 단편을 읽었는데 너무 가볍다는 생각이 들었다. 당시에는 깊게 고민한 문제들이었지만 지금 보니 여전히 고민의 깊이가 부족해 보이고 큰 울림도 전혀 없으며 근본적인 문제에 대한 성찰 역시 결여돼 있는 듯하다. 내가 알고 있던 가장 깊은 고통과 쾌락으로부터 이끌어낸 그 글들이 왜 경박하고 무의미해 보이는 걸까? 서두름, 아마 그 때문일 것이다. 나는 코벌리를 아폴로로, 모지스를 디오니소스로 생각한다.* 이렇게 생각하는 좀더 일반적이고 근본적인 이유를 찾는다고 할 때 내가 내놓을 수 있는 해답은 무엇일까? 바로 형제간의 근원적인 경쟁이다. 이는 이 사회에 내재돼 있는 근본적인 경쟁을 뜻하기도 한다. 그렇게 생각한다면 이 사회에서 우리가 폭력을 발견하게 되는 것은 그리 놀랄 만한 일이 아니다. 하지만 이를 미덕과 연관짓기란 거의 불가능한 것인

---

* 그리스 신화에서 보통 아폴로는 질서나 미덕을 상징하는 반면 디오니소스는 무질서와 본능 등을 상징한다는 점에서 대조를 보인다.

가? 그러니까 성찬의식과, 질투와, 충성 요구라는 미덕을 갖추고 있는, 이 지역 전체에 퍼져 있는 것처럼 보이는 종교와 근본적인 경쟁을 연관시키는 것 말이다.

그런데 털로 만든 긴 양말을 신은 여자나 콩고 출신의 젊은 은행가를 볼 때 우리가 갑작스럽게, 또 제멋대로 느끼게 되는 이 애정은 무엇을 의미하는 걸까? 무엇이 우리의 내면을 휘젓는가? 이는 우리가 완벽히 이해받을 수 있는 기회인가? 이는 남자들과 여자들이 아무 죄의식 없이 서로를 자유롭게 사랑할 수 있는 어떤 평화로운 왕국의 사상인가? 그게 아니라면 죽음의 정복자가 제시하는 약속인가?

• • •

만약 내가 대화체 산문을 써야 한다면 (가끔 그럴 때가 있긴 하다) 다음과 같은 제약을 난 흔쾌히 인정해야만 한다. 즉 모든 글들이 심장의 애절한 울음이 될 수 없고 정교하게 다듬은 돌이 될 수 없다. 하지만 진부한 표현이나 내 작품에서 발견하게 되는 특성, 즉 그저 공간만 채우고 있는 글에 대해서는 이를 진정으로 거부한다. 나는 리앤더의 일기, 소년의 이야기, 객실 청소부와 변소에 관한 이야기를 어서 끝마치려고 노력중이다. 하지만 강력한 특질을 타고 태어나지 못했기에 지금의 내 능력만으로 잘해 나가야 할 것이다.

· · ·

설핏 잠든 상태에서 내가 어릴 적엔 비옥했으나 지금은 버려지고 잊힌 한 들판을 생각했다. 아니 꿈을 꿨는지도 모르겠다. 얼마나 슬픈가. 어린 시절에는 새롭고 분명한 조언들을 요구했던 우리들이 중년에 들어서면 아이들의 어떤 질문에도 전혀 대답하지 못하고 있음을 알게 된다. 나는 내 글에서 주정뱅이의 말투를 제거할 수 없고 이를 멋있고 화려한 언변으로 바꿀 수도 없는 것 같다. 우리는 아무 가진 것도 없이 인생에 들어서서 역시 아무것도 없이 인생에서 빠져나온다. 고집불통이고 마비돼버린 세상. 그럼에도 불구하고 내가 멈출 수 없는 것 중 하나가 더 나은 세상, 즉 비정상적인 편견과 검열과 억압이 없는 인생에 대한 느낌을 상상해보는 것이다. 고상한 것들, 사물의 외관에 대한 강조, 그리고 이 모든 것들의 밑바닥에 깔려 있는 현실적인 폭력. 이 세 가지 사이에서 균형을 유지하기란 나로선 힘들어 보인다. 또한 그 균형을 유지하기가 보다 쉬운 세계, 다시 말해 비극에 대한 인지가 무감각해지지 않는 그런 세계에 대한 비전을 품는 일 역시 멈추지 못할 것 같다.

• • •

마감시한은 나를 자극하고 재촉하기 위해 내가 만들어놓은 인위적인 것이다. 유치할지 모르나 그로 인해 일에 몰두할 수 있다. 나는 조이스를 생각하며 그토록 빛나는 재치로 여기저기서 단어를 선택해 가져왔고 이에 단어들이 하루종일 마음속에 떠다녀 잠에서 깼을 때도 단어가 어슬렁거리고 있었다. 난 침대에서 나만의 방식을 갖고 있으며 아내를 팔에 안는 순간 그 아름다웠던 여름밤으로 돌아온 듯했다. 우리는 마치 따뜻한 어둠을, 가장 따뜻하고 가장 어두운 공기를 흡입하는 것처럼 서로의 입술에 집착했다. 아들은 늑대인간의 꿈을 꾸지 않았다.

"물론이죠." 메리가 말했다. "남편에게 충실하지 못한 것은 여자에게는 당연한 일일 뿐이에요." 다음은 드라이클리닝 세탁물을 배달하는 한 남자에 관한 이야기다. "참 매력적인 분이시군요." 이는 그가 의례적으로 하는 말이다. 배달부는 문가에 서서 이렇게 말했다. "토요일에는 세탁물을 받아가지 않았어요. 항상 이런 문제가 발생하곤 해서요. 제대로 할 수 있는 게 아무것도 없는 것 같다니까요. 내 아내는 경찰 한 놈과 달아났죠. 메인과 브로드웨이의 교통관리를 담당했던 부서장이었어요. 여기 아내의 사진이 있습니다. 예쁘죠? 우리가 결혼했을 때 모두들 너무나 잘 어울리는 한 쌍이라고 말하더군요. 그런데 키워야 할 어린아이 넷과 직장까지 다 버리고 나를 떠났어요. 지금은 돌아왔지만 나와 잠을 자려 하지 않아요. 그게 다 그놈을 생각해서라나요. 아직도 그놈과 사랑에 빠져 있다고 생각하는 거죠. 하지만 그 녀석은 아내에겐 이제 전혀 신경 안 써요. 다시 보고 싶어하지도 않고요. 경찰서에서 그렇게 들었어요. 다음주에는 신부님을 찾아가서 이 문제를 상의해볼 생각이에요, 복지 담당 부서도 찾아갈 거고요. 거기 직원들이 정신과의사를 아내에게 소개해주려나 봐요. 아내는 도움이 필요하고 난 그런 아내를 도울 겁니다. 앞으로도 친절히 대하고 강인하게 버틸 거예요. 이 양탄자는 토요일에 돌려드리겠습니다.”

• • •

계획했던 대로 정오가 되자 술이 바닥나버렸다. 3시에 나는 빈병만 널려 있는 찬장을 뚫어지게 쳐다봤다. 4시에는 설탕을 가미한 차를 넉 잔 마셨다. 5시에는 빵과 치즈로 배를 채운 후 주사위 놀이를 했다. 메리가 집에 돌아왔던 6시에 난 집에 있던 마지막 술을 비워버렸다. 요리용으로 비치해놓은 두 개의 작은 럼주 병을 말이다. 하지만 이것으로는 별반 차이가 없어서 금단 증상을 겪기 시작했다. 나는 페데리코를 향해 큰소리를 질렀다.

그릇들을 건조시키며 세상을 뜨신 후 무덤에 누워 계신 어머니를 생각했다. 죽음이란 다름 아닌 고독이 지닌 하나의 지배력이 아닐까? 우리가 인생에서 알고 있는 가장 지독한 고독을 통해서만 그 일면을 드러내는 것이 바로 죽음이 아닐까? 영혼은 우리의 몸을 떠나지 않는다. 부패에서 방치에 이르는 모든 단계에 걸쳐, 영혼은 덥든 춥든 긴 밤이든 우리 몸 안에서 어슬렁거린다. 나의 또다른 금단증상은 불안이다. 오일 버너가 폭발하지 않을까? 도둑들이 들어와 아이들을 해치지 않을까? 오늘 아침(오전 9시)에는 담배도 끊었다. 기차역까지 걸어내려가는 동안 내 폐를 차가운 아침공기로 채울 수 있어 기뻤다. 차가운 공기가 내 피를 신선하게 해주는 기분이었다. 담배를 피우기보다 이렇게 아침공기를 들이마시는 것이 얼마나 더 좋은 일인가. 하지만 마지막 삼십 분 동안 습관적인 자극의 부재를 느끼기 시작했다. 나는 졸리다. (그러면서도 역겹게 성적 흥분에 휩싸여 있다.) 눈이 따가워지고 사물에 대한 감각은 희미해지고 침침해진다. 이것이 바로 몽롱해지는 현상, 즉 감각의 뒤틀림 현상이다.

이발사인 지노가 토요일자 신문 너머로 바깥을 내다본다, 털이 수북한 팔을 우아하게 흔들면서. 20대 중반인 그는 고향이 나폴리 남부 지역이기 때문인지 이탈리아 청년의 전형으로 보인다. 멋있는 올리브색 피부는 아주 고운데다 몸매는 잘빠졌으며 계란형 두상을 갖고 있다. 검은 곱슬머리는 잘 빗질돼 있다. 매력 가득한 큰 눈을 가진 그가 손님의 어깨와 무릎, 팔, 그리고 손을 부드럽게 어루만진다. 그의 전체적인 태도는 성적 유혹을 던지는 동성애자의 분위기를 지속적으로, 또 분명하게 풍기지만 만약 정말 그런지 물어본다면 아마 자신은 순수하다고 주장할 것이며 나도 그렇게 생각한다. 그의 순수는 그가 지닌 민주적인 방식의 일부다. 신세계에서는 누구도 300리라에 섹스를 하지 않는다. 어떤 이는 일부일처제를 고수하고 어떤 이는 순진무구하며 어떤 이는 성품이 고결하다. 이들은 재미있고 매력적인 사람들이지만 만약 위와 같은 나의 설명에 만족하는 사람들이라면 그들의 생활방식을 파괴하는 자가 바로 지노였음을 깨닫게 될지도 모른다.

노란 장미 두 송이를 든 채 들판에서 무릎을 꿇고 있는 한 여자의 사진을 꿈에서 보았다. 사진 속 여자는 마치 장미의 일부인 것처럼 보였다. 그것은 또 아름다운 노란 장미를 자랑스러워하는 장미 재배업자를 위해 찍은 사진 같기도 했다. 옛날에 찍은 사진이 아닐까 생각했는데 여름용 무명 드레스의 소매가 긴데다 스커트 역시 길었으며 보디스bodice*를 착용하고 있었기 때문이

---

* 블라우스, 드레스 위에 껴입는 여성용 조끼.

다. 물론 보디스가 여자의 풍만한 가슴을 조금도 감춰주진 못했지만 말이다. 여자는 짚이 깔려 있는 들판 위에 무릎을 꿇고는 한쪽 무릎 위로 두 송이의 장미를 쥐고 있었다. 화사한 색감의 얼굴은 달걀처럼 갸름했고 머리카락은 옅은 갈색이었다. 금발이라는 뜻이 아니다. 금발이나 아마亞麻색과는 전혀 다른 우아한 황금색, 혹은 갈색이라는 의미다. 머리카락은 길었다. 이런 자태와 옷들이 나로 하여금 그것이 옛날 사진임을 확신케 해주었다. 그녀의 머리는 얼굴에서 뒤쪽으로 부드럽게 흘러내렸으며 목 뒤쪽으로 단정히 묶여 있었다.

금연을 위해 이런저런 시도를 해가며 노심초사했다. 그리고 몇 통의 편지를 썼다. 10시 10분에는 더이상 참을 수 없어 담배 자판기가 있는 곳으로 가고자 철교를 건넜다. 메일러의 작품을 몇 편 읽은 후 그의 문체가 나보다 더 낫다는 생각을 했다. 뼈아픈 발견이다. 3시 45분에 일을 끝냈다. 오후에는 찬바람이 불었다. 페데리코와 함께 청소하는 아줌마를 집까지 태워다준 후 주류 가게에 차를 세우고는 페데리코를 위해 막대사탕을, 나를 위해선 진과 위스키를 샀다. 교도소와 강 하류를 지나 집으로 차를 몰았다. 하늘은 너무나 찬란한 황금색이어서 나의 탐욕이 다시 고개를 쳐늘기 시작했다. 황금 전설의 기원인 그 빛깔은 내게 하나의 시금석과도 같다. 수수께끼 같은 빛의 벽들이여. 집에 돌아와 음료에 얼음을 넣고 신문을 펼쳐든 다음 덧문의 유리창 옆에 서서 '연인의 위기감' '연인의 섬세한 위기감' '하루 중의 시간에 대한 연인의 감각' '섬세한 연인의 청각' 등의 표현에 대해 생각했다. 이들 중 쓸 만한 게 있을 듯하다. 그리고 문가에 서 있던 약 오 분 동안 나 자신에 대해서도 알 수 있을 것 같았다. 고지식하고, 인색하고, 똑똑하고, 젊거나 늙지도 않고, 나이에 별로 관심이 없고, 나아가 그 무엇에도 전혀 관심이 없는 사람. 지금까지 무엇이 문제였던가. 너무 많은 양의 진, 너무 많은 흡연, 온갖 종류의 너무 많은 헛소리들. 그래서 나는 술을 마시고 담배에 불을 붙였다.

• • •

그날의 술자리에 대해 간단히 언급하고 지나가자. 사람들은 나를 불쾌하게 여겼을 것임에 틀림없다. 나는 식사하는 자리에서 메리에게 성격이 부정적이라고 쏘아붙였다. 그것도 거리낌없이, 또 부당하게 퍼부어주었는데 그 이유는 메리의 가족들이 한 명씩 나를 한쪽으로 데리고 가서는 메리에게서 견딜 수 없는 점을 발견하지 못했느냐고 물어왔기 때문이다. 이는 무례한 짓이다. 그날 밤이 어떻게 끝났는지 기억도 나지 않는다. 나보코프의 책을 읽었다. 그의 문체는 화려하지만 가끔은 실수를 저지르기도 해서 내 마음을 편안하게 해줬다. 나를 '연인의 섬세한 위기감'이라는 이상적인 기준에서, 다시 말해 잘 갈고닦은 철사와도 같은 생명력을 지닌 문장을 써야 한다는 이상적인 기준에서 끌어내려줬기 때문이다. 말하자면 그 중간 어디쯤에 말이다. 하지만 나는 거의 매번 잡지의 만화란 맞은편 쪽에 잘난 체 자리잡고 있는 나의 글을 생각해보곤 한다. 그리고 내 글을 읽었던 사람들이 이제는 더이상 『뉴요커』를 구독하고 있지 않음을, 계약 파기는 실제로 일어난 현실이자 행복한 일임도 깨달아야만 한다. 지난 석 달간을 돈을 벌기 위해 세 편의 단편을 쓰며 지냈다, 정말로. 그러나 한편으로는 내가 할 수 있는 것이 무엇인지 나 자신에 대해 증명할 수 있기를 갈망하며 보냈다. 어느 정도의 시간을 낭비했다는 생각이 들지만 그 모든 시간들이 전부 낭비였다고는 생각하지 않는다.

• • •

도덕성에 대한 내 생각을 말해보자면 인생은 창조적인 과정으로, 이와 같은 방향으로 나아가려는 힘을 방해하거나 훼손하려는 것은 그게 무엇이든 악이며 음란하다는 점이다. (나무, 늘어선 목욕탕들, 교회의 첨탑, 공원 벤치 같은 것들의) 가장 단순한 배열도 나를 북돋우고 나의 전체적인 존재 의식에 일치하는 일관성, 즉 도덕적 중요성을 갖고 있는 듯하다. 하지만 나는 하늘 위의 구름이 만들어내는 경탄할 만한 움직임과 상반돼 보이는 사색과 욕망도 품고 있으며 따라서 내가 알고 있는 가장 깊은 슬픔은 아마 그런 것들에 흡수돼버리고 말 것이다.

• • •

메리가 감리교회에서 찬송가를 불렀다. 갈색으로 얼룩진, 규모는 작아도 위엄 있는 이 목조 교회는 건립될 당시엔 시골 교회였음에 틀림없지만 지금은 소방서나 식료품점, 아파트 등등의 건물들이 주변을 가득 채우고 있다. 우리가 일찍 도착해 기다리는 동안 마을의 노부인들이 나타났으며 그들 중 몇몇은 지팡이와 목발을 짚고 있었다. 노부인들 대부분은 코트에다 크리스마스 장식품을 매달고 있었다. 원시인처럼 화장한 그들의 옷엔 깃털과 구슬이 매달려 있다. 이에 나는 밍크가 부적과 비슷한 중요성을 갖고 있음을 알게 됐다. 이들은 가난한 사람들로 펠트를 살 여유는 없지만 마치 로마 시대 여인들이 악마의 눈에 대항해 부적을 달았듯이 밍크 한 조각씩을 반드시 걸치고 있었던 것이다. 어떤 이는 밍크로 만든 모자를, 어떤 이는 밍크로 만든 단추를, 어떤 이는 밍크처럼 보이도록 짠 천코트를, 어떤 이는 밍크처럼 염색한 사향쥐 코트를 입고 있었고 심지어 어린아이들까지도 마법 같은 이 털의 조각들로 만든 밍크 소맷동을 걸치고 있었다.

* * *

　샴페인을 곁들여 멋진 저녁식사를 했다. "오, 너무 행복해." 메리가 내 팔에 안기며 말했다. 우리를 둘러싼 주변 사람들 역시 행복해하고 있음을 느낄 수 있었다. 오늘밤은 모든 이들이 행복하다. 수지와 함께 교회에 갈 수 있었던 사실도 기뻤다. 왜냐하면 내 의구심이 무엇이든, 마구간에서 태어난 평화의 왕자를 기리는 찬송가는 인생에 대한 나의 깊은 감상을 표현하는 것이었기 때문이다. 간섭하기 좋아하는 두 명의 교구위원이 신도들의 만찬을 통제했다. 단지 캐럴을 듣고자 모여들었던 몇몇 사람들은 예배가 시작되자 얼떨떨한 표정을 지었다. 대학에 다니다가 고향에 돌아왔다는 한 소년의 얼굴이 통로 건너편으로 보였다. 이웃에 사는 친구의 아들이다. 날카로운 코에 긴 머리카락을 가진 그 소년의 인상이 H를 떠올리게 했지만 이렇게 연관짓는 행위가 죄를 지었다는 자책감, 또 타락한 놈이라는 자괴감에 빠지게 했다. 하지만 H와 소년의 얼굴에는 큰 차이점이 있다. (혈색 좋고 생기 넘치는) 얼굴에서 권위와 회의론적인 기운이 풍기는 소년은 인생의 그 시기에 걸맞은 적당한 내숭과 기질로 무장하고 세상을 바라보는 듯했다. 역시 대학에 다니다 고향으로 돌아왔다는 또다른 소년이 마침 내 근처에 앉았기에 우리는 함께 찬송가를 불렀다. 서로 한 소절씩 불러가는 느낌이 참으로 유쾌했다. 우리 둘은 찬송가를 얼마나 조화롭게 불렀는가. 때로는 낯선이와의 만남이 고급 염수에서 목욕하는 것처럼 얼마나 상쾌한가. 집으로 돌아와서는 트리의 아래쪽과 양말 안을 선물로 채웠다. 난 이맘때쯤의 심리적 상태에 대해 되돌아봤다. 우리가 본받아 창조되기를 원하는 이미지와 겉모습인 선善, 그러니까 산타클로스와 영웅적인 카우보이의 권위에 대해서 말이다. 이 같은 '선물들(크리스털 유리잔, 벨벳 가운, 새우 요리, 트럭과 자동차 장난감 등)의 과도함' 속에는 악몽과 같은 뭔가가 도사리고 있다. 비록 술을 한잔 걸친 상태긴 했어도 어쨌든 난 (덜 당황스럽게도) 그 악몽에서 다른 어떤 의미를 찾으려 했고 이에 어쩌면 우리는 이처럼 어리석기 짝이 없는 과도함을 통해, 삶의 풍부함에 대한 우리의 확신을 직감적으로 표현하고자 애쓰는 게 아닐까하는 생각에 이르렀다.

• • •

B의 연못에서 스케이트를 탔다. 여기서 스케이트를 탄 것은 이번이 처음이다. 회색빛을 띤 얼음이 다소 거칠었다. 바람은 남서쪽으로 휘몰아쳐가고 날씨는 얼음이 녹을 정도로 점점 따뜻해

졌다. 밤에는 남서풍이 불면서 비가 거세게 들이쳤는데 비가 떨어지며 내는 그 모든 소리들이 한 화려한 비누 광고에 등장했던 영국 미인을 생각나게 했다. 그녀의 머리는 옅은 황금색이었고 볼은 불그스름하게 물들어 있었다. 오전이 됐지만 어두컴한 가운데 여전히 비가 내렸고 이에 배출 펌프, 오일 버너, 일부에 금이 간 세탁실의 천장 등으로 마음이 또 어수선해졌다. B와 함께 참석한 성찬의식에서 '우리는 스스로에 대한 이해를 불안 때문에 얼마나 흐릿하게 만들어버리고 있는가' 하고 생각했다. '사실 알고 보면 우리는 스스로 바라는 바가 아닌 오히려 우리를 두렵고 무섭게 만드는 것을 원하고 있는 게 아닐까' 하는 불안이 바로 우리를 방해하는 요소다. 이는 보잘것없는 나의 독실함을, 또 (근엄한 감사의 태도라 할) 기도하는 자의 바람직한 자세를 돌아보는 일이기도 하다.

점심 전에 술을 두 잔 마신 다음 아들과 산책을 나갔다. 비가 그친 후의 공기는 신선하고 상쾌했으며 바람은 자신이 정착할 곳인 북서쪽으로 몰려갔다. 날씨는 맑았다. 폭이 약 3미터, 길이가 약 8킬로미터에 달하는 강한 햇살이 산과 강 너머로 비쳐왔고 그 햇살 아래로 석탄을 태워 움직이는 화물선이 모습을 드러냈다. 배의 굴뚝에서 나온 연기는 배 앞쪽에서 불어오는 바람에 부딪혀 위로 올라갔는데 그 모양이 흡사 단정치 못한 사람의 머리칼을 연상케 했다. 우리는 다가오는 기차와 그 기차에서 가방

을 들고 내리는 승객 몇몇을 지켜봤다. B부부의 앞을 지나칠 때
B가(그와 나는 아직 친구가 아니다) 비가 그칠 거라 생각하는지
내게 물어왔다. "베어 산에 있는 스케이트장으로 아이들을 데려
갈까 해서요." 의심스러운 눈빛으로 구름을 쳐다보며 그가 말했
다. "하지만 비가 올 것 같으면 가지 않을 생각입니다." 바람이 북
서쪽으로 몰려가고 있다고 그를 안심시킨 후 우리는 계속 걸어
갔다. 시냇물은 시끄러운 소리를 내는 갈색 물로 넘쳐났다. D와
친구들은 작은 댐을 만드는 중이었다. 길의 가장 높은 곳에 위치
한 뽕나무를 지나치자 공기는 향기롭고 따뜻했으며 여기에 새의
지저귐 소리와 초록색으로 빛나는 잔디, 그리고 유쾌한 나른함
이 한데 어울려 마치 완벽한 봄을 가져다놓은 것 같았다. 회양목
에서는 고양이집 냄새가 났다. 나중에 우리는 잔디밭을 가로질
러 축축한 곳에서 태우려고 나뭇조각과 버려진 화환을 가져갔고
이에 작년 이맘때쯤 북쪽으로 여행 갔을 때, 어린 천사의 머리카
락처럼 아름다운 잎들을 여전히 지니고 있던 죽은 나무를 기찻
길 옆의 도랑에서 바로 태웠던 기억이 났다. 아이들은 축구를 하
며 놀았다. 이제 북서쪽에서 불어오기 시작한 바람은 아주 강력
해서 흡사 타악기 비슷한 소리를 내며 큰 나무들을 흔들어놓고
사라졌다. 풍경은 훨씬 더 화려해지기 시작했다. 화환들이 불타
올랐다. 호랑가시나무와 독미나리가 탈 때 나는 냄새가 (마치 소
금물과 여인의 가슴처럼) 삶의 활기찬 향수처럼 느껴졌다. 고개

를 돌려보니 북쪽 하늘은 라일락과 사파이어 색으로 물들어 있고 남서쪽 하늘에는 그토록 순수하고 그토록 찬란한 난공불락의 황금색 햇살이 비치고 있어 내 안에 자리잡고 있던 탐욕이 마구 흥분하기 시작했다. 천지사방으로 어지럽게 난무하던 그 다채로운 색깔과 빛들이여.

● ● ●

시내 여기저기를 돌아다녔다. 서로 함께할 때 느껴지는 완전한 기쁨을 상기시켜주는 표정들이 거리 곳곳에 넘쳐났다. 내가 말하는 그런 기쁨들에는 우정, 시끌벅적한 장난, 창의성, 애정, 거기에 매우 수상한 만남까지 모든 종류의 것들이 포함된다. 또 너무나 슬픈 일이지만 여기저기서 마주쳤던 얼굴들을 통해 내가 더이상 젊지 않다는 사실을, 나는 상실을 겪었으며 그리하여 만족한 상태에 있지 않다는 사실을, (저기 보이는 젊은이처럼) 길의 한 모퉁이에 서서 차분히 세상을 바라볼 수 있는 마음의 여유가 내게서 떠나버렸다는 사실을 깨달았다. 신께서도 아시다시피 난 즐거움을 누리고 있고 세월도 어쩌지 못한 인생의 활력이 아직 남아 있음을 알고 있지만 내 눈은 더이상 맑지 않고 내 피부는 더이상 탄탄하지 않으며 내 머리칼은 더이상 윤기가 흐르지 않는다. 하지만 어떤 여자들은 여전히 나를 좋아하는 듯하고 어차피 인생에서 모든 것을 가질 순 없다. 한편 거리 곳곳에서 하나의 인상이, 하나의 형체가 나의 시선을 강하게 끄는 듯했다. 바로 벨트 달린 트렌치코트를 입고 서둘러 골목길을 걸어가는 형체였다. 내게 그 형체는 우리를 가장 잘못된 길로 이끄는 것들 중 하나로 보였다. 그 형체에게서는 성적 매력이 풍겨나왔지만 이는 어떤 종류의 성적 매력인가? 접어올려 아랫단이 없는 바지에 이탈리아풍 구두를 신은 젊은이들은 멋있어 보이려고 그런 차림을 했겠지만 그들이 매력적으로 보이고 싶어하는 대상은 과연 누구인가? 코르소 거리를 오가는 사람들의 의도를 짐작하기란 의심의 여지가 없는 일이었으나 내가 볼 때 그 젊은이들은 대개 거울에 비친 자신의 이미지를 상대로 유희를 즐기는 듯했다.

● ● ●

학교로부터 일종의 근신처분을 받았다는 소식을 집에 온 수지에게서 들었다. 수업중 집중하지 못하는 반항적인 자세가 나쁜 태도로 간주됐다고 한다. 우리의 대화는 부드럽게 시작됐지만 나는 곧 소리를 지르기 시작했고 이에 수지는 침대에 엎드려 울어댔다. 나는 일어나 밥을 먹으라고 명령하면서 만약 여기가 이탈리아였다면 나뭇조각으로 머리를 세게 때려줬을 거라고 말했다. 내 목소리에서 거칠고 성난 분위기를 눈치챈 페데리코가 울기 시작했다. 우리는 우울한 분위기 속에 식탁에 앉았다. 나는 책을 읽었다. 8시 정각이 되자 많은 눈과 비가 섞인 강한 북풍이 불어왔다. 수지는 그 폭풍 속으로 산책을 나갔다. 내가 나중에 이에 대해 말하자 수지는 이렇게 말했다. "상관 안 해요. 난 엄청 나게 똑똑한 유랑자니까요. 거리에서 잔다 해도 눈 하나 까딱 안 해요."

"아니, 그래선 안 돼." 강한 바람이 비를 몰고 창문에 부딪쳐왔다. "이런 밤에도 거리로 나가 잠을 자고 싶니?" 내 말에서 풍기는 무익하고 지겹기만 한 냉소. 하지만 곧 우리 사이의 우정을 들먹이면서 딸에게 사과하고 간청한 뒤 침대에 누웠다. 그리고 혼자 자문했다. 어떻게 내 딸이 낸터킷의 해변에, 로마에, 스키 타는 즐거움에, 사랑과 우정의 약속에 무관심할 수 있단 말인가?

4시에 페데리코가 비명을 지르며 깨어났다. "엄마를 구해야 해요." 페데리코는 이렇게 말하고는 다시 잠들었다. 무슨 꿈을 꾸고 있는 걸까? 벤도 같이 깨어 두려운 눈으로 어둠을 응시했다. 다시 잠에 빠져들 때 난 내가 양탄자처럼 화려한 빛깔과 색감의 세계로 들어가 많은 비둘기들이 앉아 있는 레몬 나무 아래에 누워 있는 듯한 기분을 느꼈다. 나중에는 음란한 행위도 상상한 것 같았는데 그렇다고 충격받거나 혐오스럽다는 생각은 들지 않았다. 난 나의 타고난 성향과 숙고중인 방책들에 타협하고 있는 것 같지만 이런 타협이 도덕적 자각에 그 어떤 손상을 입는다는 의미는 아니길 희망한다.

• • •

눈이 예보됐다. 오전 9시경, 어두운 하늘에서 처음에는 잠시 망설이는 듯 약간의 눈발이 흩뿌리기 시작하더니 10시경이 되자 땅이 눈으로 뒤덮였다. 11시경에는 눈에 처박혀 헛바퀴가 도는 자동차 소리가 들려왔다. 12시가 되자 작은 뒷골목들이 눈에 막혔고 주요 도로에도 차량이 거의 보이지 않았다. 학교가 쉬고 사무실도 쉬었다. 이 같은 자연의 갑작스러운 격변은 사람들에게 그 어떤 원시적인 동료애를 느끼게 하기도 한다. 나는 기차역의 플랫폼 청소를 돕기로 했다. M부인이 갑자기 V부인에 대한 자신의 속내를 내게 터뜨렸다. "이봐요, 그 여자는 아주 무자비하고 부정직하기까지 하답니다." 그런 말을 하는 M부인이야말로 난폭하고 무자비한 마음을 가진 사람이다. 오후 2시 반이 지나자 10인치 이상의 미세한 눈가루가 쌓였다. 친구와 함께 산책을 나갔다. 나의 찬탄을 자아내는 사람이 있다면 바로 그 친구일 것이다. 이런 날씨에 동물들은 어찌될까 생각하던 바로 그때, 친구가 소와 양, 비둘기 들은 자신들의 보금자리로 들어갈 거라고 말했기 때문이다. 도중에 이탈리아풍의 정원을 통과해 걸어갔는데 정원의 모든 것들이 눈 때문에 아주 우스꽝스럽게 변해 있었다. 눈 쌓인 바로크풍의 동상 받침대는 마치 지진아에게 씌우는 모자처럼 보였다. 회양목 덤불 위에도, 용맹해 보이는 사자의 머리 위에도 눈은 어김없이 얹혀 있었다. 잔디밭 위쪽을 걸어갈 때쯤엔 눈발이 하도 굵어져서 커다란 집조차 잘 보이지 않을 정도였다. 나는 길의 눈을 치우며 아들들과 장난을 쳤다. 이 같은 날씨의 격변에 우리는 얼마나 큰 기쁨을 느끼곤 하는가. 주인 없는 개가 나타났다가 곧 사라졌다. 저녁이 되어 어두워지기 직전 커튼을 닫으려 할 때 한줄기의 파란 불빛이 계곡을 환하게 채워왔다. 어둠 속에서 벤과 밤 산책에 나섰다. 여전히 눈이 내렸고 바람 역시 불어왔다. 얼마 안 되는 불빛들 속에서, 얼마 안 되는 가로등의 조명 아래에서, 눈은 원래의 무르고 부드러운 성질과는 달리 아주 단단한 느낌을 풍기면서 눈부시게 반짝거렸다. 마치 잘려나간 강철의 단면이 빛에 반사되는 것처럼. 오전에 A가 여행과 강연 계획을 취소하자는 전화를 걸어왔다. 난 침대 옆에 서서 오른손으로는 전화기를, 왼손으로는 나의 그것을 쥐고 있었다. 이것이 바로 나다.

• • •

로마에 있을 때 내가 사췄던 보석인 대리석 하나를 보여주며 메리가 말했다. "나, 친절하고 자상해져야겠는걸. 안 그럼 이런 보석은 결코 사주지 않을 거잖아?" 나는 궁금했다. 그녀가 고려하고 있는 것들 중 하나가 살인인가? 메리의 목을 비틀어주고 싶었던 적은 있지만 돌로 내려치겠다는 생각은 한 번도 해본 적이 없다. 만약 메리가 정말로 내 머리를 친다면 그것은 나를 다른 누군가로 착각했기 때문일 것이다.

페데리코의 세 번째 생일이다. 아들을 위해 계속 멋진 작품을 쓰고 싶지만 나 자신부터 돌보지 않으면 안 된다. 어젯밤 또다시 너무 많은 술을 마시고 담배를 피웠다. 하지만 (사파이어처럼 환한 겨울 햇살과 전나무에 앉은 홍관조의 지저귐 소리를 들으며) 집으로 돌아올 때 어쩌면 그것을 해낼 수 있을 거라는, 조금은 이해할 수 있을 거라는 생각이 들었다.

점심 식사 중 메리가 피곤하다면서 불평해댔는데 그런 메리의 모습에 난 애정과 쓰라림이 뒤섞인 심정으로 장모가 불평하던 모습을 떠올렸다. 거기에 원치 않게도 장인(주여, 그에게 안식을 주소서)이 부엌에서 벌였던 터무니없는 행동까지 기억났다. 장인은 누군가 집에 들어오기라도 하면 바닥을 대걸레로 열심히 닦았으며 스토브를 그것이 마치 자신의 명예라도 되는 양 지키려 했다. 장인은 자신에게 지워진 의무에 분노하면서 욕을 해댔지만, 누군가 토스트를 굽거나 레몬에서 즙을 짜는 등 도와주려고 할 때마다 미친듯이 화를 냈다. 그야말로 비이성적인데다 결코 만족할 줄 모르는 이기주의자였다. 장인은 피곤했고, 너무 많이 일했고, 오해받았고, 빛나는 지성은 낭비됐다. 그런 위치에 있기 위해, 즉 자기 자신을 가혹하고도 무가치한 고통에 시달리는 자로 변화시키기 위해 장인은 얼마나 끊임없이 발버둥쳐왔던가. 나는 아침에 요리를 해도 되는지 메리에게 물었지만 그릇에 기름기를 너무 묻히니 베이컨은 굽지 말라는 말을 들었다. 아마 난 달걀 푼 요리를 해서는 안 될 것이다. 가정부가 접시에서 노른자를 제대로 닦아내지 못하니까. 우유도 데워선 안 된다. 혹시 너무 끓여서 단지에 얼룩이 묻을지 모르니까. 아, 이 끝없는 방해물들이여.

· · ·

16세 소년이 음란물을 팔았다는 죄로 체포돼 6개월의 구금을 선고받았다. 그 아이의 첫번째 범죄는 자동차 휠캡을 훔친 것이었다. 판사는 말하기를 그 판결은 15년 동안의 법정생활 중 가장 슬펐던 일이었다고 했다. 판사는 소년의 가족과 친구 사이였던 것이다. 소년의 부모를 존경하는 그는 빗나간 아들을 되돌리려는 부모의 현명한 노력을 칭찬했다. 그리고 감옥에서의 생활이 범법을 아무렇지도 않게 생각하는 아이의 마음을 치료하는 데

도움이 되기를, 또 그의 표현대로 하자면 '사회의 구성원'이 되는 데 깨달음을 줄 수 있기를 희망했다. 고상한 척하는 판사의 말은 경멸스러웠고 내게 이는 언어장애를 넘어 소년의 범죄보다 더 나쁘게 보였다. 크게 당황하고 슬픔에 잠겨 있을 아이의 부모를 난 상상할 수 있다. 다른 아이들은 과학대회에서 전국 장학금을 타거나, 운동 능력을 개발하거나, 아니면 깨끗하면서도 모험 가득한 생을 펼쳐가는데 왜 내 아들은 가로등 밑에서 음란한 사진을 친구들에게 보여주며 팔아야 했던가? 카메라를 향해 음란한 포즈를 취하면서도 결코 체포되지 않았던 X를, 또 그런 방식으로 최대한 유쾌하게 일하면서 네 명의 자녀를 키웠던 나폴리의 한 친구를 떠올렸다. "일은 괜찮아요, 선생님. 보수도 짭짤하죠. 하지만 힘든 일이에요. 머리가 깨질 듯 아플 때도 항상 정열적인 표정을 지어야 하니까요. 여자가 예쁘지 않은 경우도 자주 있고요." 이런 직업은 나폴리에서 용인되는 일이며 거의 익살의 대상으로까지 여겨지기도 하지만 여기선 아니다. 그래도 그 소년의 입장을 대변하는 말은 해야겠다. 아마 그 아이에게는 친구들에게 깊은 인상을 남기는 방법이 그것밖에 없었는지 모른다. 어쩌면 아버지처럼 무미건조한 성격만을 물려받았기에 이런 방법으로 자신을 돋보이게 하도록 내몰렸는지도 모른다. 음란한 사진에 대한 그 아이의 관심은 충분히 당연하며 사진을 파는 행위를 통해 친구들로부터 존경심과 같은 뭔가를 얻고, 또 도망칠 수 있는 많은 돈을 벌 수 있었을 것이다. 나만의 감상적인 생각에 불과할지 모르나 고상한 척하는 그 판결은 또다른 문제의 시작이 될 수도 있는, 순수함의 거짓되고 초라한 모습을 다시 확인시켜주는 듯하다.

• • •

메리가 무척이나 애매한 표정으로 문에서 나를 맞이했다. 메리는 태연자약하며 혐오의 감정을 숨기려 했지만 채 그러기도 전에 내가 너무 빨리 들어온 듯했고 그래서 난 내가 얼마나 환영받지 못하는 사람인지 알 수 있었다. 메리는 내게 말을 걸지도, 나를 쳐다보지도 못했다.

"좀 쉬는 게 어때?" 가능한 한 다정한 목소리로 내가 물었다.

"내가 어떻게 그럴 수 있겠어?" 메리가 대꾸했다. "머리를 손질해야 해." 모든 것들이 희극적이지만 쓰디쓴 희극이다. 한 영혼이 감당할 수 있으면서 여전히 생기 있고 쾌활하게 지낼 수 있는 비참의 광대함은 어디까지인가.

• • •

계절답지 않게 더운 날씨다. 혈관까지 뜨거워지는 듯하다. 페데리코와 산책을 나갔다. 땅에서 흘러나오는 냄새나 뜨거운 공기가 흡사 화산을 연상케 한다. 온 나라가 분화구처럼 들썩인다. 옷을 벗어버리고 염소처럼 숲을 껑충 뛰어 냇물에서 수영하고픈 긴급한 충동을 어찌할 수 없다. 저녁식사, 말싸움, 텔레비전, 아기 목욕, 전화벨 소리, 개수대의 악취 같은 곤혹스러운 일들을 고상한 충동으로 버텨낸 끝에, 난 마침내 내가 원하는 것을 얻었다. 정말로 간절히 원했던 것을.

• • •

오늘밤 소방서에서 추잡한 영화를 상영했다. 관객들 중엔 경찰도 있을 것이다. 지난주 열여섯 살 소년을 체포해 6개월간 감옥에 보내버린 경찰은 아닐 거라 생각하지만 어쨌든 같은 신분의 사람들이다. 대체 이유가 무엇인가? 소년에게는 범죄가 되는 것이 서른 먹은 이들에게는 아주 좋고 유익하다는 것인가? 알수가 없다. 엉덩이에 긴 흉터가 있는 남자에게 난잡하고 꼴사나운 짓을 하는 여자를 스크린으로 지켜보기란 내게 공포이자 이루 말할 수 없는 혐오다.

• • •

　브라운 대학의 한 언어학자 부부와 저녁식사를 했다. 그는 말하자면 바자로프* 세대에 속한다. 그의 야심은 전기로 작동하는 분석기계를 이용해 언어의 기본구조를 결정하는 것이었다. 그가 말하길 기계를 이용해 단어의 가치와 그것의 연상을 결정할 수 있으며 따라서 기계로 성공적인 시를 쓸 수 있다고 했다. 이에 우리는 정서의 퇴화 현상이라는 주제로 돌아왔다. 나는 언어에 대한 나 자신의 감각, 언어의 친밀함, 언어의 불가사의함, 그리고 (염증에 걸린 목소리로 발음할 때) 베니스에 부는 해풍이라든가 키츠뷔엘** 너머의 단단한 산악지대를 연상시키는 언어의 힘을 생각했다. 그러나 그는 이것은 오직 감상에 지나지 않는다고 말했다. 그리고 자신이 말한 기계의 중요성은 '희망'이라든가 '용기' 등 우리가 정신세계를 거론하기 위해 사용하는 모든 용어들을 규정하거나 측정하려는 동기에 있다고 했다.

---

* 러시아 작가 투르게네프의 『아버지와 아들』에서 급진적인 청년 지식인으로 등장하는 인물.
** 오스트리아 티롤 주에 위치한 지역. 스키장으로 유명하다.

• • •

　봄날에 페데리코를 데리고 산책하면서 X와 함께 걷고, 시원한 호수나 냇물을 찾고, 거기서 벌거벗고 마구 수영하고, 또 그의 튼실한 엉덩이를 만지며 추잡하게 놀아볼까 생각했다. 나는 그 몽상이 제멋대로 뛰놀게 내버려두었다. 문제될 것이 어디 있는가? X는 존재하지 않을뿐더러 이맘때쯤이면 차가워지는 물가에 와서도 수영하고 싶어하지 않거나 혹은 내가 원하는 듯 보이는 일들을 하고 싶어할지 모르는데 말이다. 하지만 정말이지 내 머릿속에는 내가 알고 있는 인생의 여러 사실들과는 전혀 상관없는, 무책임한 성적 탐욕 같은 아주 유치한 세계가 자리하고 있는 듯하다. 하지만 내 관심을 끄는 건 나를 포함한 우리들의 본성에 반대되는 모순 및 그 모순의 당당함이다. 압도적일 정도의 난잡함을 경험하다가도 단 몇 분도 안 돼 자긍심과 자신감이 연못의 수원水源처럼 솟아오르는 그 어떤 순수한 원천으로 헤엄쳐 갈 수 있다니. 얼핏 잠들었을 무렵 혹시 날카로운 칼로 무장한, 저 원시 시대에 존재했던 야생 그대로의 야수 같은 여인들에게 고통받지 않을지 궁금해졌다.

• • •

    메리는 나의 존재가 자신을 억압한다고 말했다. 자신을 표현할 수 없고 진실도 말할 수 없다고 말이다. 뭘 말하고 싶은 건지 묻자 메리는 "아무것도 아냐"라고 했지만 내 마음 한구석에서는 혹시 아내가 나를 동성애자라고 비난해오지 않을지 두려움이 일었다. 말도 안 되는 소리일 것이다. 그러나 오래된 상처를 가진 사람은 예민해지는 법이다. 나는 나라는 인간이 조심성 없고 변덕스러움을 알고 있으며 터무니없고 비현실적인 모든 갈망들을 기꺼이 극복할 수 있지만 아들에게 조금이라도 영향을 끼치지 않을까 고민이다. 아들은 언제든 나를 사랑할 만반의 준비가 돼 있는 듯하며 그래서 우리는 오늘도 잔디에서 캐치볼을 하며 놀았다. 저녁식사 때 수지는 내가 곧 죽게 될지도 모른다고 경고하면서 내게는 늙은 암탉처럼 발끈하는 경향이 있다고, 좀더 자제하는 법을 배워야만 한다고 말했다. 술을 너무 많이 마신 탓인지 잠에서 깼을 때 어제 무슨 일이 있었는지 아무 기억도 나지 않았다. 눈이 쓰리다.

    B는 시골로 집을 옮기는 일에 대해 언급하면서 가장 큰 어려움은 아마도 메리의 우울증일 거라고 말했다. 이상한 발언을 하는 데는 B가 대가임을 인정하긴 하지만 이는 정말 이상한 말이

다. 어쨌든 나는 뭔가가 잘못되고 있는 건 아닌지 다시 생각에 잠겼다. 아내의 얼굴은 핼쑥해 보이고 입술은 고통과 분노로 굳어져 있다. 페데리코를 데리고 산등성이로 올라갔다. 땅을 향해 떨어지는 것처럼 보이는 지는 해가 대기 위에 그 형태를 분명히 드러냈다. 그 빛깔은 멍울진 붉은색이다. 과일나무의 꽃들은 이제 활짝 피어 있다. 러시아 제비꽃은 꽃을 피웠다가 일주일 만에 자취를 감췄다. 가만히 보니 페리윙클이나 프림로즈를 비롯해 다른 제비꽃들 역시 활짝 피어 있다. 하지만 난 아무 이유 없이 우울하다. 우리는 사랑을 나눴지만 나는 버림받은 것 같았고, 오늘 아침까지도 나는 버림받은 느낌을 떨쳐낼 수가 없다. 아름다운 여름 풍경을 보여주는 오늘은 아들과 아내의 생일이기도 하다. 요즘 난 매일 두 페이지씩 쓰고 있다. 넷에서 여섯 페이지 정도로 늘려야 한다.

• • •

섬에 온 후엔 어느 정도 일을 할 수 있어서 매일 여섯 내지 여덟 페이지를 썼으며 이에 예정보다 사흘 일찍 섬을 떠났다. 쾌활한 성격의 한 나이든 투자은행가와 대화를 나눴다. 이 저지대에서 주목할 만한 것이라곤 전혀 없다. 우중충한 뉴욕의 날씨. 위험해 보이는 초록빛 유리창 밖의 세계는 정말이지 해저 세계도,

폭풍이 몰아치는 세계도, 심지어 악몽의 세계도 아니다. 난초를 들고 걸어가는 몇몇 사람들을 비롯해 거리의 행인들은 위험하게 만 보이는 초록빛 세상 속을 유유히 움직인다. 동성애에 대한 나의 근심은 이 같은 기분 전환과 활동으로 다소 누그러지고 치유된 것처럼 보였고 이에 나는 오가는 사람들을 유쾌한 마음으로 지켜봤다. 그중 한 부인과 두 명의 소녀가 눈에 들어왔다. 부인은 엄격한 수간호사의 분위기를 풍겼다. 대부분을 짙은 황금색으로 염색한 머리카락, 목에 걸고 있는 두 겹의 진주목걸이, 햇볕에 잘 그을린 피부, 그리고 신중하기 이를 데 없어 보이는 인상. 첫번째 소녀는 분명 열다섯 살은 돼 보였으나 피부는 여전히 하얗고 부드러웠으며 팔은 통통했다. 소녀가 쓰고 있는 모자는 그 크기가 휴지통만했고 모양새 역시 비슷했지만 재질은 속옷을 연상시키는 검은 레이스와 새틴이었다. 푸른 눈의 두번째 소녀는 큰 모브캡mobcap*을 쓰고 머리를 붉게 염색했으며 입술에는 산호색 립스틱을 비뚤비뚤 발랐다. 이 두번째 소녀가 내 옆자리에 앉았는데 그녀의 몸에서 나오는 열기 속에서 그윽한 향기가 느껴졌다. 몸이 간질거릴 만큼 기분이 좋아졌다. 그녀는 매우 교양 있고 새침하다, 그러니까 코믹하게 말이다. 하지만 그 고상함의 아래쪽을 살펴볼라치면 말을 할 때 투박한 면이 있어 발음이

---

* 귀까지 덮는 헐렁한 모자.

좋지 못했다. "전에는 코네티컷에 있었어요." 아마 그녀는 수영
장이나 골프장을 연상시키고 싶었겠지만 브리지포트Bridgeport*의
뒷골목만 생각날 뿐이었다. 그녀에게 저녁을 대접하고 함께 술
을 마시고 그날 밤을 보내기 위해 그녀의 숙소로 가고 싶었으나
난 땀을 많이 흘린데다 옷은 구겨져 있고 갈아입을 새 옷도 없어
그만두었다. 그래도 그렇게 했어야 하지 않았을까. 택시가 멀어
져갈 때 그녀는 차 안에서 장갑 낀 손가락을 내게 내밀며 꼼지락
거렸다. 나는 만족스럽고 뿌듯한 기분으로 기차에 올랐다. 메리
는 나를 보고 기뻐하는 것 같았고 아기나 다른 가족들도 마찬가
지였다. 우리는 기분좋게 저녁식사를 했지만 2층으로 올라갔을
때 메리는 잠들어 있었다.

　아침하늘은 어두웠고 집안에도 답답한 분위기가 감돌았다. 메
리가 찌푸린 얼굴로 아침식사를 내왔다. 시내로 나갔다가 돌아
왔을 때 뭔가 일이 잘못됐음을 알았다. 아마 내 탓일 것이다. 거
리에서 마주쳤던 얼굴들이 나 자신에 대한 지각, 나의 행복감에
좋지 않은 영향을 끼쳤기 때문일까. 그 와중에 뜬금없이 발기 현
상이라도 일어나면 어쩌나 두려워졌다. 이건 병적이고 신경쇠약
적인 증상이지만 나는 이런 증상을 아주 많이 보아왔다. 내가 만
났던 사람들 중 활기차고 자기 자신에게 만족하는 사람들은 거

---

* 코네티컷 주의 최대 도시.

310

의 없었다. 내가 썼던 글들을 읽어봤는데 몇몇은 괜찮았지만 「라이슨 부부」는 전혀 마음에 들지 않았다. 너무 조심스럽고 자기만족적인 글이다. 이야기의 실제 내용은 추잡하다, 그 이상이 전혀 아니다. 나는 내 글이 더 강하고, 더 격렬하고, 더 함축적이길 바란다. 또 뭔가 색다른 차원의 진지함을 건드릴 수 있길 원한다. B와 점심을 먹은 후 기차를 타고 집으로 오는데 고환이 아파왔다. 메리는 청소도구를 넣어두는 부엌 벽장을 청소하는 중이었다. 이어 내가 진작 손봤어야 할 변기를 수리했고 앞문에도 페인트칠을 했다. 난 내 성격에서 부족한 점이 뭔지 고민하고 내가 얼마나 대하기 힘든 사람인지 이해하려 애쓴다. 그럼에도 우리 사이에 유대의식이라곤 전혀 없어 보이고 내겐 아내의 관심을 끌만한 어떤 수단도 없는 듯하다. 아내는 나를 사랑하지 않으며 심지어 나를 사랑했을지 모를 과거조차 떠올리지 않는 것 같다. 모든 교류의 수단은 부서진 것처럼 보인다. 아내는 불행에, 절망에 무너져버린 듯하다. 식탁에 가서 설탕 도넛을 함부로 만지는 수지를 꾸짖자 수지가 울음을 터뜨렸다. 식탁이 왜 그렇게 엉망진창인지 수지에게 물었지만 그 순간 장인의 식탁도 전투가 벌어진 곳처럼 난장판이었다는 사실이 생각났다. 뭔가 말을 꺼내야 했지만 아무 소용도 없었다. 아기를 목욕시킨 후 불가에서 아기 옷을 따뜻하게 데워 입혔다. 이어 이야기를 들려주고 젖병을 물린 다음 재웠고 나 역시 잠을 청했다. 수지는 외출했고 벤도 외출했다. 나중에 S부부가 집에 왔다가 떠나갔다. 나는 텔레비전으로 옛날 영화를 시청했다.

충돌은 계속해서 일어나고 이에 우리의 계획은 불확실해진다. 정원에서 땀 흘리며 일한 뒤 술을 마시러 S부부의 집으로 갔다. 뒤뜰의 잡초를 제거했고 배드민턴을 쳤고 가든파티에 참석했다. 그 파티에서 이혼했다는 이유로 내가 3년간이나 비난을 퍼부은 바 있던 한 여인과 마주쳤다. 문득 아마 그녀의 남편이 신경질적으로 화를 잘 내는 사람이었고 그래서 대부분의 잘못은 그녀 남편에게 있었던 게 아닐까 하는 생각이 들었다. 메리와 허심탄회하게 대화를 나눴으며 술도 마셨다. 아름다운 여름날이다. 바람의 방향이 바뀌고 있다.

1960년대

전몰장병 추모일이다. 일기장을 새로 마련했다. 하얀 분말이 뿌려진 가발에 삼각모자를 쓴 남자가 베이스드럼을 들고 주류가게 앞을 지나쳤다. 2년 전과 달리 나는 막내를 그 퍼레이드에 데려가지 않았다. 이는 내가 갑자기 걱정이 많아져서가 아니라 그만큼 나이가 들었기 때문일 것이다. 나는 벤을 데리고 〈콰이 강의 다리〉를 보러 가면서, 우울에 시달린 탓에, 잔인하고도 갑작스러운 죽음, 고문, 지진, 홍수, 암살 등 인간의 비극을 다룬 모든 영화, 즉 간단히 말해 그가 짊어진 부담을 더 가볍게 해줄 수 있는 영화를 찾아 시내를 헤매던 X를 생각했다. 영화관에 앉아 있는 동안 만약 내가 겪고 있는 듯이 보이는 이 우울이, 이 끝내 사라지지 않을 갈망이, 이 불가사의하고 거대한 비애가 혹시 흔한 알코올중독에 지나지 않는 것인지 궁금해졌다. 그리하여 뭔가를 갈구하는 마음으로 영화에 나오는 멋진 배우들을 바라봤지만 그들은 내게 아무 도움도 되지 못할 것이다. 나는 도덕성의 위기에 대해 생각했다. 하지만 내가 절제나 자기규율의 맛을 경험했던 적이 언제였던가?

• • •

인간의 비참함이 지니고 있는 그 광대함과 강렬함을 부족하다는 인상을 주지 않게끔 묘사하기. 초조함과 병적 상태라는 고뇌를 잘 다듬기. 고통에 약간의 고귀함을 부여하기. 하지만 우리가 이를, 이러한 비극을 어느 정도의 도덕적 권위도 없이, 선과 악에 대한 어느 정도의 지각도 없이 다룰 수 있을까?

• • •

평소보다 덜 취했다. 아버지가 말씀하시곤 했듯이 독한 술이 약해진 것이다. 그리고 참으로 오랜만에 처음으로 우울증에서 벗어났다. 지금은 8시 45분이다. 요즘엔 일광절약제가 시행되고 있다. 이는 그저 자기규율의 문제로 간주하면 기분이 좋을 것이다. 서너시경에 천둥이 치고 비가 내렸다. 이번 달 들어 처음 내리는 비다. 우리 인간은 태곳적부터 가뭄과 그것이 농작물에 끼치는 영향을 근심해왔으며, 내 경우에는 농작물이라 하면 약 3에이커에 이르는 땅과 42그루의 장미나무다.

• • •

책을 생각할 때 난 외설적인 글은 피하고 싶다. 하지만 우리는 오랜 투쟁 끝에 성을 솔직히 묘사할 수 있는 실제적인 성취를 이루었으며 이를 외면하는 것은 의자에 앉아 촛불 옆에서 깃펜으로 글을 써내려가는 것과 같다. 우리에게는 에로틱한 경험을 묘사할 수 있는 자유가 있으며 이는 억누르기 힘든 일로 보인다.

• • •

선과 악에 대한 잘 정의된 개념이 결여돼 있으므로 우리는 악당을 만들어낸다는 것이 불가능하다는 점을 알게 된다. 하지만 사악함은 이야기의 역동성을 가져오는 데 필수적인 요소다. 호색한은 더이상 악당 축에 들지 않으며 실상 그와 같은 능력은 미덕이라 하겠다. 고리대금업을 하는 은행가는 감탄의 대상이다. 양아치들은 우리의 이해를 받을 만한 소수에 속한다. 살인자는 정신적 치료가 필요한 도움의 대상일 뿐이다. 내가 볼 때 우리보다 악에 대한 자각이 덜하다고 할 수 있는 젊은이들은 본능적으로 사악함에 대한 필요성을 느끼면서 그 결과 필연적으로 기성세대에게 잘못이 있다는 결론을 내리는 듯하다. 깨끗하고, 점잖고, 건강하고, 활기찬 성생활을 하는 남자 및 여자들은 그런 청년들에게 분노와 경멸의 대상이 될 뿐이다. 비록 그와 같은 남녀들의 유일하고도 진정한 잘못이라면 악당 모델을 떠올리는 데 전혀 도움이 되지 않는다는 점에 있긴 하지만. 암은 악한 존재이나 현미경을 통해서만 보이는 악은 부족함이 있다. 결국 우리는 어쩌면 가장 순수한 하나의 현실에 불과할 뿐인 죽음에 뿔과 꼬리를 달아야 할지도 모른다.

교회 오르간 연주자들의 모임에 나온 사람들 중 괴짜는 내가 기대했던 것보다 많지 않았다. 남자들 중 몇몇은 상업에 종사하는 것으로 보였고 실제로 그들 중 한 명은 운동용품 가게를 하고 있는 듯했다. 그들 중 (체구가 작은) 또 한 명은 세상풍파에 시달려 지쳐버린 듯한 표정을 지었다. 과부 신세가 돼버렸거나 사랑하는 이를 잃어버린 것처럼 슬픈 표정을 짓고 있는 여자들은 이따금 일생을 음악에 완전히 헌신하기로 작정한 사람들처럼 보였다. 그들 중 두 명은 통통하고 발그레한 얼굴에 핑크색 드레스를 입었고 또 한 명은 적갈색을 띤 얼굴을 통해 아주 깊이, 그리고 지속적으로 고통받았다는 인상을 풍겼다. 내 눈에 그녀는 계속해서 우는 것처럼 보였다. 신의 집에서 목격할 수 있는 국가적,

문화적, 경제적 차이는 그야말로 심대하다. 기념비적인 그림이 그려져 있는 폴란드인 교회 창문의 페인트는 수리가 필요하다. 교회 그 자체는 막막하고도 획일적인 암울함을 풍긴다. 십자가의 길The Stations of the Cross*은 핏빛처럼 붉은데다 품위가 없다. 바닥은 먼지투성이다. 그렇다 해도 여기에는 뭔가가 있다. 타의추종을 불허할 만큼 시처럼 아름다운 우리의 믿음, 인간 본성에 관한 거대한 고찰, 기도에 대한 필요, 사랑, 슬픔의 표현이 그것이다. 숲이 우거진 미국의 이 지역에서 그리니치의 그리스도교 교회는 부와 삼위일체의 승리를 나타낸다. 플로리스트들이 결혼식을 준비하기 위해 신도가 앉는 좌석의 양쪽 끝에 하얀 양말을 매달았다. 그 풍경은 달콤함이 아니라 흥분되는 대지의 냄새를 풍겼다. 스테인드글라스가 새겨진 창문은 너무나 분명한 내용에 음울하며 또 낡았지만 교회의 다른 모든 것들과 마찬가지로 거대한 부의 권위를 지니고 있다. 여기의 오르간 연주에는 어리석은 바로크풍의 분위기도, 청아한 소리도, 향수를 자극하는 깊이도 없다. 솔직하고, 분노에 가득 차 있고, 벼락이라도 칠 듯 험악하며 그 희미한 영역 내에 죄책감이라는 아름다운 반향을 지니고 있는 것이다. 여기 제단에 묻힐 수 있다면 천국의 한 자리는 분명 차지할 수 있을 것처럼 느껴졌다.

---

* 그리스도의 수난을 나타내는 14개의 그림.

우리가 공항에서 처음 본 땅은 프랑스였다. (아마 노르망디가 아닐까 생각한다.) 농경지대와 강들. 이어 눈 덮인 단층지괴 위로 솟은 알프스산맥이 눈에 들어왔다. 몽블랑이다. 단층지괴는 이어 두번째로 지평선도 만들어놓았는데 그 해변을 따라 니스, 몬테카를로, 엘바, 그리고 앞으로 우리가 머물게 될 집이 내다보였다. 배를 타고 낸터킷에 가까이 접근하는 사람들은 흔히 멀리 보이는 친구의 집을 손으로 가리키며 큰 소리를 지르기 마련인데 토스카나 해변에 접근하던 우리도 똑같은 행동을 했다. 로마는 지금 정오에 가까울 시간이다. 메리는 당황하고 실망한 듯이 보였다. 버스가 경적을 울릴 때에야 메리는 정신을 차렸다. 버스 경적 소리, 커피 냄새, 종소리. 우리는 이든으로 가서 쇼핑을 하며 오후를 보냈다. 커피숍에서 진을 한잔 마시고 있는데 미국인 두 명이 가게 안으로 들어와 전시돼 있는 핫도그 몇 개를 가리키며 손짓으로 열심히 의견을 나눴다. 나는 이탈리아어를 큰 소리로 말하면서 이런 방식을 통해 내 조국에 대한 혼란된 감정을 표현했다. 우리는 칵테일파티에 참석하고자 한 저택으로 향했고 그 저택의 테라스에 서서 화려하게 채색된 배경처럼 보이는 도시를 지켜봤다. 또 그 유명하다는 종소리도 들었다.

비가 그친 후 남자와 여자들 모두 달팽이를 줍고자 들판 곳곳으로 흩어졌다. 우리는 산필리포 방향에 있는 한 언덕에 올랐다. 아래쪽의 굽은 도로에서 날카롭고 시끄러운 차량 소리가 들려왔다. 계곡 너머의 집 한 채는 (내게 신록과 평온의 특별한 척도라 할) 펜실베이니아를 연상시켰다. 규모가 어마어마한 스페인풍의 성이 참으로 아름다웠다. 축제는 없었어도 지역박람회가 열려 어둠이 다가오기 직전 아랫마을에서 시끌벅적한 소리(종소리, 음악 소리, 웃음소리, 활기찬 목소리 등)가 들려왔다.

여기서 한 시간 정도만 관찰하면 남자와 여자의 역할이 뒤바뀌어 있음을 알게 된다. 한 시골에서 하늘이 컴컴해지고 천둥이 치기 시작하자 들판에 있던 농부들이 들어오기 시작했다. 남자들은 맛있는 와인 병을 안장에 매단 채 당나귀를 타고 편안히 온다. 그 뒤를 따라 여자들이 걸어오는데 머리에는 40파운드가 족히 돼 보이는 장작을 이고 손으로는 로프를 이용해 뚱뚱한 돼지를 끌고 간다. 비아 베네토에서는 몇몇 여자들이 한 손에 가이드북을 들고 당당히 걸어간다. 남편들은 토라진 것처럼 허리를 숙이고 우울한 표정으로 그 뒤를 따른다. 옷차림이 어색해 보이는 남자들 각각의 상의 호주머니에는 담배 세 개비, 볼펜 두 자루, 그리고 연필 한 자루가 꽂혀 있다. 와이셔츠 차림의 한 남편이 술집에서 아내에게 뭐라고 불평해대자 그 여자는 가볍고 슬픈 목소리로 이렇게 말했다. "그래봤자 아무것도 달라질 게 없다니까."

마침내 우리는 비행기를 타고 미국으로 향했다. 육중한 체구와 아무렇게나 흩날리는 회색 머리칼을 가진 한 여자 승객이 (독신녀, 혹은 학교 선생님일 것이다) 베니스에서 구입한 유리 동물 10여 개를 작은 가방에서 꺼내더니 포장을 하나하나 벗긴 후 손으로 들어 불빛에 비춰보았다. 그녀 옆에는 성적 매력에는 관심 없어 보이는, 잘 다듬어진 커다란 손을 가진 청년 한 명이 짜증난다는 표정으로 앉아 있고 그 두 사람 앞쪽으로는 단호한 남성미, 걸걸한 목소리, 그리고 따뜻하면서도 한편으로는 무뚝뚝한 태도를 가진 또 한 명의 청년이 앉아 있다. 그런데 미국을 향해 한창 비행하고 있을 무렵 그 청년은 옆자리에 앉아 있던 군인 승객과 서로 공감대를 나눈 화제를 찾았고, 이에 읽고 있던 추리소설 책을 내려놓음은 물론 조금 전의 그 걸걸한 목소리와 남자다운 분위기도 함께 내려놓는 것이 아닌가. 환하고 매력적이고 유쾌한 표정, 온화한 미소, 자연스럽기 그지없는 태도. 우리는 이처럼 사람을 잘못 알아보는 데 어마어마한 에너지를 낭비하기도 한다. 도착지에 가까워질 무렵에서야 그는 다시 처음의 남자다운 분위기로 돌아갔다. 그들 앞에는 아내와 세 명의 자녀들을 대동한 한 미국인이 앉아 있다. 그의 아내는 활달하고 매력이 넘쳤으나 그 남편처럼 뭔가 억압받는 분위기를 풍기는 로마인은 결코 찾기 힘들 것이다. 그의 얼굴에 있는 모든 것들이 그가 근심과 피로, 실망에 찌들어 있음을 말해주고 있었다. 그는 (그의 부인에 비해 훨씬 심하게) 집안일에 걱정이 많은지 일그러진 표정을 지었다. 마치 삼십 분 동안 세 번이나 기저귀를 갈아준 사람처럼. 이따금 비치는 가벼운 미소로 미루어 보아 그는 몇 년 전까지는 분명 활기차고 원기 왕성한 사람이었을 테지만 지금은 모든 쾌활함을 개수통에다 잃어버린 사람처럼 보였다.

그리고 국내 거주 외국인처럼 말하는 사람이 다시 돌아왔다. (내 생각에 그는 여자이다.) 그녀는 식료품점에서 이탈리아어로 말했다거나 자동차 기어를 고장냈다는 등의 얘기를 했는데, 어떤 의미에서는 이런 일들을 자신이 해외에서 거주했음을 친구에게 설명하기 위한 방편으로 사용한다고 볼 수 있다. 얼마나 귀여운가.

• • •

무더위가 계속되고 있다. 헤밍웨이의 책을 읽었다. 변해버린 지금의 우리 모습이 사춘기의 어떤 순수하고 흠 없는 부분과 서로 충돌할 때 우리가 견뎌야 했던 복합적인 감정이 떠오른다. 젊은 시절 나는 헤밍웨이의 작품에 깊이 몰입했다. 그의 개성과 문체까지 흉내낼 정도였다. 헤밍웨이는 그의 글에서 특정한 상상력에 대한 착각을 불러일으키는 충격적인 왜곡 기법을 선보였다. 다시 말해 내적 성찰에 존재하는 습관적인 반복을 깨부수고 이를 새롭게 개조했던 것이다. 하지만 스타인*과 그녀의 친구들 사이에 있었던 언쟁과 마찬가지로, 스콧**의 성기性器에 관한 그의 발언은 천박하다고 생각한다.*** 무슨 이유에서인지, 마른눈 위를 걸어 귀가하다 사랑을 나눴다는 대목에서 난 당황스러워졌다.

• • •

컨트리클럽에서 세이디 호킨스의 날Sadie Hawkins Day**** 행사가 있었다. 여자들은 골프 파트너를 고른 다음 파트너가 먹는 음료수와 저녁식사 비용을 부담했다. 사람들은 골프공과 관련된 은밀한 농담을 해가며 아침부터 밤까지 내내 웃어댔다.

---

* 미국의 시인이자 소설가인 거트루드 스타인.
** 동시대 작가였던 스콧 피츠제럴드를 말한다.
*** 피츠제럴드는 헤밍웨이에게 성생활에 관한 자문을 구하기 위해 화장실에서 자신의 성기를 보여줬는데 헤밍웨이는 이를 보고 정상이라고 말해줬다고 한다.
**** 미국에서 여자가 남자의 초대를 기다리지 않고 먼저 남자를 초대할 수 있는 날.

∙ ∙ ∙

「청춘」과「비밀의 공유자」*를 무척 재미있게 읽었다. 하지만 인생의 이맘때에 이르러, 나는 후자와 관련해 내 작품에서 황혼과 관련된 것들을 모조리 제거해버리고 싶다. 그럴 시간은 앞으로 충분히 있을 것이다. 들라크루아가 그린 〈사르다나팔루스〉와 유사한 분위기의 작품을 쓰고 싶다.

∙ ∙ ∙

그랜드센트럴 역의 남자화장실에서 잘 이해되지 않는 일이 일어났다. 두 명의 남자가 (얼굴은 보지 못했다) 바지를 추스르는 척하고 있었는데 사실은 자신들의 성기를 노출하고 있는 것이었다. 얼마 못 가 쇼는 끝나고 그들은 도망쳤지만 난 충격으로 얼떨떨해졌다. 나중에 구두닦이에게 구두를 닦게 하는 동안 그들 중 한 명이 돌아왔다. 그는 등뿐 아니라 그것까지 노출시킨 상태였다. 그런 그가 상징하는 기회는 내게 위험하고도 매혹적으로 여겨졌다. 여기 모든 일을 망쳐놓을 수 있는 친숙한 수단이 한 가지 있는바, 단어가 바로 그것이다. 우리는 이를 통해 아주

---

* 두 작품 모두 영국 소설가인 조지프 콘래드의 작품이다.

간단히 이 도시와 자연세계의 법칙을 깨뜨릴 수 있고, 죄의식과 후회라는 쓸데없는 부담을 폭로할 수 있으며, 제멋대로이고 격변하기 쉬운 남자의 본성도 옹호할 수도 있다. 잠깐 동안, 자연세계는 비싼 구두, 다리에 매는 가터, 피곤한 파티, 무감각한 사랑, 통근열차, 처박힌 광고지, 위스키 등과 같은 우울한 부담으로 여겨졌다.

그러나 페데리코와 수영하면서 깨달은 사실은 내가 합법적인 세계의 일원으로 행복해하고 있다는 점이었다. 예의, 용기, 결의와 같은 모든 용어들은 아름다움과 의미를 지니고 있다. 물론 내게도 동물적 충동이 존재하긴 하나 매우 희미하게 남아 있는 듯하다. 난 오직 일련의 여러 우연한 인식認識들에 따라 행동하는 것 같다. 즉 누군가의 얼굴, 옷, 행동에서 친숙하게 인식할 만한 것을 전혀 발견하지 못할 경우 에로틱한 감정의 나락에 빠지는 듯이 보인다. 따라서 나로선 그런 나락에서 멀찍이 떨어져 있는 편이 현명할 것이다.

●　●　●

여기서 홀로 3주를 보내야 하는데 뭘 해야 할지 모르겠다. 긴급히 처리해야 할 일이라곤 전혀 없다. 외로움도 도취 상태의 한 종류이긴 하지만 시내에 방을 얻어 혼자 지낸다면 나로서는 답도 없고 방책도 없는 질문과 긴장감에 맞닥뜨리게 될 것이다. 내가 겪었던 아버지의 부재 현상이 이 같은 사태의 밑바닥에 깔려 있는 원인일지 모르며 만약 이것이 사실이라면 난 다음에 있을 다른 어떤 단계로 넘어가거나 뭔가 조치를 취하고 싶다. 비록 성숙해지려는 이런 시도에 저항하는 장본인이 바로 나일지 모르긴 해도.

• • •

나이 때문인지 아니면 내 기질이 변했기 때문인지 요즘엔 계곡의 공기가 무겁게 나를 짓눌러오는 느낌을 받곤 한다. 3시경에는 그 정도가 더욱 심해졌다. 공기가 연기처럼 느껴질 정도였던 것이다. 남서쪽에서 천둥 치는 소리가 연달아 들려왔다. 만약 비가 오지 않는다면, 폭풍이 몰아쳐오지 않는다면, 난 크게 실망하고 말 것이다. 나중에 폭풍이 동쪽으로 움직이기 시작하더니 마침내 계곡에 비를 뿌리기 시작했다. 비가 내리자마자 공기는 즉각 향기로워졌다. 벤은 동생을 위해 종이를 잘라 비행기를 만들어주었다. 저 늙은 개는 내 옆자리를 떠나려 하지 않을 것이다.

• • •

검은 새들이 B숲에서 날아올랐다. 아마 찌르레기일 것이다. 두 마리, 세 마리, 수십 마리, 이어 아주 많은 새들이 하늘을 날아다녔는데 어두운 숲속에서 바람에 떠밀려 날아다니는 그 모습이 가을낙엽을 연상시켰다. 지금은 철새가 이동하는 시기가 아니다. 수천 마리의 새들이 B숲에서 S숲을 향해 날아갔다. 여기에 이토록 많은 찌르레기들이 있는 줄은 미처 몰랐다. 아들은 이제 모든 새들이 날아가버렸다는 데 내기를 걸자고 했지만 우리가 막 내기를 하기로 결정했을 때 또다른 찌르레기 무리가 날아올랐다. 나중에는 한 쌍의 제비에 이어 박쥐까지 나타났다. 하늘을 배경으로 서 있던 숲이 어둠 속으로 잠겨들었다. 아름답구나. 나는 생각했다. 흡사 누가 더 멋진지 토스카나와 허드슨 계곡이 흥미로운 경쟁을 벌이는 것처럼 이 세상 그 어떤 곳보다 아름답구나.

• • •

맑고 화창한 날이지만 해놓은 거라곤 전혀 없다. 벤은 4시에 여자아이처럼 순한 친구들과 함께 놀러 나갔다. 나는 페데리코를 데리고 로즈마리를 따라 온실로 가다가 축구하는 아이들을 보기 위해 멈춰 섰다. 잔디는 푸르렀다, 아주 많이. 나무들은 여전히 나뭇잎들을 잔뜩 매달고 있었지만 잎의 색은 서서히 바뀌기 시작하는 중이었다. 강가의 절벽을 비추는 햇살은 정말이지 너무나 순수해서 그 햇살이 만드는 검은색 그림자는 밤이 지나가면서 돌 내부와 돌 표면에 남겨놓고 간 어둠처럼 보였다. 멋진 옷차림의 남자들과 여자들, 또 운동장의 푸른 잔디와 대비되는 검붉은 색의 화사한 유니폼들이 한데 어울려 멋진 장면을 연출하고 있었다. 하지만 아들과 아들의 친구들이 보이지 않아 그 녀석들이 어디에 있는지 의아해졌다. 혹시 축축한 창고에서 내가 가끔 그랬듯이, 다시는 오지 않을 아름다운 가을 오후가 저물기 시작하는 지금 서로 이상한 짓들이나 하고 있는 건 아닐까? 날이 너무 좋아서인지 오히려 내 예감이 더 날카로워진 듯했다. 그 사랑의 예배당 쪽으로 걸어가자 V부인이 말을 걸어왔다. 가을햇살에 드러난 그녀의 얼굴은 티 한 점 없이 맑았으며 표정은 여전히 멋지고 활기차고 생기발랄했다. 그녀는 가을의 꽃과 낙엽들로 꾸민 챙 넓은 밀짚모자를 쓰고 있었는데 그녀의 설명에 의하면 오래전 스페인에서 구입한 것이라고 한다. "참 보기 좋죠?" 축구 경기를 지켜보면서 부인이 말했다. "저 동작들을 보세요, 아름답지 않아요? 전 기차를 사랑한답니다. 기찻길이 보이는 곳에서 태어나고 또 자라났죠. 기차가 브레이크를 밟을 때 튀어나오는 불꽃들과 산골짜기를 비추는 불 켜진 차창을 좋아했어요. 철도마차도 기억나요. 그 마차를 끌었던 게 말인지 당나귀인지 헷갈리긴 하지만 어쨌든 아주 가냘프고 가벼웠죠. 등에 올라타 힘을 주면 거의 쓰러질 만큼 말이에요." 나는 작별인사를 건넨 뒤 계속 걸어갔다. 뒤돌아봤을 때 그녀는 예배당 옆에 서 있었다. 노부인, 가을날, 폐허나 다름없어 보이는 정원. 집에 돌아오니 벤이 나타났기에 당장 집안으로 들어오라고 호통쳤다. 그리고 왜 축구 경기를 하지 않았는지, 왜 친구들과 저녁을 먹지 않았는지, 또 그동안 어디 있었는지 추궁했다. 가을의 아름다움과 푸른 경기장과 멋진 사람들을 아들이 외면했기 때문이라고 말해주긴 했지만, 사실은 내가 어릴 때 그랬던 것처럼 벤도 악에 빠져 담배를 피우거나 곰팡내 나는 숲에서 자위행위를 했을까봐 두려웠다. 벤에게 왜 축구를 하지 않았는지, 왜 운동장에서 라인을 긋거나 선수들에게 물을 갖다주지 않았는지 물어대는 나는, 한때 나 역시 축구를 하러 초원으로 갔다가 뭔가에 사로잡혀 (그것은 무엇이었을까? 부끄러움? 아니면 비겁함?) 누구도 내게 같이 놀자는 말을 하지 못하도록 서둘러 달아났던 적이 있었음을 기억하지 못하는 듯했다. 그리하여 아들의 그 넓고 부드러운 어깨 위로 나의 모든 걱정과 죄의식을 쏟아붓는 것 같았다. 그러나 내가 느꼈던 그 깊고 쓰라린 (동시에 애정 어린) 감정에도 불구하고 풍경은 느슨해져버렸다. 교외의 하늘은 활기 없고 맥빠진 햇살만 비춰오는 듯 보였다. 분명 우리에게는 어떤 갈망이 있다. 보다 격렬하고 보다 진지한 정취를 향한 진정한 갈망이. 그런데 무엇이 잘못됐는가? 왜 우리 모두는 종이 아니면 짚으로만 만들어진 존재처럼 생각되는가? 나 자신과 내 아들을 위해 내가 만들고 싶어하는 세상은 무엇인가? 이 설교에서 더 나은 장면은 무엇이 될 수 있을 것인가? 신만이 아신다. 산길, 길게 뻗은 해변, 폭풍이 몰려오기 전의 어둠. 왜 저 남자는 자기 아들에게 (내가 그랬던 것처럼) 낚싯줄을 펼치라고 가르치는가? 철도마차를 떠올리며 향수에 젖는 점잖은 노부인, 사춘기 시절의 죄의식을 건강한 아들의 어깨 위로 쏟아붓는 나. 왜 우리는 삼류 시추에이션 코미디에 나오는 인물들보다 결코 나을 바 없는 것처럼 보여야 하는가? 머리를 돌리니 강가의 오래된 절벽 하나가 눈에 들어온다. 그곳엔 저 태곳적 창조의 날에 이 땅을 형성했던 화산의 힘이 아직도 남아 있다. 그런데도 우리가 언쟁을 하고 있는 이 순간, 아들의 품성이 형성되거나 혹은 그렇지 못하고 있는 이 순간, 어째서 나와 사랑하는 내 아들이 숨쉬고 있는 이 공기는 이토록 쩨쩨하고, 이토록 맥없고, 또 이토록 얄팍한가? 우리로 하여금 이탈리아 혹은 성보톨프를 향해 떠날 수 있도록 해달라.

• • •

아침에 일어나니 피곤이 몰려왔다. 그동안 흥청망청 술을 마서왔기 때문일 것이다. 운전하기도 무척 힘들었다. 나는 인간과 자연이 만들어놓은 풍경(도로를 따라 나 있는 멋진 목장과 우아한 느릅나무들)을 바라봤다. 북쪽으로 좀더 올라가니 울긋불긋해진 단풍나무들이 보인다. 그 빛깔은 불타는 듯 너무나 화려해 마치 스펙트럼을 벗어난 색인 듯했다. 더 올라가자 화강암이 주를 이루고 있는 언덕과 산, 이 땅의 향기란 향기는 모두 이곳으로 가져온 것처럼 더할 나위 없이 가볍고 맑은 공기, 짙은 푸른색을 내뿜는 그늘, 그리고 비 온 뒤의 햇살이 나를 반겼다. 수지와 작별할 때 이탈리아어로 행운을 빌어주었다. 우리는 이미 교회에 함께 다녀온 터였다. 우리 모두 인생에서 품위 있고 훌륭한 뭔가를 만들어보자꾸나. 저녁식사는 불 켜진 헛간에서 크림을 곁들인 치킨으로 해결했다. 침대에 누워 있자니 이가 아파오고 심장에선 통증이 느껴지고 흉부는 쓰려려왔으며 등까지 쑤셔왔다. 나는 원자폭탄이 뉴욕의 배터리 공원 어딘가에서 폭발하는 꿈을 꾸었다. 누구의 폭탄일까? 우리? 엄청난 굉음과 함께 버섯 구름이 피어올랐다. 많은 사람들이 바다에 몸을 던지며 이렇게 외쳤다. "어서 지옥 같은 이곳을 벗어나야 해!" 메리도 물에 뛰어들려 했지만 내가 만류했다. "아냐, 이러지 마. 우린 살아날 수 있을 거야. 살아남아 중요한 일을 할 수 있을 거야." 하지만 내 피부가 불타기 시작했고 이미 때가 늦었음을 알게 됐다. 한 시간마다 울리는 순수하고 부드러운 교회 종소리에 잠이 깼다. 5시 종만

빼고는 모두 들었다.

• • •

C와 밤을 함께 보냈다. 어떡해야 좋을까? 태연한 것처럼 보이지만 나는 사회의 비난, 즉 처벌의 위협을 실감하고 또 두려워하고 있다. 하지만 오직 내 본능에 따라서, 또 주체할 수 없는 고독감과 성애를 향한 곤혹스러운 허기를 덜기 위해서 신중히 행동했을 뿐이다. 어쩌면 죄악이 이 일과 관련 있을지 모르며 이런 종류의 성적 행위를 한 것은 성인이 된 후 오직 세 번에 불과하다. 난 골치 아픈 나의 본성을 알고 있고 이를 건설적인 방향으로 수용하고자 애써왔다. 내가 외롭고 유혹에 노출돼 있는 것은 내 선택에 의한 바가 아니긴 하나 다시는 이런 일이 생기지 않기를 진심으로 바란다. 나는 내가 한 행동이 잘못이 아님을 믿는다. 내가 사랑하는 그 누구에게도 해를 끼치지 않았음을 믿는다. 어쩌면 최악의 경우는, 나 자신을 어쩔 수 없이 거짓말하는 상황으로 몰아넣는 것일지 모른다.

• • •

시내에 있는 학술협회에 다녀왔다. 10시 30분에는 나를 끈질

기게 괴롭히는 상스럽고 에로틱한 상상을 멈추게 하려고 술을 마셨으며 그리하여 최소한 이 문제는 혼자서 해결할 수 있었다. 점심식사는 즐거워서 친구들과 유쾌한 시간을 보냈다. 3시 19분 기차를 기다리는 동안 결국엔 나 자신과 화해하게 될 거라고 난 생각했다. 그럴 수 있을 것 같다. 뭔가를 캐고 다니거나 방어적인 책략을 꾸미거나 망각을 강요하는 것들 따위는 다 끝난 듯하다. 이 세상에 대한 나의 전쟁은 끝났고 그게 아니라면 연기됐다. 기차를 타고 집으로 돌아오는데 차장이 강에 있는 백조를 한번 보라고 외친다. 차가운 물 위로 보이는 저 우아하고 하얀 새는 좋은 징조이자 부적, 그리고 암시라는 생각이 들었다.

잠에서 깬 것은 3시나 그 이후였다. 강 위를 헤쳐 가는 보트 소리가 들려왔다. 보트가 지나간 후에도 그 소리는 공기 중에 그대로 남아 울리는 듯했다. 욕실의 수도꼭지에서 물방울이 떨어지는 소리. 나는 C에 대해 생각했다. 그가 내게 사랑의 징표와 말을 건넸다는 생각이 들었지만 그런 관계에 나를 고착시킬 수는 없다. 잠을 자던 막내가 잠꼬대를 했다. 아들을 위해 멋지고 괜찮은 뭔가를 선사해주리라 다짐했다. 나는 한겨울에 떠날 항해의 일등석 승객 명단을 적어내려가다 잠들었고 이어 상쾌한 기분으로 깨어났다.

납득 가능한 설명을 찾아낼 수 있길 바라는 마음으로 내가 겪었던 감정의 기복을 면밀히 돌아봤다. 그런데 토요일 오전에 편지를 쓰던 중 C의 문제가 떠올랐으며 결국 그 문제가 나의 생각과 감정을 지배해버리는 바람에 긴장과 흥분, 불안 상태에 빠지고 말았다. 나는 가상의 수단으로 문제 해결을 시도했다. 즉 내가 쓰고 있던 편지와 동봉할 20달러짜리 지폐를 받을 사람은 다름 아닌 바로 나라고. 다시 생각난 C를 향해서는 그를 죽음에 비유하는 신파조의 대사를 퍼부었다. 근심을 잊으려고 술을 마셨지만 상황만 악화되는 듯했다. 만약 우리가 다시 만난다면 그 조건이 이전과 다를 바 없을 것이며 이는 내 인성의 포기를 의미할 것이고, 또 우리가 할 수 있는 일이란 술을 마시면서 서로를 파괴키는 것말고는 전혀 없으리란 생각이 들었다. 나의 육체는 C를 간절히 원하는 듯하다. 그러나 내 마음은 전혀 달라서 절망과 울적함에 휩싸였다. 베수비오 화산에 갔을 때 덴마크 여배우와 만났던 일이 기억났다. 더불어 그녀가 떠난 후 사랑 때문에 마음이 아프다고 생각했던 일도. 어느 날 오전, 내 인생은 이제 끝장난 것이나 다름없다고 생각하며 한 영화관으로 갔던 일, 그리고 그날 저녁 나는 끝까지 살아남을 거라 생각하면서 페어필드 도로 위에서 괴로워했던 기억도 떠올렸다.

나는 우울하다. 나의 성적인 당당함이 사라졌기 때문이다. A와 산책을 나갔다. 눈이 너무 많이 쌓여 있어 걷기가 쉽지 않았다. 양쪽 발 모두에 물집이 잡혔고 풍경도 제대로 감상하지 못했다. 어디선가 폭포 소리가 크게 들려왔다. 나는 허영에 찬 독선적인 발언을 쏟아냈으며 이에 나와 오랫동안 유익한 우정을 유지해온 A는 정말 처음으로, 뉴잉글랜드인 특유의 비난이 어려 있는, 적자생존을 떠올리게 하는 그 엄격하고도 준엄한 표정으로 나를 돌아다봤다.

• • •

모든 것이 나의 몽상적인 고뇌와 연계돼 있다는 생각이 든다. 그는 어두워지기 직전에 떠났고 난 역겨움을 느끼며 이렇게 거실에 홀로 앉아 있다. 무엇에 대한 역겨움인가? 병적이고 희망 없는 사랑에 대한, 내가 선택한 인생으로 복귀할 수 없는 무능력함에 대한 역겨움이다. 저녁은 외식을 했다. 방 건너편의 메리가 예쁘게 보였고 이에 잡담이나 논쟁, 혹은 게임을 하면서 메리와 유쾌하게 보냈던 그 수많았던 밤들을, 침대에서 나를 기분좋게 하거나 긴장하게 했던 즐거웠던 시간들을 떠올렸다. 하지만 지금의 나는 생기가 시들해진 듯하다. 난 주사위를 잘못 던졌다. 절망감이 밀려든다. 그러나 집에서 메리가 나를 친절하고 다정하게 안아줄 때면 나는 평소의 내 모습으로 돌아온다. 난 내가 원하는 것을 갖게 되고 아침이면 성적인 흥분감에 나의 그것이 뻣뻣하게 선다. 어둑해질 무렵 그렇게 비참했던 만큼이나 기분이 무척 좋아진다. 추운 북풍을 뚫고 기차역에서 걸어나오는데 어떤 사랑의 꿈이 내 앞에 펼쳐지는 듯했다. 금으로 장식된 천장과 과일로 엮인 화환, 그리고 거대함과 풍부함이 내 눈에 보였다. 오후에 우리는 사랑을 나눴고 이어 수개월 만에 처음으로 새로운 집이 중요한 화제로 떠올랐다. 부엌을 어떻게 칠해야 할지 의논했다. 이제 두 가지 사실이 내 앞에 놓여 있다. 하나는 나를 지루하게 만드는 세상에 사로잡히면 어쩌나 하는 두려움이고 또 하나는 내 결혼생활이 가져다줄 성적인 풍부함이다. (바보스럽게, 하지만 그럼에도 즐거운 마음으로) 난 생각해본다. 그 집을, 손님에게 인사하는 장면을, 테라스에서 내다보이는 강 풍경을 가리키는 내 모습을. 나는 나 자신의 즐거운 나라로 돌아왔다. 지금 죽음의 이미지는 사라졌고 그것은 무의미하다. 이제 모든 것이 끝났고 두려움도 사라졌으니 C에게 편지 한 통을 써야겠다. 하지만 C에게 편지를 쓴다고 하여 그 모든 과정을 다시 시작하지 않을 수 있을 것인가? 우울증을 향한 이 구제불능의 취향을 드러내지 않을 수 있을 것인가?

● ● ●

일이 일단락됐다. 마침내 집을 구입한 것이다. 기차를 타고 집으로 가던 중 메리가 우리 인생의 복잡성에 대해서 말했는데 (메리는 페데리코가 태어날 때 로마의 병원에서 입었던 붉은색

코트를 걸치고 있었다) 그것은 참으로 중국의 역사만큼이나 풍부하고 광대하게 여겨졌다. 책들을 옮겼다. 성찬의식에서는 안전한 여행을 해온 데 대해, 또 돈과 사랑과 아이를 가질 수 있었던 행운에 대해 처음으로 감사기도를 올렸다. 새집에서의 우리 인생이 평화롭고 충만하기를 기도한다. 나의 어리석음이 용서받을 수 있기를, 사물에 접근하는 내 최선의 방법이라 할 감정의 활기와 날카로움을 되찾게 되길 기도한다. 6, 7년 전, 벅찬 감동에 휩싸여 인생에 대한 나의 참여가 바로 생생하고 거대한 그 무엇에의 참여임을 느끼며 가을숲을 거닐었던 기억이 난다. 어두운 오전이다. 그러나 제단 위의 창문으로는 오직 약간의 어둠만 내비칠 뿐이다. 진눈깨비가 내리더니 오후에 눈이 내렸다. 운전하기가 힘들었다. 앞으로 나아갈 수조차 없어 짜증이 밀려왔다.

● ● ●

월요일에 이삿짐을 쌌다. 내 감정에 대해 말하자면 거의 고통스러울 정도로 혼란스럽고 오늘도 여전히 그렇다. 화요일에는 가구들이 나갔다. 그러나 나는 그렇게 많은 세월 동안 행복하거나 불행하게 살았던, 지금은 텅 비어버린 이 집에 대해 어떤 분명한 감정도 느낄 수 없다. 책이 든 상자 하나를 들고 혼자 여기에 왔던 기억이 난다. 그때의 나는 지금보다 10년은 젊었다. 난 더럽고, 춥고, 아무것도 없는 빈방에서 만찬 의상을 입은 내가 (정말 그렇게 상상했다) 따뜻한 조명 아래 예쁜 여자들과 파티를 여는 행복한 공상에 잠겼다. 그리고 그 모두가 실현되었다. "우리는 여든다섯 명이나 초대해서 디너파티를 열었어요." 한 젊은이에게 난 이렇게 말했다. "이탈리아로 여행을 떠나기 전에 말이죠." 미리 조리된 냉동음식을 은박지접시에 담아 먹으면서 습관적으로 광고에 나오는 말투를 사용해 대화하는 한 가족을 생각했다. "이 신선한 크림버터를 정원에서 재배한 콩에 바르니 아주 맛있지 않나요?" "이 자극적이고 톡 쏘는 스위스 스테이크가 아주 넉넉히 준비돼 있답니다!" 심지어 가장 어린 꼬마도 광고와 비슷한 말투로 말한다. 팔에 안겨 있는 아기조차 광고에 나오는 노래를 부른다. 메리는 A와 함께 낭송을 하러 나갔고 나는 불안이 느껴지는 집에 홀로 남았다. 무엇 때문에 불안해졌을까? 오일버너에서는 악취가 풍겼고 그 연기는 아주 유독하므로 아기를 병나게 할 수 있다. A의 아내가 남편이 어디 있는지 물어보려고 전화를 걸어왔다. "우리는 음유시인들과 결혼한 것 같군요, 안 그래요?" 부인이 말했다. "당신과 내가요?" 치미는 화를 간신히 참았다. 수요일 오전에는 용맹함, 용기, 힘, 성숙함 등등 좋은 모든 것들을 갈망하며 일어났는데 그중 몇 개는 얻은 듯하다. 이사를 했다. (위층 복도에서는 고양이 냄새가 나고 페인트는 벗겨져 희미해진 채) 텅 비어 있던 새집은, 양탄자를 깔고 가구들을 정리한 지 오랜 시간이 지나고 나서야, 꽃과 와인을 든 친구들이 다녀간 지 오랜 시간이 흐르고 나서야, 벽에 그림이 걸리고 커튼이 달리고 램프가 밝혀지고 난 뒤에야 정돈하느라 들였던 그 모든 수고 이상으로 훨씬 활기차 보였다. 내게 비어 있는 이미지는 일종의 공포다. 지금도 램프들과 꽃들이 투명해 보이는 듯하다. 집 정리는 목요일에서 금요일까지 계속됐고 금요일 오후가 되자 눈이 오기 시작해 열두 시간 동안 계속 내렸다. 노부인인 L이 너무 예민해져서는 안 된다고 예전에 내게 말한 적이 있는데 나는 그녀의 조언을 받아들일 능력이 되지 못하는 듯하다. 이전 집의 난방시스템이 자주 고장나거나 터졌던 탓에 난방 설비에 신경이 많이 쓰인다. 손님방에서는 가스가 새는 것 같고 오일 버너도 의심스럽다. 8시 반에 술을 마셨다.

• • •

눈이 더 내렸다. 벤의 스쿨버스가 늦어져서 내가 벤을 집으로 데려왔다. 3시 반이 될 때까지 그 빌어먹을 눈을 투덜거리며 치운 다음 술을 마셨는데 너무 많이 마신 탓인지 혹시 옷방에 문제가 있지 않나 하는 걱정이 들었다. 밤에는 제멋대로 작동되는 가정용 제품들의 소음 때문에 잠에서 깼다. 즉 처음에는 오일 버너가, 이어서 아이스박스, 진공 펌프, 배출 펌프가 차례대로 문제를 일으켰다. 예전에 비하면 그래도 덜 걱정하고 보다 무던해진 듯하며 그렇기를 희망한다. 더불어 우리 가족이 이 집, 이곳을 조금씩이라도 서서히 소유해나갈 수 있기를 바란다. 그러기란 정말이지 쉽지 않아 보이긴 하지만. 아침에 일어나니 흐린 하늘에서 눈이 내린다. 벤을 차에 태워 스카버러에 데려다주는 동안 입술이 바짝 마를 정도로 대단히 좋은 기분(나는 흥분감이라고 생각한다)에 사로잡혔지만 역시 이제 내겐 새로운 자제력이 생긴 듯하다. 메리는 엄격하기 짝이 없는 사람이므로 건강을 위해서라도 눈을 치우기 시작했는데 눈을 치우는 그 간단한 동작을 반복하는 동안 절망이 희망으로 바뀌는 기분이었다. 나무에 있는 새싹을 본다. 여름이 되면 그것이 어떻게 변해 있을지 충분히 상상할 수 있다. 해변에서는 딸의 목소리가 들려오는 듯하다. 나는 아름다운 풍경에 (완전히는 아니지만) 푹 빠져들면서 불안감, 바꿔 말하자면 겨울을 향한 한 노인의 분노를 추스를 수 있었다.

· · ·

아무것도 위장하지 않기, 아무것도 감추지 않기, 우리의 고통 및 행복과 가장 가까이 있는 것들에 대해 쓰기. 나의 성적인 서투름, 탄탈루스*의 고통, 나의 낙심과 절망(나는 이를 꿈속에서 어렴풋이 본 듯하다)의 깊이에 대해 쓰기. 근심이라는 어리석은 고뇌와, 힘이 소진될 때 이를 회복하는 것에 대해 쓰기. 우체국에서 만났던 타인과 기차 유리창을 통해 얼핏 보았던 얼굴 때문에 위태로워졌던, 자아를 찾는 고통스러운 작업에 대해 쓰기. 그 대륙과, 꿈에 등장했던 사람들과, 사랑과, 죽음과, 선악과, 세상의 종말에 대해 쓰기.

• • •

그는 인생의 중년기에 심각한 지적, 정신적 분열을 겪었던 미국인들 중 하나였다. 나는 이와 같은 현상을 다른 나라에서는 결코 목격하지 못했다. 늙은 아내의 이야기처럼 진부하다 할 남성의 갱년기 현상은, 다들 알다시피, 이 경우와는 아무 관련이 없다. 나는 이런 고충을 겪었던 사람들을 너무나 많이 보아왔고 따라서 그 증상에 대해 언급할 필요성을 느낀다. 기차역 술집에 가면 이들을 가려낼 수 있다. 이들은 대개 핸섬했지만 그 핸섬한 얼굴은 근심 때문에, 혹은 술 때문에 훼손되고 말았다. 대개 그들의 손은 떨린다. 친구가 남아 있을지 의문이지만 혹시 친구가 있다면 그 친구는 우리가 발견한 X란 사람에 대해 그가 일종의 심리적인 위기를 겪고 있는 것 같다고 말해줄 것이다. 이런 위기

---

* 제우스의 아들로 신의 비밀을 누설한 죄로 물에 빠졌지만 갈증이 나도 물을 마실 수 없는 지옥에 빠졌다 한다.

는 일반적으로 직업에 대한 이들의 깊은 불만족에서부터 시작된다. 이들은 시시한 대우를 받았고 합당한 승진이나 급여에서 제외당하는 부당함을 겪었으나 현재 그들이 처한 상황이나 안정성은 이에 불만을 터뜨리기에는 너무나 위태롭다. 이들은 볼 베어링, 침대 시트, 혹은 그들이 파는 그 무엇에든 진저리가 나 있다. 성적인 면을 살펴보자면 이들의 아내들은 성적 매력이 거의 사라졌지만 그렇다고 다른 여자들을 찾지도 못했다. 친구들은 지루하기만 하다. 아이들은 자주 낯설게 굴거나, 감사해하지도 않는다. 짊어져야 할 경제적 부담은 고통스러운 수준이다. 지금까지 말한 모든 것이 사실이나 그렇다고 그것들 중 무엇도 그들을 갉아먹고 있는 억제되지 않는 실망을 설명해주진 못한다. 더 거대한 무엇이, 겉으로 드러난 기본적인 사실들 이상의 정말 알지 못할 일이 그들에게 일어났던 것이다. 용맹, 열정, 그리고 희망. 이런 모든 좋은 것들이 그들을 비켜가버린 것으로 보인다.

그는 아내의 잔소리를 더이상 참을 수 없음을 알게 되고 사랑하는 아들을 땔감용 장작으로 때리기도 한다. 산기슭에서 길을 잃은 그 누구보다 더 알 수 없는 곳에 와버렸지만 이와 같은 비극적인 황야에 어떻게 오게 됐는지는 그에게, 아니 우리에게도 숨겨져 있다. 저기 술집 아래쪽에서 맥주를 마시고 있는 사람이 그들 중 하나다. 여기 또다른 사람이 문가로 다가오고 있다. 실크로 만든 셔츠를 입고 마티니를 마시는 이도 그렇다. 네번째로는 저기 손목시계를 보고 있는 사람을 들 수 있다. 하지만 그에게는 이 오후에 자신과 같은 처지의 사람이 세 명이 있든, 네 명이 있든, 다섯 명이 있든, 아무 상관도 없는 일이다.

● ● ●

무심하게 C를 떠올려보았다. 바보처럼 활짝 웃는 미소, 아무렇게나 기른 머리. 보헤미안풍의 옷차림, 스웨이드 편상화, 볼품없는 정강이, 한시도 가만있지 못하는 활기찬 몸, 그 활력, 순수하기 이를 데 없는 고집. 더불어 남성 사이의 성적인 거래에 대해 우리가 갖고 있는 석연치 않아하는 감정들에 대해서도 생각해봤다. 남성끼리의 성관계에 관한 연구는 합법적이긴 하겠지만 연구 대상이 되기에는 불만족스러운 영역이 아닐까. 이는 품위가 없는데다 때로는 코미디 같은 일이기도 하니까.

● ● ●

아무런 진전도 이루지 못했다. 그래도 매일 여기로 와서 노력해보는 것이 최선인 듯싶다. 요즘은 쉽지가 않다. 나는 이전에 겨울을 겪었고 다시 겨울을 맞이할 것이며 또 겨울이 끝날 것을 과히 의심치 않지만 그래도 쉽진 않다. 로마에서 보냈던 수 주간, 수개월의 시간들이 기억난다. 햇빛에 반짝이던 거미줄과 폐허 위를 날아오르던 부엉이 외에는 아무것도 볼 수 없었던 그때가. X도 떠오른다. 우리처럼 보통 인간에 불과한 탓에 엄청난 성적 능력을 다룬 우화에 고통받았던 그를. 그가 읽었던 책과 이야기들, 그가 봤던 영화들은 하나같이 매우 선정적인데다 거의 끊임없이 지속되는 에로티시즘을 거론하거나 혹은 암시했지만 그는 뼈만 남은 앙상한 아내의 팔을 잡을 때마다 대부분 좌절을 경험해야 했다. 그는 왜 그것을 재미있게 즐기지 못하는가? 왜 그의 낮과 밤은 다른 남자들의 그것처럼 멋진 여자와 함께하는 천국이 될 수 없는가? 나이가 들어서인가? 항간의 말대로 기력이 쇠해서인가? 그는 자신의 잎들이 땅으로 떨어지는 모습을 그저 조용히 서서 지켜봐야만 하는가? 이제는 물러나 더 젊은 사람들에게 땅을 내어줘야 하는가? 하지만 기력에 약간의 누수가 있었다손 치더라도 그에게 갈망 따위라곤 전혀 없었다. 어떻게 그가 그토록 행복하게 살았던 그 감각적인 천국을, 시냇물 소리와 빗소리가 그의 육체를 축복하는 것 같았던 그곳을 갈망할 수 있었겠는가?

• • •

가엾은 X. 근심이 그의 사타구니를 약해지게 했다. 그는 그의

지력과 신체기관들이 하나하나 쇠약해져감을 느꼈다. 다른 무엇
보다 그는 기다란 교량을 두려워했다. 그는 증상을 알고 있었다.
그가 교량에 접근해가면 그의 음낭, 특히 왼쪽 고환이 엄청나게
죄이는 듯한 통증이 생기면서 성기에 고통스러운 수축 현상이
있을 것임. 교량의 굴곡을 따라 올라가기 시작할 즈음부터는
숨을 쉬는 데 어려움을 겪을 것이다. 오직 헐떡거리며 숨을 쉬어
야만 그의 폐를 채울 수 있을 터이다. 숨을 쉬기 위한 투쟁에 이
어 곧 다리에 통증이 느껴지는데 다리를 제대로 움직이기조차
힘들어져 당연히 그만 멈춰야 하지 않나 걱정될 정도다. 가장 강
한 충격은 교량의 맨 윗부분에 이르렀을 때 닥쳐왔다. 다양한 장
애 현상들이 그의 혈압에 영향을 미치고 시력을 침침하게 만들
었을 때에 말이다. 일단 제일 높은 곳을 넘고 나니 약간의 휴식
이 주어졌지만 앞의 강한 충격 때문에 이후 한두 시간 정도는 컵
이나 유리잔 하나 입에 들어올릴 힘이 없을 만큼 기력이 약해지
면서 몸이 떨려왔다. 한번은 공항에서 커피를 주문해 마시려다
그만 테이블 위에 쏟은 적이 있었다. 옆에 있던 남자가 이렇게
말했다. "어제 굉장한 밤을 보낸 것임에 틀림없군요." X는 어떤
대답을 할 수 있었을까? "아뇨, 아뇨. 난 일찍 잠자리에 들었어
요. 그저 교량이 무서워서 이런 거랍니다." X는 자신의 걱정거리
들이 여행을 방해하도록 내버려두지 않았다. (즉 그는 결코 차를
세우는 법이 없었다.) 그런데 한번은 올버니로 차를 몰고 갈 때

강의 서쪽 면을 따라 난 도로를 이용했던 적이 있었다. 그 도로는 트로이 부근에 이르면 좁아지는데 바로 그곳에 별 어려움 없이 건널 수 있는 작은 교량 하나가 있었다. 그는 차 안에 위스키 한 병을 비치해두고 있었다. 만약 예사롭지 않은 격렬한 발작이 그를 덮쳐오리라 예상될 경우 차를 멈추고 위스키를 마심으로써 원기를 북돋을 생각이었던 것이다. 물론 그는 이와 같은 증상들이 거짓 고통임을 알고 있었다. 실제 겪는 고통에 비하면 경멸할 만한 수준임도 알고 있었다. 하지만 어떻게 이를 치료할 것이며 어떻게 아내에게 털어놓을 수 있을 것인가? 중년에 이르면 자주 그렇듯 그는 수요가 전혀 없는 시시한 역할을 수행하도록 강요받는 듯이 보였다, 마치 더블릿doublet*과 타이츠를 입고 머릿속에 잘 기억해둔 대본을 손에 쥔 채 영원히 무대 뒤쪽만 방황하도록 선고받은 배우처럼. 저 무대에서는 주인공들이 소파로 뛰어들어 열정적으로 관능적인 연기를 펼치고 있는데 말이다.

• • •

일요일 오후에 형이 찾아왔다. 의사는 형이 다시 술을 마시면 죽을 수 있다고 말했지만 형은 술에 취해 있었다. 흐릿한 눈, 부

---

* 허리가 잘록한 남성용 상의.

풀어오른 얼굴, 통통한 손, 술을 마셔 불룩 나온 배. 형은 나와 단둘이 있고 싶다고 하더니 이렇게 말했다. "아주 재미있는 일이 내게 일어났지 뭐냐. 참, 내가 보스턴의 영업권을 얻어낸 건 알고 있지? 어, 난 한 술집에서 텔레비전 토론을 지켜보는 중이었는데 술에 엄청 취해 있어서 내가 뭘 하고 있는지도 몰랐어. 그러다 앨 휴스턴을 만나야겠다고 결심하고는 차를 타고 출발했지. 그런데 다음에 난 내가 감옥에 갇혀 있음을 알게 됐어. 어디에 있는 감옥이었을까? 바로 우리 고향이었어. 고향에 갇혀 있었던 거지. 경찰이 내 면허증을 가져갔고 수백 달러의 벌금을 매겼어. 이번이 두번째야. 난 집행유예를 받고 풀려났어. 그런데 거기서 누굴 봤는지 알아? 밀드레드 커닝엄이었어. 앨과 결혼했던 여자. 너도 기억날 거야. 그래서 내가 말했어. '안녕, 밀드레드. 그저께 앨을 보려고 했었어요.' 그런데 그녀가 뭐라고 말했는지 알아? '그 사람은 6개월 전에 땅에 묻었는데요?' 정말 무지 재미있는 일이야." 형이 말한 모든 얘기들을 나로선 거의 이해하기 힘들었다. 형은 취해 있었다. 형은 직장을 잃어버렸고 다시는 얻지 못할 것이다. 형은 술이 취한 와중에 40년 전에 만났던 대학 시절 친구이자 (비록 나의 추악한 의심이긴 하지만) 동성애자인 룸메이트를 찾으려 했지만 결국엔 그 뛰어나고 존경할 만한 우리의 조상들이 당신들 자신을 위해, 또 후손인 우리를 위해 인생을 살아왔던 고향의 감옥에 갇혀버리고 말았다. 형은 이 모든 이야기를 요절복통할 농담이라며 내게 떠들었던 것이다. 형은 제정신이 아니다. 나는 이에 대해 술을 마시면서 메리에게 오랫동안 불평을 늘어놨고 메리는 친절하게도 내 애기를 잘 들어줬지만 그렇다고 그날 밤 아내와 잠자리를 함께하진 않았다. 내 문제는 나 홀로 헤쳐나가야 할 테니까 말이다.

• • •

나 자신을 돌아보자니 보기 드물 정도로 불행하고 술에 취해 있다. 우리는 그 어떤 평범한 형태로도 춥거나, 가난하거나, 배고프거나, 외롭거나, 비참하지 않다. 왜 그렇게 많은 사람들이 우리의 행복한 운명을 잊으려 애쓰는 걸까? 이는 인간의 본성에 내재된, 근절할 수 없는 죄의식과 복수심인가?

• • •

무더운 날씨. 우리는 정원 계단에서 식사를 했다. 오래된 나의 그것이 햇살 아래서 히아신스처럼 흔들렸다. 나중에 더운 날씨 속에 외바퀴 손수레로 낙엽들을 치우고 있자니 갑자기 피곤이 몰려왔다. 나는 천천히, 그리고 고통스럽게 움직였다. 마치 노인처럼. 고통이 리벳처럼 내 가슴을 뚫고 들어와 등까지 찔러오는 기분이었다. 봄도 보지 못하고 죽을 것 같다는 생각이 들었다. 난 곧 죽을 것이다. "존 치버가 죽었어. 아주 갑작스럽게. 일찍 교회에 갈 수 있게 서둘러. 앉을 자리가 없을지도 모르니까." 관 속에서 내 목소리가 울려나왔다. "하지만 아직 일을 끝마치지 못했어. 일곱 편의 소설, 두 편의 희곡, 또 오페라 대본까지. 아직 끝내지 못했다고." 신부는 조용히 있으라고 내게 말한다. 장례식 일정이 다 준비됐지만 중요한 날에 전화벨이 울리기 시작한다. "빈시가 골프할 수 있는 유일한 기회예요. 존도 이해해주리라 확신해요. 그는 항상 그토록 낙천적인 사람이었으니까" "메이블이 쇼핑할 수 있는 단 한 번의 기회예요" 등등. 결국 아무도 오지 않는다. 이 모든 것들에서 혐오스러울 정도의 병적인 현상을 목격하지만 나는 내 마음을 정화시키려 애쓴다. 죽음이라는 현상을 맛보지 않는다면 겨울과 봄의 차이를 어떻게 구별할 수 있단 말인가? 나는 셔터를 칠하고 나무를 자르고 불을 피웠다. 불이 내뿜는 깨끗한 빛이 매력적이다. 그 빛과 물이 떨어지는 소리, 바로 이것이 내가 원하는 바다. 바닥에 아무렇게나 쌓여 있는 X의 속옷으로부터 나는 얼마나 멀리 떨어져 있는가. 난 오늘 불과 물을 사랑하며 보낼 것이다. 근심과 불안을 진정시키고자 술을 마셨지만 실패했다. 예전에도 이런 가엾은 상황에 처한 적이 있다. 하지만 벗어날 방법을 찾아낼 것이다.

• • •

　환희처럼 느껴지는 고요함 속에 아침해가 뜨기 전 잠에서 깨어났다. 나는 다음을 모두 되찾아올 것이다. 북대서양의 푸른 바다, 활기찬 인생의 재치와 진취적 기상, 파란 하늘 같은 용기, 사물에 대한 자연스러운 이해력. 이 모든 것들을 되찾아올 것이다. 내가 좋아하고 싫어하는 인물들이 모두 등장하는 유쾌한 꿈을 꾸었다. 그중엔 가장 보기 싫은 사람이 바지를 벗는 장면도 있었다. 하지만 신이여, 내가 왜 이것에 대해 더이상 걱정해야 하는 겁니까? 어린 시절의 옛친구도 만났다. 고귀한 사랑이 한 자락의 천처럼 펼쳐져 있던 그곳은 조용하고 근심 걱정 없는, 참으로 좋은 또다른 세상이었다. 나는 땀 흘리며 침대에 누워 있는 이 공포의 나라에서, 즉 오일 버너가 집을 불태우지 않을까 두려워지고, 빚으로 찌그러들지 않을까 두려워지고, 사타구니가 상처 입은 것처럼 욱신거리지 않을까 두려워지는 이곳에서 떠날 것이다. 그리고 위의 것들을 모두 찾아올 것이다.

• • •

　「다리」*를 끝냈다. 쓰지 않느니보다 못한 것 같다는 생각이 든다. 장작을 팬 다음 F와 대화를 나눴다. 즐거웠다. 새벽이 오기 전 일찍 깨어 이런저런 생각들을 해본다. 적갈색을 띤 C의 허벅지까지. 그리고 책, 책.

• • •

어둡고 추운데다 눈까지 와서 일을 할 수 없었다. 한심한 일이다. 그렇게 하루를 낭비해버렸다. 아침식사를 하면서 난 이렇게 말했다. "수지를 전혀 이해 못하겠어." 나는 불행에, 절망감에 몸을 떨었다. "그애를 먹이고, 목욕시켜주고, 밤에 침대로 데려가고, 발에서 가시와 유리를 빼주고, 사랑을 주고, 수영하는 법과 스케이트 타는 법과 해변에서 산책하는 법과 이 세상에 경탄하는 법을 가르쳤어. 하지만 지금은 내가 무슨 말을 하기만 하면 그저 울어대거나 문을 쾅 닫아버리고 또 화창한 일요일이면 숲으로 숨어버리기나 하지. 기분이 좋은가 싶으면 답 없는 질문이나 해대고 말이야. 이건 우리가 서로를 이해하는 데 실패하고 있다는 징표가 아닐까? 난 기차에서 만난 낯선 사람보다 하나뿐인 내 딸을 더 모르는 것 같아."

---

* 존 치버는 1961년에 '다리의 천사The Angel of the Bridge'라는 제목의 단편을 『뉴요커』를 통해 발표했는데 본문의 「다리」는 바로 이 작품을 의미하는 것으로 보인다.

• • •

기도하자, 고속도로와 간선도로와 유료 고속도로에서 교통사고로 죽거나 끔찍하게 부상당했던 모든 이들을 위해. 기도하자, 착륙중 결함이 있는 비행기나 공중에서 충돌한 비행기, 혹은 산에 처박힌 비행기에서 불타고 죽어갔던 모든 이들을 위해. 기도하자, 주님이 주신 날의 시간들을 파인트 잔과 피프스 병의 숫자로만 측정하는 모든 알코올중독자들을 위해. 기도하자, 셔츠 버튼을 진정제 알약으로 착각하는 바람에 호텔에서 질식사했던 그 남자를 위해.

• • •

어제 아침 헤밍웨이가 총으로 자살했다. 위대한 인물이었다. 예전에 그의 책을 읽은 후 보스턴의 한 거리를 걸어내려오던 중 하늘의 빛깔이나 행인들의 얼굴, 도시의 냄새가 전과 달리 새롭고 극적으로 다가왔던 기억이 난다. 그가 내게 끼쳤던 가장 큰 영향은 남자다운 용기를 제대로 인식시켜줬다는 데 있다. 그의 책을 읽기 전까지 남자다운 용기를 극찬했던 사람들은 이를 가짜처럼 보이게 만들었던 스카우트 대장들과 그 밖의 다른 사람들뿐이었다. 그는 사랑과 우정, 그리고 제비와 빗소리를 아우르는 거대한 통찰력을 글로 남겼다. 내 시대에 그와 비교할 수 있는 사람은 아무도 없었다.

• • •

아침식사를 하고자 6시 반에 일어났다. 기분은 상쾌했다. 하지만 면도를 하는 동안 메리 역시 일어나 인상을 쓰고 기침을 하는 등 아픈 소리를 내기에 속 좁게도 이렇게 말했다. "내가 도와줄 일이라도 있어? 거의 다 죽어가네." 아침식사는 전혀 받지 못했고 그래서 아무것도 먹지 못했다. 하지만 이 나이에, 또 하루 중 이 시간에, 비참하고 추악했던 부모님의 말싸움을 재현해야만 하는가? 두 분은 토스터기와 오렌지주스 압착기를 사이에 둔 채 허리를 굽혀 상대를 노려보는 검투사들처럼 악의와 분노와 증오와 혐오에 찬 말들을 서로에게 내뱉었다! "토스트를 구워도 되겠어?" "내 토스트를 만들 때까지 좀 기다려줄래?" 마침내 어머니는 아침식사를 담은 식판을 식탁에서 가져가 작은 탁자에서 식사하기 시작했다. 안방을 향해 등을 돌린 채로, 뺨에 눈물을 흘려가면서. 아버지는 식탁에 앉아 이렇게 물었다. "젠장, 내가 왜 이런 대접을 받아야 하지?" "혼자 있게 해줘, 내가 원하는 건 그저 혼자 있게 해달라는 것뿐이야." 어머니가 말했다. "내가 원하는 건 단지," 이번에는 아버지가 말했다. "삶은 달걀이야. 그게

그렇게 거창한 부탁인가?" "그럼 당신이 직접 삶아." 어머니가
소리쳤다. 슬픔과 실망이 가득 찬 목소리였다. "당신이 직접 삶
아, 나 좀 내버려두고." "젠장, 나더러 어떻게 달걀을 삶으라는
거야?" 아버지가 소리쳤다. "냄비도 쓰지 못하게 하면서." "그럼
냄비를 써." 어머니도 소리쳤다. "하지만 당신은 그동안 냄비를
쓰고 나면 더러운 채로 내버려뒀잖아. 대체 무슨 이유에서 그러
는지 모르지만 당신이 손대는 것마다 모조리 쓰레기로 변해."
"그 냄비는 내가 산 거야." 아버지가 고래고래 소리질렀다. "비누,
달걀도. 수도세와 가스비도 내가 내. 그런데 이렇게 내 집에 앉
아서 달걀도 삶지 못해. 굶고 있다고." "여기 있어." 어머니가 말
했다. "내 걸 가져가. 난 먹을 수 없어. 당신 때문에 식욕이 날아
갔다고. 당신이 오늘 하루를 망쳐놨어." 어머니는 식판을 아버지
에게 밀치면서 식탁에 떨어뜨렸다. "난 당신 거 먹기 싫어." 아버
지가 말했다. "계란 프라이는 싫어. 계란 프라이는 질색이야. 내
가 왜 당신의 밥을 먹어야 하는 거지?" "왜냐하면 내가 먹을 수
없으니까." 어머니가 소리쳤다. "지금 같은 분위기에서는 아무것
도 먹을 수 없어. 내 밥을 먹어. 맘껏 먹으라고. 하지만 제발 입
좀 닥치고 날 좀 혼자 내버려둬." 아버지는 식판을 밀쳐내고는
두 손에 얼굴을 묻었다. 어머니는 식판을 가져가 달걀 프라이를
쓰레기통에 버린 뒤 한없이 서럽게 울다가 위층으로 올라갔다.
난데없는 소동과 격렬한 말싸움에 깨어난 아이들은 주님께서 마

련해주신 이 좋은 날이 왜 무섭게만 느껴지는지 의아해했다.

• • •

밴더립 부인은 그녀만의 방공호를 갖고 있다. 1차대전에 대비해 만들어진 그 방공호는 수소폭탄에도 안전하다. 이와 같은 방공호에 관한 문의가 최근 두 배나 증가했다. 일반적으로 방공호의 위치는 비밀에 붙여야 한다. 만약 그 존재가 알려진다면 방공호는 그저 작은 전쟁터로 변하고 말 테니까. "저는," 케임브리지의 한 여자가 말했다. "살아남아 인류를 재건할 10퍼센트의 사람들 중에 속하고 싶어요." 다른 사람은 또 이렇게 말했다. "빨리 죽을수록 더 나을 겁니다." 요점은 이렇다. (이런 현상은 일찍이 없었다.) 이 강대국에 사는 국민들은 완전한 혼란에 휩싸여 있다. 즉 선악을 인지하는 그들의 지속적인 성향에 관해, 또 지하에서 살 수 있도록 대비해야 하는지에 관해.

• • •

수지를 태운 기차가 새벽 2시에 도착할 예정이어서 기차역으로 갔다. 기차역은 하루를 마칠 준비로 분주한 듯했다. 기차들, 종소리, 경적 소리, 프랑스와 이탈리아에서도 들었던 공기 중에 울려퍼지는 날카로운 소음, 어디선가 망치질하는 소리, 노란 불빛, 사방에서 쏟아지는 황금색 불꽃, 그리고 은은한 조명들. 한 예쁜 소녀가 어두운 택시 승차장에 앉아 있다. 이제 기차가 도착하면 남자친구가 그녀를 집으로 데려다줄 것이다. 나는 술집으로 들어갔다. 두 명이 당구 경기를 하고 있었다. 한 명이 아주 좋은 솜씨를 선보이며 경기에서 이겼다. 그는 아주 밝고 가벼운 얼굴 표정과 자세를 취했다. 마치 인생은 항상 그에게 영양분 넘치고, 단순하고, 소화하기 쉬운 음식이었다는 듯이. "여기 여분의 『뉴스』와 『미러』지가 있어." 한 사람이 안경 너머로 친절한 미소를 건네며 이렇게 말했다. "보고 싶어?" "복승식 당첨금이 얼마나 되지?" "750달러." "자, 네가 다섯 번 이겼고 난 네 번 이긴 거야." "여기 모여봐. 내일 밤에 여자아이들을 데려오지. 처녀들과 놀게 될 거라구." "놀 수 있는 애들은 여기에도 두 명 있어." 당구공을 흔들며 바텐더가 말했다. 핼쑥한 얼굴, 여윈 체구, 면도가 필요한 수염, 더러운 앞치마. 그도 절실한 필요성을 느낄까? 늙은 아내의 몸 위로 헐떡이고, 헐떡이고, 또 헐떡이며 올라갈까? 여기는 아주 멋지고 편안한 곳이다.

• • •

아름다운 가을날이다. 환한 별빛. 많은 증기가 정북 방향으로 높이 솟아오른다. 이 전사들 혹은 사업가들은 플라스틱 쟁반에 새우 요리를 담아 먹고 있는 중인가? 이는 지구의 종말인가 아니면 종말을 막으려는 연대인가? 더위와 추위, 찬란함과 어두움, 산에 있는 그 무엇보다 멋지게 빛나고 있는 해 진 뒤의 잔광. 하지만 저기서 별을 뚫어지게 쳐다보고 있는 X는 이 찬란한 빛의 벽들 안에서 자신이 지닌 정서적 공허함의 반향을 발견하게 될 것이다.

• • •

허리케인 경보가 떨어졌다고 한다. 자정이 지나면 광풍이 불면서 많은 비가 내릴 것이라 했다. 3시에 깼다. 허리케인이 가까이 왔을 시간이다. 하지만 바람과 비의 전조는 전혀 없었다. 나는 생각했다. 난 해낼 수 있다고, 이해할 수 있을 거라고. 그리고 내가 가진 장점을 일일이 열거해봤다. 용맹, 침착함, 예의바름, 살면서 겪게 되는 자연재해를 처리할 줄 아는 능력.

• • •

오시닝-새러토가. 9월 22일. 가을이 점점 북쪽 지역으로 옮겨가고 있는 듯하다. 골든로드, 과꽃, 그리고 히스처럼 보이는 식물들이 들판에 만발해 있다. 위로 솟아올라가 있는 산을 보고 있자니 오래된 이 지구의 역사와 그 지구의 표면을 만들었던 격렬한 지각운동을 생각하게 된다. 가끔 성냥으로 이를 쑤시는 저 턴퀴스트 박사와 변변치 못한 인간들이 지구라는 이 오래된 대지를 파괴시켜버릴 수도 있다. 걸어가는 우리 곁으로 붉은색 폭스바겐을 모는 완고한 표정의 여자, 컨버터블에 나란히 탄 한 쌍의 남녀, 머리카락이 회색인 두 명의 숙녀, 그리고 노부부 한 쌍이 지나갔다. 정말이지 많은 사람들이 연속으로 우리 곁을 스쳐지나갔다. 허름한 새러토가의 교외와 이 오래되고 거대한 집, 그리고 야도. 잔디 위로는 탑과 홍벽의 그림자가 늘어져 있다.

• • •

11시 반이 지날 무렵 솔 벨로가 등장했다. 창백하지만 고운 얼굴, 놀랍도록 하얀 광채를 뿜어내는 보기 드물게 큰 눈. 기차를 탔을 때 마주치게 되는 한 낯선 이에게서 그와 나 둘 모두, 이를테면 몬트리올과 시카고, 혹은 퀸시와 로마 사이의 어느 곳에 자기파괴적인 삼촌을 두고 있기라도 한 것처럼 깊고도 때론 곤혹스러운 일종의 연대의식을 느낄 때가 자주 있다. 이는 우정이나 안면이 있음을 뜻하는 것이 아니다. 하지만 솔 벨로가 인사를 건네려고 복도를 지나올 때, 비록 그에게 할 말은 결코 그리 많지 않은 듯하나 본능적으로 같이 있어달라고 말하며 그를 붙잡고 싶은 충동을 느꼈다. 그는 최근 또다른 소설을 거의 끝마쳤지만 난 그렇지 못하다.

야도에서의 회합은 평소처럼 진행됐다. 예전에도 그랬던 것처럼 난 오늘 모임에서도 나의 존재를 사람들에게 인식시키는 데 어려움을 겪었다. 이따금 솔 벨로의 눈에서 빛나는 광채를 훔쳐보며 이렇게 생각했다. 그는 나의 형제야. 하지만 그와의 대화는 놀라운 사건이었다. 오지 못할 것 같다고 했던 A는 늦게야 나타났다. 술을 마셔 불그스레해진 넓적한 아일랜드인의 얼굴. 옥수수처럼 고르지 않은 색깔의 커다란 치아. 길고 짙은 속눈썹. 그리고 한때는 멋있기 그지없었을, 하지만 세월로 그 흔적만 남아 있는 파란 눈. 분명 알코올중독자의 행색이었다, 파멸로 몰아가는 그 스포츠 말이다. 재킷의 놋쇠 단추, 큰 머리를 따라 일부러 아래로 길게 찰싹 붙여놓았고 군데군데 회색 머리카락이 보이는 검은 머리. 결국 알코올중독으로 제정신을 차리지 못할지라도 그 머리카락만은 제대로 붙어 있을 것이다. 그가 숨을 쉴 때마다 쏟아지는 고약한 알코올 냄새가 나의 코로, 그 긴 나의 코로 밀려들어왔지만 나를 곤혹스럽게 만들고 그리하여 마침내 술이 사악한 것임을 내게 납득시켰던 것은 그가 말할 때 보여준 행동거지였다. A는 잘 알아듣지 못할 독백으로 쪽진 머리 스타일을 한 누군가에 대해 얘기했다. 그 누군가는 엄청난 난제와 불안을 위엄 있게 극복함으로써 자신의 인생이 환상적이며, 자신의 농담은 유쾌하고, 자신의 탈선에 포함된 의도와 특질이 풍부하고 훌륭함을 알아냈다고 했다. 나는 한 아이를, 어쩌면 나의 딸을 떠올렸다. 술꾼의 이야기를 경청하고 있는 내 딸을 말이다. 회의가 진행되는 동안 나라는 인격이 여기저기 흩어져버린 듯했다. 솔벨로의 눈에서 나오는 하얀 광채가 나를 더욱 산산이 흩어놓았다. 바보스럽게도 그가 가진 창조적 에너지의 탁월함이 궁금해졌다. 나는 정신을 다시 추슬렀다. 나의 조각들을 집어올리기 위해 허리를 숙이고 부서진 나의 자아들을 유머감각으로 한데 묶으면서 방 이곳저곳을 돌아다녔다.

• • •

메리가 우울한 것 같다. 술을 마신 뒤 생각했다. 중년의 나이에 우리는 아주 중요한 순간을 맞이했다고. 난 더이상 나의 실망이 담긴 슬픈 농담을 할 수 없다고. 더이상 아내의 기행이라는 부담을 참을 수 없다고. 나도 큰 소리로 말해야 한다고, 내가 느끼는 바를 말해야만 한다고. 나의 실망감이 극대화되고 가장 고통스럽게 여겨지는 때는 대낮이 아니다. 어둠 속을 뚫어지게 쳐다볼 때, 또 아이들 욕실에서 흘러나오는 불빛을 조명 삼아 벽지에 그려진 도형들의 숫자를 셀 때, 바로 그럴 때 난 내 영혼이 무너져내리는 것을 느낀다. 이와 같은 사태는 상상한 적이 없었다고, 이는 내 잘못이 아니라고 확신하지 못한다. 아내를 볼 때면, 내게 다가오는 아내를 볼 때면 걷잡을 수 없는 분노와 증오의 감정이, 그 섬뜩한 기분이, 그야말로 빛의 속도처럼 빠르게 내 발끝에서 머리까지 순식간에 휘몰아쳐 지나간다. 무슨 일이 있었는지 모르겠다. 이는 꼼꼼한 성격도 도움이 못 되는 그런 상황들 중 하나다. 결정적인 순간은 아마 밤에 외출할 생각이 없는 거냐고 아내에게 물어봤던 때일지 모른다. 어쩌면 내가 두번째 술잔을 따르던 순간이었는지도. 환한 햇살이 비치는 오후 풍경에 감탄하면서 두더지굴에 독약을 넣던 나는 이렇게 말했다. "저 겨풀을 좀 봐. 올해를 장식할 마지막 식물이지. 클로버도 사방에 천지네. 햇살을 봤어? 아름답지 않아?" 하지만 아무 대답도 없었다. 아내는 서둘러 내게서 떠나갔다. 그렇게 오후의 기쁨은 끝나버렸다. 책을 읽기 위해 앉았지만 아내는 쾅하고 방문을 닫았다. 아들 숙제로 퀴즈를 내는 동안에도 내 머리는 내가 옳다는 생각으로 가득 차 있었다. 하지만 아내 옆에 누워 잠을 잘 수가 없었다. 난 손님방으로 갔다. 그 얼마나 많은 밤을 소파에서 보냈던가! 새벽 3시, 혹은 4시에 사랑하는 나의 아들이 악몽을 꾸었다. 이 방 저 방 돌아다니며 울어대는 고양이가 내 잠을 깨웠다.

● ● ●

출생 환경이 어떻게 우리를 쫓아다니는지 생각해보는 한편, 이를 이야기함으로써 내가 치러야 하는 대가가 무엇일지 궁금해진다. 어릴 적부터 나는 여러 사실들을, 이를 좀더 재미있고 때론 의미 있게 만들고자 재정렬하는 이야기꾼이었다. 그리하여 괴짜인 노모를 부와 명예가 있는 여인으로 탈바꿈시켰고 아버지는 바다의 선장으로 바꿔놨다. 나 자신의 배경도 즉흥적으로 만들어냈다. 점잖고 전통을 존중하는 사람으로 말이다. 그리고 이는 일반적으로 큰 무리 없이 받아들여졌다. 하지만 있는 그대로의 사실을 쓴다면 어떻게 될까? 노란 집, 자동피아노가 있던 북향의 작은 거실, 그리고 카드 테이블 위의 (내가 만든 무대장치와 손으로 움직이는 꼭두각시 인형이 있는) 미니 공연장. 회전반이 달린 미미한 출력의 낡은 마호가니 축음기. 만다린 코트*의 천으로 장식된 식당 천장의 램프. 그리고 벽에 걸려 있던, 아버지가 타던 배의 조종 핸들(진주층으로 장식된 그 핸들은 이미 오래전에 없어졌다). 내가 만들어낸 주인공들은 대개 하녀의 시중을 받지만 테이블 위로 접시를 나르던 사람은 대개 나였다. 부모님은 행복하지 않으셨고 나 역시 그런 부모들로 인해 행복하

---

* 소매통이 넓고 실크에 자수를 놓아 만든 중국풍의 코트.

지 않았다. 나는 아버지가 나를 해치려 했다고 들었으며 그래서 결코 아버지를 용서하지 못하리란 생각이 든다. 그럼에도 내 가슴은 열려 있었던 듯하다. 순진하게도 열 살인가 열한 살 되던 때에 G와 완전히 사랑에 빠져버렸기 때문이다. 열두 살 때는 J와, 열세 살 때는 F와 그렇게 사랑에 빠졌다. 아버지에 대한 나의 감정이 보상받을 가능성은 전혀 없었으므로 이에 나는 질책 및 도전, 격려 등 내게 필요로 했던 것들을 다른 사람에게서 찾았으며 바로 W가 이를 풍성하게 채워주었다. 그러나 이렇게 되돌아보고 있자니 나는 거의 한결같이 즉흥적으로 살아왔던 것만 같다. 나는 사생아의 특징을 갖고 있다.

• • •

커피를 마시러 간 가게에서 클레오파트라처럼 짙게 화장한 스턴 백화점 직원 세 명이 수다를 떨고 있었다. "어젯밤에," 한 직원이 말했다. "돼지갈비를 먹었어. 슈퍼마켓에서 샀는데 히코리 향이 나는 아주 특별한 고기였어. 출시 기념 가격으로 팔더군. 아주 좋았어. 그러니까 훈제향도 나고 말이야, 거기에 사과주스까지 얹었다구. 그런데 남편은 그 좋은 걸 맛보자마자 뭐라는지 알아? '비싼 고기군.' 그러더라고. '비싼 고기를 샀어. 내겐 이 비싼 고기를 살 만한 여유가 없다는 걸 당신이 대체 언제 깨달을

지' 하고 말이야." "조류 고기는 어땠어?" 다른 직원이 물었다. "오, 그것도 괜찮아." "난 치킨을 샀어." 또 한 직원이 말했다. "목요일에 괜찮은 튀김용 닭을 두 마리 구입했지. 어젯밤에도 아주 많이 남아 있던데."

숙취가 있었지만 마음이 편안해지고 성적으로도 민감해진 나는 만족스러운 기분이었다. 점심을 먹기 위해 고기구이 요리가 나오는 한 호텔의 식당으로 갔다. 내 옆 테이블에 앉아 있던 한 사람이 이렇게 말했다. "살기가 지긋지긋해질 때면 나 자신한테 이렇게 말해. 어딘가로 가서 다시 시작해보라고. 너도 할 수 있어, 안 그래? 그저 남쪽이나 서쪽 아무 곳이나 골라 다시 시작해보는 거야." 그는 설탕 네 조각을 집어서 종이를 벗겨내고는, 그야말로 아주 부드러운 동작으로 벗겨낸 종이를 바닥에 떨어뜨렸다. 그가 채소로 만든 수프, 런던 브로일 고기, 애플파이를 다 먹고 떠나려 할 때 같은 일행 중 한 명이 빵바구니에서 크래커 두 개를 집더니 남은 버터로 샌드위치를 만들어 입안에 쑤셔넣었다.

"저는 라일라예요." 40세쯤 되어 보이는 한 여종업원이 상냥하게 말했다. "더 원하시는 것은 없나요? 주문하신 대로 여기 레몬 껍질을 얹은 차가운 드라이마티니를 가져왔습니다. 제가 지금 오른손으로 내려놓고 있죠? 제겐 쉬운 동작이 아니랍니다. 원래 전 왼손잡이거든요. 오른손으로 하는 건 그게 뭐든 쉽지 않아요. 전에 여기 오신 적이 있던가요? 익숙한 얼굴이어서요. 어쨌든 식

사를 주문하신다면 갈비스테이크와 런던 브로일, 아니면 다진
등심을 추천하겠습니다. 프렌치프라이와 소스가 가미된 샐러드
가 같이 나와요. 프렌치드레싱이죠." 그녀는 나의 친구이며, 이
세상의 친구이기도 하다. 내가 분명히 알 수 있는 것은 그녀가
대학에 보내게 될 그녀의 딸 아니면 조카딸이다. 그 여자아이는
현대 언어를 전공할 것이며 나중에 유엔에서 일자리를 얻을 것
이다. 하지만 그에 비해 라일라는 이 세상이 분명히 필요로 하는
것들을 위해 태어난 많은 이들 중 한 명으로 보인다. 어떤 남자
가 그녀에게 못된 짓을 하고 양육해야 할 아빠 없는 자식을 남겨
두고 떠나갔지만 그녀는 인내와 연민을 배웠고 나아가 외롭고,
근심에 쌓여 있고, 고민 많은 남자들로 이 세계가 가득 차 있음
을 알게 됐을 것이다. 그리하여 내 경우처럼, 삼십여 분에 불과
한 식사가 편안하고 따뜻한 시간이 될 수 있도록 매우 성공적인
노력을 하고 있는 것이다. 나는 평생 동안 변치 않을 것처럼 보
이는 역할을 수행하는 사람들을, 사람들로부터 감사받지도 못하
는 일을 바닥에 박힌 못처럼 꼼짝없이 수행해야 하는 이들도 생
각했다. 터키탕의 종업원과 세 명의 안마사들, 23번가의 엘리베
이터 조작원, 2번가에서 담배를 파는 노인. 당신이 열 번이나 세
상을 돌아다니고, 결혼하고, 이혼하고, 아이를 기르고 그 아이들
이 결혼하는 모습을 지켜보고, 이곳저곳을 옮겨 다닌다 해도 다
시 돌아와보면 당신이 떠났던 그 자리에서 그들은 여전히 엘리

베이터를 운행하고 새로 나온 담배를 팔면서 당신이 떠났던 당시와 변함없이 그대로 남아 있음을 목격하게 된다. 그러므로 난 일해야만 하고 또 해낼 수 있다고 생각했다.

• • •

(예를 들어 어머니가 만든 양탄자의 품질을 헐뜯는 등) 사소한 상처들로 나 자신을 심히 괴롭히는 것은, 혹은 그토록 쉽게 마모돼버린 내 감정에 과거가 어떤 영향을 끼쳤는지 확인해보려는 시도는 아무 소용 없는 일이다. 내가 반드시 직시해야만 하는 것은 그동안 내가 내놓았던 소수의 열등한 작품들이다. 소설이든 시든 그것들은 어떤 기법이나 형태, 혹은 실체도 갖고 있지 않다. 내가 역사에서 보잘것없는 작가로 자리매김당할까봐 신경쓰여 하는 말이 아니다. 내가 정말로 크게 신경쓰는 것은 재능을 술과 게으름과 분노와 짜증으로 낭비한 작가로 낙인찍히는 일이다. 나는 더이상 결핍과 흐릿한 조명이 켜진 방과 위통에 얽힌, 흔해빠진 불편함을 글의 소재로 다루지 않을 것이다. 대신에 시간, 알코올, 그리고 죽음을 다룰 것이다.

• • •

　　이는 과연 무엇을 위해 가치 있는 일인가? 토요일의 숙취 말
이다. 벤과 함께 숲을 거닐다가 깡통캔이 보이기에 발로 걷어찼
다. 일요일에는 개가 6시에 깨어났다. 개가 아침밥을 반드시 먹
어야 한다는 메리의 말에 먹이를 갖다줬다. 아직 해가 뜨지도 않
았을 때였다. 나는 손님방으로 들어가 다시 잠을 청하려 애썼지
만 이번에는 개가 거실 바닥에 똥을 싸고, 울어대고, 또 전선을
씹어버리는 등 소동을 피웠다. 예배를 놓쳤다. 이는 일요일을 시
작하는 좋은 방법이 아니다. 11시 반에 진을 약간 마셨고 수지와
함께 리코더를 불었다. 이어 점심 설거지를 하고 아이를 돌봤다.
아이를 품에 안았다. 내 눈에 눈물이 고였다. 하지만 터치풋볼을
하고 나니 기분이 훨씬 나아졌다. 수지와 함께 저녁을 준비했고
나중에는 설거지까지 했다. 개가 거실에 또 배설을 해서 극도로
화가 난 나는 수지를 머매러넥Mamaroneck*에 데려다주고 집에 돌
아온 후 개를 실컷 혼내줬다. 오늘은 시내로 가서 아파트를 볼
생각이었지만 그러지 않았다. 나는 스스로의 실망스러운 점에
분노나 하는 사람이 될 바에야 차라리 부지런히 서두르기엔 너
무 게으르고, 나태하고, 술에 취하고, 또 성마른 사람이 되겠다.

---

* 미국 뉴욕 주 동남부에 위치한 도시.

벽에 비친 난로 불빛 따위 상관없다고 주장하는 사람이 될 바에야 차라리 아늑한 난로 곁을 떠나지 않으려고 모든 종류의 굴욕을 견뎌내는 그런 사람이 되고 싶다. 게다가 우유부단했던 내 행동 중 일부는 충분히 그럴 만한 이유가 있어 보인다. 시내에 집을 구할 여유가 내게는 없다. 또 어쩌면 쉽게 떠나지 못하는 것이 당연할 정도로 이 집에 굉장히 많은 돈과 시간을 쏟아부었다. 그러니 오늘은 다정하고 지혜로운 성인成人처럼 보다 희망적으로 생각하고 처신하도록 노력할 생각이다.

· · ·

시작됐을 때처럼 그렇게 순식간에 끝났다. 11월치고는 더웠던 어느 흐린 날 오후 4시나 5시경이었다. 그녀의 발걸음은 가벼웠고 6주 만에 처음으로 큰 방에서 노래를 불렀다. 나도 내가 하고 싶은 대로 했다.

· · ·

불을 피우고 약간의 술을 마신 다음 서쪽 창문으로 쏟아지는 이 겨울날의 마지막 장밋빛 햇살을 가만히 지켜봤다. 여기의 나무로 된 벽, 오래된 사진, 실크로 덮인 노란 의자가 바로 내가 원했던 것들이지만 이 장면에 감탄하는 내 모습이 어리석게 여겨지는 이유는 뭘까? 소나무숲에서는 오늘의 마지막 햇살이 석탄불처럼 타오르고 있다. B부부와 저녁을 같이했는데 B부부는 불만족스러운 듯 보였으나 그렇다고 그들의 불만족에 대해 불만족스러워하는 것 같진 않았다. 내 눈에 들어온 종이 조각 위에 다음과 같은 글이 쓰여 있다. "나는 불행하다. 엄마와 아빠가 싸우지 않았으면 좋겠다." 새해 첫날이다. 봄까지는 소설을 마칠 수 있게 해달라고 기도했다.

• • •

나는 서쪽 창문의 셔터를 수리하지 않았다. 진입도로에 모래를 깔지 않았고 전기톱 장비에 연료를 섞지 않았다. 세탁소에 드라이클리닝을 해야 할 내 옷을 갖다주지도 않았다. 고기를 자르다가 채 익지 않았음을 발견한 나는 단 한마디의 말도 없이 다른 이들을 망연자실하게 할 수 있는 혐오와 비난을 쏟아냈다. 짜증난 표정으로 가족들에게 많은 양의 넙치 요리를 대접했으며 내 몫으로는 삶은 감자와 한 스푼의 식용유를 먹었다. 그리고 부당하게도 부정직하다며 아내를 비난했고 사랑하는 나의 유일한 딸에게는 너무 평범해서 친구도 없지 않느냐고 면전에서 말해버렸다. 지금까지 난 주정꾼이었고, 비열했고, 잔인했고, 분노에 차 있었고, 음탕했다.

• • •

나의 오늘 하루는 다른 많은 사람들과 똑같았다. 지구 궤도를 도는 글렌John Glenn*의 모습을 텔레비전으로 지켜봤던 것이다. 일을 하지 않는 나 자신을 책망하면서 말이다. 일단 우주인이 궤도에 오르고 나자 모여 있던 사람들은 해변에서 떠나갔다. 항상 그렇지만 사람들이 샌드위치 바구니나 타월, 혹은 간이의자를 들고 호텔, 모텔, 숙소, 술집을 향해 떠나는 장면은 애처롭다. 나는 사람들이 뭔가에 몰두하며 서두르는 모습이 인생 그 자체가 지니고 있는 배려 없음과 유사하다고 생각한다. 그렇게 서두름으로 인하여 색안경, 공기주입식 고무보트, 노인, 필름 한 통, 한 권의 시집을 든 여드름투성이의 자녀 등 항상 뭔가가 잊히고 만다. 우리가 죽은 자를 기억하듯 이들은 사람들에게 잠깐 동안은 기억되겠지만 어두워진 후에 색안경을 찾거나 노인을 위로하려고 돌아가는 이들은 아무도 없을 것이다. 사람들이 서둘러 떠나가던 그때, 내 심장은 마치 삶과 죽음의 힘을 목격하기라도 한 것처럼 요동쳤다. 경기는 막바지에 이르렀고 시골 축제도 최후

---

* 1961년에 미국 최초의 유인 우주선인 머큐리 호에 탑승했던 미국의 우주인.

의 시간에 다다랐다.

• • •

오시닝-탬파Tampa*. P와 함께 신선한 아침햇살을 받으며 출발
했다. 소설가가 되고 싶은 조용한 소년과 플라스틱 말 장난감을
든 여동생, 그리고 내 친구. 오전인데도 차가 많아 매우 붐비는
도로. 번뜩이는 햇살에 드러나는 거대한 도시의 비현실적인 풍
경. 마치 고통스러운 탈구처럼 여겨지기도 하는 이 여행. 창문
하나 없는 공항의 한 허름한 건물. 인공적인 조경, 대기 벤치, 모
피코트를 입은 여자들. 이렇듯 나이든 후에야 처음으로 끼어본
플로리다행 비행기 승객들의 대열, 『버라이어티』 잡지를 든 한
남자, 세 명의 예쁜 아이들, 긴 머리를 늘어뜨린 스코틀랜드 출
신의 여자 간호사. 베레모를 쓴 남자. 비행기가 날아오르자마자
왼쪽에 있던 여자는 핸드백에서 조그만 가방을 꺼내 손톱을 칠
하기 시작했다. 오른쪽 남자가 내게 자신을 소개했다. "만나서
반갑습니다, 존." 그가 말했다. "여기 드리고 싶은 작은 선물이 있
습니다." 이어 그는 체온계가 달린 금박의 넥타이핀을 건넸다.
그렇다고 그 물건을 제조하는 사람은 아니라고 했다. "그냥 드리

_____
* 미국 플로리다 주 서부에 위치한 도시.

고 싶어서요. 저는 여행을 많이 하는 편이죠. 한 해에 약 2, 3천 개는 이렇게 선물로 나가요. 친구를 만들기에 좋은 방법이죠. 전 친구 만들기를 좋아하거든요." 우리는 암으로 죽어가는 지인들에 대해 이야기를 나눴다. 그는 자신의 인생 이야기를 세세하게 들려줬다. 또 은총을 말하는 사자나 군대의 준장과 추기경 얘기 등 반교권주의에 관한 세 가지 농담도 덧붙였다. 낯선 사람에게 자신의 인생 이야기를 들려줬던 그는 우리나라에서, 또 우리 중에서 제법 상위계층에 속하는 듯했다. 여자 승무원들의 복장은 하얀색 실크 셔츠였는데 셔츠 일부분이 등뒤로 삐져나와 여자 승무원들은 이를 계속 쑤셔넣으려 했으나 옷은 다시 삐져나오곤 했다. 기체 후미에서 꾸물대는 한 승무원이 눈에 들어왔다. 아무래도 심한 숙취에 시달리는 듯 보였고 이에 다른 동료들이 음료 수라도 건네줘야 하지 않나 하는 생각이 들었다. 우리는 탬파에서 차를 빌린 다음 남쪽으로 몰았다. 여행은 볼품없었지만 그렇게 말해서 뭐하겠나? 자기 집 앞뜰에 등대가 떡하니 비집고 들어와 있는 사람도 있는데 말이다.

해변을 따라 걸었다. 거센 파도가 벽과 문, 사슬을 뒤흔든다. 뜨거운 태양 아래에서 진을 한잔 마시고 있자니 무척 행복해졌다. 하지만 아침에 일어났을 때 난 괴로울 정도로 심각한 우울증에 시달렸다. 아내가 그리웠다. 아들이 보고 싶었다. 우리는 아침 식사를 하기 전 수영을 했다. 펠리컨과 도요새. 나무 타는 냄새.

쓰디쓴 마음. 달빛이 비치는 따뜻한 밤. 여기는 밤이 내린 열대
지역이고 내 사랑은 멀리 떨어져 있다. 새벽 2시나 3시쯤 잠에서
깼다. 고양이들이 서로 싸우는 소리가 들렸다. 광견병 예방주사
를 맞았다는 표지와 이름표를 목에 건 개 한 마리가 창문 아래쪽
에서 서성거렸다. 갑자기 아내와 아이들에 대한 거대한 사랑이
나를 휩쓸고 지나갔다. 오늘은 아침식사 전에 수영을 하지 않았
다. 나중에는 우울증과 상실감이 덮쳐와 고향 생각이 간절해졌
다. 무슨 일인지 모르겠다. 혹시 가족에게 뭔 일이라도 생긴 건
아닌지 걱정스럽다. 비록 나의 두려움은 진실과 아무 관련도 없
음을 알고 있긴 하지만 말이다. 연거푸 담배를 피워댔다.

• • •

많은 노인들이 낚시중인 다리를 건넜다. 노인들은 정말 많았
다. 슈퍼마켓이나 식당, 나이트클럽, 바다조개와 목제 물품을
파는 가게, 부동산 광고 간판 등이 주 도로인 태미애미 트레일
을 따라 늘어서 있었는데 '허버거' '스티어버거' '스모르고라마
스'라고 쓰인 간판들에는 '버거'나 '라마' 같은 철자들이 잘못
적혀 있다. 애완동물을 안전하게 매장하기 위한 애완동물 전용
묘지와 화장터도 보였다. 야자나무 아래로는 트레일러 같은 이
동주택 차량용 주차구역이 수 마일에 걸쳐 뻗어 있다. 새러소타

Sarasota*의 뒷골목과 옆 골목에선 왠지 무기력한 기운이 감돌았다. 햇살은 화창하고 날씨는 더웠다. 노인들은 버스 정류장 벤치에 앉아 꾸벅꾸벅 졸았다. 세 번 정도 주변을 둘러본다고 하여 내가 LA에 있는지 새러소타에 있는지 알 수는 없다. 그러나 여기는 가족적인 분위기가 매우 강한 곳으로 보였다. 엄마, 아빠, 누이, 남동생으로 구성된 일가족이, 손금쟁이인 집시가 손금을 봐주며 과거와 미래에 대해 뭐라고 중얼거리고 있는 한 작은 판잣집을 지나쳐 걸어갔다. 판잣집 옆에는 관장灌腸이 전문인 높다란 병원 건물이 자리하고 있다. 이곳이 풍기는 가족적인 분위기가 내 외로움을 더 악화시키는 듯하다. 나는 얼마나 소심한 여행자인가! 이어 우리는 정글 가든**이라는 곳으로 갔다. 입장료는 1.5달러다. 노인들이 벤치에 앉아 왜가리 같은 플라밍고 새들을 보고 있다. 여기에도 엄마, 아빠, 누이, 남동생 들이 있다. 이 지역의 더운 공기는 가족애로 가득 차 있는 듯하다. 한 노부부가 지나가던 사람들에게 하얀 공작새가 잠들어 있다며 덤불 아래쪽을 가리켰다. 남부와 중서부 억양이 강한 말이다. 연단에 악보대가 있고 또 방수포로 덮인 재즈 타악기가 세트로 설치돼 있는 그런 식당들 중 한 곳에서 목을 축였다. 식사는 로열 팬케이크 팰리스란 곳에서 했다. 손님들 대부분이 나이가 많은 편이었다. 다

---

* 미국 플로리다 주 남쪽에 위치한 휴양 도시.
** 새러소타에 위치한 작은 동물원.

시 처음 출발했던 태미애미 도로 쪽으로 돌아오자 정서 불안이라는 고통스러운 감정이 나를 사로잡았다. 가족들에게 둘러싸인 집에 있을 때 나는 이런 감정을 고통, 상처, 권태라는 식으로 표현하곤 했다. 하지만 여기서는 외로움의 고통이라고 부르겠다. 이 고통에는 음주만이 유일한 치료법으로 보였다. 그러니 아마 내가 지금 말하고 있는 건 그저 조잡한 알코올중독 현상에 불과한지도 모른다. 나는 고통을 진정시키고자 술을 마셨고 그리하여 아내와 아이들을 생각하며 한밤에 깨어났다. 그런데 가족들의 이름을 그리움이 아닌 만족감을 느끼며 불렀던 것 같다. 희망 가득한 기분으로 나는 계속 가족 생각에 매달렸다. 그렇게 그날도 그리움과 불안과 갈망이라는 똑같은 패턴으로 시작됐다. 내가 앞으로 더 겪어야 할 것은 단 두 가지다. 바로 시간의 생소함, 인성의 생소함이다. 내가 아는 한 내 인생이나 내 됨됨이와 아무 관련 없음이 분명한 저 박물관 복도 끝의 한 젊은이의 모습이, 하얀 스니커즈 신발을 신은 그가 어째서 잠깐이지만 나의 사형 집행인으로 보이는 걸까. (하지만 그 사형집행인의 가면 뒤에 멋진 얼굴이 숨겨져 있을지도 모른다.) 날은 흐리고 바다의 파도는 높았다. 우리는 낚시를 하러 갔지만 아무것도 잡지 못했다. 12시 정각에 술을 마시며 기분을 달랬다. 파도 속에서 헤엄을 쳤고 그렇게 헤엄치는 동안 고통이 기쁨으로 빠르게 변해갔다. 높은 파도가 너울대고 시끄럽기만 한 바다가 점점 친숙한 내 집처럼, 나만의 바다처럼 여겨졌다. 나중에 우리는 그저 그런 한 칵테일파티에 참석했다. 아마 이런 파티에 지금껏 일곱 번은 참석했을 것이다. 둥근 얼굴에 작은 눈을 가진 한 남자가 말했다. "그는 정말로 올곧은 사람이지요." C부인은 남편이 어떻게 죽었는지 내게 자세히 말해주기도 했다. 싹싹한 성격에 훌륭한 운동선수였던 남편은 동맥경화에 걸리고 휠체어 신세를 져야 했다고 그녀는 말했다. 아마 여기엔 플라밍고를 보면서 남편들의 죽음에 대해 자세히 말하는 여자들이 더 있을지 모른다. 술을 마시고 나면 시간은 빨리 지나간다. 우리는 서로 이렇게 물었다. "오늘은 유쾌한 날 아니었나?"

• • •

교회에서 커다란 초록색 야자나무 잎을 가져왔는데 이는 그 잎이 신의 축복을 받았다거나 혹은 그것이 우리집을 축복해주리라는 강한 확신이 들어서가 아니라 사랑이라는 충동에 의한 것이었다. 그런 충동을 일으켰던 것들을 적어보자면 다음과 같다. 우선 니스가 칠해진 노란색 교회 바닥. 죽은 자들을 기리는 그림이 그려진, 눈물을 자극하는 연보라와 푸른색의 친근한 교회 창문. 헛간의 둥근 지붕 한쪽에 처박힌 쿠션에서 풍기는 것과 거의 비슷한, 무릎 방석과 신도 좌석의 쿠션이 내뿜는 퀴퀴한 냄새.

아주 먼 곳의 꽃들에서 풍겨오는 듯한 은은한 향수 냄새. 그리고 그것이 내 어린 시절의 냄새와 상당히 비슷하다는 느낌. 나아가 이는 세기가 바뀌는 냄새, 서서히 사라져가는 전형적인 1890년 대 후반 물건들의 냄새라는 생각까지. 하지만 우울한 기분에 잠길 무렵 나의 주목을 끌었던 것은 미사의 운율이었다. 미사의 언어는 엘리자베스 시대의 행진 대열처럼 그야말로 화려하고 장엄하다. 서술부가 등장하기 전, 끝에서 두번째에 위치한 기도 문구가 장엄하게 신자들 속으로 넓게 퍼져나가면 이에 신자들은 진홍색과 황금색처럼 열정적인 분위기 속에서 조용히 응답기도를 중얼거린다. 그리고 마지막 아멘 소리가 마치 닫히는 문처럼 이 화려한 수사들의 행진을 끝맺을 때까지 주의 어린 양, 영광, 그리고 강복에 대한 기도가 계속 이어진다. 그럼 술 취한 신부는 서둘러 제단의 촛불을 끄고 퇴장해서는 제의 속에 숨겨두었던 술을 꺼내드는 것이다.

• • •

우리를 근심하게 만드는 것은 딱 꼬집어 말할 수 있는 사실들이 아니라 그러한 사실들의 총합으로서, 이와 같은 정보는 비록 우리가 원하는 바는 아니지만 정보의 정수라 할 만하다. 그것은 말하자면 사람들이 제단에서 뿔뿔이 흩어져 돌아가는 장면을 보게 될 때 경험하는 순간적이지만 압도적인 비애에 대한 지각知覺이며, 물 위의 야금 쇄광기冶金 碎鑛機가 작동할 때 나는 소음에서 경험할 수 있는 격려이며, 어린아이의 얼굴에서 불안감을 목격할 때 느끼는 당혹감이다. 그 여자아이는 교과서를 들고 신호등이 바뀌기를 기다리고 있다. 배의 밑바닥에 고인 물에서 풍겨오는 육욕적이고 강렬한 냄새, 이 오래된 집의 냉동저장고에서 풍겨나오는 곰팡이 냄새. 감정이라는 대륙은 바로 이와 같은 모든 것들 위에 놓여 있다. 우리는 이를 근심이라고 부르며 그것은 쓰레기통이라든가 무기, 혹은 치즈 나이프보다 더 많은 사실과 진실, 그리고 깨달음을 지니고 있다. 왜 광기를 두려워하는가? 바로 여기 우리가 극복할 수 있고 또 발견할 수 있는 세계가 있다.

• • •

그는 술에 취해 얼굴이 불콰해진 아내와 헤어질 수도 있었다. 사랑하는 아이들이 없는 인생도 꾸려갈 수 있었다. 친구의 우정 없이도 잘 지낼 수 있었다. 하지만 그의 잔디밭과 정원을 떠날 수는 없었다. 그가 수리하고 페인트까지 칠했던 현관의 방충망과 덧창을 떠날 수 없었다. 그가 직접 깔았던, 옆문과 장미 화단 사이에 있는 구불구불한 벽돌 길을 떠날 수 없었다. 그렇듯 그에게 프로메테우스의 사슬은 바로 잔디밭과 집에 칠한 페인트, 구리로 만든 방충망, 그리고 접합제와 벽돌에 불과했으나 그것들은 쇠만큼이나 단단하게 그의 발목을 잡았던 것이다.

● ● ●

여기 하루가 있다. 이에 대해 어떻게 생각하는가? 눈부신 아침햇살이 길게 늘어선 강둑을 비추고 있다. 시원하다. 현관에서 아침식사를 할 때 커피에서 김이 모락모락 났지만 사기로 만들어진 찻잔은 만지기에는 차가웠다. 어젯밤에는 캐서린 앤Katherine Ann Porter*의 책을 읽었다. 그녀는 그녀 자신의 정수를 얼마나 잘 잡아내고 있는가. 그 위트, 교훈적인 스타일, 그리고 우아함이 풍기는 매력. 그녀는 신랄하고 단호한 글을 쓰기 위해 슬리퍼의 끈을 묶고 주름잡힌 은빛 드레스를 활짝 펴고 또 벨트를 단단히 죄었다. 매우 여성적인, 그러면서도 견고한 문체. 캐서린 앤은 감성적인 몇몇 장면을 통해, 더딘 관찰과 감정의 흐름 사이에서 균형을 잡아내는 놀랄 만한 정밀성을 보여준다.

---

* 20세기 중반에 활동한 미국 작가.

• • •

　오늘 오전 메리는 우울한 얼굴을 하고 있다. 하지만 한편으로 생각해보면 수많은 오해와 파란, 불신, 그리고 눈물의 강을 모조리 끌어안아야 하는 이 결혼생활이, 비록 승객은 부상당할지언정, 심각한 사태라곤 전혀 없이 계속 이어지고 있다는 것은 얼마나 놀라운 일인가.

• • •

　지금의 내 나이에 느끼는 여러 차원의 감정에 관한 차이를 이해하기. 오늘은 전몰장병 추모일이다. 이 기념일에 관한 나의 집요하고도 유일한 과거의 기억은 농장 정원에 채소를 심었던 일이다. 하지만 난 슬픈 마음으로 그 채소가 다 자란 모습을 결코 볼 수 없을 거라 생각했다. 난 떠나야 했으니까. 나는 한 뙈기의 땅을 일군 후 감자 한 부대를 응시하다가 이를 그곳에 심었다. 그때 저 먼 곳, 그러니까 사거리 쪽에서 행진중인 악단의 드럼 소리가 들려왔고 이따금 술집의 음악 소리도 함께 들려왔다. 어머니는 가족묘지를 수레국화와 데이지로 장식하시곤 했다. 그간 4년 동안 군복무를 했고 친하게 지냈던 많은 친구들이 전사하는 모습도 지켜봤으며 오늘 다시 퍼레이드의 음악 소리를 듣는다.

나는 죽은 친구들의 이름을 기억해내려 애썼다. 케네디? 커널리? 코바츠? 기억이 나지 않는다. 강 위쪽에서 드럼 소리가, 거기에 가끔은 시끄럽고 음정이 맞지 않는 음악까지 들려온다. 날씨는 매우 덥다. 과수원에 나가 낫질이나 다른 일들을 해야 하지만 난 아무것도 하지 않았다. 오늘은 휴일이며 나로선 이외엔 다른 어떤 의미도 부여할 수 없는 듯하다. 낚시를 하러 가기엔 너무 덥고 잔디를 깎기에도 너무 덥다. 빵을 사기 위해 시내로 차를 몰고 가니 차량들이 주요 도로를 꽉 채우고 있다. 4시에는 천둥소리가 길게 들려왔다. 오늘은 마치 하루의 일정이 미리 확실하게 정해져 있는 날 같다. 그러니까 밴드 음악부터 시작해 애국적인 연설, 숨막히는 더위, 게으름, 샌드위치, 시원한 음료수, 그리고 지금은 북서쪽 하늘에 모여 있는 구름과 천둥소리까지 말이다. (모두가 어떤 고대 의식의 일부 같다.) 아들과 함께 현관에 앉아 가까이 다가오는 폭풍을 지켜봤다. 지금까지 오늘 같은 날들을 수없이 많이 살아왔지만 풀잎사귀 하나 바뀐 것은 없다. 번개의 색이 노랗다. 현관에 비치는 번개 빛이 강렬한 햇살처럼 번쩍거린다. 겁을 집어먹은 늙은 개가 머리를 내 옆구리에 파묻는다.

● ● ●

프레드 형이 왔다. 형은 이제 아주 육중해졌다. 마치 부풀어오르기라도 한 듯 허리둘레가 불어나 원래의 호전적인 걸음걸이는 이제 뒤뚱뒤뚱 걷는 모양새에 가깝다. "어이!" 형이 외쳤다. 나는 형이 돈을 빌리러 온 것은 아닌지 의심했다. "새 자동차 산 거 축하해." 나는 빌린 차라고 말했지만 나중에는 과연 형이 내 말을 믿었을지 궁금해졌다. 형은 시원시원하고 스스럼없는 태도를 보였지만 형이 그런 태도를 보이면 보일수록 난 더 소심해지고, 편협해지고, 또 조심스러워졌다. 형은 이미 술을 한잔 걸치고 난 후였다. "네가 해야 할 일은—" 형이 말을 하기 시작하자 내가 원치 않는 정보를 들어야 하는 건 아닌지 당혹스러워졌다. 형의 인생이 망가져갈수록 형은 점점 훈계하려들고, 뭔가를 알려주려 하고, 또 고압적으로 변해갔다. "내 말을 한번 들어봐. 그러니까…… 난 보스턴 안전금고와 신탁 회사에 대해 전부 알고 있어. 내가 다 말해주기를 바라겠지? 난 알아야 할 건 다 알고 있어. 그냥 듣기만 해. 내가 너무 말을 많이 하면 끊어주고 말이야. 그래도 내 말을 듣고 싶어할 거야." 하지만 결국 형은 말하려 했던 화제를 까먹어버려 뭘 설명하려 했는지 잊고 말았다. 사람은 스스로를 파멸로 이끄는 강력한 힘을 갖고 있는데 형은 고통을 잊고자 술에 너무 의존한 나머지 타인에게 반응하는 능력을 잃다시피 한 것이 아닐까 생각했다. 형은 너무나 많은 실망감, 수모, 불평등한 대우를 겪어왔고 이에 자기 자신의 기운을 북돋아야 한다는 결심 아래 시시껄렁한 농담거리들을 준비해두고 있었다.

모든 것은 멋져. 그냥 멋져. 대단해. 인생은 대단하고 또 놀라운 거야. 이것이 바로 절망이 선사하는 가혹함이다. "다른 무엇보다도," 형이 말했다. "내겐 너무나 예쁜 네 명의 아이들이 있지. 사랑스럽고 멋진 아이들이야." "나는 D를 아주 좋아해." 내가 말했다. "D는 형한테 아주 잘하고 있고." 형이 얼굴을 들었다. 수년에 걸친 음주 때문에 부어버린 그 얼굴. 그리고 말했다. "아이들 모두 내게 잘해." 나는 조카들이 형을 비웃으면서 반항적으로 나가는 모습을 봐왔고 지금은 모두 집에서 떠나버렸음을 알고 있다. 연민이 느껴지는 형의 사랑에 대한 주장에는 일말의 진실도 없다. 그런데 지금 형은 어머니처럼 보인다. 내게는 고통스럽고 당황스러운 그 기억. 엄마와의 대화가 기억난다. 일관성을 지키려 했던 나의 힘겨운 노력, 의견을 조리 있게 펼치고 악으로부터 선을 걸러내려 했던 나의 갈망. 그러나 어머니는 얼토당토않은 반쪽의 진실에서 또다른 반쪽의 진실로, 그리고 좋지 않은 편견에서 또다른 편견으로 그저 건너뛰기만 했다. (혹은 그렇게 보였다.) 그런 어머니의 목적은 결코 소통에 있지 않았고 오히려 이를 혼란에 빠뜨리고, 방해하고, 실망하게 하는 데 있는 듯이 보였다.

부엌에서 형이 마실 커피를 만드는 동안 작은아들이 뛰어와 뜰에 뱀이 있다는 소식을 알렸다. 나는 아들을 따라갔다. "저기, 저기요!" 아들이 외쳤다. 처음엔 잘 보이지 않았지만 햇볕 아래

온몸을 비틀고 있는 치명적인 세 마리의 살무사가 보였다. 그중 두 마리는 낡은 껍질을 벗어 화려한 구릿빛을 드러내고 있었고 나머지 한 마리는 나무막대처럼 짙은 색을 띠고 있었다. 내가 산탄총을 갖고 오자 총을 무서워하는 암캐는 낑낑거리며 우는 소리를 냈다. 사냥개는 환희에 차 짖어댔다. 눈은 침침하지만 안경을 쓰기엔 자존심이 너무 센 형이 뱀 위쪽에서 휘청댔다. "내가 저 뱀에 대해 말해주지. 난 뱀에 대해 모르는 게 없거든. 저 녀석들은 우리가 사는 곳을 휘젓고 다녀. 이놈들이 위험한 녀석들인지 아닌지 말해주겠어." 메리가 나를 보고 비웃기 시작했다. "이이는 모든 뱀들이 독을 갖고 있다고 생각한다니까요." 메리가 말했다. "이건 가터뱀, 회색 뱀이야. 그러니 죽이지 마. 아무 해도 끼치지 않는다고." 내가 조치를 취하기도 전에 살무사들은 벽을 넘어 사라졌다. "헬렌 위시번이 작년에 독사에게 물렸었지." 형이 의기양양하게 말했다. "그 말 한번 참 도움이 되네." 내가 씁쓸하게 말했다. "살무사는 2피트 이상 자라지 않아." 메리가 말했다. "아까 그 뱀들 중 한 마리는 2피트가 넘긴 했지만. 어쨌든 뱀에게 물린다고 죽는 건 결코 아냐." 분명 살무사는 내 사랑하는 아들들에게 위험한 존재다. 아내는 왜 그런 말도 안 되는 농담을 하는 걸까? 결국 아내는 백과사전과 뱀에 관한 책에서 살무사에 대해 살펴보고는 그 뱀들이 아주 위험하고 치명적인 동물임을 인정할 수밖에 없었고 이에 의기소침해했다. 아내의 개인적인 패배랄까.

살금살금 걷는 프레드 형의 걸음걸이에서 은밀하면서도 서두르는 기색이 엿보였다. 그러니까 술 한 병을 부도수표로 계산한 후 가게에서 무사히 빠져나오길 바라며 급히 나가는 그런 사람의 걸음걸이 말이다. 주인은 그가 문을 열고 나가기 전에 은행에 연락해 수표를 확인할 것인가? 종이나 벨 소리가 들리고 누군가 "저 사람을 잡아요!" 하고 외치진 않을까? 문을 빠져나온 그는 안도하지만 아직 다 끝나지 않았다. 차에 올라타니 좀더 안심이 됐지만 그래도 아직 끝나지 않았다. 침수됐던 차라 시동이 잘 걸리지 않았던 것이다. ("레무엘 에스테스 씨의 은행 잔고를 알아보려고 전화했습니다.") 시동을 거는 동안 이번엔 배터리가 별로 남아 있지 않다는 사실을 알게 된다. 마침내 시동이 걸리자 그는 도로로 들어서 우측으로 차를 돌린 다음 마침내 안전하다는 생각이 들자 차를 세워 병의 뚜껑을 따고는 두세 모금을 꿀꺽꿀꺽 들이켠다. 오, 이 달콤한 묘약이여. 고통을 잠재우는 약이여. 그제야 이 세계는 서서히, 그리고 조금씩, 흥미롭고 열정적이며 자연스러운 상태로 변해간다. 토머스 페인Thomas Paine*은 술을 아주 많이 마셨다. 그랜트 장군도, 윈스턴 처칠도 그랬다. 그러니 그는 진정 위대한 자들과 동급인 셈이다. 집으로 돌아가는 중에도 두

---

* 18세기 미국의 정치사상가.

번이나 차를 세우고 1파인트짜리를 거의 다 마셔버린다. 그렇게 집에 돌아왔을 때 그에게서는 떠들썩한 활기와 누구도 속이지 않는 따뜻함이 넘쳐났다.

● ● ●

위스키가 선사하는 위로 없이도 최소한 내 문제를 똑똑히 잘 대처할 수 있을지 의문스럽다. 나는 50세. 영원히 글을 쓸 수 있을까? 왜 안 되겠는가? 나는 나 자신을 나이가 아니라 (이제야 간신히 절반이 완성된) 내 작품으로 평가해야만 한다. 호텔로 장소를 옮겨 일해야 한다는 생각이 들지만 가족을 떠날 순 없다. 눈물을 한가득 흘리며 위스키 병을 비웠다. 내 청춘이 떠나버렸다는 상실감에 실망할 것이 아니라 나의 성숙함을 활용해야 하리라.

● ● ●

우표에 내 얼굴이 나와 있는 꿈을 꾸었다.

• • •

  방금 해가 져서 어두워졌다. 여름밤, 별과 반딧불이. 6월의 마
지막 밤이다. 첫째아들이 통형 폭죽을 들고 시냇물 위의 다리에
서 있다. 아들은 이제 성인이 다 됐다. 목소리는 굵직하다. 지금
은 맨발에 치노 바지를 입고 있다. 도화선에 불꽃을 붙이기 위해
두세 개 정도의 성냥을 써야 했다. 먼저 칙칙 하는 소리와 함께
분홍색 불꽃이 일더니 곧 쉭 하는 큰 소리와 함께 시냇물과 불빛
들 위로 다양한 색깔의 불꽃들이 나타나면서 하얀 연기가 대거
뿜어져나왔다. 불꽃은 분홍색에서 초록색으로, 다시 초록색에서
붉은색으로 바뀌어갔다. 그리고 나무 위와 무거운 공기 속에서
반원형 혹은 원형의 초자연적인 빛을 선보였다. 그 불꽃놀이의
와중에 나는 사랑하는 아들의 얼굴을, 그 생김새를 바라본다. 솔
직히 아들에게 지금까지 오직 사랑만을 느꼈노라고 말하진 못하
겠다. 그동안 우리는 말다툼을 벌였고, 아들은 오줌을 싸기도 했
고, 어떨 때는 내가 피를 뚝뚝 흘리는 늑대인간으로 등장하는 악
몽을 꾸면서 질식할 것처럼 허우적대다 잠에서 깬 적도 있었다.
하지만 이제 이 모두는 사라지고 없다. 지금 아들과 나 사이에는
오직 사랑과 선의의 존경만이 있을 뿐. 폭죽은 기침하는 것처럼
큰 소리를 내면서 황금색 불꽃과 유황 냄새를 뿜는 것으로 그 운
명을 다했다. 아들은 남은 불꽃을 시냇물 위로 던졌다. 사방은

곧 어둠으로 가득 찼지만 난 아주 대단한 장면을 목격했다고 생각한다. 그 장면이란 바로 여기 있는 젊은이, 멋있을 뿐 아니라 해가 되지 않는 다양한 색깔의 불꽃, 그리고 짙은 빛깔의 시냇물이다.

• • •

새 일기장의 첫 페이지. 어서 이 일기장에 왑샷 이야기의 중반부 밑그림이 완성됐다는 소식을 쓰고 싶다. 아마 내가 술을 너무 많이 마신다는 소식도 계속 이 일기장에 쓰게 될 것 같다.

• • •

오하라의 책을 읽었다. 그는 재능 있는 프로 작가다. 그의 글에는 그가 해석하는 인생의 관념이 들어 있지만 그와 동시에 병적인 성적 불안감이라는 기이한 특질 역시 담겨 있다고 난 생각한다. 나는 후자를 『왑샷 가문 몰락기』에서 완전히 제거하고 싶다. 그 둘의 차이는 인생에 대한 매혹적인 공포와 인생에 대한 통찰력, 바로 그 사이의 어디쯤에 있지 않을까. 오하라는 훌륭하고 거칠며 나처럼 소심하지 않지만 그와 더 나은 타협을 할 수 있길 기대한다.

• • •

　소방관들이 바자회를 연다, 7시 정각에. 7월의 밤이다. 몰려드는 어둠 속에 안쪽을 향해 돌아서 있는 트럭과 매점들 뒤쪽으로 녹슬고 낡은 가판대들이 마치 덮개 씌운 수레들처럼 늘어서 있다. 부모와 아이들은 혹시 도착하기도 전에 다 끝나버리면 어떡하나 싶어 바자회 장소로 통하는 길을 서둘러 걷는다. 사실은 바자회가 열리기도 전에 도착하겠지만 말이다. 짧게 입는 유행의 회귀가 나로 하여금 나이가 들었다는 사실을 실감케 한다. 남자아이 여자아이 할 것 없이 모두 몸에 딱 달라붙는 바지를 입고 있어 어떤 아이는 볼품없게, 어떤 아이는 고통스럽게 걷고 있었다. 사람들을 보고 있자니 마을 경계선 바깥에 여전히 농가들이 존재하고 있음을 새삼 깨닫는다. 약간 술에 취해 있는 붉은 얼굴의 한 남자 뒤를 일에 지친 듯한 여자와 남루한 차림의 아이들 네 명이 따라가고 있었는데 여자와 아이들 모두 그 여자가 집에서 직접 깎은 헤어스타일을 하고 있었다. 이들은 가난한 사람들이다. 구두 가게 2층이나 폐기장 옆의 허름한 오두막에 살면서 더위가 닥치면 창가에서 부채를 부쳐대는 사람들이다. 당신이 6시에 출발하는 아침 비행기를 타고 갈 때 이들은 샌드위치가 담긴 종이가방을 들고 새벽부터 정류장에 나와 버스를 기다린다. 하지만 내가 가장 보기 좋아하는 대상은 바로 아이들이다. 기계 마차나 철

탑에 체인으로 매달린 비행기 같은 놀이기구를 타는 아이들 말이다. 그 아이들의 얼굴은 얼마나 밝은가, 인간의 선함을 얼마나 그대로 드러내고 있는가. 아주 평범하게 생긴, 이제 만삭에 이른 듯한 한 여자가 누군가와 사랑을 나눴다는 증거라 할 아이들에 대한 커다란 자부심을 드러낸 채 그 장면을 가만히 지켜보고 있다. 소녀들 중 상당수는 머리카락 마는 기구를 매달아놓은 머리의 절반 정도를 스카프로 감추고 있다. 어둠 속에서 보고 있자니 그것은 마치 원시 시대의 머리 장신구나 왕관처럼 보인다.

• • •

우리들의 관계는 아직 미결정 상태에 있다. 서로 관련 없는 이 두 개의 성격들 사이에 다리를 놓아주거나 연결시켜줄 그 어떤 힘이나 기운도 나는 갖고 있지 못하며 또 성생활에 장애가 느껴질 때마다 당혹스러움이 나를 엄습해오곤 한다. 그녀를 향해 손을 뻗을 수가 없다. 퇴짜를 맞을까 두렵다. 이런 공포를 극복할 수도 없다. 그저 불일치의 공포, 즉 서로에게 상처를 주는 연인들의 위력만 엿볼 수 있을 뿐이다. 9시 30분에 속이 뒤틀려왔다. 숨쉬기가 힘들었다. 고통을 진정시키기 위해서라도 이러한 증상에 익숙해져야 하지만 고통의 정도가 너무나 강렬해 때로는 그 고통이 인생의 일부가 아닌 전부처럼 느껴질 때가 있다. 나는 보이는 세계와 보이지 않는 세계 둘 모두에 시달림을 받고 있는 듯하다. 내장에 고통이 느껴진다.

• • •

빛과 그림자, 유쾌한 하모니와 불협화음, 그리고 여자 청소부의 노래와 세탁기의 덜커덩거리는 소리가 마치 나를 연이어 강타해오는 주먹처럼 느껴진다. 내장을 쥐어짜는 듯한 이런 날카로운 고통 없이는 내가 써야 하는 이야기들을 생각해낼 수가 없다. 안식에 관련된 용어나 표현도 구사할 수 없다. 나는 스스로에게 모든 거짓말을 할 수 있는 특권을 부여했지만 내가 만들어낸 거짓말과 창작물에 따뜻함이라곤 전혀 담겨 있지 않다. 아무것도 없다. 흥분도 평온도 없고 오직 이런 것들의 강요된 이미지만 있을 뿐이다. 산 자와 죽은 자 사이의 거리는 짧고 고통스러우며 인간의 영혼이 투영돼 있는 곳은 아늑한 농장이나 거대한 기념비가 아닌 악취 나고 거무튀튀한 싸구려 호텔방이다. 내가볼 수 있는 것은 이것뿐이다. 그 외에는 아무것도 없다. 피곤하지만 잠을 이루지 못한 채, 음탕하지만 외로움을 느끼면서, 절망적인 마음으로, 또 술에 찌든 채로, 그렇게 나는 지금 통풍기가돌아가고 있는 다른 어떤 나라의 한 창가에 앉아 있다. 그리고이것이 인간의 이미지다. 나는 도심과 외곽의 중간 지점에 있는 호텔들, 즉 프랑크푸르트의 칼튼, 로마의 에덴, 샌프란시스코의 팰리스, 또 할리우드나 인스부르크, 톨레도, 플로렌스의 호텔들을 기억한다. 바로 그곳에 음탕하고 비참하며 또 방황하는 인간의 영혼이 있다. 이것들을 제외한 나머지 모두(활기찬 아침햇살, 달콤한 음악, 탑과 보트들)는 기상천외한 발명품이며, 얼버무리기이며, 거짓말이며, 상스러운 것들이며, 진실을 숨기고자 허술하게 급조한 고상함이다.

• • •

가을 같은 날씨다. 햇살이 화창하다. 바람이 나무 사이로 큰 소리를 내며 지나간다. 가족들은 산으로 갔다. 신이여, 그들을 축복하소서. 이제 3주 동안 내가 할 수 있는 최선은 소설의 윤곽을 잡을 수 있게 열심히 일하는 것이다. 아마 가을쯤이면 해외로 나갈 수 있을지도 모른다. 일하기에 적당한 장소를 반드시 찾아내야만 한다. 올해도 작년과 똑같은 겨울을 보낼 순 없다.

• • •

우리는 비문명인에서 활기차고, 사랑스럽고, 또 희망적인 인간으로 발전했다. 하지만 검은 얼굴의 낯선 사람은 문에서 기다리고, 독사는 정원에 똬리를 틀고 있고, 노인은 소년의 귀에 음탕한 말을 속삭이고, 여자는 테이블에 앉아 울고 있다.

● ● ●

그렇게 나는 어둠 속에서 깨어 바람을, 비를, 팔에 안긴 연인을, 딱딱해진 채 내 가슴에 닿아 있는 연인의 젖꼭지를, 또 가지런히 놓여 있는 연인의 손을 생각한다. 밤공기가 신선하다. 새벽빛이 서쪽으로 뻗은 고속도로를 따라 퍼져가면서 밤새 주차돼 있는 트럭들 위의 글자들을 비춘다. 서쪽으로 난 고속도로를 따라 새벽은 퍼져가고 이제 난 잠에 들 것이다, 잠들 것이다. 그리고 죽음과 분노와 공포를 정복하게 될 것이다.

● ● ●

언쟁과 오해들이 있었고 머리가 맑아지기를 바라는 마음으로 그것들에 대해 적어본다. "장작을 패기에는 날씨가 너무 더워." 내가 말했다. "내 생각은 달라." 메리가 말했다. "내가 낙엽을 치우는 데 별로 덥지 않다면 당신이 장작을 패기에도 더운 날씨가 아냐." "당신은 당신 일을 해." 내가 말했다. "난 내 일을 할 테니." 그래도 분이 풀리지 않았다. 뭔가를 이루기 위해서라기보다 그저 늙은 왕의 환심을 사려고 주변에 있던 서로에게 명령을 내리기에만 바빴던 신하들, 그리고 역시 영생에 대한 자기 자신의 욕망을 채우는 일에만 골몰했던 그 늙은 왕을 떠올렸다. 저녁식사를 하면서 글을 쓰기 위해 집을 떠나야 한다는 사실을 메리에게 설명하고자 애썼다. "당신이 불쌍해." 메리가 말했다. "당신의 인생은 정말 비참하거든. 정말 당신이 불쌍해. 물론 난 당신을 그리워하거나 하진 않을 거야. 당신이 뭘 원하고 있는지 당신이 생각해낼 수 있으면 좋으련만." 장작을 조금 팼지만 여전히 화가 가라앉지 않아 나는 부엌으로 돌아와 어둠 속에서 이렇게 소리질렀다. "25년이나 같이 살고도 내가 원하는 게 뭔지 모르겠어? 난 당신의 사랑을 원해, 아이들이 자라서 멋진 인생을 살아가는 모습을 보고 싶어. 또 품위 있는 일도 하길 원해." 그러자 메리는 이렇게 말했다. "난 떠날 거야. 작은 아파트를 얻어 거기서 아이들과 같이 살 거야. 당신은 날 죽도록 고문하고 있어. 죽도록 고문하고 있다고."

• • •

작약으로 이루어진 울타리에서 잡초를 뽑고 있는데 뭔가 떨어지는 소리가 들렸다. 그것은 과일이 떨어져 땅을 때리는 소리, 그 과일이 땅에 떨어질 때 나뭇가지를 때리는 소리였다. 태곳적부터 있어온 사과 냄새는 바다만큼이나 오래됐다. 메리가 젤리를 만들고 있다. 사과 냄새는 부엌과 계단을 채운 후 위로 올라가 모든 방들 속으로 스며들었다.

• • •

내가 진정 부드럽게 매만지고 싶은 것은, 나 자신을 쏟아붓고 싶다고 가장 간절히 바라는 것은 바로 아내의 몸이다. 하지만 아내가 내게서 멀어졌을 때는 이런 감정을 아내가 아닌 다른 대상에게 쏟아내는 것에 대해 아무 가책도 느끼지 못하는 것 같다. X를 처음 만난 것은 어느 수영장에서였다. 그는 배를 타월로 덮은 채 나체로 일광욕중이었다. 그의 목소리는 거칠어 듣기 거북했다. 그의 말에선 (그러니까 이탈리아인처럼) 약간의 억양이 느껴졌는데 어쩌면 의치를 잘못해서 그런지도 모른다. 그는 수영장에서 가장 좋은 의자를 꿰차고는 오직 불평과 욕설만 내뱉으며 공격적인 기운을 내뿜었다. 우리는 서로 천적인 듯했다. 그런데 하루가 지난 후 나는 그가 테이블의 내 옆자리에 앉아 나를 부드럽고 다정하며 진지한 눈길로 바라보고 있음을 알게 됐다. 그가 내 어깨를 살짝 건드려왔다. 갑자기 그는 예의바르고, 친절하고, 관심 있는 사람이 됐고 나는 그런 그를 다른 시각으로 보기 시작했다. 자세히 보니 얼굴은 핸섬했으며 균형 잡힌 몸매에

다 위기 상황에도 충분히 대처할 수 있는 유연함을 갖추고 있었다. 나는 그가 내게 다양한 신호와 유혹을 보내고 있다고 생각했다. 그는 이전에 Y, 혹은 Z와 함께 나를 만난 적이 있다고 했다. 그의 부드러운 눈길이 나에게 고정되어 있었고 나는 사타구니가 몹시 가려워져오는 것을 느꼈다. 만약 그가 내 허벅지에 손을 올린다면 나는 이를 막지 않을 것이다. 만약 샤워하다 우연히 그를 만난다면 그에게 달려들 것이다. 하지만 이런 가려움증은 상호적인 것인가, 아니면 나만의 것인가? 그러니까 나의 그곳에 난 털이 위아래로 부산히 움직이고 부스럼이라도 난 것처럼 아파오는 것은 오직 나뿐인가? 그는 이런 나의 생각을 의식하고 있을까, 아니면 어제 했던 테니스 경기나 우편으로 받고 싶어하는 수표를 생각하는 중일까? 나는 간절히 애원하는 사람이 되지 않겠다고, 나의 본능과 타협하지 않겠다고 결심했고 그도 아마 그러할 것이다. 이는 일시적 흥미를 다스리는 냉정한 견제와 균형의 방책이다. 이는 내게 숭고한 정신세계에 대한 존중이 있기 때문이기도 하다. 즉 세계에 대한 나의 깊은 존경심, 이중생활로 나를 유혹하는 요소는 내게 없다는 지식, 인내에 대한 나의 사랑, 아내와 아이들에게 했던 나의 맹세를 존중하려는 열정적인 소망이 그것이다. 하지만 내 가려움증은 이런 모든 것들에는 관심 없어 보였고 따라서 나는 내가 그 가려움증에 굴복해버리고 마는 건 아닌지 두려워졌다. 우리는 사물을 있는 그대로 받아들이도

록, 인생에 뛰어들도록, 본능을 추구하도록, 체면과 청결 따위의
사소한 규칙 따위는 엎어버리도록 유혹받지만 만약 내가 샤워를
하면서 그 짓을 한다면 난 세상의 미소를 마주할 수 없을 것이
다. 나는 그의 목소리와 태도를 좋아하지 않는다. 아마 그가 하
는 일도 마음에 들어하지 않을 것이다. 내가 오직 좋아하는 바는
그가 성적 욕망을 편리하게 채울 수 있는 적당한 대상으로 자기
자신을 내게 제시하거나 제안하는 것처럼 보인다는 사실뿐이다.
나는 이런 경험을 그동안 수도 없이 했으며 그것은, 어떻게 보일
지 모르나, 죽음의 그림자가 비치는 계곡은 아니다. 더불어 우리
의 본능적인 면이 무엇이든 나는 이중생활이 혐오스럽고 병적이
고 또 어쨌든 불가능함을 알고 있다. 밤공기를 타고 극히 가볍게
움직이는 비바람 소리가 들려왔지만 그 소리가 나를 상념에서
깨우진 못했다. 미세한 빗방울이 땅 위를 덮어올 때 이 고대의
소리에서 어떤 평화를 발견하고 싶다는 나의 희망은 나의 그곳
에서 느껴지는 완고하기만 한 정력과 비교해볼 때 유치하고 부
적절하게 여겨졌다. 하지만 이런 충동 안에도 그 어떤 숭고한 정
신적 측면이, 돌보아야 하는 그 어떤 갈망이 존재한다. 완벽하게
독립할 수 있어야 한다는 견딜 수 없는 부담감을 한 시간 정도는
잠재워줄 수 있는 그 무엇이 말이다. 하지만 나는 전에도 이를
경험한 바 있으며 결국 그것은 아무것도, 아무것도 아닐 것이다.
왜 나는 샤워중 우연히 즐길 수 있는 그 거대한 사랑의 기쁨을

떨쳐버리라는 유혹을 받아야만 할까? 아마 대부분의 사람들도 이 같은 곤란을 겪으리라고 난 생각한다.

• • •

날은 어둡고 비도 내린다. 하지만 이 비는 어릴 적에 봤던 하늘에서 조용히 내리는 비가 아닌 것 같다. 나의 불만족을 악화시키고 있을 뿐이기 때문이다. 정오에 약간의 베르무트를 마시고 술에 취해버렸다. 왜 나는 이 오래된 집에서, 이 아늑한 방에서, 이 부드러운 비에서 평정과 분별력을 끌어오지 못하는 것일까? 통제가 불가능해질 정도로 초조해져서 시내로 나가 진 1쿼트를 샀다. 이것은 도움이 되긴 하지만 그리 큰 도움은 되지 못한다. 나는 흥분하지 않도록 조심하지 않으면 안 된다. 양탄자와 바닥이 더러워져 있다. 시계는 고장나 있다. 나는 아이와 함께 모형 비행기를 만들고 양탄자를 청소했다. 메리가 그런 나를 도왔다. 저녁식사 후에는 식탁에 앉아 진 한 잔을 마셨다. 의욕이 나지 않았다. 거의 절망을 느낄 정도로. 텔레비전으로 교육프로그램을 한 편 시청했는데 도망자인 존 밀턴John Milton이 공범인 앤드루 마벌Andrew Marvell*과 함께 자유의 장식품들에 대해 열변을 토

---

* 존 밀턴과 앤드루 마벌 모두 17세기의 영국 시인.

하는 장면이었다. 나는 더러운 다락방에서 쿠션을 깔고 앉아 내가 새로운 종류의 낙담을 겪고 있는 거라고 생각했다. 비록 사실은 그렇지 않음을 알고 있지만. 잠들 수 없을 줄 알았으나 그것은 오산이었다. 그러나 새벽 3시나 4시경에 일어났을 때 나는 나자신이 낙담이라는 일곱 가지 향이 가미된 아이스크림을 파는 사람으로 여겨졌다. 써야 할 작품을 생각하니 기운이 더 빠졌다. 하지만 난 다시 잠들 것이고 그 잠에서 깨어나면 활기와 기회와 희망을 지닌 사람이 돼 있을 것이다.

● ● ●

화창한 가을 오후, 허드슨 밸리에서 기차를 탔다. 책을 읽고 술을 마시다가 육중한 체구의 한 여인과 대화를 나눴다. 점잖은 여자였다. 학교 선생님처럼 교양 있는 그녀는 고상하고 지적인 억양을 갖고 있었다. 그녀는 나를 영국인으로 착각했지만 난 이를 그냥 내버려두었다. 처음에는 그녀가 내 의도를 경계했다. 하지만 나중에 가서는 내가 그녀를 경계하게 됐다. 그녀는 자신의 인생 이야기를 들려줬다. 사업 실패로 인한 도산, 그녀의 조부가 판사였다는 사실, 그녀가 민주당 후보로 군수 자리에 출마했고 올버니에 있는 주지사의 저택에서 하룻밤을 보낸 적도 있었다는 사실 등등. 듣는 둥 마는 둥 하다가 내 침대칸 방으로 돌아왔다.

3시에 잠에서 깬 나는 맨엉덩이와 뻣뻣하게 일어선 나의 그것을 드러낸 채 기다란 차창에 비친 내 모습을 바라봤다. 그리고 생각했다. 바지를 무릎께까지 내리고 공원의 덤불 속에 숨어 있거나 YMCA의 샤워장을 어슬렁거리는 노출증 환자에게 우리는 연민을 느껴야만 할까? 이는 광기인가 아니면 인간이 지닌 괴팍함인가? 기차선로에서 울려퍼지는 소리가 흡사 끊임없이 변하면서 기분을 들뜨게 하는 빠른 박자의 재즈 저음을 연상시켰다. 심장에서 울리는 뜨거운 고동을 즉흥적으로 연주하는 멋진 재즈음악 말이다. 기차가 브레이크를 밟을 때마다 들리는 바람 소리는 빌리 홀리데이가 취입했던 마지막 레코드의 음악 같기만 했다. 블루스, 그 블루스여. 나는 새벽이 오기 전에 잠에서 깨어 옷을 입었다. 오하이오다. 특별하달 것 없이 평이해 보이는 곳. 동쪽에서 떠오른 햇살이 서쪽 하늘을 비춘다. 폭풍을 머금고 있는 것처럼 하늘에는 검은 구름이 떠 있다.

한 노부인이 자리에 앉더니 이렇게 말했다. "이거 수다를 좀더 떨어야겠네요." 이어 노부인은 복도 쪽으로 몸을 기울이며 이렇게 말했다. "내 소개도 못했는데 이렇게 말하는 걸 용서해줘요. 하지만 당신과 당신 남편처럼 행복한 부부를 보고 있으니 가슴이 마구 뛰어서 꼭 말해주고 싶어요. 요즘엔 행복한 결혼생활을 하는 부부들을 보기 힘들죠, 안 그래요? 왜 그런지 난 잘 모르겠군요. 내 남편은 죽었답니다. 16년 전에요. 먼 옛날 일이라 생각하겠지만 내겐 어제 있었던 일 같아요. 그이는 목사였어요. 포킵시Poughkeepsie*에 있었을 때는 신도들도 많았죠. 그는 한 번도 아픈 적이 없었어요. 치통도, 두통도, 감기도 앓은 적이 없었죠. 단 하루도 아팠던 적이 없어요. 그런데 어느 날 아침 옆구리에서 심한 통증을 느끼며 깨어났지 뭐예요. 암이었어요. 병원에 데려갔지만 남편은 점점 뼈만 남은 앙상한 몸이 됐죠. 전문의만 열두 명이 거쳐 갔답니다. 모든 사실을 알게 되고 마지막날이 가까워왔을 무렵 의사들이 남편을 집으로 데려가라더군요. 그런데 침대에 누워 있던 남편이 어느 날 오후 이렇게 말했어요. '마리아님, 마리아님, 저를 도와주세요. 창가에 있는 내 의자에 앉고 싶어요.' 나는 남편을 창가로 데려가려고 팔로 안았는데 남편은 그때 세상을 떠났어요. 내 팔에서 숨을 거둔 거죠. 내게는 일곱 명의 형제자매가 있었지만 모두들 세상을 떠났답니다."

여자 두 명이 들어왔다. 웨이터가 그녀들에게 뉴욕 여행은 어땠는지 물었다. "뉴욕 얘기는 더이상 안 할 거예요." 씩씩한 목소리로 두 사람이 말했다. "이제 집에 돌아왔잖아요. 이 정겨운 중서부로 말이에요." 두 사람은 차창 너머로 들판과 집들, 양돈장, 오크나무가 우거진 숲을 바라봤다. 기차가 기적을 울렸다. 다섯 번을 울렸는데 소리는 점점 작아졌다. 망아지와 함께 있는 암말,

---

* 미국 뉴욕 주 남부에 위치한 도시.

소, 그리고 돼지 들이 기찻길 주변에 있다가 달아났다. 오하이오 주에서 인디애나 주를 향해 달리는 내내 기찻길 주변의 농장 가축들은 기차 소리에 겁먹은 표정을 지었다.

• • •

우주에 있는 누군가가 내게 이렇게 말하는 꿈을 꿨다. "어서 가자, 그 세계를 보러. 그곳은 달걀처럼 생겼으며 바다와 대륙이 있다. 태양이 대지를 따뜻하게 비쳐준다. 한 번도 본 적이 없는 신을 기리는, 형용할 수 없을 만큼 아름다운 교회가 있다. 또 높이 솟은 지붕과 굴뚝으로 우리의 가슴을 들뜨게 하는 도시가 있다. 공원이 있고 그토록 진지하고 중요한 의미를 지닌 음악을 들을 수 있는 편리한 공연장이 있다. 인생을 찬양하는 인간들의 진 취성이 기록된 박물관은 수천 개, 아니 수백만 개나 된다. 그곳 에서는 여인의 가슴과 등에서 느껴지는 기쁨, 물의 빛깔, 나무의 형태, 운동선수, 꿈, 집, 환희와 실망의 여러 모습들, 심지어 헌 신발의 생김새까지도 찬양의 대상이 된다. 그 세계를 구경하러 달려가보자. 제트비행기에서 스테이크를 맛볼 수 있으며 바다에 서는 춤을 출 수 있다. 그곳 사람들은 사랑과 평화를 노래하기 위한 악기도 만들어냈다. 그 악기 소리가 우리를 소중한 추억과 열망에 젖게 해준다. 젊은이들을 매료시켜줄 게임이 있다. 남자와 여자의 사랑을 고양시켜주는 의식도 있다. 두 남녀는 음악과 종소리를 들으며 사랑의 맹세를 한다. 그곳 사람들은 겨울에는 집을 따뜻하게 하고 여름에는 시원하게 해줄 방법을 발견했다. 심지어 잔디를 깎을 수 있는 엔진까지 개발했다. 지식을 추구할 수 있는 학교는 무료로 다닐 수 있고 헤엄칠 수 있는 풀장에다 동물원, 그리고 온갖 종류의 물건을 생산하는 공장들이 있다. 우주와 해저도 탐험할 수 있다. 오, 어서 그 세계를 보러 달려가자."

• • •

알기를 희망하는 것에 대해서뿐 아니라 내가 알고 있는 것까지 쓰기. 오전 9시에 시작된 알코올에 대한 나의 갈증과 11시 30분경 이따금 통제 불능의 상태에까지 이르렀던 사실에 대해 쓰기. 식료품 창고에서 몰래 술을 훔쳐오는 굴욕을 겪었음에도 형편없었던 술맛에 대해 쓰기. 낙담과 절망의 무게에 대해 쓰기. 이름 없는 공포에 대해 쓰기. 근거도 없는 불안감의 그 지독한 발작에 대해 쓰기. 실패의 두려움에 대해 쓰기. 날카로운 감정, 즉 희망의 여지마저 사라져버린 내 감정의 날카로움을 되찾기 위한 투쟁이여.

· · ·

    휴일 뒤의 숙취와 극도로 지친 기분에 시달리며 잠에서 깬 나는 식사 후 옷을 차려입고 기차를 타러 갔다. 플랫폼에 서 있을 때 어지럼증이 느껴져 이러다 혹시 기절해 쓰러지는 건 아닐까 하는 생각이 들었다. 옆구리도 몹시 아파왔다. 불어오는 북풍에 나는 간신히 숨을 내쉬었다. 마침 A가 왔기에 만약의 경우를 대비해 그와 가까이 서 있었다. 기차 안에서 난 일종의 공황 상태에 빠져버려, 오리에타 부인의 칵테일파티에 관한 일까지 포함해 그녀에 대한 긴 이야기를 혼잣말처럼 중얼거렸다. 빌트모어 호텔에서 술을 마셨는데 잔을 입에 가져가기도 힘들 만큼 손이 떨려왔다. 술집 아래층에 있던 한 젊은이가 사냥개처럼 나를 훑어보았다. 알코올에 굴복하면 우리는 자존감을 그야말로 완전히 잃어버리고 만다. 나는 클럽에서 점심을 먹다가 나중에 또 만취했고 이에 빌트모어 호텔의 온천에서 휴식을 취했다. 전에도 말한 바 있지만 여기는 정말 작은 지옥 같다. 열다섯 명에서 스무 명 정도 되는 벌거벗은 남자들이 주위를 어슬렁거린다. 그들 중 누구도 마음에 들지 않는다. 소나무 향기가 느껴졌지만 그것은 아마도 이 세상에서 가장 신선하지 않은 소나무 향기일 것이다. 뚱뚱한 남자가 자신의 거기에 비누칠을 했다. 그 남자의 물건이 발기돼 있었던가? 나는 고개를 돌렸다.

• • •

　　스케이트를 탔고 아들과 함께 아이스하키 놀이도 했다. 기량
이야 형편없지만 이 단순한 속도가 선사하는 쾌감이라니. 움직
이면서 보니 눈 쌓인 들판을 비추던 햇살이 들판을 자줏빛과 황
금색으로 물들여간다. 집에 돌아오자 오늘의 마지막 햇살이 서
재를 한가득 밝히고 있고 국화 향이 가득한 가운데 캐럴을 연주
하는 피아노 소리가 들려온다. 벤은 우리가 로마에서 가져왔던
구유로 놀고 있다. 무대는 거의 완벽하다. 하지만 난 이러지도
저러지도 못했다. 즉 분위기를 깨거나 아니면 최고로 끌어올리
지도 못한 채 어정쩡한 기분이었다. A, B 아니면 C에게 여기서
술을 한잔하자고 청해볼까? 그러면 나의 자아도취감은 (만약 이
어정쩡한 기분의 이유가 그 때문이라면) 최고조에 달할 것이다.
그들은 말할 것이다. 얼마나 멋진 집인가. 그야말로 얼마나 완벽
하게 아름다운 집인가. 태양은 사라지고 들판은 푸르스름하게
변했다. 나는 램프를 켜고 불가에서 몸을 따뜻하게 데웠다. 나는
무엇을 원하는가? 가구가 비치된 방인가, 아니면 겨울바람이 부
는 골목인가?

∙ ∙ ∙

　날이 어둡고 으스스한 탓인지 춥고 우울해졌다. 기분 전환을 위해서는 독서가 괜찮을지 모른다. 그러니까 많은 작품을 읽는다면 말이다. 나보코프의 책을 다 읽었다. 제비꽃 향기가 나는 악몽 같은 느낌이랄까. 주석을 토대로 소설*을 쓴다는 발상이 참신하고 기발하지만 그 동성애의 왕은 나를 곤혹스럽게 만든다. 메리는 아이들을 데리고 성탄 연극을 보러 갔다. 나는 식탁에서 술을 마시고 슈만과 루이 암스트롱의 음악을 들었다. 그러면서 제법 큰 규모의 칵테일파티를 계획해보기도 하고, 『소셜 레지스터』지에 보낼 편지 한 통을 쓰기도 하고, 혹은 결혼식에서 신랑에게 딸을 인도하는 장면을 상상하기도 했다. 나는 읽어야만 한다. 글을 써야만 한다. 이탈리어로 된 글도 한 페이지 번역해야 한다. 하지만 내가 했던 일은 술을 마시고 촛대를 닦은 것이 전부였다. 오, 이제는 글을 쓰자. 잘 알려진 인생의 빛깔, 즉 용기라는 붉은색과 사랑이라는 노란색에 관한 글을.

---

* 이는 나보코프가 1962년에 발표한 작품인 『창백한 불꽃』을 가리킨다.

• • •

꿈에서 어머니를 보았다. 어머니는 어떤 대의명분을 옹호하고자 방문했던 보스턴 주 의회의사당을 떠나려던 중으로, 모피 깃이 달린 긴 검은색 코트에 삼각모자를 쓰고 있었다. 어머니와 나를 갈라놓고 있는 계단은 한 스페인 교회의 계단 같았고 그 계단 위쪽으로 결혼식 행렬의 마지막 대오가 올라가고 있었다. 행렬이 다 지나갔을 때 나는 어머니에게 다가가 "너무 피곤해요"라고 말했고 이에 어머니는 이렇게 말했다. "난 끔찍할 정도로 피곤해." 어머니의 작은 목소리는 약간 갈라져 있었다. 내가 어머니를 잡기도 전에 어머니는 쓰러졌다. 그리고 계단 아래쪽을 향해 구르기 시작했다. 이대로 어머니가 계속 굴러가는 것이 아닐까 싶어 무서워졌지만 결국 어머니는 멈췄다. 다리가 뻗은 어머니는 일어서지도 못하고 들것 위에 누워만 있었다.

• • •

새해 첫날. 올해는 썩 괜찮은 책을 한 권 써보려 한다. 전국이 유례없는 한파에 시달리고 있다. 마을과 도시들이 고립됐다. 난방과 식료품 없이 지내는 사람들이 많다고 한다. J가 아이오와에서 편지를 보내왔다. 오하이오라면 좋으련만. 그래도 그는 곧 돌아올 것이다. 강에서 불어오는 바람이 한결 나아졌다. 어린 벤, 수지와 함께 있으면서 술을 마시고 레코드로 음악을 들었다. 아이들에게 난 이렇게 물었다. "야외에 있는 아래층에서 위층을 열어볼까?" 찰스턴* 춤을 추는 이 50세 남자에게 농담할 줄 아는 재주가 있기나 할까?

저녁식사중에 수지가 말했다. "아빠한테는 두 가지 자산이 있어요. 하나는 가족의 역사고 또하나는 놀랄 정도로 천진난만한 감각이죠. 그런데 그 둘 모두 망가져버렸어요." 우리는 언쟁을 벌였고 수지는 울어댔다. 울화가 치밀었다. 곧 화해하긴 했지만 크리스마스이브에 나를 덮쳤던 쓰라림이 다시 생각났다. 난 나 자신을 통제할 수가 없다. 그래서 우선 금주 문제에 관해 가족에게 부탁하기로 결심했다. 스스로 통제할 수 없을 것 같으니 나를 도와줄 누군가를 찾아야만 한다. 두번째로, 이처럼 커다란 쓰라림을 맛보지 않기 위해서라도, 가족이 참견하면 무시하는 법을 배우기로 했다. 극도로 비통한 심정 속에서 난 생각했다. 비록 오르페우스**는 자신이 갈기갈기 찢길 것임을 알고 있었지만 하피***가 그의 딸이 되리라곤 짐작조차 못했다고. 아들과 다트 놀이

---

* 1920년대 미국에서 유행했던 춤의 한 종류.
** 그리스 신화에 나오는 시인이자 악사로 아르고 호의 원정에도 참여했다. 아내를 잃은 후 여자들을 멀리 한 죄로 디오니소스를 수행하는 마이나데스 여인들의 분노를 사 죽음을 당하고 그 시체는 산산조각 나 강에 던져졌다.
*** 상반신은 여자이나 날개와 발톱을 갖고 있는 반인반수의 괴물. 이아손과 아르

에서 진 후 메리에게 나의 딜레마가 뭔지 잔소리를 했다. 돈도 없고, 일할 곳도 없고, 심지어 앉을 의자도 없다고. 나는 아침부터 후회와 피곤을 느끼며 잠에서 깨어 새해를 시작했다. 저만치 높이 떠 있는 하늘은 짙푸르기만 하다.

● ● ●

사과나무 밑에 눈이 쌓여 있다. 우리는 사과를 조금만 주웠지만 젤리를 만들기엔 충분했다. 땅에는 썩어서 짙은 색으로 변한 사과들이 눈 위에 널려 있었다. 이것이 내가 보기를 기대하고 희망했던, 또 기억하고 있던 풍경인 듯하다. 진입도로에 쌓인 눈을 아들과 함께 치우다 바라본 언덕 꼭대기의 아침하늘 빛깔은 마치 천국처럼 아름답다. 그 사파이어 빛깔의 하늘, 구름의 향연, 그리고 가장 짧은 날들 중 하나인 오늘 이 구석진 곳의 세상에 담긴 의미. 나중에, 훨씬 나중에 구름은 우물의 벽처럼 높이 솟아올랐지만 우리가 미끄럼을 타던 무렵엔 아주 낮게 뜬 태양이 그 벽을 뚫고 나와 창을 하나 만들고는 그 창을 통해 차갑고 노란 햇빛을 쏘아대며 계곡과 집들을 화려하게 물들였다. 서재의 벽난로에 불을 피운 다음 벤과 주사위 놀이를 했다. 놀이하는 중

고 선원들의 전설에서는 끔찍하게 더럽고 불쾌한 여자로 묘사되고 있다.

간중간 난 창가로 다가갔다. 상현달과 밤하늘의 별이 쏟아내는 화려한 빛을 감상하기 위해서.

• • •

글의 마지막 부분에 얽힌 문제들을 어떻게 처리해야 할지 골머리를 앓았다. 점심식사 후에는 페데리코를 보살펴야 했다. 페데리코에게 시시한 동화책을 읽어주고 나서 우편함이 있는 곳으로 함께 산책을 나갔고 나중에 3시가 되어서는 페데리코에게 레모네이드를 만들어준 후 몰래 진을 들이켰다. 그러다 좌절감에 사로잡힌 나는, 주부인 아내가 재미 삼아 대학 신입생들의 리포트나 수정해주는 동안 소설가인 나는 요람이나 흔들어대고 있어야 하는 건 아닐까 하는 생각이 들었다. 독일 파시즘의 혐오스러운 도덕적 혼란에 관한 한나 아렌트*의 글을 읽은 후 이를 내 경우에 비추어 생각해봤다. 돌아보니 나는 비도덕주의자이며 이런 나의 실패는 용인될 수 없는 결혼을 용인한 데 있었다. 멋진 집과 사랑스러운 아이들의 목소리에 대한 내 선호가 나를 파멸로 이끌었다. 나는 이 계약을 수년 전에 파기하고 건강한 마음을 가진 미인과 함께 도망쳤어야 했다. 나는 가야만 한다. 가야만 한

---

* 독일 출신의 유대인 철학자.

다. 하지만 과수원에 있는 아들을 보면서 내겐 자유가 없음을 깨달았다. 나는 아버지의 사랑에 대해 결코 몰랐고 바로 이런 사실이 나를 그토록 강력하고 열정적인 사랑으로 내몰았기에 내게 선택의 여지란 전혀 없다. 내 글의 문제점도 해결할 수 없다. 왜냐하면 지금까지 난 나 자신의 문제에 대해서도 우유부단한 사람이었기 때문이다. 여러 갈래로 덮쳐오는 이와 같은 감정들이 가벼운 취기에 사로잡힌 내 머리에 들어앉고선 떠나질 않았다. 독일 파시즘의 부도덕성, 메리의 지적인 열정, 벤의 남자다운 모습, 오래전에 죽은 아버지 때문에 겪었던 무관심, 평온한 가정에 대한 나의 떳떳하지 못한 사랑, 그리고 사타구니에서 느껴지는 이 따끔거림. 이 모든 것들이 일시에 모여들어 내 안에서 터무니없는 충돌을 일으켰다. 나는 썰매를 끌고 언덕 꼭대기로 올라갔다. 달빛은 고고했고 공기는 맑고 차가웠으며 태양은 지는 중이었다. 나는 생각했다. 썰매를 타고 아래로 미끄러져내려가는 동작을 쉼없이 반복한다면 지금의 내 감정을 순화시킬 수 있을 거라고, 연민 어린 사람이 되는 법을 배울 수 있을 거라고. 부분적으로는 목표를 달성할 수 있었으나 난 계속 진을 들이켤 뿐이었다.

• • •

그는 침대의 가장자리에 앉았다, 여행을 시작하기도 전에 벌써 기력이 쇠진한 채로. 그가 원했던 것은, 그가 꿈꾸었던 것은 그의 걸음걸이에 봄을, 그의 눈에 광채를, 그의 마음에 기쁨을 선사해줄 수 있는 그 어떤 묘약이나 마법의 힘을 지닌 화려한 색깔의 알약이었다. 그동안 많은 양의 알약을 먹어왔지만 그가 느끼는 바에 큰 차이를 가져다주진 못했다. 그는 자신이 수년째 계속 피곤을 느껴온 듯한 기분이 들었다. "가기 전에 여보," 아래층에 있던 아내가 소리쳤다. "부엌의 하수구 좀 봐줄래요?" 당연한 아내의 요청에 그가 수행해야만 하는 다양한 의무가 생각났다. 그는 그런 의무들을 기꺼운 마음으로 해왔지만 그 같은 기꺼움은 기대와 달리 의욕에 상응하는 효과는 내지 못했다. 대학에 다니는 세 명의 자녀, 2만 5천 달러의 대출금에 대한 이자와 원금 상환, 회사 내에서의 불안정한 위치, 사랑스럽지만 철없는 아내, 고장난 난방기, 비가 새는 지붕, 수리해야 할 자동차, 개밀로 가득 차 있는 잔디, 잡초가 무성한 진입로, 앞뜰에서 시든 채 죽어가고 있는 세 그루의 느릅나무, 거기에 고장난 하수구까지 모든 것들이 그를 낙담시켰다. 그는 인생의 대부분을 자기 자신을 돌보며 살아왔다. 또 연로한 부모와 가난한 친척들을 챙기고 가족을 부양했으며 배출펌프에 기름칠을 했고 열심히 돈을 벌었고 소득세를 납부했다. 이런 책무의 증가가 자신감을 더욱 키워주리라 믿으면서 말이다. 하지만 자신감은커녕 그의 영혼은 무거운 벽돌을 등에 지고 있는 인부처럼 계속 안으로 구부러들기만

했다. 침대 가장자리에 앉아 있던 그가 깨달은 사실은 이제 그를
돌봐줄 사람이 필요하다는 것이었다. 그리 오랜 기간을 원한 것
도 아니었다. 도망치고 싶은 생각은 없었다. 그저 일주일 정도의
한숨 돌릴 수 있는 시간 정도면 되었다. 그동안 누군가가 그 대
신 배출펌프에 기름을 칠해주고, 구두를 닦아주고, 신시내티로
같이 여행을 가주면 되었다. 작년에 그는 두 번인가 심장 부근에
극심한 고통을 느끼며 호텔방에서 홀로 일어난 적이 있었다. 호
텔 직원을 부르기 전에 십 분 정도 그 고통이 잦아들길 기다렸고
마침내 두 경우 모두 고통은 가라앉았다. 하지만 그 경험은 그의
기력에 대한 또하나의 세금이요 근심의 또다른 요인이 되었고
이제 그는 다시 불안감에 휩싸였다. 오늘밤 신시내티의 한 호텔
에 묵을 때 그 고통을 또 겪게 될까?

돌이켜보니 최근 그가 어떤 종류의 고통도 겪지 않고 무사히
지냈던 날은 하루도 없었다. 그보다 더 고통스러웠던 것은 남의
눈치를 보지 않고 편히 쉬었던 적이 있었는지 전혀 기억할 수 없
다는 점이었다. 과거에 열흘 정도 휴가를 내어 해변에 간 적이
있긴 했지만 태양 아래에 누워 있을 때 마치 팽팽한 쥐덫처럼 극
도로 예민해졌다. 그는 평정, 건강한 흥분, 기분좋은 피곤함 등을
알고 있었지만 그 모든 것들은 이미 오래전에 사라진 것 같았다.
평온함과 깨끗함과 활력을 마지막으로 느꼈던 때가 언제였던
가? 기억이 나지 않았다. 하지만 지금은 하수구를 청소해야 할

시간이며, 몸을 일으켜야 할 시간이며, 남은 힘을 불러내야 할 시간이다. 이외에 그가 할 수 있는 것은 하나도 없었다. 그는 아래층으로 내려가 하수구 전용 청소기를 손에 들었다. 일에 진척이 있는 것 같았고 이에 그는 잠시나마 기분이 좋아지는 것을 느꼈다. "엘라의 생일선물을 사야 해요, 잊지 않았겠죠?" 작별키스를 할 때 아내가 말했다. 그는 정류장으로 걸어갔다, 한 발자국, 한 발자국씩. 이것이 평범한 상황이었던가? 심장과 폐, 식도에 느껴지는 이 고통이? 기진맥진한 듯한 이 느낌이? 이것은 인생의 이 시기에 이르면 처하기 마련인 정상적인 상태인가 아니면 그저 불행한 것뿐인가? 이에 대한 답을 그가 어떻게 알 수 있단 말인가? 과거였다면 누군가 그에게 기분이 어떤지 물어왔을 때 이렇게 외쳤을 사람이 말이다. "좋아요! 좋다니까요? 이렇게 기분좋았던 적은 한 번도 없었어요!"

• • •

자, 이제 거의 완성됐다. 하지만 좀더 분명히 해두어야 할 의문들과 진척시켜야 할 이야기들이 있고 더불어 마지막 열 페이지를 다시 쓰고 싶지만 그러기에는 겨우 일주일 정도의 시간이 남아 있을 뿐이다. 브라이어클리프에 사는 한 주부가 원고를 타이핑했다고 하는데 정말 형편없다.

• • •

나는 내 책이 신약성서라고 결코 착각하지 않는다. 그리고 정말이지 비평에 관심이 많다. 많은 사람들이 『연대기』는 소설이 아니었다고 말했고 이번 작품도 역시 똑같은 말을 들으리라. 아니 더 심한 말을 들으리라 생각한다. 독자들이 좋아해주길 바라지만 그렇지 않다고 해도 난 이해할 수 있다.

• • •

아침에 일어났을 때 내 책이 너무 형편없어서 출판돼서는 안 된다고 생각했다. 하지만 한 시간 뒤 그렇게 나쁜 책은 아니라는 생각이 들었다. 과수원의 잡초나 제거해야겠다.

• • •

과거를 생각했다. 얼마나 질서정연하고, 깔끔하고, 현명한 시절이었던가. 무엇보다 밝았다! 지금 과거를 생각하며 노란 불이 환히 켜진 방에 앉아 있지만 과거와 비교해보면 상대적으로 어두운 방에 앉아 있다는 느낌이 든다. 내 기억에 아버지는 6시면 일어나셨다. 이어 차가운 물로 목욕을 하고 아침식사를 하기 전

골프클럽에서 네 홀을 돌았다. 언덕인 골프장에서는 마을과 바다가 함께 어우러져 만들어내는 멋진 풍경이 내다보였다. 아버지는 정장으로 갈아입고 푸짐한 아침식사를 했다. 메뉴는 잘 다진 생선 요리와 삶은 달걀, 팝오버 빵, 혹은 약간의 갈빗살이었다. 나와 개는 아버지와 함께 기차역으로 갔고 기차역에 도착하면 아버지는 지팡이와 개의 목줄을 내게 건네신 다음 친구 및 이웃들과 함께 기차에 타셨다. 사무실에서 아버지가 거래하는 사업들은 비록 단순하지만 많은 수익을 안겨주었으며 아버지는 정오가 되면 클럽으로 가서 크래커와 우유를 드셨다. 5시가 되면 기차를 타고 돌아오셨고 우리는 뷰익을 타고 해변에서 드라이브를 즐겼다. 해변에는 우리만의 목욕실과 바다 위에 지어놓은 간단한 구조의 별채가 있었다. 별채 안에는 옷을 갈아입을 수 있는 라커 룸은 물론 비 오는 날에 대비해 마련해둔 난로도 있었다. 우리는 푸르거나 검고 짠 바닷물에서 오랫동안 수영을 했다. 이어 옷을 걸치고 짠내를 맡으면서 언덕으로 올라가 넓은 식당에서 저녁식사를 했다. 저녁식사가 끝나면 어머니는 전화기를 붙잡았다. "안녕, 앨시어." 교환원이 전화를 받으면 어머니는 이렇게 말했다. "와그너 아이스크림 가게에 연결 좀 해주겠어?" 그럼 와그너 씨는 레몬 셔벗을 추천했고 얼마 지나지 않아 자전거로 아이스크림을 배달해주었는데 어둑한 여름밤의 어둠 속에서 덜컹거리며 울리는 그 자전거 소리는 마치 종소리 같았다. 우리는 뒤뜰에서 아이스크림을 먹고, 책을 읽고, 카드 게임을 하고, 별을 쳐다보며 금시계를 소원하고, 작별인사로 키스를 나눈 후 침대로 갔다. 그 모든 것들이 세상의 시작처럼 보였고 그 모든 날들이 밝은 아침과 같았다. 만약 이 모두를 바꾸어놓은 유일한 사건이 있다면 내 추측에 그것은 아버지가 아침 일찍 골프를 치러 나갔다가, 세번째 홀의 페어웨이 가장자리에 있는 나무에 목을 맨채 죽어 있는 친구이자 동업자의 모습을 본 것이었다.

●●●

도시에서의 멋진 시간, 그 특별했던 햇살과 신선한 공기. 나는 여우사냥이 등장하는 영화를 보며 시간을 보내다가 L과 점심을 함께했다. 내가 먹은 에그스 베네딕트* 요리에는 껍질이 들어가 있었다. 하퍼 출판사는 내 책에 기뻐하는 듯했지만 신경이 예민해진 나는 혹시 그들이 그저 형식적으로 말하고 있는 건 아닌지 계속해서 확인했다. 이어 사무실을 떠나 기분좋게 술을 마신 후 A와 함께 기차를 타고 돌아와 그의 집으로 갔다. A의 딸은 피아노 과외를 받고 있었는데 곡목은 〈엘리제를 위하여〉였다. 방은 햇살로 가득 찼다. 우리는 또 술을 마셨다. 나는 걸어서 언덕 위

---

* 머핀 빵 위에 달걀과 햄을 얹은 음식.

의 내 집으로 갔다. 허리 부근까지 자란 잔디 냄새가 향기로웠다. 저기 보이는 이제 환갑이 된 H씨는 임신까지 시킨 정부情婦가 발각되는 바람에 이혼당한 남자다. 나는 이 집의 슬픔이 모두 내 잘못이라 생각한다. 하지만 내게 들리는 목소리는 다음의 둘 중 하나, 즉 분노 아니면 피곤함 같다. 나의 활기는 별 효력이 없다. 메리와 수지는 영화를 보러 나갔다. 나는 테라스에서 아들을 옆에 두고 앉아 밤하늘을 감상하면서 별이 뜨고 반딧불이가 나타나기를 기다렸다. 그리고 아들에게 밤하늘의 별에 소원을 빌라고 말해준 다음 마음속으로 아내의 행복을 빌었다. 우리는 일곱 개의 별이 뜨고 반딧불이가 헤아릴 수 없이 많이 나타날 때까지 테라스에 앉아 있다가 집안으로 들어왔다. 아들은 곧 잠들었다. 내가 외로운 이들의 대열에 합류했다는 사실이 지극히 고통스러운 이유는 바로 이런 즐거운 한때가 있기 때문이다. 하지만 오늘 난 잔뜩 긴장하고 신경이 예민해진 상태이므로, 추한 사람이 되지 않고자 계속해서 힘쓸 것이다. "그걸 하고 싶어?" 나는 자문했다. 불행하게도 이게 바로 나라는 사람이다. 아내는 나로서는 알 수 없는 어떤 일 때문에 지쳐버렸는지 극도로 피곤해 보였고 얼굴마저 찡그렸다. 어떻게 해야 내가 기꺼이 아내의 잠옷 위로 뛰어들게 될까? 하지만 난 그럴 수 없다.

· · ·

　이상하게도 내가 어떤 더미 밑에, 그러니까 뭔가에 깔려 있다
는 느낌을 받으면서 잠에서 깼다. 그리고 간밤에 도둑이 집을 휩
쓸고 가기라도 한 것처럼 내 정신과 활력이 사라져 있음을 발견
했다. 이때 내가 느꼈던 바는 결혼생활 중 발생하는 문제들에서
사랑과 이성이 조금이라도 설득력 있는 역할을 할 것이라는 희
망을 내가 잃어버렸다는 사실이었다. 다시 말해 과거에 대한 메
리의 투쟁이 너무나 완강하고 감당하기 힘들기에 메리에게서 어
떤 정중함과 상냥함을 기대하기란 터무니없는 일이라는 생각이
들었다. 시내로 나갔다. 내 감정은 이 오래된 집의 배관 시스템
만큼이나 단순하고 또 고장나기 쉽지만 오늘은 별 무리 없이 잘
작동되는 듯했고 이에 나는 여름날의 밝은 햇살을 받아 빛나는
도시 풍경을 일말의 근심이나 적대감 없이 가만히 바라보았다.
점심은 L, 그리고 그의 딸과 함께했으며 집으로 돌아오는 기차
안에서는 앨비Edward Albee의 희곡을 읽었다. 그의 희곡은 근본적
인 병리현상으로 보이는 것에 그 중점을 두고 있다. 메리는 이렇
게 말했다. "여자에 대해 아주 악의적으로 쓴 사람은 그 작가뿐
만이 아니에요." 메리의 이 말은 나를 화나게 만들어 기분을 풀
고자 잔디를 약간 깎았다. 하지만 화는 여전히 풀리지 않았다.
우리는 만찬에 참석하기 위해 외출에 나섰다. 넓은 집의 점잖은

사람들, 시원한 여름밤 위로 불타오르는 모닥불, 손자의 탄생을 축하하고자 정원에 걸어놓은 일본풍 조명등. 나는 초대받은 사람은 메리가 아니라 나이며, 그 이유는 내가 지니고 있는 매력, 잘생긴 얼굴, 그리고 인맥 덕분이라고 생각했다. 물론 이는 혐오스러운 생각이다. 하지만 만찬이 진행되는 동안 메리는 내가 볼 때 앙심을 품은 말들을 방 여기저기서 해댔다. 메리는 그런 말을 하지 않았어야 했고 나 역시 그런 말에 그토록 예민하게 굴지 말았어야 했으나 그 둘 중 내가 바꿀 수 있었던 건 하나도 없었다. 집에 올 때는 S, W와 대화를 나눴고 집에 와서는 바로 잠자리에 들면서 나보다 더 넓은 도량과 더 성숙한 인격을 갖고 있어 그 지혜와 열정을 따르고 싶은 누군가를 떠올리려 애썼다. 토요일에는 B와 술을 마셨다, 그것도 아주 많이. B는 가구 만들기가 취미인 물리학자로 나중에 우리는 수영도 함께 했다. 그는 털이 거의 나 있지 않은데다 부드럽고 개방적인 태도까지 갖고 있으므로 이를테면 의심의 대상이라 할 수 있다. 그는 자신이 프린스턴 대학의 수구 팀에서 스타였다고 말하지만 그가 프린스턴에 있을 때 정확히 뭘 했는지는 분명치 않다. 온수가 라디에이터로 새는 현상이 다시 발생했고 파이프에서는 누수가 있었으며 오일 버너도 작동되지 않았다. 내게는 이런 장비들이 받아 마땅한 무관심한 태도로 문제를 처리할 수 있는 꿋꿋함이 없는 듯하다. 활기를 찾고 싶은 마음에 아내가 누워 있는 침대로 올라가려 했지만 퇴짜만 맞았다. 그리하여 이후 약 한 시간 동안 나는 큰 소리로, 또 잔인하게도 지난 석 달 동안 고이 간직하고 있던 모든 분노를 터 뜨려버렸다. 그럴 수밖에 없는 이유가 있을지도 모르겠지만 다음날 아침에 일어났을 때 그런 내 자신이 너무나 부끄러워져 실망에 빠졌고 이에 오래된 주문을 반복했다. 그러니까 용기와 아름다움, 힘을 겸비한 우아함을 갖게 해달라는 주문을. 메리는 잠을 잘 수 없었다고, 새벽 3시까지 울며 깨어 있었다고 말했다. 나처럼 그토록 잔인한 사람이라면 그가 누구든 벌을 받겠으나 술에 취해 벌이는 한바탕 소동이 때로는 긍정적인 결과를 가져다 주기도 하는 듯하다. 내가 뱉어냈던 가장 비열한 말들 중 하나는 아내와는 어디든 가고 싶지 않다고 했던 것이다. 그러니 메리는 앞으로 나와 점심을 먹으러 밖으로 나가지 않을 것이다. 나는 아내에게 탄원하고 용서를 빌었으며 이어 팔로 안았다. 그리고 진을 석 잔 마신 후 점심을 먹으러 나갔다. 내가 술 취한 바보 같은 놈으로 보일지 어떨지 난 알지 못하며 그다지 신경쓰지도 않는다. 수영장의 라커 룸으로 막 들어섰을 때 테니스 바지를 벗고 있던, 같은 회원인 귀공자풍의 젊은이와 마주쳤고 이에 우리는 서로 인사를 나눴다. 갑작스러운 만남에 나는 당황스러웠고 이에 그를 탓하고 싶어졌다. 뭐 그 젊은이는 별로 개의치 않는 듯했지만 말이다. 멋진 점심을 먹으면서 내내 수다를 떨었다. 일행 중에는 예쁜 여자도 한 명 끼어 있었다. 집에 돌아와 테라스에 앉았다. 매우 피곤했다. 가슴 부위에 통증이 느껴졌고 (알코올, 담배, 분노, 혹은 비탄으로) 마음이 무거운 가운데 앞으로 어떤 미래가 펼쳐질 것인지 고민해봤지만 알 수가 없었다. 막내아들을 끌어안으면 고통이 한결 줄어든다. 아들과 함께 어둠 속에서 장난을 치며 놀았고 이어 햇볕의 온기가 아직 남아 있는 돌계단에 앉아 저녁별이 뜨기를 기다렸다. 나중에는 버번을 약간 마신후 침대에 누워 잠을 청했다.

• • •

아침에 일어나 이렇게 말했다. 약동하라, 내 심장이여, 내 영혼이여. 이것 외엔 그 무엇도 소용없다. 내 심장과 내 영혼은 반드시 약동해야만 한다.

• • •

Y씨는 벽장에 숨은 후 혹시 아내가 음식에 살충제를 넣진 않을까 확인하고자 열쇳구멍으로 지켜봤다. 움직일 수 있다면 작은 열쇳구멍으로도 상당히 넓은 범위를 볼 수 있었겠으나 Y씨는 그렇지 못했다. 그의 아내는 독약이 있는 저장고를 왔다갔다 했지만 그의 아내가 음식에 파프리카를 넣는지 아니면 그보다

더 치명적인 무엇을 넣는지 알아낼 수 없었다. 그의 아내는 접시를 테이블 위에 놓고 이렇게 말했다. "저녁이 준비됐어요." 아내가 부엌에서 나갔기에 그는 벽장에서 나와 저장고로 갈 수 있었고 그래서 마치 숲의 어딘가에 있다가 온 것처럼 다시 부엌으로 돌아올 수 있었다. "냄새가 좋군!" 소스 냄새를 맡으며 그가 말했다. "그렇죠?" 그의 아내가 말했다. "오레가노 향신료를 약간 넣어봤어요." 그녀의 미소는 사악하고 의기양양했다. "벽장에서 뭐 했어요?" 그녀가 물었다. "오, 아무것도 아니오." 그가 말했다. 하지만 부엌은 그의 아내가 가장 잘 알고 있는 곳이었다.

• • •

자그레브 부인이 비어스튜브의 등을 쓰다듬으며 "착하지, 착하지 우리 아기"라고 말하는 동안 비어스튜브는 자그레브 부인의 드레스 안으로 손을 깊숙이 집어넣어 가슴을 어루만졌다. 그녀의 유방은 칠면조처럼 컸고 빛깔은 대리석처럼 빛났으며 그 맛은 목마른 그의 입술에 마치 밤공기처럼 부드럽고 다채롭게 느껴졌다. 하지만 일요일 아침에 잠에서 깨었을 때 자그레브 부인의 유방은 보석에서 고통으로 변해 있었다. 그것들이 그를 포위해오고, 방안의 공기를 가득 채우고, 그를 따라다니고, 그를 유혹하고, 그의 코앞에서 달랑달랑 흔들리는 듯했던 것이다. 그뿐만 아니라 기차 안까지 그를 따라와 옆자리에 단단히 자리를 잡더니 43번가의 클럽까지 쫓아오는 통에 점심 전에 술을 마셨을 때 자그레브 부인의 가슴에 대한 그의 갈증은 그를 거의 압도해버릴 정도가 돼버렸다.

· · ·

A는 아내에게 눈을 흘기며 신음 소리를 냈다, 의미심장하게. 아내는 "알았어요" 하고 말했다. 그는 옷을 벗고 침대 옆에서 아내를 기다렸다. 아내는 부엌으로 내려가서는 세탁기에 담요 네 장을 넣고, 퓨즈를 내리고, 물로 부엌을 청소했다. "하지만 왜," 부엌 문 앞에서 벌거벗은 채로 서서 그가 말했다. "내가 사랑을 부탁할 때 담요를 빼는 거지?" "깜박 잊을까봐 겁이 나서요." 부끄러운 듯 아내가 말했다. "이불에 좀이 먹을지도 모르잖아요." 아내가 고개를 숙였다. 순간 그는 마음이 짠해지고 측은해지는 뭔가를 보았다. 님프처럼 쉽게 잡히지 않는 존재가 되고 싶다는 아내의 참을 수 없는 소망을, 하지만 숲속을 힘차게 뛰어다니기에는 너무나 몸이 무거워 세탁기 안에 담요나 집어넣는 신세로 전락해버린 아내의 모습을. 그러나 남자는 남편에게 님프 같은 존재로 보이고 싶어하는 아내의 결심이 자신의 성욕만큼이나 강하다는 점을 이해하게 될 것이다. 그리하여 아내를 팔로 감싸안

고 함께 위층으로 올라가게 될 것이다.

• • •

나보코프의 책을 읽으면서 그가 보여주는 모호성의 다양함에, 허위를 다루는 그의 경탄할 만한 기풍에 매료당했다. 나는 그의 기법들에 관심이 있으며 그것들이 썩 마음에 든다는 사실을 알게 됐다. 하지만 그의 이미지(희미하게 빛나는 커튼 앞에 서 있는 마술사의 그림자, 멋있게 단장한 그 모든 제비꽃들)는 나와는 다르다. 내가 자랐던 집은 그 나름의 매력을 갖고 있었지만 아버지는 침실 문 뒤쪽의 벽에다 당신이 직접 못을 박은 후 그 위에 속옷이나 걸쳐놓고 계시곤 했다. 또 나는 리비에라*에 관해 뭔가를 알고 있긴 하나 그렇다고 파리에 체류중인 고상한 러시아 귀족은 아니다. 앞으로 나의 산문체는 언제나 대단히 실제적인 분위기를 띠게 될 것이다.

• • •

1890년대에 아버지는 우연히 뮌헨에 체류할 기회가 있었는데

---

* 프랑스 지중해 연안에 위치한 휴양지.

당신 스스로 좋아했기 때문에, 또 한편으로는 돈도 필요해서 건물의 조각상 모델로 활동한 적이 있었다. 아버지는 핸섬한 젊은이였음에 틀림없으며 몸의 근육들도 훌륭했음에 분명하다. 왜냐하면 돌아가실 때까지 아침에 일어나면 매일 한 시간여에 걸쳐 바벨이나 아령, 인디언클럽Indian club*으로 운동을 하셨기 때문이다. 조각가는 모델이 된 아버지를 아틀라스**나 남자 형상의 기둥으로 만들었고 이를 40년대에 연합군의 폭격으로 파괴돼버린 낡은 쾨니히팔라스트 호텔의 정면에 배치했다. 1935년에 형과 함께 독일을 걸어서 여행할 때 그 호텔을 본 적이 있는데 그 조각상은 틀림없이 우리 아버지였다. 아버지의 어깨 부분은 그 거대한 호텔의 상인방上引枋을 이루고 있었다. 이후 프랑크푸르트에서는 프랑크푸르트 호프 호텔의 발코니와 지붕을 떠받치고 있는 아버지의 형상을 볼 수 있었다. 아버지를 모델로 한 기둥들이 모든 건물들마다 있었던 것은 아니지만 일단 건물과 아버지를 연관짓게 되자 이는 내게 강박 증세를 불러일으켰고 나는 아주 많은 수의 아파트, 호텔, 극장, 은행 들이 우리 아버지의 고귀한 어깨로 지탱되고 있다는 그리 기분 나쁘지 않은 인상에 사로잡히게 됐다. 한편 전쟁은 당시 건물들에 놀라울 정도로 거의 피해를 입히지 않아서 최근에도 난 얄타에 있는 한 호텔의 정면을 장식

---

* 체조나 저글링을 할 때 쓰는 병 모양의 곤봉.
** 그리스 신화에서 지구를 짊어지고 있는 형상의 거인.

하고 있는 아버지를 볼 수 있었다. 키예프에도 한 아파트 전체의 내닫이창을 지지하고 있는 아버지가 있었다. 그 밖에도 비엔나와 뮌헨 도처에 아버지가 있었고 베를린에 있는 체크포인트 찰리Checkpoint Charlie* 근처의 잡초 무성한 들판에서도 훼손된 형상의 아버지가 나뒹굴었다. 아버지의 형상을 한 조각은 처음엔 햇살이 비치는 거리에서 그 인생을 시작했으므로, 즉 주로 부자와 멋쟁이들이 드나드는 건물들의 상인방을 떠받치는 용도로 배치됐으므로, 아버지를 비추던 햇살이 그 건물들과 거리를 떠난 모습을 지켜보기란, 또 시간이 지남에 따라 아버지의 머리와 벌거벗은 어깨의 형상이 여기가 4등급 호텔이나 파산한 백화점, 버려진 극장, 혹은 이제 막 형성되기 시작한 슬럼가임을 주로 뜻한다는 점을 목격하기란 괴로운 일이 되어갔다. 그러므로 마침내 내 무대였던 키츠뷔엘로 돌아오게 된 것은 구원이 아닐 수 없었는데 이는 그곳의 건물은 나무로 만들어져 있기 때문이다.

• • •

셰이 스타디움Shea Stadium**. 늦은 여름밤. 선수들이 옷을 갈아입는 곳에서 난 교만한 자세로 나를 둘러봤다. 여기 있는 사람들은

---

* 독일이 분단돼 있을 당시 동서 베를린 사이에 있던 동독 입국 검문소.
** 뉴욕 시 퀸시에 위치한 경기장.

자신들이 과연 누구라고 생각하고 있을까? 그들은 그들이 바로 그들이라고 생각한다. 다시 말해 아들과 함께 있는 아버지로, 혹은 아름답게 생긴 여자로. 관중들은 마치 극장에 가던 중 들른 (그러니까 경기장이 아닌) 한 도시에서 만찬을 즐기는 사람들로 보였고 바로 그런 그들의 모습이 경기장 안으로 들어서는 사람들로 하여금 경기장 안의 그 장관을 종말론적인 풍경으로 보이게 했다. 경기장의 잔디들이 햇빛을 받아 반짝인다. 여기야말로 진정한 공원이다. 나는 미국 작가의 임무는 간통을 범한 여인이 창밖으로 내리는 비를 바라보며 불안에 휩싸이는 모습을 그리는 데 있는 것이 아니라 조명 아래에서 파울볼을 향해 손을 내미는 400여 명의 사람들을 묘사하는 데 있다고 생각한다. 이는 의식이다. 심판들은 선수들의 영혼을 걸러내는 성직자들이다. 8회 말 만여 명의 사람들이 출구를 향해 나갈 때 천둥 같은 소리가 들렸다. 옮겨다니는 수많은 사람들 속에서 도덕적 판단력이라는 관념이 구체화되고 있었다.

• • •

술과의 전쟁은 계속된다. 국화밭의 잡초를 제거하는 등 11시 반이 지날 때까진 술병을 멀리했지만 더이상은 그럴 수 없었다. S를 만나러 갔다. 그는 클럽에서 술을 마시는 중이었다. 혀는 꼬였고 평정심을 잃은 상태였다. 저녁을 먹은 후 S는 소파에 쓰러져 술에 취한 채 잠에 들었다. 머리를 가슴에 파묻은 채, 안경을 코끝에 걸친 채. 번개와 천둥이 치더니 갑자기 비가 내렸다. 일시에 신선한 향기가 몰려들었다. "정말이지 나는 빗소리를 얼마나 듣기 좋아했던가!" 은행가인 그가 말했다.

● ● ●

공상이여, 오, 이 부질없는 공상이여. 오늘 워싱턴에서 민권 증진을 위한 행진이 열렸다. 우리는 점심을 먹은 후 공공 해수욕장인 크로튼 포인트로 갔다. 그 많은 쓰레기통, 회전문, 매표소, 지방공원 유니폼을 입은 남녀 직원들, 닳고 닳은 잔디, 예쁜 버드나무, 그리고 (내 긴 코로 맡아본 바로는) 하수구 비슷한 냄새를 풍기는 오줌 색깔의 물. 높은 곳에 앉은 뚱뚱한 구조요원은 호루라기를 불거나 사람들이 수많은 안전규칙들을 위반할 때마다 메가폰으로 소리를 지른다. 자갈투성이인 이 해변과 오염돼버린 이 만灣이, 바닷가가 주는 즐거움들을 알고 있는 세상 사람들에게 그토록 중요한 비중을 차지하고 있음을 깨닫는 것은 실망스러운 일이 아닐 수 없다. 나는 탈의장을 걱정스러운 눈길로 바라보았다. 사춘기와 청소년기를 거치던 어린 시절, 짠 냄새가 나는 샤워장에서 친구들과 그 짓을 했던 추억이 생각났다. 친구들은 커다란 그것을 찾으려고 개방된 샤워장 주변을 어슬렁거렸다. 물론 그 주인공이 나는 아니었다. 하지만 이제는 그 추억에 가슴이 설렌다기보다 근심이 더욱 앞선다. 샤워중인 얼마 되지 않는 사람들을 바라보던 나를 강타해온 것은 몸을 씻는 기쁨이 아니라 몸이 주는 극도의 지루함, 뾰루지투성이인 옆구리, 구취, 그리고 짜증이었다.

• • •

아이들과 말놀이를 하고 축구도 했다. 부엌에서는 조리용 칼을 날카롭게 갈았다. 메리가 수줍으면서도 정열적인 키스를 해줬다. 사랑의 키스였다. 나의 추억은 이런저런 사건으로 가득 차 있다. 하지만 메리가 공개적으로 나를 사랑한다고 마지막으로 말했던 때가 언제였는지 기억나지 않는다. 어쨌든 우리는 또 한 번 서로에게 최고의 연인으로 변신했다. 하지만 그리 오래전도 아닌 2, 3주 전이었다, 내가 우울하게 완숙 달걀을 먹으며 비통과 그보다 더 심한 감정에 사로잡혀 메리를 떠올렸던 것은.

• • •

벤의 개가 서재 바닥에 똥을 세 덩이나 싸놓았다. 나는 아침에 둘둘 만 잡지로 그 개를 때렸다. 한 시간 후 벤이 물었다. "아빠, 플로라가 걷기 힘들어하는 거 보셨어요? 일어서려 할 때 많이 아파해요." 나는 내가 아들이 사랑하는 동물의 뼈를 부러뜨려버렸다고 결론 내렸다. 사실 나는 파리를 내려칠 때조차 두 번 생각하고 개미도 조심스럽게 밟는 편이다. 되도록 고통을 주지 않기 위해서. 동물을 학대하는 것은 나를 아주 곤혹스럽게 한다. 그러니 그 대상이 내 아들이 사랑하는 동물이라면 참담해질 수밖에 없다. 메리는 그런 나의 어려움을 부추기는 듯했다. 메리는 아들이 괴로워하고 있다고, 내가 그 개에게 해로운 짓을 했을지도 모른다고 말했다. 그렇지 않아도 다리가 약한 개였다면서. 스카치를 마시고 빵과 치즈를 먹은 후 터벅터벅 집에서 나와 숲으로 갔다. 나는 내가 아들의 개를 죽였다고 확신했다. 쉰한 살이 된 이 아저씨를 보라. 들판에 누워 빵을 씹어 먹으면서 눈물이나 흘리고 있다. 나는 내 아들의 개를 죽였다. 나는 내 아들이 사랑하는 대상을 죽였다. 비록 사고였지만 그렇다고 해도 전혀 위로가 되지 않았다. 하지만 댐으로 이어지는 길을 따라 산책에 나서자 그 간단한 운동만으로도 마음이 한결 가라앉는 느낌이었다. 술을 마시고 싶다는 유혹도 깨끗이 사라진 듯했다. 돌아와보니 개는 상태가 훨씬 나아져 있었고 우리가 동물병원으로 데려가 진찰했을 때도 아무 이상이 없다고 했다. 이런, 그런 거짓 경보에 그토록 신경을 곤두세웠다니. 그러면서 부당할지 모르지만 메리가 병적인 근심을 만들어내는 능력을 갖고 있지 않나 생각했다. 그러니까 장인이 갖고 있었던, 자신의 영역에 저주와 파멸이라는 감정을 퍼뜨렸던 그 알 수 없는 힘과 유사한 능력 말이다. 이는 신경과민인가, 아니면 일전에도 생각했듯이 사악함을 구별해내는 어떤 힘인가? 오후가 되자 내 책이 제법 팔렸다는 내용의 우편물이 와 있었다. 기쁨에 겨워 이 좋은 소식을 전하자 메리는 별 성의 없이 이렇게 물었다. "하지만 출판사에서 약간의 수표라도 부치는 수고는 하지 않았겠지?" 나는 정말, 정말로 화가 치밀어 이렇게 외쳤다. "도대체 나한테 기대하는 게 뭐야? 3주 동안 나는 5천 달러를 벌었고 소설을 고쳐 썼고 허드렛일을 하고 요리를 하고 정원도 치웠어. 그렇게 모든 걸 성공적으로 해냈는데도 당신은 이렇게 말하는 거야? '하지만 출판사에서 약간의 수표라도 부치는 수고는 하지 않았겠지?'라고?" 아내의 목소리는 여느 때보다 떨렸다. "그래 난 옳은 말을 하는 적이 결코 없으니까, 그렇지?" 아내는 밖으로 나가버렸다. 비록 25년 동안이나 고민해오긴 했지만 이 같은 급작스러운 변화를 나는 이해할 수 없다. 3주 동안 우리는 그렇게 열정적으로 사랑하며 기분좋게 지내왔다. 그런데도 지금 이 고약한 꼴을 보라. 나는 이를 통제할 수가 없다, 혹시 우연한 한 통의 전화나 꿈이 그렇게 할 수 있을지는 몰라도. 그렇게 아내는 나뿐만 아니라 가족 모두에게서 멀어지고 있다.

• • •

　「헤엄치는 사람」이 나르시스를 표현한 작품이라고 말하고 싶진 않다. 이 작품에는 자기 자신의 이미지에 매료당하는 남자가 등장하며 약간 비정상적으로 보이는 상황이 극적으로 표현돼 있긴 하다. 하지만 이는 과수원이 좋은 사과들로 가득 차 있는데도 축하 파티용으로 흠 있는 사과를 집어드는 것과 같다. 나 역시 과거에 그랬던 적이 있고 그래서 더 잘해내고 싶다. 수영은 쾌락이요, 여름 오후에 단숨에 들이켜는 음료수요, 또 진취적인 기상이다. 한 남자가 이럭저럭하여 자기 자신을 사랑하게 된다는 것은 자연스럽고 어울리는 일이다. 지붕 새는 것이 자연스럽고 어울리는 일인 것처럼. 그러나 보편적인 현상은 아니다. 따라서 수영장의 물을 빼놓은 사람들은 그저 위협에 불과하다. 다음에 주인공이 그 수영장에 도착했을 때는 다이빙을 할 수 있을 만큼 물이 깊어져 있을 것이다. 피그말리온* 같은 솜씨로 이 상황을 위엄 있고 또 절박하게 만들 필요가 있다.

_____

* 그리스 신화에 나오는 키프로스의 왕. 자신이 상아로 조각한 여인상인 갈라테이아에게 매료되어 결혼까지 이른다.

• • •

「헤엄치는 사람」이 계절을 넘길지도 모른다. 나는 잘 모르지만 이것이 나르시스가 아니라는 것은 알고 있다. 계절이 바뀌어도 좋을까? 잎의 색이 변하며 떨어지기 시작해도 무방할까? 날씨가 추워져도 괜찮을까? 눈이 내리면 어떨까? 하지만 그것의 의미는 무엇인가? 누구든 오후라는 짧은 시간 동안에 나이가 들 수는 없다.* 오, 그래, 한번 검토해보자.

• • •

술과 담배와의 전쟁은 계속된다. 담배에 관한 한 약간의 진전은 있는 듯하다. 술은 답보 상태다. 사람들이 아프면 이렇게 말해주고 싶다. '담배를 너무 많이 피우지 않으면 조금이라도 괜찮아질 겁니다'라고. 일하기는 글렀다.

• • •

교회 제단 앞에 무릎을 꿇고 있던 중 나를 압도하는 강한 힘을

---

* 이는 자신의 작품인 「헤엄치는 사람」에 들어갈 내용에 관한 언급이다.

느끼면서 내가 알코올에 얼마나 의지하고 있는지를 절실히 깨달았다. 이는 여러 빛깔로 채색된 창문이나 돌로 만들어진 벽, 복사들이 입고 있는 전통 복식으로는 설명되지 않는 고뇌다. 누구나 알칼리로 된 사막, 메마른 강바닥, 무정한 산들을 필요로 한다. 11시 반에 일어나 벤과 함께 카약을 탔다. 의기양양하고 성적으로 흥분된 기분으로 아침에 일어나니 그 책이 경멸스럽게 여겨졌다. 왜 우리는 상상이라는 힘을 비극적인 사랑에 빠진 여자라는 주제에 바쳐야 할까? 왜 우리는 여자 음부를 애무하는 손가락이나 음탕한 시선을 걱정해야 할까? 그런 것들은 창문 밖으로 던져버려라.

• • •

그날 나는 이따금 우리의 비통함이, 나 자신의 비통함이 파티에서 진탕 먹고 마시는 것과 비슷하다는 생각이 들었다. 장례식에서는 월트 휘트먼의 시가 낭송되었고 관을 앞에 두고 〈대통령 찬가〉가 울려퍼졌다. 슬픔에 가득 차 있는 아름다운 미망인. 나는 낙담한 아이처럼 울었고 아랫입술을 깨문 채 눈을 고정시켰다. 그는 진정 대단한 사람이었으며 우리가 할 수 있는 최선이란 그의 뛰어난 능력을 좋은 예로 만드는 것뿐이다. 내게 놀라움으로 다가왔던 것은 그가 촉발시킨 사랑이라는 감정이었다. 취향의 문제라고 할 수도 있는 과도한 비통함은 어쩌면 어쩔 수 없는 감정의 폭발, 뜻하지 않게 굳어져버린 우리의 가슴, 그리고 살면서 우리가 겪게 되는 눈물의 흔치 않은 용도를 표현한 것인지도 모른다. 엄청나게 모여든 조문객들을 (나만의 짐작이긴 하지만) 그들이 마치 서로 경쟁이라도 하는 것처럼 오만하게 묘사하는 텔레비전 아나운서에게 화가 치밀었다. 여기 인간의 심장 및 영혼의 선함과 관련해 주목해야 할 놀라운 뭔가가 있다. 누구도 이 세계가 그토록 진정으로 슬퍼할 수 있는 능력을 갖고 있는 줄 몰랐을 것이다. 우리가 할 수 있는 최선은 그의 탁월함에 대한 우리의 기억을 계속해서 새롭게 해나가는 것이리라.

여기서 일하기가 힘들다는 사실을 계속 절감한다. 11시에 나는 텔레비전으로 장례식을 시청하기로 결심했다. 장례식을 극도의 지루함으로 내몬 것은, 신이여 저를 용서하소서, 다름 아닌 신의 옹호자인 쿠싱 추기경이었다. 장례식이 어떻게 진행되고 있는지 이해하기 힘들었고 목소리는 거칠었으며 라틴어는 살아 있는 것도, 죽어 있는 것도 아닌 것처럼 들렸다. 그리고 그 모든 것들 위로 이탈리아 출신의 테너 가수가 내가 정말 싫어하는 곡인 〈아베 마리아〉를 불렀다. 무엇보다 대통령의 관이 그렇게 작은 데 대해 무척이나 감동했다. 엄청나게 도열해 있는 고위관리들의 모습은 코믹하게만 보였다. 다른 모든 곳들이 그렇듯이 교통은 지체됐고 이에 묘지로 가는 그의 길은 그가 살면서 가야 했던 길보다 오히려 더 고통스러울 것 같았다. 블랙워치 연주단, 공군 연주단, 그리고 게일인*들의 조포弔砲 소리가 들렸다. 의식은 더 간단할 수도 있었겠지만 비통함이 그 어느 때보다 큰 지금 다른 선택을 하기란 어려웠을 것이다. 나도 비통함을 느껴야겠지만, 그리하여 나의 날을 가치 있고 의미 있게 보내야 했겠지만, 내가 할 수 있는 최선은 이렇게 창가에 서서 아이들이 잔디밭에서 축구하는 모습을 지켜보는 것이다. (엉뚱한 방향으로 달려가고 있는 페데리코를 열심히 응원중인 벤이 보인다.) M도 보인다. 그는 연약하다기보다 열의가 없어 보인다. 무릎까지 오는 부츠, 검은색의 가죽 재킷, 그리고 커다란 연미복. 그는 모자를 세게 치는 버릇이 있는데 말하자면 이것이 그가 즐기는 게임이라 할 수 있다. "그런 식으로 사건이 일어나 너무 안됐어요." 그가 대통령 암살에 대해 입을 열었다. "하지만 우리는 그를 제거해야만 했어요." 그는 다른 소년들을 보고 이렇게 말했다. "깜둥이."

• • •

다른 많은 50대 남자들처럼 나는 어쩔 수 없이 임금 인상을 요구할 수밖에 없었고 역시 다른 많은 50대 남자들처럼 비난도

---

* 스코틀랜드의 고지 사람, 혹은 아일랜드의 켈트 사람을 가리킨다.

받지 않고 획일적이며 또 변덕스럽기 짝이 없는 (더불어 내가 보기에 그 자체의 호황으로 인해 오히려 구속돼 있는 듯이 보이는) 조직과 마주쳐야 했다. 남자들로 구성된 조직은 남자들 자신들과 마찬가지로 귀가 멀고, 근시안적이고, 변변찮고, 본의 아니게 잔인하다. 비극적이지만 우리는 서로를 도울 수 없고 이해할 수도 없는 듯이 보인다. 나는 선견지명이 없다는 책망을 받았으며 거기에 부채 때문에 얼마나 괴로운 상태인지 긴 얘기를 여러 번 늘어놓아야 했다. 『새터데이 이브닝 포스트』는 내게 2만 4천 달러를, 『뉴요커』는 2500달러를 제안했는데 나는 후자를 택할 것이며 그 이유는 나도 정확히 모른다. 중요한 점은 일을 하고 그 일에 대한 정당한 보수를 주장하는 것이다. 50대에 들어선 다른 사람들처럼 내가 만약 병에 걸리면 아이들이 어떻게 될지 걱정된다. 아마도 이 세계, 도시, 사람들이 우리의 이해 가능한 범위를 넘어서가는 만큼이나 병이 지닌 비참함은 더욱 불가사의해지고 극심해지지 않을까 생각한다.

● ● ●

형이 전화했다. 형수가 형을 떠난 것 같고 딸들도 곧 떠나기 직전인 듯하다. "이 집을 팔아야겠어." 형이 말했다. "이 나이에 다른 곳으로 가야 한다고 생각하니 좀 이상한 기분이야." 이건 무슨 경우인가? 감사할 줄 모르고 서로 고립돼 있는 한 가족을 떠올려본다. 모든 보답에 대한 잔인한 거부. 근면하게 일했고, 희생적이었고, 사랑했고, 밥을 먹였고, 옷을 입혔고, 네 자녀를 비싼 학교에 보냈고, 매년 아내를 버뮤다로 여행 보냈는데 이제 그 자신의 겨울이 시작되려는 쉰여덟의 나이에 집주인의 성화를 들어가며 가구 딸린 셋방에서 전열기로 끼니를 요리해야 하는 상황에 처하다니.

한편으로는 이 외로움이 형의 운명이 아닐까 하는 생각도 들었다. 이는 내 가족의 운명인가 아니면 가장의 운명인가? 할아버지는 할머니와 당신 자식들에게 타인이 되어 가족들도 알지 못한 채로 찰스 스트리트의 가구 딸린 한 셋방에서 외롭게 돌아가셨다고 했다. 아버지도 70대 후반에 하노버의 한 농가에서 2, 3년을 홀로 보냈다. 유일한 온기는 벽난로뿐이었다. 유일한 친구는 거리에서 먹고 자는 얼간이였다. 나는 어린 시절을 춥고 더럽고 버림받은 곳에서 살면서 집과 아내와 아이들의 목소리를 열망했다. 하지만 이 모든 것들을 가진 뒤에도 짜증이 가득 차오를 때면 결국 모든 것이 끝난 후엔, 즉 부활절 달걀 찾기와 크리스마스의 즐거운 노래가 끝나고 나면, 여름날 오후의 사랑과 경탄이 지나고 나면, 웃음과 난롯불이 사라지고 나면, 춥고 외롭고 불명예스럽고 또 아이들에게 잊힌 가운데, 친구 하나 없이 죽음을 향해 달려가는 노인 신세로 인생을 끝내게 되지 않을까 생각하곤 한다. 하지만 어떤 의미에서 이는 한 남자가 겪어야 할 운명의 일부임에 분명하다. 우리는, 마치 마법의 거울처럼, 한편으로는 풍성한 노년(밭에서 추수하는 손자들)을 상상하면서도 또 한편으로는 언젠가 잊혀 추위와 배고픔을 겪은 후 이 세상에서의 마지막날들을 보내게 되리라 확신하기도 하는 것이다.

● ● ●

술을 마신 후 필립 로스를 만나러 기차역에 갔다. 그는 목줄로 맨 두 마리의 개를 데리고 나왔다. 틀림없이 그였고 나는 계단 제일 위쪽에서 군대식으로 큰 소리를 내며 인사를 건넸다. 젊고 유연하며 재능 있고 똑똑한 그는, 젊은이들이 으레 그러하듯, 대부분의 사물들을 그것들이 마치 견딜 수 없을 정도의 열기를 발산하기라도 하는 것처럼 바라본다. 그가 지나치게 결벽하다는 뜻은 아니다. 하지만 그는 쇠고기구이를 담고 있는 자기 몫의 접시가 엄청난 화재火災라도 되는 것처럼 머리를 멀리 뒤로 제쳤다. 그는 내가 볼 때 매력적이라 여겨지는 여자와 이혼한 상태다. "스케이트 신발조차 돌려주려 하지 않더군요." 우리는 성적인 대화(그러니까 음경이라든가 고환, 사향고양이 등을 거론하며)로 일관했지만 내 생각에 그는 그런 말들을 우아하고 미묘하게, 또 재치 있게 말하는 것 같다.

• • •

    내가 볼 때 『왑샷 가문 몰락기』에 관한 서평은, 이 작품을 엄격하게 판단하고 다른 책들 사이에서 그것의 올바른 자리를 찾아주기 위한 시도라기보다는, 단호한 관대함과 열정을 부여함으로써 상업적인 성공을 거둘 수 있는 책으로 만들어 1년 정도 우리를 평안하게 살 수 있게 하려는 의도로 보인다. A로 하여금 이같이 관대한 평가를 내리게 하고 영향력을 과시하게 만들었던 것이 무엇인지는 실상 베일에 싸여 있다. 다시 책으로 돌아와 그들의 재량과 수완으로 고른 커버 기사는 나를 진지하고 호감 가는 인물로 만들었다. 실상 증거들을 종합해보면 나는 예외적인 행운의 연속을 즐기는 뚱뚱한 게으름뱅이에 불과한데 말이다. 남자들 사이의 관계를 묘사하는 데 '사랑'이라는 단어를 쓰는 것은 부적절하다. 가장 엄격한 잣대로 검토해보아도 그런 애정 관계에서는 그 어떤 성욕의 흔적도 발견할 수 없다. 우리는 서로의 얼굴을 쳐다보며 기뻐하지만 내면을 살펴보면 주목할 만한 것이 전혀 없다. 우리는 함께 있으면 서로 행복해하고 만족하지만 떨어져 있을 때는 결코 서로에 대해 생각하지 않는다. 이러한 유대 관계들은 우리가 인생에서 형성하는 그 무엇보다 강력하지만 우리는 완벽한 무책임성으로 그것들을 집어들었다가 내쳐버리기도 한다. 우리는 병원에 있어도 서로를 방문하지 않으며 떨어져 있을 경우 편지를 거의 쓰지 않는다. 하지만 같이 있을 때는 사람들이 소위 사랑이라 부르는 것의 최소한 몇 가지 증상들을 경험하기는 한다.

• • •

계단을 힘겹게 올라가던 늙은 개가 고통이 심한지 낑낑거리며 우는 소리를 낸다. 개는 우리 중 가장 먼저 노화를 겪고 있다. 메리와 나는 25년 동안 함께 살아오면서 불화, 아이들의 출산, 부채, 코감기 외에는 고통을 거의 모르고 살아왔다. 사실상 우리는 변화의 방식에 관해 거의 모르고 있는 것이다. 우리는 같은 게임을 하고, 같은 거리를 걷고, 같은 주기로 사랑을 나눈다. 부모님이 노령으로 아프고 죽어갈 때 그들을 돌보는 것은 결코 우리의 책임이 아니었다. 따라서 이 늙은 개는, 관절염으로 뒷다리를 거의 쓰지 못하는 이 개는, 내겐 병약자를 돌보는 첫번째 경험의 대상이다. 나는 뒤에서 밀어주며 개를 도왔다. 속수무책인 개가 내는 울음소리와 개의 고통은 늙은이의 통곡이다. 이는 개가 우리 가족이 되고 나서 이 집에서 최초로 듣게 된 진정한 고통의 소리다.

• • •

「기괴한 라디오」를 읽는 동안, 내가 저지른 잘못들 중 하나는 내가 너무 많이 썼다는 데 있다는 생각이 들었다. 즉 때로는 내 동기가 열정에 미치지 못했다. 「참담한 작별」은 너무나 신중하고 소심해 보인다. 나는 「치유」를 좋아하지만 이는 피상적인 해답으로 광기를 살펴본 데 지나지 않는다. 그리고 여전히 그 폭풍 속으로 더 깊이 들어갈 생각은 없다. 무엇이 잘못됐는가? 나는 어디서 실패했는가? 나는 충분히 정신이 맑지도, 그렇다고 충분히 미치지도 않았다. 또 세상에 관해 잘 정의된 관점을 아직 정립하지 못한 듯하다. 내가 다른 작가들의 작품에서 경멸했던 그 퇴색함, 불분명함으로 나 자신을 비난할 수 있을까? 또 내가 피해야 할 것은 무엇인가? 억지로 꿰맞춘 것은 그게 뭐든 생명력이 떨어질 수밖에 없다.

• • •

메리는 운전에 겁을 집어먹고 있고 나 역시 그렇다. 나는 진을 석 잔 마신 다음 아들을 차에 태워 스탬퍼드 기차역까지 데려다줬다. 보아하니 아들은 면도할 필요가 있겠다는 생각이 든다. 늦은 겨울의 오후, 늦은 겨울의 밤이다. 아들을 껴안고 싶었지만 우리는 진중하게 악수를 나눴고 이어 난 등을 돌리며 돌아섰다. 해는 이미 저물어 그 잔광만이 하얗게 빛날 뿐이었고 이를 배경으로 공원도로의 가스등이 푸르스름한 빛을 내뿜고 있었다. 이 시간이면 6차선의 고속도로는 매우 붐빈다. 트럭들의 모습은 당당하기만 하다. 소리는 천둥처럼 크고 트럭 후미의 굴뚝에서는 연기가 쏟아져나온다. 트럭들은 거대하고 치명적이지만 그 거대함은 오래전에 사라져버린 것에 대한 동경을 자아내기도 한다. 즉 나는 이 겨울의 황혼에 브론토사우루스와 티라노사우루스 렉스를 보는 기분이었다. 어둑한 이 겨울의 저녁에 고속도로는 이 시대의 종착지처럼 보인다. 나는 내 시력과 반사신경 이상으로 더 빨리 달릴 수 없지만 이 도로의 평균 속도는 역시 내 능력보다 빠르다. 이에 난 내가 브레이트버드라는 한 러시아 사람과 동행하는 중이라고 가정했다. 그리고 저 차들이 얼마나 많고 강력한지, 저 고속도로는 얼마나 공학적으로 잘 지어져 있는지 그에게 말해줬다. 또 모스크바 서쪽 지역의 2차선 도로를, 나무로 지은 집들을, 우물에서 물을 긷던 여인들을 떠올렸다. 낯선 도로에서 집으로 향하는 도로로 접어들자 내 감정은 순식간에 바뀌었고 이에 내가 이 지역에 얼마나 밀착돼 있고 또 길들여져 있는지 실감할 수 있었다. 나는 집으로 가고 있다. 집으로 가고 있다.

•••

    자동차를 몰고 시내를 돌아다녔다. 수표를 현금으로 바꿔 술과 개 목줄을 샀다. 새로 생긴 철물점은 크지만 비어 있다. 몇 달간 계속 이런 상태였던 것 같다. 그곳은 내가 원하는 페인트도, 못도, 스크루도 가져다놓지 않을 것이다. "주문한 물건이 다음 주엔 올 거라고 기대하고 있습니다." 점원이 말했다. 점원은 스프링 스트리트의 한 철물점에서 20년 동안 일했던 적이 있다. 점원에게 그 철물점이 그립지 않느냐고 물었다. 점원은 창문을 향해, 창문 바깥으로 보이는 강 풍경을 향해 손을 흔들었지만 수상쩍게도 얼굴이 붉어져 있다. 빈 가게와 할 일이라곤 전혀 없는 이 붉은 얼굴의 점원도 인생의 일부다. 철물점에서 나와 온실로 갔다. 온실의 따뜻한 공기에서 흙과 카네이션 향기가 풍겨나와 모두가, 심지어 개와 고양이까지 행복해하는 듯했다. Z부부는 말다툼을 한 것 같다. 물론 내 생각이긴 하지만. 나는 그녀에게 열두 개의 달걀을 사주었다. "이번주의 남은 날 동안 내가 필요로 하는 건 이게 전부입니다." 하지만 어두워진 뒤 그녀의 막내아들이 밀가루 한 컵을 얻어가기 위해 손전등을 들고 언덕을 내려왔다. 이는 소년의 엄마가 빵값을 아끼려고 비스킷을 굽는 동안 아빠는 외식이나 하려고 시내에 있다는 사실을 알리기 위해 올리는 깃발이요, 연민을 청하는 신호요, 선언이다. 꼬마는 이 시간, 이 임무의 중요성을 아주 잘 알고 있었다. "아주 즐거운 크리스마스 보내셨나요?" 어둠이 깔린 가운데 그 아이를 집으로 데려가며 걷던 중에 꼬마가 물어왔다. "선물은 많이 받으셨어요?" 잠깐 동안 자신을 어른으로 생각했는지 꼬마가 또 물어왔다. "정말 고맙습니다." 불 켜진 현관 앞에서 헤어지려 할 때 꼬마가 말했다. "정말 고맙습니다."

• • •

늙은 개, 나의 사랑. 그 개를 샀을 때 누군가 그 개는 척추가 굽어 있고 흉곽도 불룩하지 않느냐고 지적했다. 어릴 때 개는 반항적이고 욕심이 많은데다 미운 짓도 많이 했다. 쓰레기통을 뒤엎거나, 빨랫줄에 걸린 세탁물을 찢거나, 비싼 구두를 씹거나, 단 하나뿐인 보모의 안경을 부러뜨리거나, 어떤 명령에도 복종하기를 거부했다. 정말이지 우리가 이름을 부르면 비웃는 것처럼 보였다. 개는 우리가 코스카타 해안에서 대합조개를 주울 때 옷을 훔쳐 달아나기도 했고 뉴햄프셔에서는 메리를 거의 익사시킬 뻔하기도 했으며 어느 해변을 가든 위험한 존재였다. 막대를 한두 번 정도 물어오고 나면 등을 돌린 채 '가져와'라는 명령을 못 들은 척했다. 우리가 유럽으로 갈 때 개와는 어떻게 헤어졌던가, 소파의 덮개 대부분을 개가 얼마나 뜯어먹었던가, 또 개집을 향해 이름을 불렀을 때 내 목소리를 듣고 울타리를 뛰어넘어 얼마나 빨리 달려왔던가. 우리 사이의 관계에서 사랑이라는 것이 들어왔던 것은 웰턴 폴스에서의 그날 이후부터였다. 당시 불어난 시냇물은 개를 쓰러뜨린 후 이어 작은 폭포 아래에 있는 웅덩이 쪽으로 굴려갔다. 그때 우리가 돌아왔고 내가 개를 팔로 들어올리는 동안 개는 내 얼굴을 감싸안았다. 그 사건을 계기로 나에 대한 개의 애정은 깊어졌다. 언쟁을 벌이던 몇 개월 동안 개는 비밀을 들어주는 친구 역할을 했다. 학교에서 돌아온 딸은 개를 데려가 학교에 대한 불만이나 아빠, 엄마에 대한 불만을 들려줬다. 다음에는 내 차지였고 설거지가 끝나면 메리의 차지였다.

• • •

커버를 씌워야 하는 가구는 다루기 힘들다. 어떻게 해서 그녀는 중년의 나이에 산책을 싫어하게 됐을까? 코스카타 해변으로 출발할 때 그녀는 산책을 아주 즐기는 것 같았지만 잠시 한눈을 팔다보면 어느새 서둘러 집으로 돌아가 난로의 앞자리를 차지하고 있었다. 내가 방에 들어서면 항상 일어섰다. 남자들을 매우 환대하고 여자들에게는 눈에 띌 정도로 무관심했다. 싫어하는 것에는 분명히 티를 냈고 반대로 전통 있는, 거기에 부자인 가문의 사람이라면 의심의 여지 없이 좋아했다. 과거 언젠가부터 그녀는 고압적이며 다소 남자 같은 성격의 여자들, 즉 내 어린 시절을 괴롭게 했던 댄스 선생님, 은행가의 아내, 내가 다녔던 진보적인 학교의 여자 교장들을 닮아가기 시작했다. 20대 여자들 중에도 뭐든지 필사적으로 하려는 태도 때문에 다소 남자 같은 인상을 주는 고압적인 성격의 여자들이 있었다. 그중엔 가끔 예쁜 여자들도 있지만 그래도 그녀들에게서는 강인한 분위기가 풍겼고 또 이따금 아주 쉰 목소리를 갖고 있었다. 수지가 지프차에서 떨어져 자살을 시도했던 일이 기억난다. 내가 외로웠을 때 집 안을 돌아다니는 딸의 발소리를 들으면 딸이 그 얼마나 사랑스럽고 또 감사하는 마음이 들었던지. 왜냐하면 딸의 육중한 발소리에 잠을 이룰 수 있었기 때문이다. 딸은 사진 찍기를 힘들어했으며 내가 큰 소리로 혼잣말을 하고 있으면 야단을 치기도 했다. 서평에 실린 사진에서는 또 어떠했는가. 욕심을 부리는 것처럼 몸을 굽힌 포즈를 취하면서 담배 광고 전단지 쪽으로 그저 등만 내보였던 것이다.

• • •

아침 8시에 본 하늘은 하얗다, 눈처럼 하얗다. 구름 한 점 없고 그토록 눈부실 수가 없어 살짝 얼굴을 찡그리면서도 눈을 들어 하늘을 바라볼 수밖에 없다.

• • •

　역기를 들고 거울 속의 나를 쳐다보면서 내 근육이 언제 나타날지 궁금해졌다. 나보코프의 책을 읽었다. 겨울저녁의 햇살이 사라지자 문득 곧 다가올 밤이 너무나 무서워졌다. 빙하 시대의 어두운 기억 때문일까. 나중에는 밖으로 나갔다. 기온은 영하로 떨어졌고 공기는 이 계곡치고는 유별나게 건조하다. 콧구멍 속의 털까지 얼어붙게 할 정도로 차가운 날씨지만 차가운 공기는 그 자체의 미묘한 향기를 갖고 있는 듯하다. (희미하면서도 날카로운 것이 암모니아와 약간 비슷하다고나 할까.) 스웨터만 입고 있었지만 불편하진 않았다. 추위 탓인지 가로장에 금이 가 있다. 황홀해질 정도로 기분이 무척 좋아졌다. "오이샌드위치를 먹고 샴페인을 마시고 싶어. 그리고 처음부터 다시 시도해보겠어." 남자의 말에 여자는 이렇게 말했다. "잘 자요. 이제 자러 가요. 자러 가세요. 그럼 잘 자요, 내 사랑."

• • •

　술을 마시고 몇 시간 정도 행복한 기분으로 책을 읽은 후 나와 페데리코에게는 약간의 신선한 공기가 필요하다고 생각했다. 페데리코는 썰매 타기를 좋아하지 않는다. 그보다는 텔레비전에서 틀어주는 난장판 같은 방송이나 병사 인형의 옷을 벗기고 입히기를 좋아한다. 나는 아들을 억지로 집에서 몰아냈다. 과수원에는 얼음이 깔려 있었다. 썰매 타기는 아주 재미있는 놀이지만 동시에 위험하기도 하다. 그 때문인지 페데리코는 썰매 타기를 싫어한다. 페데리코는 집으로 돌아가고 싶어했다. 아들은 썰매에 몸을 얹고는 발을 이용해 언덕 위로 끌고 갔다. 나는 덜컹거리며 언덕을 미끄러져내려와 작은 연못을 지나 숲의 오솔길까지 내려왔다. 이제 쉰두 살이고 술에 취하지도 않았지만 그렇게 재미있을 수가 없다. 내가 볼 때 썰매 타기는 자기를 표현하는 간단한 수단이자 겨울 오후의 마지막 시간 속으로 좀더 깊이 들어갈 수 있는 방법이다. 나는 이 기쁨을 아들과 공유하고 싶었고, 두려워하지 않도록 가르치고 싶었고, 아늑한 방과 엄마의 사탕 상자라는 세계뿐 아니라 얼어붙은 과수원과 늦은 겨울의 날들이 선사하는 훨씬 더 아름다운 세계도 보여주고 싶었다. 하지만 실제로는 그저 무서움과 지루함만을 보여줌으로써 눈과 추위에 대한 아들의 혐오감을 깊게 했을 뿐이다. 아들이 질문을 하나 했지만 난 대답도 하지 않고 집으로 돌아왔다. 그리고 창문을 통해 아버지를 좋지 않게 생각하고 있을, 썰매에 누워 있는 페데리코를 바라봤다. 나는 혼자서 이렇게 중얼거렸다. "소파 쿠션에 머리를 처박는 것 외에 어떤 재미도 느끼지 못하는 저 꼬마를 보고 있자니 가슴이 찢어지는구나. 달리기나 썰매 타기가 주는 기쁨을 배울 수 있다면 좋을 텐데." 이어 페데리코를 데리고 제임스 본드 영화를 보러 가도 괜찮은지 가족 간에 논쟁이 벌어졌다. 나는 반대했지만 아들과 아내가 못마땅한 시선으로 바라보는 통에 결국 내 생각을 바꿔야 했고 그리하여 설거지를 모두 끝낸 후에 함께 영화를 보러 나섰다. 눈이 약간 내렸다. 영화에 성적이고 폭력적인 장면이 등장했으므로 일곱 살짜리 아이에게 이런 영화를 보게 했다는 생각이 들어 화가 치밀었다. 물론 나 역시 이와 유사한 종류의 영화를 아들에게 보여준 적이 있긴 했지만 말이다. 난매우 화가 났다. 그리고 일곱 살짜리 아들을 이런 영화를 상영하는 곳에 데려가는 엄마는 비난받아 마땅하다고 생각했다. 특별한 말은 하지 않았지만 내 생각이 아내에게도 전해졌기를 기대한다.

• • •

일곱 살이 되던 해, 나는 책장에 놓여 있던 밀로의 비너스 상을 보다가 음란한 생각을 품었고 이에 의자 위에 서서는 내가 원하는 것을 수 세기 동안이나 감추고 있는 그 천의 내부를 들여다보려고 애를 썼다.

• • •

업다이크*와 함께 걷는 꿈을 꾸었다. 풍경은 어릴 때 봤던 경치와 비슷했다. 눈에 익은 개가 우리를 향해 짖어댔다. 불 켜진 창문으로 친구와 이웃들의 모습이 보였다. 업다이크는 테니스공을 던지며 묘기를 부렸는데 내 생사가 바로 그 테니스공에 달려 있었다. 즉 그가 공을 놓치면 다시 공을 잡을 때까지 난 꼼짝도 할 수 없었다. 고통 속에서 업다이크가 그 공으로 나를 죽이려 한다는 생각이 들었다. 그는 살의에 차 있으면서도 냉정했다. 반드시 탈출하지 않으면 안 되었다. 그곳은 회전식 문과 대리석 계단, 그리고 조각상들이 있는 박물관이었다. 마침내 난 탈출에 성공했다.

• • •

누가 사랑에 빠지길 원하는가. 누가 목소리와, 발소리와, 기침 소리를 고대하는 기다림을 원하는가? 누가 이것을 택하겠는가?

---

* 존 업다이크. 미국의 시인 겸 소설가로 치버와 유사하게 중산층의 위기와 불안을 묘사한 작품을 내놓았다.

치과의사가 카리브 해에서의 16일간의 크루즈 여행을 마치고 방금 돌아왔다. 그리솜은 제미니 우주선을 타고 궤도를 돌고 있다. 이발사는 박식하기 그지없다. 인간의 내부에는 신성한 불꽃이 존재한다. 나는 머리를 깎기 시작했고 우주선은 플로리다에서 출발했다. 내가 머리를 다 깎기도 전에 우주선은 아프리카를 넘었다. 놀랍다. 하지만 인간은 아직 관절염을 치료하지 못한다. 달에 사람을 착륙시킬 수 있을지는 몰라도 암과 관절염을 치료할 순 없다. 하지만 나는 건강하다. 신이여, 감사합니다. 의족을 가진 사람이 그렇듯이 난 발로 찰 수가 없다. 이해하겠는가? 하, 하, 하. 이해할 수 있겠는가? 의족을 가진 사람이 발로 찬다면 그는 넘어지고 만다. 그래서 나는 발로 찰 수 없다. 여기는 신의 나라다. 신은 당신의 축복을 위해 이 나라를 선택하셨다.

• • •

모든 일이 아주 잘 풀려나갈 것이라 생각하며 잠에서 깨었다. 우편물 안에는 홍보사진이 들어 있었는데 대부분은 나를 찍은 사진이었다. 파티에 쓸 술을 사러 시내로 차를 몰고 갔다. 내 홍보사진을 주인에게 보여줄까 하다가 그만두었다. 사진을 메리에게 보여주자 메리는 이렇게 말했다. "그 사진으로 뭘 하겠대? 우체국에 붙여놓기라도 하겠대?" 나는 너무 비꼬는 말이 아니냐며 따졌지만 메리는 정중한 질문일 뿐이라고 했다. 다른 의도는 전혀 없다면서. 나는 격렬히 따졌다. 이틀이 지난 후에도 계속 따졌다. 메리의 말을 농담으로 받아들일 수 있는 여지가 조금이라도 있다면 아주 기쁘겠다. 술이 이 상황을 잊을 수 있는 유일한 방법으로 보인다. 메리의 신랄한 말과 나의 과민함이라는 천성 사이엔 (유치한 것은 말할 것도 없고) 양립할 수 없는 참으로 극심한 대립이 있는 듯하다. 내 마음 깊은 곳에는 내가 위협받고 있다는 느낌, 그리고 현명한 사람이 그러하듯 파멸을 경계하는 생각이 자리잡고 있는 것 같다. 이를 잊을 수 있기를 희망하며 그럴 수 있도록 노력할 것이다.

• • •

사람은 그렇게 이런 어둠에 적응하는가보다. 이렇듯 시간은 언제나 문제를 해결해왔다. 특히 신체적인 변화(발을 오므리고 종종걸음으로 걷기, 노래하듯 변형된 목소리로 말하기, 홀이나 층계참 등 사람들이 지나다니는 곳에서 언짢은 표정으로 찡그리기 등)는 가장 주목할 만하다. 수지가 불편해했고 이에 수지의 책망을 받을까 두려워 영화관의 발코니로 나왔다. 지금까지 나

는 이런 발코니에서, 마치 에스타브룩*처럼, 인생의 그토록 많은
문제들을 해결하거나 아니면 문제가 해결되기를 기다리곤 했다.
그리하여 그 문제들은 때로는 땅 위로 솟아오르는 아파치 헬기,
와인을 마시는 아름다운 여인들, 자동차의 충돌, 사우스웨스트
항공사 비행기에서 내려다본 풍경으로 변하곤 했다. 영화관으로
다시 들어가자 공기는 더워져 있었다. 별들은 전혀 보이지 않았
다. 보이는 거라곤 그저 어둠뿐이었다. 같이 앉아 있는 사람들의
얼굴이 행복해 보인다. 수지도 기분이 한결 나아졌다. 평안한 표
정이다. 비가 내리기 시작했다. 나는 빗소리를 듣기 위해 문을
열었다. 한줄기 번개가 보이더니 비록 멀어져가는 소리였지만
천둥이 울렸다. 이 가장 평범한 소리가 나를 터무니없이 기쁘게
했다. 나는 과거의 나로 돌아갔다. 원기왕성하고, 날렵하고, 행복
해하던 나로. 이 모든 것이 바로 빗소리 덕택이다. 목욕을 하고
나서 빗소리를 듣고자 침대 옆의 창문을 연 다음 뽀로통해진 아
이처럼 몸을 웅크리고 앉아 활짝 펼쳐지는 현실 같은 꿈속으로
들어갔다. 거기서 나는 어떤 커다란 대지에 위치한 예쁜 수영장
의 물을 가득 채우기 위해 수도꼭지를 틀었고, 탈룰라 뱅크헤드
Tallulah Bankhead**가 의사에게 불평해대는 소리를 들었으며, 브래
지어만 제외하고 다 벗어버린 한 젊은 여자를 보았고, 수영복을

* 치버가 1964년에 발표한 단편소설인 「마리토 인 치타」의 남자 주인공.
** 20세기 초반에 활약했던 미국 여배우.

입고 있는 듯한 젊은 작가들의 출현에 당황하기도 했다. 난 별로 웃기지도 않는 농담이나 해대고 말이다.

· · ·

성금요일이다. 하지만 단식은 물론 이 비통한 날에 지켜야 할 것들을 하나도 준수하지 않았다. 나는 술에 취한 채 우체국에서 교회로 어슬렁어슬렁 걸어갔다. 중앙에 위치한 제단은 어두웠으나 신부가 임시변통으로 설치해놓은 왼편의 성모마리아 부속 예배당은 촛불과 백합으로 꾸며져 있었고 한편에선 누군가 계속 철야기도를 하고 있었다. 나는 모든 게 불쾌하게 여겨졌다. 내가 기도를 올리는 것이 말이다. 오늘 하루가 빛났던 시간은 딱 삼십 분 정도에 불과했다. 북서쪽에서 구름이 재빨리 몰려왔고 지금은 어두워졌다.

· · ·

부활절이다. 교회에 가려고 옷을 입다가 바라본 성화聖畵가 그 어느 때보다 진부하게 보였다. 방금 만든 듯한 저 십자가, 장례식에나 어울려 보이는 백합, 그리고 방금 사탕 상자에 매달려 있던 리본을 빼서 만든 듯한 라벤더색 나비넥타이. 부활이라는 엄청난 사건에 이것들은 얼마나 어울리지 않는가. 모든 초들이 타고 있다. F양은 밤낮으로 꽃을 정렬해왔다. 진정 죽은 자들 사이에서 일어난 것 같은 오르간 연주자는 즉흥적으로 다양한 푸가를 쏟아냈다. 우리는 엉터리 음정으로 영생의 노래를 소리 높여 불렀다. 인생의 불가사의함에 일사불란하게 응답하는 신실한 이들의 대부분은 나이든 사람들이다. 신부를 조롱하기 위해 새벽에 일어나 교회에 가는 것이 무슨 의미가 있을까? 그런데 정말 신부는 부활과 텔레비전 발명 간의 놀랄 만한 유사점에 대해 말하는 것이 아닌가. 나는 (그 이상 더 바랄 것도 없이) 내가 분노와 비열함과 게으름을 피할 수 있기를, 단호한 사람이 될 수 있기를, 나아가 만약 내게 내 문제를 해결할 능력이 없다면 상식적으로 행동할 수 있는 사람이 될 수 있기를 기원했다.

● ● ●

어지럼증, 설사, 종잡을 수 없는 성욕, 그리고 웃음과 울음의 갑작스러운 발작에 지쳐버린 X는 오전 8시 32분에 그의 겟세마네 동산으로 들어섰다.

시내에는 비가 내렸다. 나는 일종의 성적 무기력증에 빠져들었다. 그 첫번째 원인은 아마도 근심일 것이다. 23번가에서 군대 시절 친구와 우연히 만났다. 23년 만의 만남이었다. 우리는 죽은 친구들에 대해 얘기하며 점심을 같이했다. K는 박격포탄에 맞았는데 인식표도 찾지 못했다고 한다. 비가 내리는 가운데 우리는 시 외곽으로 걸어갔다. 기분이 언짢아졌다. 그런 종류의 물건만 전문적으로 파는 가게 창문을 통해 고환가리개를 착용하고 있는 한 남자의 사진이 보였다. 그는 몸 전체를 면도한 듯했다. 무슨 이유에서인지 그 사진을 보자 마음이 가벼워졌고 이어 불쌍한 H가 떠올랐다.

그들에게 자비를, 그들에게 자비를. 그들이 경멸했던 밝고 점잖은 세계는 가끔은 하나의 왕국으로 그들에게 비쳤을 것이다. 연인들, 아들과 함께 있는 남자들, 그리고 웃음소리는 분명 그들을 자포자기하게 만들었을 것이다. 모자를 눈까지 덮어쓰고 얼굴을 감추기 위해 깃까지 올린 채, X는 6번가의 한 가게 유리창에 붙어 있는 벌거벗은 남자들의 사진을 유심히 바라봤다. 그들의 근육은 잘 발달돼 있었지만 버려진 사람들 같았다. 그는 거리를 건너 이런 종류의 출판물을 파는 신문가판대로 갔다. 그리고 선원 모자만 썼을 뿐 벌거벗고 있는 남자 사진을 (사진의 주인공인 갸름한 얼굴의 청년은 국부보호대를 막 벗어던지려는 듯한 포즈를 취하고 있었다) 힐끗 쳐다봤다. 이어 계속 서쪽으로 걸어가 브로드웨이까지 갔는데 그곳엔 나체로 얕은 물 속에 누워 있는 청년이라든가 다리를 벌리고 있는 청년의 사진들이 있었다. 그는 이런 식으로 50번가까지 걸어갔다. 벌거벗고 있는, 음란한 분위기를 풍기는 남자 사진들로 가득한 몇몇 가판대들이 있는 그곳으로. 그에게 자비를.

• • •

어둑해질 무렵 센추리 기차를 타고 강 위쪽으로 향했다. 내가 기차를 타는 이유 중 하나는 술을 마시기 위함이지만 그리 성공적이지는 못하다. 노반이 많이 울퉁불퉁했고 이에 몸이 아파와 메리가 깨어 있길 희망하며 침상에서 내려왔다. 메리는 사실 깨어 있는 듯했지만 자는 척했다. 그러다 허벅지를 문질러야 할 만큼 불편이 심해진 새벽이 돼서야 자리에서 일어났고 그렇게 우리는 차창 밖으로 펼쳐지는 인디애나 주의 풍경을 함께 바라봤다. 마지막 기차여행이 생각났다. 오크나무들 사이에서 도토리를 우적우적 씹어 먹던 크고 하얀 돼지와 사랑에 빠졌던 순회 세일즈맨. 오, 돼지여. 너도 기꺼이 사랑에 빠질 준비가 되었는가? 귀여운 돼지여. 나중에 그는 톨레도의 어느 가게 창문에 전시돼 있던, 플라스틱으로 만든 나체 마네킹을 보고 욕정에 사로잡혀버렸다. 나는 기억한다. 기차에서 멀어져 달려가던 말들을, 손을 흔들던 아이들을, 불빛처럼 환하게 빛나던 현관 앞 계단의 회전목마를, 덤프트럭을 창밖으로 힐끗 쳐다보며 진지한 표정으로 "즐거운 우리집!"을 외치던 한 여인을. 이곳은 너무나 단조롭고 매력도 없다. 덤프트럭들, 간이 야구장, 그리고 묘지가 보인다. 알카–셀처Alka-Seltzer*의 고향. 거대한 산업 지역인 게리Gary**. 게리의 공장 굴뚝으로부터 급박하고 빠르게 솟아오르는(그리하여 내게 성적 흥분을 불러일으키는), 광석이 연소될 때 나오는 분홍색 연기. 슬럼가, 연방 주택, 시카고***. 메리는 호텔 냄새에, 기차 냄새에, 이 세상의 냄새에 불평을 늘어놓았다.

• • •

대학에 다닐 때 우리는 강으로 놀러가곤 했는데 밀드레드 숙모는 수영복을 입지 말고 수영하라며 부추기곤 했다. "그렇게 작은 것에 누가 관심을 가진다고 그래?" 밀드레드 숙모는 이렇게 소리쳤지만 호위와 잭의 경우에는 결코 작지 않았다. 밀드레드 숙모는 우리가 수영하던 곳에 설치돼 있던 잔교에 앉아 있곤 했다. 또 파리가 귀찮게 하지 못하도록 앞이 보이게끔 길쭉한 구멍을 낸 베갯잇을 머리에 뒤집어썼다. 벌거벗고 맑은 물에서 수영하며 돌아다니다가 그런 밀드레드 숙모를 보고 있노라면 꼭 옷을 잘못 입은 KKK단처럼 보였다. 어느 날 밀드레드 숙모는 구

---

* 대중적인 진통제로 제조사인 마일스메디신 회사가 인디애나 주에 있다.
** 인디애나 주 서북부의 공업 도시.
*** 일리노이 주에 속해 있는 시카고는 인디애나 주의 게리와 근접해 있다.

식인 상자형 카메라를 가져오더니 베갯잇 모자는 벗지도 않은 채 다이빙하거나 수영하는 우리의 모습을 찍었다. 나는 그 사진이 좋게 나오지 않으리라 예상했다. 왜냐하면 카메라가 구식이기도 했거니와 베갯잇 구멍을 통해 보면서 초점을 맞추기란 힘들었고 더구나 밀드레드 숙모가 호우랜드의 가게에서 감히 벌거벗은 남자들의 사진을 현상하진 못하리라 생각했기 때문이다. 나는 그녀가 어디서 사진을 현상했는지 모르며 그 사진도 집을 팔았던 시점인 30년이 지난 후에야 볼 수 있었다. 밀드레드 숙모는 오래전에 이 세상을 떠났다. 그 사진은 아주 잘 나왔다.

• • •

혹시 나는 책을 이야기가 아닌 부피, 질감, 색깔, 무게, 그리고 크기라고 여기는 게 아닐까. 나의 평정심을 흔들고 싶고, 찢어버리고 싶고, 뚫어버리고 싶다. 내년 이맘때쯤엔 또다른 책이 완성돼 있기를 바란다.

• • •

아침 7시에 메리가 나를 깨우더니 잔디밭에 거북이가 있다며 가리켰다. 보아하니 지금까지 내가 본 것 중 가장 긴, 약 1미터에

달하는 늑대거북이다. 늑대거북은 바다거북처럼 잘도 기어다니고 있었다. 머리는 매우 크고 꼬리에는 뾰족하게 생긴 비늘이 있다. 이 선사 시대의 특이한 동물에 대해 생각해봤자, 시간을 거슬러 지금까지 살아남은 이 동물에 대해 깊이 생각해봤자 무슨 소용이랴. 나는 산탄총을 가져와 슈퍼-X 총알 두 개를 늑대거북의 머리에 쐈다. 머리가 뒤로 넘어가면서 껍데기가 뒤집어졌다. 늑대거북은 일어서려 했지만 넘어졌다. 거북을 처리한 후 면도를 하려고 위층으로 올라갔는데 메리가 늑대거북이 움직인다고 소리치기에 창밖으로 내다봤더니 박하를 심어놓은 곳과 연못이 있는 곳을 향해 늑대거북이 움직여가고 있었다. 다시 총을 집어들고 이번엔 네 개의 총알을 쐈다. 돌아와 면도를 계속하다가 거북이 또 움직이고 있음을 알게 돼 결국 모두 10개의 총알을 쏴 죽여버렸다. 우리는 프로비던스로 출발했다. 떠나기 전에 술을 한잔 마셨고 가는 길에도 홀짝거렸다. 그러면서 우리가 원하는 세계가 어떤 곳인지 명확하게 정의하지 않는 한 (스테인드글라스 차창을 설치한 트레일러, 고속도로 위원회 홍보를 위한 광고 음악을 만드는 사람 등) 무익하게도 우리 시대의 천박한 행태를 구분하려는 시도는 소용없다는 생각이 들었다. 그 늑대거북은 나보다 훨씬 더 나은 세상을 갖고 있는 듯했다. 산탄총을 갖고 있던 나보다, 그리고 칵테일파티에서 마신 술 때문에 손이 떨리던 나보다.

∙ ∙ ∙

워싱턴의 한 택시 운전사가 내게 말하길 인내심을 가져야 한
다고, 또 사람들을 좋아해야만 한다고 했다. 2달러의 잔돈을 덜
주면서 말이다. S와 나는 백악관까지 걸어갔다. 대통령의 안색이
좋지 않았다. 대통령은 실수로 연단을 떠났다가 영부인의 도움
을 받아 음악당으로 되돌아갔다. 영부인의 미소는 부자연스럽고
피곤해 보였다. 그 얼굴에서 오랜 결혼이 주는 진면목, 즉 결혼
으로 인한 지극한 행복과 고통이 동시에 보이는 것 같았다.

∙ ∙ ∙

T의 무릎에 머리를 대고 자다가 모스크바로 들어갈 때쯤 잠에
서 깼다. 어느 도심으로 들어갈 때 가로등이 켜지는 모습을 보며
난 이렇게 생각했다. 오, 어둠 속의 이 세상은 얼마나 흥미진진
한가. 어디를 가든 사람들의 머리 위엔 노란 잎이 떨어져 있다.
가을이 전 유럽을 휩쓸고 있다. 런던도 그렇다. 크리미아에서는
가을의 장미와 숲을, 조지아에서는 붉고 노란 나무를 볼 수 있
다. 어두워지자 한기가 느껴졌다. 양들 때문에 길이 막히기도 했
다. 우린 카스피 해에서 수영을 한 마지막 사람들이었다. 노란색
일색인 키예프의 공원들. 안개가 심한 모스크바. 오늘은 우주비

행사가 돌아오는 날이자 후르시초프가 물러난 날이다. 대사관에서 돌아오는데 사람들이 사방에서 집단을 이뤄 행진하면서 깃발과 브레즈네프의 포스터를 흔들었다. 트럭은 남자들과 여자들로 가득했다. 사람들에게 점심을 대접한 후 텔레비전을 시청했다. 아무 재미도 없었다. 숙취 때문인지 기분이 좋지 않았다. 이럴 때야말로 점잖은 세계가 아무 소용 없고 가치도 없게 느껴지는 때다. 우리는 극장으로 가서 브레히트의 놀라운 공연을 보았고 공연은 공산주의식 거수경례로 끝났다. 큰 식당에서 홀로 캐비아를 먹었는데 재미있는 경험이었다. 나는 곧 잠자리에 들었다.

• • •

　의대에서 옙투셴코*의 시 낭송이 있었다. 책상들이 켜켜이 층을 이룬 낭송 장소는 사람들로 만원이었다. 옙투셴코는 셔츠를 입고 나타났다. 뼈가 드러난 넓은 어깨, 긴 팔, 큰 주먹. 거기에 날카로운 코와 긴장감이 역력하던 얼굴, 그리고 넓은 이마가 그가 맡은 역할에 강한 인상을 남겼다. 머리는 평평했다. 옙투셴코는 원고도 없이 두 시간 동안 암송을 했고 시들어버린 국화를 선물 받았다. 그가 좋아졌다. 난 자연스러운 모습을 사랑하기 때문

---

* 구소련의 시인.

이다.

레닌그라드로 가는 특급열차. 한밤중에는 비가 내렸다. 붉은 색의 플러시 천. 라디오에서 한 소프라노가 〈노래에 살고〉라는 노래를 부른다. 그렇게 우리는 좋은 친구들과 어울려 보드카를 마시며 여행했다. 기적 소리. 석탄 가스 냄새. 레닌그라드의 침울한 아름다움. 겨울 궁전에서 바라본 강의 풍경. 모스크바의 교외 지역을 통과해 새벽에야 돌아왔다. 대사가 주최한 오찬. 칵테일 파티 도중 퓨즈가 나가버렸다. 업다이크 부부와 함께한 소비에 트스카야 호텔에서의 만찬. 나는 사람들과 작별키스를 나눈 후 극도의 혼란스러운 감정을 느끼며 러시아를 떠났다. 다른 유럽 지역들이 여기보다 성공적이고 질서정연한 듯 보이긴 해도 내겐 러시아가 매력적이고 광대하며 또 애처롭게 느껴진다. 암스테르 담에서 만난 여인들은 아름답다. 바닥을 울리는 그녀들의 구두 굽 소리는 청아하다. 리넨으로 만든 흰색 테이블보는 깨끗하다. 그러나 어떤 면에서 난 우크라이나의 호텔을 더 좋아한다. 그 우울한 분위기, 비실용적인 물건들, 빨지 않은 양말에서 나는 냄새 까지 말이다. 러시아에 대한 나의 기억은 점점 희미해져간다. 옙 투셴코의 얼굴에서 보았던 활력과 그가 풍겼던 분위기를 떠올렸다. 베를린의 벽, 꽃, 그리고 묘지를 보았다. H가 이곳 최후의 날에 대해 얘기해주었다. 불타는 거리, 어슬렁거리는 사자, 또 우리의 악몽과 잠재의식을 능가했던 그 세상에 대해. 유적지는 무시 무시하면서도 인상적이었다. 토요일이면 집에 돌아갈 것이다.

• • •

우리가 "주여, 자비를 베푸소서"라고 말할 때 우린 문자 그대로 축복을 원하는 것이 아니라고 난 생각한다. 이는 우리가 우리들 자신에게 얼마나 무자비한지 표현하고 있는 것이다.

• • •

잠에서 깨면 이런 생각을 하곤 한다. '비가 올 거야. 그리고 비가 온 후엔 내 사랑이 올 거야. 처음에는 빗소리가 들리다가 복도의 돌바닥을 울리는 여자 발소리를 듣게 되겠지. 하지만 그 복도는 어디이며 왜 돌로 된 바닥인가? 나는 탑이나 해자垓字, 어리석음, 환상 같은 것들에 연루돼 있는가? 이것이 내가 사랑을 표현하는 어리석은 용어들인가? 가장무도회 복장을 한 음유시인들. 천둥이 치고 번개가 번쩍이더니 비가 내린다. 처음엔 빗소리가 들리다가 집 아래쪽 진입도로에서 그녀의 목소리가 들려온다. 지쳐 보여 방해하지 않기로 했지만 잠들 무렵 그녀의 투명한 잠옷 아래로 그곳의 거무스름한 털이 비친다. 향기롭고 섬세한 그것이 내겐 꽃처럼 보인다.

나는 그토록 사랑을 원하고 있어 어쩌면 신의 사랑을 갈구하는 것 같기도 하다. 하지만 릴케처럼 낭비하듯 신의 사랑을 원하진 않을 것이다. 벤과 함께 마을의 쓰레기장으로 갔다. 두 명의 넝마주이가 있었다. 그중 한 명은 배나무 옆에 있는 집에서 노부모와 함께 사는 구부정한 체구의 백치다. 다른 한 명은 젊은 사람인데 이상하게도 증오의 눈빛으로 나를 노려보았다. 아들은 증오의 표정이 바로 넝마주이의 표정이라고 말했다. 쓰레기를 줍는 일은 너무나 은밀한 일이라 누구도 들키길 원치 않는다는 것이다. 나는 풀을 좀 베어낸 다음 시냇가에서 바지 차림 그대로 몸을 씻은 다음 아내, 아들과 함께 수영을 했다. 잔디는 눈이 부실 정도로 푸르고 하늘을 보니 한쪽은 폭풍이 올 듯 험악하면서도 다른 한쪽은 맑았다. 더운 밤이다. 폭풍이 치기 전에 일찍 잠자리에 들었다.

• • •

오, 지금의 나보다 훨씬 더 나은 사람이 될 수 있기를.

···

　나의 어려움은 계속되고 있지만 대체 무엇이 문제인지 알 수가 없다. 나무 아래 의자에 앉았다. 비가 내린다. 가볍게 내리는 비다. 나뭇잎 위로 떨어지는 빗소리가 들렸지만 나뭇잎이 내 피난처가 돼주었다. (술을 마시면서) 메리에게 반드시 말해야 한다고, 솔직하게 터놓고 얘기하면 아마 사랑을 회복할 수 있을지도 모른다고 생각했다. 아마 요령 없고 어리석은 짓이 돼버릴지도 모르리라. 어쨌든 난 말했다. 아내의 대답은 이랬다. "또 시시한 거짓말이나 지어내고 있군." 난 그 발언이 독단적이고 근거도 없다고 말해주었다. 그러면서 러시아에서 돌아온 그다음주에 내가 겪었던 일, 그러니까 결혼생활 중 처음으로 메리가 내게 사랑한다고 직접 말했던 사실을 상기시켰다. 난 그 일을 기억하는지, 그것이 진실이 아니었는지 물었다. 아내는 이렇게 대답했다. "그렇게 내게 묻는 당신 얼굴을 당신도 봤어야 하는데." 메리가 무슨 이유로 이렇게 나오는지 모르겠다. 내가 메리를 너무 멸시해서 그 어떤 사랑의 선언도 우스꽝스럽다고 생각하는 걸까? 아니면 내가 추하다고 말하고 싶은 걸까? 그녀는 아니라고 주장한다. 하지만 만약 자신의 연인을 추하다고 말해야 한다면 여자로서 얼마나 잔인한 일이 될 것인가? 아이들이 영화를 보고 집에 돌아온 덕분에 아이들과 함께하는 동안 다소나마 침착해질 수 있

었다. 침대로 돌아오면서 이러다 질식하고 마는 건 아닐까 생각
했다.

● ● ●

아침이 되자 익숙한 불안감에 또 빠져버렸다. 돌이키지 못할
어떤 행동이나 말을 하진 않았는지, 내 결혼생활을 파멸시키고
나 자신을 추방해버린 건 아닌지 겁이 난다. 따뜻한 애정과 성적
인 흥분이 동시에 느껴졌다. 하지만 정오에 술병을 딸 때 들었던
생각은 내가 처음으로 들은 오직 하나뿐인 사랑의 선언이 철회
됐다는 사실이었다. 그저 술병만 보고도 그런 생각이 들었다.

● ● ●

스키드모어 대학의 여학생들 중 몇몇은 예쁘다. 어떨 땐 그 미
모에 머리가 어지러워질 정도다. 그녀들이 자전거를 탈 때 살짝
드러나는 허벅지를 한번 보라. 엉덩이 속으로 살며시 사라지는
자전거 안장을 한번 보라. 몇몇은 예쁘다고 말하기 힘들지만 대
신 유머감각을 개발해 그럭저럭 인기를 끈다. 몇몇은 그 무엇도
갖고 있지 못하다. 날씨가 덥다. 거기에 모든 작은 마을이 그렇
듯, 사람들은 보다 큰 곳에 있을 때보다 더 심하게 불평을 해댄

다. 넓은 현관들은 여전히 활짝 열려 있고 그 밖에 짚으로 만든 깔개, 고리버들로 만든 가구, (꽃이 가득한) 꽃병이 놓인 테이블, 또『리더스 다이제스트』잡지가 보인다. 4시가 되면 맛있는 레모네이드도 등장한다. L부인이 말했다. "여기가 우리의 야외 거실이죠." 밤이 되면 카드놀이를 하기 위해 램프에 불을 밝힌다. 천수국을 훔치는 한 여자를 목격한 바 있던 공원을 지나치다 갑자기 사랑스러운 페데리코를 떠올렸다. 우리가 벌였던 말싸움을 페데리코가 엿들었을지 모른다는 생각에 부끄러움이 몰려왔던 것이다. 그토록 많은 미움과 냉기가 흐르는 집에서 살아야 하는 페데리코가 어떻게 올곧고 용기 있는 아이로 성장할 수 있단 말인가? 미안하다. 정말 미안하다, 아들아. 아빠는 널 사랑해, 네 곁에 머물 수 있도록 노력하마. 내 옆으로 그늘진 볼, 통통한 볼, 또 핼쑥하기 짝이 없는 볼을 가진 소녀들이 지나간다. 개 짖는 소리라곤 전혀 없다. 개를 묶어두게 하는 법령이라도 통과됐단 말인가? C. B.에게 내가 뭘 해줄 수 있을지 생각했지만 자세히 적고 싶진 않다. 나는 지속적으로 반복되는 근심, 위스키에 대한 갈증, 그리고 결혼생활의 쓰디쓴 불가사의로 고통받고 있다. 이 세 가지 모두가 동시에 벌어지고 있다.

• • •

　에델슈타인 보석 가게의 사탕막대 시계는 12년 전의 5시 55분을 가리키고 있다. 그때 몰아쳤던 눈사태로 시곗바늘이 5시 55분에서 멈춰버린 것인데 따라서 그 시계는 당시 눈에 묻혔던 거리와 멈춰버린 기차를, 간신히 보이던 가로등을, 마을을 감쌌던 정적을 생생히 증언하고 있는 셈이다. 훔버 씨가 운영하던 철물점 건물의 전면에 위치한 시계는 그 가게가 불길에 휩싸여 껍데기만 남고 말았던 어느 4월의 오후 9시 10분을 가리키고 있다. 10년 전의 일이었다. 어느 4월에 있었던 한 작고 평화로웠던 마을의 고요함과 염원의 흔적이 그 두번째 시계에 남아 있는 것이다. 그 시계들은 이따금 묻는다. 주요 도로에 멈춰버린 두 개의 시계가 있는 이 마을은 대체 어떤 마을이냐고. 여기는 바로 그런 마을이다.

• • •

　존과 메리라는 이름을 가진 사람들은 결코 이혼하지 못한다. 더 낫건 더 나쁘건, 광기가 있건 제정신이건, 이들은 가장 기초적인 그 이름 때문에 영원히 묶여 있는 듯하다. 그들은 분노하거나, 서로를 경멸하거나, 언쟁을 벌이거나, 울거나, 또는 아수라장을 만들 수도 있겠지만 이혼에서는 자유롭지 못하다. 톰, 딕, 해리는 욱하는 마음에 이혼할 수 있어도 존과 메리는 죽음이 찾아오지 않는 한 결코 갈라서지 못한다.

• • •

기분 전환을 위해 잔디를 깎았지만 나중에 술을 진탕 마시는 바람에 소득이라곤 전혀 없이 오히려 많은 것을 잃어버렸고 그 결과 오늘 아침에는 토할 것 같은 기분에 시달리고 있다. 딜런 토머스Dylan Thomas*의 전기를 읽다가 알코올중독, 파괴적인 여자와의 가망 없는 결혼 등 딜런과 나의 처지가 비슷하다는 생각을 했다. 하지만 그 유사성은 알코올에 가서 멈췄다. 일단 이혼에 생각이 미치자 할버스트룸 씨는 그 가능성을 완전히 떨쳐낼 수 없다는 사실을 깨달았다. 이혼이라는 생각은 엉경퀴처럼 그의 마음에 단단히 자리잡았다. 자식들에 대한 그의 분명한 책임감도 점점 약해져갔다. 만약 이혼한다면 아이들이 얼마나 당황스러워할지 그는 잘 알고 있었다. 이혼은 자녀들이 남자와 여자로 성장하는 데 심각한 장애가 될 것이었다. 하지만 그는 사회통념에 어긋나게 저질스럽고 비뚤어져 보이는 그 자유로운 삶을 너무나

_____

* 20세기 초에 활동했던 영국 시인.

열렬히 꿈꾸었으므로 그로 인해 아이들이 겪어야 할 고통마저 그에겐 멀고 무의미한 일처럼 여겨졌다. 8시 23분 기차를 타면서 할버스트룸은 이혼에 대해 생각했다. 산과 강이 그에게 이혼을 말했다. 시내의 차량 소음도 어서 이혼하라고 재촉했다. 일하던 도중 지금은 이혼해 있는 동료들을 보고 있노라니 그들이 가장 행복한 사람이 아닐까 하는 생각도 들었다. 저녁이 되자 그는 불이 켜진 집으로 마지못해 걸어갔다. 계단을 오르는 것도 그에게는 힘든 일이었다. 위층에서 아내의 슬리퍼 끄는 소리가 들려왔을 때 그는 절망감으로 몸을 구부정하게 숙였다. 종교도 없고 신앙심도 전혀 없었지만 그는 어쩔 수 없이 몸과 마음이 모두 경건한 신자가 될 수밖에 없었다. "신이여," 그는 흐느꼈다. "나의 인내심을, 신앙심을, 사랑에 대한 힘을 복원시켜주소서. 이미 지나간 고통은 잊게 하소서. 그리고 적개심과 짜증, 분노로부터 자유롭게 하여주소서, 아멘." 하지만 아내는 일주일에 두 번은 그를 장황하게 비난했으며 그가 거짓말이라도 할라치면 지체 없이 발길질을 해댔다. 지금은 밤이 되면 아내가 부드럽게 말을 걸어오지만 그 목소리는 그에게 와닿지 않았다. 우리 모두 기도하자.

● ● ●

해머 부인이 독백을 시작했다. 『타임』지를 읽고 있던 해머 씨는 안경을 벗고 아내를 바라봤다. 아내의 안색은 보기 좋게 붉었고 옷차림은 화려했으며 눈도 반짝반짝 빛났다. 해머 씨로서는 아내를 그렇게 만들 만한 어떤 말이나 행동도 하지 않았던 터였다. "만약 나를 울릴 생각이라면," 아내가 말했다. "잘못 생각하고 있는 거예요. 오, 당신이 무슨 생각을 하는지 알아요. 그 표정만으로도 알 수 있죠. 어젯밤에 내가 했던 말을 지금 후회하고 있을 거라 생각하겠죠? 또 내가 용서를 구할 거라고 생각하겠죠?" 아내가 웃었다. "난 어떤 일이 있다 해도 당신에게 용서를 구하지 않을 거예요. 당신은 날 싫어하고 증오하죠. 하지만 난 신경 안 써요. 걱정한 적도 있었지만 더이상 걱정 따위 안 할 거예요. 당신은 어딘가 잘못됐어요. 아마 당신 어머니가 당신에게 뭔가 잘못했을 거예요. 게다가 당신에게는 사실상 아버지도 없었죠. 난 당신에게 잘못된 점이 뭔지 알아요. 하지만 대놓고 말하긴 싫어요, 그건 너무 잔인한 일이 될 테니까. 난 당신에게 이혼이라는 기쁨을 선사하지 않겠어요. 왜냐하면 그럼 도라가 너무 실망하지 않겠어요? 내가 아는 단 한 가지가 있다면 그건 도라가 나를 사랑한다는 거예요. 난 그애를 당신의 술주정으로부터 보호해왔어요. 난 그애에게 사랑과 애정을 알게 해준 유일한 사람이죠. 당신이 질투하고 있다는 걸 알아요. 그애가 당신을 사랑한다고 생각하고 싶겠지만 그렇지 않아요. 앞으로도 그럴 일은 결코 없을 거고. 당신은 당신이 여자들한테 인기가 많다고 생각하죠.

뭐 어떤 여자들은 당신에게서 좋은 점을 발견할지도 몰라요. 하지만 문제는 당신에겐 남자 친구가 하나도 없다는 거예요. 남자들은 당신을 좋아하지 않죠. 내가 화요일에 기차를 탔을 때 승강장에 있던 모든 여자들이 당신의 안부를 물어왔지만 당신의 안부를 궁금해했던 남자들은 한 명도 없었어요. 단 한 명도. 당신은 늘 당신이 가진 성적인 욕구와 욕망에 대해 말하죠. 하지만 조금이라도 야외에서 시간을 보낸다면 좀더 정상적이고 그렇게 색을 밝히지 않는 남자가 될 거예요. 당신은 더이상 낚시를 가지 않아요. 낚시를 간 적이 거의 없어요. 낚시를 가더라도 물고기를 거의 못 잡아오죠. 물론 예외도 있어요. 이에 관해선 내가 틀렸을 수도 있겠네요. 하지만 설사 내가 어리석은 말을 했다 쳐도 어떻게 고소하다는 듯이 날 쳐다볼 수 있죠? 오, 당신을 한번 봐요. 그 잘난 체하는 표정을 당신이 직접 볼 수 있다면 좋으련만! 나의 작은 실수가 당신을 얼마나 행복하게 해줬는지 알 수 있다면 좋으련만! 어쨌든 지금까지 난 당신을 기쁘게 해줬고 당신 인생에 작은 햇살을 비춰줬어요. '지난번에 낚시하러 갔을 때 송어세 마리를 잡아오지 않았소?' 하고 당신이 내게 상기시켜줄 때까지 난 얼마나 오랫동안 기다려야 할까요. 오, 난 당신을 기쁘게 해줬어요. 또 아직도 그렇게 해줄 힘을 갖고 있고요." 쓰게 웃으며 해머 부인은 방을 나갔다.

· · ·

    그리고 네일레스의 행복에서, 풍요로움에 대한 그의 완고한 주장에서, 메리엘런에 대한 그의 열정적인 사랑에서, 나는 어떤 둔감함을 감지할 수 있을 것 같았다. 품위 있는 여자라면 어느 누가 그토록 갑갑하고, 여유 없고, 또 숨막힐 듯한 사랑을 견딜 수 있겠는가? "사랑해, 당신을 사랑해." 그는 매일매일 그녀의 엉덩이를 움켜쥐고 혀를 여자의 입속에 밀어넣으며 말했다. "사랑해, 사랑해." 아침이고 점심이고 밤이고 그는 말했다. 나는 둔감함을 감지했노라고 말했지만 이는 말 그대로 감지한 것에 불과하다. 즉 나로선 그것을 알 수가 없다. 지브롤터 해협에서 아틀라스 산맥을 바라보듯이 그 고도라든가 자연적인 특성을 판단할 수 없다. 그는 구제불능인 사람이다. 메리엘런이 (혹은 그 이전의 어떤 여자가) 그의 사랑이 치명적이라고 말해줬을 때 그는 당황했을 것이다. 질투, 게으름, 자부심, 분노 같은 것들은 치명적이 될 수 있지만 사랑이 치명적이 될 순 없기에. 어느 겨울밤 그가 자신의 집 현관에 서서 아들을 위해 외워두었던 몇 개의 별 이름을 부르거나 아니면 그 별빛의 찬란함과 밤의 아름다움을 소리 높여 찬양하는 모습을 보게 된다면 그녀에게는 그런 그가 바보, 그것도 도저히 구제불능인 바보로 보일지 모른다. 그는 이렇게 말할 것이다. "저기를 봐, 너무나 아름다워!" 그런 그의 입에서는 김이 새어나오고 옷에서는 날카로운 한기가 뿜어나온다. "당신은 왜 울고 있는 거지?" 그는 물어올 것이다. "하필이면 왜 이렇게 아름다운 밤에 울고 있는 거지?"

・・・

누군가 새로 내린 눈 위에 뭔가를 적어놓았다. 누구일까? 우유 배달원? 꼬마? 아니면 전혀 모르는 낯선 사람? 그리고 뭐라고 썼을까? 외설적인 말? 중상모략? 낯선 사람이 써놓은 글은 다음과 같았다. "안녕, 세상아!"

・・・

그는 볼링장에 매점을 하나 갖고 있었다. 그는 이를 스포츠용품점이라 불렀고 그곳에서 장비를 팔면서 빌린 공구로 볼링공에 구멍을 내거나 흠이 있는 곳을 메웠다. 그날 오후는 어두웠지만 벽에 걸린 공중전화로 통화중인 그를 어둠 사이로 볼 수 있었다. 그는 사십오 분 동안이나 통화하는 중이었다. 내가 들어가자 목소리를 낮췄지만 난 그의 말을 엿들을 수 있었다. "그 여자 굉장했어. 정말이야. 난 세 번이나 했지. 미친듯이 소리를 지르더군." 그는 다시 전화하겠다면서 전화를 끊었고 형광등을 켰다. 큰 키,

거대한 덩치, 그리고 뚱뚱한 배. 이는 에로틱한 스포츠와 육체적인 미 사이에 연관 관계가 거의 없음을 보여주는 사례다. 드문드문 나 있는 머리카락에는 반듯하니 기름을 발랐고 누가 봐도 호색한으로 보이는 옷차림을 하고 있다. 작은 왼쪽 손가락에는 번쩍거리는 루비 두 개를 측면에 박은 다이아몬드 반지가 있다. 듣기 거북한 새된 목소리를 갖고 있지만 불빛에 드러난 그의 얼굴을 보게 되면 진짜 물건이구나 하는 생각이 들 것이다. 잘난 체하고 어리석은 듯하면서도 침착해 보이는 그 얼굴은 술집이나 간이식당에서 만날 수 있는 최고의 섹스 상대, 그러니까 모텔이나 호텔, 혹은 후미진 침실을 지배할 만한 인물을 연상시킨다. 턱은 면도를 한데다 화장품까지 발라 부드러우며 겨드랑이에서는 소나무 향 같은 냄새가 나고 숨을 쉴 때마다 추잉껌 냄새가 풍긴다. 거기에 살무사처럼 보이는 눈까지. 그는 정말 물건이었다.

• • •

잠에서 깨면서 이제 난 사기꾼이 다 되어, 과거에 내가 자랐던 집에 자동피아노가 있었다는 사실을 숨기려 하는 데까지 이르지 않았나 하고 생각했다. 피아놀라로 불렸던 그 피아노는 아버지가 복권에 당첨돼 얻은 것이었다. 그것은 우리가 즐거운 시간을 보냈던 거실이 아닌 거실 오른쪽의 잘 보이지 않는 한 방에 치워져 있었지만 일요일 아침 교회에 가기 전에 난 행복하게 페달을 밟으며 큰 소리로 찬송가를 부르곤 했고 주중 저녁에는 〈다다넬라〉〈루이빌 루〉〈팔레스티나에서 온 레나〉를, 진지한 생각에 잠길 때면 쇼팽의 곡인 〈바칼로레〉나 내가 좋아하는 〈윌리엄 텔〉 서곡 중 호수 위로 폭풍우가 몰려오는 부분을 연주하곤 했다. 마호가니 색이 변색되고 내가 긁거나 두드리는 통에 피아놀라의 외관은 보기 싫게 변해갔지만 그것은 내게 큰 즐거움의 원천이었다. 나는 바로 그 피아놀라를 천박하다고 생각하면서 감추려 했거나 아니면 이를 슈만의 악보가 올려져 있는 번쩍번쩍 빛나는 실내용 그랜드피아노로 대체하려 했던 것으로 보인다.

• • •

기차를 기다리고 있는데 몸에 착 달라붙는 흰 바지 차림의 젊은이가 예의 그 경고신호를 내게 보내왔다. 하지만 자세히 보니 그 청년이 입고 있는 재킷은 내 이름이 잘 알려진 한 학교의 재킷이었다. 게다가 내가 길렀던 개 한 마리도 그 학교에서 살고 있다. 나는 청년에게 학부에 있는 친구들과 개의 안부를 물었고 그렇게 얘기가 오가는 동안 둘 사이의 분위기는 매끄럽고 명랑해져갔다. 우리를 위협해오는 듯이 여겨지는 것은 익명성으로, 이는 다름 아닌 생소함, 일종의 관능적 분위기를 자아내는 어두움, 그리고 성욕에 관한 지식을 제외한 서로에 대한 무지이다. 하지만 공중화장실에 서 있다가 정체불명의 타인으로부터 유혹을 받게 될 때 우리는 스스로를, 나아가 죽음을 이해할 수 있다는 분명한 징조를 감지하게 된다. 다시 말해 양지에서 자란 자연스럽고 상식적인 사회적 비난이 우리의 본능이 짊어지기엔 너무 무거운 부담으로 여겨지는 한편 그 비난이 불안에 대한, 특히 죽음의 공포에 대한 면역성이 전혀 없는 상태로 우리의 본능을 방치한 것은 아닐까 생각하게 된다. 불알을 흔들면서 숲으로 달려라, 달려라, 달려라, 그리하여 그것을 님프의 은밀한 곳에, 사티로스의 털로 덥수룩한 엉덩이에 집어넣어라. 그러면 마침내 네 자신에 대해 알게 되고 더이상 죽음을 두려워하지 않게 되리라. 하지만 그렇다면 사티로스는 왜 그 바보천치 같은 음흉한 미소를 짓는 걸까? 보기에 그럴듯한 것과 이 세상이 사랑하라고 권고하는 것을 사랑하고, 그리하여 이에 대한 보답으로 사랑받게 되는 행운을 차지한다는 것은, 당신의 주머니를 털고 목을 비튼 후 당신을 죽은 채로 하수구에 내팽개쳐버릴 포르토프랭스*의 한 선원에게 구애하는 것보다 더 가벼운 운명이기 때문이다.

---

* 아이티의 수도.

한 젊은 여자를 위해 무거운 가방을 들어줬다. (아주 자연스러운 모습이 아닌가.) 하지만 이러다 혹시 내 성기가 빠져버리는 건 아닐까 두려워질 만큼 가방이 너무 무거웠다. 내 무릎 사이로 보이는 구두닦이의 곱슬머리가 T를 연상시킨다. 그의 가정적인 문제는 분명 그가 초기에 겪었던 추위와 외로움의 경험에 원인이 있었다. 부활절을 3일 앞둔 도시는 축제 분위기이다. 내 구두는 반짝거리고 옷은 정갈하다. 지저분한 긴 머리와 더러운 청바지에 하얀 치아를 드러낸 젊은이들이 많이 보인다. 63번가와 매디슨 애버뉴로 이어지는 모퉁이에서는 한 젊은이가 선글라스를 닦으며 오토바이 위에 걸터앉아 있다. 그런 젊은이의 모습은 그가 속해 있는 반항적인 무리와 함께 거리에 어울리지 않는 풍경으로 다가왔다. 무릎 위로 올라간 스커트 차림의 젊은 여자들, 다리가 불편함에도 천으로 만든 꽃 모양의 무거운 머리장식을 하고 있는 노부인들, 재단사에게 많은 돈을 지불한 옷을 입고도 옷이 불편한지 오리처럼 뒤뚱뒤뚱 걷는 남자들. 성체 거양*이 진행중일 때 들어갔던 성 패트릭 성당은 사람들로 만원이었다. 세인트레지스 호텔에서는 머릿기름을 바르는 유행이 다시 돌아왔

---

* 사제가 축성한 빵과 포도주인 성체를 높이 들어올려 신자들에게 보여주는 예식.

다는 느낌을 받았다. 수영장 천장에 있는 구멍에서 분홍빛 조명이 흘러나온다. 난 매우 피곤했다. 과거엔 오래된 술집의 경우 바텐더들이 술병의 목에 자신의 손목시계를 (약 세 개 정도?) 걸어놓곤 했었다. 지금은 더이상 볼 수 없는 풍경이다. 나는 내게 술을 내온 바텐더가 혹시 20년 전에도 나를 대접했던 그 바텐더가 아닌지 궁금해졌다.

· · ·

집으로 돌아가는 기차에서 나로선 15년 만에 만난 두 남자와 함께 앉아 가게 됐다. 두 사람 모두 이젠 머리카락이 하얗게 변했으며 나 또한 곧 그렇게 되리라. 둘은 안경도 나란히 쓰고 있었다. 그중 한 명은 알코올과 혈액순환에 관련된 질병을 앓고 있어 멍이라도 든 것처럼 안색이 좋지 않았다. 둘은 여행하는 내내 잔디 깎기 장비에 대해서만 얘기를 나눴다. "2년 전에 워빈네 가게에서 이중날에 3마력의 힘을 가진 회전식 아약스 기계를 샀어. 본전은 충분히 뽑았지" "난 작년에 날이 한 개인 회전식 기계를 샀는데 올해엔 얼개식으로 하나 사야겠어" 등등. 두 사람의 대화는 한 시간 동안이나 이어졌지만 비료에 대해 잠깐 언급한 것말고는 잔디 깎기 장비에서 벗어나질 않았다. (인간의 자연스러운 관심사인) 전쟁, 사랑, 그리고 돈에 관계된 화제는 그들의 대화에 끼어들지 못했다. 이건 진지한 대화야. 나는 생각했다. 이건 일종의 의식이야. 나는 그들이 리프 멀처leaf-mulcher*와 가솔린 혼합연료를 상상하고 있으리라 생각한다. 그들의 목표는 도덕성이다. 하지만 그럼에도, 그들의 생각이 지닌 난폭함을 치유하기 위해, 그와 같은 기초적인 용어로 말해대는 것은 다름 아닌 광기인 것이다.

● ● ●

성금요일. 과거와 달리 내겐 더이상 우울한 날이 아니다. 숲에서는 비둘기가 날고 하늘에는 구름이 약간 끼었다. 햇살이 구석구석을 비춘다. 나는 로마에서 불렸던 테네브레Tenebrae**를 떠올렸다. 한 해의 이른 시기, 로마의 교회는 여전히 서늘하고 축축했다. 그러나 그곳엔 이 세계가 우리에게 주어졌다는, 그것도 고통 속에 주어졌다는 낭만적인 기운이 있었다. 난 교회에 가지 않을 것이다. B가 설교하겠다고 나설 것이 분명하기 때문이다. 나는 그의 반복적인 말, 문법적인 오류, 그리고 어리석음을 간과할 수 있는 여유와 지적 능력을 갖고 있지 못하다.

---

* 퇴비로 쓰기 위해 낙엽을 잘게 부숴주는 장비.
** 부활 전주 성목요일, 성금요일, 성토요일에 올리는 아침 기도와 찬미가.

• • •

잠에서 깼다. 벤이 학교에서 무사히 돌아왔다. 나무에는 새들이 가득하다. 나는 아내의 몸 위로 올라갔고, 달걀을 먹었고, 개와 산책을 했다. 부활절 전날이다.

• • •

더블데이 출판사의 편집자로부터 편지 한 통이 왔다. 나의 다음 책인 『양식 진주와 다른 모조품들』의 표제를 정해달라는 내용이었다. 참으로 얼마나 이상하고 어색한 일인가. 내가 모르는 사람이 그와 같은 편지를 써야 하는 수고를 겪어야 하다니.

• • •

한 젊은 남자가 거리를 걸어내려오는 모습을 지켜보는 중이다. 그는 식료품 가게에서 배달 트럭을 모는 청년이다. 그의 어깨에서는 전투적이면서도 희극적인 분위기가 묻어나온다. 마치 방금이라도 복싱 경기장에 올라갈 사람처럼. 비록 그의 미소는 그토록 순진하고 밝아서 어느 것도 후려친 적이 없을 것 같지만 말이다. 그는 걸을 때마다 오리처럼 목을 앞으로 길게 내빼고 있으며 이맘때쯤이면 대개 그렇듯 어깨에서 엉덩이까지 내려오는 후드 재킷을 걸치고 있다. 그런 청년을 보면서 작가란, 비극적이게도, 방관자의 입장에 서기 위해 기웃대는 사람이란 생각이 들었다. 작가는 그의 창을 통해 공원에 핀 천수국을 훔치는 여자를, 나무 뒤에서 오줌 누는 노인을, 또 사람들이 공터에서 공을 주고받는 놀이를 지켜보지만 작가와 이 단순하고 자연스러운 광경 사이에는 그 어떤 냉혹한 심연이 가로놓여 있는 듯하다. 어쨌든 작가는 손에 든 펜으로 카뷰레터를 수리할 수 없고 풋볼도 할 수 없다. 거기에 너무 날카롭고 비판적인 눈을 갖고 있기도 하다.

• • •

나는 차를 운전할 때면 육욕에 대한 걱정거리들을 너무 심각하게 고민하는 듯하다. 그러니 앞으로 오래 걸리는 여행은 거절할 생각이다. 시간은 사람을 가리지 않고 가차없이 흐른다. 시계를 보니 11시다. 배가 아파오고, 음낭이 따끔거리고, 심장이 쿵쿵 뛰고, 숨쉬기가 힘들어지고, 오른쪽 눈은 아래로 처졌다. 시계를 다시 봤더니 11시 3분이다. 마치 시침과 분침 사이에서 고문을 당하는 느낌이다. 나는 줄담배를 피웠고 11시 반에 보드카를 마셨다. 이는 아이들에게 큰 충격일 테지만 나로서는 시간에 대한 감각을 되찾을 수 있는 유일한 방법이다. 새로 난 고속도로가 사방으로 뻗어 있다. 메리는 농장과 나무가 있는 코네티컷 풍경이, 강한 지진으로 인한 격변에 의해 또다른 지질학적 과거인 외딴 산과 협곡으로 바뀌었다고 했다. 교구 지역에 원래부터 자리잡고 있었던 나무들, 즉 사과나무와 단풍나무가 베어지거나 뽑혀 벚나무나 가지치기가 잘된 주목, 그리고 하얀 눈물을 마구 뿌리는 것처럼 잎이 많이 떨어지는 관목으로 바뀌었다고도 말했다. 그리하여 우리는 이렇게도 음울하고 또 짜증나는 인공적인 풍경을 갖게 됐다는 것이다.

· · ·

우리는 아들을 만났다, 내가 사랑하는 아들을. 아들에 대한 애착은 그 어떤 분석으로도 설명할 수 없는 듯하다. 그냥 난 아들을 사랑한다. 아들의 피부는 깨끗하고 얼굴은 튼실하다. 보통 우리는 농담을 하며 지낸다. 아들은 감독의 성격이 너무 억압적이라 라크로스*를 그만둘까 생각중이라고 내게 말했다. 강요하진 않았지만 라크로스를 계속하라고 말해주고 싶다. 나는 아들이 뛰어나길 원하지만 한편으로는 위험하지 않은 상태에서 그 뛰어남을 보여주길 원한다. 나는 아들이 징병통지서를 불태우고 양

---

* 하키와 비슷한 구기운동.

심적 병역거부자가 되어 감옥에 가길 원치 않는다. 그렇다면 나는 아들이 순수하지만 위험하지 않기를, 시간의 흐름 속에서 익명성을 띠기를, 또 그저 선량하고 친절한 이름 없는 사람이 되길 원하는 것인가? 다시 말해 가장 위험하다고 우리가 알고 있는 그 수동성을 구현하길 바라는가? 다른 학부모들과 함께 간단히 점심을 먹었다. 그중에는 메리와 함께 스위스에서 학교를 다녔던 여자도 있었다. "우린 스위스에서 같은 학교를 다녔죠." 그녀가 큰 소리로 말했다. 학부모들 중에는 양키, 즉 뉴잉글랜드인으로 보이는 이들이 몇 명 있었는데 비록 잘못된 생각일지 모르나 나는 나 자신을 그들과 같은 집단에 속하는 사람으로 간주한다. 나는 스스로를 뛰어난 사람으로 간주한다. 그렇게 생각하는 것도 나쁘지 않다. 우리는 학부모 모임에도 참석했다. X부인의 얼굴과 손, 다리는 음주 때문에 변색된 듯했다. 담배로 향하는 손도 떨렸다. 이토록 기이한, 우리로 하여금 폭음을 하게 만드는 세계여. 학교에서 근무하는 목사가 성교육에 대해 얘기했다. 목사는 다소 창백하지만 맑은 얼굴을 가진 젊은이로, 그의 가장 뚜렷한 특징은 대머리처럼 머리숱이 적다는 것이었다. 대머리화 현상은 활발히 진행중이었고 이는 명약관화했다. 그가 우리에게 얘기하는 중에도 머리카락은 계속 빠지는 것 같았다. 우리는 성교육의 긴급성에 대해 들었는데 목사에 의하면 현재 학생들의 성교육 문제는 생식에 대한 생물학적 사실들, 그리고 성의 주관적이고 감정적인 측면이라는 두 분야로 분화된 상태라고 했다. 목사는 또 (나는 동의하지 않지만) 초기 성년기에는 아이들의 에너지가 미래의 그 어떤 시기에서보다 왕성하다는 말도 덧붙였다. 간통, 자위, 동성애는 간략히 언급됐다. 나는 마지막으로 언급된 동성애란 말에 항상 그렇듯 움찔하고 말았다. 아이들을 교육시켜야 할 것인가 말 것인가? 이를 쑤시던 한 남자는 무엇보다 부모들에게 그 의도를 알리고 이어 동의와 의견을 받은 후에야 성교육을 시행할 수 있을 거라고 주장했다.

교육 과정에는 2년이 소요될 예정이었다. 한 부인은 생각에 잠긴 표정으로 시행이 지연되는 것에 반대했다. 다른 어떤 부인은 우리가 『리더스 다이제스트』에 나온 성 관련 기사를 읽어야 한다고 제안했다. 모든 부모들에게 그 잡지를 보내자는 건의도 나왔다. "아마 그 기사의 결론에 동의하지 않을지도 몰라요." 그녀가 말했다. "하지만 아주 조리 있게 잘 쓰여 있죠." 한편 사람들의 얼굴을 둘러보면서 우리 중 누구도 이 사안에 관한 유용하고 솔직한 교육 과정을 생각해낼 수 없을 거라고 말한 사람은 메리였다. 이에 참석자들은 당황했고 그 얼굴들에서 육체적 사랑에 대한 찬양, 경악, 왜곡, 그리고 미혹의 표정들이 분명히 드러났다. 한편으로는 성교육을 옹호하는 그 대머리 목사가 궁금해진다. 그는 어떤 사람인가? 왜 결혼하지 않는가? 그의 얼굴은 왜 창백한가? 그는 어떤 게임을 하는가?

···

　살인자들이나 암살자들. 이들에 대해 조금이라도 아는 바가 있는가? 폭력배나 살인청부업자를 말하는 것이 아니다. 법을 지키며 살아가는 살인자를 말하는 것이다. 마플스라는 이름을 가진 놈이 있었는데 그놈은 항상 나를 사랑한다고 말하면서도 나를 죽이려 애써왔다. 그 첫번째 시도는 뉴욕에서 열린 한 파티에서 일어났다. 긴 창문 옆에 서 있던 나를 놈이 밀었던 것이다. 내가 서 있던 창문 바로 아래에는 끝부분이 뾰족한 철로 만든 울타리가 있었고 나는 이를 간신히 피해 인도에 무릎으로 착지할 수 있었다. 바지가 찢어졌지만 다행히 그뿐이었다. 만약 조금만 운이 따르지 않았더라면 그 뾰족한 창에 찔려버렸을 것이다. 그것이 첫번째 사건이었다. 1년 정도가 지난 후 우리는 지인들이 살고 있는 바닷가를 방문했다. (아주 친했던 사이여서) 함께 해변을 걷고 있던 우리는 거센 파도가 있는 곳까지 나아갔다. 그리고 놈이 거기서 내게 수영을 해보라고 재촉했다. 그런데 내가 막 바다에 뛰어들려 할 때 한 노인이 내게 소리를 지르며 파도 속에는 상어가 가득하다고 알려주었다. 오 분도 지나지 않아 잡아먹힐 거라는 말과 함께 말이다. 마플스는 놀라는 척하면서 내가 무사한 데 대해 매우 기뻐했다. 실제로는 자기가 나를 그곳에 밀어넣으려 했으면서 말이다. 어쨌든 나는 놈의 이와 같은 살인 시도에 전혀 분노하지 않았다. 그가 이런 일을 꾸몄으리라곤 전혀 생각하지 못했기 때문이다. 얼마의 시간이 지난 후 우리는 시골에 있는 놈의 집에서 벌어진 만찬에 참가했다. 많은 사람들이 왔기에 차들이 많았는데 내 차가 어떤 차의 진로에 방해되는 곳에 주차돼 있어 차를 빼러 밖으로 나갔다. 놈 역시 자신의 차를 빼야만 했다. 그런데 내가 진입로를 건너는 중에 놈의 차가 맹렬한 속도로 내게 돌진해왔다. 나는 재빨리 안전한 곳으로 피신했고 놈은 거듭 사과하면서 나를 거의 칠 뻔했던 사실에 대해 유감을 표했다. 마지막으로 놈을 봤을 때 놈은 내가 아팠다는 소식을 들었다고 말했다. 몇 번 코감기에 걸렸던 것말고 난 아팠던 적이 결코 없었다. 그러나 놈은 내가 쇠약해져가는 사람이라도 되는 것처럼 슬픈 표정으로 바라봤다. 놈은 조용하고 또 매우 섬세한 사람이다. 하지만 살인자다.

• • •

6월의 첫날이다. 어제까지만 해도 나의 것이 아니었던 세계가 지금은 내 발치 아래에 화려한 경치를 뽐내며 펼쳐져 있다. 한밤중에 나는 사과의 세계로, 천국의 과수원으로 돌아온 듯했다. 아마도 내 문제를 정신과의사와 상의해야만 하리라. 그게 아니라면 내가 갖고 있는 이 사과를, 저녁하늘의 빛깔을 머금고 있는 이 사과를 즐기고 말겠다.

• • •

　몹시도 후덥지근한 날씨. 허드슨 밸리의 공기가 마치 변색된
안개처럼 보인다. 성가신 햇볕이 철물점 창문에 반사되며 반짝
거린다. 나는 테라스에 앉아 스콧 피츠제럴드의 고뇌에 대해 읽
었다. 그도 그랬듯이 나 역시 그런 사람들 중 한 명이다. 과도한
음주를 즐기고 자기파괴적이었던 작가들의 통탄할 만한 이야기
를 위스키잔을 한 손에 든 채 볼을 눈물로 적셔가며 읽어가는 그
런 사람 말이다. 3시에 천둥이 쳤다. 늙은 개는 몸을 떨다가 많이
놀랐는지 구토까지 했다. 바람이 집안의 문짝들을 쾅하고 닫아
버렸다. 나는 내 집 위로 비가 내리기도 전에 그 냄새를 맡았다.
그것은 축축한 시골 교회들의 냄새요, 내가 만족해하고 행복해
했던 그 집들의 뒤쪽 복도에서 나는 냄새요, 야외 화장실의 냄새
요, 젖은 수영복의 냄새, 그러니까 행복의 냄새였다. 딜런 토머스
의 죽음에 관한 글을 읽다 울어버렸듯이 피츠제럴드의 급사가
언급된 부분에 이르자 눈물이 나왔다. 오늘 아침, 어제 저녁식사
후 무슨 일이 있었는지 기억도 나지 않는다.
　피츠제럴드를 생각하던 중 스스로를 파멸시켜버린 문학계의
거장들이 상당히 많다는 점을 알게 됐다. 하트 크레인, 버지니아

울프, 헤밍웨이, 루이스, 딜런 토머스, 포크너가 그렇다. 엘리엇이나 커밍스Edward Estlin Cummings*처럼 제 명을 살고 갔던 이들은 거의 없다. 주여, 제가 부지런한 소설가의 여경을 감당해도 되겠습니까? 작가는 그의 상상력을 개발하고, 확장하고, 끌어올리고, 부풀리며 이것이 선과 악의 이해에 대한 자신의 운명이요 유용성, 그리고 공헌이라고 확신한다. 작가가 그의 상상력을 부풀리면 그는 악에 대한 그의 능력을 부풀리는 것이 된다. 작가가 그의 상상력을 부풀리면 그는 불안에 대한 그의 능력을 부풀리는 것이 되고 그러면 필연적으로 오직 치사량의 헤로인이나 알코올로만 완화시킬 수 있는 참담한 공포의 희생양이 되고 마는 것이다.

그런 이유로 나는 정신과의사를 찾았다. 대기실에는 내가 올해 읽은 적 있는 잡지들이 대거 비치돼 있었지만 대기실은 내가 도착했을 때도 비어 있었고 떠날 때도 비어 있었다. 나는 담당 의사가 성공적이지 못한 의사인지, 다른 병원에서 쫓겨난 의사인지, 아니면 인기가 없는 의사인지 궁금해졌다. 그는 다른 게으른 변호사나 이발사, 혹은 골동품 중개인처럼 항상 빈 사무실에서 시간을 낭비하고 있는 걸까? 의사는 갈색 혹은 황금색으로 보이는 커다란 눈을 갖고 있었고 깔끔한 회색 정장을 입었으며 사무실은 새로 덮개를 입힌 듯한 빅토리아 시대의 가구로 장식

---

* 미국의 시인.

돼 있었다. 의사의 교육 과정 중 아무래도 진료실의 가구 배치에 관한 분야가 있는 듯하다. 의사의 아내들이 이 일을 할까? 궁금했다. 그게 아니라면 의사가 알아서 하는 걸까? 그것도 아니면 전문가들의 솜씨? 의사와 얘기하니 기분이 한결 나아졌다. 의사는 다소 딱딱한 성격에, 약간 모순적인 말을 하거나 남의 말을 끊는 경향이 있었다. 때론 자기 혼자만 열심히 떠들 때도 있다. 메리도 이 의사를 곧 만나볼 예정이다. 아, 우리가 이 문제를 깔끔히 해결할 수 있다면 얼마나 좋을까.

● ● ●

나는 술에 취한 채 내가 왜 비통한지 그 이유를 찾으려 애썼다. 아마도 나는 내 어머니처럼 나를 변덕스럽게 대해줄 여자를, 그러나 어머니와는 말싸움을 할 수 없었기에 말싸움이 가능한 여자를 찾아 결혼하지 않았나 싶다. 그러나 언쟁을 벌였던 나 자신이 몹시 부끄럽게 여겨졌다. 그런 상황에 어쩔 수 없이 내 몰렸던 것일 수도 있고 내가 원래 경멸할 만한 행동을 할 수밖에 없는 인간인지도 모른다. 어쨌든 난 너무 부끄럽다. 정말로 부끄럽다.

• • •

　무대를 바라보다가 내가 반드시 안고 살아가야 할 (아마도 치료가 불가능하다고 생각되는) 거북한 모순을 발견했다. 난 머지 않아 D의 가슴에 얼굴을 비비거나 R의 그 커다란 가슴을 만지게 될까? 동성애라는 단어를 듣게 될 때마다 나의 세계는 둘로 쪼개지는 듯하다. 대역배우인 R는 체구가 좋은 젊은이로 구릿빛에 털 하나 없는 매끈한 피부를 갖고 있다. 나는 그가 좋다. 아니 좋아한다고 생각한다. 그 어떤 슬프고도 불분명한 충동이 일었지만 그와 얘기를 나누자마자 (즉 그가 이 세상에서 차지하는 위치와 그가 지닌 정신의 고귀함을 떠올리자마자, 또 그의 아내와 부모 혹은 그가 자는 곳을 상상할 수 있게 되자마자) 이런 불미스러운 문제들은 사라졌다. 두려워질 정도로 이런 육욕의 혼란이 일어나는 것은 무지, 구체적으로 말해 서로에 대한 무지에 기인한다. 정보, 아주 약간의 정보가 이 세상에 빛을 던져주는 것 같다.

• • •

　어린이회관에서 벤이 꼬마 남자아이의 팔을 붙잡고 있는 모습을 보았다. 그 아이는 하루종일 울었던 터였다. 아이의 얼굴은 일그러지고 지친 기색이 역력했다. 눈물이 나지 않는 마른 울음으로 아이는 서럽게 흐느꼈다. "오늘 처음 와서 그래요." 벤이 말했다. "내일이면 괜찮아질 거예요." 생각해보면 어린 시절 처음으로 우리의 방, 특히 익숙한 냄새가 있던 곳을 떠나게 되면 이 세상이 얼마나 고통스러울 만큼 낯설게 느껴졌던가. 코라 숙모와 스테판 삼촌 집의 초대를 받아 (아니면 어쩔 수 없이) 그곳에서 주말을 보내게 되면 당신은 그들의 목욕물, 그들의 땀, 그들의 아침식사인 베이컨 등 모든 것이 너무나 낯설어 당신의 아늑한 집에 있던 목욕물, 땀, 그리고 베이컨이 말 그대로 그리워 미칠 지경임을 알게 될 것이다. 그리고 바닷가 한쪽 끝에 있는 그들의 그 단순한 오두막집에서, 이후 성인이 된 당신이 두려움과 외로움을 발견하게 될 장소인 항해, 전장戰場, 호텔방의 생소함을 난생처음으로 맛보게 될 것이다.

• • •

하지만 내가 얘기하고 싶은 것은 정신과의사다. 나는 (이번에 행한) 우리의 세번째 면담이 코미디 뮤지컬의 마지막 장면과 비슷하리라 생각했다. 메리와 나는 그의 사무실 문가에서 서로 포옹하고 키스를 나눈 후 아이들이 영화를 보러 나가면 술이나 마셔대지 않을까? 그의 사무실은 작은 호텔방에 가면 흔히 볼 수 있는 소박한 골동품들로 꾸며져 있다. 그의 책상, 혹은 그 책상 중 일부는 처음 이 세상에 스피넷^{spinet}*의 형태로 등장했을 것이다. 책상 위에는 아이들의 컬러사진이 놓여 있다. 왜 의사들은 항상 그들의 자녀들을 환자들에게 보여주는 걸까? 의사는 최신 제품으로 보이는, 엘크 가죽으로 만든 워킹 슈즈와 자수 장식에 고무밴드가 달린 가벼운 양말을 신고 있다. 황금색 눈으로 바라보는 그의 시선은 광막하고도 한결같다. 그의 표정은 전반적으로 온화하다고 말해도 무방할 것이다. 내가 생각할 때 지금의 전반적인 상황을 보자면 (순진하고 운이 좋은) 나는 깊은 심리적 장애로 고통받는 한 여자와 결혼한 사람이었다. 그런데 의사가 내게 설명한 바에 따르면 나는 신경증적 강박관념에 걸린 사람으로, 자기도취적이고 자기중심적이어서 친구도 없으며 나 자신을 방어해야 한다는 환상에 너무 깊이 사로잡힌 나머지 조울증에 걸린 아내를 만들어냈다는 것이다. 내가 겪는 심리적인 문제는 그럴듯한 전문용어로 묘사됐다. 약 오십 분에 걸친 면담에서 그는 '의미 있는'이란 말을 열네 번, '대인 관계'란 말을 열두 번, '종적인'이란 말을 아홉 번, 그리고 '구조적인'이란 말을 두 번이나 사용했다. 메리에게 우리 관계의 대부분이 행복하지 않았느냐고 묻자 메리는 그저 웃기만 했다. 나는 또 내가 아내의 경력

---

* 중세 시대에 쓰였던 건반악기로 쳄발로의 일종.

을 질투하고 있는 것이 아니냐는 지적을 받았다. 의사는 우리 부부 문제의 진실이 내 어머니가 했던 사업, 그리고 부모로부터 방치된 상태였다는 내 생각으로 인해, 아내답지 못했던 한 여자에게 항상 과민하게 반응했던 내게 있다고 말했다. 의사는 파란만장했던 장인에 대해서는, 내 생각에, 우호적이지 않은 존중을 담아 언급했다. 의사는 나의 어려웠던 어린 시절에 대해서도 언급했는데 사실을 말하자면 구두 제조업자였던 아버지는 직장을 잃었고 이에 어머니는 좁고 어둑어둑한 선물 가게를 운영하며 가족을 부양했다. 우리집의 욕실 문에는 더러운 속옷이 못에 걸려 있었다. 하지만 난 이런 사실들이 모든 것을 말해주는 것은 아니며 부모님은 훌륭한 분이었다고 주장했다. 내가 볼 때 의사는 두가지 사실을 확정적으로 받아들이는 듯했다. 그중 하나는 내가 친구가 없는 사람이라는 것이다. 메리 역시 늘 그렇게 주장해왔지만 난 사실이 아니라고 생각한다. 메리는 항상 내가 파티를 열면 아무도 오지 않을 것이라 생각했다. 의사가 확정적으로 받아들였던 또다른 하나는 내가 여자들을 혐오한다는 것이었다.

• • •

쉰네 살이 되었지만 나는 내가 고속도로와 교량에 관한 악몽에 여전히 시달리고 있을 만큼, 나만의 세계를 구축하기엔 아직 너무 어리다고 생각한다. 또 내 동성애 문제를 의논하고 환기시키고 싶다. 이 문제를 뛰어넘거나 그냥 지나칠 수도 있지만 이제 그만 멈춰 서서 자세히 알아보고 싶다. 그렇다면 내가 기대할 수 있는 것은 무엇일까? 이 험난한 세상에서 동성애는 내게 중요한 사실로 보이며 내 목적은 세상이 아닌 나를 치료하는 데 있다. 잘못된 생각일지 모르나, 아직도 나는 나의 불안감이 바로 이 동성애에서 연유하지 않나 생각한다. 해결책이 없을 수도 있지만 좀 더 여유 있고 침착한 태도로 이 문제를 연구할 수는 있을 것이다.

• • •

괴롭기 그지없다는 생각에 술을 진탕 마셨다. 우리는 식탁에서 정신과의사에 대해 얘기했고 난 술의 힘을 빌려 증오에 찬 말을 내뱉고 싶었다. 결국 우리의 대화는 삼류 영화처럼 끝나고 말았는데 자리를 떠나면서 나는 이렇게 말했다. "우리의 결혼생활 대부분이 행복하지 않았느냐고 물었을 때 왜 당신은 대답하지 않았지?" "내 표정이," 메리가 말했다. "나의 대답이었어." 그것은 아마 달콤한 미소였을 것이다. 나는 딱 한 잔 더 마시고 돌계단 위에 앉았다. 비참에 잠긴 내 모습은 젊어 보이고 심지어 소년다운 면까지 지니고 있다고 난 생각한다. 돌 위에 대자로 뻗은 뒤 마구 흐느껴 울었는데 문득 정신을 차려보니 난 정확히 신발 바닥을 터는 매트 위에 누워 있는 것이 아닌가.

치욕적이라 여겨졌지만 내 침대로 가서 잤다. 그리고 새벽에 깨어나 울어댔다. "내게 강을 줘, 강, 강, 강을." 하지만 내게 나타난 강은 그 모양새가 버드나무가 있고 구불구불한 것이, 내가 원하는 강이 아니었다. 그것은 송어가 사는 시냇물로 보였고 이에 나는 파리를 미끼로 던져 멋진 송어를 낚아올렸다. 한편 이국적인 가슴을 가진 한 벌거벗은 여인이 풀이 우거진 강둑에 누워 있기에 그 여자의 몸 위로 올라갔다. 그녀는 아도니스*로 바뀌었는데 그를 가볍게 애무하고 있자니 이는 다 자란 성인에게는 적당하지 않은 취미라는 생각이 들었다. 나는 계속해서 나의 넓은 강을 불렀지만 신들이 기찻길을 깔아놓은 듯한 엘리시안 들판**에서 그저 버드나무가 우거진 개천 하나만 선사받았을 뿐이다. 아침에 일어나 알약 하나를 복용했다. 생각해보니 잘못돼버린 모든 것들에 대해 완전한 책임을 지는 것이 최선으로 보였다. 나 자신에게 이런저런 속상한 말들을 장황하게 늘어놓거나 상처뿐인 언쟁을 벌이는 것은 아무 도움도 되지 않는다. 난 많은 일들을 헤쳐나왔다. 이번에도 그럴 것이다.

---

* 그리스 신화에서 비너스의 사랑을 받았던 미소년.
** 그리스 신화에 나오는 낙원.

• • •

아침에 손이 몹시 떨려왔고 타이어에는 펑크가 나 있었다. 정비소 직원은 나보다 손을 더 떨어서 타이어를 갈아끼우는 데 애를 먹었다. 타이어 교체에 한 시간이나 걸렸고 결국 직원은 허브캡을 훼손시키고야 말았다. 나중에 다시 봤을 때 그는 상태가 좀 나아 보였다. 난 그가 공구함 속에 술병을 숨겨놓았을 거라고 생각한다. 10시에 스카치를 마셨고 점심 전에 두 잔의 마티니를 마신 다음 정신과의사를 방문했다. 의사의 입술은 다소 두툼한 편으로 이따금 손을 들어 이를 가리곤 한다. 앞서 다른 환자가 다녀갔는지 환자용 의자에는 여전히 온기가 남아 있다. 마치 치과의사가 치과용 드릴 위에 있는 전등을 켤 때처럼 의사가 그 황금색 눈으로 날카롭게 쏘아본다. 나는 이후 오십 분 동안 그런 그의 눈빛을 되받아서, 내가 진실한 사람임을 증명하기 위해 진지한 눈빛으로 그를 강렬히 응시했다. 난 그의 방법이 이해되지도 않을뿐더러 술을 마시고 생각해보니 이것이 시간과 돈을 낭비하는 짓이 아님을 확신할 수가 없다. 그는 나를 적대적이며 소외된 사람으로 간주하지만 새로 배치한 골동품들 사이에 앉아 있는 그가 나보다 더 소외된 사람으로 보인다. 그는 음악, 문학, 그림, 야구에 대해 조금이라도 알고 있을까? 그렇지 않을 것이다. 친구가 없다는 문제를 또 언급하기에 바로 지난주에 H, A, S 등과 아주 즐거운 주말을 보냈노라고 대꾸했다. 내 말에 그가 기뻐하며 울지도 모른다고 생각하면서. 하지만 의사는 이를 내가 원래 갖고 있던 증오와 소외감을 감추기 위해 사회적인 허식을(그러니까 우정이라는 환상을) 만들어낸 것이라고 설명했다. 그렇게 말하는 의사가 내겐 (술에 취하면 보이는 어떤 허상처럼) 두 개의 얼굴을 갖고 있는 듯 여겨졌고, 한 얼굴이 다른 얼굴을 집어삼키는 모습을 구경하는 것은 대단히 재미있는 일이었다. 대화중 침묵이 잠깐 있었는데 그동안 의사는 마치 레몬 사탕이라도 빠는 것처럼 입술을 오므리더니 이렇게 물어왔다. "지금 당신을 방해하고 있는 것이 뭐죠?" 의사는 매우 민감한데다 유머와는 담을 쌓은 사람이므로 만약 그가 '의미 있는'이란 단어를 사용하는 것을 놓고 내가 불평한다면 분명 상처받고 분노할 것이다. 그는 내 어린 시절에 대해 알고 싶어했지만 내일 털어놓을 생각이다. 솔직히 난 그 어느 때보다 교량을 두려워하고 있지만 그가 해결책을 갖고 있을지 의문이다. 해결할 수 있겠느냐고 묻자 그는 아주 슬픈 미소를 지어 보였다.

• • •

정신과의사를 찾았다. 거세와 동성애에 대해 얘기하는 동안 우리 대화에는 신중한 분위기가 흘렀다. 내가 동성애적인 본능을 갖고 있고 그것이 고통스러운 불안감의 주 원인이라고 의사에게 명확히 진술하진 않았다. 하지만 아무래도 너무 많은 얘기를 했다는 생각이 들었다. 왜냐하면 의사가 임의적으로 고백할 기회를 주겠다고 제안했기 때문이다. 난 고백할 수 있기를 간절히 고대했지만 의사의 태도나 분위기 때문에, 내가 혹시 동성애자가 아닐까 싶어 가끔 두려워진다는 말을 할 수 없었다. 나는 단지 다른 대부분의 사람들과 비슷한 고통을 겪고 있을 뿐이라고 주장했지만 바로 이런 고집이 내 어려움의 원인일 수도 있을 것이다. 나는 인간이 원래 분열적이고, 모순적이고, 반항적이고, 삐딱하다는 점을 알고 있으나 그럼에도 그것이 내게 적용될 때는 받아들이기 힘들어하는 듯하다. 단순해지고, 자연스러워지고, 또 공감하는 생명체가 되는 것이 내 희망이지만 불가능에 가깝다는 생각이 든다. 의사는 그러한 나의 갈등을 집착으로 만들거나 아니면 그런 쪽으로 몰아갔다. 침대에 누워 있으면서 내가 적절한 때에 발기할 수 있을지 생각해봤다. 이는 터무니없는 생각이다. 내 깊은 곳에서 향기와 멋진 몸매, 성욕을 불러낼 수 없는데도 난 나 자신을 고문했다. 즉 사랑스럽고 정열적인 여자 대신 여성스러운 소년을 선택하는 나 자신을 비난했다. 여자 같은 소년과 섹스를 하는 것은 매우 쉬운 일일지 모르나 쉬운 일은 우리가 추구하고자 하는 바가 아니다. (게다가 그것이 쉬울지조차 살짝 의심스럽다.) 우리 모두가 필요로 하는 것은 용기, 활력, 그리고 믿음이며 나는 이 모두를 자주 갖는다.

내가 필요로 하는 것은 희망, 열정, 생기, 그리고 깊은 사랑으로, 침대에서의 아내 행동을 정신과의사에게 불평해대는 것은 이 모든 것들과 배치되는 듯이 보인다. 불평은 절망의 한 형태로 보이기 때문이다. 나는 무슨 일이 있었는지 말할 수가 없다. 그렇게 하면 오늘밤 아내와의 섹스를 위기로 몰아넣을 것 같아서다. 나는 사랑하고 사랑받고, 또 솔직하고 남자다운 사람이 되고 싶지만, 에어컨이 작동되고 골동품들이 깔끔히 배치된 정신과의사 사무실에서 보채거나 흐느낀다고 이를 달성할 순 없을 것이다. 그러나 난 그렇게 했다. 그런데 우리는 동문서답을 하는 듯이 보였다. 의사가 융통성 없고 이해할 수 없는 편견들에 둘러싸여 일하고 있지 않나 하는 생각이 들었다. 자그레브 부인이 나의 어머니라고 결론 내림으로써 누가 이득을 보는가? 의사는 내가 메리를 여신으로 만들고 있다고 지적했고 나는 당연히 아내는 여신이라고 말했다. 메리와 함께 〈모더스티 블레이즈Modesty Blaise〉라는 영화를 보러 갔다. 유쾌하고 재치 있는, 잘 만들어진 영화였다. 행복한 기분과 더불어 흥분이 몰려왔고 그런 나를 진정시키고자 버번을 두 잔 마셨다. 하지만 침대에서 난 유약하게 행동했으며 이에 약간의 지원을 요청했지만 메리는 너무나 성의 없는 태도를 보여 그만 서로 등을 보이고 말았다. 아마 우리 부부는 어두운 나라의 경계로 들어가고 있는 중인지도 모른다. 하지만 그것은 어쩌면 내가 만든 나라일 것이다. 어쨌든 술을 마시는 비열한 짓은 피해야 한다.

• • •

나는 불가능해 보일 정도의 단순한 삶을 원한다. 평화로운 분위기가 묻어나는 옅은 조명 아래서 사랑을 하고 싶다, 그때가 새벽이든 아니면 비가 내리고 있든. 모든 동성애자들과 그 밖에 당황스러운 기호를 가진 사람들이 내게서 사라졌으면 좋겠다. 또 고통받거나 죽는 사람이 아무도 없기를, 가난하거나 추위에 떨거나 수모를 당하는 사람이 아무도 없길 바란다.

• • •

한 숙녀가 내 얼굴을 들여다보며 이렇게 말하는 꿈을 꾸었다. "난 당신이 지금껏 경쟁하며 살아왔다는 걸 알아요. 하지만 당신 얼굴만 봐서는 당신이 이겼는지 졌는지 알 수가 없네요."

• • •

오늘은 다시 의사를 만나야겠다고 결심하면서도 그래봤자 의사에게 말할 만한 것은 전혀 없다는 생각이 들었다. 하지만 내가 이혼을 제안하고 그것을 메리가 수용했던 금요일 밤의 심각한 언쟁은? 열정적인 재결합을 했던 토요일 오후와 내가 발기 불능이 되었던 토요일 밤의 일은? 그리고 망망대해에 있는 듯한 이 느낌은? 오늘 아침 메리는 아주 활달했고 아직 적당한 후보자도 나타나지 않았는데 가정부를 구하러 자리를 떴다. 하지만 뭐 그렇다고 해서 해로울 일이야 있겠는가? 월요일 아침에는 매우 슬퍼졌다. 내가 비열했다 해도 난 나의 비열함을 기억할 수 없다. 내 기억력은 알코올로 손상됐기 때문이다. 나는 사랑하고 싶고 사랑받고 싶지만 메리로부터 날아올 퉁명스러움을 혼자 상상하다보면 깊은 상처를 받는다. 하지만 그렇게 쉽게 상처받는다는 사실이 바로 문제인 듯하다.

• • •

동성애 문제에 대해 털어놓고 싶으며 그렇게 할 수 있다고 생각한다. 내 불안의 역사 및 그 성장 과정에 대해서도 분명히 알 수 있게 되리라고 생각한다. 내 본능과 내 쾌락 사이에, 그리고 어머니의 그 대단한 양면성과 동성애자인 자식을 낳았다는 아버지의 두려움 사이에 충돌이 있었다. 그리고 그 충돌은 불안감을 조성했다. 남자가 되겠다는 결심을 하면서 여자에게 반응하는 것이 나의 의무라고 느꼈다. 나의 반응은 자연스럽고 강했지만 이따금 그 의무라는 부담감 때문에 방해를 받기도 했다. 동성애는 내 앞을 어슬렁거리는 죽음처럼 여겨졌다. 내가 나의 본능을 따랐다면 털이 수북한 선원에게 공중화장실에서 목이 졸렸을 것이다. 또 마치 장전된 피스톨처럼 모든 반반한 남자, 모든 은행원, 모든 배달부 소년들이 내 인생의 조준 목표가 됐을 것이다. 나는 나의 남성다움을 증명하기 위해 말도 안 되는 전략, 이를테면 아침에 『타임』지의 여성 관련 기사에는 눈길도 주지 않는 것과 같은 방법을 쓰기도 했다. 하지만 지금은 분명히 알 수 있을 것 같다. 동성애는, 내 모습을 보면 알 수 있듯이, 악이 아니다. 악은 바로 불안, 즉 가망 없는 열정의 모든 형태와 빛깔로 변신할 수 있는 불안이다. 난 내가 이를 실제로 증명하지 않으리라 믿지만 바로 지금 어떤 애매한 생각이 내 머릿속으로 들어온다. 그러나 내가 L을 거절한다 해도 그것이 내 인격을 손상시키거나 우리의 오랜 우정을 허사로 만들어버리진 않으리라 생각한다.

• • •

외로운 남자는 고독한 존재이며, 고독한 돌이며, 고독한 뼈이며, 고독한 나무토막이며, 길비스Gilbey's* 진을 따르기 위한 고독한 그릇이며, 가을바람처럼 큰 소리로 한숨을 내쉬면서 호텔 침대 가장자리에 구부정한 자세로 앉아 있는 하나의 형상이다. 불행한 결혼생활을 하고 있는 해머 씨는 그와 같은 어려움에서 빠져나올 수 있는 활기와 총명함이 부족한 이들 중 한 명일까? 그의 유일한 감성적인 인생은 금발 미녀에 대한 환상이다. 그의 유일한 성생활은 수음뿐이다. 그는 자신의 금발 미녀를 배와 비행기에 태워 파리, 로마, 레닌그라드로 돌아다니며 멋진 풍경을 보여준다. 레스토랑에서는 네 코스로 구성된 식사를 주문하고 신중히 와인을 선택한다. 같이 산책하고, 수표를 써주고, 보석을 사주고, 미인의 음모를 벌거벗은 자신의 엉덩이에 문지르며 함께 잠든다. 그는 섹스를 하기 전이면 아주 세심하게 칫솔질을 하고 면도를 한다. 해머 부인은 이렇게 말할 것이다. "당신은 남한테 몹쓸 짓을 당하고도 가만히 있고 아내한테도 꼼짝 못하는 사람이죠. 날 비난하려는 생각은 하지 마요. 모르긴 몰라도 당신은 언젠가는, 언젠가는 날씬하고 본데 있게 자란, 아름답고 부자인데다 똑똑하기까지 한 금발 미녀가 당신과 사랑에 빠질 거라 생각하는 그런 인간이에요. 오, 세상에. 난 다 상상할 수 있어요. 정말 혐오스럽군요. 그 여자는 길게 늘어뜨린 머리에 긴 다리를 갖고 있고 나이는 스물여덟에다 이혼했지만 자식들은 없겠죠. 틀림없이 배우 아니면 나이트클럽의 가수일 거예요. 그게 바로 당신 수

---

* 진 브랜드의 일종.

508

준에 맞는 상상이니까. 그 여자하고 뭘 할 거죠? 술 마시는 거 말고 뭘 할 건가요? 아내한테 구박이나 받는 남자가 뭘 하고 싶죠? 영화관에 데려가나요? 저녁을 사주나요? 보석도 사주겠죠? 여행을 해요? 아마 여행일 거예요. 그게 당신이 생각해낼 수 있는 가장 근사한 것일 테니. 크리스토퍼 콜럼버스 호를 타고 14일 동안 여행하면서 아침에도, 오후에도, 밤에도 술을 마실 거고 저녁 7시가 되면 야회복 재킷을 입고 고급 술집만 기웃거리겠죠? 얼마나 대단한 한 쌍인지! 빌어먹을! 아마 당신은 그 형편없는 프랑스어를 뽐낼 수 있는 플랑드르나 뭐 다른 곳으로 가겠죠. 당신이 알고 있던 모든 곳들을 보여주면서 하이힐을 신은 그 여자를 파리의 여기저기로 끌고 다니기도 할 거예요. 그녀가 불쌍해요. 정말로. 하지만 이건 분명히 말하겠어요, 이 양반아, 분명히 말하겠다고요. 만약 그런 금발 미녀가 나타난다 해도 당신은 그녀를 침대로 데리고 갈 배짱도 없는 사람이에요. 그저 멍하니 바라만 보거나 식료품 저장실 문 뒤에서 추근추근하다 결국은 내게 불성실해서는 안 되겠다고 결심하겠죠. 방금 한 얘기도 금발 미녀가 등장했을 때의 일이에요. 하지만 그런 여자는 절대 나타나지 않을걸요? 내 말 듣고 있어요? 내 말 들어요! 그런 여자는 절대 안 나타난다고요. 그런 여자는 존재하지 않아요. 당신은 다섯 개짜리 의치를 가진데다 구취를 풍기고 배에 털만 잔뜩 난 나이든 사람일 뿐이에요. 당신은 평생 동안 외로움만 느끼며 살아가게 될 거예요. 남은 평생 동안 외로움만 느끼며 살아가게 될 거라고요."

"왜, 무슨 말이라도 해보지 그래요? 갑자기 혀가 마비됐어요? 막대기나 돌이라도 들어갔어요? 뭐라고 말 좀 해봐요. 당신은 성자처럼 내 욕을 조용히 참고 있다고 생각하겠죠. 다른 뺨을 내주고 있다고 생각하겠죠. 잘 들어요, 만약 착한 여자를 술이나 마시게 하고 간통하게 만들 수 있는 것이 있다고 한다면 그건 지겨운 가짜 성인과 한 지붕 아래서 함께 살아야 한다는 사실일 거예요. 그러니 난 집에 도착하는 대로 술이나 진탕 마실 생각이에요."

● ● ●

잘못이 어디에 있건, 성적인 면에서 방해를 받는다는 것은 일반적으로 이야기를 쓰는 것과 관련된 나의 능력이나 의욕이 방해받고 있음을 뜻한다. 오늘 아침 생각해보니 난 그런 상태에서 내 결혼생활의 반 정도를 보낸 것 같다. 그런 곤경에서 나를 구제하고자 만들어낸 이야기와 등장인물들(벳시, 멜리사, 「키메라 The Chimera」「음악 선생」)이 있으며 얼굴에서 빛이 사라져버린 사랑스러운 여자에 관한 글들도 수백 쪽이나 된다. H는 그 모든 잘못이 내 탓이라고 말했고 나는 그 많은 비난의 상당 부분을 기꺼이 받아들일 자세가 돼 있다. 아니 모든 비난을 감수할 정도로 바보다.

· · ·

잠결에 뒤척이다 얼핏 사랑의 감정을 다시 되찾은 듯한, 다시 맛본 듯한 기분이 들었다. 그 나긋나긋하며 재기 있고 깨끗한 사랑을. 한 번도 본 적이 없는 그녀의 이름은 바버라로, 그녀는 내 몸 아래에 마치 시트처럼 깔려 있는 것 같았다. 또 순수하고 다정다감한 내 세 자녀의 목소리를 들은 것도 같았다. 나의 소녀들을 불러내면 그녀들은 기꺼이 내게로 온다. 나르시스는 사라졌다. 나는 이것이 그저 사라짐일 뿐, 심리적 억압의 결과는 아니라고 생각한다.

· · ·

반면, 히치콕은 매일 아침 상당한 양의 진정제를 복용했고 그로 인해 마치 우화그림에 나오는 제우스처럼 구름 위에 떠 있는 환상에 사로잡혔다고 한다. 히치콕은 승강장에서 7시 53분 기차를 기다리는 동안 그의 구름에 둘러싸였다. 기차가 도착했을 때 넉넉한 양의 진정제로 느긋해져 있던 히치콕은 구름을 선택하고는 금연석에 올라 창가에 자리를 잡았다. 설사 날은 어둡고 풍경은 황량하고 또 지나쳐가는 마을들이 우울하게 보인다 해도 그런 것들은 그가 타고 있는 멋진 구름에서는 전혀 보이지 않았다.

그랜트센트럴 역에 도착하면 히치콕은 구름에서 내려와 환하면서도 약간은 멍한 미소를 빈곤과 질병과 낯선 여자의 아름다움, 그리고 비와 눈을 향해 지어 보였다.

• • •

초가을이다. 아직 화려하진 않지만 잎들은 수목이 울창한 산을 어른거리게 만들기에, 그러면서도 머지않아 곧 멋지게 물들이기에 충분한 빛깔로 바뀌었다. 이것이 빛이 지닌 이중성이다. 산들의 정상에는 파멸의 틈처럼 보이는 미사일 발사 기지들이 버섯처럼 피어 있다. 오, 새벽의 여신 오로라를 찬양하라. 강둑 쪽을 쳐다보니 철갑상어, 청어, 조개, 청둥오리, 백조가 버리고 떠난 강에 오직 세 명의 낚시꾼들만이 보인다. 신문 기사에 따르면 도시에서 나온 원래 그대로의 배설물이 조수를 타고 저 먼 북쪽인 용커스까지 간다고 한다. 이어 조수는 널브러진 양말 같은 강의 몸체를 드러내면서 바다로 빠져나간다. 나는 거리를 터벅터벅 걸어갔다. 돈과 성적 정체성 문제에서 완전히 자유롭진 않지만 그래도 희망에 찬 마음으로.

• • •

　"우리는 함께하곤 했죠." 그가 말했다. "우린 그렇게 많은 것들을 함께했어요. 내 말은 같이 자고, 같이 스케이트 타고, 같이 스키 타고, 같이 산책하고, 배도 같이 탔다는 뜻이에요. 한번은 월드 시리즈도 같이 봤죠. 기억해요? 파인 스트리트의 집에 살았을 때였어요. 난 오후에 일찍 집에 왔죠. 그리고 같이 맥주를 마시면서 월드 시리즈를 시청했어요. 샐 매글리가 다저스 팀의 투수로 나왔던 해였죠. 이제 우린 아무것도 같이 하지 않아요."

• • •

　"당신은 너무 불행해." 그녀가 말했다. "너무 불행해서, 이건 내 생각이지만 당신은 잔인할 수밖에 없을 거야."
　"난 잔인하지 않아." 그가 말했다. "정말이지 날 보고 잔인하다고 말할 순 없어. 난 항상 고양이와 개에게 먹을 걸 줘. 또 새에게 모이를 주는 곳에 늘 먹을 걸 갖다줘."

• • •

　고엽이 불탄다. 요리사는 술에 취했다. 아이들은 낙엽들을 긁

어모아 바리케이드를 만들었다. 서리가 내리는 바람에 베고니아
가 죽어버렸다.

• • •

용서와 연민으로, 나 자신의 인격 속에 숨어 있는 무서운 특이
성과 마주하기.

• • •

요즘은 많은 시간을 죽어가는 이들에게 재미있는 편지를 쓰
며 보내고 있다. "찰리는 살날이 이제 2주 정도 남았습니다. 하지
만 본인은 모르고 있죠. 아직 정신도 말짱하구요. 그에게 편지를
써주신다면 아주 기뻐할 겁니다" "오늘 아침 테라스로 휠체어를
밀고 가는데 헤이즐이 당신 소식을 들으면 정말 좋겠다고 하더
군요. 헤이즐의 상태는 계속 나빠지고 있습니다" "비록 시력을
잃었지만 여전히 엘리너는 책을 읽어주면 참 좋아한답니다. 그
녀에게 읽어줄 수 있도록 편지를 보내주신다면 정말 감사하겠습
니다" 등등.

· · ·

　이 찬란한 가을 오후의 청명함이 나를 우울하게 한다. 사무실로 돌아가긴 싫지만 그렇다고 여기서 내가 해야 할 일도 전혀 없는 듯하다. 혼자 걷는 것은 지겨운 일이다. 오클라호마시티에서 돌아온 랠프 앨리슨Ralph Ellison* 부부가 찾아왔다. 그는 지금은 철거된 흑인 빈민가에 대해 시적인 용어를 써가며 얘기했다. 활력의 원천, 음악, 폭력, 그리고 섹스에 대해. 그는 (약국, 사촌 및 친구들의 집, 술집 같은) 그가 자주 갔던 곳들을 돌아보고 왔는데 이처럼 자신의 과거를 관찰하면서 일종의 심오한 발견을 했다고 말했다. 그의 부인이 덧붙였다. "정말 놀라웠어요." 고마워요. 나 역시, Z와 마찬가지로, 나의 불행에 괴로워하는 중이며 또 그토록 서로 잘 뭉쳐다니는 불행들이 나의 비참함을 얼마나 쉽게 악화시키고 있는지 알고 있답니다.

　『롤리타』를 약간 읽었는데 다소 퇴폐적이라는 인상을 받았다. 『롤리타』에는 사악함이라는, 도저히 따라갈 수 없는 매혹적인 힘이 있으며 이는, 내 생각에, 모든 이들에게 알려진 바이다. 우리는 저녁을 먹으면서 호레이스 그레고리Horace Gregory** 를 화제로 얘기를 나눴고 대화 분위기는 따뜻하고 편안했다. 난 좀더 다

---

* 미국의 작가, 문학평론가.
** 미국의 시인, 문학평론가.

정하고 인내심 있게 굴었어야 했다. 하지만 내 브레이크가 고장 나버렸고 술을 너무 많이 마셔 어제 어떤 말다툼이 있었는지 기억도 나지 않는다. 바보같이 난 내가 메리에게 호의를 베풀어왔다고 말했다. 메리는 자신이나 아이들을 위해 내가 어떤 일을 하는 게 너무 싫다면서 그 이유로 가족이 내게 의지한다는 사실을 내가 내심 흡족해한다는 점을 들었다. 그러면서 이번 여름에 벤을 학교에 데려다줬던 일로 내가 우쭐해했던 일, 낭비를 했다며 수지에게 크게 야단쳤던 일을 거론했다. 내가 정말 그렇다고는 생각하지 않지만 아내는 그렇게 간주하고 있음을 알 수 있었다. 이로써 아내가 아플 때 왜 내게 차 한잔을 가져다달라고 말하길 꺼렸는지, 왜 내 돈을 쓰기 꺼렸는지 알게 됐다. 사태는 점점 악화되면서 추하게 변해갔다. 난 이렇게 물었다. 내가 그렇게 부드럽게 다가가는데도 오븐에 감자를 넣어야 한다면서 자리를 피하는 여자는 대체 어떤 생각을 하는 여자냐고 말이다. 이에 아내는 발기 불능인 남자가 자기를 애무하는 것은 도저히 참을 수 없다고 맞받았다. 무슨 근거로 발기 불능이라고 생각하는지 묻자 아내는 이렇게 말했다. "조심하는 게 좋을 거야, 조심하는 게." 나는 위층으로 올라가 옛날 영화를 봤다. 욕실에서 아내와 만났을 때 난 사랑의 제스처나 징표, 눈짓을 요구했지만 메리는 얼굴을 찡그렸다. 나는 화가 치밀어 있는 힘껏 이렇게 외쳤다. "누군가 사랑을 청하는데 그렇게 얼굴을 찡그려선 안 돼." 어둠이 다가오기 직전에 아내를 팔로 안았다. 사랑에 대한 욕구로 병이 날 지경이었다. 아내는 내가 몇 분간 포옹하도록 그냥 내버려두었다. 내게 얼굴을 찡그리지 않겠다고 약속하면 다시는 큰 소리를 지르지 않겠노라 말했지만 아내는 자신을 화나게 하면 얼굴을 찡그릴 거라고 말했다. 최악의 사태는 내가 어렸을 때 부모님의 말싸움을 들었던 것처럼 내 아들이 욕설을 들었음에 분명하다는 점이다. 나와 내 음주 습관이 그렇게 비난받을 만하다고 생각하지 않는다. 나에 대한 아내의 태도는 실제 일어난 일들에 비례한다기보다 마치 한 사건이 갑자기 그 방향을 바꾸거나 변화하는 것처럼 예측이 불가능하다. 아내는 편견에 사로잡혀 있고 그 편견은 우리가 만나기 전부터 존재했던 것 같다. 나는 그렇게 자주 잘난 체를 하는 사람이 아니다. 메리가 발기 불능이라는 말을 했을 때 다른 여자들에게는 그렇지 않다고 대꾸했다. 하지만 내 말은 분명한 거짓말로, 왜냐하면 나로선 다른 여자를 껴안고 애무하는 정도가 고작이었기 때문이다. 난 아내를 사랑한다. 진정 그녀는 내가 인생에서 알게 된 모든 것이라 할 수 있다. 하지만, 비록 알코올 문제가 있다 해도, 아내로부터 독립한다고 해도 죽을 정도로 고통스럽지는 않으리라. 나는 용서를 구할 수 없다. 나를 용서할 수 있는 이가 누구인가? 하지만 아들이 있는 곳에서 큰 소리를 내지 않도록 노력할 수는 있다. 내가 술에 취했는지 아닌지 판단할 순 없지만 술을 줄이겠다는 따위의 그 어떤 결심도 위선

적인 행위일 것이다. 10시인 지금도 난 술을 생각한다. 난 그저
사랑하고 사랑받고 싶을 뿐이며 그와 같은 희망을 계속 지켜나
갈 것이다.

● ● ●

술에 약간 취한 채로, 하지만 진정제인 밀타운에 의지해 나 자
신에 대한 회의감은 잠시 잊은 채로 9시 기차에 올랐다. 비참한
기분이다. 기차에 타고 있는 모두가 나보다 더 부자이고, 활기에
넘치고, 똑똑해 보인다. 예쁜 여자도 전혀 없다. 내 앞에 앉은 사
람은 누가 봐도 알 수 있는 마자르족에 속한 사람 같다. 짙은 피
부색, 갈색 눈, 그리고 회색빛 머리카락만 엷게 붙어 있을 뿐인
대머리. 그는 이제는 저세상으로 간 옛친구의 미소를 머금고 있
다. 친구와 닮은 점은 결코 없으나 미소는 거의 동일하다. 그 미
소는 마치 이런 투명한 미소는 일종의 빛이 만들어내는 특질로,
한 사람의 얼굴 형태와는 독립적으로 존재한다고 말하는 듯하
다. 몸이 떨려오고 변비 기운도 느껴진다. 구두닦이에게 구두를
닦게 하며 생각해보니 이발소에 가기엔 너무 멀리 와버린 듯하
다. 걷기와 신선한 공기가 도움이 될 것 같아 매디슨 애버뉴를
터벅터벅 걸었다. 지나가는 소녀들은 대부분 예쁘지만 근처의
술집들은 모두 닫혀 있다. 브로이어Marcel Breuer*가 지은 새 건물

에 감탄을 금치 못하면서 P의 조각상을 보러 갔으나 기대했던 만큼 활기차거나 역동적으로 보이진 않는다. 이어 11시 15분에 매디슨 애버뉴의 아래쪽까지 걸어내려가면서 보이는 술집마다 문을 두드렸지만 하나같이 닫혀 있다. 밤새도록 켜놓고 있는 전등, 주점 뒤쪽에 쌓여 있던 그 병들. 문을 연 술집을 찾고자 빌트모어 호텔 뒤쪽까지 쭉 걸어내려오는 동안 이런 생각이 들었다. 떨리는 내 손이 술잔을 입까지 가져갈 수 있을까? 간신히 그렇게 할 수 있었고 두 잔을 마신 뒤에는 편하게 이발소 의자에 앉을 수 있었다. 나를 알아보는 주인에게 이탈리아어로 인사를 건넸다. 생각해보니 40년간 여기 이발소를 이용하는 동안 이발사의 절반 정도가 세상을 떠났음을 알게 됐다. 이번에는 평소처럼 센추리 기차를 타지 않고 시내에서 버스를 탔다. 버스를 탄 것은 수년 만에 처음이며 그 때문인지 섹시하게 벌거벗은 누군가를 본 것처럼 민망한 기분이 들었다. 낯선 여자의 눈과 마주치는 순간 나는 민망한 기분을 더이상 참지 못했다. 결국 익숙한 기차에 올라탄 후 『라이프』지에 엎드려 잠든 채 집으로 향했던 것이다. 실제 사정은 어떤지 모르겠으나 기차에서 잠들어 있는 사업가들은 낙담과 무기력, 방황에 빠진 것처럼 보였다. 통로 건너편에 한 예쁜 소녀가 타고 있어서 난 마치 그 소녀를 빨아들이기라도

---

* 건축가, 가구 디자이너.

할 것처럼 집중했다. 그러나 그녀의 얼굴을 자세히 볼 수 없었던 탓에 다행이라 생각하면서도 한편으론 울적한 기분이 들었다. 8시 반에 잠에 들었고 메리가 한 대학교의 학장으로 등장하는 대단히 끔찍한 꿈을 꾸었다. 바로 그 꿈에 냉정한 힌트가 숨어 있다. 꿈속에서 장인은 권력을 휘두를 수 있는 자리를 차지했고 이에 나는, 비록 불발로 끝나고 말았지만, 로널드 레이건 대통령과 동성애라는 터무니없는 탈선을 저지름으로써 앙갚음을 했다. 비록 지금까지 난 어떤 죄도 지은 적이 없다고 주장해왔지만 매디슨 애버뉴를 걸어가는 동안 내 죄가 발각되고 말 것이라는 생각에 너무나 괴로웠다. 아이들은 나를 비난하면서 나와 절연할 것이고 사랑하는 개도 내게 짖어댈 것이며 심지어 청소부 아주머니조차 내가 있는 곳을 향해 침을 뱉을 것이다. 자비는 어디에 있는가, 용서는 어디에 있는가? 그것은 도처에 있다.

내겐 글로 옮겨보고 싶은 강한 몽상들이 있다. 그 몽상 속에서 우리는 낸터킷에서 여름을 나고 있고 나는 우리를 방문하려는 텍사스의 몇몇 친구들에게 편지를 쓰면서 지도책과 여행용 도로지도를 이용해 섬에 도착하는 방법을 상세히 가르쳐준다. 영국에서 공습이 벌어지던 시기에 나의 옛날 옷을 입고 있었다고 말하는 여자도 있다. 새벽이 왔을 때 사랑받고 있지 못하다는 생각이 들어 난 멀쩡한 정신으로 메리가 다음과 같이 말하는 환상을 만들어냈다. "B와 내가 사랑에 빠졌다는 사실을 당신에게 말해

두는 게 좋을 것 같아. 당신이 알아야만 한다고 생각하니까. X는 B와 이혼하기를 거부했지만 말이야." 나는 자기연민에 빠져 있고 이는 진의 맑은 색처럼 틀림없는 사실이다. 하지만 나를 경멸로 대하는 여자를 어떻게 부드럽게 어루만질 수 있겠는가? 그래도 희망을 놓쳐서는 안 된다, 힘을 내야 한다.

• • •

핼러윈 데이. 독실함이라든가 자비라든가 정신적 건강함 같은 신의 은총을 흩어버리면서 잠깐이지만 악마와 복수심에 불타거나 동요하는 사자^{死者}들의 실체를 보여주는 한편, 원시적인 공포를 선사하는 공동체의 몇 가지 정형화된 행사들이 벌어지는 날. 호박 랜턴의 불빛이 너무 약해 우리는 우리집을 어둠의 힘으로부터 보호하고자 현관 계단의 전등을 켰다. 악마 복장을 한 꼬마가 깡통 끄는 소리를 내면서 유니세프 기금을 받으러 다니고 있다. 오늘 같은 밤에는 이성의 목소리가 얼마나 보잘것없어지는가! 내 어머니는 하늘을 날아다니고 있는가? 그럼 아버지, 그리고 나와 함께 낚시를 다녔던 친구들은? 우리에게 자비를 베푸시고 당신의 평화를 주소서! 이날과 연관 있다고는 전혀 생각하지 않지만 그리 유복하지 않은 마을 주민들의 집에 '매물'이라는 팻말이 여기저기 국화처럼 많이 꽂히는 시기도 항상 이때다. 대부분 아이들이 만든 것으로 보이는 그 팻말들은 자동차 앞유리에 붙어 있거나, 나무에 못박혀 걸려 있거나, 유람선 같은 보트의 후미에 달려 있거나, 혹은 옆 뜰에 놓인 트레일러에 매달려 있다. 매물의 대상은 피아노, 공터, 회전식 경운기, 벌목용 톱 등 모든 것들을 아우른다. 마치 곧 다가올 겨울이 상실의 두려움과 연관된 정신적 동요를 불러일으키기라도 한 것처럼. 하지만 마지막 나뭇잎이 동전처럼 반짝거리며 떨어질 때 '매물'이란 팻말도 함께 사라진다. 모든 이들의 급여가 인상됐거나 대부금이나 대출금을 타게 됐거나 혹은 희망이라도 갖게 된 걸까? 이런 일은 매년 있어왔다.

• • •

점심 전에 상당한 양의 버번을 재빨리 들이켠 뒤 빈둥거리기만 했다. 메리에게 꽃을 사주었다. 꽃에서 느낄 수 있었던 단순한 즐거움은 사라졌다. 오, 이런. (비가 약간 내리는 가운데) 우리는 파솔리니 감독의 〈마태복음〉이라는 영화를 보러 갔다. 파솔리니 감독이 동성애자라는 소문을 듣긴 했지만 그는 자신의 영화에 등장하는 배우들을 매력적이고 아름답게 연출했으며 또 그의 성생활은 나와 아무 상관도 없다. 극장에서 나오니 비가 무척 많이 내리고 있어 내 재킷을 메리의 어깨에 씌어줬는데 그 순간 마치 내가 열일곱이나 열여덟 살에 불과한 것처럼 여겨졌다. 집에 돌아와 위스키를 마시면서 이런저런 생각에 잠겼다. 나는 슬프고 또 피곤했다. 쉰 살이나 먹은 소년이 돼버린 현실에, 변덕스럽기만 한 나의 그것에 넌더리가 났다. 하지만 이를 털어놓는 것은 남자답지 못한 일로 보였다. 그럼에도 결국 메리에게 말해버렸고 이에 메리는 나를 아주 친절하고 부드럽게 안아주었다. 비록 성교를 하진 않았지만 난 어린이처럼 메리의 몸 위에 누워 있었다. 인내, 용기, 활기.

그렇게 한마디의 말로, 단 한마디의 말로 그녀는 웨딩 화관을 다듬는다. 오, 웨딩 화관을 다듬어주길, 비를 내리게 해주길, 유령들을 쫓아내주길. 한편으로 나는, 정말이지 부당하게도, 나 자신을 책망하는 듯했다.

그렇게 나는 순해지고, 순해지고, 또 순해진다.

• • •

어린 시절 D는 여자아이의 옷을 입기 좋아했고 대학교 2학년 시절에는 그의 룸메이트와 사귀기도 했다. 그것은 성적인 면에서는 만족스러웠으나 그가 기대했던 사랑에는 전혀 부합하지 못했다. 그의 룸메이트는 잘생겼고 운동선수처럼 몸이 좋았다. D는 작고 연약했다. 룸메이트는 그가 D와 사귄 것은 오직 편의적인 측면 때문이거나 아니면 호의 때문이었다고 주장했다. 둘 중 D가 더 적극적이었고 그에 비해 사랑을 받는 입장이었던 룸메이트는 까다롭고, 무정하고, 냉담한 연인에 불과했다. 졸업 후 D는 뉴욕에 가서 일자리를 얻었다. 그의 동성애적인, 또는 자기도취적인 본능은 여전했지만 그는 대학 시절 같은 고통스러운 사랑을 다시 시작하기 꺼렸거나 혹은 그럴 수 없었다. 그는 5년에 걸쳐 잭이라는 이름의 정신과의사를 일주일에 세 번 찾아갔다. 그의 동성애적인 본능과 결혼하여 가족을 부양하려는 욕구 사이의 충돌을 이해하거나, 치료하거나, 혹은 바꾸기 위해서였다. 5년이 거의 끝나갈 때 그가 사랑하는 젊은 여자를 만났다. 잭은 D의 결혼에 의구심을 표했지만 그는 잭의 우려에도 불구하고 결혼을 진행시켰고 이에 매우 행복한 것처럼 보였다. 황홀할 정도로 말이다. 그는 아내를 사랑했고 자신의 삶의 방식을 사랑했고 아이들을 사랑했다. 하지만 이 모든 것에도 불구하고 그의 자기도취적인 성향을 바꿀 순 없었다. 기차나 공공장소 등 모든 곳에서 D는 자기보다 더 젊은 남자들을 찾아다니는 듯했다. 그러니까 그 개성이나 취향이 D 자신의 그것에 부합하는 젊은이들, 혹은 아마도 그의 젊은 시절에 결여됐던 개성이나 취향에 부합하는 그런 젊은이들을. D는 다른 정신과의사를 찾아갔는데 (잭이 죽었기 때문이다) 그 의사는 D의 자기도취적 성향을 다양한 방법으로 승화시켜보라고 격려했다. D는 두 자녀의 아빠인 이웃의 한 젊은 남자와 사랑에 빠졌다. 꿈까지 꿀 정도로 그 사랑은 대단했지만 D는 그 남자를 도와줌으로써 이를 한 단계 높은 차원으로 승화시키고자 했다. 즉 그에게 직장을 알아봐주고, 급여가 인상되도록 신경써주고, 또 새 오일 버너 구입 문제에 이르기까지 모든 일들에 조언을 아끼지 않았다. D는 거울에 비친 자신의 모습을 감탄하며 바라보진 않았다. (자신의 얼굴이 얼마나 수척하고 또 주름져 있는지 분명히 볼 수 있었기 때문이다.) 하지만 인생에서 당시의 자기 얼굴을 가장 사랑했으며 기차에 탈 때면, 예를 들어 딜런 토머스의 책을 읽고 있는 젊은이 등 그가 도울 수 있을 만한 젊은 남자들을 찾아 두리번거리곤 했다. D의 주변에는 항상 그의 도움을 받는 젊은이들이 있었던 듯하다. D는 그런 젊은이들을 결코 건드리지 않고 반대로 (자주 있는 일이었지만) 그들이 접촉을 시도해올 경우 욕망을 간신히 잠재우면서 점잖게 거절하곤 했다. 내가 이 얘기를 하는 까닭은 모든 이들의 인생이 당신의 인생만큼 단순하지 않다는 점을 지적하기 위해서다.

• • •

술을 곁들인 점심을 먹고 클럽에서 나왔다. 택시를 타고 집으로 가다가 기사에게 호크스 애버뉴에서 내려달라고 부탁했다. 기사는 나를 이상한 사람으로 생각했을 것이다. "원래 지불해주신 금액에 해당하는 곳까지 모셔다드리겠습니다." 기사의 그 말에도 난 내려달라고 얘기했고 그래서 집까지 걸어왔다. 날씨는 매우 춥고 차가운 공기가 술처럼 자극적으로 느껴진다. 길을 따라 로퍼의 뒤쪽을 끌면서 터벅터벅 걷는 동안 기분이 유쾌해졌다. 왜 그랬을까? 신발을 끄는 것은 아버지를 불편하게 만들곤 했던 결단력 없고 가치 없는 행동들 중 하나이기 때문이다. 35년 전에 아버지가 내게 하지 말라고 했던 행동이 바로 그것이었으므로 신발을 끌며 걷길 즐기지 않았을까 한다.

메리가 옷을 입은 채 침대에서 쉬고 있기에 나는 그런 메리 옆에 누워 메리를 팔로 안았다. 그리고 바로 그때 (술에 완전히 취하면 어지럽고 흥분되는 것처럼) 우리의 존재가 녹아버리는, 그리하여 우리의 개별성이 더 나아지거나 혹은 더 나빠지는 느낌을 받았으며 그것은 둘이 하나가 됐다는 황홀한 경험이었다. 메리를 안고 있는 동안 메리는 잠에 빠져들었다. 나의 자녀이자, 나의 여신이자, 내 아이들의 어머니인 메리가. 그녀의 숨은 다소 거칠었지만 난 그렇게 평온할 수가 없었다. 잠에서 깼을 때 아내는 이렇게 물었다. "내가 코를 골았어?" "응, 아주 심하게." 내가 말했다. "귀가 찢어지는 줄 알았어. 마치 쇠톱이 돌아가는 소리 같더군." "푹 잤어." "당신을 내 팔에 안고 있으니 기분이 참 좋았어." 내가 말했다. "아주, 아주 좋았어."

• • •

결혼에 대한 네일리스의 기억은 낭만적이지 않았고 심지어 조잡하기까지 했다. 그는 전통적인 아름다움엔 관심이 없는 듯했다. 가을 장미를 다듬는 메리엘런, 야회복 차림의 메리엘런, 친구가 이 세상을 떠났다는 소식에 흐느끼던 메리엘런. 하지만 이보다도 네일리스는 테시라는 개가 병에 걸려 그랜드피아노 밑의 마룻바닥에 토했던 밤을 기억했다. 때는 새벽 3시였고 그는 늙은 개를 밖으로 내보낸 후 대걸레와 양동이를 들고 와 토사물을 치우는 중이었다. 청소하는 소리에 잠이 깬 메리엘런이 나이트가운을 입고 아래층으로 내려왔다. 피아노 밑에서 위를 쳐다보던 네일리스는 그녀의 아름다움에 깊은 감동을 받았다. 메리엘런은 종이타월을 가져오더니 이어 손과 무릎을 굽혀 네일리스를 돕기 시작했다. 청소를 다 마치고 일어서던 메리엘런은 그만 피아노 뚜껑에 머리를 부딪치고 말았다. 상처가 생겼고 그녀의 눈에는 눈물이 가득 고였다. 벌거벗고 있던 네일리스는 키스로 눈물을 닦아준 후 메리엘런을 소파로 데리고 갔다. 그는 메리엘런의 나이트가운을 가슴 위로 끌어올리고 그녀와 사랑을 나눴다. 또다른 밤, 메리엘런은 자신이 목욕을 하기 전에 섹스를 하자고 그에게 부탁했다. 섹스가 끝난 후 그녀는 욕조에 물을 받았고 그가 욕실로 가서 알몸으로 변기에 앉아 있는 동안 다리의 털을 밀었다. "점심때 더운 음식을 먹지 않으면," 그가 말했다. "설사가 나와. 치즈를 먹어도 설사가 나오더군." "난 치즈를 먹으면 변비에 걸려." 메리엘런이 말했다. 그녀는 계속 다리의 털을 밀었다. 그 모습은 정말, 정말, 정말 아름다웠다. 그것이 그가 기억하는 장면이었다.

● ● ●

『뉴욕 타임스 매거진』의 기사를 이용해 술로부터 나를 방어하라, 방어하라, 방어하라. 하지만 이런 결심은 11시에 무너졌다. 나는 아이들을 활 쏘는 곳으로 보내면서 과녁을 과수원에다 세워놓으라고 일렀다. 그런 후 몰래 두 잔의 버번을 마시고는 『타임스』지를 더 읽어나갔다. 아시아에서의 전쟁을 옹호하는 기사가 있었다. 그런데 기자가 지닌 특성이 좌절감이 느껴질 정도로 심히 불쾌했다. 은유는 진부하고 문장 구조는 애매했으며 수시로 등장하는 비유는 부적절하기만 했다. 하지만 내가 가장 강렬히 경험했던 바는 소외감과 절망감이었다. 그것은 기사를 쓴 그 이름 모를 기자를 상대로는, 어느 누가 어떤 대화를 나눈다 해도 의견을 통해 (설득은 고사하고) 그의 관심을 끌기란 불가능할 것이란 생각이 들었기 때문이다.

• • •

　자그레브 부인을 시내로 데려가 점심을 함께했다. 아, 그녀는 얼마나 귀여운 악동인가! 약간 이상한 사람이 아닐까 생각되면서도 부인과의 만남은 내게 아주 자극적인 효과를 발휘해서 우린 그야말로 흥미진진한 우리네 인생에 대해 열정적으로 떠들어댔다. 어쩌면 오후 내내 대화를 이어갈 수도 있었을 것이다. 그녀는 옆자리에 있던 (이탈리아인 분위기를 풍기는 아주 잘생긴) 택시 운전사에게서 술을 얻어 마셨고 바텐더(그는 한때 매우 잘생겼음에 틀림없다. 키도 아주 큰데 나이가 너무 많다)가 그녀를 차에 태우고 뉴욕으로 향했다. 낮잠을 자던 중 관대함과 사랑이라는 거대한 감정을 느끼며 깨어났다. 메리는 위층 침대에서 서류를 수정하는 중이었다. 메리의 바지 안으로 손을 집어넣었지만 메리는 그런 나를 슬쩍 밀쳐냈다. 난 개의치 않았다. 이어 꽃집으로 가서 메리와 자그레브 부인에게 줄 꽃을 샀다. 여자 둘이 여자 하나보단 낫다는 생각을 하면서. 이 얼마나 파렴치한가, 이 얼마나 난봉꾼 같은가! 자그레브 부인은 내게 프렌치 키스를 퍼부어주었다. 난 나의 관대함에 도취된 채 개를 데리고 언덕에 올랐다. 언덕에서 본 꽃(특히 팬지꽃)이 개 발자국과 생김새가 비슷해 보였다. 그것은 때론 한 장의 꽃잎, 때론 여러 장의 꽃잎으로 보이기도 했다. 겨울 오후의 햇살을 만끽하느라 구름들에는 거의 눈길을 주지 않았다. 집에는 불이 환하게 켜져 있고 메리는 부엌에서 내가 좋아하는 쇠고기말이 요리를 하는 중이었다. 우리 모두는 행복해 보였다. 그러니까 저녁식사 때 프레디가 큰 소리로 울어대기 전까진 말이다. 재빨리 수습하긴 했지만 뭔가 일이 잘못돼버렸다. 나는 메리에게 머윈William Stanley Merwin 의 시들을 읽어봤는지 물어봤다. "그의 어떤 시들은 두 번이나 읽었어." 메리는 그렇게 말하고는 하던 일을 계속하기 위해 위층으로 올라갔다. 그런 메리는 내가 감당 못할 수준으로 냉정하고 딱딱해진 듯했다. 섹스에 생각이 미치자마자 내 물건이 너그러이 봐주기를 간청해대기 시작했다. 이것은 무엇인가? 나는 일말의 수치심도 없이 오히려 기쁜 마음으로 과거에 X가 얼마나 여성스럽고 관능적이었는지 떠올렸다. 전화를 걸기 위해 옷을 입었다가 다시 돌아오자마자 옷을 벗고 침대로 뛰어들던 그녀. 그토록 감상적이던 X. 그녀가 내 아랫입술을 꼭 깨물어올 때 난 정화되는 느낌에 사로잡혔다. 10시까지 책을 읽고 방에 들어가자 메리가 침대에 누워 있다. 메리는 내게 달콤한 키스를 선사했지만 욕실에 들어갔다 오니 이미 잠들어버린 후였다. 그날 밤 메리는 깨어 있었지만 내가 도와줄 일이 없느냐고 물으면 짜증내며 대답할 뿐이었다. 기운을 잃지 말자.

• • •

　(나만 그렇게 생각하는지 모르지만) 그게 뭐든 메리는 내게 고맙다고 말하는 것이 그야말로 어려운 모양이다. 크리스마스 선물로 전동 타자기를 사주었을 때 메리는 어떤 식으로든 그것을 열어보려고도, 쳐다보려고도, 감사를 표하려고도 하지 않았다. 메리는 고마워하지 않았을뿐더러 말조차 걸어오지 않았다. 정확히 11개월이 지난 어느 날, 메리는 식당에 있는 내게 다가오더니 키스하며 이렇게 말했다. "사랑스러운, 그 사랑스러운 타자기를 선물해줘서 고마워."

• • •

　물론 집은 어둠에 쌓여 있었다. 눈은 계속 내렸다. 마지막 담배는 다 피웠고 술병은 바닥났으며 심지어 아스피린까지 동났다. 그는 위층으로 올라가 약품이 들어 있는 캐비닛을 열었다. 진정제를 담아두던 물약병에는 다행히 몇 알이 남아 있어서 그는 손가락에 침까지 묻혀가며 이를 꺼낸 후 곧 입안에 넣었다. 하지만 아무 효과도 없었다. 어쨌든 우린 살아 있잖아. 그는 우린 최소한 살아 있긴 하다고 계속 되뇌었다. 그러나 알코올, 난방, 아스피린, 진정제, 커피, 그리고 담배 없이는 살아도 죽은 것이나 다름없는 것처럼 여겨졌다. 그는 생각했다. '최소한 뭔가를 할 수는 있어. 그래 기분 전환이라도 해보자. 어쨌든 산책은 할 수 있잖아.' 하지만 문으로 갔을 때 그는 잔디밭에서 늑대들을 보았다.

• • •

시간의 경과는, 나로선 정말 놀랍게도, 슬픔의 근원인 듯하다. 누구는 이에 덧칠을 할 수도 있겠으나 시간의 경과라는 사실 자체를 바꾸진 못한다. 어느 하루 동안에 당신은 25년간 당신과 함께했던 이발사, 바텐더, 웨이터가 갑자기 죽었음을 알게 된다. 활기찬 기분으로 잠에서 깨어난다는 것은 꿈에서 빠져나와 사랑과 우정이 있는 곳으로 걸어나옴을 의미하지만 활기에 넘치던 친구들이 세상을 떠나버렸다는 소식을 듣게 된다면 참담한 심경에 빠지게 될 것이다. X는 간호사가 책을 읽어주는 가운데 휠체어에 앉아 있다. Y는 엄청난 지루함에 시달리며 디젤 엔진 요트를 타고 지중해를 유람한다. M은 알코올로 뇌가 손상됐지만 알코올중독에서 벗어난 재활자로서 전화로 잡지 구독권을 팔기 위해 열심이다. A는 갱생 의지가 없는 알코올중독자로 호전적이지만 때론 멍한 상태로 지내기도 하는데 석 달에서 넉 달 동안 계속 술에 취해 있었던 적도 있다. 이런 사람들이 우리가 아침에 일어나 만나고, 얘기하고, 같이 걷고, 술을 마셨던 사람들이며 또 모든 뛰어난 사람들은 이제 이 세상을 떠나버리고 없다. 커밍스를 떠올려본다. 60대 후반이 될 때까지 사랑을 노래하는 시인의 역할을 다했던 그를. 그런 사람이 있었다.

$$\bullet \ \bullet \ \bullet$$

설명하자면 우리의 대화는 다음과 같다. 나: 좋은 아침이네. 그녀: (작은 목소리로) 응. 나: 스토브 위에 있는 달걀을 먹어도 될까? 그녀: 난 달걀을 절대 안 먹는다는 걸 당신도 알잖아. 아침 식사 후에 나는 이렇게 말했다. "그럼, 이만." (침묵) 오후 5시에 내가 말을 걸었다. "뭐 좀 마실래?" "응, 좋아." "이 책 아주 재미있네." 내 말에 그녀가 대꾸했다. "분명 그렇겠지." 저녁을 먹을 때 난 이런저런 얘기를 떠들어댔지만 그녀는 그냥 잠자코 있었다. 이것이 하루 동안 우리가 서로 나눴던 대화다.

$$\bullet \ \bullet \ \bullet$$

자러 갈 때에 별은 반짝반짝 빛났고 날씨는 몹시 추웠다. 아침에 일어나니 눈폭풍이 또 몰려오려는지 푸르스름하니 어둑했다. 늘 그랬듯이 금요일이 되자 기분이 한결 나아졌다. 메리와 함께

〈지바고〉라는 영화를 보러 갔다. 이 영화의 시나리오를 패러디하는 것도 재미있을 듯하다. 전투 장면은 안경을 근접촬영하는 것으로 끝이 났다. 안경은 부러지지 않고 멀쩡했다. 영화에서는 모피모자나 꽃과 같은 암시적인 단서들이 아주 많이 등장했다. 풍요에서 빈곤으로 떨어지는 과정은 생략됐다. 부유하고 사랑스러워 보이는 젊은 연인 두 명이 눈을 뚫고 썰매를 탄다. 카메라는 서리 낀 창가의 불 켜진 초를 보여준다. 서리가 녹으면 가난하지만 서로를 사랑하는 한 쌍의 연인이 나타난다. 음악은 끔찍하고 모든 의상과 무대 배경은 상황에 맞지 않게 너무 지나치거나 혹은 거슬린다. 무도회장에는 눈발이 흩날린다. 화물열차를 가득 메웠던 승객들은 며칠을 여행하면서도 빛나는 리넨 옷에 윤기 있는 머리카락, 그리고 활기찬 혈색을 갖고 있다. 주인공과 주인공의 금발 애인이 한 침대에 있는 장면을 보면서 저토록 격렬하고, 제멋대로이고, 불가항력적이고, 또 육욕에 가득 찬 사랑을 해본 지 얼마나 오래됐을까 생각했다. 나이 때문인가? 역사와 사랑이라는 격렬함에 내가 사로잡힐 일은 다시는 없을 것인가?

• • •

종려주일. 영하 12도의 추운 날씨다. 교회가 문을 열기도 전에 도착했고 이에 한기에 몹시 시달렸다. 혈액순환에 문제가 생겼기 때문이리라. F양이 성주간에 사용되는 자주색 천 위에다 종려나무 가지들을 부채 모양으로 가지런히 늘어놨다. 그녀는 지금 자신의 아버지와 떨어져 앉아 있다. 내 앞쪽에는 금발 아가씨가 앉아 있었는데 신경질적으로 머리를 흔드는 습관이 매력적이었다. 태피taffy* 색깔의 머리카락 때문에 얼굴은 보이지 않았다. 얼굴을 보고 싶었지만 혹시 실망하게 될까봐 두려워졌다. 알코올 기운과 추위에 몸을 떨면서 무릎을 꿇고 나는 대체 여기서 뭘 하고 있는가? 기도는 하지 않았지만 대신 내 아이들은 나보다 훨씬 더 많이 행복하기를 희망했다. 나는 그리스도가 있었음을, 그가 여덟 가지 행복을 말했음을, 병자를 치료했음을, 또 십자가에 못박혀 죽었음을 믿는다. 2천 년 동안 사람들이 인생에 대한 깊은 감정과 직관을 표현하는 수단 중 하나로 이 이야기를 되풀이해왔다는 사실이 놀랍기만 하다. 이에 대한 주목할 만한 나의 유일한 경험은 기꺼운 겸손함일 뿐. 성단소에 무릎을 꿇고 있으니 누군가가 나무로 만든 양을, 그 구부러진 양의 다리를 이용해 예수 깃발이 걸린 막대기에다 솜씨 좋게 붙여놓은 모습이 보인다. 복사는 붉은 제의에 지저분한 로퍼를 신고 있다. 성단소를 떠나면서 금발 여인의 얼굴을 봤는데 역시 실망하고 말았다. 내 집에서 불행을 없애기 위해서가 아니라 내 집이 축복받기를 원

---

* 설탕, 버터, 땅콩을 섞어 만든 사탕.

하는 마음을 표현하고자, 난 종려나무 가지를 집으로 가져왔다.

• • •

슬픈 사람들, 외로운 사람들, 불행한 결혼생활을 하는 사람들이 차고, 욕실, 모텔에서 무릎을 꿇고는 사랑에 대한 필요성을 이해할 수 있게 도와달라고 신에게 요청한다. 그런데 그들은 한 명의 예외도 없이 신앙심이라곤 없는 사람들이다. 그들이 간청을 드리는 이 신은 누구인가? 그는 흡사 폭포처럼 보이는, 길고 하얀 턱수염을 기른 노인이다. 그들은 다 큰 성인이고 똑똑한 사람들인데도 왜 그토록 우스꽝스럽게 행동하는가? 그들이 무릎을 꿇게 된 것은 너무나 명백한 고통이라는 부담감 때문으로 보인다.

• • •

술에 취하지 않은 상태에서, 아니 최소한 그렇게 많이 취하지 않은 상태에서 나는 간만에 대화를 나눠야겠다고 결심했다. "우린 뭔가 잘 안 풀리고 있어." 내가 말했다. "무슨 말을 하는지 모르겠어." 메리가 말했다. "당신은 이게 남자와 여자가 같이 살아가는 모습이라고 생각해?" 내 말에 그녀가 대꾸했다. "아니." "우

536

리 얘기 좀 해." 그녀의 얼굴이 굳어지고 창백해졌다. 눈썹을 위로 치켜세우면서 그 작은 눈으로 날카로운 시선을 보냈다. "당신은 당신이 사랑하는 모든 것들을 망치고 있어." 메리가 말했다. "난 내 아이들을 사랑해." 내가 대꾸했다. "그리고 아이들을 망치지 않았어." "아이들 얘기는 여기서 하지 말자." 메리가 말했다. "난 친구들을 사랑해." "당신은 친구가 한 명도 없어. 그저 편의상 사람들을 이용하고 있는 것뿐이라고." 이어 똑같은 일이 반복됐다. 즉 내가 내 얼굴을 직접 들여다봤으면 좋겠다고 메리가 말했다. 이어 메리는 내가 나 자신을 속이고 있으며 자기기만에 빠진 사람이라고 했다. 메리는 전에도 이런 말을 한 적이 있으며 한번은 나에 대한 끔찍한 진실을 말해줄까 하고 물어보더니 하지만 이를 말하는 것은 정말이지 너무나 끔찍한 일이 될 거라고도 했었다. 메리가 무슨 목적으로 이런 말을 하는지 모르겠다. 동성애 때문인가? 그녀는 내가 동성애자라고 확신하는 걸까? 나는 동성애에 대해 불안해하고 이를 경험한 적도 있지만 여자가 남자보다 더욱 매력적으로 느껴진다. 그리고 나로 말할 것 같으면 한 여자와 인생을 꾸려왔다고 말하는 편이 더 적절하고 타당할 것이다. 메리는 또 자신은 스스로에 대해 완벽히 알고 있지만 나는 나 자신에 대해 아무것도 모른다고 말했다. (나로서는 생각해내기 어려운) 이런 그녀의 판단이 나를 당황스럽게 했다. 어떻게 다 큰 어른이 자기 자신에 대해 남들보다 훨씬 더 잘 안다고 주장할 수 있단 말인가? 여기에 메리와 도저히 공감할 수 없는 부분이 있는 듯하다. 이는 내게 부자연스러운 일로 보인다. 나로서는 전혀 이해할 수가 없다. 나는 내가 다정한 사람이라고 말했지만 그녀는 어울리는 사람이 아무도 없으면서 어떻게 다정한 사람이 될 수 있느냐고 물었다. 여기서 작가의 고독이라는 지엽적인 화제를 꺼낼 수도 있겠지만 어쨌든 난 정말이지 어울리는 사람이 있으며 그들을 충심으로, 그리고 따뜻한 마음으로 대한다. 나는 메리에게 혹시 내게 의존적인 상황이 되는 것이 두려운 거냐고 물었다(이는 내가 건넸던 몇 안 되는 공격적인 말 가운데 하나였다). "난," 메리가 말했다. "당신에게서 완벽히 독립적이야." 난 그동안 메리가 원하는 것이면 무엇이든 제공해왔다고 말했다. 그녀는 그렇지 않다고 했다. 그러면서 아이들과 관련된 비용에 관해 내가 아주 재미있는 사람이라고 말했다. 이에 나는 아이들이 원하는 돈은 다 줬으며 한 번도 꾸짖은 적이 없다고 대답했다. '재미있다'니 무슨 뜻으로 한 말일까? 메리는 이 문제를 얘기하고 싶어하지 않았다. 난 내가 결코 은행가가 아니라고 말했다. 메리는 쓰게 웃으면서 이 말에 동의했다. 그 밖에도 훨씬 더 많은 일들이 있었지만 오늘 아침에 일어나니 기억이 나지 않는다. 나는 내가 아들에게서 느끼는 사랑을 언급했다. 이에 메리는 일어서면서 이렇게 말했다. "그게 내가 이 집에 붙어 있는 단 하나의 이유야." "그게 당신이 하고 있는 짓이야?" 내가 물었다. "붙

어 있다고?" 내 말에 메리가 대꾸했다. "말꼬리 잡지 마, 늘 그런
식으로 내 말을 붙잡고 늘어지지." 내가 대꾸했다. "그렇지 않아."
그리고 나의 가엾은, 가엾은 그 물건을 손으로 숨기면서 메리에
게 작별키스를 한 후 진정제를 먹고 잠들었다. 아침에 일어났을
때 메리와 딸을 불렀지만 아무도 오지 않았다. 나를 향해 해로운
사람이라고, 감정적으로 무지하다고, 무능한 가장이라고, 또 스
스로를 속이는 사람이라고 비난했던 그녀가 바로 내가 원하는
여자다. 나는 이를 성적인 마조히즘이라고 보지 않는다, 아니 그
렇다고 인정하지 않을 것이다. 내가 살아온 날들을 살펴봐도 그
렇게 간주할 만한 증거는 거의 없다. 더불어 이것이 내 어머니가
지녔던 지배력의 슬픈 반복이라고도 결코 생각지 않는다. 그저
운이 나쁜 것일 뿐.

• • •

오늘은 딸이 결혼식을 올리는 날, 밖에는 비가 내린다. 메리의
침대로 올라가자 메리는 자기 침대에서 내려오더니 내 침대로
올라간다. 벌거벗고 있던 나는 얼마 후 내 무릎에 벌거벗은 채로
앉아보라고 메리에게 말했지만 메리는 혐오의 감탄사를 던지면
서 텔레비전을 틀었다. 메리의 퇴짜에 기분이 매우 언짢아져 이
를 핑계삼아 오렌지주스에 진을 조금 넣어 마셨다. 메리는 내 몫

의 달걀을 먹어버렸는데 메리라면 나로선 대환영이다. 거리로 나서자 북풍이 비를 뚫고 불어왔다. 14번가에 이르자 두 명의 남자가 간이식당에서 슬그머니 빠져나오는 모습이 보였다. (그중 한 명은 머리카락이 노란색이어서 눈에 띄었는데 염색을 했거나 아니면 가발일 것이다.) 나는 그들이 동성애자들이며 가게를 훔치는 좀도둑질이나 하면서 오후를 보낼 것이라고 생각했다. 우산과 아스피린을 산 다음 어둡지만 쾌적한 술집으로 가서 마티니를 한 잔 반 마셨다. 인도를 따라 걷다보니 동성애자로 보이는 남자가 또 나타났다. 그는 모카신을 신고 있었지만 양말은 신고 있지 않았으며 푸른색의 벨루어velour* 바지와 스웨터를 입고 있었다. 그런데 나의 관심을 끈 것은 그의 걷는 모습이었다. 왜냐하면 그는 마치 풍동風洞** 안에 있는 물체처럼 거리를 걸어갈 때 마치 바람에 빨려들어가는 듯이 보였기 때문이다. 특별히 강한 바람이 불지도 않았고 그럴 만한 장치도 없었는데 말이다. 호텔에 머물고 있는 벤을 만나 함께 옷을 갈아입고는 루초우 레스토랑으로 출발했다. 하마터면 수지를 보지 못하는 불상사가 생길 뻔했으나 우리는 마침내 교회에 무사히 도착했다. 수지는 겁에 질린 듯했고 이에 나는 내 팔을 내밀어 딸을 진정시킬 수 있어 기뻤다. 감개무량하게도 내가 수도 없이 상상해왔던 장면이 이

---

* 주로 외투를 만들 때 쓰는 천의 일종. 가는 털실을 두 겹으로 짜서 만든다.
** 항공기 모형이나 부품을 실험하는 통 모양의 장치.

제야 성취된 것이다. 연회에 대해서는 훌륭했다는 점말고는 아무 기억도 나지 않는다. "이 얼마나 멋진 파티인가!" 나는 계속 감탄사를 질러댔다. 그런데 구겨진 스커트나 기력 없는 노인, 술에 취해버린 웨이터를 골라내야 할 꼼꼼한 눈매의 관찰자는 어디에 있는 거지? 메리와 나는 서로 날카로운 시선을 주고받았다. 술에 너무 취해 기억이 확실치는 않지만 나는 그 파티를 끝내기 위해 우리가 어떤 계획을 세워야만 한다고 생각했다. (아니 그렇게 주장하거나 제안했는지도 모르겠다.) "당신이," 메리가 말했다. "바로 이 파티를 망치는 주범이에요." 최선의 대응은 내가 이 사태를 야기했다고 인정하는 것이었다. 나중에 나는 루초우 식당의 부엌에 들어가 위스키를 마시면서 말도 안 되는 엉터리 이탈리아어로 중얼거리기만 했다. 집에는 어두워질 때쯤에 돌아왔다. 비는 계속 내리고 있었다. 벤이 현관에 나와 있기에 아들을 꺼안으면서 메리가 나를 주범이라고 말했던 사실을 반복해서 얘기했다. "저는 아버지 편이에요." 아들이 말했다. "저는 아버지 편이에요." 난 이러지 말았어야 했다. 난 정말이지 벤이 내 편이 되기를 원치 않는다.

• • •

11시 15분에 술을 마셨다. 정오에는 B의 술집으로 갔다. 자다가 깨어 술을 마시고 또 자다가 다시 깨어나 술을 마셨다. 그리고 메리에게 이제 별거나 이혼 얘기를 해야 하지 않겠느냐고 말했다. 집을 팔고, 그 돈을 나누고 하는 얘기들 말이다. 메리는 우애가 돈독한 뉴저지의 처제와 같이 살면 될 것이다. 이 모두가 터무니없고 술에 취해서 한 소리였으며 아침에 일어나 새가 지저귀는 소리를 들었을 때 나는 집을 팔건, 방랑을 시작하건 그렇게 할 수 있을 만한 배짱이나 근성, 용기가 내게 없음을 깨달았다. 뭘 해야 좋을지 모르겠다. 누군가와 자야만 한다. 사랑에 너무나 굶주린 나머지 나는 아침을 먹으면서 친밀감의 표시로 막내를 어루만졌다. 일종의 유대감에서, 계속 살아남기 위한 방편으로.

• • •

하지만 월요일 아침이 됐다. 날은 흐리다. 오전 9시 30분. 삼십 분 안에 치과에 들러야 한다. 술을 마시고 싶다. 아침식사를 하는 동안 알코올중독 증세가 극심했으나 타고난 불굴의 용기를 통해 술을 조금씩 나누어 마심으로써 술이 그를 통제하기보다 그가 술을 통제하도록 만들었던 한 남자의 전기를 썼다. 그는 정오 전에는 결코 술을 입에 대지 않다가 점심을 먹은 후에야 술을 마셨지만 이후 5시가 되기 전까지는 다시 한 방울의 술도 마시지 않았다. 그것은 언제나 그랬듯 투쟁이었고 그리하여 그는 쉰 살이 되어서야 그 싸움은 끝나지 않을 것임을 깨달았다. 그는 식은땀을 흘리지 않고는 저장고에서 위스키 병을 꺼낼 수 없을 것이다. 토요일과 일요일이 되면 페인트칠을 하거나 장작을 패거나 넓은 잔디를 깎곤 하겠지만 혹시 술 마실 시간이 되지 않았는지 확인하려고 십 분마다 시계를 들여다봐야 할 것이다. 5시 오 분 전이 되면 그의 손은 떨려오고 얼굴은 땀에 젖기 시작하며 이에 얼음을 꺼내고 이어 그 위로 황금색으로 찬란히 빛나는 아름다운 위스키를 붓고 나서야 그는 비로소 더 나은 인생을 살아가게 될 것이다.

· · ·

목요일 아침이다. 11시 이십 분 전. 나는 지금 술과 극도로 힘겨운 전쟁을 벌이고 있다. 하지만 진정제를 복용하면 혈액순환에 좋지 않을 것이다. 잔디를 깎고 싶지만 발목을 다칠까 걱정이 된다. 그저 이렇게 앉아 땀을 흘리는 것말고는 정말이지 할 일이 전혀 없다. 나 자신에게 편지를 써보고자 한다. 친애하는 나 자신에게, 술과 싸우며 힘겨운 시간을 보내고 있구나. 이겨내도록 해.

● ● ●

새벽에 잠에서 깼다. 꿈에 새로운 여자가 나타났다. 그 여자는 중국인으로 큼지막한 엉덩이와 작은 가슴을 갖고 있었다. 그러다 그녀는 산딸기로 만든 잼 색깔의 스웨터를 입고 아주 작은 진주들로 만든 목걸이를 건 여자로 바뀌었다. 이어 나는 여자 A의 시중을 받으며 로마의 커다란 아파트에 살고 있었다. 이런 종류의 꿈을 꾸면 으레 그렇듯이, 꿈속에서의 나는 몸이 허약해서 쟁반에 음식을 담아 따로 먹었다. 나는 그녀에게 커다란 파란 알약을 부탁했다. 알약은 하늘색을 띤 큰 캡슐 모양으로 생겼다. 나는 알약과 물 한 잔을 건네받았고 그녀는 일을 하기 위해 바이런에 관한 책을 들고 앞방으로 물러갔다. 점차 의식을 잃어갈 때쯤 들려오는 그녀의 타이핑 소리가 나를 행복하게 했다. 현실의 나와 꿈속의 나는 얼마나 다르던가. 나는 오후 늦게 잠에서 깨어났다. 파란 알약으로 인해 낮 또는 밤의 몹시도 지루한 시간을 피할 수 있었다. 나를 맞는 것은 언제나 기분좋은 아침이며 짧은 오후이며 광대한 석양이다. 나는 오후 3시의 극심한 지루함을 결코 경험하지 않아도 되었다. 잠에서 깨었을 때 A가 혹시 술이나 차를 원하는지 물어왔다. 그리고 내겐 참으로 맛있는 술을 건네주고 자신은 차를 한잔 마셨다. 내가 점차 퍼져가는 알코올의 효과를 만끽하고 있을 때 그녀는 목욕을 한 후 T의 집에서 열릴

544

파티에 가기 위해 아주 우아하게 옷을 차려입었다. 그녀의 작별 키스는 메마르면서도 다정했다. 그녀는 테이블 위에 파란 알약을 놓아두었고 밤이 다가오면 난 알약을 챙겨 먹고는 시트 속에서 이리저리 꼼지락대다가 서서히 잠에 빠져들었다. 그녀는 밤 10시에 돌아와 나를 깨우고 모퉁이의 한 식당에 저녁식사를 주문한 뒤 파티에서 있었던 일을 들려줬다. 다음에는 옷을 벗고 내 침대로 올라왔으며 그렇게 사랑을 나눈 후 나는 파란 알약을 하나 더 먹었다. 이제 나는 아침식사를 가져온 하녀가 오전 9시에 깨우기 전까지는 아무것도 모른 채, 꿈조차 꾸지 않은 채 잠들 것이다. 잠은 나의 왕국이며 나의 고향이며 나는 '잠의 왕자'다. 우리는 가난해진 꿈을 통해 우리의 나이를 목격하는가? 중년에 꾸는 진부한 꿈이여.

· · ·

여름의 소년이었던 형의 파멸에 대해 생각해본다. 무슨 일이 일어났던가? 쿼터백이었던, 체육관 앞에서 코카콜라를 마시던, 무적의 하키 팀에서 주장을 맡았던 형에게 말이다. 형은 친구들과 사이좋게 지냈고 여자와 데이트도 즐겼으며 술 마시기를 좋아했다. 오, 무슨 일이 일어났던가? 하느님의 교회에서 결혼했고 침대에서는 왕성한 남성의 힘을 발휘했으며, 일에는 빈틈이 없었고 다정한 아버지인데다 카드나 주사위 놀이를 해도 늘 행운이 따랐다. 그런데 무슨 일이 일어났던가? 아내가 다른 남자의 침대에 있는 장면을 보았던가? 자기 자신의 결혼생활에서 질서가 사라지자 형은 이 세상의 질서를 세우기 위해 동분서주했다. "이게 바로 네가 일하는 방식이야." "그러니 내 말을 들어봐." 형은 우산받침대에 오줌을 갈겼고 쇠고기구이를 걷어챘으며, 반더비어 부인을 향해 형의 물건을 흔들어댔고 아침이 되면 모든 사람들에게 안부전화를 걸어 별일이 없었는지 물어봤다. 형은 그해를 뉴욕에서 보냈다. 그리고 혀 짧은 예술감독과 함께 이곳저곳을 돌아다녔다. 매디슨 애버뉴에서는 창녀를 찾아 여기저기를 어슬렁거리기도 했다. "점심 전에는 절대로 술을 마시지 않아." 형은 그렇게 말했지만 아마 그렇진 않았을 것이다. 어쨌든 12시를 알리는 호루라기 소리가 나면 형은 분명 술을 마셨다. 여섯 잔의 비피터 양주에 한 잔의 맥주. 다음에는 오후 음주가 본격적으로 시작됐다. 형은 축구 경기를 하다 발목을 다쳐 침대에 있을 수밖에 없게 되자 10쿼트의 길비스를 마셨다. 오, 무슨 일이라도 일어났던가? 형의 밀실공포증은 라과르디아 공항에서 시작됐다. 형은 질식해 죽을 것이라 생각해서 이후 항상 술이 든 플라스크 한 병을 휴대하고 다녔다. 형은 아주 매력적인 사람이었다. 클럽에서든 파티에서든 인기를 끌었고 파멸하고 난 뒤에는 금주친목회의 인기를 독차지했다. 한편으로 형은 끔찍한 오해를 받는 사람이기도 했다. 이에 관한 한 형은 사실상 바보멍청이었다. 형의 고뇌를 알아주는 사람은 아무도 없어서 형이 무슨 말이라도 할라치면 아무도 들으려 하지 않았다. 하지만 그 독선, 그 짜증과 행복이 뒤섞인 미소, 그리고 도덕적 우월성을 갖고 있다는 자신감은 어디에서 오는가? "내가 아는 딱 한 가지는 그건 아이들이 나를 사랑한다는 점이야." 그 여름의 소년이 클럽의 주정꾼으로 변해야 했던 이유로 여러 가지를 추정할 수 있겠지만 그 까다로움과 그 진부한 좌우명들과 가짜 같은 희망은 어디에서 연유하는가? "나는 항상 내가 알고 있는 방법들 중 최고의 것을 적용해왔어. 내가 그러지 않았다고 누구도 말할 수 없어." 형은 어떻게 그 활기찬 쿼터백과 라커 룸의 장난꾸러기에서 그토록 멀리 떠나올 수 있었단 말인가?

● ● ●

(입술이 검고 늙은 원숭이를 닮았던) 늙은 햄릿 삼촌은 당신이 이 국가의 역사 중 최고의 50년을 살아왔다고 말하면서 내가 그 나머지를 갖게 될 거라고 말씀하시곤 했다. 전쟁, 공황, 자동차 사고, 가뭄, 정전, 부패, 오염된 강. 실상 삼촌은 이 모든 것을 접시에 담아 내게 건네줬던 것이다.

우울증. 행운이나 모든 종류의 사랑, 존경, 일, 그리고 파란 하
늘에 대한 우울증의 저항은 얼마나 불가사의한가. 나는 모든 위
대한 사람들 역시 유사한 고통을 겪었다는 사실로 나를 위안하
려 한다. 하지만 이성이란 이를 끔찍이도 싫어하는 자들에겐 아
무 효과도 없는 법이다. 그러므로 유일한 위안은 간단히 말해서
술이다. 술은 확실한 치료제이기 때문이다.

• • •

가족과 함께 벤의 졸업식에 갔다. 여름날, 사각형의 잔디밭 안
에 접이식 의자들이 쫙 펼쳐져 있다. 내게는 상류층의 무의미한
행사 정도로만 보인다. 졸업생들이 행진해 들어갈 때 여자 몇 명
이 우는소리를 냈다. 긴 머리, 짧은 머리, 잘생긴 얼굴, 못생긴 얼
굴 등 아이들의 생김새는 다 제각각이었지만 그 수백 명의 생명
들이 간직한 선과 악의 힘은 분명히 느낄 수 있었다. 열일곱, 열
여덟 살의 나이지만 얼굴에는 여전히 순수함이 넘친다. 나중에
시간이 통제하면서 사라져버릴 큰 코, 넓은 눈, 커다란 입 등 아
이들의 모든 것들은 순수하기만 했다. 사람들은 일제히 일어나
"우리는 신의 축복을 청하기 위해 여기에 함께 모였습니다"라고

큰 소리로 노래 불렀다. 여기에 낸터킷의 보트에서 볼 수 있는 것과 똑같은 얼굴들이 있다. 의식의 평화로움은 바로 우리가 같은 가치를 지닌 집단이라는 점에서 연유하는 것이다. 우리는 같은 학교, 같은 대학교, 같은 파티에 갔고 바다의 섬에서 여름을 보내며 우리의 옷, 소득, 먹는 음식, 신앙에도 기이할 정도로 동질감이 존재한다. 윈스롭 록펠러Winthrop Rockefeller*가 연설을 시작했다. "유명한 그리스 철학자인 아리스토텔레스가 이 한가운데에 있을 것입니다. 또다른 아인슈타인도 여기 있을 겁니다. 여러분들은 교육이라는 도구의 혜택을 입었습니다. 이를 어떻게 활용할 것인가는 당황스러운 이 세상에 대한, 하루가 다르게 변해가는 이 세상에 대한 여러분의 책임감에 달려 있습니다. 2000년이 되면 우리는 기술적으로 진보된 사회를 완벽히 달성할 수 있게 될 것입니다. 하지만 인간의 영혼은 어떻게 될까요?" 상장수여식이 끝없이 계속되기에 나는 차로 돌아와 술을 마셨다.

● ● ●

해머는 남자화장실을 사용하기 위해 동전을 넣고 안으로 들어섰지만 평상시의 용무를 위해 화장실에 온 것은 아니었다. 그

---

* 미국의 정치가, 자선가.

는 사방이 막힌 화장실 안에서 무릎을 꿇고 머리를 숙인 채 이렇게 읊조렸다. "전지전능한 신이여, 우리 주 예수 그리스도여, 모든 것을 만드신 분이여, 모든 인간의 심판자시여……" 기도를 모두 마치자 그는 일어서서 바지에 묻은 먼지를 털어낸 다음 주머니에서 병 하나를 꺼냈다. 그리고 감사에 찬 신음 소리를 내뱉으며 모자를 위스키로 채웠다.

• • •

불편한 위에 술을 부었고 더위 속에서 잔디를 깎았으며 몸을 찔러대는 느낌이 들 정도로 차가운 S의 풀장에서 수영을 했다. 으, 차가워. 수영 후에는 열여덟 살짜리 소년이나 입을 법한 옷으로 갈아입었다. 아마 나는 흰머리를 휘날리며 2인승 컨버터블을 모는 그런 노인들 중 하나로 보였을지 모른다. 메리가 감기에 걸린 것 같은 목소리로 얘기하기에 정말 감기에 걸렸는지 물어보자 메리는 내게서 풍기는 악취가 너무 심해 입으로 숨쉬고 있을 뿐이라고 말했다. 나는 한 사람의 활달한 기분을 처참하게 만들어버리는 그와 같은 메리의 민감함에 상처를 받았다. 둘 사이에 중요한 대화라곤 전혀 없었고 당장 잊을 수 없는 것 따위란 전혀 존재하지도 않지만 그럼에도 나는 메리의 그 말에서 메리의 성격과 우리 사이의 관계를 알 수 있을 듯했다. S는 셰익스피어의 연극을 보기 위해 스트래트퍼드에 갈 예정이다. 그녀는 밝은 색의 옷으로 갈아입었다. 그녀의 친구인 한 과부는 검은색 레이스가 달린 옷을 입었지만 그녀가 그런 옷을 입어야 할 정도로 나이들진 않았다고 생각한다. 그렇게 다소 튀게 입은 여자들이 극장에 갈 예정이었다. 롭과 수가 왔고 나는 다시 그들과 수영을 했다. 롭과 수는 만찬을 같이하고자 계속 머물렀는데 어느 사이엔가 술에 많이 취해버렸다. 벤은 여자친구와 언쟁을 벌였다가 다시 화해했지만 나는 벤의 여자친구에게 자주 키스했으며 그 여자아이도 별로 개의치 않아했다. 아들의 데이트 상대와 키스를 나누는 남자는 어떤가? 이에 대해 어떻게 생각하는가? L은 무스탕 차에 앉아 무릎 사이로 구토를 해댔다. 너무 긴 머리카락, 너무 작은 얼굴, 특별하달 것도 없는 그저 그런 인상, 좋지 않은 혈색. L은 운전이고 뭐고 아무것도 할 수 없을 정도로 술에 취해버려 우리가 침대로 끌고 가야만 했다. L의 아버지와 전화 통화를 했는데 그는 아들의 만취 소식에도 놀라지 않는 인내심 있고 다정다감한 남자였다. 역시 술에 취해 누구의 말도 들으려 하지 않고 무감각해진 아들은 친구가 만취해 쓰러지자 머리를 쓸어넘기며 감상적인 어조로 이렇게 말했다. "이렇게 아파서 어떡하니." 모든 것이 뒤죽박죽돼버려 아침에 일어났더니 기억나는 일은 다음과 같은 것들뿐이다. 소녀들, 구토, 런던 브로일 고기, 코넌 도일의 책을 읽고 있던 롭, 그리고 비어 있던 나의 잔.

• • •

평소처럼, 아니 당연하다는 듯 9시경에 술을 마셨다. 정열적
인 한 흑인 여자와 로마의 미국문예원 도서관에서 뒹구는 꿈을
꾸다. P는 옆 침대에서 내가 알지 못하는 누군가를 열심히 애무
하고 있는데 그 누군가는 거듭 이렇게 말한다. "괜히 시간 낭비
만 하고 있군요." 어둑해질 무렵 벤과 함께 아동회관 운동장의
잔디를 깎았다. 자선 행위에 열심인 아버지와 아들. 나는 로마에
메리와 페데리코를 데리고 가서 로렌*을 인터뷰하는 데 동의했
지만 메리는 그리 좋아하는 눈치가 아니다. 가족들이 영화를 보
러 나간 뒤 나는 큰 소리로 "혼자 있게 되다니 얼마나 행복한가,
이렇게 혼자 있으니 얼마나 행복하고, 행복하고, 또 행복한가 말
이다!"라고 외치며 집 여기저기를 돌아다녔다. 테라스에서 술을
마셨고, 저녁별을 보며 소원을 빌었고, 개와 대화도 나눴다. 의사
가 전화를 걸어왔다. 그는 유별나게 둥근 얼굴과 둥근 눈을 가진
젊은이로, 내가 볼 때 비록 의학에 대한 열정은 넘치지만 고통의
힘에 대한 지식이나 존중은 없는 사람일 것이다. 그는 장밋빛 미
래에 대한 어떤 환상이 있는 듯하다. 콜레스테롤과 우울증을 치
료하는 알약, 나태를, 욕정을, 동성애를, 분노를, 불안을, 탐욕을

---

* 영화배우인 소피아 로렌을 가리킨다.

치료하는 알약이 있는 미래. 비행기에 공포를 느끼신다면 이 빨간 알약을 써보세요, 그는 열정적으로 말한다. 고소공포증에는 여기 노란 알약을 복용하시고요. 우울해질 때는 흰 알약을 드세요. 알약, 알약. 요즘에는 대단한 알약들이 얼마나 많은가. 요즘엔 불로장생의 묘약을 만들려는 시도도 이루어지고 있지만 아직은 오류가 완전히 시정되지 않았다. 내년쯤엔 그런 약이 나올 거라고 나는 확신한다.

• • •

　H부부에 관한 이야기다. 그들은 언덕 위의 소박한 집에서 가정부도 없이 산다. 자녀도 없다. 홀쭉하고 갸름한 얼굴의 남자에게선 정말이지 매력이라곤 찾아볼 수 없으며 이렇다 할 특징이나 개성도 없이 밋밋한 그의 성격은 유성펜으로 그려놓은 듯한 콧수염 때문에 더욱 두드러져 보인다. 그가 입는 옷은 싸구려 같고 신발은 종이처럼 얇기만 하다. 여자 역시 홀쭉하다. 콧수염만 뺀다면 그 둘은 아주 닮은 인상이다. 여자는 보석을 전혀 걸치고 있지 않다. 거실에는 그림 한 점 없으며 덴마크풍의 가구는 바로 이 마을에서 구입했을 것이다. H부부에 관한 주목할 만한 사실은, 비록 그들은 자신들의 그해 소득이 25만 달러였다고 했지만 세무서 직원은 둘의 수익이 거의 160만 달러에 이른다고 주장한

다는 점이다. 그들은 세금으로 15만 6천 달러를 냈다. 그런 큰 돈으로 그들은 무엇을 할까?

• • •

밤새 비가 내렸다. 계곡을 향해 일직선으로 떨어지는 비가 마치 뭔가가 느슨하게 풀려나오는 소리 같다. 나는 내가 뒤엉킨 낚 싯줄을 풀고 있는 듯한 느낌을 받았다. 행복하게도.

• • •

우울증이 해머를 따라다녔지만 그 우울증에서 간교한 속임수란 거의 찾아볼 수 없었다. 이는 우울증이 게을렀기 때문이거나 아니면 그것이 희생자인 해머에 대해 너무나 자신만만한 나머지 노력할 필요를 전혀 느끼지 못했기 때문일 수도 있다. 금요일에 해머는 로마로 날아가 에덴 호텔에 투숙했다. 토요일 아침, 그는 왕성한 활기를 느끼며 잠에서 깨어났다. 일요일에도 쾌활했으나 월요일에는 우울함을 느끼며 잠에서 깼다. 그 우울증이 너무 심 해서 그는 침대에서 간신히 몸을 이끌고 한 걸음, 한 걸음 사력 을 다하고 나서야 샤워실로 갈 수 있었다. 화요일에는 폰디까지 기차를 타고 간 다음, 택시를 잡아 산을 통과해 스페르롱가까지

가서 친구인 G부부와 함께 머물렀다. 이틀 동안은 좋은 기분으로 지냈으나 셋째 날에는 징그러운 그 우울증이 그를 가만 놔두지 않아서 포르미아에서 나폴리로 가는 기차에 올라탔다. 나폴리에서는 기분좋은 4일을 보냈다. 그 질긴 우울증이 희생자 추적에 실패한 것일까 아니면 그저 숙련된 암살자의 방식대로 느긋하게 희생자를 따라 움직였던 것일까? 그러나 나폴리에서의 닷새째 날에 비참한 기분에 빠져든 해머는 로마행 오후 기차를 탔다. 로마에서 셋째 날까지는 마음 편하게 지냈지만 네번째 날에는 또 생명에 위협을 느낄 정도로 우울해져 정오에 출발하는 뉴욕행 비행기 편을 예약했다. 이렇듯 여기저기를 옮겨다님으로써 그는 매주 이틀을, 어쩌면 가끔은 사흘을 자연스러운 기분을 느끼며 만족스럽게 지낼 수 있었다. 우울증은 항상 따라다녔다. 그것은 결코 목적지에서 그를 기다리고 있는 법이 없었다.

• • •

옛날 일기를 읽으면서 술과의 싸움 및 우울증 증세가 내가 알고 있던 것보다 더 오랜 시간 동안 계속돼왔음을 알게 됐다. 술과의 싸움은 (최소한 아주 조금이라도) 정체 상태에 있는 듯하다. 옛날 일기가 도움이 되긴 하지만 일기장 도처에 자아도취의 흔적이 남아 있다. 내 마음 한구석에서 난 내가 없어지거나 죽은 후에 누군가 나의 정직함, 순수함, 용기 등등에 감탄해가면서 이 일기장들을 읽을지도 모른다는 가능성을 염두에 두고 있다. 그 누군가는 얼마나 좋은 사람인가!

• • •

꿈을 꾸었는데 내용은 다음과 같다: 존슨 대통령에 대한 사악한 생각을 법률상의 범죄로 규정하는 입법안이 어제 의회에서 통과됐다. 용의자들은 거짓말탐지기를 동반한 FBI의 수사를 받게 될 것이라 한다.

• • •

벤의 방바닥에서 L이 수신인으로 돼 있는, 아직 부치지 않은 편지를 발견했다. 아마 내가 읽길 바라며 일부러 떨어뜨려놓은 듯했다. 편지에 관해 벤에게 침묵을 지킬 수 있기를 희망하면서 난 원래 있던 대로 편지를 바닥에 내려놓았다. 편지에서 벤은 외롭다고 말했다. 울고 싶다고 했다. 생명체들 중 가장 자기중심적인 동물인 엄마와 아빠 때문에 힘들다고 했다. 아빠가 구식 차를 몰고 서쪽으로 여행을 가라고 했지만 이미 자기가 좋아하는, 장기간의 품질보증이 제공되는 새 차를 샀다고 했다. "아들에게 차를 넘겨줄 만큼 아빠는 스스로를 썩 괜찮은 사람이라고 생각할지 몰라도 내가 아빠의 차를 받을 수 있었던 단 하나의 이유는 아빠를 다루는 방법을 알기 때문이야. 아빠는 책임감을 주제로 길고 긴 연설을 늘어놓았지만 너무 취한 상태라 아침에 아무것도 기억하지 못했지. 그래서 아빠가 차를 어디에 두었는지 내가 알려주었지."

• • •

네일리스였다면 토니에게 이런 답장을 썼을 것이다. "네가 떠나고 난 뒤 수신인이 하느님으로 돼 있는 편지를 네 방바닥에서 발견했다. 분명 내가 그 편지를 읽어주길 바랐겠지? 그러고 보니 네 편지를 읽었던 적은 한 번도 없었구나. 네가 왜 그런 식으로 느끼는지 이해할 수가 없다. 너에게 줄 수 있었던 것들에 대해 단 한 번이라도 내가 생색을 냈던 적은 없다고 생각한다. 만약 네가 받는 입장에만 있었기에 가책을 느꼈다면 그 심적인 부담을 덜고자 내가 생색을 냈다고 상상했을 순 있다. 이것이 내가 생각해낼 수 있는 유일한 설명이다. 네 할아버지는 이 아빠에게 거의 아무것도 줄 수 없었다. 사랑, 애정, 옷, 음식, 그 무엇도 전혀. 당신은 무일푼에 친구도 없었고 나이들고 힘든 날들을 보내셨지. 물론 내게 부족했던 것들을 네게 줄 수 있었다는 점이 내게는 중요하다. 네가 일인용 레이싱카에다 그에 어울리는 (새 옷이 들어간) 가방을 챙겨 떠나는 모습을 보는 건 나로서도 만족스러운 일이지만 난 그런 것들을 네게 주지 않았다. 너를 지원하는 일에 '준다'거나, '할당한다'거나, 혹은 '헌신한다'는 단어를 쓸 정도의 충분한 자의식이 내게는 없다. 너는 내가 가진 돈을 마음껏 써도 좋다, 마치 끝도 없을 것 같은 너에 대한 나의 사랑을 마음껏 가져가도 좋은 것과 마찬가지로. 너는 편지에, 그것도 대문자로, 네가 나로부터 무엇이든 받을 수 있었던 유일한 이유는 네가 나를 다루는 방법을 알고 있기 때문이라고 썼더구나. 너의 그말은 나의 잔잔한 사랑을 너의 입장에서는 아첨으로, 나의 입장에서는 어리석음으로 만들어버리고 말았다. 도대체 어떤 방식으로 네가 나를 다뤘다는 말이냐? 대답해보렴. 간혹 나이트캡을 쓴채 밤늦도록 너와 섹스에 대한 얘기를 하다 아침이 되어 인사를 건넬 때, 난 항상 너에게 의무감에서 나와 같이 있을 필요는 없다고 분명히 말했다.

나와 네 엄마가 이 세상에서 제일 싫어하는 사람이라고, 왜 네가 말해야 하는지 이해하지 못하겠구나. 그러니까 너 자신의 행동에 아주 깊은 죄책감을 느끼지만 차마 네 자신을 비난할 순 없기에 어쩔 수 없이 우릴 비난해야 하는 상황이 아니라면 말이다. 사실 너에 대한 우리의 사랑이 거의 어리석다고까지 말할 수 있는 수준에 이를 지경인데도 너는 우리가 이 세상에서 가장 이기적인 사람이라고 썼다. 에로틱한 꿈을 제외한다면, 내가 깨어났을 때 가장 신경쓰는 대상이 바로 너이며 잠들었을 때도 가끔 사랑스러운 너의 꿈을 꾸곤 한다. 기억나는구나, 나는 불붙은 폭죽을 시냇물에 던지던 너를, 과수원에서 스키 타던 너를, 스토^{Stowe} 휴양지에서 스키 타던 너를 연인 같은 눈길로 지켜봤지. 네 사촌들과 함께 산에 올라갔을 때 심장에서 심한 통증이 느껴졌지만 문제될 게 없다고 생각했다. 내 아들과 함께 있었으니까 말이다. 새러토가에서 밤마다 잠을 이루지 못할 때도 너와 함께 이탈리아의 돌로미테 산맥을 오르는 장면을 상상하곤 했다. 한 남자로 성숙하기 위해서는 아버지의 애정이라는 껍데기를 깨야만 할지도 모른다. 이번 경우는 여기에 해당하지 않기를 기도한다. 누군가가 너한테 겁을 주고 있다고 편지에 쓰여 있더구나. 혹시 사춘기에 대한 너의 공포와 이 아빠에 대한 네 감정 사이에 어느 정도 무의식적인 관련이 있지 않나 궁금해지지만……"

하지만 네일리스가 이런 편지를 썼다면 아마 곧 찢어버렸을 것이다.

• • •

이 글을 병약자의 일기로 만들어버리고 싶은 생각은 없지만 최근 수 주 동안 통증과 불편함, 근심이 내내 떠나지 않는다. 아무래도 약이 나를 멍청이로 만들지 않았을까 생각한다. 나는 좀체 가라앉지 않는 통증을 진정시키고자 11시에 술을 마셨고 1780년대에 파리에 있었던 벤저민 프랭클린에 관한 글을 읽었다. 날씨는 계절에 맞지 않게 덥다. 말벌, 그리고 그 비슷한 것들이 수프와 칵테일 안으로 떨어졌다. 위층에서도 벌들이 날아다녔다. 앞쪽 계단으로는 둔해 보이는 주머니쥐 한 마리가 다가왔다. 나는 그 쥐가 부상을 입었거나 병에 걸렸다고 생각했다. 그 쥐에게서는 서두르는 기색이 전혀 느껴지지 않았다. 검붉은색과 검고 하얀 색들로 치장한 작은 뱀 한 마리가 정원으로 통하는 계단 위에 누워 있다. 정원에 있는 거위, 뱀, 말벌, 꽃 들 모두 다가오는 겨울의 무자비한 힘을 걱정하는 듯했다. A가 와서 주사위 놀이를 했지만 네 번이나 연속으로 지는 바람에 난 지루해지고 말았다. 그래도 이것이 치료에 도움이 되리라 생각한다. 날이 몹시 덥고 화창해 우리는 야외에서 식사를 했다. 테라스에 앉아 있던 중 보름달만큼이나 크고 밝은, 오직 오렌지색과 초록색만을 발산하고 있는 별이 하늘에 떠 있음을 발견했다. 별빛은 밤안개 속에서 이중으로 반사되고 있었다. 나는 부엌으로 뛰어들어가 어서 밖으로 나와 이 신비한 별빛을 보라고 메리에게 말했지만 메리는 찻주전자를 닦고 있는 중이었고 설거지중인 여자를 밖으로 불러내기란 어려운 일이다. 설사 새 천년의 순간을 같이 맞이하자고 제안한다 해도 말이다. 메리가 나왔을 때 별빛은 희미해진 상태였지만 공기 중에는 여전히 약간의 광휘가 남아 있었다. T가 술을 한잔하자고 청해왔다. 술을 많이 마신 후 T는 일자리를 잃었다고 말해왔다. 35세인데다 세 자녀까지 있는데 말이다. 그는 밝은 얼굴로 내가 갖고 있던 일요판 '타임스'지에서 구인광고를 몰래 찢었노라고 고백했다. 그리고 자신의 아버지에 대한 얘기도 계속 늘어놓았다. T는 자신의 아버지가 악마처럼 보였다고 말했다. 아들들에게 대학교에 가는 기차표만 끊어줬을 뿐 그 외에는 아무것도 해주지 않았다는 것이다. 그 아들들은 식료품 직원, 병원 잡역부, 웨이터 등의 일을 했다고 했다. T는 반복해서 아버지는 악마였다고 말했다. 나는 한 사람의 아버지를 비난하는 것에 대해 미신을 갖고 있다. 술자리에서 빠져나와 나이트캡을 쓰면서 내 아버지 역시 내게 해준 것이 그 얼마나 없었던가 하고 생각했다. 아버지는 버스비조차 주지 않으셨다. 하지만 아버지에게는 그럴 돈이 없었기 때문이고 따라서 나는 아버지의 영혼이 순수했다고 생각한다.

● ● ●

이것이 병자로서 쓰는 마지막 일기가 되기를. (난 기도하는 심정이다.) 두려움이 엄습해옴과 동시에 기분도 좋지 않아져 점심을 먹고 침대에 누웠다. 창문 밖으로 황금색 나뭇잎과 유리창에 반사된 햇살이 내다보였다. 5시에 깨어 옷을 입은 후 술과 식사를 위해 아래층으로 내려갔다. 침대로 다시 돌아온 것은 8시경이었는데 나의 보금자리이자 피난처이며 또 늘 변함없고 깨끗하고 따뜻한 침대로 돌아올 수 있어 기뻤다. 그리고 내가 아팠던 이유는 아마도 신경성 불안이라는 과도한 부담감에 기인할지 모른다는 생각이 들었다. 이 그 얼마나 부당하고 또 이해하기 힘든 일인가. 기차역 승강장에 서 있자니 현기증이 몰려왔다. 혹시 아스팔트가 날아올라 내 미간을 강타하진 않을까? 알 수 없는 일이다. 하지만 그랬던 적은 한 번도 없다. 그랜드센트럴 역에서도 현기증이 느껴졌다. 아들과 함께 시내를 걸어다니는 동안 혹시 쓰러지더라도 안전한 곳에 쓰러질 수 있도록 지팡이를 손에서 놓지 않았다. 다리와 터널, 고속도로에서도 몸의 중심을 꽉 잡아야 할 정도로 심한 어지럼증이 닥쳐왔다. 이에 나는 신체기관 중 일부는 어쩔 수 없이 손상될 수밖에 없으며 (어떤 장기는 정말로 그랬다) 치료제는 휴식뿐이라는 생각이 들었다. 휴식이야말로 내가 원하는 전부였고 그것도 유별나게 많은 양의 휴식이 필요했다. 왜냐하면 고통 역시 유별나게 심했기 때문이다. 가끔 잠에서 깨어날 때 나는 내가 더이상 아프지 않다고, 엄청나게 많은 것들을 선물 받았다고 생각한다. 이에 감사의 마음이 거대한 물결처럼 나를 덮쳐오곤 하지만 나의 감사는 누구에게 바쳐져야 할 것인가? 신성한 지혜는 쉽게 얻어질 수 없는 법이다. 이에 나는 감사해하고 또 겸손해하면서 최악의 상황은 끝났다고 확신했다.

• • •

　나의 유일한 형제인 형이, 세 번에 걸친 중대한 알코올 위기를 포함해 25년의 세월을 술에 빠져 지내온 후에, 일자리와 모든 재산과 아내와 최소한 두 명에 이르는 자녀의 신뢰와 애정을 잃은 후에, 형을 고용했던 모든 이들이 하나같이 멍청하고 굼떴다는 사실을 깨달은 뒤 조그만 라디오 방송국에 광고 시간을 파느라 사우스 쇼어의 여관을 전전하고 난 후에, 관절염으로 엄청나게 고생하면서 이제 예순두 살이 되고 난 후에, 9시경 아파서 침대에 누워 있는 내게 전화를 걸어왔다. 형의 목소리는 우렁차고 기운에 넘쳤다. 과거 일주일간 술에 취해 있었을 때도 그랬던 것처럼, 형은 걱정스럽다는 투로 안부를 물어왔다. 나는 우리 둘 모두 강인한 체질을 갖고 있다는 사실에 기뻤다. 또 경쟁이라는 본성을 띠었던, 참으로 불가사의한 우리 둘의 관계를 떠올렸다. 형은 토요일에 콜로라도로 차를 몰고 갈 것이라 했다. 그렇게 차분하고 열심히 살아왔던 나는 옆 마을에 차를 몰고 갈 기운조차 없는데 말이다.

• • •

일요일 아침은 조마조마하고 우울했다. 대통령은 항공모함 갑판 위에 서서 이렇게 말했다. "여러분의 이 무기와 여러분의 이 비행기들이 우리의 자유를 지키는 창과 방패입니다. 여러분들의 비행기 이름들인 팬텀Phantom, 인트루더Intruder, 호크아이Hawkeye, 비질랜티Vigilante, 스카이호크Skyhawk가 바로 우리 자유의 표어인 것입니다." 표현의 자유가 위협받는다면 우리는 그곳이 어디든 싸울 것이다, 비록 그 때문에 우리 자신이 누려야 할 표현의 자유를 희생해야만 한다고 해도. '타임스'지의 편집자는 연일 티파니Tiffany* 회사의 광고면 바로 옆에다 죽은 자와 부상당한 자의 사진을 실었다. 전쟁에서의 승리는 칵테일파티를 통해 이뤄지진 않을 것이다. 공화당원들과 남부 민주당원들은 반反빈곤 프로그램을 좌절시켰다. 유대인들의 자손들은 컨트리클럽에서 배척받는다. 이 나라의 최대 판매 품목 중 무기의 다음 자리를 차지하는 것은 위스키와 마약이다. 월스트리트의 자본가들은 정말이지 군국주의적이고 탐욕적이다. 전 세계의 독재자들을 공공연히, 혹은 기꺼이 지원하는 그들을 당신은 매일 아침 기차역 승강장에서 만날 수 있다. 살라자르, 프랑코, 파파 독Papa Doc**과 유대 관

---

* 보석을 취급하는 회사명.
** 아이티의 독재자였던 뒤발리에의 별명.

계가 돈독한 자들이 바로 그들인 것이다.

누구나 위의 사실들을 다 알고 있으며 전쟁으로 인한 타락은 헤아릴 수가 없다, 죽은 병사와 티파니 보석회사의 팔찌에서 알 수 있는 것처럼. 이것은 광기다. 그렇다 해도 난『불릿파크』가 고소장이 되기를 원치 않는다. 클럽의 입회 심사위원회는 나를 모욕하지 않는다. 위원회는 프랑코를 위해 D가 채권을 팔았던 사실 역시 비난하지 않는다. 그러나 고소장 없이는 난 도덕적인 지위, 아니 사실상 그 어떤 지위도 차지할 수가 없다. 단지 부유하다는 이유로 '불릿파크'가 사악하다고 간주할 만큼 해머는 바보가 아니었다. 나 또한 단지 해머가 돈이 많다거나, 행복한 결혼 생활을 하고 있다거나, 또 예의바름 이상의 뚜렷한 도덕적 명령을 거의 갖고 있지 않다고 하여 그를 악한으로 간주하는 바보는 되지 않을 것이다. 내가 원했던 것은 자신의 아들을 사랑했던 한 남자에 관한 복잡하지 않은 이야기였다.

● ● ●

반쯤 잠에서 깬 상태에서 난 형이 내게 얼마나 중요한 사람인지 기억했다. 형은 내 세계, 내 우주의 중심이었다. 형이 옆에 있으면 그 무엇도 내게 해를 끼치지 못했다. 내가 우겨서 서로 떨어져 살게 되기 전까지 형은 자기 스스로를 파멸시키는 행위를 시작하지 않았지만 형의 알코올중독과 광기는 지금까지 내가 용인했던 것보다 더 심각했을 수도 있었다고 나는 생각한다.

• • •

벤은 수염은 길렀지만 머리는 거의 삭발한 채로 돌아왔다. 우리는 M의 파티에 갔다. 옛친구들이 생각 이상으로 많이 참석했다. 집에 돌아온 나는 긴 양말을 걸기 위해 아래층으로 내려왔다. "무슨 권리로 당신이 긴 양말을 거는 거죠?" 메리가 말했다. "당신이 산 선물은 하나도 없잖아요?" 이것이 바로 구세주가 태어난 날에, 평화의 왕자가 태어난 날에 벌어진 일이다!

• • •

나무에는 여전히 눈이 쌓여 있다. 그런 눈이 있다. 창밖으로 내다보면 여기가 아주 특별한 정원처럼 느껴지는 그런 눈이. 소녀라면 이런 눈이 내릴 때 다음과 같은 시를 쓸 것이다. "이 얼마나 요정의 나라처럼 보이는가/이 얼마나 진정한 꿈의 나라로 보이는가/쓰레기통에도 털모자가 달려 있는 곳/모든 잔디가 진주처럼 빛나는 털로 보이네." 페데리코를 데리고 스쿨버스로 가는 동안 흔치 않게도 침묵이 우리 둘을 감쌌다. 햇살은 약해졌지만 아름답다. 그런 햇살이라면 누구든 자세히 보고 싶어하리라.

• • •

2월의 둘째 날, 안개에 쌓인 계곡은 어두웠지만 우울, 숙취, 통증, 근심, 동요, 편두통, 지독한 갈증, 약에 대한 필요성, 음경에서 느껴지는 이상한 기운, 불안, 비참함이나 이름 붙일 수 없는 슬픔, 그리고 떨림 현상이라곤 전혀 없이 잠에서 깨어났다. 나는 세상과 화해하며 살아가는, 건강하고 젊은 쉰 살의 남자로 돌아왔던 것이다.

• • •

(바람직한 상태는 아니지만) 달리 할 일도 없어 옛날 일기장 두 권을 읽었다. 그중 활력이나 날씨에 관해 쓴 글들은 내게 그리 큰 인상을 남기지 못한 반면, 두 가지 주제의 글들이 놀라울 정도로 경쟁하듯 빈번히 등장했는데 하나는 알코올에 관한 것이고 또하나는 아내에 관한 것이었다. 알코올의 경우 이를 통제하는 데 실패했다는 내용이 적혀 있기도 했지만 보다 경악할 만한 사실은 (지난 10년 동안) 내가 저장고에서 술을 몰래 가져왔던 날들의 숫자였다. 결혼과 관련해서도 많은 일들이 적혀 있었다.

그중 가장 유용한 것은 결혼에 대한 관점으로, 그것은 그리 즐겁지도 절망적이지도 않았다. 그 관점이란 다음과 같다. '이 결혼이라는 대륙은 얼마나 넓은가, 또 그에 따르는 부담이란 얼마나 복합적인가.' 결혼에 관한 한 정감과 지성이 내겐 열정보다 더 중요한 것처럼 보인다. 일기장에는 성행위와 열렬한 사랑이 가져다주는 환희에 관한 글들도 많이 보였지만 그보다는 퇴짜를 맞았다는 글이 믿기지 않을 만큼 더 많았다. 일기를 읽으며 곰곰이 회상하니 말 그대로 고통스럽다. 나는 스스로에게 수백 번도 넘게 기운을 차려야 하며 활기를 잃지 말라고 재촉해대지만 이런 충고는 얼마나 어리석게 보이는가. 또다른 놀랄 만한 사실은, 내 관점에서 볼 때, 내 생각이 옳다고 지지해주는 듯이 보이는 사람들의 숫자다. 이 세상 사람들에게 나는 공처가로 보이는 걸까? 그렇지 않다고 생각한다. 이 또한 결혼이라는 대륙이 지닌 광대함의 일부일 것이다. 나의 실수라면 결혼 서약을 그저 연인에게 하는 약속 정도로만 간주했고 또 결혼 자체를 단순한 로맨스로 보았다는 점이다. (고통스럽겠지만 이를 해머 씨에게도 적용시켜보라.) 옛날 일기장에서 발견하게 된, 나를 낙담시키는 점을 추가로 들자면 동성애에 관한 언급이 반복적으로 등장한다는 점이다. 하지만 이에 대해 왜 나를 책망해야 하는가? 동성애는 우리 시대에 흔히 있는 일(그러니까 알코올중독이나 간통보다 더 놀랄 만한 일이 전혀 아니다)임에도 불구하고 이 문제에 대한 나의 근심은 매우 깊고 치유할 수 없는 것처럼 보인다. 이따금 나는 고통스러울 만큼 남자의 애정을 필요로 하지만 나 자신에 대한 자긍심을 훼손시키지 않는 한 남자와 그런 행위를 할 순 없다. 그렇다면 나의 자긍심은 무엇인가? 내 자긍심은 판단할 수 없는, 다시 말해 믿을 수 없는 것들로 구성돼 있는 듯이 보인다. 내 생각에 그것으로 인한 최악의 경우는 우울증과 어지럼증을 진정시키고 싶어하는 절박한 바람이다. 반대로 최선의 경우는 황홀경과 비슷한 일종의 건강함으로, 바로 인생을 하나의 특권으로 바라보거나 혹은 이 지구를 산책하기에 너무나 근사한 장소로 여기는 감각이다. 긴장을 풀자, 마음을 편히 가지자.

· · ·

보편적이지 않은 우리의 성적인 취향에 대해 생각해본다. A는 그의 아내를 사랑해서 아내밖에 모른다. B는 젊은 남자들을 사랑하는데 젊은 남자들을 만나기 여의치 않을 경우 젊은 역할을 하는 남자들을 상대로 섹스를 했다. C는 인종을 가리지 않고 열두 살에서 쉰 살에 이르는 예쁜 여자들을 좋아한다. D는 자기 자신을 좋아해서 자위행위를 자주 한다. 그는 또 자아도취적인 오르가슴에 도달할 수 있을 만큼 자신과 아주 많이 닮은 남자들을 좋아한다. E는 상황에 따라 남자 아니면 여자를 좋아하는데 나는 그런 그가 가장 비극적인 집단에 속한 사람인지 아니면 가장 자연스러운 집단에 속한 사람인지 알 수가 없다. 이들 중 어느 누구의 욕구도, 어떤 면에서든 알 수 있을 만큼 다른 이들과 동일하지 않다. 이들은 관습이나 음식, 옷 입는 습관, 법, 정부 등은 함께 공유하지만 벗은 몸과 성적인 흥미만을 따지자면 다른 행성들에서 온 사람들 같다.

• • •

부활절 일요일이다. 기온은 섭씨 22도. 미국에서 오늘처럼 멋진 날을 경험했던 이들은 아무도 없을 것이다. "이렇게 아름다운 부활절은 한 번도 본 적이 없어요." 우리는 서로에게 이렇게 말했다. "그래요?" 작년에는 눈이 내렸다. 정원의 꽃들과 나무의 새들이 초대의 노래를 부르는 것만 같다. 피바디-피바디 씨, 티크너-티크너 씨, 트릴링 씨, 유잉 씨, 스오프 씨. 가만, 이건 법률 회사 이름이던가? 오늘은 내게 평온한 날이다. 무덤은 비었다. 삶은 영원히 지속된다. 나는 아침햇살을 받으며 침대에 누워 외설성의 불가사의함에 대해 생각했다. 화장실 벽에 그려진 남자 성기 낙서들은 삐뚤어진 좌절감의 산물이 아니다. 그중 몇몇은 원기왕성한 기운을 유쾌하게 보여주는 표지다. 우리는 평화의 왕자에 대한 존경심에서 달걀 찾기 놀이를 했다. 표면적으로 볼 때

파티라는 것은 넥타이가 없음으로 인하여 사회적 의식이 더욱 고양되는, 격식에 얽매이지 않는 모임들 중 하나다. 한밤중까지 아들들에 대한 사랑에 잠기며 계속 행복해하고 또 평온함을 즐겼다.

• • •

나는 계속되는 로스의 상세한 설명을 읽어나갔다. 그것은 저지Jersey 및 그 밖의 다른 곳에서 있었던 자위행위에 관한 설명으로, 세 손가락에 의한 쥐어짜냄, 누군가 주먹으로 잡아채는 듯한 충격, 400번이나 강타당하는 듯한 오르가슴 등등 매우 흥미로운 내용을 담고 있었다. 자신의 청춘에 관한 로스의 이야기는, 예술적인 기질을 가졌던 숙모와 베토벤을 연주했던 사촌이 있었던 나의 맑은 세계와는 다른 우주에 속한다. 우리 부모는 유대인이 아니었으며 커다란 우리집엔 모든 것이 잘 갖춰져 있었다. 자기 방어적인 입장에서 (실제 내 생각에는 그런 측면이 강하게 들어가 있다) 나는 내 호기심이 어디까지 미치는지 지켜보지만 그런 나의 특별한 관심은 곧 수그러든다. 과거에 F는 맨 앞줄에서 희극을 감상하다가 옆에 있던 한 남자가 그의 물건을 꺼내는 장면을 목격했다. F는 정중하게 뭘 하고 있는지 물었고 그 남자는 만약 그 물건이 커질 때까지 잡아당기면 끝부분에서 하얀 물질이

터져나오면서 아주 황홀한 기분을 느낄 수 있다고 설명해줬다.
집으로 가서 이를 한번 시도해본 F가 학교에서 내게 자신의 경
험을 들려줬다. 그날 밤 나는 철학에 관한 설명이 나오는 라디오
를 들으면서 침대에 누워 자위를 했다. 오르가슴은 내게 괴로움
을 안겨주어 난 자책감 때문에 참담한 심정이 되었다. 라디오에
서 흘러나오던 자애로운 목소리를 배반한 듯한 느낌이 들었던
것이다. F와 나는 극장에서 서로의 그것을 잡아당겼고 골프 클럽
의 샤워장에서도 서로 문질러주었다. 캠프를 갔을 때 비가 와서
관리실 건물이 무너지는 바람에 우리는 어쩔 수 없이 두 명이 한
침대를 쓸 수밖에 없었다. 맨 처음 침대를 같이 썼던 친구는 버크
라는 이름의 아일랜드 아이였는데 물건이 아주 컸고 그 품이 아
버지처럼 따뜻했다. 이어 새로운 자극을 경험하기 위해 상대를
바꾸어 F와 한 침대를 썼지만 그 짓을 하고 나서 우리는 옷을 입
은 채 텐트 밖에서 비를 맞으며 자위행위를 더이상 하지 않기로
서로 맹세했다. 그 결심이 언제까지 지속됐는지 기억나진 않지만
나의 자위행위는 대개 사랑의 진정한 연장선상에 있었다. 언제나
외로운 사람인 로스는 자신의 남성성에 의문을 품었던 적이 한
번도 없었다. 비록 다행히 동성애자가 되는 것을 피할 수 있었다
고 로스 본인이 직접 말했던 적이 있긴 하지만 말이다. 그렇게 나
는 쓰디쓴 신비로 되돌아왔다. 쓰디쓰지만 합법적인 세계로. 나
는 내가 끄떡없는 남성성을 향유하고 있다고 주장하고 있으며 만

약 오해를 받는다면 그런 나의 주장에 더욱 집착할 것이다. 하지만 나는 편견이 두렵다. 동성애자가 된다는 생각이 나를 공포에 빠뜨린다. 또 G가 나의 그것을 빨았던 일이라든가 결혼하여 아들을 낳고 가정을 꾸리기 싫어하는 P를 머리에 떠올리기만 해도 두렵고 부끄럽다. 나는 내 결혼이 성적인 비겁함에 의한 위장이었다는 세인의 말을, 즉 세상의 검열에 대항해 나의 동성애적인 본능을 시험해볼 용기를 갖지 못했다는 말을 단호히 거부한다. 나로선 경멸할 만한 세계를 발견할 수 없었기 때문이다.

· · ·

수영장 가장자리에서 (물론 땅거미가 질 무렵이었다) D와 나는 서로의 벌거벗은 몸에는 전혀 신경쓰지 않은 채 나체로 담배를 피웠다. "전기 기차 장난감을 가져본 적이 한 번도 없어요." 그가 말했다. "아버지는 야구장에도 나를 데려간 적이 없었죠. 한 번도요. 서커스에는 몇 번인가 데려갔지만 야구장에는 결코 데리고 가지 않았어요."

· · ·

업다이크를 다룬 커버 기사를 읽었다. 그리고 당연하게도 그의 재능이 부러웠다. 나는 업다이크가 그의 감수성을 비현실적인 수준으로까지 확장시켰다고 말함으로써, 또 완고하고 때론 쓸데없는 나의 글이 업다이크의 글보다 더 유용하다고 말함으로써 나 자신을 옹호했다. 연못에서 스케이트를 탈 때 사람들은 저 어두운 하늘이 별빛이라는 부담을 어떻게 감당하는지 결코 묻지 않는다. 나도 묻지 않는다, 어떤 경우든.

• • •

벤이 집에 왔다. 부채꼴 모양의 턱수염에 곱슬곱슬한 머리카락, 거기에 맨발 차림인 한 친구와 함께. 벤은 이제 사진사가 되었고 이에 대한 나의 반응이라곤 내가 알고 있는 모든 유명한 사진가들(그래봤자 한 명뿐이지만)을 언급하거나 내가 전혀 모르는 주제에 대해 이것저것 말해보는 것뿐이다. 이는 불행한 일이다. 머리카락은 길고 구레나룻은 피부를 뚫고 비져나왔으며 얼굴은 갸름하니 핸섬해서 벤은 더이상 내 아들이 아닌 것만 같다. 이 젊은이의 아버지는 누구인가? 나는 아들을 잉태하던 밤을 떠올렸다. 그때 우리는 산에서 한 달 정도를 보낸 후 뉴욕으로 돌아가는 길에 퀸시에 있는 어머니의 집에 들렀다. 벤 일행과 함께 우리들은 마약, 섹스, 그리고 흑인들에 대해 얘기했다. 모두가 해시시*와 마리화나를 복용하고 있다고, 동급생들 중 상당수가 체포되었다고 했다. 아들의 여자친구는 아들에게 아주 매료돼서 그 여자친구의 사진들을 보면 그녀의 얼굴이 얼마나 복스러워지고, 순종적이고, 또 사랑스럽게 변했는지 누구나 알 수 있다고도 했다. "우린 토요일이면 네 번이나 사랑을 해요." 벤이 말했다. "그러고 나서 그애가 내 아침을 준비할 때면 난 자는 척을 하죠. 하지만 이건 결혼한 것과 다를 바 없어요, 난 아직 결혼하고 싶지 않거든요. 그애는 내가 자기를 떠날 수 없을 거라고, 만약 떠난다면 자기는 우울해져서 죽을 거라고 말하지만 난 볼티모어에도 다른 여자친구가 있어요. 그애는 보헤미안 같은 사람들과 함께 있죠." 지금의 아들 나이에 또하나의 가정을 갖는다는 것이 어떤 느낌이었는지 (자기중심적으로) 난 기억하고 있다.

• • •

즐거운 마음으로 솔제니친의 책을 읽다가 문득 40년 전 톨스토이의 책을 읽었을 때처럼 이러다 새벽까지 깨어 있게 되는 건 아닐까 생각했다. 하지만 다행히 난 늦지 않게 잠들 정도의 상식은 갖고 있다. 40년이 지난 후에야 말이다. 솔제니친의 책은 스탈린의 독재, 그리고 스탈린이 고용했던 고문기술자와 살인자들

---

* 대마 잎으로 만든 마취제.

에 대한 철저한 고발장일 뿐만 아니라 러시아인들의 퇴행성에 대한 고발장처럼 여겨지기도 한다. 내 생각에 그 이유는, 변화를 향한 50년에 걸친 투쟁에도 불구하고, 러시아 문학이 다른 어떤 나라의 문학보다 유기적인 성장과 변화를 보여주지 못한 데 기인하지 않나 싶다. 즉 현재 영문학에서는 스턴Laurence Sterne과 트롤럽Anthony Trollope의 작품에 등장하는 것과 같은 주인공들을 찾아볼 수 없는 반면, 솔제니친의 책에서 만나게 되는 잔인하고 어리석은 관료들은 우리가 푸시킨이나 고골의 작품에서 만났던 이들과 똑같다. 김 서린 창문에 손가락으로 글을 쓰는 그 여인은 레르몬토프*의 작품에 처음 나타났다. 이는 지극히 국가적인 (달리 말해 지역적 특색이 강한) 문학이라고, 그래서 알코올중독과 어리석음에 대한 묘사는 개인적 특성을 뛰어넘어 국가적 특성, 러시아 사람들, 나아가 인종으로까지 확대된 것이라고 말하는 사람도 있을지 모르겠다. 유럽풍의 세련된 유행 일부가 러시아 상류층에 확산된 것처럼 보이기도 하나 오늘날의 러시아인들을 보면 퇴행적일 뿐 아니라 그렇게 살기로 작정한 것처럼 보인다. 코펜하겐에서 탑승했던 비행기에는 한 러시아 가족이 타고 있었는데 모두들 영국 옷으로 아름답게 차려입었으며 하나같이 매우 포동포동했다. 자신들이 있는 곳이 계급 없는 사회라는 점 때문

---

* 19세기 러시아 작가.

에 퉁명스러워진 그 호텔의 러시아인들로부터 바부시카*를 벗겨버리는 것은 과연 어떤 세계, 어떤 사람들일까? 프랑스와 독일의 침공은 이러한 러시아 국민들의 퇴행성에 영향을 끼치지 못한 것으로 보인다. 리넨 천은 얼룩져 있고 간단한 끼니를 준비하는 데도 한 시간 혹은 그 이상이 걸리며 방은 더럽고 어떤 곳에서는, 그러니까 얄타 같은 곳에서는 귀가 아프도록 천박한 음악을 틀어대는 확성기를 피할 곳이 전혀 없다. 솔제니친의 죄수들은 대개 진지하고 영적이며 점잖은 사람들이나 그들은 죄수들이다. 러시아에 가면 격렬함과 순수함, 통찰력을 접하게 될 때도 있으나 (일종의 개화된 어리석음이라 할) 의심의 눈초리, 그리고 고골이 격렬히 비난했던 가망 없는 둔감함과 마주치기도 한다.

• • •

　새 일기장이다. 하지만 요즘엔 아무것도, 심지어 편지도 쓰지 못하는 상황으로 내몰리는 나를 발견할 뿐이다. 지난번 소설을 끝마쳤을 때 내가 뭘 했었는지 기억나지 않는다. 늦은 겨울에 홀로 로마로 갔다. 『불릿파크』의 마지막이 가까워왔을 때 나는 사물에 대한 나의 접근방식을 내던져버리고 싶은 욕구를 느꼈다.

---

* 전통적으로 러시아 여자들이 머리에 쓰는 스카프.

다시 말해 중상류층 인생의 세세한 점들을 소재로 하여 픽션을 완성하기가 꺼려졌다. "모든 자동차와 다른 많은 장비들에게 여성적인 속성을 부여하는 여자가 있었다. 폭스바겐, 냉장고, 세탁기는 모두 '그녀'로 불렸으며 그것들이 고장나면 아픈 것으로 묘사됐다. 그래서 그녀는 냉장고를 두고 이렇게 말하곤 했던 것이다. '그녀가 아파.' 그녀는 교통신호등에게도 거리낌없이 말을 걸었고 자동차에 관해 설명할 때도 갈증을 느끼고 있다고……" 이제 이런 짓은 그만두고 싶다.

• • •

나의 과거를 명확히 하려는 노력과 관련해, 이는 만약 내가 순수한 비참과 경멸로 과거를 되돌아볼 수 있다면 훨씬 쉬운 일이 될 것이다. 만약 내 부모의 성적인 무지와 의심을 비난하고, 부모님이 영위했던 결혼생활의 끔찍한 파멸을 비난하고, 또 내가 살았던 그 집과 그 마을과 내가 다녔던 학교를 비난할 수 있다면 이는 분명하고도 쉬운 일이 될 것이다. 하지만 부모님들에게 일어났던 일들은 탁월함과 어리석을 정도의 잔인함이 뒤섞여 있는 혼합체라고 할 수 있었다. 내가 자주 매우 행복해했다는 사실은, 이제 돌이켜보니, 내게 거대한 한계로 작용하고 있지 않나 싶다.

∙ ∙ ∙

　페데리코가 제 호박을 직접 만들었고 이에 우리는 밤이 오기 전에 그 호박을 현관에 달고 불을 밝혔다. 하지만 내가 병적일 정도로 민감하거나 술에 취했기 때문인지, 아니면 메리가 우울증을 겪고 있기 때문인지 분위기가 그리 좋지 않다. 메리는 내 책의 교정쇄를 붙잡고 쭉 읽어나갔다. "물론 난 이 책을 판단할 수 없어." 메리가 말했다. "왜냐하면 이 책의 바탕이 되는 사실들을 속속들이 알고 있으니까. 해머는 지긋지긋해……" 해머와 나 사이에는 어느 정도의 동일성이 있으므로 나는 상처받았고 어쨌든 최소한 기분이 좋지 않았다. "『몰락기』보다는 낫지 않아?" 내가 물었지만 메리는 대답하지 않았다. 지금의 내게는 칭찬이 매우 중요하다. 비록 말도 안 되는 칭찬이라 해도. 그래서 나는 일부러 나 자신에 대한 칭찬을 만들어냈다.

∙ ∙ ∙

　밤 8시, 핼러윈 데이. 믿을 수 없을 정도로 천박한 TV쇼가 한창 진행되던 와중에 미국 대통령이 동남아시아에 대한 폭격을 멈출 것이라고 공언했다.* 그는 피곤해 보였다. 누군가는 썩었다고도 말할 수 있을 만큼 얼굴이 핼쑥했다. 대통령은 필요 이상으로 1인칭 대명사를 자주 사용했으며 너무나 거대한 자만심에 의사소통 능력을 상실한 것처럼 보였다. 대통령의 공언에 환호는 전혀 없었지만 아마 이는 내가 술에 취해 있기 때문일 수 있다. 난 이에 대해 회의적인 입장으로, 일시적인 정략주의나 냉소주의에서 비롯됐을 가능성이 농후하다고 본다.

• • •

대통령 선거일이다. 그렇다고 결과를 확인하기 위해 밤새울 나는 아니다. 메리의 친구는 너무 늦게 도착했고 난 그 친구를 보지 않았다. 왜 나는 본 적도 없는 사람을 마음이 불편하게도 싫어해야만 하는가? 잠을 이룰 수 없었기에 레닌그라드에서 미아 패로Mia Farrow**와 데이트를 하고 다시 로마를 어슬렁거렸다. 나는 내 추억 속에서 로마를 너무 자주 산책하고 있어 요즘에는 그 옛 도시를 생각나게 하는 슬럼가까지 배회하곤 한다. 추억 속에서 보르게세 공원을 지나 슬럼가로 달려간다. 산타마리아 성당을 지나면 애번틴이라는 슬럼가가 나온다. 산타마리아 성당은 눈이 내렸던 기적을 기념하고자 만들어졌다.*** 그 성당에서는 화려한

---

* 1968년, 린든 존슨 대통령은 베트남에 대한 완전한 폭격 중지를 선언했다.

** 미국의 영화배우.

*** 한여름인 8월에 지금의 산타마리아 성당이 있는 곳에 눈이 내리는 기적이 일어

초기 모자이크 예술을 볼 수 있으나 한편으로는 이를 잘 감상하기 힘들 정도로 조명이 부실하기도 하다. 천둥이 치던 어느 늦은 오후, 나는 기차를 타고 로마를 향해 가다가 한 오두막에서 양동이로 물을 끼얹으며 목욕중인 벌거벗은 남자를 보았다. 그는 자기 몸을 아주 세심하게 닦고 있었다. 난 왜 그 남자가 그렇게 부러웠을까? 어쩌면 그는 곧 허름한 레스토랑에서 성질 고약한 요리사의 욕설이나 들으며 일해야 하는지도 모르는데 말이다. 또 한번은 시에나에서 출발해 바다를 향해 차를 몰고 가던 중 시냇가에서 수영복을 벗고 있는 젊은이를 본 적이 있다. 베니스에 있는 한 보트 동호회 건물 층계에서 테이프로 노를 감고 있던 남자도 기억난다. 난 왜 그런 사람들과 같은 처지가 되길 갈망하는가? 어쩌면 내가 성년을 향해 달려가던 과거의 어느 때에 일 년을 (아니면 하루, 혹은 한 시간이라도) 빼먹어버렸고 이에 성장의 연속성이 손상되고 만 것이 아닐까? 하지만 그렇다 해도 그 잃어버린 순간을 어떻게 다시 돌아가서 찾아올 수 있단 말인가?

● ● ●

6주에 걸쳐 영적인 줄타기, 알코올과의 줄타기, 그리고 감정

났고 이에 그곳을 성당의 터로 삼았다 한다.

적인 줄타기를 하고 있다. 이놈들에게서 어떻게 벗어나야 할지 모르겠다. 술을 조금씩 나누어 마시는 것이 한 가지 방법이 될 수 있겠으나 이는 가끔 그저 한낱 발버둥에 그쳐버리고 만다. 정신과의사를 찾는 것도 한 방법일 것이다. 아니면 운동 시간을 좀 더 늘릴 수도 있다. 비가 내리는 오늘 아침, 나는 숲속의 오솔길을 산책할 수도 있겠으나 대신 저장고로 통하는 길을 선택해 마티니를 만들어 마시게 될 것이다. 보라, 여기를 보라. 여기 나약한 한 남자가 있다, 품격 없는 한 남자가 있다. 그는 부정직함, 그러니까 무의미한 부정직함의 대명사다. 그리고 이는 가장 경멸스러운 기질이다. 즉 그런 기질을 가진 사람은 낮잠을 잤으면서도 일 때문에 피곤하다고 우기거나, 자기 역시 벽장 안에 위스키병을 숨겼으면서도 똑같이 벽장 안에 위스키 병을 숨긴 다른 친구보다 더 똑똑하다고 말하거나, 아이에게 서커스를 구경시켜주겠노라고 약속해놓고 숙취 때문에 제대로 거동조차 못하거나, 노모에게 돈을 부쳐드리겠다고 약속하고도 부치질 않는다.

• • •

괴리감의 그 당연함이라니. 치과의사가 한 명 있다. 남자치고는 눈이 부드럽고 입술은 예쁘장하며 비록 나이와 피로 때문에 얼굴 피부는 약간 거칠어졌지만 젊은 시절에는 분명 매력적이었을 것이다. 너무 심하다 싶을 정도로 공을 들인 그의 사무실 벽 위에는 그가 한때 치과의사로 일했던 전함의 사진이 걸려 있다. 또 꽉 끼는 농구 유니폼을 입고 찍은 사진도 있다. (그래도 잘생긴 젊은이로 보이는 것에는 변함이 없다.) 경중을 따지자면 그의 특이함보다는 나의 의심증이 더 뛰어난 특질이 아닐까 생각되지만 그와 나 사이에 존재하는 이와 같은 괴리감에도 불구하고 만약 우리가 친구가 된다면 우리의 우정은 프로 미식축구에 대한 열정을 서로 공유해서가 아니라 외로움, 불가능한 꿈이나 야망, 그리고 실망에 대한 추억을 함께 갖고 있기 때문일 것이다.

• • •

옷을 잘 차려입고, 향수를 뿌리고, 진주목걸이를 걸친 채, 하지만 그러면서도 아주 외롭게 그들은 비프웰링턴 요리를 주문한 다음 반 정도만 먹고 떠났다. 그들이 처해 있는 딜레마가 너무나 분명해 보였기에 나는 마음이 언짢아졌다. 술집에서 익살맞게 웃고 떠들며 술을 마셔대는 회사원들이 나를 심히 화나게 했다. 그들의 본성 중 숨겨진 부분이라곤 거의 없으니까 말이다. 물론 그것이 정통적인 세상이지만 그래서 나는 그들이 지독히도 싫다. 군중 속에서 길을 걸어가면서도 마음이 가라앉지 않았다. 예쁜 소녀가 지나가지 않나 하고 찾아봤지만 한 명도 보이지 않았다. 하긴 찾았다 해도 그녀가 나의 구원이 될 순 없을 것이다. 이 때문인지, 그리고 어쩌면 어두운 호텔 객실이 연상시켰던 동성애와 타고난 내 본성 때문인지, 어둠이 깔릴 때면 가니메데스*를 향한 강렬한 열망이 생겨난다. 나는 그를 사랑한다. 그와 얘기하고 싶고, 껴안고 싶고, 유혹하고 싶다. 전화를 걸면 수화기에서 들려오는 그의 목소리가 나를 기쁘게 한다. 그 이유가 혹시 형과 함께했던 내 어린 시절과 관련 있진 않은지 궁금해진다. 그는 나중에 전화하겠다고 말한다. 오, 그것은 얼마나 큰 축복이 될 것인가! 하지만 11시에 집에 돌아왔을 때 그를 향한 열망은 사라져버려 만약 전화가 왔다고 해도 받지 않았을 것이다. 이처럼 나를 깜짝 놀라게 하는 것은 내 욕구가 지니고 있는 열정이 아니라 그렇게 금방 왔다가 사라질 수 있는, 열정이 지닌 불가사의한 자유로움이다. 이것이 나의 본성이다. 그러한 자유로움과 술 말이다.

● ● ●

같은 해 8월, 그녀는 성스러운 결혼에 관해 오랜 친구인 레이디 애거사 시몬스에게 편지를 썼다. 그것의 이점이란 전혀 없다고 말이다. "남편은, 당연한 말이지만, 성기를 갖고 있다. 그 색깔

---

* 제우스 신의 술 시중을 들었다고 하는 트로이의 미소년.

은 칙칙하며 끝부분은 커다란 무처럼 생겼다. 그는 그것을 내 은밀한 곳에 쑤셔넣기를 좋아한다. 이어 그가 펌프질하는 동작을 취하면 이내 그 무에서 액체가 방출된다. 액체가 나올 때 그는 동물처럼 큰 소리를 지른다. 나는 그가 이런 행위에 싫증을 느끼길 진정으로 희망한다."

● ● ●

눈발이 가볍게 흩날리는 가운데 우리는 열대 지역을 향해 떠났다. 롱아일랜드에서의 교통 정체가 하도 심해서 만약 비행기 출발 시각이 연기되지 않았다면 비행기를 놓치고 말았을 것이다. 요즘 우리가 타고 다니는 비행기는 1930년대에 실직자들을 이 도시 저 도시에 내려다놓았던 버스와 약간 비슷한 면이 있다. 공기는 나쁜데다 좌석들 중 몇 개는 고장나 있어 다소 과장되게 표현하자면 전반적으로 황폐함과 방랑의 분위기가 묻어난다. 비행기 동체는 꼭 주택 지붕처럼 보인다. 우리는 눈폭풍을 빠져나와 푸에르토리코의 더운 밤으로 이동했다. 서로 뒤섞인 검은색과 흰색의 피부들이 성적인 매력을 발산하는 듯하다. 여행이 선사하는 이 강력한 에로티시즘이라니. 우린 누구나 여행할 때면 발기를 경험한다. 대합실에 들어가니 몇 명의 매춘부들이 보이는데 그중에는 노란 바지 차림의 젊은이도 있다. 그 젊은이는 자신의 성기 위에 손을 살며시 놓아두고 있다. 얼굴은 그런대로 보아줄 만하다. 어떻게 너 같은 소년이 이 자리에 있을 수가 있니? 결혼하거나, 아이를 갖거나, 개를 기르고 싶지 않은 거니? 누군가가 어디로 그 소년을 데려갈 것이며 그럼 또 무슨 일이 벌어질 것인가? 이런 호기심은 나의 순진함을 증명하는 것일 게다. 우리는 좀더 남쪽으로 내려가 새벽 2시에 공항의 강한 조명을 받으며 목적지에 도착했고 그런 우리는 여행하면서 세계를 둘러보고 싶다는 소망에 의해서라기보다는 그 어떤 심판의 힘에 의해 선별돼 이곳에 온 듯하다. 마치 참회자처럼 말이다. (아마도) 힐튼 호텔을 향해 출발하려는 것으로 보이는 컨트리클럽 회원 한 쌍이 보인다. 남자는 소년처럼 천진난만해 보이지만 얼굴은 많이 상해 있으며 여자는 소녀처럼 길게 늘어뜨린 노란색 머리를 흔들고 있다. 거의 새벽 3시가 다 되어서야 우리는 숙소에 도착했다.

• • •

오늘 아침에 일어나니 그 무엇도 분명히 기억나지 않는다. 머릿속으로 바다와 해변을 불러내거나 상상하기란 나로선 힘들어 보인다. 카리브 해는 카리브 해만의 색깔을 지니고 있고 파도 소리는 대서양의 그것보다 훨씬 덜 격렬하고, 훨씬 덜 낭랑하다. 누군가 산호 해변을 걷는다. 쨍그랑쨍그랑. 운동화에 밟히는 산호가 호텔의 고급 식기나 잔돈처럼 쨍그랑거리는 소리를 낸다. 골고다*. 쨍그랑쨍그랑. 종아리뼈, 정강이뼈, 뇌, 신장, 그리고 수많은 손가락들의 뼈. 나는 스노클을 하지 않는데 이는 (내 주장에 의하자면) 튜브를 내 입에 고정시킬 수 없기 때문이며 더불어 내가 갖고 있는 밀실공포증과 어지럼증 때문이기도 하다. 나는 그레이엄 그린**의 책을 읽다가 진을 한잔 마시기 위해 11시경 몰래 해변을 출발한다. 사람들은 열대 지역으로 여행 와서 렉스 스타우트Rex Stout***의 책을 읽는다. 선탠도 한다. 남편이 아내에게 오일을 발라준다. 아내는 남편에게 오일을 발라준다. 이어 태양 아래에 몸을 쭉 뻗고 눕는다. 한 번에 십 분씩이다. 십 분이 지나면 몸의 다른 부위를 태양을 향해 내민다. 턱 아래쪽을 태우기 위해 발을 공중으로 치켜든 채 눕기도 한다. 그런 식으로 멋진 황금색을 몸에 지니게 된 남자가 눈에 들어온다. (내가 본 부위만 그럴지 모르지만) 털이 거의 없는 그 몸매가 아주 멋져 보인다. 가슴에는 근육이 없지만 그가 어깨를 약간 내리자 마치 아폴로 동상처럼 작고 매력적인 젖가슴이 드러난다. 그의 얼굴은 내가 볼 때 허영심으로 더럽혀져 있지도 않다. 어두워질 무렵 해변으로 돌아오니 그 남자는 스케이트 타는 사람들이 스카프를 두

---

* 예수가 십자가에 못박힌 곳.

** 20세기 영국의 작가이자 문학평론가.

*** 20세기 미국 소설가.

르듯이 타월을 목에 걸치고 있다. 아! 나르시스. 석양을 보며 나는 수영복을 내리고 내 물건을 그녀의 다리 사이에 집어넣는다. 우리는 섹스를 한다. 석양을 보면서, 점심을 먹은 후에, 잠을 자러 가기 전에. 내가 한창 열중하고 있을 때에도 그녀는 손에 들고 있는 유리컵의 얼음물을 한 방울도 흘리지 않는다. 이는 나를 신랄하게 비꼬려 함이 아니다. 발기가 지닌 무적의 힘을 관찰하려는 것이다.

• • •

주님에게. (그럼 누구에게 빌어야겠는가?) 저를 저장고의 술병에서 멀어지게 하소서. 제가 진과 버번을 무시할 수 있게 하소서. 오전 9시. 10시가 되면 굴복해버릴 것 같지만 11시까지는 버틸 수 있길 희망한다.

• • •

나는 다시 과거의 방책으로 돌아갔다. 즉 내 작품을 일종의 진정제 삼아 읽기 시작했다. 열중해 읽지는 않지만 그렇게 하다보면 시간은 어찌어찌 흘러간다. 하지만 이 진정제의 효과는 그리 강력하지 않아서 11시에 술을 마셔버리고 말았다. 그렇다 해도 저녁식사 후에 오직 한 모금만 마셨을 뿐이며 잠도 잘 잤다. 그리고 총천연색 꿈을 꾸었다. 꿈은 믿을 수 없을 정도로 품위 있어 보이는 공책에서 시작돼 점차 피비린내 나는 베두인* 전쟁으로 옮겨간다. 관객들은 베두인 사람들이 스크린 속에서 뛰쳐나와 맨 앞좌석에 앉아 있는 사람들의 머리를 모두 베어버릴 때까지 넋을 잃고 쳐다본다. "우와, 이건 진짜야!" 살아남은 생존자들이 거리로 뛰쳐나가며 소리지른다. 이 영화는 멕시코시티에서 찍었고 감독은 줄리엣 모로라는 이름의 젊은 여자였는데 그녀와는 어느 카페에서 같이 커피를 마신 적도 있다. 그 영화는 뉴욕의 5번가 아래쪽에 위치한 레프트뱅크 시네마라는 곳에서 상영되고 있다. 지금까지 상영된 총 횟수는 742회다.

• • •

기차에서 두 잔, 빌트모어 호텔에서 한 잔, 위층에서 한 잔, 아래층에서 한 잔, 이렇게 총 다섯 잔에다 점심 먹을 때 와인 한 병, 그리고 나중에는 브랜디까지. 우리는 옷을 벗고 소파에서 바닥으로, 다시 소파로 옮겨가면서 약 서너 시간 동안 멋진 시간을 보냈다. 나는 예의바른 섹스는 하지 않지만 그렇다고 하여 상대

---

* 중동 지역의 사막에서 유목 생활을 하는 아랍인.

방을 당황스럽게 만들진 않는다. 비록 주변 상황이나 운에 항상 의존해야 하긴 했지만. 구체적으로 나는 손가락으로 애무하거나, 빨거나, 혀를 감거나, 엉덩이에 키스하거나, 혹은 내 물건을 그녀의 입에 넣고 내 혀는 그녀의 거기를 핥으면서 뼈가 부러질 정도로 강하게 포옹하면서 사랑의 맹세를 한다. 그녀는 매우 아름답다. 몸매는 호리호리하지만 엉덩이가 풍만하며 가슴도 크다. "당신의 그걸 코스트Coast*로 갖고 가게 해줘요." 그녀는 말한다. "그걸 정말 사랑해요. 당신이 내 팬티 안으로 들어올 수 없는 저 지구 반대편에 있다는 상상은 할 수조차 없을 만큼. 다른 사람에게서는 이런 감정을 느껴본 적이 한 번도 없어요."

• • •

삶에 대한 우리의 감각에 컴퓨터가 미치는 미묘한 영향을 잠깐 생각해본다. 세금, 은행 잔고, 급여 수표, 의료 처방전 등을 관장하는 기계들을 우리는 거의 보지 못한다. 그 기계들은 불가사의하고 견고하지만 모두가 경험으로 잘 알고 있다시피 실수가 잦다. 수천 달러가 예금 계좌에서 사라지는가 하면 불가사의하게도 한 번도 가보지 않은 도시에서 교통 법규 위반 범칙금이 날

---

* 뉴저지 주 소재.

아오고 정가보다 더 지불하거나 아니면 덜 지불한다. 이런 문제들에 대해 항의해보긴 하지만 무력감은 어쩔 수 없다. 컴퓨터는 무적이며, 보이지 않으며, 괴상하며, 때로는 멍청하다. 이는 우리가 지닌 최선의 현실 감각에 대한 충격이라 하겠다.

• • •

우울증을 신체적 고통과 질병으로 대체하는 것은 지금까지 그리 효과적이지 않았던 듯하다. 더구나 난 그 두 가지 모두에 시달리고 있다.

• • •

나 같은 성향을 가진 사람에게는 글쓰기가 자기파괴적인 천직이 아님을 확신해야만 한다. 나는 그렇다고 생각하며 또 그렇기를 바라지만 솔직히 확신은 못하겠다. 글은 내게 돈과 명성을 가져다줬으나 그것이 나의 음주 습관과 관련 있지는 않은지 의심스럽다. 알코올이 주는 흥분감과 판타지가 주는 흥분감은 매우 유사하기 때문이다.

그는 다음해를 우편물에 답장을 보내는 데, 또 허드슨 강 상류의 언덕에 위치한 그의 쾌적한 시골집에서 게으른 인생을 즐기는 데에만 열중했다. 그가 썼던 유일한 글은 그의 음주에 대한 설명뿐이었다. "9시 반에 처음으로 술 한잔을 하다." 그는 그렇게 쓰곤 했다. "오늘 아침에는 11시 22분까지 술을 참았다." 때로는 다음처럼 아주 상세히 적기도 했다. "9시 반경에 응접실에 앉아 있었다. 일요일자 '타임스'지를 읽으면서 말이다." '타임스'지에는 캘리포니아에서 있었던 폭동과 무대에서 벌어진 나체 소동 기사가 실려 있었다. 나는 술 생각이 간절했지만 메리가 부엌을 떠나기 전까지는 참기로 했다. 술은 진토닉을 만들어 마셔야겠다고 결심했다. 신문에 있는 소식보다 여기저기를 오가는 메리의 동태가 나의 주의를 더 끌었다. 메리가 침대를 정돈했던가? 확인하기 위해 위층으로 올라갔다. 침대는 정돈돼 있었다. 세탁기에는 옷들이 있었다. 세탁기가 다 돌고 나면 메리는 빨랫줄에 빨래를 널 것이다. 그때 술을 만들면 된다. 이제 메리는 화병 두 개에 꽃을 정리해 꽂고 있다. 그 화병들은 서재에 있던 것들이므로 메리는 꽃꽂이가 끝나면 위층으로 화병을 들고 올라갈 것이고 바로 그때 저장고로 갈 수 있는 기회가 생긴다. 하지만 꽃을 다 꽂은 메리는 화병을 식탁 위에 올려놓고는 삶은 달걀의 껍질

을 벗기기 시작했다. 달걀 껍질은 왜 벗기는 걸까? 우리는 W의
집에서 점심을 먹기로 했으므로 삶은 달걀은 필요가 없다. 메리
가 달걀 껍질을 벗기는 동안 술에 대한 갈증은 심해져만 갔다.
달걀 껍질을 다 깠을 무렵 세탁기도 멈췄다. 메리는 세탁기에서
옷을 꺼내 바구니에 담았다. 나는 언제든 저장고로 달려갈 준비
가 돼 있었지만 메리는 빨래를 널러 가지 않았다. 응접실로 들어
서던 메리는 (난 그때 메리가 응접실을 거쳐 위층으로 올라가는
중이길 바랐다) 유리창에서 흠집을 하나 발견하고는 부엌에서
천과 창문닦이용 제품을 들고 나와 더러운 곳을 깨끗이 닦았다.
그러고 나서 부엌으로 돌아가 (경악스럽게도) 다림질판을 펴기
시작했다. 메리는 다림질을 거의 하지 않는 편이므로 이는 내가
볼 때 심히 부당하게 보였다. 아마 점심때 입고 나갈 옷을 다림
질하려는 게 아닌가 싶었다. 다림질에는 채 오 분도 걸리지 않겠
지만 그 오 분은 내가 기다리기엔 너무 긴 시간이다. 나는 집밖
의 이웃들은 물론 메리의 눈에도 훤히 들어오는 공간을 지나 저
장고로 달려간 다음 술을 만들었다. 10시 42분이었다.

• • •

조명이 너무 어두워 확실히 보이진 않았지만 스크린에서는
벌거벗은 네 명의 남자들이 등장해 서로에게 뭔가를 해주고 있

었다. 이어 조명이 밝아지자 이제는 의심의 여지 없이 무슨 일이 벌어지고 있는지 확연히 드러났다. 내 오른쪽에 앉아 있던 낯선 사람이 (우연처럼 보이긴 했지만) 손을 내 무릎에 얹었고 이에 나는 점잖게 일어나 다른 좌석으로 옮겨갔다. 성적인 자극과 타인의 경멸을 피하고 싶었기 때문이다. 스크린의 남자 넷은 둘씩 짝을 지었고 이제 카메라 앵글은 한 남자의 바지를 통해 보는 시선으로 바뀌었다. 나는 무덤덤한 마음으로 어릴 때 갔던 영화관을 떠올렸다. 내가 자랐던 마을은 규모가 작아서 극장은 하나뿐이었다. 그 극장은 '알람브라 궁전'이라는 이름으로 불렸다. 그렇다고 궁전처럼 으리으리하진 않았으나 무대 앞부분에는 황금색 아치가, 그리고 천장에는 석고로 만든 화환 모양의 장식이 있었다. 내가 좋아했던 영화는 〈네번째 경보〉였다. 나는 이 영화를 방과후 화요일에 처음 봤고 재차 보기 위해 저녁 상영 시간까지 계속 극장에 머물렀다. 저녁식사 시간에 내가 나타나지 않자 부모님은 매우 놀라셨다. 수요일에는 학교를 빼먹고 1시부터 시작하는 영화를 봤으므로 저녁식사 시간에 맞춰 집에 들어갈 때까지 역시 두 번을 볼 수 있었다. 목요일에는 학교에 갔지만 수업이 끝나자마자 극장으로 가서 중간부터 보기 시작해 영화가 끝나는 밤시간까지 머물렀다. 그런데 부모님은 경찰에 신고했음에 틀림없다. 순찰 경관이 극장에 들어와 나를 집에 돌려보냈기 때문이다. 나는 꾸지람을 들었고 이에 울음을 터뜨렸던 것 같다. 금요일에는 극장에 가지 못하도록 외출 금지를 당했지만 토요일에는 하루종일 극장에 있었고 영화는 그 토요일에 모든 상영이 끝이 났다. 내가 봤던 영화는 말이 *끄*는 소방차를 자동차로 대체하는 것에 관한 이야기였다. 영화에 등장하는 가상의 도시에는 네 개의 소방회사가 있었다. 그중 세 회사가 말을 엔진으로 대체했고 이에 불쌍한 말들은 잔인한 사람들에게 팔려갔다. 바뀌지 않은 소방회사가 한 곳 있었지만 얼마 가지 않아 문을 닫을 형편이어서 사람들과 말들은 매우 슬퍼했다. 그런데 갑자기 도시에 큰 화재가 발생했다. 첫번째 소방차가, 이어 두번째와 세번째 소방차가 불을 *끄*기 위해 달려갔다. 그 때문에 말이 *끄*는 소방회사는 더욱더 큰 슬픔에 잠겼다. 회사 직원들은 낙담한 채 소방서 주위에 앉아 있었다. 그때 네번째 경보가 울렸고 (그것은 그 회사를 소환하는 경보였다) 이에 직원들은 번개처럼 일어나 바로 행동에 들어갔다. 즉 안장을 채우고 시내를 가로질러 마구 달려갔던 것이다. 그들은 화재를 진압함으로써 도시를 구했고 이에 시장으로부터 포상을 받았다. 나는 사탕 하나를 꺼내 물고 영화가 다시 시작되기를 기다렸다. 영화를 충분히 이해하지 못할 것 같았지만 예상과 달리 벌거벗은 남자들 사이에서 무슨 일들이 벌어지고 있는지 다 알 수 있었고 이에 자리에서 일어나 극장을 떠났다.

・・・

어제 장남이 결혼했다. 나는 교회 종을 울렸다.

・・・

　재향군인의 날이다. 신문은 애국적인 행진 대열에 참가한 사람들이 예년에 비해 두드러지게 많았다고 보도했지만 '타임스'지에는 별 언급이 없다. 공산주의가 그들의 삶과 영혼에 심각한 위협이 된다고 생각하는 사람들을 이해할 수 있으면 좋으련만. 아시아에서의 전쟁을 지지하는 사람들이 헤드라이트를 켠 채 도로를 달렸다. 여기와 하몬 사이를 달리는 차량들 중 헤드라이트를 켜고 있는 차들은 절반 정도였다. 나는 침묵과 익명이라는 수단을 사용하는 이 의사소통 방식이 위협적임을 알게 됐다. 한쪽을 (위협적으로) 지지하는 자들, 하지만 이들의 얼굴은 보이지 않으며 당연히 아무 말도 하지 않는다. 그렇게 우리는 서로의 어두운 헤드라이트와 밝은 헤드라이트 사이를 지나간다, 피비린내 나는 전쟁의 한쪽 입장을 지지하면서.

• • •

　『에스콰이어』지에 '새로운 동성애'라는 내용의 기사가 실렸다. 나로선 무슨 이야기를 하는지 잘 모르겠다. 기사의 주장인즉 일단 죄책감이라는 부분이 극복되고 나면 과거의 동성애가 지니고 있던 기행奇行도 극복될 수 있으리라는 것이었다. 다시 말해 남자를 사랑하는 남자도 남자답고 책임 있는 시민이 될 수 있으리란 주장이다. 기사는 양성의 성향을 띤 삶 역시 완벽히 행복해질 수 있다고 했지만 난 그런 사례를 결코 본 적이 없다. 그와 같은 인생에서 마약은 매우 중요한 요소로 보인다. 드라이 마티니를 마시는 구식 동성애자는 이제 사라지고 잊혀버렸다. 남에게 구애받지 않고 자기 뜻대로 할 수 있는 사람이 된다는 것은 멋진 일이다. 이는 아버지로부터 물려받을 수 있는 것이 아니다. 즉 본질, 자긍심의 문제다. 내가 이제 쉰여덟 살이 되었다는 사실이 이런 나의 태도, 즉 이해 부족과 관련 있을지 모른다. 정상적인 사람이라는 것은 존재하지 않을지 모르나 그와 매우 유사한 뭔가는 분명 존재한다.

• • •

　4시 40분에 시내에 도착했다. 강 위로 밤이 내려앉는다. 그랜드센트럴 역에서는 출퇴근하는 사람들이 개찰구에서 대기중이 었다. 그들은 죽음에도 흔들리지 않는 사람들로 보인다. 이성적 이고, 깔끔하고, 유용한 계층에 속한 그들은 비록 약간은 초조하 고 피곤한 듯 보이나 그렇다고 그들을 연옥에 속한 자들과 비교 하는 것은 어리석은 실수일 것이다. 거리를 걸었다. 불안감, 그리 고 아마도 '뉴욕 타임스'지에서 읽은 기사 때문에 도시는 내 마음 한구석에 불길하고 위험한 곳으로 인식되고 있지만 오늘밤 레스 토랑이나 극장에 가는 커플들은 매우 행복해 보인다. 6번가에 가 면 성기를 내놓고 있는 벌거벗은 남녀들의 컬러사진을 파는 가 게가 두 곳 있다. 이탈리아의 성당에 가도 그와 매우 비슷한 그 림들을 볼 수 있다. 비가 내린다. 뉴욕이 내는 소음과 목소리는 내게 벽들에 부딪히며 울려대는 택시의 경적 소리와 같다. 비록 슬프진 않지만 쾌활함과는 전혀 거리가 먼 그런 소리 말이다.

●●●

'우울증'으로 여겨지는 현상이 계속되고 있다. 그것도 내가 기 억하는 한 가장 오랫동안. 이는 7월 초 마조르카 섬에서부터 시 작됐고 눈이 내릴 것으로 예상되는 지금까지도 계속되고 있다. 쾅하고 문이 닫히는 소리, 독설에 가득 찬 말들, 혐오와 경멸을 나타내는 온갖 종류의 태도들. 또다른 꿈속의 여인에 불과할지 모르겠지만 나는 자주 S를 생각한다. 그녀는 잠을 잔다. 그녀는 아름답다. 그녀가 입고 있는 나이트가운은 끝부분이 넓다. 그녀는 향기롭고, 우아하고, 똑똑하다. 그녀가 잠에서 깬다. 비가 내리고 있나요? 응. 당신 머리가 젖었어요. 나는 밖으로 나가 자동차의 차창을 닫는다. 그리고 그녀에게 키스하며 웃는다. 흠뻑 젖은 거 아니에요? 아니, 그렇게 많이는 안 젖었어. 나는 타월로 몸을 닦았다. 내게는 빗소리가 들리지 않는다. 어떤 소리도 들리지 않는다. 고요하다. 보통 고요함은 빗속에 존재한다. 나는 다시 잠들 것이다. 잘 자, 내 사랑. 잘 자.

• • •

　장남은 이제 충성의 대상을 내게서 장인에게로 확실히 바꾼 듯하다. 감정적으로 생각할 필요는 없으며 이는 단지 관찰의 대상일 뿐이다.

• • •

　2시 20분 기차를 탔다. 터널을 통과하는 도중 객차 안의 불빛이 깜박거리더니 곧 꺼졌다. 기차는 햇빛이 비치는 밖으로 빠져나왔지만 어딘가 움직임이 이상해 보였다. 위쪽의 슬럼가 마을은 헐리는 중이었다. 헐리기 시작한 지 14년째다. 나로 말할 것 같으면 쥐라든가 부서진 변기, 또 차가운 물만 나오며 거기에 화재 위험까지 있는 집들을 안타깝게 여기는 종류의 사람이다. 왜냐하면 그런 집들의 신비스러운 상인방들을 지탱하고 있는 것은 숫양의 머리라든가 소용돌이 꼴의 장식, 통굽 같은 독창력 있는 것들이기 때문이다. 반면 그것들을 대체하게 될 사각형의 공동주택들에서는 독창성의 흔적을 발견할 수 없다. 그런 집들이 삭막해 보일 것이라는 점은 의심의 여지가 없다. 또 가혹하리만치 삭막한 풍경을 선사하는 그와 같은 단조로운 건물들로 도시가 채워지길 바라는 사람 역시 아무도 없을 것이다. 우리가 사는 집들과 우리의 꿈들 사이에는 분명 연관이 있을 테니까. 기차는 헤이스팅스까지 계속 불안하게 움직이더니 기어이 헤이스팅스에서 멈춰버렸다. 모든 전기가 나가버린 것이다. 차장과 기술자는 무슨 일이 일어났는지 설명해주지도 않았고 무례하게 행동했다. 기차는 움직일 기미를 전혀 보이지 않았다. 전기는 물론 기계가 똑딱거리거나 부딪히는 소리도 완전히 사라졌다. 책을 읽기에 너무 어두워져서 통로 건너편에 있던 한 여자는 읽고 있던『그랜드 호텔』이란 책을 덮어버렸다. 우리가 처한 상황은 불가사의했으며 이에 대한 우리의 반응은 그야말로 수동적일 수밖에 없는 듯했다. 대화라도 나눠볼까 생각했지만 주변에는 대화할 만한 사람이 전혀 없었다. 다른 나라에서였다면 상황이 달라졌을까?

그렇지는 않으리라 생각한다. 나는 유령선 같은 기차를 떠나 다른 승객들과 함께 택시를 잡아탔다. 한 노인이 철도의 죽음을 탄식했다. 기차는 이제 정기적으로 고장나고 있다는 것이다. 10년 전에는 얼마나 멋진 교통수단이었던가. 빠르고, 고급스럽고. 하지만 오늘날 기차라는 장비는 너무 낡아버렸으며 노반路盤은 위태롭고 철도 직원들은 분명……

• • •

가여운 W. B.를 보라. 흡사 어두운 복도처럼 보이는 그의 주류 가게 안에 있는 그를. 그가 알기로 열 번 중 여섯 번은 죽음의 수단이 되고 말 물건을 파는 그를. 그는 그 증상에 대해 의사만큼이나 잘 알고 있다. 점점 짙어지다 흡사 햇빛에 타버리고 만 것처럼 보이는 얼굴의 홍조, 떨리는 손, 그리고 필사적인 전화 통화. "이봐, 월트. 빨리 택시를 타고 1쿼트의 진을 가져다주지 않겠어? 그런데 공교롭게도 집에 돈이 없어. 하지만 내가 믿을 만한 사람이라는 걸 당신은 잘 알고 있지?" 그들은 대개 똑똑하고, 용기 있고, 멋진 사람들이었지만 곧 중독 증상을 치료하기 위해 군병원으로 향해야 할 운명이었다.

•　•　•

　　빌 파버샴은 양치질을 하려고 욕실로 들어갔다가 욕조에 있는 그의 아내 마샤를 발견했다. 하지만 마샤는 즉시 샤워 커튼을 쳐서 몸을 감췄다. 음탕한 생각보다는 장난기가 훨씬 더 많이 작동한 빌은 아내의 가슴을 보기 위해 커튼을 걷었다. 그것은 어떤 의미에서 그의 가슴이었으니까. 그는 그 가슴을 경배했고, 키스했고, 옷을 입혔고, 세계로 데리고 나갔다. 마치 하늘을 보기 위해 커튼을 열듯이 그렇게 순수한 마음으로 빌 파버샴은 욕실의 커튼을 젖혔다. 아내는 시들어가는 듯한 고통의 표정을 지어 보이더니 욕조의 물 속으로 깊이 들어가 완전히 숨어버렸다. 그는 세면기로 되돌아갔다. 빌 파버샴이 원했던 것은 분명 쾌활함이었으므로 돌아다니는 오리 몇 마리를 쓰러뜨리는 등 유쾌해지고자 열심히 노력했다. 하지만 어떤 타격이, 그것도 이미 아픔을 겪은 바 있는 그의 영혼 어느 부위에 가해진 상태였다. 그는 모욕이나 분노보다는 그의 경험이 지닌 충격적이고 반향反響적인 본성에 놀라워하며 거실로 내려갔다. 그는 황홀경 또는 고통에 대한 일관된 기억은 전혀 갖고 있지 않았으나 둘 중 어느 하나에 관한 날카로운 경험은 그의 기억 전체를 되살려주는 갑작스러운 계시였다. 그에게 현재는 마치 네 명의 사람이 러시안뱅크 카드 놀이를 하는, 촛불이 켜진 소박한 카드 테이블 같았다. 하지만 그

네 명 너머로 어제의 정원과 내일의 숲이 펼쳐진, 어둡고 휑뎅그렁하며 모래 자루들이 매달려 있는 뒤쪽 무대가 있었다. 현재는 자신이 최고라고 주장했지만 진실은 촛불이 밝혀진 카드 테이블과 휑뎅그렁한 뒤쪽 무대 사이의 그 어딘가에 있는 듯했다.

거실의 유일한 조명은 달빛이었다. 밤은 차가웠고 방도 그러했다. 방은, 최소한 그가 볼 때, 어수선하기만 했다. 과거에 단순함을 좋아했던 마샤의 취향은 나이가 50대에 가까워짐에 따라 사라지고 이제 보이는 곳마다 사자 형태의 법랑, 빛나는 도자기 세트, 중국풍의 꽃병, 마노로 만든 페이퍼백 등등이 자리하고 있었다. 그것들이 그로 하여금 이방인처럼 느끼게 했다. 이에 그는 자신의 이름을 바꾸기로 결심했다. 이와 같은 결심은 과거에도 했던 적이 있다. 그는 빌 파버샴이 아니었다. 재킷 안쪽에 숨겨둔 보드카 병을 몰래 꺼내며 두려움에 휩싸이는 하찮은 빌 파버샴은 에어로플로트 707기를 타고 우랄 지역 위로 날아가는 중이었다. 그는 파머 브라운 씨의 장남으로, 다소 멍청하긴 해도 자유로운 영혼과 진실한 사랑을 간직하고 있는 순진무구한 톰 브라운이었다. 그는 빌 파버샴이 아니었고 여기도 그의 집이 아니었다. 여긴 그저 추위를 피해 들어선 장소일 뿐. 그는 사자 모양의 법랑을 사준 적이 없었다. 마샤가 그에게 보여줬던 그 시들어가던 고통의 표정과도 전혀 관련 없었다. 나는 톰 브라운이야. 그리고 이곳은 오늘밤을 보내기 위해 우연히 들어온 낯선 장소일 뿐이야.

대항할 수 없는, 동시에 깨끗하고 자유로우며 힘찬 뭔가를 자신 안에서 발견한 그 느낌이 너무나 강렬해서 그는 팔을 쫙 펴고 등을 꼿꼿이 세웠다. "난 여기에 살지 않아." 행복하게 또 환희에 넘쳐 그가 말했다. "난 여기에 살지 않아. 난 여기에 살지 않아. 그리고 내 이름은 톰 브라운이야." 이어 그는 계단을 성큼성큼 올라가 다시 샤워 커튼을 열어젖히고는 아내의 가슴에 키스한 뒤 침대로 갔다.

• • •

경멸에 가득 찬 침묵은 다음날에도 이어졌다. 우리는 저녁을 먹으러 중국음식점으로 차를 몰고 갔다. 메리는 아무 말도 하지 않았다. 나는 아들과 농담하며 떠들었다. 우리의 농담이 유치하고 진부했을 수도 있고 내가 술에 취해 있었는지도 모르겠지만 이것으로 메리의 거대한 침묵을 설명하기는 힘들 것이다. 식당은 사람들로 붐볐는데 나는 맛있는 음식을 먹고 있는 다른 가족들의 모습에 기분이 좋아졌다. 대부분이 부모, 아이, 그리고 손자들로 구성된 가족 단위 손님이었다. 메리는 식사 내내 입을 열지 않았다. 나는 다른 사람들을 주목하고 있었기에 그들이 우리를 어떻게 생각할지 궁금했다. 아들의 얼굴은 명랑하고 혈색도 좋다. 그들에게 나는 술에 취해 큰 소리로 얘기하는 사람으로 보일지 모른다. 하지만 네 가지 코스 요리가 나오는 동안 아무 말도 하지 않고 있는 이 오만한 여인에 대해서는 어떻게 생각할까? 메리의 얼굴은 제법 잘생겼다. 때로는 아름다워 보이기까지 한다. 옷도 요즘 유행하는 비싼 제품을 입고 있다. 왜 이 여자는 남편에게 말도 걸지 않고, 남편의 질문에 대답도 하지 않고, 남편이 있는 쪽을 쳐다보지도 않는 걸까? 여자는 자기 자신과 아들에게만 신경쓰고 있을 뿐이다. 분명 남편을 챙겨주진 않고 있다. 남편은 아내가 자신을 챙겨주길 바라고 있으며 만약 그 남편의 잘못이 있다면 바로 이것뿐이리라. 저 여자는 시선을 외면하면서 음식이 담긴 접시를 남편이 있는 쪽으로 밀어놓기만 한다. 그리고 그 간단한 동작에서도 경멸을 느낄 수 있게 한다. 그런 사람들을 식당에서 본 적이 있는가? 그러니까 부부가 함께 식당에 들어왔는데 식사가 끝날 때까지 말하지 않는 아내를 본 적이 있는가? 그녀는 꿈을 꾸지도, 화를 내지도, 심지어 슬픈 것 같지도 않으며 남편 역시 이를 털끝만큼도 신경쓰는 것 같지 않다. 남편은 아이들과 농담을 하며 떠들어댄다. 이와 조금이라도 비슷한 장면을 본 적이 있는가?

집으로 오는 동안에도 메리의 침묵은 계속됐다. 나는 화가 났고 전혀 이해되지 않았다. 이따금 물리적인 폭력의 유혹에 시달릴 때가 있다. 장인은 과거에 메리를 심하게 때린 적이 있는데 가끔 나는 메리가 그때로 되돌아가고 있지 않나 하는 생각이 든다. 메리가 모든 남자들을 경멸로 대하는 것은 아니다. 일주일 전에 저장고에서 D에게 키스하는 메리를 본 적이 있다. 장난삼아 하는 그런 연애(혹은 다른 무엇이든)는 나를 모욕하고 파멸시키려는 그녀의 의도 중 일부가 아닐까 생각되지만 내가 잘못 판단하고 있는지도 모른다. 어쨌든 우리는 집으로 돌아왔고 메리는 내 친구가 (내 생각에) 나한테 보내준 가제본 책을 읽으려고 편한 자세로 앉았다. 나는 메리의 손에서 책을 빼앗아 개울에 던져버릴까 생각했다. 결국 그것은 내 책이 아니냔 말이다. 하지만 나라는 놈은 설사 술에 취한 상태라 해도 그렇게 행동할 수 있는 위인이 못 된다. 페데리코와 함께 텔레비전을 봤다. 재미있는 장면이 나올 때 메리의 관심을 끌어보려고도 했지만 아무 반응이 없었다. 나는 분노를 경멸스럽게 여기는 사람이므로 나를 둘러싼 장애물들을 키스를 통해 바로잡아보려 했다. 하지만 입술에도, 볼에도 키스하지 못했다. 감전 시의 충격만큼이나 강력한 혐오의 감정만 느꼈을 뿐이다.

물론 나는 이 모두를 이미 예상하고 있었는지 모른다. 하지만 실패하고 만 키스를 뒤로하고 떠나올 때 내가 잠깐 경험했던 바는 광기가 아니라 지긋지긋함, 불쾌함, 적의, 그리고 악의였다. 몸이 떨려왔다. 나는 잠들었다가 메리가 침실로 들어오는 순간에 잠을 깼다. "책 다 읽었어?" 내가 물었다. "응." 대답하는 소리는 거의 들리지도 않았다. "마음에 들었어?" 메리는 문을 쾅 닫고 욕실을 향해 급히 걸어가는 것으로 대답을 대신했다. 이런 것들은 사소하지만, 그야말로 사소하기 이를 데 없지만 난 잠을 이룰 수가 없었다. 전에 수백 번이나 그랬듯이 나는 벌거벗은 채 식당으로 가서 어둠 속에 앉아 있었다. 수면제는 복용할 수가 없다. 수면제에 알레르기가 있는 것 같아서다. 위스키를 약간 마시면서 산과 시냇물, 그리고 로마의 뒷골목을 생각했다. 그렇게 나는 새벽 2시나 그보다 더 늦게까지 앉아 있다가 졸음이 와서 다시 잠들었다.

• • •

가장 지루하고 또 잘못된 행동에 대한 글도 여기서는 용서된다는 가정하에 이제부터 내게 있었던 일들을 써보고자 한다. 그날 아침은 기분이 좋지 않았고 내가 들었던 정말 몇 안 되는 말들도 모두 상처를 주는 말뿐이었다. "그가 최소한 한마디라도 말할 수 있게 해주시지 않겠습니까?" 뭐 그런 말들 말이다. 나는 술을 마셨다. 술은 내게 큰 도움이 된다. 실상 이는 내가 계속 긴장하지 않을 수 있는 유일한 방법으로 보인다. 점심시간 후 난 홀로 남을 수 있게 됐고 이에 '그 비판적인 시선들이 사라졌으니 난 얼마나 행복한 사람인가' 하고 생각하며 방들을 돌아다녔다.

이제 B의 집으로 가서 칵테일파티에 참석할 것이다. A와 게임도 할 것이다. 하지만 나는 곧 이 두 일정을 취소해버리기로 했다. 난 피곤했다. 그와 같은 따분한 사회적 의무에 질려버렸던 것이다. 나는 사람이다, 자유로운 사람이다. 난 뉴욕으로 차를 몰고 갈 것이다, 난 호텔에 방을 얻을 것이다, 난 H와 섹스를 할 것이다, 난 S를 대규모 댄스파티에 데려갈 것이다. 그래 그거야. 이는 진정 그런 열망을 갖고 있었기 때문이기도 하고 술을 마셨기 때문일 수도 있다. 나는 술 한 잔을 들고 노란색 의자에 앉았는데 그 순간 절묘하게도 마치 선과 악의 대립을 그린 어떤 코믹 만화처럼, 두 개의 초자연적인 존재를 대표하는 두 가지 힘(그러니까 정력과 타성)이 나를 두고 서로 겨루는 느낌이 들었다. 나는 갈 것이다. 나 자신을 해방시킬 것이다. 그리고 인생을 즐길 것이다! 나는 운전할 수 있는 용기를 얻기 위해 술을 한 잔 더 마셨다. 늦은 오후였고 잔디 위의 눈들은 이제 황금색에서 푸른색으로 바뀌는 중이었다.

제일 먼저 해야 할 일은 메모를 남기는 것이었으며 나는 이를 곧 끝마쳤다. 다음에는 짐을 꾸려야 했다. 그러기 위해서는 술을 한 잔 더 마셔야 한다는 생각이 들었다. 셔츠, 속바지, 세코날과 밀타운*, 여자를 유혹할 때 입을 갈색 정장과 파티용 의상인 짙은

---

* 세코날은 수면제, 밀타운은 진정제의 이름이다.

색깔의 정장. 다음엔 뭐지? 뉴욕에 전화해서 방을 예약해야 한다. '하지만 넌 왜 이렇게 귀찮을 일들을 하고 있지?' 타성의 목소리가 말했다. '왜 B의 집으로 가서 난롯불 앞에서 술을 마시지 않는 거야?' 하지만 곧 정력의 목소리가 이렇게 말했다. '변화를 줘, 움직여, 너의 자유를 즐기라고.' 이에 나는 뉴욕에 전화를 걸어 호텔 방을 예약했다. 하지만 저녁식사는 어떻게 해야 할까? 데이트를 하기엔 너무 늦은 시간이었고 호텔에서 혼자 식사를 하기는 싫었다. 약해져가는 햇살을 바라보고 있자니 지금 이 시간이 교통 체증이 가장 심할 때라는 생각이 들었다. 뉴욕에 서둘러 갈 필요는 전혀 없다. 난 소스를 얹은 냉동 솔즈베리 스테이크를 오븐에 넣어놓고는 차 트렁크에서 타이어와 자동차용 커버를 빼냈다. 그리고 기분좋게 술을 한 잔 더 마신 다음 스테이크를 먹었다. 밤이 내려앉았고 졸음이 약간 몰려왔다. 잠깐 눈 좀 붙이고 9시경에 뉴욕으로 떠날까? 거리를 좀 걷다가 일찍 잠자리에 든다면 다음 날 점심시간이 지나 H와 만났을 때 정력이 아주 강해져 있을 것이다. 나는 누워서 한 시간 동안 숙면을 취했다. (술에 취해서 잔 것이 아니었다.) 잠에서 깬 나는 다시 마음을 추슬러 가방을 차로 옮기고 메모도 새로 작성한 다음 술병에 술을 채우고 술도 약간 마셨다. 왜냐하면 술을 마시지 않은 멀쩡한 상태에서는 운전할 수 없음을 잘 알고 있었기 때문이다. 차를 출발시켰지만 속도계가 고장난데다 연료마저 바닥났음을 알게 됐다. (몇 마일 떨어진) 가장 가까운 주유소로 갔으나 앞이 침침하게 보여 운전하기에는 위험한 상태였다. 아마도 코감기가 나의 알코올 수용 능력을 약화시켰기 때문일 것이다. 나는 주유소에서 차를 돌려 집으로 돌아왔다. 이어 적어놓았던 메모지를 없애고, 호텔방 예약을 취소하고, 또 꾸려놓았던 칫솔과 알약을 다시 풀어놓은 후 옷을 벗고 침대로 기어올라갔다. 그리고 깊은 잠에 빠졌다.

● ● ●

오늘은 H를 만나기로 한 날. 경멸과 피곤이 담긴 메리의 목소리는 어떤 식으로도 내게 영향을 끼치지 못했다. 왜냐하면 나는 젊고, 아름답고, 정열적인 여인의 사랑을 받는 남자이기 때문이다. 기차를 타기에 앞서 긴장을 풀고자 넉넉하게 술을 석 잔 마셨다. 비록 효과가 있을지 확신하진 못하지만. 기차에서는 잘생긴 여자의 옆자리에 앉았는데 그녀는 나의 존재에, 아니면 아마도 내게서 심하게 풍겨나오는 술냄새에 경악하고 두려워하는 기색이었다. 나는 사설들부터 시작해 금융 기사, 스포츠 기사에 이르기까지 '타임스'지를 꼼꼼히 읽음으로써 그녀를 안심시키려 했다. 이는 효과가 있어서 용커스를 조금 지나면서부터는 서로 유쾌하고 공감 가는 대화를 나눌 수 있었다. 도시에는 일찍 도착했고 그렇게 일찍 도착한 시골 사람들이 으레 그러듯 거리를 걷기 시작했다. 60번가까지 걸어갔다가 5번가로 가로질러 간 나는 술을 마신 다음 42번가까지 걸어가서 서점에서 어슬렁거리다 마침내 호텔로 들어갔다. 코감기에 걸린데다 술까지 약간 취한 채로. 그러고는 H가 있는 방으로 올라갔다.

하지만 1년 전과 달리 상황은 좋지 못했다. 우선 나부터 술을 마신데다 코감기까지 걸려 낯빛이 좋지 못했다. 남편을 떠난 다음 내가 알기로 유명한 난봉꾼들 몇 명과 정을 통한 적이 있는 그녀는 그렇게 좋아하던 내 허벅지를, 완전히 흥미를 잃었다고까지 말할 순 없지만, 이제는 별로 좋아하지 않는 듯하다. 그녀는 여전히 매우 예쁘고 몸매는 놀랄 만큼 아름다워서 가슴은 풍만하고 꼿꼿하며 허리는 매우 가늘다. 그녀는 나보다 한 살 많은 연상인데 이는 얼굴에서도 확인할 수 있다. 근 1년 동안 그녀는 열심히 일해왔고 그 때문인지 눈가에는 주름이 생겼다. 그녀에게서 뿜어나오던 광채는 다소 약해졌다. 머리는 어떤 미용사가 매우 공을 들였는지 미묘한 색조의 핑크색으로 염색돼 있어 함부로 어루만질 수가 없었는데 이는 내가 싫어하는 바였지만 불평을 늘어놓진 않았다. 그녀와 함께 있을 수 있어 매우 기쁘긴 하지만 1년 전처럼 그렇게 황홀한 느낌은 없다. 그녀는 내 농담에 웃으면서 내 얼굴이 전보다 훨씬 좋아 보인다고 말했다. 술에 찌든데다 콧물까지 흐르는데 어떻게 그렇게 보인다는 건지 나도 모르겠다. 같이 점심을 먹고 호텔방으로 돌아왔지만 키스는 그다지 열정적이지 않았고 내가 섹스를 제안했을 때도 그녀는 왠지 그럴 기분이 들지 않는다며 부드럽게 거절했다. 점심때 먹은 생선 때문인가…… 어쨌든 나는 괜찮다고 말했다. 그녀는 3시에 친구를 만날 예정이었으므로 나는 그녀가 떠나기 전에 (또 술에 취해 바보 같은 행동을 보여준 뒤) 키스로 작별인사를 했다.

집으로 돌아오는 기차 안에서 휴대용 산소마스크를 파는 어떤 세일즈맨의 옆자리에 앉게 됐는데 그는 모든 사람들을 성이 아닌 이름으로 불렀다. 마스크를 한번 써보라고 재촉해대는 바람에 써보긴 했지만 큰 효과는 없어 보였다. 매우 재미있는 경험이라 생각한 나는 집에 도착한 후 이를 메리에게 들려주려 했지만 메리는 이렇게 말했다. "당신의 그 재미있는 이야기를 듣고 싶지만 욕실에 가봐야 해." 나는 메리의 말투, 심지어 정말 욕실에 가야 하는지의 여부에 대해서도 전혀 신경쓰지 않는다. 다만 메리의 말이 나로서는 알 수 없는 그 어떤 감정을 드러내고 있는 듯이 여겨져 마음에 걸릴 뿐이다. 나는 H에 대해 거리낌없이 이야기한다. (내가 어리석은 탓인지 몰라도) 말해서는 안 될 이유가 전혀 없다고 생각하기 때문이다.

• • •

종려주일이었지만 우리집을 축복해준다는 그 잘게 갈라진 잎

612

을 받기 위해 교회에 가진 않았다. 작년에 나는 깁스를 하고 있었고 올해는 그보다 더 나쁜 상황에 처해 있다. 결혼기념일 저녁에 상황은 예전과 그리 다르지 않을 것처럼 보였다. 그러니까 더 나아졌다가 다시 더 나빠지는 상황의 반복 말이다. 기념일은 우리가 몇 달 만에 가져본 최고의 시간이었다. 하지만 시간이 지날수록 분위기는 아침에 나빠지고 저녁에는 더 나빠지더니 결국 늦은 밤 시간이 되자 메리는 말을 전혀 걸어오지 않았다. 나는 세코날 한 알을 위스키와 함께 삼킨 후 몇 알이나 남아 있는지 확인했다.

• • •

뉴욕, 페어뱅크스Fairbanks, 도쿄, 서울, 그리고 사랑의 나라로. 그럴 때의 느낌은 왜 계절들(혹독한 겨울과 온화한 봄)과 그토록 유사해야만 하는 걸까? 사랑하고 또 사랑받는 동안 나는 비둘기의 슬픈 울음소리를 들어왔다. 그리고 그 비둘기의 노래(혹은 사랑)가 결코 후회와 고통, 그리고 미혹迷惑을 의미하지 않게 된 지 1년이 넘었다.

그렇다면 내가 생생하게 기억하는 것은 무엇인가? 물고기뼈 모양으로 생긴 페어뱅크스의 숲. 이 벽지의 소도시. 하늘에서 비치는 햇살은 비록 희미했지만 그 광채는 열다섯 시간 이상이나 사라지지 않고 버티었다. 시든 꽃을 걸치고 고향의 물이 담긴 병을 들고 서 있던, 애크런Akron의 교수 부인들. 그들을 조롱하는 것은 얼마나 시간 낭비란 말인가? 그들은 세상 구경을 나온 것인데 그게 뭐가 잘못되었단 말인가? 그들은 약간의 흥분과 기쁨, 컬러사진 한 묶음에 담긴 추억, 그리고 설사와 무좀과 반미 폭동과 베링 해에서 급사할지도 모르는 위험과 공포를 경험하게 될 것이다. 도쿄의 스모그는 도시와 근처의 산들을 뿌옇게 만든다. 택시 운전사는 외과수술용 마스크를 쓰고 있다. '메이드 인 저팬'은 내 유년기의 표어였다. (염가 판매점인) 그 천국에서는 판매되는 거의 모든 것이 메이드 인 저팬이었다. 금붕어, 장난감, 스크루드라이버, 깡통따개, 구슬 모두가 말이다. 폭격으로 불바다가 됐던 그 도시는 이미 사라진 지 오래지만 때로 길모퉁이에 처마가 치솟은 고옥이 서 있다. 역시 메이드 인 저팬이다.

• • •

자니Johnny* 치버에게 무슨 일이라도 일어났던가? 그의 타자기라도 빗속에 남겨놓고 오기라도 했던가? 어쨌든 그는 자니라는

---

*John의 애칭.

이름으로 사람들에게 알려진 적이 결코 없었다. 에디, 네디, 호위, 로비, 심지어 피티에 이르기까지 자신들의 입맛에 맞게 모든 이름들을 애칭으로 바꿔버렸던 그의 친구 C와 L 이외에는. 그는 아주 맑은 이야기를 썼던가? 사랑에 대한 이야기를? 마치 밤 10시처럼 어둡고 우중충한 그날에 J가 수영장에 나타났다. 오늘 오후의 그는 역시 우리와는 다른 사람이라고 느끼게 만드는 그런 외모와 아름다움을 지니고 있다. 비록 낭설이라는 말을 들은 적이 있긴 하지만 그의 치아(그 숫자, 크기, 그리고 미백도)는 가짜 같기만 하다. 나폴리 사람 같은 그의 곱슬머리는 약간 회색빛을 띠고 있으며 머리에는 적은 부위나마 분명 대머리가 된 부분이 있다. 그의 몸매는 화려하고 매너는 우아하면서도 남자답다. 그는 자신의 부족한 학력을 숨기려 노력했다. (실상 그렇게 하도록 조언을 들었다.) 더이상 젊진 않은, 그럼에도 부자인 여자라면 그런 배우자를 꿈꿀 것이다. 그가 진정 사랑스러운 연인, 최고의 섹스 상대, 좋은 친구임을 나는 알고 있지만 어쩐지 그는, 우리 같은 평범한 사람들과는 달리, 거래될 수 있는 외모를 갖고 있는 것만 같다.

• • •

한밤중에 들리는 천둥소리에 잠에서 깼다. 나는 문과 창문을

닫느라 이 방 저 방을 돌아다녔다. 번개가 집에서 가까운 곳에
내리쳤다. 화약 비슷한 냄새가 났다. 아침이 됐을 때 쪼개진 상
태로 발견될 것은 무엇일까? 자작나무? 튤립나무? 물푸레나무?
개는 겁을 집어먹었고 전기는 나가버렸다. 나는 사랑하는 이의
몸 위로 올라갔고 우리는 오랜만에 최고로 멋진 여행을 향해 출
발했다.

• • •

친구에 대한 언급 없이는 그 미사를 묘사할 수가 없다. 그리고
이 글에서 그 친구에 대해 자세히 설명할 수는 없다. 그는 정말
이지 쾌활한 성격에 괴짜이고 또 운동신경과 두뇌 회전이 굉장
했다. 친구는 자신이 로마 교회로 개종했다는 사실을 결코 말하
지 않았었다. 개종의 동기가 무엇이었는지도 짐작할 수 없다. 친
구는 그 도시에 이르는 길목 부근에 묻혔으며 어제 열렸던 미사
는 그의 유해는 물론 런던에 있는 미망인도 없는 가운데 치러졌
다. 최신 건축 양식으로 지어졌고 장식이 무척이나 화려한 교회
건물은 그 전체적인 형태가 두드러질 정도로 단순해서 동양적인
분위기를 자아내는 듯했다. 그러니까 내가 말하고자 하는 바는
기독교에서 볼 수 있는 일반적이고 진부한 상징들(낡은 카펫, 변
색된 등명燈明*, 브뤼셀의 모직으로 만든 제의)이 전혀 보이지 않

았다는 말이다. 성단소 뒤쪽으로는 옅은 노란색을 띤 둥그런 모양의 대리석이 자리잡고 있었다. 온갖 색들을 모아놓았거나 아니면 아예 색이 거의 없는 것은 신도神道** 사원의 특징이었다. 제단 뒤쪽에는 축복을 내리는 형상의 거대한 동상이 매달려 있다. 미사는 세 명의 사제가 집전했다. 한 명은 흰색 제의, 또 한 명은 물고기 그림으로 장식된 제의, 마지막 한 명은 달과 십자가가 그려진 제의를 입고 있었다. 이 모든 우아함에도 불구하고 교회 건축물은 음향 부분에 뭔가 실수가 있었음에 틀림없다. 사도 서한, 복음, 추모 연설 내용이 제대로 들리지 않았던 것이다. 미사는 영어로 집전됐지만 우렁찬 합창에다 신자들의 응창에 맞추어 천둥처럼 터지는 오르간 연주가 더해져 영어가 아주 아름다운 언어로 들렸다. 하지만 어떤 일에는 반드시 대가가 따르는 법, 누군가 F씨가 전화로 신부와 나누는 대화를 들었던 것이다. "그는 아주 훌륭한 친구였어요. 그래서 그에 맞는 장례식을 올렸으면 합니다." "오르간 말인가요?" "네." "합창단의 규모가 어마어마할 겁니다." "물론 이런 상황에서 액수는 상관하지 않습니다. 교회에 상당한 금액을 기부하겠어요." "몇 명의 사제를 원하시나요, 한 명? 두 명? 세 명?" "세 명으로 해주십시오."

우리들의 숫자는 많지 않았지만 (정말 소수에 불과했다) 죽은

---

* 신자가 성인상聖人像 앞에 켜놓는 촛불.
** 조상과 자연을 섬기는 일본의 종교.

그 친구와 함께했던 사람은 결코 소수의 친구들만은 아니었다. 우리는 교회의 부유함에 압도당한 듯했는데 분명 우리들보다 합창단원들의 숫자가 더 많았다.

● ● ●

행복하다, 행복하다, 행복하다. 나는 바닷가재를 익히거나, 수영을 하거나, 진이 선사하는 나른한 취기를 만끽하며 오후를 보냈다. 이어 페데리코와 낚시를 가려 했지만 웬일인지 낚싯대가 보이지 않았고 미끼를 파는 가게도 닫혀 있었다. 내일은 S를 만나기로 돼 있지만 메리가 양보하고 있는 상황이므로 저장고 문 뒤에서 포옹하거나 키스하고 싶다는 소망 혹은 필요성이 전혀 느껴지지 않는다. 화창한 날씨다.

● ● ●

그리하여 터무니없는 행동으로 우리를 10년이나 지루하게 만들고 있는 그 진지한 소설가를 또 만났다. 소설가는 오후부터 날이 어두워질 때까지 홀로 남겨져 있다가 결국엔 자기 자신을 통제하지 못하는 상황에까지 이르곤 한다. 그는 이해하거나, 오해하거나, 술을 마시거나, 졸거나, 천박하고 어리석은 일화들을 장황하게 반복해서 떠벌리기도 하며, 또한 경멸스럽기도 하다. 나는 그보다 더 잘해야만 한다.

• • •

E가 왔기에 우리는 각자의 인생 이야기를 서로에게 털어놓았다. 쉰여덟 살의 두 남자가 아무도 없는 텅 빈 집에서 말이다. 화제는 돈으로 옮겨갔지만 과거처럼 그렇게 짜증나진 않았다. 무슨 이야기들이 오고갔는지 거의 기억나지 않는다. 아름다운, 그 아름다운 D는 지금 예순 살이 되었으며 한때 최소한 천여 명의 남자들과 잤다는 점을 자랑스럽게 여기고 있다고 한다. 수영을 할까 생각했지만 잔디 깎는 기계를 미느라 몸이 뻐근했고 (이는 예외적인 경우다) 피로도 몰려왔다. 내가 복용하는 술파제 sulfa drug*는 마취 효과를 갖고 있는 듯하다. 저녁에 치즈샌드위치와 멜론 한 조각을 먹고 목욕 후 별이 뜨기도 전에 침대로 갔다. 그러다 정확한 시간은 알 수 없었지만 잠에서 깼다. 나는 땀에 흠뻑 젖어 있었고 밤공기가 건드려올 때마다 발작적으로 몸을 떨기도 했다. 그러나 이럴 때면 그 어떤 평온함이 나를 감싸온다. 몸은 아팠지만 마음은 차분해졌다. 꿈에서 어떤 하녀가 키

_____

* 세균성 질환에 쓰이는 특효약.

큰 장롱에 못을 박고 있었다. 나는 그 하녀에게 그것은 300년이나 된 가구라고 말했다. (거짓말이었다.) 그러자 하녀가 말했다. "그럼 이제 내다버릴 때가 됐네요." 내 가족(수지, 롭, 벤, 린다, 메리, 페데리코)도 보았다. 난 가족을 얼마나 사랑하는가, 가족에게서 느끼는 만족감은 그 얼마나 완전한가! 이는 사랑이 아니라 빛이 서로 교환되는 완벽한 평형 상태처럼 보인다. 반쯤 잠이 든 상태에서 나는 내 일로 복귀할 방법을 목격할 수 있었다. 이는 공간적 정렬이라는 흔한 이미지로, 그러나 탁자나 의자처럼 구체적이지 않고 추상적이다. 우선 빛은 칙칙하지만 흐릿하거나 연하지 않은, 강하고 순수한 회색빛이다. 그 회색빛 아래에서 추상적인 형태들을 이동시킴으로써, 즉 그것들 사이에 놓인 공간을 변화시킴으로써 뭔가를 성취할 수 있을 듯하다. 어딘가에서 흘러나온 목소리가 말한다. 이것은 에로틱하지 않지만 그렇다고 영적이지도 않다고. 나는 메인 주에 있는, 만조로 물이 꽉 찬 바위 사이의 웅덩이를 본다. 여기에 내가 흥분해야 할 에로틱한 측면이 조금이라도 있을까? 그렇지 않다고 생각한다. 웅덩이는 아름답고 고요해 보인다.

• • •

초원에서 섹스를 했다, 비록 난 그렇게 잘하는 사람이 아니지만. 야생장미가 벌거벗은 엉덩이를 할퀴고 지나간다.

• • •

뇌우가 지나간 뒤 공기가 깨끗해졌다. 뭔가에 잘 닦인 듯 부드러워 보이는 햇살이 늦은 오후가 되자 저 아래쪽에서 뻗어나오기 시작한다. 4시에 수영을 했음에도 불구하고 9월의 웅덩이 물이 지니고 있는 서늘함이 내게는 느껴지지 않는다. 시원한 웅덩이야말로 이 눅눅한 오후의 진정한 진실이요, 핵심이요, 진리가 아니던가. 요즘에는 낙엽들이 물 위에 떠 있다. 나는 마지막으로 수영을 한 사람이다. 바람이 큰 소리를 내며 나뭇잎 사이를 지나간다. 순수하기 그지없는 햇빛이 애수를 자아낸다. 나는 이맘때의 수영을 즐긴다. 물의 온도는 15도 정도. 돌은 햇볕을 받아 따뜻하고 나는 그 따뜻한 돌 위에 벌거벗은 채로 누워 있다. 행복하다, 행복하다.

• • •

대부분의 내용이 한 젊은이가 엄청난 무게의 황새치를 상대로 네 시간 여에 걸쳐 사투를 벌이는 내용인 헤밍웨이의 이야기. 그들이 잡은 물고기를 끌어올리려 할 때 줄은 끊어지고 만다. 그의 글에는 용기, 인내, 격정이 있으며 젊은이의 인성은 그 투쟁의 혹독함 속에서 형성된다. 그의 글에는 네 개의 강세를 가진 오래된 형식의 운율(예를 들면 "그해에 / 우리는 / 언덕 위의 집에서 / 살았다We lived that year in a house on a hill"와 같은)이 나오는데 이는 때로는 아름답고 때로는 단조롭다. 난 아직도 그의 자살에 어리둥절해하고 있다.

● ● ●

그들 모두가 갔던 그곳. 이는 꿈일 수 있다. 그들은 누구인가? 옛 여자친구, 바텐더, 이발사, 해변이나 배나 군대에서 사귀었던 친구들, 하녀들, 정원사들, 사무원들, 세일즈맨들, 주사위 놀이나 축구나 소프트볼이나 브리지 게임을 함께 했던 상대방, 당신이 강렬하게 혹은 잠깐 만났던 모든 사람들, 사라져버린 사람들, 그리고 아마도 우리가 아는 한 이제는 저세상으로 떠나버린 사람들. 하지만 그들은 죽지 않았다. 그 수백 명의 사람들은 내륙 수로와 멕시코만 사이의 어떤 곳, 다시 말해 배가 아니면 갈 수 없는 어떤 모래톱에 살고 있다. 그들은, 말하자면, 왜 포기했을까? 그들은 왜 물러났을까? 그들은 왜 술 만들기를, 머리 자르기를, 농담하기를, 책과 시 쓰는 일을, 가르치는 일을, 연인과의 데이트를, 춤추기를, 낙엽 쓸기를 그만뒀을까? 그들은 왜 그들에게 어울리는 듯 보이는 풍경에서 걸어나왔을까? 그들은 알고 있는 것 같지 않고 혹시 알고 있다 해도 말해주길 꺼리는 듯하다. 그들은 그렇게 늙지도 약하지도 않다. 대개가 50대 초반이다. 미소는 여전히 살갑다. 요즘에는 다소 삼가는 것 같지만 카운터 위에 술잔을 내려놓으며 그야말로 격의 없는 인사를 나누기도 한다. 아주 가깝고 친근해 보이며 열정적이기까지 한 그들은 태평한 나라의 시민들처럼 보인다. 그런데 그들은 왜 모두 떠나버렸을까?

• • •

밤에 비가 내렸다. 지금은 새벽 3시. 성욕이 밀려왔지만 그렇다고 담배를 피우진 않았다. 9시에 우리는 밤새 피는 손가락선인장을 보고자 언덕 위로 올라갔다.

• • •

어둡고 습한 날이다. 비가 많이 내렸지만 개를 데리고 산책에 나섰다. 수련이 연못 가장자리에서 자라고 있다. 몇 송이를 따서 집에 있는 메리에게 주고 싶었다. 하지만 바보 같은 짓이라고 결론 내렸다. 나는 엄연히 쉰여덟이나 되는 사람이 아니던가. 그러니 근엄한 자세로 수련을 지나쳐 걸어가리라. 하지만 이렇게 결

심하고도 나는 옷을 벗고 연못에 뛰어들어 수련을 땄다. 근엄함
은 내일부터 챙기면 되지.

• • •

여태까지 나의 일과는 「아르테미스」*를 한 페이지 정도(더이
상은 아니다) 쓴 후 10시가 되면 술을 만드는 것이었다. 지금은
글을 쓰거나 술을 마실 수 없으므로 이는 일하는 시간이 미미함
을 뜻한다. 한 달이 넘는 시간이 흐른 후 이제 처음으로 책상과
램프, 그리고 내 글들을 보관할 수 있는 공간을 얻게 됐다. 나는
여름의 나라로 되돌아온 것이다.

• • •

최근 며칠 사이에 있었던 일들을 적어봤자 무슨 의미가 있으
랴. 화요일에 우리는 연인이었고 수요일에는 전사戰士였다. 난 미
친놈이라는 소리도 들었는데 심지어 애정 어린 행동을 할 때도
그랬다. 메리는 집을 떠날 계획을 세우고 있으며 이는 이번주에
만 두번째다. 오늘 저녁식사를 하던 중 앞으로 내가 잊어야 하고

---

* 원제는 '샘 파는 기술자 아르테미스Artemis, the Honest Well-Digger'이다.

또 다시는 언급하게 되지 않을 말을 메리로부터 들었다. "여자에게 더 나쁜 일은 뭘까? 전립선에 문제가 있는 남자와 결혼하는 것? 아니면 동성애자와 결혼하는 것?" 메리는 대체 무슨 이유로 이런 독설을 던지는 걸까? 내가 메리에게 당신은 남자를 싫어하는 거라고 말할 수도 있겠지만 그렇지 않음을 난 알고 있다. 메리는 많은 시간을 나를 싫어하며 지낸다. 하지만 누구든 왜 나를 싫어하는지, 당연히 나로선 이해할 수 없다.

• • •

낮시간의 대부분을 병적이고 치료가 필요한 집착에 사로잡혀 보냈다. 어두워질 무렵이 되어서야 약간의 이성을 되찾을 수 있는 듯하다. 메리는 파티에 참석하려고 시내로 나갔기에 페데리코와 즐거운 저녁시간을 보냈다. 만약 전화번호부라도 읽어주는 미인들이 텔레비전에 나왔다면 이를 시청했겠지만 말이다. 메리가 돌아왔을 때 밤 인사로 키스를 했다. 아무리 사소할지라도 이는 올바른 방향으로 가는 한 걸음이다.

• • •

일을 생각했다. 일, 일, 일. 그것이 나의 모든 문제를 푸는 해결책이 될 것이다. 일은 나의 불행에 의미를 부여해줄 것이다. 일은 내 인생에 합리성을 가져다줄 것이다. 이십 분 후 내 마음이 술병을 향해 방황하기 시작한다. 나는 곧 그 마음에 따르리라.

• • •

어젯밤처럼 이야기를 만족스럽게 잘 짜낼 수 있게 되면 감사의 마음이 내 안에서 물밀듯이 솟아오르면서 신께 감사드리는 지경에까지 이른다. 일, 일, 일, 나는 말한다. 사랑, 사랑, 사랑. 그럼 「아르테미스」의 첫 문장을 다시 쓸 수 있게 되거나 아니면 남은 이야기를 대략적으로 구상할 수 있다. 술과의 전쟁에 대해 말해보자면, 나는 병원에서 알코올중독을 치료하기보다 술과의 전쟁을 벌이는 그 자체에 더 만족해하는 듯하다. 여기는 전장이다. 그리고 나는 15년 동안 전진과 후퇴를 거듭해왔다. 지난주에는 많은 피해를 입었지만 오늘은 적이 잠잠하거나 혹은 다른 전선에 가 있는 듯하다.

• • •

「아르테미스」에 실망했고 가끔은 실망을 넘어 공포까지 느끼곤 한다. 하지만 몇 시간이 흘러 나중이 되면 잘해낼 수 있으리란 생각으로 바뀐다.「아르테미스」는 밀도와 열정이 떨어지고 또다른 새로운 방법을 찾기 위한 나의 탐구는 아직 성공적이지 않다. 계속 노력해야 한다.

●●●

크리스마스 아침에 내가 들은 첫번째 말은 "미친놈"이었다. 아무래도 여자가 아닌 남자를 사랑해야겠다는 생각이 든다. 나는 X에게 가서 이렇게 말할 것이다. "나를 갖게 해주지." 하지만 그는 웃으면서 이렇게 말할 것이다. "20년이나 늦었어. 20년 전이라면 받아들였을지 모르지. 그러나 이제 당신은 배불뚝이 늙은이에 지나지 않아."

●●●

우리는 그리스도의 생일을 축하했다. 모두가 왕을 받아들이게 하라.

1970년대
~
1980년대 초반

새해 첫날이다. 무척 행복하게도 치통이라곤 전혀 없이 원기 왕성함을 느끼며 잠에서 깨어났다. 올해의 마지막도 오늘 같은 기분으로 마무리할 수 있으리라 믿는다.

우리는 걸어서 F의 집으로 갔고 그곳에서 카이로의 바자 행사를 찍은 홈무비를 볼 수 있었다. 그 영상에 나왔던 대화들 중 대부분이 예전에 들어본 적이 있는 듯했다. 내 작은 카메라는 내 기억과 마찬가지라는 말 등이 그랬다. 나중에, 어두워지기 직전에 S를 보러 갔다. S는 쾌활한 성격의 여인으로 불을 지피고 있다가 나를 보고는 위스키를 권했다. 덕분에 술 취한 모습을 보여 주고 만 것에 대해 진심으로 그녀에게 미안하다.

다시 한번 말하지만 일요일자 '타임스'지는 나를 좌절시키고 있다. 삽으로 눈을 치운 뒤 개를 데리고 언덕으로 산책을 나갔다. 처형으로부터 전화가 왔기에 메리는 채퍼콰Chappaqua에 있다고 전하자 처형이 이렇게 말했다. "이런, 정말 안타깝네요. 그런데 그곳에서 크리스마스에 맞춰 메리를 집에 보내주던가요?" 내가 말했다. "채퍼콰는 바로 옆 마을입니다." 그러자 처형은 이렇게 대꾸했다. "오, 난 그곳이 요양소인 줄 알았어요."

• • •

R, S, M과 술을 마셨다. 술을 마시던 중 문득 나라는 사람은 까다로운데다 뭘 해도 어색하며 특히 사소한 오해에도 벌컥 화를 내는 경향이 있음을 어렴풋이 알아차렸다. 이에 내 기억에 남아 있는 형의 (잘못된 행동을 포함한) 이런저런 모습들을 더듬어봤는데 그것은 형이 겪었던 결혼생활의 마지막이 어떤 면에서 나와 유사했기 때문이다. 형은 술을 너무 많이 마시며 나도 그렇다, 비록 병원에서 생을 마감하고 싶은 생각은 없지만 말이다. 형은 또 어떤 종류의 차별에도 병적으로 민감히 반응하는 듯하다. 한번은 형이 운동장에서 발을 동동거리며 화를 낸 적이 있었다. 내가 뭐라도 잘못됐느냐고 물었을 때 형은 P가 속임수를 쓰고 있다고 말했다. 우리는 터치풋볼을 하고 있던 중이었는데 터치풋볼을 하다보면 형이 말했던 그런 속임수는 다반사였다. 정

말 화를 잘 내는 사람이었던 나의 형. 하지만 나는 형처럼 화를 잘 내는 사람이 아니라고 믿는다. 형은 또 1, 2주 동안 대화를 거부함으로써 형수를 혼내주곤 했다. 물론 그렇게 함으로써 혼났던 사람은 정작 본인이었지만. 우리는 같은 핏줄, 같은 추억을 지니고 있으며 따라서 아마 같은 실수를 범하고 있는지도 모른다. 결국 공중화장실의 잠금장치에 동전을 넣고, 또 보드카를 따라놓은 술잔을 들이켜는 그 남자는 누구인가? 바로 나다. 언제? 지난달에, 작년에, 6년 전에. 나는 공항보다 더 많이 변한 듯하다. 유리로 만든 쇼케이스 안에서 오렌지맛 음료가 뿜어져나온다. 커피는 약해졌다. 화장실 문에 그려진 성기 그림도 왠지 그 크기가 지난번에 봤을 때보다 더 작아 보인다. 내 머리칼은 희어졌다.

이것들은 경멸할 만한 기질들인가 아니면 나의 병적인 민감함인가? 예를 들면 나는 술을 만들고 나서 메리에게 같이 마시자고 부탁한다. "시금치를 씻어야 해." 아내가 말한다. 부자연스럽고 냉정한 그 목소리가 나를 가격한다. 물론 아내의 말이 사실인지 확인하지는 않는다. 한번은 내가 이렇게 말했다. "오늘 할까?" 아내가 말했다. "구울 감자를 찾아봐야 해." "감자는 내가 찾을게." 나는 실제로 그렇게 했지만 침대로 돌아와보니 아내는 옷을 다 차려입고 있었다. 지난 토요일 밤에도 메리에게 같이 술을 마시자고 제안했다. 이는 대화할 사람이 필요하기 때문이기도

하지만 동시에 우리 둘의 대화가 아들의 마음을 편하게 해주리라 느꼈기 때문이기도 하다. 하지만 몇 시간 동안 전자제품에서 나오는 소음만 들려올 뿐 정적이 흐른다. 내 제안에 아내는 이렇게 말한다. "욕실을 청소해야 해." "그럼 욕실에 다녀온 뒤 둘이 같이 하면 되겠네." 아내는 내 말대로 했지만 얼굴 앞에다 책을 펼쳐들고 있다. 아내가 읽고 있던 시집의 저자인 로르카를 화제로 말을 걸었더니 아내는 이렇게 말했다. "이 책을 읽지도 않은 당신한테서 강의를 듣긴 싫어." 아내는 방을 떠났다. 강의 따위를 할 생각은 없었지만 어쩌면 내 말투에 문제가 있었을 수도 있다. 나중에 나는 이렇게 소리쳤다. "당신의 그 젠장할 소리는 듣고 싶지도 않아." (아마 나는 내 형의 과거를 답습하고 있는지 모른다. 진을 마셔 꼴사납게 비틀거리는 모습이라든가, 반쯤 귀가 먹었다든가, 눈이 어두운 것이라든가, 기억나지도 않는 저 먼 과거의 어떤 충격에 반응하는 것 등이 말이다.) 그 고성은 아들에게도 들렸을 테고 결국 나의 선의는 무의미해져버렸다. 나는 위층으로 올라가 한심하기 짝이 없는 텔레비전 프로그램을 시청했다.

오늘 오후 아내는 (아주 좋게 말해서) 과묵하기만 하다. 어두워질 무렵 아내는 개를 데리고 산책에 나섰는데 이는 거의 한 달 만에 처음 있는 일이다. 밤에 돌아온 아내는 흥분 상태였다. "조세핀을 봤어, 크리스마스 이후로 처음이야. 그런데 조세핀에게 줄 사과나 각설탕이 하나도 없지 뭐야." 조세핀은 인근에 사는 한 경찰서장 소유의 말로, 아무도 탄 적이 없는 외로운 말이다. 이제 날은 어두워지고 추워진데다 조세핀이 있는 마구간은 1마일 밖에 있다. 메리는 사과와 각설탕을 챙겨들고 겨울밤 속으로 사라졌다. 수련을 따기 위해 10월의 연못 속으로 다이빙한 바 있던 내가 그런 아내를 이상하다고 주장할 수 있을까? 아내가 감동받고 흥분했다는 사실이 기쁘긴 하지만 여전히 회의적이고 부정적인 생각을 지울 수 없다. 나중에 텔레비전에서는 살해당한 북극곰에 관한 내용이 나왔다. "사람들이 엄마 북극곰을 쏴 죽였어!" 아내는 울었다. 계속 울다가 나중에는 흐느끼기까지 했다. "사람들이 엄마 북극곰을 쏴 죽였다고!" 그런 아내의 모습에 텔레비전에 출연해야겠다는 생각이 들었다. 싱크대 위의 선반에 얹혀 있는 그 텔레비전을 통해 아내에게 다가간다면 아내의 관심과 애정을 차지할 수 있지 않을까 하는 생각이 들었던 것이다. 하지만 그러려면 난 엄마 북극곰 아니면 난폭하거나, 순진하거나, 학대받는 동물로 위장해야만 할 것이다.

• • •

아버지에 대해 생각해봤지만 아무것도 떠오르지 않는다. 아버지의 이미지는 추억이 아니라 하나의 지어낸 발명품, 그것도 과도하게 점잖은 모습으로 탄생된 발명품이다. 침에 젖어 있는 거의 동그란 형태에 가까운 아랫입술, 역시 침에 젖은 담배꽁초, 요란하게 터져나오는 기침, 조끼 위에 묻어 있는 담뱃재, 아버지가 입고 있던 남루한 옷. 그 옷들은 죽은 친구가 선물한 것이었다. "프레드의 정장을 가난한 치버 씨에게 주기로 합시다." 나는 어머니가 남긴 오랜 메모들을 읽다가, (아내로서, 엄마로서, 가정주부로서, 그리고 한 여자로서) 어머니에 대해 평가한 긴 고발장을 아버지가 돌아가시기 직전에 쓰셨다는 사실을 알게 됐다. 그 고발장을 실제로 본 적은 한 번도 없다. 야박한 생각이지만 어머니에 대한 그 고발장은 어머니의 독선을 강화시키는 효과만 냈을 것이다. 어머니는 가망 없는 한 늙은이를 부양하기 위해 그토록 열심히 일했지만 유일한 보상이라고는 혹평뿐이었다. 한숨. 어머니의 한숨은 얼마나 깊었던가. 나는 두 분의 결혼생활이 어떠했는지 전혀 모른다. 형이 자신이 선택한 여자를 숭배했듯이, 그리고 아마 나도 내가 선택한 여자를 숭배했듯이 아버지 또한 당신이 선택했던 어머니를 숭배했으리라 생각되긴 하지만 말이다. 형의 경우는 형수에게 그야말로 쩔쩔매는 모습을 보였고 따라서 형수에 대한 형의 칭송에는 혐오까지는 아니라도 비통함이라는 독특한 뒷맛이 존재했다고 나는 생각한다. 메리는 내가 그녀의 인생에 들어가기 전부터 상처받은 상태였을 것이다. 그렇다면 내가 입고 있는 옷의 주인인, 내가 말하고 있는 목소리의 주인인 이 유령은 누구인가? 내가 추궁받았던 잔혹한 행위들은 무엇이었던가? 아내는 아마 다른 연인을 찾고 있는지 모른다. 나로 말하자면 분명히 그렇다. 각자의 방과 침대에 누워 있는 우리는, 분명 어딘가에는 우리 옆에 누워 행복해할 그런 남자 또는 여자가 있으리란 희망에 찬 확신으로 새벽이 오기도 전에 깨어나는 수백만, 수억 명 중의 한 사람일까? 명랑하게 키스하고, 섹스를 하고, 농담하는 날들이 올 것이라며 행복해하는 사람들일까? 나는 우리 같은 상황에 처해 있는 사람들이 점잖은 사람들보다 백만 명 이상이나 많을 것이라고 생각하며, 더불어 만약 내가 사랑스럽고 또 단순한 여자와 만났더라면 관계를 훨씬 더 잘 유지해나갈 수 있었을 거라고 분명히 말해두고 싶다.

• • •

기혼 남녀가 지니고 있는, 상징적으로 표현하자면 서로 정면으로 맞선 상태에서 상대방의 눈과 성기를 향해 언어적인 폭력을 날려대는 그 끔찍할 정도의 편협성이여. 그들을 둘러싸고 있는 환경은 품위 있으며 이는 그들 문화의 일부이다. 그들이 입고 있는 옷은 이곳의 기후, 이맘때의 날씨, 또 그들이 버는 소득에 어울린다. 그들의 (상속받은) 식탁 위에는 (온실에서 키운) 꽃들이 놓여 있다. 아이들은 위층에 있는 침실에서 자고 일어난다. 마치 잔디밭 위에 서 있는 나무처럼 그들은 원래부터 이런 환경에서 존재해왔던 것처럼 뿌리를 잘 박고 있는 듯이 보이지만 절정으로 치달아가는 말싸움을 보고 있노라면 그들은 달의 분화구 아니면 황량한 벌판, 혹은 사하라 같은 사막에 서 있는 것처럼 보이기만 한다. 그들의 편협성은 이해 불가능할 정도다. 여기는 버려진 곳이다.

· · ·

세 편의 이야기를 읽었지만 썩 맘에 들진 않는다. 허위에 찬 겸손이 엿보이기 때문이랄까. 난 내 작품을 결코 많이 좋아했던 적이 없다. 중요한 것은 실패한 횟수를 세는 것이 아니라 우리에게 남아 있는 것들을 잘 활용하는 것이다. 『죄와 벌』을 펼쳐들어 첫 문장을 읽다가 기쁨에 찬 함성을 질렀다. 하지만 3쪽을 반쯤 읽어내려가다가 책을 덮고 텔레비전을 보았다. 이런 식으로 위대한 작품들은 우리 손에서 멀어진다. 스케이트를 타면서 젊은 시절과 어린 시절로 되돌아간 나는 팔을 마구 흔들어댔다. 비록 브레인트리 댐의 얼음은 검게 더러워졌지만 얼음 아래로는 풀들이 보였다. 해가 지자마자 얼음은 대포처럼 큰 소리를 냈다. 로티의 푸른 계곡과 폐허가 된 성의 복도에서 윙윙 소리를 내던 야생벌들이 생각난다. 그 소리가 어찌나 요란했던지 시냇가에서도 들을 수 있을 정도였다. 나로서는 감사하는 마음이었는데 왜냐하면 그렇게 로맨틱한 소리는 이전엔 결코 들어보지 못했기 때문이다. 메리는 시냇물에서 헤엄을 쳤고 시냇물 때문에 그 안에 들어가 있는 메리의 등이 아주 크게 보였다. 난 무릎을 모은 채 꼼짝도 하지 않았다.

• • •

종려주일. 페데리코를 데리고 교회에 갔다. 내가 여기서 기도를 올렸던 몇 년의 세월 동안 신부의 머리는 하얗게 변했고 그의 안경알은 더욱 두꺼워졌다. J. L.에게서 머릿기름과 치약과 향수가 뒤섞인 냄새가 났다. S는 전혀 아름다워 보이지 않지만 오늘 아침의 그녀는 모든 이들에게 30년 전의 그녀는 아름다웠음에 틀림없다는 사실을 강력하게 상기시켜주었다. 내 기억에 그녀는 몇 년 전 있었던 장례식에서 서럽게 울었다. 왜였을까? 유쾌한 친구인 신부가 나를 껴안아온다. 가져온 종려나무 잎을 시계 뒤에 놓아두자 내 집이 진정 축복받은 것처럼 여겨진다. 나는 백조, 고릴라 등 일부일처제인 동물들을 떠올렸다. 오늘처럼 화창한 오후라면 한 남자와 한 여자가 죽음이 그들을 갈라놓을 때까지 서로 열정적으로 사랑하는 것이 가능해 보인다. 이어 침대에서의 사랑스러운 시간들. 신이여 감사합니다, 신이여 감사합니다, 신이여 감사합니다. 나는 잠에서 깨어나며 이렇게 중얼거렸다. 신이여 감사합니다.

• • •

내게 그토록 많은 조언을 던졌던 어둠 속의 목소리가 이렇게 말했다. "넌 피카소처럼 위대한 사람이 되지 못할 거야. 알코올 중독자니까 말이야."

난 동성애에 관한 꿈을 품고 있으며 이는 대부분 영적인 것과 관련 있다. 나는 내가 누구의 팔에 안겨 있는지 알지 못한다. 그저 그가 나를 보호해주리라는 사실만 알 뿐이다. 그는 비용을 지불하고, 세금을 내고, 계좌의 잔고를 맞추고, 폭풍을 헤치며 차를 운전해 갈 것이다. "두 분은 연인이었나요?" 그녀가 그에게 물었다. "난 그 단어를 사용하지 않을 겁니다." 그가 말했다. "이는 사정射精에 의해 득점이 인정되거나 아니면 중단되는 즉흥적인 접촉 스포츠에 더 가까우니까요."

그것은 두 시간 혹은 그 이상의 시간이 흐른 뒤였다. 아내가 잠결에 우는 소리를 냈고 이에 잠에서 깼던 것이다. 비가 억수같이 쏟아지고 있었다. 그녀는 그 남자의 이름을 세 번 불렀다. "매슈, 매슈, 매슈." 그것은 사랑 혹은 분노에 찬 목소리였던가? 매슈는 누구인가? 그는 매슈라는 이름을 가진 사람을 두 명 알고 있었지만 둘 모두 위협적인 인물들로 보이진 않았다. 그녀는 계속 흐느꼈고 이에 그는 그가 갖고 있던 여자라는 개념이 얼마나 어리석었는지 알게 됐다. 그는 추억과 갈망이라는 이 대륙을 단지 부드럽고 맛있는 한끼의 식사 정도로만 여겼던 것이다. 굉장한 빗소리가 그녀를 깨웠던 모양이었다. "울고 있었군." 그가 말했다. "그래요." 그녀가 대답했다. "악몽을 꾸었어요." 이어 그녀는 그에게서 떠나가 다시 잠들었다.

• • •

진을 마시고 내 작품 중 몇 편을 읽었다. 그리고 반복의 위험성이 도사리고 있음을 알게 됐다. 숲을 걷고 있던 중 한 남자가 외치는 소리를 들었다. "사랑! 용기! 열정!" 나는 그를 볼 수 있을 때까지 그 목소리를 추적했다. 아무도 없는 가운데 그는 어느 바위 위에 서서 덕목들의 이름을 외치고 있었다. 그는 미쳤음에 틀림없다. 여기서 문제는 내가 그 장면을 10년 전에 썼다는 점이다. 오호.

• • •

5시에서 6시까지가 하루 중 내게 최고의 시간이다. 밖은 어둡다. 몇 마리의 새들이 지저귄다. 만족과 사랑이 느껴진다. 나의 불만족은 불빛이 방을 채우는 7시부터 시작된다. 나는 낮시간에 준비돼 있지 않다. 다시 말해 맑은 정신으로 낮을 대면할 준비가 돼 있지 않다. 그래서 저장고로 쏜살같이 달려가 술을 들이부을 때도 있다. 또 3년 전에 기록했던 주문을 암송하곤 하는데 끊임없이 술병을 생각하는 한 남자에 대해 글을 썼던 때가 바로 3년 전이다. 다른 무엇보다도 상황이 반복적이다. 내가 술을 마시기 시작하는 오전 7시에서 10시 사이는 최악의 시간이다. 진정제를 복용할 수도 있겠지만 그렇게 하지 않는다. 이것이 바로 내가 형에게서 발견하곤 했던 그런 어리석음인가? 기도하고 싶지만 누구에게 기도해야 하는가? 주일학교 교실에서 말하는 어떤 신? 그 특권과 관례가 어떠한지 잘 알지도 못하는 어떤 지역의 왕? 나는 자동차, 비행기, 배, 뱀, 길 잃은 개, 떨어지는 낙엽, 긴 사다리, 그리고 굴뚝에서 나는 바람 소리를 두려워한다. 게스파덴 박사님, 난 굴뚝에 이는 바람도 무서워한답니다. 점심 후에는 잠을 청함으로써 술에 대한 유혹을 이겨내고 그리하여 비록 일은 못 하게 되지만 다시 한번 만족스러운 기분으로, 사랑에 가득 찬 마음으로 잠에서 깨어난다. 수영은 하루 중의 절정에 해당하며 이후엔 (그러니까 밤이 다가오면) 술에 취하긴 하나 평온해진다. 그리고 5시가 될 때까지 잠을 자며 꿈을 꾼다.

• • •

메리는 매년 여름을 여기서 보냈어야 했지만 그러지 못했다는 사실이 내게는 특이하게 여겨진다. 이곳은 여기로 돌아온 메리가 적어도 마음의 눈으로 바라볼 때는 변함없는 상태로 남아 있을, 열 개 남짓한 단순한 형태의 오두막들이 모여 있고 산들이 내다보이는 언덕이다. 유명했던 정원은 죽어버렸고 그것은 정원사도 마찬가지다. 장미는 잡초들 사이에서 몇 송이만 간신히 피어날 뿐이며 쌓인 눈의 무게로 세 개의 온실에 나 있던 창문들은 없어지고 말았지만 이제 누가 더이상 그와 같은 폐허의 목록들을 원할 것이며 또 몰락한 온실의 슬픔에 주목하겠는가? 이 장소의 불가사의한 (나는 정말 그렇다고 생각한다) 기운은 그대로 남아 있다. 곳곳에 찰리의 바이올린 악보, 베르타의 2학년용 독문법 교과서, 곰팡내 나는 바사르Vassar*의 기사들, 할아버지의 현미경 등이 보인다. 이렇듯 여기서는 과거를 상기시켜주는 것들이 새 토스터, 새 커피머신, 새 냉장고를 압도한다. 해변에서 걸어올라오는 우리는 이 여름에 여기서 그 누구보다 독특한 사람들이 된다. 그런데 저기 보이는 이들은 누구인가? 바로 W부부로 이곳에서 가장 믿을 만하고, 똑똑하고, 또 흥미로운 사람들이

———————————

* 미국의 재즈 음악가.

다. 오두막은 단순한 구조로 되어 있다. 판자들이 서까래 위에 덧대여 있고 지붕널의 못들은 천장에 박혀 있다. 벗겨지고 까맣게 변색된 전기선들은 절연재에 덧입혀진 상태로 서까래를 통해 주렁주렁 매달려 있다. 나는 밤에 일어나 지붕으로 떨어지는 빗소리를 들었다. 몇 년 만에 처음이다. 지붕은 비를 받아들일 뿐만 아니라 (지붕은 여기저기가 새고 있다) 빗소리를 크게 확대시키는 듯했으므로 나는 에로틱한 동시에 유치하기도 한 스릴에 잠겨 점점 커지고 확대되는 그 소리를 들었다. 이제 폭풍은 지나가고 바람이 불어온다. 물방울이 지붕 위로 떨어져내린다. 세 살 때로 되돌아간 느낌이다.

30년 전 우리가 연애하던 시절, 나는 모두가 잠들어 있는 숙소를 떠나 우리가 사랑을 나눴던 이 오두막이 있는 곳까지 숲을 통과해서 걷곤 했다. 30년이 지난 후에도 나는 여전히 사랑을 나누길 원하지만 이제는 아무런 용기도 없으며 내 욕구 또한 이미 말한 바 있는 비통한 몇 가지 일들을 압도할 만큼 충분치 않다.

• • •

가장행렬로서의 핼러윈 데이는 이 지역에서만 볼 수 있는 것인가? 내가 기억하는 한 매사추세츠에서는 가장행렬을 본 적이 없다. 비 내리는 밤이다. 해골이나 동물, 심지어 요정 같은 공주로 변장한 몇 명의 아이들이 길가를 따라 걸었다. 망토를 걸치고 오크나무 잎으로 만든 장식물을 머리에 쓴 소년도 있었다. 그 아이의 엄마는 예술적인 기질을 갖고 있음에 틀림없으리라. 아이들의 공통점이라고는 어른들에게서 받게 될 사탕을 챙겨넣을 커다란 쇼핑백뿐이었다. 기차역에서 오도 가도 못하게 된 수녀님을 한 분 태워다주게 됐다. "당신을 위해 특별히 기도드리겠습니다." 수녀님이 말했다. 저 기차는 오늘의 마지막 여행을 시작하는 듯하다.

어제 아침 나는 내가 해낼 수 있으리라 생각했다. 그러니까 지금 쓰고 있는 작품을 말이다. 노력하라, 노력하라.

• • •

뉴욕, 모스크바, 트빌리시*, 레닌그라드, 모스크바, 뉴욕. 나는 술과의 전쟁만큼 비행기로 여행할 때도 어려움을 겪는다. 이는 여행을 기억하는 데 어려움을 겪는다는 뜻이 아니다. 내 기억에 중요성을 부여하기가 언제나 불가능함을 말하는 것이다. 대서양을 한창 횡단중인 707기 안에서 잠들어 있던, 내 눈에 가장 순수하고 천진난만하게 보였던 그 멋진 남자. 런던의 환승 라운지에

---
* 그루지야의 수도.

서 먹었던 상한 샌드위치. 이어 우리는 볼쇼이 극장으로 가서 오케스트라, 성우, 그리고 메조소프라노 가수가 등장하는 세계에서 가장 오래된 보드빌vaudeville* 공연을 감상했다. 나는 거의 잠에 빠져버렸지만 말이다. 새벽이 오기 전에 잠에서 깰 때마다 나는 여행 우울증에 시달렸다. 만약 문에 노크하는 소리라도 들리면 창밖으로 뛰어내려야 할까? 우크라이나에는 출구나 비상통로, 계단도 없어서 화재가 난다면 우리는 구이가 되고 말 것이다. 나는 아침으로 보드카를 마셨고 우리는 트빌리시로 이동했다. 우리의 첫번째 연회는 한 가족과 함께하는 자리였는데 모든 이가 함께했던 건배가 인상적이었다. 가장 나이든 사람이 첫번째로 건배를 외쳤고 이어 나이 순서대로 가장 젊은 사람까지 건배를 외쳤다. 그 장면이 내겐 매우 감동적으로 다가왔다. 다음 축제는 터키 국경 근처의 한 산에서 있었다. 두 명의 여자가 가을낙엽 뭉치를 들고 길을 따라 걷고 있었다. 그들은 저 낙엽을 이용해 약용 차를 만들려는 것일까 아니면 그저 꽃병에 꽂아두려는 것일까? 거위, 돼지, 소, 양 들이 길 위를 걸어다니는 모습이 보였다. 버스 한 대는 수소와 충돌하기도 했다. 우리는 그 지역의 한가운데에까지 왔는데 가장 황량한 곳이라 이를 만했다. 바로 러시아 문학과 러시아 노래들의 주무대가 되는 곳이다. 저

---

* 가벼운 희가극喜歌劇.

멀리 보이는 산들은 눈에 덮여 있다. 소련 중앙위원회 본부가 위치한 종주지형縱走地形은 어둠에 잠겨 있다. 시계들은 고장나 있다. 화장실은 오물과 오줌으로 더럽혀져 있다. 주 광장에는 레닌의 동상이 서 있고 소도 한 마리 보인다. 우리는 축제를 위해 차를 타고 산으로 올라갔다. 그다음에 있었던 축제는 N부부의 집에서 열렸는데 N부인은 테이블보에 와인을 쏟기도 했다. 레닌그라드에 도착했을 때는 오후 3시임에도 어둑어둑했다. 이 시간 무렵의 이 도시는 허름하고 우울해 보인다. 겨울궁전Winter Palace*은 시급히 페인트칠을 해야 할 필요가 있다. 네바 강의 강둑에서 아들과 말싸움을 벌였으며 그것이 이 여행중 있었던 유일한 말싸움이었다. 나는 아들을 너무도 사랑하므로 아들과의 불화는 혈관이 터져나갈 정도로 고통스럽다. 장남도 사랑했지만 그것과는 좀 다른 사랑이었다. 우리는 레닌그라드에 서둘러 도착해 유로파 호텔에서 저녁식사를 했으나 그곳에서 본 댄스는 우울하기만 했다. 왜 그랬을까? 키 작은 남자와 함께 있는 키 큰 여자의 얼굴에서 나는 부정할 수 없는 성적 불만족을 보았다. 그가 그녀에게 무미건조한 섹스를 제공한 것일까? 이런 생각은 보드카로 자극된 내 방광 때문일까? 우리는 오페라를 보러 갔고 이어 심야 기차에 올라타 아침에 크렘린에 도착했다. 자동 구두닦이 기

* 상트페테르부르크(구 레닌그라드)에 소재한 궁으로, 러시아제국 황제의 별장이었으나 현재 일부가 박물관으로 사용되고 있다.

계만 제외하면 대부분의 상점들이 깨끗한 분위기를 풍겼다. 우리를 이끄는 가이드는 나에 비하면 더 바람직한 빠른 발걸음을 타고 태어난 듯하다. 그리고 무척이나, 그리고 분명 매력적이다. 그의 오른쪽 눈에 그의 매력을 부정할 수 없게 하는 특질이 어려 있다. 내가 기절해버릴지도 모르겠다는 생각이 들었다. 책상이 마치 수영을 하는 듯하다.

6시의 겨울궁전. 어두운 밤의 네바 강. 눈. 그 커다란 계단 위에서 나는 어지럼증을 느끼게 될 것인가? 워싱턴에서 그랬던 것처럼? 난 술, 담배, 친구, 그리고 빛과 따뜻함을 안겨줄 보다 친밀한 근원적인 힘을 원한다. 술을 두세 잔 걸친 채 B부부네 소파에 앉아 X부인과 프랑스어로 명랑하게 수다를 떠는 나 자신을 상상해본다. 그리고 끔찍할 정도의 허무함을 느낀다. 그런 인생이 용인될 수 있을까? 나는 내 목을 긋지 않을 수 있을 것인가? 이것이 감옥에 있는 내 친구들이 경험하는 바인가? 우리는 눈을 뚫고 호텔로 되돌아왔고 나는 보드카를 반쯤 마신 후 오페라를 보러 가려고 옷을 입었다.

트빌리시에서 출발한 비행기 안에서 봤던, 두꺼운 속눈썹을 가진 한 젊은이의 이미지에 초점을 맞추기가 왜 내겐 그토록 어려울까? 이는 기질적인 병환인가, 국민성인가, 아니면 노이로제의 일종인가? 왜 아일랜드의 한 다리를 지나가는 킬트* 차림의 백파이프 연주자를 보노라면 내 인생도 지나가고 있다는 느낌이

드는가? 이 비참한 미스터리는 무엇인가?

　모스크바로 돌아오는 비행의 여정은 고통스러웠다. 우울한 날. 만약 내일 기분이 상당히 좋아진다면 나는 여덟 편의 이야기들을 써내려가야만 한다.

● ● ●

　시내에서 D를 만났다. 그의 65번째 생일이었기 때문이다. 강인해 보이는 얼굴, 길게 자란 희끗한 머리카락. 우리는 한 달 전에 점심을 먹다가 질식사하고 말았다는 그의 대단했던 아내 얘기는 언급하지 않았다. D가 만나고 있는 내연의 여자는 D를 호주식 발음으로 부르면서 결혼해달라고 말했다는데 아마도 그렇게 되지 않을까 생각된다. 빌트모어 호텔의 이발소는 그 규모가 절반으로 줄어서 일하고 있는 이발사는 세 명에 불과했다. 사람들이 다른 곳에서 머리를 깎는 것일까 아니면 머리를 전혀 깎지 않는 것일까? 전에는 한번 이발을 할라치면 『태틀러』 잡지를 읽으면서 기다려야 했다. 쇠퇴해가는 이발소의 중요성은 무엇인가? 이발사들은 모두 오랜 친구로 우리는 이탈리아어로 수다를 떤다. 나는 구레나룻을 정돈해준 대가로 1달러의 팁을 준 뒤 술

---

* 스코틀랜드의 군인들이 입는 체크무늬의 주름진 치마.

집에서 마티니를 한잔 마셨는데 술집에는 보다 눈길을 끄는 새로운 누드화가 걸려 있었다. 누드화 속의 얼굴은 보기 드물게 예민해 보였다. 하지만 매디슨 애버뉴를 걸어올라갈 때 이 도시는 나를 피하기만 하는 듯했다. 내가 그토록 행복하게 쿵쿵거리며 돌아다녔던 이곳에서 무슨 일이 일어났는가? 나의 도시는 어디로 갔으며 어디서 이를 찾아야 하는가? 플레이보이 클럽에서? 센추리 클럽에서? 프린스턴 클럽에서? 골프장에서? 빌트모어 호텔의 한증탕에서? 나무판자로 지어진 L의 숙소에서? 스케이트장에서? 공원에서? 광장에서? 아니면 지금 누군가 내 뒤에서 시끄럽게 혀 차는 소리를 내고 있는 인도에서? 나는 찾지 못하겠다. 나는 이 도시를 잘 알고 있는데 왜 이 도시는 나를 모르는가? 부츠 한 켤레, 예쁜 다리들, 그리고 가볍게 흔들리는 머리. 레스토랑의 모든 불빛은 분홍색이어서 내 손도 분홍색이고 내 친구의 얼굴도 분홍색이다. 모든 사람들이 다 분홍색이다. 열다섯에서 스무 명 정도 되는 남자들이 그랜드센트럴 역의 화장실에 서 있다. 그들의 표정은 유혹적이면서도 경계심을 띠고 있고 때론 아쉬워하는 기색마저 보인다. 그들은 섹스파트너를 고르기 위한 거울로 잘 닦인 바닥의 대리석을 이용하는데, 대부분이 크기도 다양하고 색깔도 여러 가지인 자신들의 성기를 애무하거나 당기고 있다. 자위를 하고 있는 열다섯 명에서 스무 명의 남자들이 왜 고급 호텔에서 상연되는 현악 연주보다 더 중요하게 여겨지는가? 한 젊고 매력적인 젊은이가 레인코트로 은밀한 부위를 감춘 채 마치 절정의 순간에 도달하고 있기라도 한 듯 빠른 동작으로 수음 행위에 몰두하고 있다. 오늘은 일 년 중 가장 어두운 날로, 3시 40분 기차가 터널을 빠져나와 브롱크스로 달려올 때쯤엔 비록 새로 개발된 주거 단지에 불빛 몇 개가 밝혀져 있긴 해도 날은 이미 거의 어둑해져 있었다. 아마 아직도 모든 사람들이 근무중일 것이다. 우리가 강에 도착했을 무렵 어두운 강 위를 지나는 유일한 수상 교통수단은 바지선과 예인선뿐이었다. 어렸을 때 나는 그 예인선에 타고 있는 승무원들은 어떤 사람들인지, 또 그들이 저녁으로 무엇을 먹을 것인지 궁금해했다. 하지만 이젠 더이상 신경쓰지 않는다. 이르게 내려앉은 어둠 속에서 바지선은 마치 얕은 물에 배가 난파돼버리고 말 것 같은 맹그로브 mangrove* 섬처럼 보인다. 내 뒤에 있던 세 사람이 정부와 철도, 그리고 UN의 붕괴에 대해 시끄럽게 떠들었다. 그들이 생각하는 것처럼 정말로 세상의 종말이 다가온 걸까? 내 옆에 있던 사람들은 세월의 흐름에 너무나 피폐해지고 엉망이 돼버린 이들 같아 난 고개를 돌렸다. 하지만 그중 한 명은 흰 머리카락이 하나도 없어서 상대적으로 젊은 사람이 아닐까 하는 생각이 들었다. 그는 남자가 아니라 여자처럼 섬세한 인상을 갖고 있다. 그는 부

---

* 강가나 늪지에서 자라는 열대 나무.

산을 떨며 자신의 서류가방을 열었지만 그 안에 있는 것이라곤 인쇄된 안내책자뿐이다. 그토록 피곤해 보이는 얼굴로 어디에 간들 환영받을 수 있을까? 그런 얼굴로는 어떤 감각적인 자극이나 반응도 이끌어낼 수 있을 것 같지 않다. 하지만 떠나야 할 때가 되자 그는 밝은 빛깔의 깃털 모장帽章이 달린 모피모자를 유쾌하게 툭 하고 치더니 어깨 위로 레인코트를 걸쳤다. 다음 라운드를 맞이할 준비가 된 것이다. 나는 집으로 가고 싶다. 집으로 가고 싶다. 점심을 먹고 머리를 깎은 지금 난 지쳐버렸고 어서 집으로 가고 싶다.

• • •

내 딸이 말하기를 우리의 저녁식사 식탁은 상어가 들어 있는 탱크 같다고 했다. 나는 회전하는 흉내를 냈다. 나는 상어가 아니라 돌고래이며 메리가 상어라는 생각을 하면서. 하지만 우리가 우연히 알게 된 사실은 바로 우리 가족이 처해 있는 따분한 상황이다. 수지를 예로 들자면 수지는 감히 자기는 내 딸이 아니라고 하거나, 적절하지 못한 때에 웃어대거나, 혹은 내가 아직 말해보지도 못한 말들을 지껄이는 등의 실수를 한다. 이는 사랑할 수 있는 능력이 내게 없다는 증거인가, 아니면 나는 오직 나 자신만을 사랑할 수 있다는 의미인가?

● ● ●

『불릿파크』를 읽었다. 내게 가장 친밀한 감정들을 풀어놓은 책으로 나는 왜 이 책이 브로야드Anatole Broyard*의 반감을 사야만 했는지 의아하다. 그 안에 식별할 수 있는 어떤 추락이 있는가? 알코올과 노화를 상대로 내가 벌였던 투쟁의 흔적이 남아 있는가? 이는 하나의 투쟁이다. 하지만 난 과거에 극복해낸 경험이 있고 앞으로도 다시 잘해낼 수 있기를 희망한다.

● ● ●

일요일 오후의 중반을 보내면서 피곤하고 시간을 잘 지키지 않는 나의 뮤즈가 돌아오리라 생각했다. 내 주인공들이 마치 체스판 위의 말들이라도 되는 것처럼 난 내가 그들 위쪽 가까이에서 있다는 느낌을 받았다. 하지만 체스는 나로선 한 번도 해본 적이 없는 게임이다. 내 마음이 불미스러운 문제를 향해 다가가는 듯해 제르킨Rudolf Serkin**의 판을 레코드플레이어에 올려놓고 듣고 있으니 마치 성공한 자들과 어깨를 나란히 하는 느낌이다. 그러니까 사랑과 죽음에 대한 자신들의 심오한 직관에 열정적으

---

* 작가이자 문학평론가로 '뉴욕 타임스'의 편집자이기도 했다.
** 보헤미아 태생의 미국 피아니스트.

로 몰입했던 사람들 말이다. 음악, 그중에서도 특히 슈베르트의 곡은 한 편의 강력한 이야기처럼 들린다. 시냇물이, 로마의 다리가, 나뭇잎들이, 여닫이창에 몸을 기대고 있는 아마亞麻 빛깔 머리털의 여인이 보인다. 그들의 대화는 내 책상 위에 놓인 어느 책들의 그 어떤 대화들보다 훨씬 강력하고 감동적이다. 나는 그 이야기에 '기쁜 소식'이라는 제목을 붙이고 싶지만 이후 그곳에서 어디로 발을 내디뎌야 할지 확실히 모르겠다.

● ● ●

오늘 내가 쓸 수 있는 것이라곤 편지들뿐인 듯하다. 몸이 너무 떨려서 자동차를 차고까지 몰고 갈 수 없을 정도다. 술에 취해 내게 자기 방에서 자라고 제안했던 P를 생각해본다. 그의 의도는 무엇이었을까? 이는 남자들 사이의 에로틱한 애정은 자연스러운 것이라는 순간적인 암시인가? 나는 어떤 남자들을 원했던가? 25년 전 괌의 한 샤워장에서 만났던, 너무나 잘생긴데다 자연스럽기 그지없는 태도 때문에 괴리감까지 느꼈던 그 낯선 남자일까. 나는 진정 무엇을 원했던가? 이는 자기애가 지닌 어떤 힘인가?

• • •

나의 주문呪文이 바뀌었다. 나는 더이상 사과나무 아래에서 깨끗한 치노 바지를 입은 채로 앉아 책을 읽지 않는다. 대신 식탁의 노란 의자에 벌거벗은 채 앉아 있다. 내 손에 들린 커다란 크리스털 유리잔에는 꿀색 위스키가 잔의 가장자리 끝까지 차 있다. 위스키 안에는 두 개의 얼음이 들어 있다. 그리고 여섯, 일곱 개비의 담배를 피우면서 이집트와 러시아로 떠났던 나의 흥미로운 여행을 만족스럽게 떠올린다. 잔이 비면 얼음을 띄워 다시 채우고는 재떨이에서 몇 개비의 담배가 타고 있음에도 새로운 담배에 불을 붙인다. 그렇게 나는 노란 의자에 벌거벗은 채 앉아 위스키를 마시면서 여섯, 일곱 개비의 담배를 피워댄다.

• • •

인터뷰가 있었다. 젊은 여자가 왔다. 그녀의 눈은 근사하고 몸매는 멋졌지만 내가 선호하는 분위기와는 한참 거리가 멀었다. 그래서 수작을 걸지 않았고 키스조차 하지 않았다. 평범한 질문에 평범한 대답을 내놓느라 힘들었다. 인터뷰가 끝난 뒤 행복한 마음으로 일찍 잠자리에 들었다. 파란 하늘을 바라보면서.

• • •

성금요일이다. 애도하는 비둘기들의 노래는 없었다. 종소리도 전혀 들리지 않았다.

• • •

전에도 이런 글을 쓴 적이 있고 앞으로도 또 적게 될 테지만 가족에 관한 기억을 떠올릴 때마다 항상 가족들의 등이 생각난다. 가족들은 머물고 있던 곳에서 언제나 분노하며 빠져나왔고 나는 늘 그 행렬의 마지막이었다. 가족들은 콘서트홀, 스포츠 경기장, 극장, 레스토랑, 상점을 한 차례의 예외도 없이 발을 쿵쿵 대며 빠져나왔다. "만약 쿠세비츠키*가 내가 계속 앉아 있으리라 착각했다면……" "그 심판은 자질이 없어" "연주가 형편없더군" "웨이터가 왜 그런 식으로 쳐다보는지 모르겠어" 등등. 가족들은 끝까지 자리를 지키는 적이 거의 없었다. 출입구로 향하는 모습, 바로 이것이 내가 기억하는 가족들의 모습이었다. 문득 내 가족들은 극심한 폐쇄공포증에 시달렸고 따라서 이런 약점을 도덕적인 분노로 감춘 것이 아니었을까 생각해본다.

---

* 러시아 태생의 미국 지휘자.

여름이 되면 아버지는 출근하기 전이나 아침식사를 하기에 앞서 세 홀에서 네 홀 정도 골프를 치곤 했다. 나는 이따금 그런 아빠를 따라갔다. 골프장은 집에서 걸어갈 수 있는 가까운 곳에 있었다. 골프 코스는 강 위쪽에 설계돼 있었으므로 첫번째 페어웨이에 서면 그 아래쪽으로 석회암 지대와 만의 푸른 물이 내다보였다. 어느 이른 아침, 아버지는 페어웨이 옆에 있는 숲의 한 나무에 뭔가가 걸려 있는 것을 보았다. 아버지는 그것이 아마도 밤에 숲을 이용했던 어떤 연인들이 남기고 간 옷일 거라 생각했다. 그런데 잔디를 따라 내려가보니 그것은 바로 사람이 아닌가. 비록 그의 얼굴은 부풀어올라 일그러진 상태였지만 아버지는 매달려 있는 사람이 당신의 오랜 친구인 해리 돕슨임을 알 수 있었다. 아버지는 주머니칼로 줄을 잘라 친구를 내리고는 가장 가까이에 있던 집으로 가 헨리 박사에게 전화를 걸었다. 비록 경찰을 부르는 편이 맞긴 했겠지만. 그날 오후 아버지는 골프채를 다른 사람에게 줘버리곤 다시는 골프를 하지 않으셨다.

• • •

꿈 혹은 몽상에서(둘 중 무엇인지 잘 모르겠다) 나는 한 남자와 함께 야도의 차도를 따라 걷고 있었는데 짙은 푸른색의 캐시미어 정장을 입고 있다는 사실 외엔 그 남자는 내가 전혀 모르는 사람이었다. 그는 뭔가를 암시하듯이, 또 유혹적으로 내게 몸을 부딪혀왔고 이에 나는 아무 불만도 제기하지 않았다. 그는 내 어깨에 자신의 팔을 얹고는 그가 나를 얼마나 좋아하는지 말했고 나도 그를 좋아한다고 말했다. 우리는 숲속으로 들어갔다. 무슨 일이 벌어지고 있는지 알 수 없었지만 너무나 만족스러운 기분이었다. 우리는 서로 다른 식탁에 앉아 식사를 했지만 행복한 마음으로, 그리고 민감하게 서로를 의식했다. 그 외에 언급할 만한 특별한 일은 전혀 벌어지지 않았다. 우리는 추문의 힘을 인정하고 있었던 것이다. 그와 나는 각자 다른 계단을 통해 그의 방으로 향했고 그날 밤을 함께 보냈다. 나는 영화관에서 서로 손을 맞잡고 있는 우리 둘을 상상하기도 했다. 내가 볼 때 실상 그런 종류의 일들은 결코 일어날 수 없으므로 꿈에서 있었던 일을 어떻게 해석해야 할까? 내게 그런 사람은 전혀 없다. 그토록 강력했던 나의 무관심을 일깨웠던 유일한 동성애자인 엔디미온*을 제외하면 말이다. X는 바보 같은데다 자기도취적인 성향이 있었으며 Y는 딸각딸각 소리를 내는 의치를 갖고 있었고 Z는 말할 때 침이 튀었다. 그들의 성적 취향은 허영과 어리석음, 그리고 불운의 결과물로 보였다. 하지만 꿈은 내게 이런 익명의, 그리고 캐시미어 정장 차림의 남자다운 영혼을 만들어낼 수 있는 허가

---

* 그리스 신화에 등장하는 미소년.

증을 주었다. 이것은 자아도취인가? 이는 내 본성에 반하는 것인가? 아버지와의 불화로 인한 결과물인가? 한낮의 햇빛은, 그 불은 어떻게 내 자아를 강화하고 연마하는가? 눈을 감고 잠들면 난 아주 다른 사람이 된 것 같다. 아, 햇빛이 지닌 도덕성이여.

• • •

오늘 아침의 주문은 내가 스스로를 치유할 수 있다는 것이었다. 문제는 이것이다, 과연 내가? 이것이 우리 둘보다 더 중요한 문제인가요, 메이블?

• • •

새벽 3시에 일어나니 입안에 모래알이나 머리카락이라도 들어간 것처럼 불쾌한 기분이 들었는데 이것이 바로 내 인생이다. 오, 나는 다시 한번 그것들을 되찾아올 것이다. 일, 소녀들, 많은 돈. 7시가 되자 내 의지는 점차 약해졌다.

• • •

난 술에 취하면 감옥에서의 동성애 로맨스에 대해 심각하게 생각해보곤 한다. 말짱한 정신일 때는 이에 대해 그렇게 많이 생각하지 않는다. 그 대상은 누가 될 것인가? 나보다 훨씬 젊은 남자다. 그는 왜 그 젊은이를 아름답다고 생각할까? 청년과 노인 사이의 긴장감이 남자와 여자 사이의 그것만큼이나 강력했기 때문이다. 마치 고통받을 때처럼 오르가슴에 의한 발작으로 몸을 떠는 남자를 동정하기 때문이다. 둘은 모두 남자였고 따라서 성별이 다른 데서 오는 극적인 상황은 없었다. 스테이시는 털이 많았고 자니는 매끈했다. 그는 자신이 그 젊은 정신과의사에게 매료됐다는 사실을 언급하려 하지 않았다. 왜 그래야만 했을까? 그 상황에서, 아니 어떤 상황에서도 그것이 가장 자연스러운 일로 여겨졌기 때문이다. 그는 왜 자신의 그런 면을 왜곡된 것이라 여겼고 또 그러한 왜곡의 기원을 찾기 위해 어린 시절을 샅샅이 훑었을까? 그는 아버지를 싫어했다. 아버지는 잔인하고, 어리석고, 부정직했기 때문이다. 그는 어머니를 사랑하지 않았다. 어머니가 그의 사랑을 허락하지 않았기 때문이다. 다만 그의 사춘기 및 이로 인한 혼란에서 그를 해방시켜줄 수 있는 무대는 존재하기 마련이다. 둘은 사랑을 위해 특별한 기술 따위는 전혀 개발하지 않았다. 키스도 결코 하지 않았다. 그저 포옹하고, 애무하고, 서로의 성기를 애무했다. 항문 성교나 구강 성교는 둘 모두에게 불가능했다. 스테이시는 그 까닭이 금지, 억압, 혹은 자신을 가두고 있던 사회에 대한 어떤 서약 때문인지 궁금했다. 하지만 궁금해할 필요가 어디 있는가? 그는 이런 초보적인 사랑놀이에도 만족했으며 여기서 만족했다는 뜻은 그가 자니를 안고 있거나 혹은 자니가 그를 안고 있을 때 마치 상대방의 살과 추억, 그리고 영혼을 완전히 흡수한다는 느낌이 들었음을 의미한다. 그러고 나서 그는 면회실에서 그의 아내, 혹은 어쩌면 자녀들을 만났다.

• • •

후텁지근한 날씨다. 저녁식사를 하는 도중 괴롭기 짝이 없는 시선을 받은 통에 속이 메스꺼워졌다. 왜 나는 이런 불쾌함을 명확히 할 수 없는가? 한번은 그녀에게 작별키스를 하려고 허리를 숙였을 때 그녀가 매우 혐오스럽다는 듯한 표정을 짓는 바람에 기분 상했던 적이 있다. 하지만 나는 빛을 선택할 때처럼 그토록 분명하고 자신 있게 내 감정과 행동을 명확히 할 수 없는 듯하다. 곪아가는 상처와 기적적인 치료라는 과정을 통해 형성된 기질 탓인지, 과거가 내 반응에 끼치는 영향력을 구별하기란 힘들어 보인다. 속이 메스꺼워지는 것은 어머니가 과거에 내게 했던 행동 때문인가 아니면 혐오감을 느낄 때 나타나는 건강한 남자의 반응인가? 물론 음주 문제도 있긴 하다. 울타리를 손보는 동안 기분이 다소 나아졌다. 이어 나는 그야말로 아주 진지한 자세로 천박한 텔레비전 방송을 시청했다. 그러다 문득 잠에서 깨어

내가 차고에서 만나주길 바라고 있는지 그녀에게 물어봤다. 그러자 이어지는 눈물과 병적인 흥분.

나는 테라스에 앉아서 흘러가는 구름과 내려앉고 있는 밤을 지켜보았다. 이런 수증기 같은 형태들이 지니고 있는 매력은 무엇인가? 이것들은 왜 내게 사랑과 평정을 상기시키는가? 하지만 보자, 보자. 그의 손에는 술잔이 없다. 의자 밑에 있을까? 아니다. 화단에 숨겨져 있을까? 아니다, 아니다. 잠시 동안이지만 주변에는 그가 집어들 수 있는 술잔이 하나도 없었다.

● ● ●

나의 잔인한 중독은 때로는 5시경, 때로는 그 이후에 시작될 때도 있다. 가끔은 동이 트기 전부터 시작된다. 깨어날 때부터 난 술을 원한다. 침대 옆 테이블 위의 물잔에 위스키가 가득 담긴 장면을 상상하기도 한다. 상상의 그 잔에는 얼음이 있기도 하고 없을 때도 있다. 나는 나 자신을 즐겁게 하고자 몇몇 도시들을 함께 여행할 상상 속의 여인들을 불러낸다. 이런 외출은 매우 교육적이다. 도쿄에 간 우리는 국립박물관과 아시아 예술 박물관을 다녀온다. 룩소르*에서도 며칠을 보낸다. 2년 동안 H를 보

---

* 이집트 나일 강 동쪽에 위치한 상업도시.

지 못했는데 그녀는 불러내기가 힘들다. S는 2주 동안 못 봤지만 최근에는 나와 함께하고 있다. 연인이 된 우리는 농담을 주고받으며 그녀는 아침식사로 옥수수빵을 굽는다. 여행하는 내내 나는 상상의 위스키로 가득 차 있는 침대 옆의 물잔을 의식한다. 7시경이 되면 상황은 더욱 나빠진다. 이제 나는 위스키의 맛을 빼고는 그 무엇도 상상할 수 없다. 오렌지주스와 커피는 약간 도움이 된다. 나는 내 어머니가 그랬던 것처럼 테이블에 앉아서 한숨을 쉰다. 형도 그랬다. 아버지가 한숨 쉬던 모습은 기억나지 않는다. 나는 한숨을 쉬고 또 쉰다. 9시 반이 지날 무렵이면 내 손은 너무나 떨려오기 시작해서 신문을 집거나 정확하게 타이핑하기가 쉽지 않다. 10시경이 되면 저장고로 가서 내가 마실 술을 만든다. 그제야 비로소 떨리던 나의 육신과 오직 술만을 생각하던 나의 정신이 기적적으로 하나가 되고 이에 또다른 날이 시작된다.

● ● ●

어제는 손이 너무 떨려서 타이핑을 할 수 없었다. 아침엔 아무도 없는 집에서 쿠르부아지에 코냑을 반병 정도 마셨다. 오후엔 부시밀 위스키를 반병 이상 마셨다. 이후 더이상 술을 마시지 않고 일찍 잠자리에 들었다. 하긴 술도 그리 많이 남아 있지 않은 터였다. (수 주 만에 처음으로 화창한 날씨를 보인) 오늘 아침엔 몸 상태가 좀 나아졌지만 난 경미한 심리적 복시$^{複視, \text{ double vision}*}$ 현상을 겪었다. 즉 나는 내 의식의 가장자리에 있는 우울증을 목격했는데 그 우울증은 식별 가능한 형상이 전혀 아니었다. 그보다는 맛에 더 가까웠다. 술에 대한 나의 욕구와 어떤 종류의 사랑을 향한 나의 욕구 사이에는 상당한 연관성이 있다고 생각되며 그래서 비록 서툴게나마 이를 글로 적어볼 작정이다.

이는 어쩌면 신경증적인 질환, 즉 내가 어린 시절에 겪었던 어떤 상처인지 모른다. 이런 상황은 수년간 지속되었다. 메리는 주기적으로 다정한 모습을 보이지만 그러고 나서는 정말이지 눈 깜짝할 사이에, 또 전혀 짐작조차 할 수 없는 이유로 우린 언쟁을 벌이고 이에 황폐한 관계가 수개월간 지속된다. 내게는 키스가 허락되지 않는다. 아침인사만 겨우 건넬 수 있을 뿐이다. 이는 극심한 고통으로, 내가 생각하기에 결혼한 모든 남자들이 겪는 일은 아니다. 나는 아이들을 사랑하지만 자식에 대한 사랑은 (당연한 말이지만) 그 자체만의 한계를 갖고 있다. 사랑에 대한 욕구는 장에서 느껴지는 메스꺼움이라는 식별 가능한 형태로 나타난다. 그리고 나는 이를 S와 함께 있는 장면을 상상함으로써 치료한다. 비록 그녀를 6주 동안 보지 못하고 있긴 해도 말이다.

---

* 하나의 물체가 둘로 보이는 것.

그녀를 만나지 못하는 데엔 세 가지 이유가 있다. 내가 그녀의 부친보다 나이가 많기 때문이고, 술로 인해 몸이 떨리기 때문이고, 거기에 기차를 두려워해서다. 아마 가을에는 그녀를 볼 수 있을지 모른다. 요즘 S는 너무 어려 보이고 Y는 반대로 너무 늙어 보인다. 이처럼 나는 낯선 이들을 뼈가 으스러져라 껴안는다. 모스크바의 한 복도에서도 그렇게 T를 껴안았다. 이런 행위들에는 열정보다 절망이 더 많이 깃들어 있다. 돌아올 때쯤이면 상황이 더 나아져 있길 기대하며 나는 먼 길을 떠나곤 했다. 가끔은 그 기대가 충족될 때도 있었지만 거의 그렇지 못하다. 정부情婦를 가져볼까 생각도 해봤지만 그러기가 쉽지 않을뿐더러 나는 소심한 사람이다. 그리고 주장하건대 나의 소심함은 메리와의 상황 때문에 더욱 악화돼버렸다. 20년 전, 메리와 유별나게 지독한 언쟁을 벌인 후 나는 사랑을 갈구하며 차고 안에서 흐느꼈다. 이 집에는 차고가 없지만 그 밖에 상황은 똑같다. 난 이혼하지 않는다. 외로움이, 알코올중독이, 자살이 두렵기 때문이다. 이 방들, 이 잔디들, 그리고 아들과 함께한다는 사실이 나를 살아 있게 하는 데 도움을 준다. 이런 문제들을 의논할 때마다 나의 추억, 나의 지능, 나의 생식기관, 나의 은행계좌에는 독설 섞인 비난이 가해진다. 나는 이 모든 것들을 핑계로 부적절한 사람들과의 섹스를 합리화하려 하고 있지만 (환한 햇살 아래) 어떤 면에서 보자면 나로선 선택의 여지가 거의 없었던 듯하다.

···

    내가 알기로 S는 버몬트에 농장을 하나 갖고 있고 그래서 이번에는 그 농장을 떠올려본다. 땅 위에는 눈이 쌓여 있지만 길은 치워진 상태다. 날은 어둡다. 나는 떠나고 있는 중이다. 가슴 아픈 이별이다. 그녀는 울고 있다. 이 모든 것이 상상인데도 나는 왜 이별 대신 만남을 떠올리지 않을까? 다시 생각해본다. 역시 땅에 눈이 쌓여 있다. 날은 여전히 어둡다. 나는 여행가방을 든 채로 걷고 있다. 그녀는 나를 열정적으로 맞이한다. 난롯불이 타고 있다. 장작을 패는 사람은 나다. 우리는 곧 위층으로 올라가 옷을 벗고 침대에 눕는다. 이어 다시 옷을 입고 난롯불가로 되돌아온다. 그리고 (내가 기다렸던) 술을 몇 잔 들이켠다. 술은 위스키를 선택하기로 한다. 우리는 내가 일에서 거둔 성과를 주제로 대화를 나눈다. 나의 우울증은 지나갔다. 나는 새로운 인생, 새로운 리듬, 새로운 열정을 찾았다. 우리는 부엌으로 들어가고 그녀가 송아지 간과 베이컨을 요리할 동안 나는 내 일에 대해 얘기한다. 나는 어떤 모습을 하고 있는가? 머리는 하얗고 배는 날씬하며 등은 꼿꼿하다. 나는 65세이며 그녀는 28세이다. 저녁식사 후에는 위스키를 조금 더 마시고 침대로 간다. 눈은 계속 내린다. 하지만 또 섹스를 하지는 않는다. 왜냐하면 최근 내가 할 수 있는 성교 횟수는 단 한 번뿐이기 때문이다. "한 번이면 충분해요,

자기." 그녀가 말한다. 아침이 되면, 당연히, 그녀가 옥수수빵을 만든다. 나는 밖으로 나가 정오가 될 때까지 조용히 별채를 짓는다. 집에 돌아오면 마을의 식료품점에 다녀오겠다는 그녀의 메모가 나를 기다린다. 나는 술을 마신다, 상당한 양의 마티니를. 그녀가 돌아오면 사온 식료품들을 받아든다. 점심 후에는 맛있게 낮잠을 즐긴다. 다음에는 마을로 나가서 우편물을 가져온다. 수표나 사랑의 편지, 훈장, 그리고 초대장 같은 것들이다. 나는 저녁 무렵까지 길에 쌓인 눈을 치우고 이어 그녀와 함께 칵테일을 마신다. 저녁식사는 쇠고기구이다.

• • •

내 딸이 직장을 집어치우고 남편을 따라 샌프란시스코로 간다. 매우 기쁘다. 메리는 사랑스러운 아내로 다시 돌아왔고 이에 초원과 작은 숲에 있는 것처럼 행복하기만 하다. 사람들이 하는 말처럼 비록 스스로의 의지가 중요하긴 하지만 비타민 B_{12}가 도움이 되는 것 같다. B_{12}를 복용하니 갈망이 사라짐을 느낀다. 이에 내가 술에 거의 취하지 않았음을 아내에게 보여주고자 진 한 병을 들고 위층으로 뛰어올라갔다. 다른 술병도 같이 들고 있었다는 사실마저 깜박한 채. 최소한 반나절 동안은 나의 모든 문제가 비타민 결핍으로 인한 것일 수 있다는 점을 확신할 수 있었다. 이제 B12가 있으므로 나는 기차를 타거나, 다리를 건너거나, 차를 운전할 수 있을 것이다. 메리는 요즘 부드러워지고 사랑스러워졌다. 그리고 이런 상태가 영원히 지속되지 않을지 모른다고 생각할 필요가 어디 있단 말인가? 이틀 밤을 보내는 동안 저녁식사 후에 술을 마시지 않았고 또 이틀 연속으로 아침에 남자다움을 느꼈다. 이런 상태가 오래가진 않겠지만 저 멋진 산은 물론, 최소한 완전해질 수 있다는 가능성을 볼 수 있다는 것은 얼마나 멋진 일인가.

• • •

익명의 알코올중독자들Alcoholics Anonymous 모임에 가겠다는 결심을 20년 동안이나 끌다가 마침내 실행에 옮겼다. 모임은 조합교회의 교구회관에서 있었다. 새 건물이었다. (그러니까 건축물이 전통적인 형태에서 다소 벗어나 있다는 말이다.) 우리가 모인 방의 천장은 서까래 형태로 아주 뾰족해서 전구가 기다란 막대에 (마치 분주한 교차로에서 볼 수 있는 신호등처럼) 매달려 있었다. 하지만 우리가 앉은 탁자에도 별도의 촛불이 켜져 있었다. 15~20명 정도의 사람들이 알코올중독이라는 악덕을 고백하기 위해 모였다. 우리는 한 사람씩 성이 아닌 각자의 이름을 소개하며 알코올중독자가 된 사연을 털어놨다. 하지만 (반드시 존재해야 하는) 모임의 진정한 목적을 나는 알 수가 없었다. 슬프지도, 용기가 나지도 않았다. 한 여자는 자신이 술을 마시는 동안 아이들을 방치했던 사실에 대해 말했다. 한 명은 방문을 걸어잠근 채 닷새 동안 내리 다른 일은 전혀 하지 않고 오직 술만 마신 적이 있다고 했다. 그녀의 남편이 한 파티에서 자기 자신의 머리 대부분에 상처를 입히는 사고를 낸 후였다고 했다. 그 여자 옆에 있던 남자도 진탕 술을 마셨던 경험을 얘기했는데 무려 6개월 동안이었다. 결국 그는 정신병원에 가게 됐다. 고백한 사람들 중 세 명이 정신병원에 다녀온 전력이 있었으며 그중 한 명은 여전히 환자 신분이다. 오늘밤에는 특별히 허락을 얻어 나왔을 것이다. 준비해온 긴 연설이 뒤죽박죽돼버리는 바람에 난 너무나도 준비되지 않은 상황에 맞닥뜨릴 때가 가끔 있으며 그리하여 술을 마실 수밖에 없었다고만 말했다. 모스크바를 방문했던 사실에 대해서는 언급하지 않았지만 사실 내 얘기는 거기서 겪었던 일이었다. 우리는 서서 주기도문을 암송했다. 의장과 인사를 나눴는데 그는 모임에서는 서로를 성이 아닌 이름으로 부른다는 말로 인사를 대신했다. 어쩌면 나는 내가 술을 너무 많이 마신다는 사실을 잘 실감하지 못하고 있거나 아니면 그 모임이 내가 알아낸 바처럼 따분하기 그지없는지도 모른다.

치료되진 않았지만 분명 나아지긴 했다. 10시인 지금, 난 아직도 저장고의 어디에 술병이 있는지, 그리고 그 안에 어떤 술이 담겨 있는지 알고 있다.

• • •

요즘엔 아침마다 멋진 산을 볼 수 있을 듯한, 혹은 최소한 그
것들을 볼 수 있을 만큼 마음이 안정된 듯한 느낌이 든다. 이것
이 축복인지 행운인지, 아니면 비타민 B$_{12}$ 때문인지 모르겠다.
하지만 어제 아침의 화창함은 오늘 오후 그와 맞먹을 정도의 불
쾌함으로 바뀌었다. 이유는 나도 모른다. 질 나쁜 위스키 때문이
거나, 높은 습도 때문이거나, 아니면 마음의 안정에 관여하는 내
정신 및 육신의 핵심 장기臟器에 화학적인 부작용이 생겼기 때문
이리라.

• • •

자고 싶다. 이런 생각을 하는 나는 지금 술에 취하지 않은 맑
은 정신이다. 변비와 동성애와 알코올중독을 걱정하는 일에, 또
동성애자의 술집은 분명 이렇지 않으면 저럴 거라고 골똘히 생
각하는 것에 진력이 난다. 동성애자의 술집은 냄새나는 도깨비
나 여자 같은 젊은이들, 아니면 멋진 미남들로 가득 차 있을까?
난 결코 알 수 없을 것이다. 나는 여자를 원하고 때로는 남자도

원한다. 그런데 피가 날 때까지 나를 채찍질하기보다 차라리 나의 육욕을 이용하면 안 되는 것인가? 물론 나는 나 자신과 결코 화해할 수 없을 테지만 이런 지엽적이고 사소한 고민들 중 몇몇 은 쓸데없는 것으로 보인다.

• • •

아침식사로 보드카를 마셨다. 메리는 35년 만에 세번째로 자신의 어머니에 대한 얘기를 꺼냈다. "크리스마스 선물로 테디 베어를 원했지만 엄마는 그러기엔 내가 너무 나이를 먹었다고 했어. 엄마는 '인형'이란 말을 당신처럼 끔찍하기 짝이 없는 매사추세츠 억양으로 말하더군." 그렇게 우리는 또다시 한 번도 만난 적이 없는 사람들 같은 사이가 되었다.

『몰 플랜더스』*를 심드렁하게 읽었다. 메리는 카드를 만들고 주소를 적는 것 같더니 피곤한 표정으로 이렇게 말했다. "잠시 쉬어야겠어. 쉬고 나서 남은 오후 동안 뭘 할 건지 결정할래." 메리는 두 시간 정도 잠을 잤다. 오후가 지나갔다. 메리는 개를 산책시키고 말에게 먹이를 주고 또 저녁식사도 준비했지만 분위기는 (최소한 나에 관한 한) 아주 싸늘했다. 가끔 나는 다음에 벌어

---

* 영국 소설가인 대니얼 디포의 소설.

질 메리와의 일전에 대비해 정서적인 피곤함을 느끼며 누워 있곤 한다. 페데리코와 함께 텔레비전을 봤다. 기분 전환을 위해, 페데리코와 즐거운 시간을 갖기 위해, 술에서 멀어지기 위해, 그리고 이 집만이 지닌 기묘한 정적을 누그러뜨리기 위해.

● ● ●

술에서 멀어지기 위해 사용해왔던 전략과 방책들에 대해 생각해본다. 부엌에 페인트를 칠했다. 현관에 페인트를 칠했다. 침실에도 페인트를 칠했다. 바람 부는 날이면 낙엽을 쓸어 모았고, 밭에서 낫질을 했고, 영화관의 발코니 좌석에 앉아 저급한 영화를 봤고, 텔레비전을 봤고, 산책을 했고, 잔디를 깎았고, 나무를 자르거나 장작을 팼고, 전화를 걸었고, 상당한 양의 비타민과 세 종류의 진정제를 복용했다. 하지만 저장고에서 들려오는 술병의 노랫소리는 여전히 유혹적이다.

● ● ●

잠에서 깨니 코에서 피가 흐르고 있다. 나는 신이란 금욕, 상식, 그리고 근면이라고 생각한다. 아들에 대한 내 사랑을 근면과 절제로 바꾸거나, 돌리거나, 혹은 활용하고 싶다. 어느 겨울밤에 걸었던 새러토가의 길을 나는 기억한다, 신성함에 대한 나의 확신에 흥분하며 걸었던 그 길을.

• • •

술병, 술병. 쓰는 일조차 고통스럽다. 술병은 바닥났다. 난 우체국에는 가도 주류 가게는 멀리한다. "술을 마시면 아빠는 죽을지도 몰라요." 아들이 말했다. 아들의 눈에는 눈물이 가득 차 있다. "얘야," 내가 말했다. "너에게 이로운 일이라면 이 아빠는 10층짜리 건물에서도 뛰어내릴 수 있단다." 아들은 이를 원치 않을뿐더러 이 마을엔 10층짜리 건물도 없다. 나는 우편물을 가지러 차를 몰고 가다가 우회하여 주류 가게에 들렀다. 그리고 술병을 자동차 시트 밑에 숨겼다. 우리는 수영을 했고 나는 차에 있는 술병을 어떻게 집으로 가져갈지 곰곰이 생각했다. 책을 읽는 동안에도 이 문제를 고민했다. 사랑하는 아들이 위층으로 올라가자 나는 집 옆쪽에다 술병을 숨긴 뒤 술에 아이스티를 가미했다. 아들은 내가 한 번도 가본 적이 없는 곳에서 운전 연습을 한다. 바로 강 위쪽에 있는 언덕이다. 그곳의 집들은 단 하나의 예외도 없이 작은데다 가까이 다닥다닥 붙어 있으며 역시 단 하나의 예외도 없이 깔끔하게 페인트칠돼 있는 등 특별한 애정으로 관리되고 있다. 화초 상자에 담긴 밀랍으로 만든 튤립과 바싹 마른 잔디조차 여기 사람들은 깊은 애정으로 가꾸고 만들고 또 돌보는 듯하다. 아이들은 거리에서 놀이를 했다. 날카로운 아이들의 목소리는 어둠이 깊어짐에 따라 그 강도가 더욱 거세졌다. 현관에 앉아서 하루가 끝나가는 모습을 지켜보는 사람들. 이는 최소한 일인당 2달러는 지불해야 하는 자동차극장에서의 동시상영 영화보다 훨씬 더 문명적인 장면이다. 이들은 어제 입었던 옷을 입고 닳아빠진 슬리퍼를 신은 채(이맘때에 흔히 볼 수 있는 차림새다) 서로의 집을 방문한다. "아이들의 저 소리만 들으면," 페데리코가 말했다. "아빠는 내가 아이들을 자동차로 친 줄 착각하겠어요." 그래서 전조등을 켜야 할 만큼 어두워지기 전에 우리는 차를 몰아 집으로 왔다. 집에 와서 놀라울 정도로 드라마틱한 상황이 펼쳐지는, 즉 탐욕과 욕망이 서로 맞부딪치는 그레타 가르보*의 영화를 시청했는데 (그 아름다움이 엄청나게 변해버린) 여주인공은 결국 거리의 여자로 떠돌고 머리는 페르노**로 이상해진다. 모두 상심으로 인한 것이었다. 여주인공은 진실로 자기 자신을 파멸시킬 만큼 사랑했던 남자가 사람들의 갈채를 받고 있음을 보게 된다. 남자는 여주인공을 돕겠다고 제안하지만 그녀는 그를 알아보지 못하는 듯했으며 남자가 떠나자 카페에 있

---

* 스웨덴 출신의 미국 여배우. 여기서 언급되고 있는 그녀의 영화는 〈요부 The Temptress〉이다.
** 술의 일종인 리큐어. 상표명.

던 한 부랑자를 예수 그리스도로 착각해 그녀가 간직하고 있던 사랑의 마지막 기념품을, 즉 루비 반지를 주고 만다. 자막에는 이렇게 쓰여 있었다. "이건 피의 색깔입니다. 당신은 사랑을 위해 돌아가셨죠." 영화에는 떠나는 장면이나 비 내리는 장면이 전혀 없다. 이어 부랑자는 그 루비가 진짜임을 발견한다. 여기 위대한 열정(인생을 만들어가는 낭만적이고 에로틱한 사랑)이 있다. 그런데 그런 열정이 우리 사이에 더이상 존재하지 않는다는 나의 생각은 잘못된 것인가?

• • •

태양은 빛나고 몸은 훨씬 나아졌다. 5시까지 흐렸던 어제는 실망스러운 하루였다. 오늘 아침 8시부터 저녁 6시까지, 나는 이 붐비는 거리에서 짧은 머리를 하고 있는 유일한 사람이다. 6시가 약간 지나고 나서부터는 머리를 짧게 깎은 사람들이 네댓 명 정도 나타나기 시작했다. 그들은 어떤 일을 할까? 젊은이들은 점원이나 은행원처럼 보인다. 또다른 사람들은 중년의 나이로, 항상 짧은 머리를 고수해온 듯하다. 식당 안에 들어가자 빡빡머리에다 세련돼 보이는 검은색 가죽 옷을 빼입은 남자가 눈에 들어온다. 거리를 힐끗 쳐다보니 아마도 연애 상대를 찾아 어슬렁거리는 듯한 청바지 차림의 남자가 보인다. 내 옆의 오른쪽 테이블

에는 한 가족이 앉았다. 과거엔 아주 예뻤음에 틀림없으나 지금
은 더이상 그렇지 않은 그 테이블의 여자는 점잖고 침착하게 행
동했다. 남편은 50세 정도로 보였으며 젊을 적의 풍모가 어떠했
을지 짐작하기가 아주 어려웠다. 그들은 적당한 가격의 음식을
주문했는데 필레 미뇽*은 주문하지 않기로 합의했거나 그렇게
하도록 배운 듯했다. 그들이 먹은 요리는 스파게티 미트볼과 참
치 캐서롤**이다. 식사하는 동안 그 가족은 거의 대화를 나누지
않으나 어쨌든 불편해 보일 정도는 아니었다. 딸은 예쁘장했
지만 네번째 가족이라 할 아들은 그들이 자리를 뜰 때까지 볼 수
없었다. 그들이 자리에서 일어날 무렵에야 심각한 뇌성마비 장
애를 가진 아이가 나타났는데 그 아이의 미소는 아주 환하면서
도 어찌 보면 발작적이고 또 어찌 보면 진솔했다. 나이는 스무
살 정도. 다른 손님들은 대개 자녀들을 데리고 온 여자들뿐이다.
아빠들은 7시에 시작하는 수업을 맡고 있기라도 한 걸까? 돌아
오는 길에 보니 과연 불 켜진 교실들이 몇 개 있다. 이전에 주 의
회의사당으로 사용됐던 건물의 계단에서 한 남자가 기타를 치고
있다. 그 사람 옆에 놓여 있는 것은 빈 우유 상자다. 서로의 어깨
에 팔을 두른 채 동쪽 건물을 향해 뛰어가는 두 명의 남자도 보
인다. 마을 한쪽에서 '동성애자 해방'이라는 단체가 지도부를 뽑

---

* 안심이나 등심으로 만든 소고기 요리.

** 오븐으로 익혀 만드는 서양식 찜 요리.

고 있었던 것이다. 그들 조직에도 의장이나 비서, 회계 담당자가 있는 것일까? 하지만 이 늦은 여름밤에 (주차장으로 걸어가고 있거나, 영화관을 떠나고 있거나, 혹은 침실의 창문을 열고 있는 수백 명의 여자들은 이제 가을 냄새가 난다고 말하리라) 남자와 여자의 구별이라는 올바른 진실은 누구도 꺾을 수 없는 대상으로 보였고 이 진실은 당구장 위의 네온 불빛이나 열린 문 틈으로 나오는 음악 소리, 별, 느릅나무, 달, 그리고 강의 지지를 받고 있는 듯했다. 지진 같은 불가사의한 격변에 의해 과거로부터 공간을 옮겨온 연인들을 위한 그 어떤 가능성이나 변명도, 이 밤과 이 시간에는 존재하지 않는 듯하다. 오늘 같은 밤, 서로의 팔에 안겨 누워 있는 남자들은 아무도 없다.

● ● ●

　A가 왔다. 나는 그를 매우 좋아한다. 그와는 유별나게 교감을 느끼는 편으로, 이것이 혹시 자아도취의 한 형태는 아닌지 궁금해진다. 내가 우리 생각 속에 이런 동일성을 만들어낸 것일까? 하지만 이는 거울의 발명에 다름 아니리라. 점심을 먹으면서 동성애자들의 파티가 화제에 올랐고 이는 잘못된 길로 들어선 셈이었다. 하지만 A는 나중에 말하길, 나를 떠난 후 그의 아버지에 대한 악몽을 꾸었다고 했다. 또 우리가 서로 동등하다는 나의 주

장을 그로서는 받아들이기 힘들다고 했다. 피해망상이 나를 덮치는 가운데 난 그가 그의 젊음과 지성, 그리고 그의 정신이 지닌 신선함을 언급한 것이라 생각했지만 한편으로는 나를 존경의 대상으로 여기고 싶어한다는 느낌도 받았다. 어쨌든 난 그가 진실을 말하고 있다고 믿는다. 진실하지 못한 그는 상상할 수 없으며 다른 그 무엇도 불쾌하기는 마찬가지다. 우리는 햇빛을 받으며 강 위쪽으로 산책을 나갔다. 그는 선원용 바지를 입었는데 엉덩이를 흔드는 습관을 갖고 있다. 사람들이 우리를 마치 성교를 나눴던 사이라도 되는 것처럼 쳐다보고 있다는 생각이 들지만 그것은 사실이 아니다. 다가올 겨울에 대비해 대회전 관람차와 회전목마를 폐쇄시키는 모습이 보였다. 몇몇 학생들은 가을의 흔한 풍경을 카메라에 담고 있다. 가벼운 다과가 제공되던 테라스에는 의자와 탁자들이 쌓여 있다. 가건물에서 빼낸 벤치를 신고 있는 트럭들도 보였다. 이제 동물원에 남아 있는 것은 들소 두 마리와 당나귀 두 마리뿐이다. 오직 내가 알 수 있었던 사실은 A와 함께 있으면 편하다는 것, 그리고 강의 서쪽 둑에 위치한 건물들이 하나같이 허름했다는 것뿐이다. 우리는 학생과 스승 사이가 되어 헤어졌다.

S부부의 디너파티. 중고품 할인 판매점과 시립 쓰레기 폐기장. 참치 캐서롤, 그리고 한 사람의 손님을 위한 유기농 채소. 술은 전혀 없음. A가 가장 중요한 인물. A가 유혹을 해온다. 유혹의 몸짓이 계속될수록 그는 더욱 여자처럼 보인다. 그는 어깨를 돌리거나, 엉덩이를 흔들거나, 또 내가 발기될 만큼 오랫동안 나를 응시했지만 우리는 서로 4피트의 간격을 유지했다. 이런 상황에서 우리 둘 중 누가 순수한 사람인가? 그는 내 옆에서 걸을 것이고, 나를 포옹할 것이고, 내 성기가 뻣뻣해지는 것을 지켜볼 테지만 그러면서도 그의 성욕은 동성애자 술집에서 만난 이들을 상대로 풀 것이고 나에 대해선 이 사회의 일원이자 아버지 같은 사람으로 대할 거라고 주장하면서 나를 살짝 밀쳐버릴 것이다. 나는 정말로 그와 섹스하고 싶지 않지만 만약 그런 일이 생긴다 해도 그것이 가끔 광채를 발하곤 하는 합법적인 세계에 큰 해를 끼치진 않으리라 생각한다. 나는 곧 나의 정직한 역할, 즉 아버지, 남편, 할아버지의 역할을 수행할 것이나 그와 함께하는 일주일이 내 평판을 더럽히리라곤 전혀 생각하지 않는다. 순수하다는 나의 주장은 어쩌면 단지 나의 색욕을 인정하는 것에 지나지 않을지 모른다. 나는 우리가 점잖게 식사를 마쳤다고 생각한다. 허영심일지 모르나 그가 그렇게 돋보이는 사람은 아니었다는 생

각도 든다. 아마도 바로 이와 같은 생각에 자아도취의 혐의가 있다 할 수 있으리라. 만약 그의 의도가 내가 성적으로 큰 곤란함을 느끼는 지경에 이를 때까지 만나준 후 이어 내 손목을 툭 밀치며 떠나버리는 것이라면 이에 현명히 처신하는 유일한 방법은 그를 차버리는 것이리라.

● ● ●

A에게 전화했다. 내가 만나길 가장 고대하는 사람이 바로 그이기 때문이다. A는 옷깃에 꽃이 달린 분홍색 트위드를 입었다. A가 내게 말하길 한 여자가 점심을 먹는 도중 구두를 벗고는 맨발로 그의 성기를 애무했다고 한다. A는 동성애자인 것만은 아니다. 동성애는 그의 시간 중 대부분을 차지하는 특질일 뿐이다. A는 또 자신이 나체로 체조하는 동안 한 사람이 (물론 그는 아이들의 아빠인 기혼자다) 창문 가리개 사이로 그를 쳐다본다고 말했다. 나는 이런 이야기를 싫어한다. A는 자신의 아름다움에 도취돼 있는 것만 같다.

● ● ●

폭풍이 지나자 화창하기 그지없는 날씨가 찾아왔다. 나는 점심을 먹고 페데리코와 농담을 하다가 개를 데리고 작은 언덕으로 산책을 나갔다. 바람이 몹시도 차다. 해는 서서히 지고 있었다. 내가 없는 동안 부재중 전화가 두 통 왔고 그중 한 명은 이름을 남기지 않았는데 아마도 A일 것이다. 꼬리에 꼬리를 물고 이어지는 이런 어리석은 생각을 진정시킬 방도란 전혀 없는 듯하다. 녹음된 내용을 들어보니 A는 프리랜서 사진가의 모델이 되어 야회복을 입고 있는 중인 듯했다. 둘 모두 킬킬거리며 웃어대고 있었는데 촬영 외에 그들이 뭘 하는 중이었는지는 여기에 적을 생각이 없다.

• • •

올해의 마지막날, 모든 것을 그만두고 싶은 심정이다. 이 전반적인 상황, 또는 돈 문제를 어떻게 처리해야 할지 모르겠다. 술을 마신 탓에 얼굴이 붉게 물들었다. 나는 인내심과 이해력을 잃어버렸고 자긍심에도 상처를 입었다. 메리와 나는 예전 같은 생활로, 그러니까 내가 생각하기에 경멸할 만한 과거로 되돌아와 있다. 페데리코와 개를 데리고 위층으로 올라가 탐정물을 시청했다. 메리는 부엌에서 영국 드라마를 보는 중이다.

• • •

사랑의 편지 외에는 그 무엇도 쓰고 싶지 않다. S가 와서 언덕에 올라 함께 산책했지만 외로움이 다소 가신 것도 잠시, 어두워질 무렵이나 그 이후가 되자 머리가 어지러워질 만큼 강력한 힘을 지닌, 사랑에 대한 욕구가 느껴졌다. 농담, 수다, 게임으로는 충분치 않다. 나는 사랑이라는 감정을 원한다. 다행히 우리는 집에서 벗어나 영화관으로 갔고 그제야 기분이 좀 나아졌다. 7시경이 됐을 때 자동차에 기름을 넣으려 했지만 모든 주유소들은 불이 꺼진 채 닫혀 있었다. A에게서 온 편지는 전혀 없지만 그래도 난 그의 편지를 기다리고 있다.

• • •

나의 불안정성은, 그 변화무쌍함은 새로운 수준에 다다랐다. 나는 종이에 이렇게 쓰고 싶다. "널 사랑해, 널 사랑해, 널 사랑해." 수백 번, 아니 수천 번이라도. 이 모두는 부적당한 고객에게로 향하고 있다. 전화를 해야겠다. 진실을 발견하는 중이라는 억측 뒤에 숨어 열정을 승화시키지도, 그렇다고 억누르려 하지도 않을 것이다. "그녀의 눈에서 콩깍지가 벗겨졌다." 사회적으로 용인될 수 없었던 사랑의 열병이 종말에 이르면 사람들은 이렇게 말한다. 이 말에는, 당연하지만, 사회란 무너뜨릴 수 없는 운명적인 신의 말씀과 같으며 만약 우리의 에로틱한 욕구를 통제할 수 있다면 이는 이 사회에 실질적인 기여를 하는 것이라는 생각이 담겨 있다. 나는 전화할 거야, 전화할 거야. 하지만 스카치를 마시니 마음이 진정됐다. 나는 '소설의 기교'란 제목의 인터뷰에서 참고할 메모를 읽었다. E가 왔다. 그는 부근의 요양소들중 한 곳에서 가이드로 일하는 59세의 과부와 행복한 연애를 하고 있다. 우리는 린드허스트까지 드라이브를 갔다가 '더들리'라는 가게에 들러 샌드위치와 음료수를 먹었다. 늙은 요리사는 거울을 닦는 중이었다. 요리사는 명랑했으나 모든 욕망이 제거돼버린 그의 모습은 정말 추했다. 아름다움을 대단히 중시하는 관능적인 종파의 신도들에게 이는 힘겨운 일임에 틀림없다. 그의식기세척기가 정말 예쁘긴 했지만 말이다. A로부터 소식이 전혀없다. 다음과 같은 내용의 편지는 어떨까. "엽서를 쓸 수 있도록그의 성기를 입에서 뺄 생각은 없나요?" 이는 실제로 일어날 수도 있다.

• • •

오후 일찍부터 눈이 내리기 시작했다. 어두워지고 얼마 안 돼오일 버너가 고장나버린 듯하다. 차는 시동조차 걸리지 않더니 금방 눈에 묻혀버렸다. 밤이 되자 몹시 추워져서 이불을 몇 겹이나 덮었지만 집에서는 한기가 느껴졌다. 이어 심장 박동도 빨라졌다. 나는 수리 트럭이 들어올 수 있도록 진입로를 정비한 다음 식당에 난롯불을 켠 뒤 문을 닫았다. 따뜻해져서 견딜 만했지만 연기가 자욱했다. 위층의 방은 어둡고 춥다. 메리는 옛날에 살았던 방이 그립다고 말했다. 이에 농장에 있었을 때가 떠올랐지만 유쾌한 기억은 아니다. 아버지가 살았던 그 춥고 어두웠던 방들. 나는 내일 아이오와로 떠난다. 나의 몽상은 음란하면서도 아늑하다. 하지만 눈이 내리는 오늘, 나의 현실은 암울하기만 하다. A는 뉴올리언스로 갈 듯한데 차라리 그렇게 되기를 바란다.

• • •

새벽별이 지기 전에 마티니를 한잔 마셨다. 반쯤 잠든 상태에서 가장 사랑스러울 때의 메리 얼굴을 떠올려본다. 이런 상상은 내게 기쁨을 안겨준다. 그 이미지는 앨범에 있는 사진들 같다, 그러니까 가까이서 혹은 멀리서 찍은 그런 사진들 말이다. 지금 보이는 메리는 내 아래쪽의 차도 위에 서 있다. 나는 메리를 무척이나 사랑했고 따라서 이렇게 회상해보기를 좋아한다. 한 달 만에 처음으로 발기 없이 잠에서 깼다. 나는 내가 하는 일이 내가 해야만 하는 일이라고 생각하며, 더불어 그 일이 메리나 그

일과 관련된 모두에게 최소한의 상처만 주기를 희망한다. 다정다감함과 유머, 그리고 속세의 사랑 없이 내가 살아갈 순 없을 테니까.

• • •

아주 따뜻하고 화창한 날이다. 크로커스 꽃이 만발했다. 메리가 함께 산책을 가자고 제안해왔다. 메리가 이런 말을 꺼낸 것은 실로 오랜만으로 거의 10년 만이다. 저녁식사가 한창일 때 사랑하는 나의 아들이 돈을 빌리러 왔다. 지난 2년 동안 다른 어떤 이유로도 오지 않았던 녀석이다. 나는 며느리의 말이 들리는 듯했다. "당신 아버지한테 가서 돈을 좀 빌려와요." 나는 아들을 사랑했다. 나는 아들이 결혼하기를, 또 지금까지 그래왔던 것처럼 사랑하고 사랑받길 원했다. 그리고 아들을 낳아 나의 영향력에서 벗어나기를 기대했다. 하지만 보아하니 아들은 이제 며느리의 영향력을 받고 있는 듯하다. 앞으로 내게서 돈을 빌리는 일이 결코 없기를 희망한다. 아들이 돈을 빌리도록 요구받고 또 명령받았다는 사실을 몰랐다면 좋았을 텐데. 자녀와는 차츰 멀어지기 마련이다.

난방 설비가 제대로 돌아가기 시작했고 이에 나의 장기능, 성기능, 그리고 지적인 기능이 정상으로 돌아왔다. 이제 일해야만

한다. L에게 전화하면서 발기를 느꼈지만 이에 대해 말하진 않았다. 장작은 아주 조금만 팼는데 앞으로는 이를 더 자주 해야만 한다. 장작 패는 일은 유쾌했다. 여자들을 떠올려본다. 슈퍼마켓 주차장에서 캔디바를 먹고 있던 S와 침대의 홑이불과 베갯잇을 펼치던 P를. 나는 『뉴욕 리뷰 오브 북스』지에 실을 광고글을 썼다. "알코올에 찌든 역겹고 나이든 소설가가 유연한 몸과 근사한 팔근육을 가진 스물네 살 난 노스캐롤라이나 사람과 의미 있는 관계를 맺기 원합니다. 동성애 경험은 거의 없지만 그에 대해 기꺼이 배울 자세가 되어 있습니다. 기타 등등." A에 대한 기억이 전혀 나지 않는다. 차라리 슬퍼진다.

• • •

날이 어두워졌을 때 A에게 전화하기로 결심했다. 처음에는 아무도 받지 않았다. 삼십 분 후에야 A가 전화를 받았다. "안녕하세요, 존 치버." A가 말했다. 내가 알고 있던 것보다 A의 목소리는 단호하지 않았다. 남자의 목소리에서 들을 수 있는 날카로움이나 활기가 없었다. 무엇보다 자기만족에 빠져 있는 어조가 가장 거슬렸다. "참회의 화요일에 당신이 그리워지더군요." A가 말했다. "같이 있었다면 당신도 좋아했을 텐데. 나는 거리에서 여덟 시간 동안 춤을 추다가 흰색 타이를 매고는 코무스 무도회장에 가서 새벽이 올 때까지 또 춤을 췄답니다." 춤추는 A는 한 번도 본 적이 없었으므로 다소 어색하게 춤을 추는 A의 모습을 상상했다. 그의 등은 너무 길다. 괴리감이 느껴지면서 그런 남자와 사랑에 빠지는 것은 곧 번뇌와 고통을 의미하는 게 아닐까 하는 생각이 들었다. A는 늦게야 집에 올 것이다. 아니 아예 오지 않을지도 모른다. 또 아마 손목을 가볍게 툭 치는 것으로 열정에 찬 나의 구애를 외면해버릴지 모른다. 어떻게 해야 여자를 원할 수 있을까, 비록 잔소리만 해대는 여자라 해도 말이다.

$$\bullet \ \bullet \ \bullet$$

아침에 L을 생각했다, 그녀의 피부가 선사하는 그 사랑스러운 퀴퀴한 냄새를. 그것은 사랑을 나눈 후 젊은 여자가 풍기는, 인생의 또다른 하룻밤을 푹 자고 난 젊은 여자가 풍기는 은은한 향기였다. 그녀의 가슴은 내 파라다이스의 들판이자 시냇물이다. 그녀의 피부는 따뜻하고 섬세하고 여리다. 나는 그녀의 몸 위로 올라가지만 그렇게 가까이 있으면서도 우리는 서로 완전히 모르는 사이임을 난 아주 잘 알고 있다. 나는 정말이지 그녀에 대해 아는 것이 전혀 없다. 우리는 음식, 여름휴가, 연인, 여행, 옷 등 우리가 살아온 날들에 대해 얘기해왔지만 그럼에도 그녀가 교차로에서 어느 방향을 택할 것인지 나는 결코 감잡을 수가 없다.

우리가 서로 낯선 이들임을 가장 절실하게 느끼는 것은 바로 그녀와 사랑을 나눌 때이다.

• • •

신경안정제인 발륨을 이틀째 복용중인데, 아주 색다른 느낌이지만 독한 술보다는 낫다. 나는 수감복을 입은 채 6개의 자물쇠가 채워진 곳으로 돌아가고 싶진 않다. A의 편지들이 왔다. 꽃에 대한 묘사로 가득 차 있는 그 편지들은, 그러나 내게 깊은 고통을 안겨주었다. 이는 아마 그의 편지에서 가슴 뛰는 사랑에 대한 선언을 찾아볼 수 없었기 때문일 것이다. 어쩌면 그는 편지를 이용해 우리 사이에는 (그 어떤 종류든) 관계를 지속할 가능성이 전혀 없다는 점을 아주 조심스럽게, 또 지능적으로 암시하려는 것인지 모른다. 어쨌든 부활절을 맞아 그가 돌아오더라도 우린 만나지 못하리라 생각한다. 가끔 이런 가능성이 나의 마음을 아프게 한다. 때론 그렇지 않을 때도 있다. 써야 할 편지가 10통도 넘지만 오늘 아침에는 어떤 편지도 쓸 수 없을 듯하다.

• • •

발륨에는 몸을 허약하게 하는 효과가 있다는 생각이 든다. 숲을 걷다가 갑자기 극심한, 아주 극심한 피로를 느꼈다.

• • •

화요일에 정신과의사를 찾아갔다. 그러나 상냥한 그 젊은이는 진부한 프로이트 이론만 들먹일 뿐이다. 내가 술을 마시는 이유는 내가 겪는 여러 문제들 때문이라고 생각하지만 의사는 내가 나의 음주를 정당화하기 위해 문제를 만들어내고 있다고 주장했다. 나는 어제 아침의 대부분을 작년 일기장을 훑어보며 보냈는데 이는 의사에게 그 일기장을 나의 궁극적인 고백으로 제시하기 위해서였다. A는 카드를 엄청나게 보내주겠다고 약속했었지만 아직 한 장도 도착하지 않았다. 나는 역겨운 베네치아의 황혼 속에 그와의 우정을 가둬둘 순 없다고 생각하면서 (그가 내게서 멀어져가는 이 상황에서) 내가 발견한 것은 내 인생의 절정기라고 결론 내렸다. 내가 도달할 수 있는 수용 가능한 유일한 메시지는 우리 사이의 관계가 (나와는 시기가 맞지 않는) 그의 청년기에 광채를 더해주고 있다는 사실이다. 숲을 걷는 동안 그를 보고 싶었다. 그와 비슷한 누구라도 만나고 싶었다. 간단히 말해 나는 음탕하다. 이런 욕망은 술과 토막잠으로 인해 더욱 심해졌다. 층층나무에서 꽃잎이 떨어지고 튤립나무에는 꽃이 피었다. 이 얼마나 관능적인 장면인가.

• • •

    A가 레코드(월튼-시트웰*) 한 장과 더불어 메모를 보냈다. "그냥 내 생각일 뿐이지만, 또 이렇게나 서투르고 머뭇거려지지만, 당신을 사랑합니다." 내가 그를 사랑하고 원하고 있음을 인정하기란 그야말로 고통스럽고 힘든 일이나 일단 그렇다고 인정하자 마음이 차분해졌다. 나는 그를 매우 사랑한다, 적어도 이 아침에는 말이다. 나는 그를 매우 사랑하며 그렇게 말할 수 있어 행복하다.

• • •

    게으름뱅이가 된다는 건 그리 나쁜 일은 아니지만 좋은 일도 아니다. 이사장은 세 번을 반복해 말했다. 참 보기 드문 사람이다. 아침식사를 할 때 특정한 식탁에는 앉지 말도록 요청받았다. 마흔 살 정도에 권위적으로 보이는 다소 뚱뚱한 체격의 여자는 이렇게 말했다. "여기서는 아무렇게나 자리를 옮기지 않습니다." 그녀는 최근의 유행을 반영해 머리를 깔끔히 손질했고 목에는 작은 진주목걸이를 걸었으며 신고 있는 구두는 남성용 댄스구두

---

* 작곡가 월튼W. Walton은 시인인 시트웰E. Sitwell의 작품을 소재로 곡을 만든 바 있다.

처럼 보인다. 그녀는 그 모임, 즉 회원 자격을 종결시킴으로써 존재 의미를 갖는 하찮은 집단의 대표자다. 보병 부대에도 그런 집단이 있었으므로 이런 곳에서 이를 발견했다고 하여 놀랄 일은 아닐 것이다.*

● ● ●

내 작품의 첫 부분을 어떻게 시작해야 할지 고심중이다. 수용소의 문장紋章과 고양이가 득실대는 밤은 맘에 들지 않는다. 나는 외로움과 감금에 관한 내 지식을 제대로 활용하고 있지 못한 듯하다. 다른 어떤 타협도 배제한 채 사기꾼의 길을 택함으로써 결국엔 시체 보관소에서 생을 마감할 수도 있겠지만 그럴 경우 내가 얻게 되는 유일한 직관이란 사기꾼의 신통력, 다시 말해 완벽한 무법無法성뿐이리라. 작품의 대체적인 윤곽이 잡히지 않는다면 이곳에서 나가봤자 아무 소용도 없다.

---

* 이 시기에 치버는 우울증과 알코올중독을 치료하기 위해 약 한 달 동안 뉴욕의 스미더스 재활원에 들어갔는데 이 내용은 재활원에서의 이틀째 경험을 기록해놓은 것이다.

알코올중독의 개선. 이는 한 달 정도 걸릴 것이며 나는 해낼 수 있다고 믿고 있다. 점심으로 고기와 쌀, 젤로Jell-O*를 먹었고 이어 강의를 들었다. 단정하게 차려입은 한 젊은 여자가 마음가짐에 관해 정말 알아듣기 쉽게 강의를 했는데 알코올을 공포의 원천으로 언급하는 것이 아닌가. 진작 알았다면 좋았을 것을. 이후 세 시간 동안 자유시간이 주어졌다. 그 유용성을 다했고 설립자보다 오래 살아남은 이 거대한 건물들은 점차 수익을 올리기 시작하고 있다. 욕실에는 거울이 깔려 있지만 사실 누가 신경이나 쓰겠는가? 아주 넓은 방 안에는 과일과 꽃들로 만든 화환을 목에 건, 양각으로 새겨진 케루비니**의 석고 모형이 놓여 있다.

• • •

　　집단 분석을 실시하는 도중 한 젊은이가 자신이 양성애자라고 말하자 나를 제외한 모든 사람들이 그를 사기꾼이라고 단언했다. 아마 나는 이렇게 말했어야 했는지 모르겠다. 만약 양성애에 대해 불안감을 느낀다는 말이 거짓이라면 나도 나 자신을 사

---

* 과일의 맛과 향을 낸 디저트용 젤리. 상표명.
** 이탈리아 태생의 프랑스 오페라 및 종교음악 작곡가.

기꾼이라고 선언해야 할 것이라고 말이다.

• • •

닷새째. 나의 음주는 부차적인 문제라는 생각이 든다. 나중에 TV쇼를 봤는데 그 쇼의 진부함과 따분함이 그동안 내가 겪었던 그 무엇보다 술에 대한 갈증을 불러일으켰다. 볼 때마다 개인적으로 복잡미묘한 감정을 불러일으키는 이사장은 말하기를, 건강한 사람은 적합한 사회적 규범에 적응할 수 있다고 했다. 그러나 분명 적합하다고 말할 수 있는 TV쇼의 진부함이 나로 하여금 술을 원하게 하고 있다.

• • •

『방문The Visit』*에 나오는 (루미스 부인이 아닌) 그 여자라도 면회실의 다른 사람들에게 이렇게 물었을 것이다. "어떻게 이런 사람들과 잘 지낼 수 있죠?" 엿새째. 위장이 불편해지기 시작했다.
새벽 3시에야 위장이 편해지면서 기분이 한결 나아졌다. 메리가 전화를 걸어와 이곳이 마음에 들지 않느냐고 물으면서 뉴욕

---

* 프리드리히 뒤렌마트의 1964년도 희곡.

에서 두 시간 반 정도 걸리는, 코네티컷에서 아주 괜찮은 곳을 알아냈다고 말했다. 새로운 세입자가 우리와 합류했다. 그는 술에 취해 들어왔는데 이는 게임의 규칙에 어긋나는 행위였다. 그는 욕실용 슬리퍼 외엔 가방은 물론 아무것도 갖고 있지 않았다. 그는 패배자, 가망 없는 자, 무감각한 자의 전형으로 보인다. 2시 반이 지났는데도 사방이 분주한 것이 뒤숭숭하기만 하다. 감금에 대한 나의 통찰력은 무뎌지는 것 같다. 여기 있는 동안 별문제 없이 심신의 균형을 유지해왔지만 (때로는 유쾌하기조차 했다) 이는 그 부랑자로 인해 깨져버린 듯하다.

● ● ●

5시 15분. 집이었다면 술을 마셨을 것이다. 창가에 서서 거리의 사람들을 지켜보았다. 나는 갇혀 있다. 사람들은 자유롭게 오갔지만 그 자유 속에서 너무나 무신경하게 행동하고 있어 자유가 낭비되고 있는 듯이 보였다. 대부분의 사람들이 담배 한 보루가 담긴 종이가방, 한 사람의 식사로 충분해 보이는 식료품, 배수로에 코를 대고 쿵쿵거리는 골든레트리버("앵무새처럼 소리 내보렴, 착한 강아지야")의 가죽끈 등 뭔가를 들고 있었다. 그들은 자유로웠으나 그럼에도 거리에서는 자유롭다는 분위기를 전혀 느낄 수 없었다. 나는 갇혀 있다. 최소한 나의 상황은 그러함에 분명하다.

2시 무렵 이곳이 지닌 치유력과 이곳에서의 판단력 수준이 과연 온당하게 안정적인지 의심되는 위기가 닥쳐왔다. 그 불안 감이 하도 심해져서 난 하마터면 계단에서 구를 뻔했다. 강의가 끝난 뒤 정신을 차리고 목욕을 한 후 세 번의 설사에도 불구하고 깊은 잠에 빠져들었다. 잠에서 깰 때, 뚫을 수 없는 신경성 질 환이라는 벽에 내가 둘러싸여 있다는 느낌이 들었다. 출구가 있기는 하다. 나는 이를 알고 있다. 그것은 문장 한 구절, 하나의 추억, 하나의 일화, 하나의 단어다. 하지만 지금은 그것을 찾을 수 없다. 내 손이 축축해졌다. 내 사고는 혼란스럽다. 한잔의 술이면 도움이 될 텐데. 그 출구를 발견할 때까지 기다릴 수밖에 없으리라.

• • •

뉴욕의 밤소리. 한 바리톤 성악가가 성량을 훈련하면서 아리아를 부른다. 그 분위기와 G샵 음으로 짐작건대 아마도 이탈리아 노래일 것이다. 교회 종소리가 울린다. 이 근방에 사는 개는 단 한 마리뿐으로, 그 개는 짖을 때도 철자법을 지킨다.

• • •

일요일에 잠에서 깰 때 이런 생각이 들었다. 10시가 되어 저 거리로 나가면 유달리 쾌활하고 총명해 보이는 얼굴에, 작년 내내 신어 해져버린 커다란 클럽용 신발을 신은 한 젊은 여자를 만날 수 있을 거라고. 아침 인사로 그녀에게 키스하고 또 키스받을 때 그녀는 자신의 속옷이 혹시 삐져나오지 않았는지 물어올 거라고. 나는 이 모든 일들이 두 시간 안에 내게 일어날 수 있음을 의식하면서, 과연 이 감금 상태에서 벗어나 당연한 나의 자유를 붙잡을 용기를 내가 갖고 있는지 궁금해졌다. 이는 대충 써놓은 『팔코너』의 소재다. 땀으로 손바닥이 축축해진 채 창가에 선 나는 과연 저 문이 열렸을 때 그 문을 통과해 걸어갈 용기가 내게 있을지 의아스러워졌다.

정신과의사는 내 프로필에서 놀라우리만큼의 모순점들을 발견하고는 내가 명백하고도 간단한 몇 가지 사실을 말하자 대놓고 경멸에 찬 미소를 날렸다. "당신은 미쳤군요." 정신과의사는 내게 이렇게 말했는데 나는 그와 같은 말을 시카고발 비행기 안에서 만났던 전혀 모르는 사람을 포함해, 이미 몇몇 사람들로부터 들었던 터였다. 그렇다 해도 이는 유쾌하면서도 이득이 되는 광기다. 흑색, 흰색, 회색으로 덧칠된 아주 긴 꿈을 꾸느라 잠을 제대로 자지 못했다. 내가 썼던 모든 원고는 보스턴에 두고 온 듯하다. 곧이어 나는 보스턴에서 오시닝까지의 여정이나 입원 과정을 내가 기억하고 있지 못함을 깨달았다. 기억상실이다. 나는 아주 취했거나 미쳐 있었음에 틀림없다. 간호사든 식기든, 병원에 관한 일은 전혀 기억나지 않는다. 그저 다소 평평해 보이던 허드슨의 풍경, 한 의사가 입고 있던 붉은색 사냥용 셔츠, 그리고 면회 왔었던 아내와 아이들 정도만 생각날 뿐. 하지만 이런 것들조차 제대로 기억하는 것은 하나도 없다. 자유의 달콤함이여. 살인범 프레디*는 감금 상태에 자신을 적응시키기만 했을 뿐 그 밖의 다른 것들에 대해선 전혀 대비하지 않았다. 그의 감방은 얼마나 아늑해 보였던가, 또 그 기이하게 생긴 변기와 오래전에 소식이 끊겨버린 아이들의 컬러사진은 어떠했는가. (아이들은 그의 편지에 답장을 하지 않았고 클라인 보석 가게나 메이시 백화점의 남성복 매장에서 만나자는 부탁도 거절했다.) 고양이들이 득실거리던 그 밤들. J는 손톱 다듬는 줄로 소화제인 펩토-비스몰을 안타부스** 알약 정도의 크기로 만드는 법에 대해 얘기해줬다. 그는 6개월간 위스키를 마시지 않았지만 그의 아내는 결코 집에 돌아오지 않았다. 그리하여 맑은 정신으로 아무 대가도

---

* 치버는 1970년대 초반 뉴욕 오시닝에 위치한 싱싱 교도소에서 강사직을 맡은 적이 있는데 프레디란 인물은 그 교도소에서 알게 된 수감자들 중 한 명으로 보인다.
** 알코올중독 치료제. 상표명.

없이 쇼핑을 하고 요리를 하고 또 아이들을 돌봤던 사람이 바로 그였다. 그의 아내는 이렇게 말했다고 한다. "당신은 위스키에 당신 인생을 바쳤어. 이젠 내 인생을 찾게 해줘." J는 내게 이렇게 말했다. "하지만 난 6개월 동안 한 모금의 술도 마시지 않았어요." 그는 안타부스를 복용하고 3일 하고도 반나절이 지난 후에야 마티니를 한 잔 마셨지만 이를 이사장의 책상에 모조리 토해내고 말았다. 호쾌한 웃음이 인상적인 J는 밤새 같이 술을 마시면 기분이 아주 좋아지는 멋진 사람이었다.

• • •

내가 알기로 1년 만에 가장 깊고 달콤한 잠을 잔 후 새벽 2시경 잠에서 깼다. 여기나 혹은 여기와 비슷한 다른 곳에선 일할 수 있겠다는 생각이 들지만 시냇가 옆의 그 집에서도 가능할지는 의심스럽다. 노란 벽이 있는 그 작은 방으로 돌아간다는 것은 내가 나쁜 습관으로 되돌아감을 의미할지도 모른다. 내게는 힘이 없는가? 환경의 무게와 그 영향력을 극복할 힘을 찾을 수 없단 말인가?

어두워질 무렵 메리에게 전화를 걸었다. 은행에서 착오를 일으켜 2천 달러나 과도하게 청구되었다 한다. 모두 나의 잘못이다. 보스턴에 있던 서류들은 아직 전달받지 못했고 그 밖의 다른 서류들은 내 원고와 함께 분실돼버렸고, 키우고 있는 개는 진흙탕에 뛰어들고…… 메리는 기분이 몹시 상한 모양이다. 이런 일들이 내 음주를 부추긴다. 다시 돌아가기가 두려워진다.

　어둠이 짙어질수록 매디슨 애버뉴 구석으로 모여드는 일단의 깡패들이 눈에 보이기 시작한다. 그들은 어른 흉내를 내느라 거드럭거리며 걷는다. 엉클 지오반니, 조이 더 킹. 어떤 신호가 떨어지자 녀석들이 일제히 내달린다. 나중에 하늘에서 강렬한 섬광이 비치더니 곧 천둥소리가 들려왔다. ("저 소리가 날 두렵게 해요." J는 아침식사 때 이렇게 말했다. 난 생각했다. '난 기분이 좋아져.') 하지만 환기가 거의 안 되는 방이라 그런지 잠을 이룰 수가 없다. 나의 사고는 놀라울 정도로 일관성 없이 어긋나 있다. 사과 한 개를 깎으려고 부엌에서 나이프를 살며시 가져왔다. 깡패들이 다시 보인다. 어쩌면 금단 증상일지 모르겠다.

● ● ●

　뜰 너머로 자신이 기르는 코커스패니얼과 스코티시테리어에게 먹이를 주려고 두 개의 플라스틱 그릇을 내려놓는 그녀가 보인다. 실내복 차림의 그녀는 숙취에 시달리고 있는 듯하다. 그녀가 외출용 정장을 입고 있는 모습을 본 적은, 술을 필요로 하지 않거나 술병을 갖고 있지 않은 모습을 본 적은 한 번도 없다. 어디선가 합창이 들려오는 것 같다. 사실 여기 뒤뜰에서는 음악 소리를 거의 들을 수 없다. 음악에 대해 아는 바가 전혀 없으면서도 나는 상승 음계와 과장된 변음이 사용되고 있다는 나름의 논리를 근거로 푸치니의 곡이 틀림없다고 생각했다. 나도 완벽한 음조로 불렀던 때가 있긴 하지만 오래전 일이다. 이어 불협화음 같은 약간 거슬리는 소리가 들려왔는데 베르크나 쇤베르크의 곡이 분명하다는 생각이 들었다. 그런데 다음에 아주 높은 음조의 소프라노가, 그것도 믿을 수 없을 정도로 오랫동안 계속 울려대서 나는 마침내 내가 들었던 그 소리가 내리고 있는 이슬비 때문에 증폭된 차량 충돌 소음과 경찰 사이렌 소리임을 알 수 있었다.

재활센터에 대한 베리먼John Berryman*의 글을 읽었다. 오늘 아침 잠에서 깼을 때 혼란스러운 감정이 극심해졌다. 신경증적인 증세가 나타났고 시력도 약해졌다. 나는 40년 동안 들어보지 못했던 다트머스 대학생들의 노래를 계속해서 불렀다. "난 맥주를 좋아하는 건달이라네/난 위스키도 아주 좋아해, 내게 아들이 생긴다면 그놈이 장차 어떤 짓을 할지 말해주지/그 아비가 그랬던 것처럼 '하버드야 어떻게 되건 말건!' 하고 소리질러댈 거야"

---

* 미국의 시인, 평론가.

· · ·

5시경에 많은 비가 내렸다. 난 다시 소년이 되었다, 아이가 되었다. 에어컨 외부기를 두드리는 빗소리를 들었고 그 비가 목요일의 마지막 햇살 아래 슬레이트 지붕 위에서 빛나는 모습도 지켜보았다. 난 책을 읽고, 잠을 자고, 꿈을 꾸고, 시끄러운 내 목소리에 놀라 잠에서 깨어난다. 로퍼를 신은 채 말을 타고 있는데 로퍼가 등자에서 계속 미끄러지기만 했다. "등자가 작아서 그래요." 라일라*가 말했다. "이탈리아에서 말을 많이 타봤나요?" 이탈리아에서는 말 근처에도 가본 적이 없다. "그녀는 아직도 당신을 사랑해요." 머리를 땋은 그 여자가 내게 말했다.

· · ·

난 이 우울증의 조각들을 집어들었다. 난 항상 우울함을 느낀다. 난 이 우울증의 조각들을 집어들었다, 그러나 그것들을 제대로 맞출 수가 없다. 난 이 우울증의 조각들을 집어들었다, 그러나 이는 내가 풀어야 할 퍼즐이 아니다.

---

* 치버는 1930년대 중반에 친구의 아내였던 라일라라는 여자와 교제한 적이 있다.

•　•　•

　　어제 알코올중독 치료센터에서 나왔다. 지속적인 만취 상태에서 완전히 맑은 정신으로 이행하는 것은 격렬한 고통을 수반한다. 지금 이 순간과 이 시간은 불변적이지 않은 과거와 미래의 긴급성이 합류하는 지점이다. 그것이 어디서 시작됐는지 난 알지 못하며, 이를 알아내지 못한 채로 올해 열여덟 번이나 과거를 돌이켜볼지 모른다. 그것은, 내 생각에, 강 건너편에서 하나의 무언극으로 시작됐을 것이며 이는 간단한 인사, 오렌지주스, 그리고 약간의 차가운 커피와 함께 지금도 계속되고 있다. 이제 두 명이 살고 있는 이 집은 조용하다. 웃음은 나의 가장 중요한 구원으로 보인다. 그렇다, 웃음과 일. 보스턴에서의 몇 개월을 기억해내기란 불가능해 보인다. 알코올이 수행했던 역할은 헤아릴 수 없을 정도다. 몇몇 원고들은 분실한 것 같다. 그 원고들이 누군가의 손에 들어가버렸다는 점이 걱정될 뿐 그 이상으로 괴롭진 않다고 우기고 싶다. 알코올 때문에 마음의 의지처를 잃어버렸다는 수치스러움을 대면할 자신이 내게는 없다. 오늘 아침에 체중을 재보니 8킬로그램 정도가 빠진 듯하며 더불어 25년이나 더 늙은 것 같다. 그런 것들 중 하나가 오래된 굼뜬 행동인데 나이 때문이라며 이를 정당화하곤 한다. 내게 저 덧창을 떼어버리라고 요구하라, 그러나 그런 요구는 내일로 미뤄달라. 먹기. 열일곱 잔의 블랙커피 마시기. 난 이를 소통을 위한 수단이라 주장하고 있으므로 그에 대해 증명해야만 할 것이다. 내가 갖고 있는 것은 무엇인가? 문장, 그리고 술. 하지만 그 문장은 한 세기가 지나면 광내지 않은 검은 돌이나 마노, 혹은 무연탄처럼 새까매지고 말겠지. 자유와 정의의 그 상징물. 고양이들의 밤. 여전히 불확실하기만 한 면회. 40대의 나이에 악습을 끊어버리고 계속해서 일하는 오하라를 떠올려본다. 그는 오직 하나만 끊으면 됐을 뿐이다.

나는 격렬한 변화를 꾀했지만 바뀐 것은 전혀 없는 듯하다. 자기 전에 키스를 하고 싶었지만 눈에 들어오는 것은 팔꿈치뿐이다. 새벽이 오기 전, 개 짖는 소리에 둘 모두 잠에서 깨어났을 때 그게 뭐든 내가 할 수 있는 일이 있는지 물어봤지만 상처가 되는 대답만 돌아왔다. 최근 메리는 나와 거의 자지 않는다. 나는 이 산의 왕이지만 아무도 이를 모르는 듯하다. 이러다 면회객들이 떠나는 모습을 지켜보는 짓을 또 하게 되는 건 아닐까.

이틀째. 여전히 초조하지만 발륨은 복용하지 않을 작정이다. 앞으로 내가 지향해야 할 것은 자유다. 세 가지의 위험 요소가 있다. 그것은 (내가 생각할 때) 내 능력의 최고치로 일할 때의 희열감, 별들 사이로 걸어가는 느낌을 선사하는 알코올의 희열감, 마지막 하나는 시간을 지배하고 있다는 생각이 들 만큼 완벽히 맑은 정신이 선사하는 희열감이다. 하지만 내 인생에 놓인 모순들을 통과하기 위해 내가 매일 아침마다 힘들여 짓는 언어와, 비유와, 일화와, 상상의 다리는 정말이지 허약하게만 보인다.

• • •

1860년대와 1870년대의 러시아였다면 어떤 이는 분명 이렇게 적었을 것이다. "모스크바로부터 127베르스트^{verst}* 떨어진 X라는 작은 마을은 백과사전에 한 지주가 개를 고양이와 성공적으로 교배시킨 곳으로 언급됐다." 그보다 조금 이른 시기였다면 프랑스의 누군가는 이렇게 적었을 것이다. "작은 마을 B에 대해 우리가 알고 있는 바가 있다. 그것은 바로 머리가 둘이나 달린 남자가 그 마을에 산다는 점이다." 우리나라라면 1950년대와 1960년대 초에 누군가 다음과 같이 적었을 것이다. "펄 강 주변의 한 작은 공장 지역은 '오랜 전통과 활기찬 성장이 공존하는 곳'이라는 간판으로 운전자들을 환영하는, 지금은 단일한 우편번호로 통일돼 있는 소규모 공업 지역들 중 하나였다." 감사하게도, 오늘날 우리는 이처럼 완곡하게 표현할 필요 없이 다음처럼 간단히 말할 수 있다. "펄 강의 한 작은 마을은 그야말로 지긋지긋한 곳이었다."

---

* 러시아의 거리 측정 단위. 1베르스트는 약 1,067킬로미터.

· · ·

재활원에서 나온 지 7일째. 오전 11시가 되면 정확히 일주일이 된다. 어젯밤에는 모임에 가지 않았지만 오늘은 필요할 것도 같다. 일을 했고 샌드위치를 먹었다. 2시 30분경 나의 유일한 형제가 내가 금주를 준수하고 있는지 확인하고자 들렀다. 우리 둘모두 나이를 먹는 데 서투른 듯하다. 즉 알고 보니 형은 전립선수술을 받았고 이어 거의 죽을 뻔할 정도로 심각한 혈액응고 현상을 겪었다고 한다. 하룻밤에 열 번이나 소변을 본다고 했다. 내 소화기관과 비뇨기는 재활원 음식 때문에 기능이 약해졌고 항문은 매우 쓰리고 아프다. 반갑지 않은 불청객인 시간이라는 미아가 형과 내가 앉아 있는 식탁에서 어른거렸다. 형은 뉴욕에 갔다가 그랜드센트럴 역을 보고 겁에 질려 집으로 돌아갔다고 한다. 우리 가족에게 씐 공포증의 저주여. 가족들 모두 높은곳, 사람들, 천둥, 부, 또 명성을 두려워했다. 나로선 사양하고 싶다. 딸이 왔다. 다소 밝은 얼굴이다. 카슨Carson McCullers의 전기를읽었고 A에게 편지를 써야겠다고 생각했다. 반쯤 깬 상태에서나는 나의 무지갯빛 환상, 혹은 내가 가진 에로틱한 성향의 층을어렴풋이 볼 수 있었다. 그중 가장 낮은 곳, 그러니까 잠재의식아래의 그늘진 곳에서는 Z를 껴안는다. 이는 아마 죽음을 사랑함으로써 죽음을 이해하는 것일지 모른다. 의식에 가까워지는

층에서 나는 나의 사회적이며 에로틱한 본성이 명예로운 휴전협정에 서명하는 무장해제 회담에서 Y를 껴안는다. 의식이 완전히 돌아온 상태에서는 X를 껴안는다. 그녀는 햇살을 받으며 계단의 가장 높은 곳에 서서 이렇게 말한다. "우리의 사랑스러운 벤이 돌아왔어요." 일을 시작하기 전에 두 통의 편지를 대강이라도 써놔야겠다.

• • •

회장의 연락을 기다리면서 혹시 그가 술에 취해 뻗어버린 것은 아닌지 의심했다. 하지만 다행히 그는 제시간에 나타났고 이에 우리는 하츠데일 애견 묘지 뒤편, 즉 모발이식센터 건너편에 있는 성공회 교회에서 익명의 알코올중독자들 모임을 시작했다. "남부 캘리포니아와 비슷하군요," 한 회원이 말했다. 삼위일체설을 신봉하는 성공회 교회 건물은 모르타르로 붙인 자연석으로 벽을 쌓았는데 그 전체적인 모습이 마치 나폴리의 동굴을 연상시켰다. "성모마리아상을 제외한 모든 것들이 말입니다." 그렇게 결코 위대한 순간이라곤 말할 수 없는 모임의 또다른 시간이 지나갔다.

• • •

감금에 대한 그의 지식은 2년에 걸친 싱싱 교도소에서의 강사 생활을 통해, 작가인 까닭에 타자기가 있는 작은 방에 파묻혀 지냈던 경험을 통해, 또 만성 알코올중독을 치료하고자 여러 재활 센터에서 보냈던 수개월의 시간을 통해 형성됐다고 치버 씨는 말했습니다.

• • •

열두번째 날이 지났다. 이제 그만 세어야겠다.

• • •

63번째 생일이다. 건강이 그 어느 때보다 좋아서 신께 감사드렸다. 벤은 오지 못한다. 수지는 늦게야 올 것이다. 메리가 말했다. "젠장, 고기를 너무 많이 샀네" 등등. 메리의 그런 말은 전혀 문제될 게 없다. 난 운이 좋은 사람이므로 반드시 교회에 가야 하리라. 어제는 글을 썼고, 작약 화단의 흙을 팠고, 주사위 놀이로 20센트를 땄고, 흙을 좀더 팠고, 개똥을 밟았고, 냄새나는 구두를 치워버렸고, 개를 씻겨줬고, 경운기에 오른쪽 발을 다쳤다.

메리가 붕대를 감아줬으며 나는 익명의 알코올중독자들 모임이 열리는 곳으로 갔다. 금주한 지 38번째 해를 기념해 어울리지도 않는 옷을 차려입고 온 한 노인의 이야기를 악의적으로 써볼까 하다가 마음을 돌린다. 사람들은 불을 끈 뒤 촛불이 켜진 케이크를 통로 아래에 내려놓았다. 그런데 갑자기 계절에 맞지 않는 찬바람이 불어와 촛불을 꺼버렸다. 우리는 노래 불렀다. "당신의 기념일을 축하합니다." 그가 알코올뿐만 아니라 간경변으로 사망했을 수도 있었다고 누구든 말할 수 있겠으나 그런 말은 벌받을 짓이 될 것이다. 집에 돌아왔을 때 성기에 날카로운 통증이 느껴져 옷만 벗고 씻지도 않은 채 침대에 누워 바로 잠들었다. 최근 나는 심하게 수다를 떨거나 부질없는 공상에 잠기는가 하면 〈머스크래트 램블-Muskrat Ramble〉*을 듣느라 고생하고 있다.

• • •

메리가 쇼핑을 나갔는데 오늘 역시 시간이 많이 걸리는 모양이다. 원래 이해되지 않는 것은 그저 너그럽게 넘어가야 하는 법이다. A에게서 편지가 왔다. 최근의 편지에 비해 다소 대충 쓴 듯한 느낌이다. 덕분에 그의 창가에서 떠다니는 향수의 명단은

---

* 작곡가 키드 오리Kid Ory의 재즈곡.

읽지 않아도 되었다. 그는 남의 애간장을 태우는 본연의 모습으로 돌아온 듯하다. 비록 그런 모습을 분명히 목격한 것은 잠깐에 불과하긴 했지만. 솔의 책을 읽었다. 훌륭하게 통제된 그의 문장들이여. 나는 가볍게 훑는 식으로 읽었다, 글에 대한 그의 리듬이 나의 리듬과 섞이는 것을 원치 않기 때문이다.

• • •

페데리코와 함께 상당 부분 관리 상태가 엉망인 정원을 손질했다. 우리는 콜리플라워와 콩 씨앗을 샀고 나중에 거의 빈사 상태에 이른 세 그루의 나무를 돌봤다. 건강한 나로의 복귀는 땅에 많은 관심을 쏟을 수 있는가와 큰 관련이 있으리라. 정원 일을 그리 열심히 했던 기억은 나지 않는다. 나는 책을 읽고, 울타리를 손질하고, 근사한 저녁을 먹고, 나중에는 크로튼에서 열린 익명의 알코올중독자들 모임에 나갔다. 장소는 한 교회의 음습하고 추운 지하실이었다. 내가 어렸을 때 싸구려 잡화점인 울워스에서 일하곤 했던 창녀처럼 울긋불긋한 화장에 담황색의 머리카락을 가진 여자. 그녀 못지않게 짙게 화장한 육중한 체구의 또다른 여자. 아일랜드 출신으로 체격이 좋은 우리의 리더는 남자답지 않은 목소리로 두 번에 걸쳐 이렇게 말했다. "그러니까 제 말은, 이제 당신은 죄의식 없이 한 남자에게 애정을 느껴도 된다는 겁니다." 차단막이 별도로 설치된 탁자에서 진행되는 고백 시간이 시작되기 전에 난 서둘러 자리를 떴다. 아들과 텔레비전의 멍청한 프로그램을 시청하다가 잠들었고 일어나보니 일요일 아침이었다. 해야 할 일이 있었지만 휴식을 취해야 한다는 이날의 규칙을 왠지 지키고 싶어졌다. 개가 잔디밭에 구멍을 파놓았기에 실컷 욕을 해주었다. 메리는 진공청소기를 향해 욕을 해댔다. 오후가 끝나갈 무렵 이 엄정한 현실 속에서 난 그동안 뭘 해왔는지 생각해봤다. 어제, 또 이런 현실에서 난 내 마음속의 그 무엇도 고백할 수 없었지만 그럼에도 여전히 부끄럽지 않다고 말할 수 있다.

• • •

J가 전화했고 T가 전화했으며 가장 늦게 A에게서 전화가 왔다. T와 점심을 먹은 후 기차역에서 A를 만났다. 그는 웃으며 계단을 뛰어올라왔는데 입은 물론 동시에 엉덩이로도 웃는 듯이 보였다. 그래도 대기실을 지나갈 때는 엉덩이를 별로 흔들지 않았다. 나는 깊은 열정으로 그의 손을 잡았지만 운전대를 돌리기 위해 곧 놓아주었다. 심한 흥분 상태가 나를 사로잡은 나머지 그에 상응하는 지적인 힘이란 내게 전혀 없어 보였다. A는 나의 사회적 욕구와 성적 충동 사이에 존재하는 모순들을 머리끝까지 화가 날 만큼 과장해서 말하는 듯하다. (지금 같은 때에 내게 그

렇게 말하는 사람은 아무도 없다.) 하룻밤이 지나면 A의 말은 다 잊어버리겠지만 나 자신을 더 잘 이해하고 싶다는 생각이 든다. 벤이 전화를 걸어와 좋은 일자리를 제안받았다고 전했다. 내 눈은 행복의 눈물로 가득 찼다. 이어 자식인 나보다 당신을 둘러싼 세상에 더 자주 관심이 있었던 아버지의 감성을 떠올렸다. 아버지라면 시들어가는 장미를 보고도 눈물을 흘릴 수 있었을 것이다. A가 내게 편지를 쓰기 전에는 그에게 편지를 쓰지 않을 생각이다. 「더 카디널The Cardinal」도 써야만 한다.

• • •

A는 내게 보낸 편지에서 나의 아름다움과 소년다움, 그리고 명석함을 언급했다. 나는 A의 이런 미끼를 너무나 탐욕스럽게 낚아채는 바람에 내가 어리석다는 생각조차 하지 못했다. 그래서 만약 스물네 살의 내가 나보다 나이 많은 사람들에게 이처럼 미사여구를 늘어놓는다면 어떤 냉소를 받았을지 상상하려 애썼다. 웃으며 저녁식사를 끝낸 후 위층에 있자니 개 짖는 소리가 들려왔다. 수지가 집에 왔는데 자만심이 대단했다. 딸의 그 오만함이 약간 걱정되긴 하나 내가 해줄 조언이란 전혀 없다. 수영장에 갔지만 여전히 어깨가 좋지 않아 수영은 하지 않았다. 잠들었다 새벽에 깨었을 때 오늘 맞이하는 이 목요일이 내 열린 팔과

내 무릎 위로 내려앉는 듯했다. 이 빛과 어둠이 지닌 무게여, 그 풍요함이여.

• • •

이채롭게도 내 작품이 포함되지 않은 단편선집을 읽고 나서 그들이 내 글을 빠뜨린 것이 얼마나 옳은 일인지 알았다. 경솔하고, 괴벽스럽고, 때론 통탄할 만한 내 작품들과 비교하면, 사회적인 각성이라든가 공중제비, 갑작스러운 비 등이 등장하는 선택된 작품들(대부분이 아주 빼어났다)의 어조는 훨씬 더 본질적이며 적절하다. 나는 몇몇 사람들이 왜 내 작품 속의 등장인물들이 이상하다고 말하는지 아주 잘 알고 있는바, 사실은 그것들이 어렴풋이 모습을 나타내기 전부터 알고 있었다.

• • •

익명의 알코올중독자들 모임에서 대화를 나눠보려고 노력했지만 별무신통이었다. 난 혼자 앉아 있었으나 그리 불편하진 않았다. 경험담을 들려주기 위해 첫번째로 나선 사람은 기민하고 활기차 보이는 여자로, 두 다리가 없었다. 두번째로 나선 이는 매우 뚱뚱한 체구의 여자였고 체포, 구금, 정신병원, 자살 시도

등의 다양한 경력을 갖고 있었다. "한때 체중이 113킬로그램이나 나간 적도 있었죠." 그녀는 그렇게 말했지만 내가 보기에 지금도 그 정도는 될 듯했다. 다음은 왜소한 체구의 나이든 사람으로 해군이 입대를 권장하곤 했던, 사교적 성격의 조타수 타입에 어울리는 그런 사람이었다. 보병 부대에서도 그런 사람은 흔히 볼 수 있었다. 즉 이들은 세탁과 다림질에 탁월한 능력을 발휘하며 술을 마시지 않은 맑은 정신일 때는 믿을 만하고 시간을 칼같이 지킨다. 또 음악이 있든 없든 명랑하게 움직이지만 때로는 막다른 골목의 죄수 같은 분위기를 풍기기도 한다. 그의 목소리는 거의 들리지 않았다. 또 같은 말을 되풀이했다. 그는 침례교회 돔에 금박을 입히는 계약을 맺었던 일에 대해 얘기했다. 그에 의하면 정식 재료는 팔아버리고 싸구려 잡화점에서 산 페인트로 도금을 했다고 한다. 그로부터 15년이 지난 지금까지 그 돔은 여전히 빛나고 있다고 그는 말했지만 우리 모두 잘 알고 있는 바와 같이 그 교회에 돔이라곤 전혀 없다. 다음에 등장한 사람은 큰 체구의 젊은이로 비만이라고까지 말하긴 그렇지만 거의 그 정도 수준이었다. 굴곡진 가슴과 배를 그대로 보여주는 면 소재의 풀오버 스웨터 차림이었다. 짙은 빛깔의 머리를 길게 기르고 있어 머리카락 몇 올이 오른쪽 눈을 가렸으며 이에 그는 머리를 흔들어 가끔 그 머리카락을 치워냈다. 그런데 나로서는 그 장면을 보는 것이 괴로웠다. 정작 내 오른쪽 눈이 아파오는 것처럼 느껴졌기 때문이다. 그 젊은이는 예전에 한 술집 앞의 인도에 누워 자신이 원했던 건 그저 마음의 작은 평화였다고, 단 일 분이라도 (혹은 이 분이라도) 자기 자신과 화해하는 것이었다고 소리친 적이 있다고 했다. 16년 동안 마약과 흥분제를 복용하면서 그가 바랐던 건 바로 그 일 분이었지만 이를 결코 얻을 수 없었다. 내 눈이 젖어들었다. 활달한 성격을 가진 좀 전의 여자가 다시 말을 시작했다. 그녀는 (취해 있는 동안) 세탁기를 내다버린 탓에 빨래방에 가야만 했는데 빨래하는 동안 빨래방 화장실에서 술을 마신 적이 있다고 했다. 또 슈퍼마켓에서 쇼핑하던 중 갑자기 식료품을 내팽개치고 차를 몰아 집으로 와서는 옷장 속에 숨겨뒀던 0.5파인트짜리 버번을 "와우, 와우, 와우!" 하는 감탄사를 내뱉으며 마신 적이 있다고도 말했다. 하지만 고백 시간이 너무 길다. 그와 같은 잔혹한 경험들과 뚱뚱한 남자의 얘기에 축축하게 젖은 내 눈에도 불구하고 내가 볼 때 고백 시간은 너무 오랫동안 이어지는 것만 같았고 이에 술 생각이 간절해졌다. 내가 찾고자 하는 주어나 서술어는 전혀 없다. 그것이 무엇인지 난 모른다. 하지만 (머리가 혼란스러운 가운데) 난 또 아주 잘 알고 있다. 이에 대한 답은 '없다'는 사실을.

• • •

6시에 잠에서 깼다. 지난주에는 정원을 돌보던 중 트리니티 교회의 종소리를 들었다. 그러면서 이번 주 일요일엔 교회에 가야겠다는 생각을 했다. 무릎을 꿇은 나는 진중한 신자의 모습을 보이기엔 너무 깊은 감회에 빠져버렸다. 딸이 행복하기를, 그리고 내 포용력이 더 커지기를 기원했지만 여러 감정들이 북받치는 바람에 눈물이 나올 뻔했다. 성단소에서 울고 싶어하는 이는 없을 것이다. 그렇지 않은가? 불 켜진 초들이 숫자를 세기 힘들 만큼 많이 있었다. 이 의식이 지닌 힘의 대부분은 유서 깊고 또 강력하다. 나는 아버지이신 하느님을 믿는다. 이 얼마나 용기 있는 선언이란 말인가! 사제, 복사, 그리고 신자들의 움직임이 얼핏 파반 춤의 동작처럼 느껴진다. 성체성사의 신비에 다다를 무렵 종탑이 울렸다. 나는 깊은 감동에 휩싸였다. 교회를 떠나면서 신부와 인사를 나눴는데 신부는 입고 있던 두꺼운 예복(이는 성가로 신자들을 축복하곤 했던 수척한 얼굴의 전임자로부터 물려받은 옷이었다)을 벗고 흰색의 일상 예복으로 갈아입은 상태였다. "안녕하세요, 존." 신부가 말했다. 지난번 내가 죽어가고 있다고 사람들이 여기던 때에 (이름도 모르는 상태에서 불필요하게) 영성체를 베풀었던 바로 그 신부였다. 이후로는 본 적이 없다. 신부는 하느님의 전능함에 대해 말하지 않았다. 우리는 잠시 뜨거운 악수를 나누면서 큰 소리로 웃었다. 또 둘 모두 울었다. 비가 너무 내려 교회에서 차로 가는 동안, 또 차에서 집으로 가는 동안 옷이 다 젖었으므로 이를 말리기 위해 부엌에 걸어두어야 했다. 그에게 전화할까 생각했지만 참았다.

• • •

유별나게 덥고 습기 찬 날씨. 남북전쟁에 관한 헨리 애덤스*의 글을 읽다가 불쾌한 기분이 들 만큼 그가 수수께끼 같은 사람임을 알았다. 또 같은 공기를 마시는 사람인데도 전혀 공감대를 찾을 수 없는 양반임을 알게 됐다. 워커 에번스**는 한때 자신이 동성애자라고 말한 적이 있는데 난 그저 무의미한 발언이라 여겼다. 하지만 밀네스Richard Monckton Milnes***와 스윈번Algernon Charles Swinburne****에 대한 그의 설명, 그리고 (슬프게도 나 역시 알고 있는 얘기인) 사후의 당시 뒷이야기는 그 말을 다시 돌아보게 한다. 생각이 깊은 사람이라면 자기 자신을 완벽히 이해하고 있다는 말은 결코 해선 안 된다고 나는 생각한다. 기억만큼이나 그토

---

* 미국의 역사가, 작가.
** 미국의 사진작가.
*** 영국의 시인, 평론가.
**** 영국의 시인, 소설가.

록 광대한 영역을 조종하는 거대하고도 주관적인 편견은 우리의 판단에 영향을 미치는 편견들과 변덕들 중 일부에 불과하다. 런던에서의 헨리는 바로 이와 밀접히 연관돼 있는데, 그는 대단히 양성적인 성향을 지니고 있는 동시에 그 같은 어떤 상황도 결코 인정할 수 없는 사람이다. 여기 사회의 왜곡된 힘이 있다. 여기 가장 부자연스러운 꽃이 있다. 그는 그가 기꺼이 죽일 수도 있는 아버지를 찬양하면서 한편으로는 하느님의 계율을 프로이트가 『오이디푸스 왕』*을 통해 해명해주리라 기대한다. 너의 아버지를 공경하라, 그럼 너의 생명이 길어질지니.

• • •

그렇게 우리는 산으로의 여행을 마치고 집으로 돌아왔다. 최근 3주 동안 난 아주 만족스러운 기분을 느꼈는데 그와 같은 만족감의 한 원인은 내가 나의 한계들을 서로 다른 태양의 높이로부터, 또 하루중에도 시시각각 변하는 햇살에 비추어 봄으로써 알 수 있다는 확신 때문이었다. "안녕." 나는 소리친다. 하지만 반응은 거의 없다. 나는 키스를 하려고 몸을 숙인다. 아무 대답도 없다. 행여 내 질문에 대답이 들려온다 해도 그것은 한숨 섞인

---

* 소포클레스의 비극 작품.

대답이다. 내가 샀던 식료품은 아무짝에도 쓸모가 없고 곡물은 미심쩍다. 그런데 그것들이 버려질까봐 과연 내가 신경이나 쓸까? "전혀!" 즉 그것들은 식탁에 오르게 될 것이다. 이는 괴팍함이고 광기다. 그녀는 바닥을 청소하고 쓰레기통을 비우고 다음엔 두 시간 동안 냉장고를 청소하며 보낸다. 페데리코와 수영을 하러 갔다. 페데리코가 이렇게 말했다. "엄마는 쩨쩨해서 수영을 안 하는 거예요." 나는 아들을 껴안지도, 악수하지도 않았다. 아들에게 뭐라고 말해야 할지 모르겠다. 살아오면서 페데리코의 형인 벤과도 이와 동일한 상황을 겪었던바, 그 벤은 이제 나를 경멸스럽게 여긴다. 벤은 멍청하기 짝이 없는 놈이라고 혼자 중얼거려보기도 하지만 (다른 사람에게는 결코 말할 수 없다) 그 애가 얼마나 신비롭고 아름다운 인성을 갖고 있는지 난 정말 잘 알고 있다. 더불어 이와 같은 경우엔 사리분별 있는 질책, 나아가 상식마저도 잔인한 처사가 된다는 사실까지도. 의사는 내게 감정적인 위기 상황, 그리고 극단적인 더위 및 추위를 피해야 한다고 말했다. 그 세 개의 조건은 나를 죽일지도 모른다. 감정적인 위기 상황이 닥치면 심장은 고동치기 시작한다. 태양은 뜨겁다. 물은 차갑다. 따라서 이것들은 나를 암살하기 위한 무대가 되지만 이 감정적인 더러움을 씻어내기 위해선 그 웅덩이 속으로 들어가야만 하며 난 그렇게 했다.

∙ ∙ ∙

집안에 들어가기가 두려워서 현관에서 책을 읽었다. 뭘 좀 마시려고 집안으로 들어서자 메리가 혹시 크래커와 치즈를 먹지 않겠느냐고 다정한 목소리로 물어왔다. 메리가 건넨 인사는 처남이 조건반사라고 부르곤 했던 오래된 일상이라 할 수 있지만 메리의 이런 인사가 그렇게까지 오랜 일상이라곤 말할 수 없다. 식탁을 치우면서 음식 접시를 바닥에 내던지지 않도록 꾹 참아야만 했는데 부모님 때문에 외로움을 느꼈던 열네 살 때에도 이와 똑같은 심정이었다. (카펫에 그려진 무늬까지 포함해 난 당시의 일을 상세히 기억하고 있다.) "오, 사랑하는 아들." 메리가 식사하던 중 페데리코에게 말했다. 난 그저 발밑의 양탄자를 비비적대기만 할 뿐.

난 또다른 여름밤을 교구회관에서 보냈고 그곳에서 내가 무척이나 좋아하는 사람들을 만났다. 난 내가 그들을 어떻게, 그리고 왜 좋아하는지 알고 있다. 방향을 바꾸는 바람의 소리를, 밤의 소리들이 부딪히며 내는 소음을, 아직 완벽히 차오르지 않은 저 달의 모습을 난 얼마나 솜씨 좋게 잡아내는가! 나의 이런 괴팍함이 나의 또다른 괴팍한 행위들을 정당화하는 데, 그러니까 내가 항상 의심하며 살게 될 관능적인 탐식貪食을 정당화하는 데 이용될 수 있고 바로 이것이 나를 힘들게 한다. 여름밤을 뚫고 차를 몰아 (발정난 수리부엉이의 울음소리 같은 시끄러운 소음과 가지각색의 수많은 냄새들을 헤치고) 집으로 가면서 그렇게나 깔보고 분노하는 이에게 생계를 의존하는 여자란 얼마나 경멸스러운가 하고 생각했다. 하지만 그녀의 대안들은 무엇인가? 다시 말해 그녀는 뭘 해야 하는가? 그런 대안들 중 그 무엇도 별도의 가정을 꾸릴 수 있을 정도의 여유를 주진 못한다.

• • •

새 일기장이다. 차의 오른쪽 앞바퀴에는 공기를, 차에는 기름을 넣어야 할 것 같다. 오늘 아침 난 슬펐다. 그런데 아주 자연스럽게 슬퍼했다는 생각이 든다. 그러니까 슬퍼하면서도 거북한 느낌이 전혀 없었다는 말이다. 비참한 기분으로 잠에서 깨는 경우는 거의 없지만 강제로 그런 기분에 빠질 때가 자주 있다. 이루 말할 수 없이 천박한 텔레비전쇼에 나온 한 부부가 서로 가볍고 부드럽게 어루만지는 장면을 보고 있자니 고통이 밀려온다. 다음과 같은 L의 말이 항상 내 귀에서 맴돈다. "하지만 난 더 나은 대우를 받을 자격이 있었어." 물론 그와 같은 법 따위는 전혀 없다. 나의 결혼생활을 지겹고 기괴하다고 이름 붙일 수 있는 남녀 사이의 여러 가능한 관계들을 난 충분히 잘 알고 있다. 또 달걀 너머로 내게 미소지어줄 누군가와 함께하는 데서 과도한 기뻠을 느끼는 것이 잘못됐다고는 전혀 생각지 않는다. 수년 동안 난 아내가 냉장고를 향해 욕설을 퍼붓는 가운데 홀로 아침식사를 해왔다. 하지만 이런 실패의 부담을 다른 누군가에게 지운다는 것은 결코 올바르게 보이지 않는다. 지금 나는 알코올말고는 걱정해야 할 것이 전혀 없다.

• • •

슬픈 날 뒤에는 기운찬 날이 뒤따라온다. 술에 대한, 대답받지 못하는 사랑에 대한, 그리고 죽음의 또다른 가면들에 대한 나의 근심은 마치 내 기도가 응답받기라도 한 것처럼 사라졌다. 이에 나는 나와 연관된 신성한 의지가 어떤 모습으로든 나타나리라 확신하며 식탁 주변을 어슬렁거렸다. 다시 말해 택시 사고를 당해 공항에 늦게 도착했고 따라서 비행기를 놓쳐버렸지만 바로 그 덕분에 탑승객 전원이 사망하는 추락 사고를 모면할 수 있었다는 식의 이야기 같은 것들 말이다. 나를 넘어뜨림으로써 결과적으로 독사를 피하게 하는 것은 하느님의 손이고, 떼로 몰려온 말벌들이 나를 물어 죽이기 전에 벌집을 안전하게 발견할 수 있도록 이끄는 존재 역시 그분이라는 생각이 들었다. 신은 미스터리와 관련 있으며 또 우리 같은 신자들을 위에서 내려다보는 성상들인 황금 모자의 늙은 성인들과 어리석은 천사들, 또 근엄하면서도 멍청한 사도 및 예언자들의 조잡성을 설명해주는 것도 바로 이 미스터리의 심오함인 것이다.

• • •

정말이지 수년 만에 처음으로 술병도 없이 강 상류에 위치한 야도로 향했다. 허드슨에 도착하기 전에는 술병을 들고 화장실에 가지 않겠노라고 스스로에게 약속했던 일, 어느 신학교 벽에 걸려 있던 십자가에 못박힌 예수 그리스도상, 그리고 그 주 일요일에 사용될 푸른 종려나무 가지들이 한가득 실려 있던 승강장의 짐수레 등이 기억난다. (초봄이었던 당시 나는 남쪽으로 내려가던 중이었다.) 유쾌한 시간들이었고 지금도 그러하다. 소년이었을 때 난 소년다운 생각을 했다. 둘러보니 오리 사냥용으로 사람들이 만들어뒀던 매복 장치는 이제 사라지고 없다. 폐허로 변한 집들과 성들은 창문가리개 사이로 햇살이 마구 쏟아져들어오자 버림받은 건물로 보이기는커녕 건축에 대한 우리 열정의 우아한 결과물이라도 되는 것처럼 오히려 매력적으로 다가왔다. 강물은 거칠었으나 그만한 강풍은 불어오지 않았으므로 나는 물결이 거세지는 모양이라고 생각했다. 너무 겁먹어 건너지 못할지도 모를 다리와 고속도로에 대해 내가 느끼는 공포가 떠올랐지만 지금 이 모든 것들은 내게서 멀리 떨어져 있다. 나의 유일한 근심은 내가 느끼는 기쁨이 과도하게 지적인 성향을 띠고 있다는 점이다. 최소한 알코올중독은 좌절당하는 환상이라도 내게 안겨줬다. 하지만 이제 나는 나무를 베거나 장작을 패는 등의 노동, 차가운 물에서의 수영, 오르가슴, 그리고 어쩌면 폭식에 의지하고 있다. 여기서 폭식이란 간단히 말해 왕성한 식욕이다. 올버니에서는 신용카드를 하나도 갖고 있지 않았던 탓에 신분을 증명할 방법이 없었으나 이제 이런 종류의 위기 상황에는 무덤덤한 편이다. 버스 정류장에 도착한 나는 아이스티를 마시면서 길 건너편에서 벌어지고 있는 건물 복구 현장을 감탄의 눈길로 바라봤다. 버스에 탔을 때는 술에 취해 졸린 표정을 짓고 있는 한 남자의 옆자리에 앉게 됐는데 내 코는 그 예민함을 잃어버렸음에 틀림없다. 알코올 냄새를 맡을 수 없었기 때문이다. 그는 내게 말하길 하루종일 여자와 그 짓을 했다면서 곧 건물 한 채를 빌린 다음 이를 핀볼 게임기로 가득 채워 젊은이들의 주머니를 털 계획이라고 지껄였다.

그리고 여기에 왔다. A가 보낸 꽃과 선물이 도착해 있다. 내가 그를 사랑하는 만큼 그도 나를 사랑한다면 그는 항상 나와 함께 있으리라. 즉 그는 나를 올버니에서 만났을 것이다. 버스 정류장 주변에서 나를 기다리며 오후를 보냈을 것이다. 저녁을 먹으러 들어가던 중 숙소 건물 뒤편에서 A를 만났다. 우린 키스를 나눴다. 난 요즘 누구에게나 뻔뻔해지고 있다. 저녁식사 후에는 호숫

가로 산책을 갔다. 그의 몸을 팔로 둘러보니 더 육중해지고 키도 커진 듯하다. 나는 A에게 나의 연인이 될 것인지 물었고 그는 친절하고 정중한 태도로 이를 거절했다. 나는 아무 반응을 보이지 않았으며 분명 고통스럽지도 않았다. 지금 A와의 동행을 즐기고 있고 또 그의 살결을 어루만질 수도 있겠지만 이들 중 어떤 것도 그리워하진 않을 것이다. 나는 불쾌해질 수도 있다. 또 A를 따분한 사람이라고 말할 수도 있다. 하지만 이곳 야도에서는 그 어떤 불쾌함도 당찮은 일이 될 것이다. 나는 그에게 아주 사소하거나 혹은 무의미한 부탁을 할 수 있겠지만 그런 말은 하지 않을 작정이다. 누군가 내게 말하기를 여기 야도에 있는 회원들 중 한 명이 섹스의 여신이라고 했다. 난 그 말에 신중해지면서 어쩌면 이 기회를 붙잡을 수 있겠다는 생각을 했다. 즉 아침에는 A를 학수고대하고 다음엔 그 여신을 기다리면 되리라. A에게 가볍게 키스한 후 아침식사 중 그의 손을 잡는다. 이어 나중엔 여신에게 키스하면서 그녀의 허리를 손으로 감는다. 그런데 어떻게 내가, 진정 남자답고 건강한 이 남자가, 그토록 다정하고 즐겁게 남자에게 키스하고 거기에다 긴 머리의 젊은 여자를 사랑하겠다는 계획을 세울 수 있는가? 하지만 어쨌든 이 계획은 어떤 실패도 없이 가능할 것처럼 보인다. 나는 한 광고 회사에 의해 우연히 만들어진 존재가 아니다. 메시지는 다음과 같다. 주여, 찬양을 받으실 분이여, 주님의 손으로부터 받은 것을 바쳤을 뿐입니다.

· · ·

    모임이 절반쯤 진행되던 도중 깊은 우울감에 사로잡혔다. 창밖을 바라보다가 이제 색이 변하기 시작하는 단풍나무에 경탄하던 나는 그것이 장미와 참 많이 닮았다는 생각을 했다. 단풍나무가 꼭 거대한 장미나무처럼 보였던 것이다. 난 노란색 플러시 천으로 덮인 의자와 그 오후의 다른 압박들로부터 벗어나고 싶었다. 또 어쩐지 A도 그리워졌다. 비록 그를 만나기 위해 저 길을 건널 생각은 없지만 말이다. 이어 내가 사랑하는 사람은 그가 아니라 사랑한 적이 있는 내 먼 과거의 누군가, 즉 내 감정의 밑바닥에 존재하는 누군가임을 깨달았다. 형일 거야. 난 그렇게 생각했다. 형을 위해서였다면 나의 중요한 관계들 중 대부분을 단절할 수 있었을 것이다. 같이 있다보면 형이 혐오스럽게 느껴질 때도 있지만 아이오와에서 (때로는 연인과 함께 침대에 있는 동안) 형에 대한 깊은 그리움을 느낀 적이 있음을 기억한다. 그것은 아마 가망 없는 무엇, 과거의 무엇을 향한 그리움이었을 것이다. 모임이 끝난 후 J, P와 더불어 축구를 했고 이어 스웨터로 갈아입고 칵테일파티에 갔다. 이런 것들은 모두 과거를 향한 나의 시도이지만 내가 왜 이를 걱정해야만 하는가? 그것들 모두를 성공적이라 생각하고 있으면서 말이다. "안색이 안 좋아 보이는군요." J의 말에 갑자기 피곤이 몰려왔다. 치통과 감기가 심해졌다.

몸이 좋지 않다. 지금까지 난 일반적이지 않은 다른 것을 원했고 이제 그것을 얻었다. 난 이를 거의 일요일 내내 가질 수 있었지만 그후에는 열이 오르고 약간 설사를 했다. 나는 내가 뭘 원하는지 잊지 않고 있으며 이는 그리 대단한 것은 아니다. 예전에 피아노로 연주하곤 했던 악보들이나 갖가지 종류의 우정 비슷한 것들일 뿐. 나는 걸을 때 약간 비틀거리는데 이것이 내가 찾아낸 나의 우울한 모습이다. 그리고 그것의 최악은 퇴행성이다. 내 아버지는 (전에 적었던 대로) 새로운 낚시 미끼가 아니라 새로운 인형극장을 가지고 돌아오실 것이다. 그것이 내가 진정으로 원했던 바였다. 내 가족, 그중에서도 대개는 형, 때로는 어머니에 대해 생각해본다. 우리는 단체사진 속에 들어가 있다. 거기서 보통 나는 유리잔을 든 채 오른쪽 끝 아니면 뒤쪽에 서 있다. 우리 가족은 그 단체사진 속의 다른 사람들에 비해 다소 다른 색깔로 인쇄돼 있는 듯하지만 우리는 이를 이해할 수 있는 지력을 갖고 있지 못하며 따라서 우리 가족은 항상 다소 볼품없고 어리석고, 때론 매우 불행한 상태로 남아 있게 될 것이다. 그렇게 열이 가라앉았고 다시 잠에서 깨어났을 때 나는 감사 기도 외엔 정말이지 아무 말도 하지 않았다.

· · ·

　A에게서 편지가 왔다. 난 그를 사랑한다고 확신해왔다. 지금까지 그에게 수백 통이 넘는 연애편지를 썼음에 틀림없다. 나는 그와의 교제를 고대했으며 그와의 대화를 그토록 즐겼고, 또 그의 이력에 대단한 흥미를 가졌다. 그는 나의 연인이 아니다. 그리고 내가 그에게서 퇴짜 맞았다는 사실은 어쩌면 내가 이해하는 것보다 훨씬 더 많이 내 주관과 관련 있을지 모른다. 간단히 말해 그는 내가 지닌 거대한 매력, 힘, 기타 등등을 알지 못하는 듯하다. 진실로, 가끔 그는 내 재능과 그 재능을 다루는 내 수완에 아주 무관심해 보인다. 이 얼마나 곤혹스러운 일인가! 어쩌면 나는 그를 사랑하는 행위를 통해 그에게 고결함과 지성을 부여해왔지만 그는 이를 결코 갖고 싶어하지 않는다. 그의 섹스 파트너가 어떤 사람들인지 나로선 알 수 없으나 매우 아름답고 남성적인 사람들이리라 추측된다. 그와의 어떤 결합도 나는 상상할 수가 없다. 그의 편지에 쓰인 내용은 공격적이며 필체는 경박하다. 가끔 그는 스스로를 공격적인 동성애자로 내보이기로 결심한 듯한데 나는 그 이유를 이해하지 못한다. 어쩌면 그는 아버지와 함께하는 몇몇 장면을 반복하는 것일 수 있다. 하지만 그의 행동이 내가 이토록 많이 고민해야 할 만큼 가치 있다곤 생각지 않는다. 그는 단지 그의 역할을 수행하고 있는 것에 불과할지 모

르니까.

A는 그의 첫번째 오후에 아름다운 요트를 타고 그의 첫번째 밤에, 이를테면 한 편의 동성애 영화를 찍는다. 그가 탄 뉴욕행 비행기가 동부에 언제 도착할지 알고 있는 내가 지금 느끼는 유일한 감정은 일종의 의심이다. 그가 언제 도착할 것인지는 문제될 게 전혀 없지만 다만 그는 왜 내게서 멀어지길 원해야만 할까? 그는 왜 내가 그를 (내가 가질 수 없는) 엉덩이를 흔들어대는 사람으로 상상하길 원해야만 할까? 도대체 나는 왜 그토록 바보 같은 사람 때문에 사랑을 경험해야 했을까? 나의 모든 연인들은 왜 이리도 현명하지 못한가? 그렇다고 난 비열한 사람이 되진 않을 것이다.

• • •

그리도 많은 세월 동안 내가 그토록 즐거운 여름을 보냈던 곳을 향해 우리는 바위투성이인 길을 걸어올라갔다. 나는 이곳을 매우 잘 안다. 잔디 어느 곳에 흙무더기들이 쌓여 있는지 다 알고 있다. 물기로 젖은 언덕의 가파른 경사를 우회해 걸어내려오면서 내가 연인이었고, 남편이었고, 아버지였고, 등산가였고, 또 술고래로 지냈던 집으로 향했으며 내려오는 동안에는 아무 고통도 없어 보였다. 심한 감기를 앓고 있는데도 말이다. 그렇게 옛집으로 내려왔을 때 나는 그 집이 내가 지냈던 어떤 곳보다 허름하게 변해 있음을 알았다. 세면대와 욕실은 난쟁이를 위해 지은 것처럼 작다. 깔개와 가구들은 시립 쓰레기장에서 작별을 고했다. 한쪽 면이 긁히고 불타버린 램프는 아직도 셀로판지에 감싸여 있다. 거미줄은 튼튼해 보이기만 했고 비가 오자 물이 새기 시작했다. 몇 년 전 조시 허브스트Josephine Herbst*가 내 딸에게 선물로 줬던, 조개로 가득 찬 용기에도 빗물이 차 있다. 조시는 뚜껑에 예쁜 꿩을 그려넣고는 옆면에 이렇게 써놓았다. "그곳을 알고 계시나요? 레몬나무가 가득한 그곳을?" 과거의 추억이 이런 집의 허름함을 충분히 상쇄했으므로 (사랑하는 애견 카시오페이아는 기어이 양탄자의 구멍을 물어뜯었다) 그런 허름함에 특별히 신경쓰이진 않았지만 이 집이 상기시켜주는 사랑을 고려할 때 묘한 기분이 드는 건 어쩔 수 없었다. 앞방은 작고 어두워 쓸모없는데다 새는 지붕 때문에 젖어 있기까지 했다. 작은 침실방에서 희미한 불빛이 타오른다. (지붕널용 못이 곳곳에 박혀 있고) 페인트칠이 벗겨진 벽판은 물에 완전히 젖은 탓에 실크처럼 어슴푸레 빛나고, 전기 도면 그림은 판자에 닿을 정도로 전선이 삐져나와 있는 백색 자기 절연재로 인해 까매져 있다. 지붕을 때리는 빗소리가 더욱 커져갔다. 곧 아침이 다가올 것이다.

---

* 미국의 작가, 언론인.

나는 부엌의 난로와 식당에 불을 지폈다. 모든 것들이 나를 기쁘게 했다. S는 내게 멋진 아침식사를 대접했다. 밖에서는 비가 오고 또 온다. 우린 B가 내린 몇 개의 지시에 따라 움직였는데 페데리코는 쇠톱을 이용해 작은 장작을 만들었고 나는 그동안에 불쏘시개를 잘게 나누었다. 우리는 B가 내린 지시를 소재로 농담을 주고받았다. '이봐, 이봐, 난 불쏘시개를 잘게 나누고 있어. 내 아들은 쇠톱으로 장작을 자르고 있고 말이야.' '이봐, 여기 좀 봐.' 우리는 착한 소년들이다. 우리는 나쁜 소년들이 아니다. 착한 일을 했으므로 점심때 특별히 에그 골든로드*를 얻어먹을 수 있을지도 모른다. 모두가 순박하고 우스꽝스러운 순간들이며 아들과 함께 웃고 있자니 그렇게 좋을 수가 없다. 한가득 쌓여 있는 불쏘시개도 나를 행복하게 한다. 나는 자동차로 가서 크래커 한 상자를 꺼냈다. 메리가 현관에서 소리쳤다. "치즈 바른 크래커를 먹고 싶은 거라면 여기에도 약간 있어."

● ● ●

　여기를 떠나는 날. 새벽이 오기 전 잠에서 깼다. 새벽별이 어찌나 밝은지 나무 사이로 그 별을 쳐다보면서 달로 착각할 정도였

---

* 달걀의 흰자와 분말로 된 노른자, 화이트소스(버터, 밀가루, 우유로 만든 소스), 그리고 토스트 등이 들어간 요리.

다. 모든 별들이 빛나고 있었다. 나는 스토브에 불을 붙이고 푸짐한 아침식사를 먹었으며 우리는 곧 출발했다. 구름은 어딘가로 사라져 카디건 산이 눈에 들어왔고 경탄을 자아내는 화려한 햇살이 언덕을 비추었다. 그렇게 우리는 첫 햇살을 받으며 다시 좁은 길을 내려가기 시작했다. 굴뚝에서는 연기가 나오고 있었는데, 그것은 바로 또다른 열 발산 물체에서 나오는 분출물인 연기나 증기에 비해 훨씬 덜 직접적인 형태의 훈연, 즉 나무를 땔 때 나오는 연기였다. 훈연은 바람을 타고 퍼지다가 내리는 비를 맞아 가라앉았으며 냄새는 물론 아주 향기로웠다. 여기에는 과거 시대의 참회를 알려주는 표지와 흔적들이 있다. 지금은 보험회사 건물로 변해버린 아름다운 헛간과 아름다운 교회가 그것이다. 또 여기엔 방랑의 흔적들을 보여주는 표지들이 다른 무엇보다 더 많이 있는데 이는 과거에도 마찬가지였다. 내 눈에 펼쳐진 대지는 성서에 나오는 어떤 약속을 상기시켰다. 비록 그 대지는 진정한 약속이란 결코 품고 있지 않지만 말이다. 그러나 아름답고 기운을 북돋워주는 그 풍경. 간판이 여기저기에서 보였다. "공룡 발자국을 구경해보세요." "평일 개장 시간은 오전 9시부터 오후 5시까지입니다. 아동은 50% 할인됩니다." 간판 위로 보이는 로렌시아 순상지에는 빙하가 새겨놓은 작은 물결무늬가 뚜렷하다. 그 밖에도 높은 지대에 위치한 초록색 목초지, 선명한 푸른색의 오리 연못, 불타듯 붉은 빛깔로 물든 언덕, 한데 무리지어 있는 트레일러들, 휴사토닉 강과 코네티컷 강이 눈에 들어왔다. "오줌을 눠야 해." 하트퍼드로 들어설 무렵 내가 말했다. "그거 안 됐네." 메리가 말했다. "보온병에라도 눠야겠어." 내가 가볍게 대꾸했다. "내 보온병에는 안 돼." 메리가 말했다. "아니, 당신 보온병에 눌 거야." 나는 이미 바지를 내리고 내 물건을 꺼내는 중이었다. 메리가 말했다. "어떻게 내 보온병에 오줌을 싸겠다는 생각을 할 수 있어?" 하트퍼드에서는 차들이 엄청 밀렸다. 나는 큰 컵에 담겨 있던 식은 커피를 비우고 그 안에 오줌을 누었다. 무척이나 기분이 좋아졌고 또 행복했다. 나중에도 한차례 더 오줌을 눠야만 했다. 집에 와서는 개와 산책을 했고, 불을 지폈고, 배부르게 식사를 했고, 잠깐이지만 하늘을 향해 오르는 환상에 빠지기도 했다. 제법 괜찮게 여겨지는 텔레비전 방송을 시청한 후 행복한 마음으로 일찌감치 잠자리에 들었다.

• • •

그렇게 나는 그 많은 어둠을 헤쳐왔다. 부디 건방지게 들리지 않길 바라며 나는 그저 플라톤의 말을 인용해보고자 한다. "이렇게 생각하자, 인간의 영혼은 불멸이며 모든 종류의 선과 모든 종류의 악을 견딜 수 있다고." 그 밖에 무슨 말을 더 할 수 있겠는가? 익명의 알코올중독자들 모임에 참석하려고 너무 일찍 시내로 왔지만 그렇다고 동시 상영 영화관으로 가진 않았다. 이 모임은 내게 도움이 되며 어쨌든 난 과거의 중독 상태로 되돌아가게 될까봐 아주 불안한 상태다.

이런 경우에 딱 맞아떨어지는 책이 있다면 차라리 「교외의 남편」일 것이다. 그런데 그 가치는 어떠했는가? 약간의 찬사와 300달러짜리 상, 개의 사료를 사기에도 충분치 않은 돈이다. 나를 방해하는 것들은 일상적으로 존재한다. 오늘 오후에 모든 원고들의 진도를 나가야만 한다. 진공청소기든 식기세척기든 제대로 작동하지 않을 테지만 행복한 마음으로 일할 때 느껴지는 아주 근사한 점을 들자면 그렇게 열중함으로써 비통함이나 분노, 조급함, 그리고 긴 고소장에 소모될 에너지가 거의 남지 않는다는 점이다. 일이 잘되고 있을 때는 모든 이들이 당신이 앉아 있는 의자가 놓인 마룻바닥을 청소하길 원하며 십 분마다 이런저런 소문을 전하는 전화들이 끊이지 않을 테니까 말이다.

자, 이제 낙엽에 관한 부분을 검토해보자. 다음엔, 자비롭게도, 배수탑 장면은 생략한다. 이어 간단한 평서문. 그렇게 학교, 이별의 장면이 등장한다. 이어 그의 사랑에 대한 검증. 다음엔 바람난 아내를 둔 남자, 지하 감옥, 추기경이 오기로 예정된 전날 밤에 찾아온 조디.* 내일까지는 타이핑을 다 마무리할 수 있으리라

---

* 치버의 1977년 작품인 『팔코너』에 관한 내용이다.

고 생각한다.

혹시 다음 주말까지 끝내지 못한다 해도 그다지 문제될 건 없다.

• • •

성적인 금기를 깨뜨리면 갖가지 비난을 받을 여지가 있다는 간단한 교훈을 난 받아들일 수 없다. 감기에 걸렸다. 메리는 양탄자를 청소하는 중이다. 계단통을 통해 메리의 화난 목소리가 들려온다. 돔이 운영하는 카센터에 가서 스노타이어를 갈고 라디에이터를 확인하라고, 자전거용 펌프를 빌리고 밸브 캡도 얻어 와야 한다고, 토마토밭을 갈고 작약을 옮겨 심어야 한다고…… 예전 일기를 읽으면서 내가 지니고 있는 덕목의 몇 가지 고정된 특성들과 증거들을 발견했다. 사람은 누구나 열렬히 활동하고 싶어하지만 그저 사진으로만 남겨지거나 논의의 대상이 될 뿐이며 또 내 재능 중 일부는 저 거울에 묻은 찌꺼기와 같다는 생각이 든다. 난 완벽히 탈출할 수가 없다. (오, 저 매력적이고 지칠 줄 모르며 깨끗한 남자를 보라!) 그저 올바른 성향을 갖게 해달라는 기도만 할 수 있을 뿐. 추기경 대목이 고민이지만 다급한 마음은 전혀 없다. 이번 봄에 이 책을 끝낼 수 있다면 얼마나 좋을까. 그러니까 은행 잔고가 바닥나기 전에, 또 신의 뜻에 따라 말이다. 이것이 나의 마지막 책이 될 것 같진 않으며 그런 식으로 만만치 않은 불길한 홍조는 내 방에서 빠져나갔다.

• • •

휴일, 눈, 추위, 화창한 날씨. 요즘 위에 약간의 통증이 느껴진
다. 하노버에 있었던 서양호랑가시나무가 생각난다. 아마 북동
부 지역에서 가장 크지 않을까 싶은 그 나무는 분명 몇몇 영국
정착민들이 심었을 것이다. 나는 그 짙푸른 빛깔을, 또 몇몇 화
초 재배업자들이 쇠톱을 지니고 이 나무에 달려들어 낮은 가지
들을 쳐냈던 사실을 분명히 기억한다. 가만, 우리 나무임을 알려
주는 표시가 있는지 찾아보려고 부근의 꽃집 주변을 내가 어슬
렁거렸던가? 확실치 않다. 그 나무가 쉽게 발견되지 못하도록 주
변에 덩굴풀을 길렀던 사실은 잘 기억난다. 또 이런 상상을 한
적도 있다. 당장 집으로 돌아와 서양호랑가시나무를 보호해달라
는 내용의 편지를 군 복무중 어머니로부터 받아보는 상상 말이
다. 나는 이를 『고故 조지 애플리The Late George Apley』*의 형식을 본
따서 글로 썼다. 하지만 의도했던 것만큼 그리 재미있진 않다.
내가 쓴 그 글에도 높이 솟은 짙푸른 빛깔의 나무가 등장한다.
아버지로부터 받은 다음과 같은 편지도 기억난다. "크리스마스

---

* 존 마퀀드가 1937년에 발표해 퓰리처상을 받은 작품으로 편지와 문서 형식으로
이야기가 전개된다.

나 생일 같은 기념일의 중요성을 간과해선 안 된다. 그 기념일들은 네게, 그리고 너와 함께 살고 있는 사람들에게 매우 큰 중요성이 있으니 말이다." 감옥에 있던 패러것*에게 부활절에 대한 축하, 우리가 살고 있는 세상의 미스터리, (비천한 구유에서 태어나던 그 순간부터 인간이 지은 죄에 대한 대가로 잔인하고도 지속적인 죽음을 선고받은 아들을 주신) 신의 아량, 그리고 건강하면서도 한편으론 터무니없는 가족이라는 개념은 광범위하고 비통한 아이러니다. 9월에 찍은 사진들이 있다. 교도소에서의 그 어떤 신성모독도 이보다 대단하지 않으리라. 선물을 포장하고, 풀고, 장식하는 온갖 사람들의 모습들, 보석과 환한 조명이 주렁주렁 매달린 초록색 나무, 수지 향 나는 솔잎이 뜨거운 열기에 파열하며 헐떡이는 소리, 허공을 헤쳐 가는 가을날의 찌르레기 새에 대한 기억……

• • •

패러것의 편지를 염두에 두며 옛날 일기를 읽는 동안, 거의 3년에 걸쳐 내가 A에게 연애편지를 써왔고 A에게서는 내 마음을 떠보는 편지를 받아왔음을 깨달았다. 지금 쓰고 있는 이 글은

---

*『팔코너』의 주인공.

나중에 찢어버릴까 생각중이다. 나는 이 열정적인 사랑에 관해 만족스러운 기억을 전혀 떠올릴 수 없다. 매력에 대한 그 어떤 회상도 알쏭달쏭해 보이기 마련이지만 난 나의 자기기만에 감탄하는 데 그치지 않고 더 멀리 나아가고 싶다. 최근 A를 거의 보지 않았다. 그는 자기 편한 대로 자신이 두드러지게 재능 있고 또 (내 생각이지만) 잘생겼다고 여겼다. 그는 지속적으로 그의 동성애에 관해 언급해왔다. 나를 괴롭히는 것은 미학적인 문제로 보인다. 긴 허리를 가진 그가 나의 이 목가적인 풍경 안에서 어쩌다 이토록 지배적인 위치를 차지하게 됐을까? 그 풍경 안에는 나무, 잔디, 정다운 돌담, 그리고 송어가 살았을지 모를 시냇물이 있었는데 말이다. 바로 그런 곳에서 이 특이한 인물은 뭘 하고 있는 것인가? 나는 외로웠다. 이는 분명히 말할 수 있다. 비록 나의 목가적 풍경 안에 그에게 지배적 위치를 부여해야 할 정도의 강력한 외로움을 나로선 결코 상상할 수 없지만 말이다. 사람들은 나와 같은 운명을 지닌 사람들을 진정한 반쪽짜리 인간이라고 말한다. 여기서 다시 미학적인 문제가 등장한다. 반쪽짜리 인간은 아무도 없다. 나는 사람들의 말을 받아들일 수가 없다. 내 형이 떠났을 때 나는 찢어졌고 R가 나를 떠났을 때도 잔인하게 찢어졌다. 하지만 찢어졌다고 하여 반쪽짜리 인간이 되진 않았다. 인생을 계속 살아갈 활력을 갖고 있었다. 그렇다면 왜 나는 A를 그토록 필요로 했던가? 이제 난 그가 더이상 필요치 않다. 오히려 그와의 재회조차 떠올리기 싫어한다. 하지만 사람들은 언제나 이는 응답받지 못하고 잊혀버린 연애라고 말한다. 내게 있었던 여러 경우들을 생각해보면 난 L과 함께하며 완벽한 감정을 느끼는 동안에도, 심지어 그녀를 내 팔에 안고 있을 때조차도 (당연히 밤시간을 포함해) 하루 중의 특정한 때에 (L과 비교해 우스꽝스러울 만큼 긴 허리를 가진) A를 향한 깊은 그리움을 지니고 있었음을 기억한다. 이러한 그리움의 밑바닥에는 경멸이 자리잡고 있는가? 성적 희열을 전적으로 느끼기 위해 벌거벗은 누군가를, 경멸스러운 누군가를 난 껴안아야만 하는가? 만약 이것이 사실이라면 난 받아들일 수 없다. 진정 받아들일 수 없다.

• • •

몇 년 만에 가장 많은 양의 폭설이 내렸다. 맑은 정신으로 지낸다는 것은 얼마나 유쾌한 일인가. 메리는 괴로운 듯 보이지만 그럴 때마다 난 항상 나 역시 괴롭다며 반박한다. 메리는 소금을 건네달라는 말 외엔 하루종일 말을 걸지 않는다. 하지만 이것은 정녕 문제될 것이 없다. 아니, 이 집에 다른 누군가가 있다는 것이 문제일지 모른다. 난 하루종일 내 무릎에 앉아 있는 아내를 원하지 않았다. 내게 필요한 상당한 개인적 시간을 부인否認하는 아내를 원치 않았다. 그래서 메리는 부엌에서 텔레비전을 보고 나는 2층에서 텔레비전을 본다. 메리는 아주 많이 괴로운 상태일 것이다. 하지만 나로서는 이 상황을 딸에게 이야기하지 않을 자신이 있으며 따라서 별문제 없이 지나가리라 생각한다.

한때 눈에 파묻힌 작은 마을에서 겨울을 보낸 적이 있었는데 그 마을 남자들은 한 술집에 모여 그들의 아내들에 대해 이런저런 말들을 늘어놓곤 했다. 그들 중 한 명이 내게 설명하기를, 이상한 성격의 아내들을 상대할 때는, 아내들 역시 남편들을 상대하기 싫어함을 이해해야 한다고 했다. 예를 들어 반대로 생각하는 이상한 성격을 지닌 아내가 있을 경우, 그 아내에게 "당신이 살해되는 일은 벌어지지 않을 거야"라고 말해준다면 아내는 자신이 살해될 거라고 주장하게 된다는 것이다. 아무리 그녀가 인생을 사랑하는 사람이라고 해도, 그러니까 나무와 건물과 남자와 여자와 개와 새 들을 사랑하는 사람이라 해도, 살해되는 일 따윈 벌어질 리 없다고 아내에게 말한다면 그렇지 않다고 반박하게 된다는 뜻이다. 당신은 이런 점을 이해해야만 한다. 그리고 그 작은 술집에 얽힌 더 많은 사실에 대해서도.

• • •

내밀한 자서전이라는 지점과는 관련 있으나 창작의 위대함이란 사실과는 관련 없이 내밀한 자서전이라는 측면에서, 난 이 글을 단지 교도소에서 강의했던 경험에서가 아니라 한 인간으로서 겪은 경험을 토대로 쓰고 있다. 감옥에서 구금을 목격한 건 사실이나 보병 부대에서 상등병으로 복무할 때 영창 경비를 서면서도 구금을 경험한 바 있고 여행중에도 눈보라가 치는 바람에 레닌그라드 공항에서 36시간을, 또 파업으로 인해 카이로 공항에서 역시 그 정도의 오랜 시간을 갇혀 있어야 했다. 나는 정서적, 성적, 재정적 구금 상태에 대해 알고 있고 실제로 알코올중독 치료를 위해 93번가에 있는 금주자용 감방에 갇혀본 적도 있다.

• • •

이것이 어쩌면 나의 마지막 장편소설이 될 것 같다는 생각이 든다. 이번 작품은 흥미롭지만 내가 갖고 있는 소재는 무엇인가? 교도소를 나타내는 상징물(아마 이를 중심으로 도입부를 쓸 수 있을 것이다), 아내와의 대화, 고양이, 조디와의 연애 및 조디의 탈출, 마약중독, 그리고 세 통의 편지. 그렇다. 그럼 내가 의도하고 있는 바는 무엇인가? 마흔여섯의 나이에 교도소에 들어간 한 남자의 이야기. 그는 탈출하게 될 조디와 사랑에 빠진다. 아내가 면회를 온다. 그는 마약 금단 증상으로 고통을 겪는다. 그리고 탈출한다. 하지만 이보다 더 많은 이야기들이 필요하다. 그러므로 그에게는 실패하고 말 탈출이 반드시 존재해야 한다. 다른 시도와 다른 관계들이 존재해야 한다. 누구와의 관계? E. J. 패러것은 3월 26일 팔코너 교도소에 수감됐다. 좋다, 나는 아름다운 뭔가를 원하며 그것은 6월까지 완성될 것이다.

• • •

소득세를 내야 하고, 바지를 세탁해야 하고, 포도나무 가지를 쳐야 하고, 자전거를 타야 한다. 그 밖에, 적어도 내게는, 성적性的으로 헌신하겠다는 서약 같은 것도 있는 듯하다. 더 심한 감기, 더 낭랑한 웃음, 이해해야 할 더 광대하고 알 수 없는 것들이 현존하지만 난 이 나라에서 태어났으며 따라서 이 깃발 아래에서 내가 해야 할 일을 수행할 것이다.

• • •

일기에 적었던 대로 포도나무 가지를 쳤고 오늘은 철제 울타리에 페인트칠을 한 뒤 등나무와 장미나무도 손볼 예정이다. 별로 중요하지 않은 인터뷰에 시달린 나는 저녁식사 후 텔레비전을 보지 않고 보르헤스와 나보코프에 관한 존 업다이크의 글을 읽었다. 두 거장을 그토록 멋지게 소개해준 존에게 감사하는 마음이다. 나는 보르헤스를 좋아하지 않았지만 존이 보여준 인용

문 덕분에 그 눈먼 노인의 보기 드물게 아름다운, 너무나 아름답기에 그토록 우아하게 죽음까지 아우르는 어조를 감상할 수 있었다. 그리고 사람들이 생각하는 것 이상으로 더 나은 작가일 수 있는 나보코프가 있다. 바로 이것이 글쓰기에서 맛볼 수 있는 스릴이요 그들과 같은 작가로서 활동한다는 스릴로, 모험에서 경험할 수 있는 것과 같은 진정한 전율감이 아닐까 생각했다. 때론 머리카락이나 모래알이 입안으로 들어올 수도 있겠으나 이 탐험은 중요성을 갖고 있으며 (그러나 여기에 이기적인 측면이라곤 전혀 없다) 따라서 열대우림과 같은 밀도, 독사의 수줍음, 그리고 내일이면 통나무배와 노를 구해 삼각주를 지나 바다에 이르는 강을 발견할 수 있다는 강력한 확신이 필요하다.

• • •

우리 같은 작가들은, 비록 훌륭한 작가라 해도, 그 밑바닥까지 가보면 볼품이 없다. 다시 글을 읽으면서 나는 내 판단력에 깊은 의심을 품게 됐다. 그리고 낯선 교구회관에서 익명의 알코올중독자들 모임을 갖던 중 이 책이 단순히 개종의 고백에 불과한 것만은 아니지 않을까 하는 의아함이 일었다. '이것을 숨겨야 해.' 난 성직자라곤 없는 이 모임에서 우리가 얼마나 큰 소리로, 또 어떤 감정으로 주기도문을 올리는지 주의깊게 관찰했다. 수 세기 동안 교회의 벽들은 이런 감정으로 바쳐지는 기도를 들어본 적이 없다. 그 절절함. 그래서 나는 이 기도가 어떻게 끝나는지 알고 있다. 마이애미에서 쿠바로 가는 비행기를 납치한다면 속죄의 대가로 25년간 갇혀 있어야 할 것이다. 유괴도 있다. 그러나 비행기 납치에 관한 법률은 통과되지 않았다. 낯선 남자가 그의 코트를 패러것에게 준다. "그걸 가져주기 바라오." 그렇게 패러것은 낯선 남자의 코트를 걸치며 또 그 코트로 인해 그로서는 이해하지 못할 평화를 느끼지만 (그의 성격에 어울리게) 남자의 의도를 오해하면서 다음 정거장에서 내린다.

• • •

스키를 타다가 잠깐 소나무숲에 들어갔다. 숲속에는 요란하면서도 희미한 바람 소리가 들어 있다. 고속도로에서 들려오는 소음 비슷한 소리엔 신경쓰지 않을 생각이다. 이는 또다른 날에 등장할 또다른 작가를 위해 남겨두자. 나는 작은 숲이 지닌 힘과 아름다움을 보았고 이에 내 머릿속에는 다음과 같은 글을 썼던 한 늙은 여인의 사진만 떠올랐다. "나의 위대한 나무들 사이에 서서 나의 모든 사랑들을 생각하노라."

그녀는 루마니아의 여왕이었다. 난 그녀의 말이 뜻하는 바를 알고 있지만 그와 유사한 감정이 내게는 전혀 없다. 햇살이 숲으로 쏟아지면서 만들어놓은 뚜렷한 네 가지 빛깔의 층이 눈에 들어온다. 먼저 내가 스키를 탔던 눈의 흰색이다. 다음은 소나무 가지의 빛깔로, 바로 아주 작은 양의 햇살로도 이를 드러나게 하는 데 충분하지 않을까 싶은 은근한 황갈색이다. 그 빛깔들 위로 연기처럼 짙고 실체를 알기 어려운, 말라 죽은 나무의 흑색이 있다. 그리고 이 모든 빛깔들 너머에 하늘의 빛을 얼마나 할당받느냐에 따라 다르게 보이는 싱그러운 초록색이 있다.

• • •

그 작품은 성공적이며 이로 인해 부자가 되고 유명해질 수도 있겠다는 생각이 든다. 하지만 신경쓰인다고는 말하지 않겠다. 언제든 지금 일을 그만두고 거리로 나설 수 있기 때문이다. 정작 내가 세심하게 살펴봐야 하는 것은 이 같은 흥분감에서 내가 느끼는 생소함이다. 다시 말해 성공하는 것이 내게는 왜 그렇게 생소하게 여겨져야 하는가? 내가 교만하거나 오만해서가 아니다. 그저 지금까지 난 나의 지적 능력 및 자원이 허락하는 대로 내 문제들의 대부분을 해결해왔고 또 활용해왔다는 뜻이다. "내게 적절한 자리를 찾으면 돼." 욕실 창가에 서서 난 이렇게 혼자 중얼거렸다. "내가 항상 2인자의 위치에 만족해왔다는 사실은 잊어버리자." 나는 나 다음에 올 사람보다 낫진 않지만 과거의 나보다는 낫다.

• • •

　부활절 아침이다. 메리의 몸이 좋지 않다. 아침 일찍 일어나 개에게 먹이를 주고 커피를 마셨다. 어렸을 때와 마찬가지로 지금이 부활절 아침임을 난 아주 잘 알고 있다. 그리고 이를 명심해야만 한다. 차를 몰아 언덕을 넘어 성 오거스틴 성당 옆을 지나칠 때 그 경험은 절대적이라는 생각이 들었다. 그리스도는 부활하셨다. 그리고 모든 일들이 일어났다. 비옥함의 상징인 달걀, 심지어 사탕으로 만든 토끼*까지. 나는 깊은 감동에 휩싸였다. 내 눈은 눈물로 가득 찼다. 미사에 늦었다. 지난주 일요일에는 어둡기만 했던 제단은 촛불로 환히 밝혀졌고 예배의 클라이맥스에서 나는 울고 말았다. 종교적 경험에 대한 분석은 나로선 불가능한 일이다. 난 치과 기공사 아니면 간호사로 보이는 흰색 옷차림의 여자 옆에 앉아서 기도를 올렸다. 한 남자는 불편한 다리를 끌며 (아마도 경련성 마비일 것이다) 제단으로 나아갔다. (아마도 감상적인 기분 때문이었겠지만) 난 생각했다. '이 믿음을 지킬 수 있도록 열광으로의 이끌림을 받다니 얼마나 영광스러운 일인

---
* 부활절의 상징으로는 달걀 외에도 독일에서 유래된 토끼가 있다.

가.' 한편으로는 열광의 요소라곤 전혀 없는 세계교회ecumenical church*가 더 진보적이라는 생각도 들었다.

• • •

오후가 깊어갈 무렵 체리나무를 심고자 밭을 일구는 동안 나는 나무를 심는 이런 일들이 얼마나 내게 중요한지 깊이 깨달았다. 그리고 거의 죽을 지경이 되도록 술을 마셨던 어머니가 우연히 떠오르면서 어머니는 보기 드물게 아주 분명하고도 강한 사람이라는 생각이 들었다. 형이 죽었다는 소식이 들려온 것은 그 즈음이었다. 나중에 A가 전화를 걸어왔다. 나는 울었다. 내가 사랑하는 모든 이들이 그래왔던 것처럼 그 역시 길을 잃은 듯하다, 인생에서 경험할 수 있는 그 어떤 것보다 고통스러운 외로움에 시달리는 듯하다. 나는 기도서를 펴들었지만 (신이 내게서 멀어지지 않을 거라는 점을 제외하고) 영생에 관한 내용은 내가 염두에 두는 바가 아니다. 다음날 나의 슬픔은 더욱 깊어졌다. 수지와 벤이 이곳에 왔다. 벤은 정말이지 나와 소원해진 듯하다. 수지와 나는 가족에 대해 얘기를 나누었다. 문득 치버 가의 전설을 만들고 싶다는 생각이 들었고 또 이는 어쩌면 쉽게 달성할 수

---

* 교파나 교단의 차이를 초월해 세계교회의 일치를 이루자는 사상을 가진 교회를 말한다.

도 있겠으나 곧 무의미한 일이라는 생각이 들었다. 나는 추도문을 쓸 생각이다, 내 형이 인생의 절반을 낭비해버렸다는 점까지 포함해서. 수지는 담배를 휘둘러대는 내 버릇과 과일 깎는 나이프로 손톱을 손질하는 프레드 형의 버릇을 예로 들면서 우리들이 지닌 몇 가지 고집스러운 면을 언급했다. 우리는 뉴잉글랜드 지역 사람 특유의 괴팍스러움을 지닌 듯하지만 아마도 이를 잘못 받아들인 듯하다. 이건 그리 중요한 문제는 아니다. 나는 교회에 늦었고 커피를 아주 많이 마시고 나서야 무거운 기분을 떨쳐버릴 수 있었다.

예배에 늦게 도착하면서 다른 사람(예를 들어 내 아들)도 보았을 장면을 목격했다. 그것은 평범한 화강암으로 지어진 소박한 건물로, 활처럼 휘어진 난간이 있고 바늘 없는 시계가 걸린 그 건물은 이곳이 강어귀의 활기찬 마을이었던 1870년대의 부흥에 의해 지어졌다. 지금은 가난해져 빚에 쪼들리는 형편이며 소수의 독실한 신자들에 의해 겨우 유지되고 있다. 아마 젊은이들의 눈에는 그 허름함이라든가 폐허의 흔적마저 눈에 띄지 않는, 그저 가치 없는 건물로만 보일지 모른다. 원래 수백 명의 신자들을 예상하고 지어졌지만 오늘, 그리고 격일로 이곳을 찾는 신자들의 수는 열 명 남짓에 불과하다. 아프리카의 한 나라에서 태어나 영국 신학원에서 교육받은 신부는 동성애자 분위기를 풍겼던 전임 신부에게서 물려받은 자수 장식이 화려한 예복을 입고 있었다.

그는 사도 서간을 낭독하고 복음을 읽었는데 그 발음이 하도 난해해 거의 알아들을 수가 없었다. 젊은이들은 그 신부가 가스를 펌프질하거나, 장비를 팔거나, 심지어 정원의 잡초를 제거할 능력조차 없음을 알게 될 것이며 따라서 신의 옹호자가 되기로 한 그의 선택은 그저 피난처를 구한 데 지나지 않음을 깨닫게 될 것이다. 카펫은 당연히 낡아 있다. 울긋불긋한 색깔의 창문은 겉치레 같고 또 천박해 보인다. 흑인 여자 청소부는 매우 느리고 신중하게 오르간을 연주한다. 신부의 입에서 나오는 말과 우리 신자들의 입에서 나오는 응답기도는 젊은이들에게 아무 감흥도 불러일으키지 못할 것이다. 이는 카드로 지은 집이며, 그런 게임을 하기엔 너무 나이들어버린 어린이들의 어리석은 게임이며, 이지역의 부와 미적 감각의 부재를 드러내는 진부한 전시에 지나지 않는다. 하지만 내게 지금은 한 주 중 가장 중요한 순간이다.

40년대의 영화가 연상돼 이 글은 쓰지 않으려 했지만 이후 있었던 일은 다음과 같다. 미사의 초반 무렵부터 멀리서 트럼펫 소리가 들려왔다. 난 이런 종류의 소음에 신경쓰지 않는다. 미사가 계속되는 동안 이제는 트럼펫에 숨어 있던 힘찬 드럼 소리가 들려왔다. 내일 있을 퍼레이드를 위해 연습중인 소방서 밴드의 연주다. 그 소리는 너무나 선명해서 (신앙고백을 할 무렵 밴드는 언덕의 정상을 지나고 있었음에 틀림없다) 밴드가 언덕을 내려옴에 따라 트럼펫과 드럼 소리가 교회를 가득 채웠고 이에 "거룩하시다, 거룩하시다, 거룩하시다. 하늘과 땅에 가득한 그 영광"이라고 외치는 신자들의 기도 소리가 거의 들리지 않을 정도였다. 밴드가 가까워지면서 교회 창문이 들썩거렸다. 그때 (이 마을과 교회의 과거를 알려주는 또하나의 유산이라 할) 맨 앞줄에 앉아 있던 한 노처녀가 소방서 밴드 때문에 신의 소리가 방해받고 있는 사실에 대한 자신의 감정을 드러내기 위해 신자들에게로 고개를 돌렸다. 그녀는 웃고 있었다. 신부와 인사를 나누고 있을 때 캐나다 왕립 기마대 복장과 비슷한 유니폼 차림의 어른들 및 소년 소녀들(그중에는 자신의 뚱뚱하고 하얀 다리를 자랑스러워하는 듯한 소녀도 있었다)이 눈에 들어왔다.

● ● ●

4시에 전화가 울린다. "여기는 CBC 방송국입니다. 존 업다이크가 치명적인 교통사고를 당했습니다. 혹시 하실 말씀이 있으신가요?"* 나는 운다. 다시 잠을 이룰 수가 없다. 침대에 있는 메리에게 갈까 생각했지만 나를 밀쳐낼까봐 두렵다. 아마 그럴 것이다. 여명이 밝아오기 시작할 때 개에게 먹이를 주었다. "매일 이렇게 이른 시간에 먹이를 먹을 수 있겠구나 하고 개들이 기대

* 존 업다이크는 2009년에 사망했다. 여기에 나오는 업다이크의 부고는 해프닝에 불과하다.

하지 않길 바라." 메리가 말했다. 그렇다고 메리에게 존 업다이크가 매일 아침 죽는 것은 아니라고, 어쨌든 개에게 먹이를 주는 사람은 바로 나라고 말하진 않았다. 조심해서 나쁠 건 전혀 없다. 커피를 또 한 잔 마시려고 부엌에 들어서자 메리가 내 컵에 커피를 모두 부어주고는 이렇게 말했다. "방금 내가 마시려고 탄 참이었어." 커피를 나눠 마시자고 말했지만 소용없다. 죽음의 고통조차 심술궂은 여자와 커피를 나눠 마시는 고통에 비하면 아무것도 아니라고 메리에게 말하진 않았다. 다시 말하지만 조심해서 나쁠 것은 전혀 없으니까. 그리고 메리가 원하는 것은 한 잔의 커피가 아니라 나를 거부하고 무시하는 데서 느끼는 만족 감임을 난 알고 있으니까. 더불어 우리 모두는 그토록 자주 그 심술궂고 감정적인 요구를 배고픔과 갈증보다 훨씬 중요시한다는 사실까지.

존으로 말할 것 같으면 동료로서 그토록 존경했고 친구로서 그토록 사랑했던 사람이므로 그를 잃은 상실감은 형용할 수 없을 정도다. 그는 왕자였다. 그에게 작별키스를 하기란 어려운 일이 아니라고 나는 생각하며 그와 이별하는 방식으로 그 외의 다른 방식은 생각할 수가 없다. 비록 존으로선 내 키스가 당황스러울지 모르겠지만. 같은 세대 중 작가로서 그를 따라올 사람은 없다고 생각한다. 수백만 명의 타인들을 상대로 지극히 숭고하고도 필사적인 그의 감정을 교류할 수 있는 그 능력은 광대하고도 비범한 그의 지적 능력과 박식함에 의해 더욱 강화됐다. (미학 분야에서 그야말로 독보적이었던) 존은 통찰력 있는 작가로 남았다. 자비롭게도, 그의 특별한 재능이 잔인하고 때 이른, 부자연스러운 죽음의 전조였다는 생각은 전혀 위로가 되지 않는다. 그의 상식은 이런 내 생각을 혐오스럽고 천박하다며 일축해버렸을 것이다. 어떤 이는 (아주 곤란하게도) 그의 총명함을 놓치기도 하지만 어떤 이는 그의 인생이 끊임없는 인내(이는 불멸을 의미하는 것이 결코 아니다)를 묘사하는 데, 다시 말해 인간의 육욕과 영혼의 계시 사이에 존재하는 긴장을 인내하는 데 바쳐졌음을 기억한다.

역시 때 아닌 존의 죽음에 관한 그 전화는 사기였다. 내 딸이 말한 대로, 나는 이를 경찰서에서 존과 똑같은 이름을 발견한 뒤 이에 편승해 돈을 벌려 했던, 야망이 지나친 한 기자의 짓이라고 결론 내렸다. 딸의 이와 같은 바람은 너그러움이라는 바람직한 단순성에 기초하며 이는 딸이 지닌 가장 좋은 인성 중 하나이기도 하다. 몸이 좋지 않고 쓸쓸한데다 무기력감마저 느껴진다.

• • •

이제 내일이면 내 형제를 묻으러 보스턴에 간다.

・ ・ ・

    형의 장례식이 진행되는 동안 가장 많이 들었던 생각은 나의 사색이 피상적이라는 것이다. 내가 흘리는 그 어떤 눈물도 가치라곤 없다. 18세기 초에 지어졌다는 교회 건물은 정말 대단했다. 목재로 지어진 전실前室의 향기, 열기, 또 근처 바다에서 풍겨오는 짠 냄새는 내 생각에 이 지역 고유의 것인 듯했고, 내 추억의 장을 열어젖혀주었다. 채광창이 많이 달린 아치 형태의 높은 창문들은 겨울이라면 분명 이곳을 매우 고통스러운 장소로 만들었겠지만 오늘처럼 화창한 여름날에는 나무와 하늘을 제대로 감상할수 있게 해주었다. 나는 내 형제의 죽음을 전혀 아쉬워하지 않는다. 어머니와 마찬가지로 형 역시 죽음을 진정 불가사의하게 여기지 않았을 것이다. 어머니와 형은 인생이란 불가사의하고 또스릴 있다는 말을 자주 하긴 했지만 죽음은 두 사람에게 결코 중요한 문제가 아니었다. 어떤 의사들은 내가, 비록 지금은 형과 쉽게 이별하고 있으나, 남은 인생 동안 형이 내게 주었던 사랑을 다른 사람들에게서 찾으려 할 것이라고 말할지 모르겠다.

・ ・ ・

    페데리코의 졸업식 때문에 매사추세츠에 갔다가 돌아오는 길.

메리가 수고스럽게도 운전을 해주었다. 여기서 20마일이나 50마일 혹은 100마일 정도만 벗어나면, 나무와 집들이 보이고 또 연못 냄새부터 방금 잡초를 깎아낸 언덕과 들판의 냄새에 이르기까지 다양하고도 놀라운 향기가 풍겨오는 내 어린 시절의 2차선 도로로 들어설 수 있으련만. 이 도로에는 볼만한 것이 전혀 없어서 코로 들어오는 냄새는 배기가스뿐이요 보이는 거라곤 폭약으로 뚫어놓은 커다란 구멍들과 거대한 굴착기들뿐이다. 여기는 전쟁터다. 철도는 파산해버려 세금으로 연명하고 있다. 트럭 수송비가 철도 수송비보다 더 저렴해서 파산하고 만 것이다. 역시 세금으로 유지되고 있는 고속도로는 대부분 탐욕이라는 동기에 의해 움직이는 두 세력 간의 충돌을 의미한다. 점차 사라지는 에너지 자원을 최초로 실감하게 될 주체는 고속도로가 될 것이다. 현 시점에서 나로서는 탐욕에 의해 움직이는 그 누군가를 추측하기란 힘들며 어쩌면 불가능할지도 모른다. 여기에 그 증거가 있다. 사소한 판단 착오나 경미한 오작동으로도 산에 놀러가는 세 가족을 쓸어버릴 수 있는, 스무 개의 바퀴와 세 개의 차축을 가진 트럭이 사이클론 같은 강력한 힘을 과시하면서 10차선 고속도로를 거침없이 내달리고 있는 것이다. 이 고속도로 위에는 흡사 유목민처럼 가전제품과 보트, 커튼, 카펫 등을 차에 실은 채 이곳저곳을 여행하거나 혹은 우리처럼 졸업식에 참석한 아들을 집으로 데려가는 중인 가족도 있을 것이다. 유목 사회에서 우리는 무엇을 기대할 수 있는가? 위대한 나무들은 지금까지 보존되어왔다. 여기에는 돈이 든다. 멋진 잔디밭은 우리가 온실 식물에서 맡을 수 있는 것과 같은 강렬한 냄새를 풍긴다. 지금은 여름날이므로 뇌우가 몰려올지 모른다. 그래서 우리는 이 향기로운 초원 위를 시속 100마일 혹은 그 이상의 특정한 속도로 움직이며, 많은 사람들이 북적대는 이 여름날, 그와 같은 특정한 공간적 배치하에서 우리가 발견할 수 있는 것은 오직 평화로운 공연에 가까운 이동, 심지어는 방랑인 것이다.

• • •

마흔번째 생일이 다가오던 무렵, 나는 인생을 격렬하면서도 심각하게 손상된 만남으로 바라보는 나의 감정을 수많은 단편들 속에 담아 세상에 내놓았다. 이어 두 아이가 태어났고 결혼 15주년을 맞을 때는 길고 긴 시간의 흐름 속에서 우리의 지속적인 관계를 축하해나갈 수 있길 (나의 첫번째 소설을 통해) 희망했다. 나는 뉴잉글랜드에서 10년 이상을 살지 않았으며 17세기부터 시작된 우리 가문의 과거는 어떤 전망과 함께 내 앞에 나타났다. 철의 장막을 드리운 국가들과 내 딸이 속한 세대는 『연대기』가 완성될 무렵의 내 인생 패턴을 비통한 아이러니로 여겼지만 이는 나로서는 전혀 이해할 수 없었던 반응이었다.

당시 나는 일주일에 4일을 아주 행복한 마음으로 『연대기』를 쓰며 보냈다. 월요일, 수요일, 금요일에는 버나드 대학에서 고급 작문 과정을 수강했다. 당시 나의 주말 일과는 대략 다음과 같았다. 토요일 오전에는 12시 종이 울릴 때까지 터치풋볼을 했고 이어 친구들과 더불어 한 시간 정도 마티니를 마셨다. 토요일 오후에는 여러 명이 모여 피아노나 리코더로 바로크 음악을 연주했다. 토요일 밤에는 메리와 함께 친구들을 방문하거나 혹은 환대했다. 일요일 오전 8시에는 예배에 참석했고 일요일이면 계절에 따라 스키, 하키, 수영, 미식축구, 주사위 놀이를 하며 유쾌하게 보냈다. 스포츠를 즐기지 않을 때는 간간이 낡은 맥 자동차를 몰고 의용소방대 일을 하거나 검은 털을 가진 래브라도레트리버를 교배시키기도 했다. 소설을 거의 완성해갈 무렵 내 작업실에는 여덟 마리의 래브라도 강아지가 있었고 책상에는 버나드 대학의 작문 주제, 의용소방대 관련 서류, 『왑샷 가문 연대기』, 그리고 미국과 영국 애견 클럽에서 보내온 서류(강아지들이 영국 개와 교배해 태어났기 때문이다)들이 놓여 있었다. 어떤 이들은 러시아에서 보냈던 몇 개월에 관한 나의 모든 글들을 자신의 인생에서 일어난 비극을 잊고자 애썼던 한 자본주의자의 우스운 글로 간주하기도 한다. 하지만 그것은 전혀 사실이 아니다. 내 행복감은 어마어마했고 나는 이 책이 그때의 행복을 어떤 식으로든 상기시켜주리라 믿는다.

　발기가 잘 되지 않는 이유는 고통스러운 소원疏遠함에 기인하는 듯하다. 그렇게 고통스러울 정도로 소원함을 느끼면서 난 기차에 올랐다. 한 남자가 맹인견을 훈련시키는 장면이 보였다. 간판에 너무 가까이 다가가면 그 개는 벌로 매를 맞았다. 수염을 기른 한 흑인 청년은 승강장에서 무릎을 굽히고는 허벅지 안쪽에서 사타구니를 향해 손을 더듬어가며 만족에 찬 소리를 내지른다. 공산국가에서 방금 돌아온 터였으므로 나는 기억을 더듬어가며 광고판을 응시했다. 두 종류의 잡지들이 기사가 아닌 광고 지면과 발행 부수의 증가를 강조하며 광고를 하고 있다. 곧 다가올 세대가 활력과 아름다움, 그리고 소비력 측면에서 주목해야 할 대상이기 때문일 것이다. 흥행에 실패한 두 개의 브로드웨이쇼 전단지 사이로는 술과 담배를 찬양하는 광고가 보인다. 만약 내가 공산주의자라면 지금 기차가 내려가는 중인 허드슨강의 동쪽 제방 지역을 경제적인 폐허, 문화적인 폐허, 그리고 인간에 의한 폐허라고 지적할 것이다. 우선 노반 그 자체는 너무 울퉁불퉁해서 책을 읽기란 불가능하며 또 파산한 철도는 정부에 의해 유지되고 있는 형편이다. 그래도 나는 친구들 중에서 우리 역사의 초기 시대에 철도로부터 실질적인 이득을 취했던 축에 속한다. 만약 노동착취를 통해 값싼 옷과 신발을 생산하는 공장들이 간간이 건물을 빌려 들어오지 않았다면 저 대규모 산업 시설은 낡은 상태로 버려졌을 것이다. 다음으로 문화적인 비애는 정부 보조금에 의지해 여기저기를 순회하면서 텐트 안에서 벌이는 미술전시회로 대표된다. 인간이 만든 폐허에 대해선 다른 승객들의 얼굴을 살펴보는 것으로 충분하리라. 강이 넓긴 하지만 그 강물을 정화하려는 지속적인 노력들은 효과적인 것으로 보인다. 나는 서쪽 강변에 면한 산의 경치에 매료됐다. 흡사 여인의 가슴과 친구의 부드럽게 굽은 어깨를 연상시키는 매력을 갖고 있다고나 할까. 바람을 가득 안고 있는 돛의 풍경이 반갑게 다가온다. 하지만 지금은 우울하다. 이처럼 우울해해서는 안 된다는 것이 신의 뜻이긴 하지만 영혼은 모든 종류의 선과 모든 종류의 악을 견뎌낼 수 있다고 플라톤은 갈파하지 않았던가.

• • •

어빙 하우Irving Howe*가 한 소설에 대하여, 가정생활의 핵심에 불가피하게 존재하는 초조함을 매우 효과적으로 드러냈다며 찬사를 보냈다.

나는 이에 대한 대가를 치르고 있는바, 이처럼 점잖은 생활을

---

* 미국의 문학평론가.

유지하는 데 따른 손실이 궁금하기만 하다. S에게 브리오슈 빵을 건네자 그녀는 자전거를 타는 내 모습이 아름답다고, 그렇게 아름다울 수가 없다고 말했다. 그 말에 난 정말 기뻤다. 정확히 말하자면 이처럼 너무나 인간적이고 순수함에 틀림없는 관계를 유지하고 있다는 사실이 기뻤다. 한 노부인이 와서 점심식사를 같이하던 중 비록 아주 사소하지만 그녀가 내 자부심의 끝자락을 건드려오는 바람에 이를 참지 못하고 순간적으로 분노하고 말았다. 경솔한 행동이었다. 조지 엘리엇의 책을 읽고 나서 알게 된 사실은 내가 그토록 물질적이고, 민감하고, 또 거친 사람이어서 (마침내 데론다*가 그의 손을 노에 얹을 때처럼) 나를 건드려오는 그 무엇에도 흥분한다는 점이다. 인도印度에 관한 텔레비전 방송을 보다가 리더십의 중요성과 수상쩍게 여겨지는 언론 자유의 신성함에 대해 생각했고, 더불어 단단하고 더이상 단순화할 수 없는 인간의 선이 지배하는 진정한 낙원이 가능하지 않을까 하는 생각도 들었다. 대부분의 경우 난 사랑을 비극으로 간주한다. 「섬The Island」**을 공상과학소설로 쓰도록 시도해보자. 그리고 내가 다녀왔던 그 행성이 천박하고 인색하며 창의력이라곤 없는 페플럼*** 차림의 여자들과 다이빙 장비 차림의 남자들(히드로 혹

---

* 조지 엘리엇의 소설인 『대니얼 데론다Daniel Deronda』의 주인공.

** 존 치버의 단편으로 1981년에 발표되었다.

*** 블라우스나 재킷 등의 허리 아랫부분에 부착된 짧은 스커트.

은 레닌그라드에서 발견하게 되는 광기인 달콤한 황폐함조차 없이 그저 끝없이 넓기만 한 공항처럼, 메마르기 짝이 없는 문명 속을 지하철로 돌아다니는 그들 말이다)의 세상이 아닌 것에 신께 감사드리자. 『팔코너』의 출판(다시 말해 이 책에 대한 평판)을 기다리면서 느끼는 이 긴장감과 '패러마운트'와 '이달의 책 클럽'에서 내 책에 관심을 덜 보이는 것은 참아내기에 그리 힘들지 않으나 그럼에도 신경쓰이는 것은 부인할 수가 없다. 그러니 이 경우 우리가 할 수 있는 최선은 그저 시간을 때우는 것이리라.

• • •

벌거벗은 몸으로 성적인 만족감을 즐겼던 것이 거의 3년 전의 일이다. 이는 고통스러운 장애다. 비가 한바탕 쏟아진 후 나는 자동차에 올라 맨엉덩이로 젖은 시트의 촉감을 느끼면서 살이 선사해주는 황홀경을 떠올렸다. 내 짐작에 마지막으로 황홀경을 느끼게 해줬던 사람은 지금은 이름조차 기억나지 않는 한 아일랜드 소녀다. 그녀의 나이는 약 스무 살이었는데 옷을 벗다가 이렇게 아름다운 몸매를 본 적이 있느냐고 물었다. 나로선 결코 본 적이 없었다. 하지만 소녀는 아름다운 몸매가 오래 지속되진 않을 거라고 말했다. 그녀의 가슴이 작년처럼 그리 단단하진 않다면서. 하지만 그런 그녀의 말에 진정 슬픔의 기색이란 없었다.

우리가 함께했던 밤에도 진정 슬픔이란 없었다. 불과 얼마 전 그녀가 내게 전화를 걸어왔다. 베닝턴과 이어 이타카에서의 일을 떠올리면서 나는 나를 타락시키고, 나를 탐하고, 또 이제는 거의 잊혀버린 만족감을 내게 선사해줄 연인이 과연 나타날 것인지 생각에 잠겼다. 하지만 한 달여가 지난 후 이 같은 슬픔은 잦아들고 있다.

한편 페퍼돈 가문이 보여줬던 단순하고도 무의미한 균등화 현상에 대해 생각해본다. 1880년대에 중서부 지역의 한 농장에서 태어난 페퍼돈은 매우 총명하고 매력적이며 재능 있는 젊은이로 성장했다. 비할 데 없는 그의 능력 덕분에 그는 스물네 살의 나이에 재무차관이 되었고 이어 세계의 주요한 은행가가 되어 J. P. 모건과 함께 세계 화폐를 주무르는 위치에 올랐다. 그가 결혼한 여자는 체육 강사로 금발이 인상적이었다. 당시 백만장자가 되는 것은 참으로 흥미진진한 일이었다. 어떤 이는 요트와 비행기를 사고 치과 주치의를 고용했으며 자신이 왕자로 보일 거라고 강하게 확신하기도 했다. 그에게서 태어난 네 명의 자녀들은 이런 기품 있는 분위기에서 자라났는데 아름답고 그야말로 순진했던(그녀를 둘러쌌던 그 인공적인 환경을 고려하면 분명 그럴 수밖에 없었으리라) 그의 막내딸은 허버트 딜런이라는 젊은이와 사랑에 빠졌다. 딜런은 그녀의 아버지와 유사한 재능을 지니고 있었다. 딜런은 남의 집에서 하인으로 일했던 한 아일랜드 이민자 가족의 아들이었다. 그의 아버지는 정원사였고 어머니는 상류층 집에서 일하는 하녀였던 것이다. 딜런은 운동신경이 유별나게 뛰어났으며 머리카락은 금발이었고 거기에 커다란 행복을 보장하는 코의 형태를 지니고 있었다. 물론 내 경험에 의하면 코로 할 수 있는 일이란 거의 없지만 말이다. 낸시 페퍼돈이 바로 이 로맨스의 연인이었다. 딜런은 낸시와 결혼한 후 그녀의 재산을 회사를 사는 데 재투자하더니 불륜을 저지름으로써 그녀를 모욕하고 곧 죽음으로 내몰았다. (이는 사람들의 입에 그토록 자주 오르내렸다.) 게다가 그녀의 장례식에 정부情婦를 대동하고 나타나기까지 했다. 페퍼돈 가문 사람들은 모두 죽었고 그 광대했던 토지는 다 팔려나갔다. 페퍼돈 가문의 장원과 대지를 얻기 위해 오랜 시간을 보냈던 딜런은 페퍼돈 가문의 땅을 북동부 지역에서 가장 사악한 개발업자에게 팔아넘겼고 그 개발업자 때문에 페퍼돈 가문의 땅은 곧 교외의 슬럼 지역으로 변해버렸다. 이렇게 우리는 단 한 세대 만에 무일푼에서 부자로, 부자에서 약탈자로, 또 아일랜드 하인이 골웨이Galway를 떠날 때 벗어나고 싶어했던 천박함을 확산시킬 수도 있다. 하지만 누가 신경 쓰랴, 대체 누가 신경이나 쓰겠느냔 말이다.

· · ·

　이틀 동안 우울증에 시달렸다. 활력이 사라짐은 물론 병까지 난 듯하다. 뭔가를 손에 쥐고 있기조차 힘들다. 날씨는 매우 춥고 이처럼 우울증에 시달릴 때면 추위에 대한 기억이 생생히 되살아난다. 하노버의 농장에서 살았을 당시 날씨가 추워 나와 프레드 형은 불을 지피길 포기하고 위스키를 마셨다. 서리가 내려 반짝이던 일꾼들의 화장실과 나무의자가 기억난다. 뉴욕에 세 들어 살았던 방의 한기도. 그러니 추위에 대한 나의 우려는 당연하다. 나는 목재소에서 모래를 산 다음 이를 진입로에 뿌렸다. 추위 속에서 몸을 움직일 때의 느낌이 상쾌했지만 오후가 지나면서 추위는 한층 강해졌고 이에 피곤해지고 불안해졌다. 잠들었다가 다시 깼을 무렵에야 기분이 나아졌다.

· · ·

　아무래도 소외인 듯하다. 나는 소외감을 느낀다. 이는 날카롭긴 하나 고통스럽진 않다. 그저 누구나 경험했고 또 앞으로 다시 경험하게 될 육체적 고통의 불길한 전조에 불과하다. 오늘 아침 교회에서 들었던 생각은 교회 예배가 기도나 아멘이 아닌, 마치 야만적인 것들을 봉인하고 있던 불을 흩뿌리듯, 촛불을 끄는 것으로 끝난다는 점이었다. 이는 흥조에 가깝다. 난 친구들과 점심을 함께하면서, 주사위 놀이를 할 때 그러하듯, 내게 있었던 몇 번의 기회들을 아쉬워했다. 2시경에 멋진 눈이 내리기 시작했다. 스키를 즐기던 젊은 시절에 문자 그대로 내려줬으면 하고 기도했던 그런 눈이었다. 가볍지만 풍성하게 내리는 눈. P와 즐겁게 스키를 탔던 작년의 그 행복한 오후에 내렸던 눈과 비슷했다. 밤이 다가왔지만 눈은 계속 내렸다. 다음과 같은 누군가의 말처럼. "바닥 위에 5인치 정도의 두께로 단단히 뿌려진 가루." 나는 계단의 눈을 치웠다. 눈은 마치 공기처럼 존재하지 않는 것 같지만 그럼에도 창문에서 쏟아지는 불빛을 멋지게 반사하며 내린다. 눈폭풍이 한창인 가운데 딸이 위험한 여행을 마치고 도착했다. 나는 사랑해 마지않는 딸의 행복을 기원한 후 나의 낡은 침대로 갔고 곧 사랑의 꿈을 꾸었다.

• • •

　어슴푸레한 겨울 아침, 그렇고 그런 언쟁이 있은 후 메리는 이렇게 말했다. "그의 시를 한 번도 읽어본 적 없잖아." 난 이렇게 대꾸했다. "그래도 당신보단 많이 읽었어." 그렇게 집에는 고요가 내려앉았고 아마도 이 상태가 하루이틀은 이어질 것이다. 기분이 좋지 않다. 어제는 스케이트를 탔다. 발이 걸려 넘어질 수 있을 만큼 울퉁불퉁한 곳이 두 군데 있어서 한밤중인 지금까지 이를 걱정하는 중이다. 스케이트를 타는 동안 숲에 활력이 아직 남아 있는지 살펴봤더니 눈에 들어오는 거라곤 솔송나무에 매달 린 솔방울 무더기가 전부였다. 나는 생각했다, 우선 층층나무부 터 시작해 (난 별로 좋아하진 않지만) 진달래, 그리고 풀에 이르 기까지 숲 전체가 화려한 색깔로 가득 찰 거라고. 여름은 내게 성적 에너지의 방출과 얼음을 띄운 진을 연상시킨다. 하지만 이 제 진을 마시기란 불가능하고 요즘 멋진 파트너를 찾기란 쉬운 일이 아니다. 나로서는 성적 에너지를 방출할 때, 유전자와 염색 체는 즉시 보충되지만 정신적인 헌신은 그보다 훨씬 더 지속적 이라고 생각한다.

● ● ●

내게 신체적인 당당함이 결여돼 있다는 사실이 화가 나며 이 런 문제로 고민해야 하는 상황 역시 화가 난다. 사실 내가 갖고 있는 모든 사진들에는 이에 대한 증거가 거의 없긴 하지만 그래 도 내가 나이 많은 갑판장의 짝, 모든 못들이 어디에 있는지 아 는 철물점의 순한 점원, 라이플 제조회사의 타이피스트, 혹은 다 해진 유니폼을 입고 "아주 아름답죠, 그렇지 않습니까?"라고 조 용히 말하는 왜소한 체구의 박물관 경비로 오인받을까봐 두렵다. 서베를린에 있을 때 난 나 자신을 이올레*의 결혼식에 등장하는 활기차고 역동적이고 또 우아한 정열을 지닌 신랑으로 생각했다. 어쨌든 당당한 체구를 갖고 있지 않다면 정신적인 당당함에 의존하면 되리라. 스케이트를 탄 후 눈을 치우다가 이름 모를 한 나무에서 신록과 온화함의 흔적을 발견했다는 생각이 들었다. 그리고 바로 이것이 내가 고대해왔던 것인 듯하다. 하지만 낮잠을 자려고 눕던 중 어떤 우울하고 신비로운 결말에 도달한 나는, 나와 어울리지 않는 연인을 내 팔에 안고 있다는 상상에 빠져들었다.

• • •

또다른 카메라맨과 인터뷰 기자를 기다리는 동안 아무 생각 없이 멍하니 앉아 있었다. 필 로스가 전화를 걸어와 『팔코너』를 잘 받았다고 전하면서 혹시 존 업다이크의 주소를 알려줄 수 없느냐고 물었다. 소설가들 사이의 경쟁의식은 소프라노들 사이의 그것만큼 강하다.

---

* 그리스 신화에서 에우리토스 왕의 딸로 헤라클레스가 사랑했던 여인.

어쩌면 우리는 그간 진행해왔던 오랜 심리 상담을 통해, 어린 시절의 중요성에 대해 논의해온 것이 아닐까 하는 생각이 들었다. 아버지는 내게 말하길 아이를 임신한다는 것은 무릎에 묻은 깃털을 입으로 불어 털어내는 것만큼이나 간단한 일이라고 했다. 아마도 우연찮게 태어난 나를 염두에 두고 했던 말일지 모르겠다. 다들 아는 바와 같이 임신은 또한 인생에 대한 열정적이고 황홀한 반응의 정점이 될 수 있다. 아이는 사랑을 필요로 하며 이는 대부분의 경우 쉽게 충족된다. 여기서 사랑이란 기본적인 보살핌을 뜻하는 것으로 음식과 옷, (특별한 전통이 거의 없는 사회일 경우) 선과 악에 대한 광범위한 훈계 같은 것들을 말한다. 한 사람의 기회는 무한하지 않지만 난 그 기회들이 어린 시절에 경험하는 폭력 때문에 제한받는다고는 생각지 않는다. 가장 기본적인 유전적 특성만 이용한다 해도 우리는 훌륭한 삼촌인 에벤에셀처럼 발명가로서의 경력을 쌓아가거나 혹은 사촌인 루이자가 독감 때문에 갑작스레 중단할 수밖에 없었던 콘서트 피아니스트로서의 경력을 계속 이어갈 기회를 잡을 수 있다. 확실히 우리는 비록 방해는 받을 수 있을지언정 할머니가 노출증 환자였다는 사실로는 결코 궤멸되지 않을 다양성과 풍부함, 그리고 장래성을 우리의 얼굴에서 발견한다. "아빠는 말이다." 수지에게 내가 말했다. "너와 네 동생들이 이 집에 가져다준 풍요로움에 대해 생각해보곤 한단다."

• • •

저 초원 위로, 저 옥수수밭 위로, 그리고 내 의식의 가장 깊은 층 위로 나의 소녀가 수영하는 모습이 보인다. 나의 왼쪽 무릎은 그녀의 사타구니 사이에 있다. (깨어 있는 상태에 보다 가까운) 그보다 더 높은 층에서는 다른 사람들이 어슬렁거리고 있는데 그자들이 나를 소매치기하거나 그 밖에 다른 일을 벌일지 모르지만 서로에게 큰 해가 될 짓은 하지 않으리란 생각이 든다. "네가 여기에 있으면 좋겠어." H가 말했다. "우린 드가의 전시회에 다녀올 수 있었을 거야. 신선한 청어와 아스파라거스도 먹을 수 있었을 텐데." 그 넓은 침대에 벌거벗은 채 누워 있을 수 있었다면 난 무척이나 행복했을 것이다. 하지만 나는 그 방이 임시로 빌린 곳임을 기억한다. 연극 무대에서나 볼 수 있을 것 같은 창문의 휘장 너머로 또다른 방의 벽과 창문이 보인다. 내가 65세라는 사실도 아주 잘 알고 있다. 나는 이제 나의 청춘을 아쉬워하지 않는 것 같다. 이보다 더 우아한 일이 어디 있으랴. 나의 청춘은 내 관심의 대상이 아닌 듯하다. M이 전화를 걸어왔고 오늘밤에 또 전화할 것이다. 이 우정에는 어떤 어두운 요소도 없을 것임을 진정으로 느낀다. 동성애자들에게서 감지할 수 있는 어두운 요소가 어른거리긴 해도 그것이 우리의 운명이라곤 생각하지 않는다. 앞으로 내 인생에는 고통과 비통이 있을 것이나 내가 흔들리는 일은 결코 없을 것이다. 우리 둘 사이가 성적인 관계로 이어질 가능성도 있겠지만 이는 단지 우리를 방해하는 요소에 불과한 것 같다.

• • •

점차 심해지는 더위를 느끼며 6시 반 무렵 잠에서 깬다. 그리고 10시가 되면 바람난 고양이처럼 박제된 재규어 위로 올라가거나 녹슨 문고리를 잡고 그 짓을 해야 할 지경이 된다. 친구들을 만나고 점심을 먹음으로써 마음이 진정되는 12시 30분경까지 이런 상황은 계속 악화된다. 우유를 사기 위해 시내로 차를 몰고 가면 마을의 풍경이, 즉 질서정연하게 늘어선 건물이라든가 아이를 데리고 길을 건너는 젊은 여인의 사려 깊은 표정이 자극을 선사하고 이에 바로 이런 모습이 우리가 성취하기를 바라는 명백한 아름다움이 아닐까 생각하기도 한다. 감상적인 기분이 되어 눈은 충혈되지만 낡은 건물의 옥상 위에서 날아오르는 비둘기들을 보며 약간의 위로를 얻는다. 날씨는 적대적이다. 그렇지 않아도 우중충한 회색빛 하늘이 실망스럽기 그지없는데 회색빛 햇살마저 따갑기만 하다. 슈퍼마켓에서 흘러나오는 사랑의 음악은 슬프다, 지독히도 슬프다. 다이아몬드 반지를 끼고 두껍게 화장한 내 앞의 여자는 작은 포테이토 과자를 계산하기 위해 참을성 있게 기다린다. 이발소에서는 어리석게 생긴 부패 경찰관이 머드 마스크를 쓴 채 자고 있다. 한 젊은 여자가 팔 것을 담은 무거운 상자를 들고 이발소 안으로 들어선다. 그녀는 뼈만 남은 사람 같다. 집에서 염색하고 꾸민 듯한 머리칼은 이미 10년 전에 유행이 지난 사탕 빛깔이다. 고등학교를 졸업한 뒤부터 계속 화장해왔으리라. "아마 관심이 있으실 것 같－" "됐습니다." 이발사가 무뚝뚝하게 말한다. 나는 그녀에게 내가 가진 모든 돈을 주고 싶다. 그로부터 삼십 분 뒤 상자를 들고 도로 옆에 서 있는 그녀를 목격한다. 그녀는 어디로 가야 할지 막막해하는 것 같다. 그녀는 저축해놓았던 돈, 혹은 누군가에게서 빌린 돈을 아주 바람직하다고 믿었던 뭔가에 투자했을 것이다. 그녀는 머리를 염색하고 용모를 다듬고 나서 (오, 그처럼 경솔하게) 성공을 상상했지만 퇴짜를 맞고 말았다. (길가에 서 있는) 그녀의 경험은 우리 모두가 겪는 삶의 일부라고 생각한다. 소중히 간직해야 할 경험이다. 이제 날은 저무는데 아무것도, 정말 아무것도 가지지 못한 자가 있으며 반대로 모든 것을 가진 자도 있다. 편지에 답장을 쓰고, 불을 지피고, 또 책을 읽어야겠다.

• • •

　어쩔 수 없이 소모적이고 육욕적인 사색과 환상에 사로잡히
지만 난 이를 견디면서 마침내 이겨내고 있다. 어떤 죄책감도 느
껴지지 않는다. 위쪽 정원의 잡초를 제거했다고 말하자 메리는
내가 자신의 허브 화단을 망쳐놓은 게 틀림없다고 소리쳤다. 메
리의 이런 말이 아주 잘못됐다고는 말할 수 없지만 마찬가지로
메리의 마음씀씀이에 사랑스러운 면이 있다고도 전혀 말할 수
없다. 아들과 함께 있어서인지 정말 당당해지는 느낌이다. 한 여
자가 비통하게 "이제 난 또 저녁식사를 준비해야 해"라고 소리칠
때 그것이 가진 힘이라곤 애처로움뿐이다. 유용성에 대한 메리
의 감각이 참으로 빈약하기 때문이리라. 그러나 이는 일반적인
반응이라곤 할 수 없다. 나는 내 인생의 최대 위기로 가까이 다
가가는 것 같다. 그것은 아마도 흐릿한 죽음의 기운일 테지만 난
여전히 환한 빛이 우리 둘 모두를 구원해주리라 확신한다. 우리
가 없는 동안 마멋이 망가뜨려놓은 정원을 복구하는 데 하루의
대부분을 보냈다. 내가 매우 즐기는 일이다. 이 일의 유일한 단
점은 나중에 오른쪽 어깨가 심히 아파온다는 것인데 아들과 함
께 영화관에서 우디 앨런의 영화를 보던 중 그 어떤 배우도 쇠스
랑을 사용해본 적이 없다는 느낌을 받았다. (내 생각이지만) 그
영화에는 흙의 부피와 향기가 결여돼 있다. 이에 인생의 이 시기

에 이르러 내 취향이 고정적이고 또 편협해졌음을 얼핏 깨닫는다. 어쨌든 태양이 정원을 비추는 즉시 난 오늘도 그곳으로 돌아갈 것이다.

• • •

우리가 참석했던 휴일의 파티들은 고루했다고 말할 수 있겠다. 그럭저럭 괜찮긴 했지만 진실이 깃든 모임은 아니었다고나 할까. 우리는 독립기념일 밤에 골프장에서 열리는 폭죽놀이를 보러 갔는데 이는 나로선 25년 전 처음 갔던 이래로 실로 오랜만이었다. 그렇게 많은 폭죽을 볼 수 있어 즐거웠다. 살해당한 노동자들의 뼈 위에 지어진 팔라디오 양식의 커다란 건물, 그리고 잔디밭 여기저기에 흩어져 있는 남자와 여자들의 모습이 내게는 (감옥에 있는 내 친구는 기품이라곤 전혀 없다고 말할지 모르지만) 부와 특권의 과시로 보이면서 이에 교황으로부터 공작부인의 칭호를 받았던 한 부인의 저택이 본의 아니게 머리에 떠올랐다. 하지만 여기에 있는 것은 잔디와 군중, 땅거미, 그리고 〈붉은, 그 붉은 울새는 언제〉란 곡을 끔찍한 실력으로 연주하는 밴드다. 따분한 곡을 아주 오랫동안 듣게 되면 사람들은 연주자들의 힘이 빠지길 기대하기 마련이지만 이들은 기운이 팔팔한 젊은이들이어서 그 천박함을 참아내는 것말고는 별 도리가 없다. 뷔페 저녁식사는 끝났다. 햇살은 점점 사위어간다. 밴드는 〈성조기여 영원하라〉를 연주하느라 고군분투하기 시작했고 이에 식사하며 연주를 들었던 청중들은 천천히, 아주 천천히 의자에서 일어난 뒤 그야말로 고급스러워 보이는 그들의 신발을 움직이기 시작했다. 폭약이 장치된 작은 깃발이 불붙기 시작했다. 폭죽이 타들어가는 소리가 선명히 들려왔으며 곧 깃발의 자주색 줄무늬 부분이 잔디 위에 떨어졌다. 이어 박수 소리와 건달들의 야유 소리가 들리더니 여섯 개의 박격포에서 터져나온 폭음이 하늘에 울려퍼지면서 쇼가 시작됐다.

어두운 탓에 간신히 보이긴 했지만 박격포에 불을 붙인 후 냅다 뛰어가는 한 남자의 모습이 눈에 들어왔다. 남자가 불을 붙이고 도망가는 장면에는 그 어떤 거대한 보편성과 흥분이 내포돼 있다. 이것은 청춘이다. 이것은 여름밤의 소동이다. 이것은 장난이다. 그리고 (사실은) 죄악이다. 또한 이는 기본적인 참여에 대한 나의 편애이기도 하다. 그래서 나는 메인 강에서, 그리고 암스테르담과 베니스의 운하에서도 카누를 탔다.

그리하여 난 물의 특성이라든가 내 기력에 따른 거리감에 대해 알게 됐으며 구경꾼으로서의 특권들을 누렸다. 폭죽놀이에는 박격포를 이용하는데 여기에는 정해진 방식들이 있다. 이런 것들은 매우 전통적인 것으로 보인다. 여기엔 프랑스 학교가 한 곳 있는데, 폭죽이 그 학교의 둥근 천장에 칠해진 색깔들을 희미하게 만들더니 아주 잠깐 동안 환상적인 빛깔을 던졌다. 붉고 푸른 빛깔들은 나폴리풍의 화려함을 연상시켰고 폭포처럼 떨어지는 물위로 반짝거렸다. 우리는 연인들처럼 폭죽을 보며 한숨을 쉬고 박수를 치면서도 그 와중에 폭죽놀이의 비용이 얼마나 될지 추산했다. 우린 불꽃에 매료됐다. "어머니는 가장 큰 다이아몬드를 찾지 못했어요." 한 여자가 말했다. 무척이나 심한 사투리였다. 그런 사투리라면 허드렛일을 하는 식당 종업원의 의심을 부추길 수 있다. "러시아 같은 곳에서 온 사람은 이 광경을 보고 어떻게 생각할까요?" 한 젊은이가 물었다. 오호. 옛날 사고방식을 가진 내 친구들은 극장 로비에서 이런 말들을 외치곤 했었다. "리스본은 신성했다, 그러나 왕은 후두염에 걸려버렸다." 그렇게 마지막 폭죽이 고막을 울리며 터져나가 하늘을 불꽃으로 가득 채웠고 우리는 곧 이곳의 유일한 주차장으로 발길을 돌렸다.

• • •

길을 잃었다는 느낌이 든다. 내가 있는 곳이 어디인지 확신할 수 없기에 더더욱 그렇다. 신문을 사려고 언덕을 오를 때 마치 어떤 호수에서 수영하려고 지저분한 길을 내려가고 있다는 기분이 들었다. 차가운 호수에서의 수영과 마찬가지로, 맨발에 느껴지는 진흙과 왼편으로 보이는 넓은 채마밭이(혹은 오른편의 잘 다듬어진 목초지가) 길을 잃었다는 이 느낌을 가라앉혀주리라. 그래서 나는 나의 솔직함과 육욕을 발산하기보다는 방치된 정원을 손보거나 계단의 잡초를 제거했다. 오늘은 울타리를 정비하고 토마토밭에 비료도 주려 한다. 나는 '나 홀로 있는 것'에 대해, 그러니까 그것이 의미하는 많은 것들에 대해 생각했다. 나로서는 젊은이들의 무관심에 스릴을 느낀다고 주장할 수 있는바, 이는 무관심이 나로 하여금 진실이라는 강력한 '울림'을 갖고 있는 내 자아(그러니까 나의 몸과 나의 지적 능력을)를 지각할 수 있게 해주기 때문이다. 나는 모든 금전등록기에 대리석으로 만든 작은 선반이 딸려 있던 시대를 기억하는 세대에 속한다. 가짜로 의심되는 동전이 있으면 그 대리석 선반 위로 던졌으며 그 이유는 동전의 '울림'을 통해 진위를 가리기 위해서였다. 그리하여 이런 행위는 '울리다*'라는 동사와 연관되어, 우리들 중 몇몇에게는 선과 악에 대한 은유가 되기도 했다.

나는 근대뿐 아니라 토마토에도 비료를 줬다. 비록 우편함에서는 사랑의 편지를 한 통도 발견하지 못했으나 상실감뿐 아니라 이를 초월하는 감정도 경험할 수 있었다. 그리고 지금까지 그런 감정은 항상 산山에 의해 대표돼왔다. 다시 말해 내가 슬픈 감정에 취약한 것은 분명한 사실이나 산을 바라보고 있으면 건

---

* ring이란 동사에는 '금화나 금속 따위가 진짜인지 소리 내어 확인하다'라는 뜻도 있다.

강하게 웃을 수 있었던 것이다. 혹시 이에 크게 만족하지 못하더라도 몸을 계속 움직이도록 하는 데는 충분했다. 점차 경사가 심해지는 긴 오르막에서 페달을 밟는 동안 나 자신과 더불어 나의 적敵도 알게 됐다. 난 우스꽝스러워 보이는 일종의 성급한 낙관주의에 빠져 있다. 지금껏 내가 하나라도 가져봤던 것이 있다고 한다면 바로 그런 성급함 외에는 없지 않을까. 봄이면 어김없이 채소가 심어져 있고 7월경이면 잡초로 무성해지는 어느 집의 정원을 지나쳤다. 이는 여기에 살고 있는 남자가 항상 여러 직업들을 전전하고 있기 때문인가? 이 집 부부는 이혼했을까 아니면 그저 유럽에서 긴 휴가를 보내고 있을 뿐인가? 이어 작은 단풍나무숲의 그림자 속에 항상 서서 습기와 부식, 그리고 사람처럼 우울에 젖어 있는 것처럼 보이는 집도 지나쳤다. 한때 그 집에는 헤어피스 같은 것들 때문에 심한 말다툼을 벌이던 동성애 커플이 살았다. 다음에는 주유소에서 일하곤 했던 두 형제의 아름다운 정원을 지나쳤다. 열린 창문을 통해 프라이드치킨 가격을 의논하는 아주 세련된 두 사람의 목소리가 들려왔다. 부자인데다 고등교육을 받은 여자들의 목소리여서 나는 그 두 형제가 결혼을 했는지, 그들에게 성공한 여동생들이라도 있었던 건지, 그리고 상류층으로 가는 발판이라 할 그 목소리들의 정체는 무엇인지 궁금해졌다. 하지만 이내 터져나오는 음악에 그것이 텔레비전에서 나오는 소리임을 알고는 자전거의 기어를 바꿔 얼굴에 바람을 맞아가며 언덕을 내려갔다. 베닝턴에서의 어느 가을 오후, 나는 물통을 방에 끌어다놓고 텔레비전을 켰다. 그리고 물통에 들어가서는 내가 있던 방이 사람들로 가득 차 있다고 가정하기로 했다. 사실은 텔레비전 소리로만 가득 찼을 뿐이지만. 그런 외로움엔 이제 진절머리가 난다.

내가 썼던 몇 편의 글을 읽었다. 묘사의 정확성이 나를 화나게 한다. 그러니까 나는 언제나 사소한 것에 집착하는 경향이 있는 듯하다. 그런 작은 목표들은 정확히 명중시켜왔으니 이제 12구경짜리 2연발총을 들고 더 커다란 게임에 뛰어드는 건 어떨까? 진정한 클라이맥스가 결여돼 있다는 점 역시 나를 화나게 했다. 지금껏 난 하늘에 있는 별만큼이나 빈번하게 커다란 희열을 느껴왔지만 이 화를 가라앉히기가 힘들다. 그래도 읽어봤던 내 작품들은 나름 성취도가 있다는 생각이다.

● ● ●

내가 가장 만족스럽게 이해할 수 있는 시간은 제한적인 것 같다. 이는 대개 오전 6시에서 8시까지인데 지금은 9시 30분이다. (아마도) 예의바름 때문인지, 이해심 때문인지, 아니면 정직하지 못해선지, 나는 독일로 떠난 형이 그리워 소파에 누워 울었던 어린 시절을 떠올리며 내가 처해 있는 딜레마를 곰곰이 생각했다.

이랑 무늬가 새겨진 그 소파는 등을 뻣뻣이 세우고 커피를 마시는 방문객을 위해 만들어진 빅토리아 양식의 가구였다. 생생하게 기억난다. 내게 오직 비참함과 옹졸함, 그리고 거부만을 안겨주는 사랑을 생각하며 나는 울었다. 그것도 얼마나 서럽게 울었던가. 오늘 나는 다시 눈물을 흘리며 (그렇다고 엉엉 울진 않았다) 오직 나와 따뜻한 음식을 나눌 사람을 찾아 저녁을 먹으러 밖으로 나갔다.

• • •

　새 일기장이다. 지난 일기장에 최근에 낸 소설의 반 이상이 담겨 있었으므로 이 일기장을 다 쓸 무렵에도 새로운 소설이 완성돼 있기를 바란다. 혼자서 (하지만 아내와 있을 때에 비하면 훨씬 덜 외롭다) 대충 식사한 뒤 잠들었다 깨면서 처음 들었던 생각은 체중이 줄었음에 틀림없다는 것이었다. 몸무게가 얼마나 되는지 재봐야겠다. 체중이 줄어든다면 내가 결코 경험해보지 못했던 청춘의 아름다움을 일부나마 맛볼 수 있을 테고 그럼 누군가가 내게 키스하거나, 애무하거나, 숭배를 표할지도 모른다. 지금 말한 모든 것들이 상식에서 얼마나 동떨어져 있는지 난 알고 있다. 이 늙은 몸을 애무하거나 숭배하는 사람이 있다면 그것은 그의 외로움과 두려움, 그리고 무지를 내가 이용해먹었기 때문일 것이다. 이는 순수를 착취함에 다름 아니다. 아주 잠깐이라도 상식이라는 시냇물 속에 뛰어들어 헤엄쳐본다면 금방 알 수 있다. 나는 보다 유혹적인 다른 시냇물에 뛰어들겠지만 여기로 돌아올 가능성 역시 언제나 존재한다.

● ● ●

F가 나오는 영화를 보려고 시내로 갔다. 동유럽 출신의 매혹적인 배우인 F는 세계 영화계가 필요로 하는 뇌쇄적인 매력의 소유자다. 다음에는 H의 쇼를 보러 갔다. 표는 매진됐지만 간신히 발코니 마지막 줄의 좌석표를 얻을 수 있었다. 그녀는 아주 매력적인 여자로, 이에 발코니 좌석에 앉아 있던 나는 괴리감을 느꼈는데 우리가 함께 즐겼던 애정 행각을 돌아보는 것은 저속한 짓이 될 것이다. 그나마 눈이 녹고 나서는 한 번도 만난 적이 없고 지금은 8월이다. 그녀와 저녁을 함께하는 대신 쇼가 끝나기도 전에 자리에서 일어나 기차역으로 향했다. 다소 피곤함을 느끼며 매춘부를 찾아봤지만 아무도 보이지 않았다. 시내에는 아이들을 대동한 남자 여자들, 그리고 여자친구의 가느다란 허리에 팔을 두르고 있는 젊은이들 등 관광객들만 보였다. 그녀들의 아름다움은 내 관심을 별로 끌지 못했는데 진실을 말하자면 이제 난 더이상 그에 필요한 정욕을 갖고 있지 않다. 그래도 이

는 일시적 현상으로, 아침이 되면 나의 그것이 발동됨을 느낄 수 있다. 하지만 계속 나이를 먹어가고 있으니 이 노화 현상에 스스로 적응해야 하지 않을까? 한 사람의 영혼이 그 육체적 변화에 굴복하는 것은 언제일까? 한 여자와 마지막으로 침대에서 뒹굴었을 때 내 피부와 옷에 묻은 여자의 향수는 놀랍게도 세 시간이나 지속됐으며 L의 체모가 내 얼굴 앞에서 어른거리던 장면도 기억난다. 하지만 신호등이 바뀌길 기다리며 길모퉁이에 서 있는 동안 이제 그 모든 것들과 작별해야 할 시간이 다가왔음을 깨달았다. 이는 무기력해서인가? 용기가 부족해서인가? 난 앞으로 하룻밤, 혹은 한 시간의 연애에 만족하게 될 것인가? 또 나이가든 지금, 나는 언제쯤에야 나와 함께 잔 여자들이 왜 옷을 걸치지 않고 떠나가는 것인지 의아해하게 될까?

• • •

그렇게 부자연스럽고 별 가치도 없는 외로운 남자의 모습으로 난 저녁을 먹으러 식당에 갔다. 여종업원들은 우리 같은 손님들을 위해 존재하며 난 그들을 사랑한다. 버터 바른 빵과 시원한 물 한 잔을 건네주는 여종업원이 마치 방주에 푸른 나뭇가지를 물어다주는 비둘기처럼 보인다. 내 뒤쪽에 있던 한 커플의 대화 소리가 들려왔다. "네가 원하는 건," 남자가 말했다. "그저 싸움을 거는 것뿐이야. 내가 뭐라고 말하든 넌 내 말을 싸움의 빌미로 이용할걸. 그러니까 만약 내가 셀러리와 올리브를 주문하면 그 걸 빌미로 싸움을 걸어올 거라 이 말이야." 그 남자는 내 아내의 성격을 빼닮은 듯하다. 아내가 지닌 여러 면들을 떠올려본다. 그 그릇되고 이상한 성격들. 그건 정말이지 정상이라고 말할 수 없다. 내가 아내에 대해 이처럼 단호하게 평가했던 적은 지금껏 한 번도 없었던 듯하다. 하지만 앞으로 9일만 지나면 우리는 바다로 갈 예정이고, 난 그 해변과 대서양을 기다린다. 나 자신과 아주 많이 닮은 그곳을 거닐다보면 내가 여기에서 사는 것이 진실로 타협이 아님을, 타협이라는 악취가 풍기는 어둠이라곤 내게 없음을 알게 되리라. 그러니 난 나무를 자르고 석재를 다듬을 것이다. 편지에 답장을 쓰고, 요금을 지불하고, 또 세탁소와 빨래방에도 다녀올 것이다.

• • •

오늘은 그야말로 허드슨 밸리에서 경험할 수 있는 최악의 날이다. 이 지역의 전前 캄브리아대가 다시 시작되기라도 한 듯 식물사의 초기 시대 종들에 속하는 덩굴은 급속도로 자라났다. 햇살은 우울하고 공기는 치명적이며 손에 닿는 것마다 하나같이 축축하다. 그리고 난, 물론, 외롭다. 어제는 보이스카우트 핸드북에서 금지하는 행위를 하다가 가상 파트너에 대한 나의 선택 기준은 그녀들의 감성이 아니라 그녀들이 음란한 행위의 전문가라는 사실에 있음을 알게 됐다. 나를 부르는 메리의 목소리가 다정하고도 지성적으로 들린다. 이에 얼핏 나의 결혼생활이 풍요롭고 따뜻한 불빛이 비치는 곳으로 생각되기도 했으나 그럼에도 난 심술궂고 진실하지 못하다. 이는 오래 지속되지 않는다. 의자와 탁자가 불평하는 말투로, 몹시 화난 말투로, 또 증오하는 말투로 말하기 시작했다. 스토브가 이렇게 묻는다. "이 방에서 청명하고 사랑스러운 목소리를 들은 지 얼마나 됐지?" 이는 내가 처음으로 러시아에서 돌아왔던 그날 밤으로 벌써 12년 전의 일이다. "우리 엄마는 내가 아들이기를 원하셨어." 메리는 이렇게 말하며 울부짖었고 난 그런 메리를 진정시키느라 단단히 안고 있어야 했다.

• • •

아주 멋진 바다다. 나는 오후 시간 대부분을 한 젊은이와 주사위 놀이를 하며 보냈지만 결과적으로 두 판을 더 지고 말았다. 이어 내게 아주 큰 도움이 되는 익명의 알코올중독자들 모임에 참석하고자 차를 몰고 나왔을 때, 한쪽 구석에 앉아 있는 두 사람이 내 눈에 동성애자로 보였다. 난 내가 완전히 착각한 거라고, 그리고 그 잘못은 내게 있다고 생각했다. 한 여자가 자신의 죄를 고백했다. 그녀는 자신의 몸무게가 127킬로그램이라면서 계단을 오르거나 차를 운전할 수가 없고 할 수 있는 건 오직 음주뿐이지만 한 병을 마시면 대부분을 토해서 그마저도 힘들다고 했다. 크리스천 사이언스 테스티모니얼Christian Science Testimonial 모임에 참석해 그토록 육신에 얽매였기 때문에 암에 걸린 것이라고 고백하던 어머니가 생각났다. 그렇게 다들 똑같은 이야기를 했으며 그것은 바로 자기파괴와 사랑에 대한 고백이었다. 육신에서 눈을 돌려 진리와 빛을 바라보라! 이 교회 지하실에서 우리는 평온하게 살기 위해 우리가 만들어낸 관습을 관통해 마치 단두대의 칼날처럼 내려치는 보편성을 발견했다. 우리는 간이의자에 앉아 종말 및 태초에 관해 허심탄회한 대화를 나눴다. 교회를 빠져나오던 나는 미처 몰랐던 이 마을의 매력, 즉 이 마을이 복고풍 혹은 무대 배경처럼 꾸며져 있다는 사실을 알게 됐다. 마을은 향수를 불러일으키는 것들이 허구임을 공공연히 드러냈다. 건물의 아름다움은 인상적일 만큼 훌륭히 잘 보존돼 있으나 고래기름을 생산하던 항구에서의 주먹다짐은 어디에서도 찾을 수 없다. 그리고 사실 이를 찾는 것은 얼마나 우스꽝스러운 일인가. 여기는 그저 휴가를 맞아 온 사람들, 즉 가벼운 마음으로 별스러운 과거와 마음에 드는 답을 찾고자 하는 이들을 위한 곳인데 말이다.

• • •

　여기는 사람들이 흔히 소설을 쓰기 위해 묵곤 하는 해변 호텔이다. 개를 데리고 산책하는 숙녀를 만날 수 있으며 양모로 만든 속옷 차림으로 젊은이들의 수상스포츠를 구경했던 나이든 아첸바흐*가 왔던 곳이기도 하다.

• • •

　나는 X에게 이렇게 편지를 쓸 수도 있다. 내가 당신을 필요로 한다고 말할 때 이는 끈질긴 나의 필요에 재빨리 응답해달라는 뜻이라고, 내가 당신과 함께 있다고 말할 때 이는 최근 몇 개월간 다른 사람에게 느꼈던 정도의 친밀함을 당신에게서도 느끼고 있는 것이라고. 하지만 쓰지 않을 것이다. 왜냐하면 그중 일부는 거짓이며 또 그런 편지를 쓴다고 하여 얻을 수 있는 성과란 전혀 없기 때문이다. X에게 자전거에 관한 익살스러운 글을 쓸 수도 있겠지만 진지해지고자 애쓰지 않으면 안 된다. 내가 느끼는 단 하나의 긴급한 문제를 들라고 한다면 그것은 나의 감상적이며 속된 충동의 절박성(그리고 불가사의함)이다. 나는 이제 더이상

---

* 동성애를 다룬 1971년작 영화인 〈베니스에서의 죽음〉의 주인공.

결혼한 사람 같지가 않다. 메리는 대서양이 선사하는 단순함, 즉 탄생의 기원을 안고 있는 대서양의 풍경에 진정 매료됐으며 이에 해안을 왕복하면서 그토록 다양한 섬세함과 아름다움을 지닌 조개껍데기와 돌들로 창틀을 장식하고 있다. 아침식사 식탁에는 엉겅퀴, 자두나무 가지, 월계수 열매 등 주로 남서부 지역에 서식하는 맛좋은 야생식물들을 내놓는다. 그러나 메리가 즐거워하며 그것들에 매료돼 있을 때 나는 강렬한 이별의 느낌에 사로잡힌다.

• • •

부랑자처럼 보이는 작은 체구의 남자가 신도석 내 앞자리에 앉아 있다. 우선 내가 알아챈 것은 그가 머리를 감지 않았고 이발도 하지 않았으며 (어떤 이는 꼬마 요정의 그것 같다고도 말할 법한) 약간 기울어진 귀를 부분적으로 덮고 있는 갈색 머리카락도 빗지 않았다는 사실이었다. 나는 창백한 얼굴의 그가 폴란드에는 한 번도 가본 적 없는 폴란드 사람일 거라고 생각했다. 곧추선 이마의 머리카락만 봐도 그가 입고 있을 옷이 어떨지 짐작하기란 어렵지 않았는데 아마 자선단체에 모인 옷들 중에서 골랐거나 아니면 내리막 뒷골목에 있는 군부대 할인점에서 샀을 것이다. 북쪽 지역 숲에서 일하는 벌목 노동자나 입을 듯한 무채

색의 재킷은 볼품없이 그저 대충 만든 것처럼 보였다. 그러니 빨다가 만 듯한 바지와 끈으로 묶도록 돼 있는 젖은 스니커즈 신발은 더이상 자세히 쳐다볼 필요조차 없을 것이다. "스물세 살? 스물네 살?" 이렇게 물어보면 그는 아마 이렇게 대답할 것이다. "서른다섯입니다." 그리고 자신이 영양실조로 발육이 덜 된 상태라는 뜻으로 이렇게 덧붙이겠지. "내가 젊어 보인다는 건 알고 있어요." 영광송榮光頌을 바치기 위해 일어선 그는 마치 구호품을 배급받으려고 서 있는 사람처럼 보였다. 그는 줄에 서 있다. 그는 앞으로도 항상 어떤 줄에 서 있는 사람처럼 보일 것이다. 그야말로 고독해 보이는 그는, 원 밀리언 가의 모퉁이를 돌아설 때 자동차의 헤드라이트 불빛에 언뜻 드러나는 그런 사람을 연상시키는 그는, 가진 거라곤 입고 있는 옷과 3달러 정도밖에 없을 것 같은 그는 그렇게 영원히 줄에 서 있을 사람처럼 보였다. 하지만 영광송을 바치며 서 있다가 또다른 기도의 첫 부분이 시작되자 큰 소리를 내며 무릎을 꿇는 게 아닌가. 어디에서 그 고교회High Church*의 기본 규칙을 배웠을까? 나는 그가 앞자리에 앉아 있는 여자의 동작을 따라 하는 거라고 생각했지만 사도 서간 낭독이 끝나고 복음서로 넘어갈 때 그 여자보다 아주 조금 더 빨리 동작에 들어가는 모습을 보았다. 그러니까 그는 순서를 알고 있었던

---

* 영국 국교회 내의 일파.

것이다. 삶은 달걀과 하루 묵은 빵을 배급받기 위해 줄을 서기전, 성체를 모시기 위해 줄을 섰던 그 고아원 교회에서 순서를 배웠을 거라고 난 결론 내렸다. 그는 나보다 먼저 교회에서 나갔고 그런 그에게 신부가 말을 걸었다. "어디 멀리 다녀오셨나보죠?" 그가 대답했다. "그래요." 이어 그는 나를 돌아보더니 환하게 웃으며 인사를 건넸다. "안녕하세요!" 우리가 어디서 만났는지 기억나지 않았다. 혹시 우리집 굴뚝의 담쟁이덩굴을 치웠던 사람인가? 나는 뭘 원하는가? 그를 살찌우고, 성숙하게 하고, 제대로 옷을 입히고, 예일 대학에 보내고 싶다. 차창을 내리고 교회 부근을 차로 돌면서 나는 그를 만나면 우리가 어디서 만났는지 물어보려 했지만 그는 물론 사라지고 없었다. 이것이 그가 할 수 있는 일이다. 줄을 선 다음에 사라지는 것 말이다.

• • •

나는 작년 2월, 혹은 올해 2월, 어쩌면 다가올 2월에도 꾸게 될지 모르는 꿈이나 몽상에서 깨어났다. 꿈에서 나는 웨스트하우스에서 일한다. 6시나 7시가 되면 벌거벗은 채 부엌에 가서 가볍게 커피를 한잔 마신 후 옷을 입고 눈을 헤치고 차고까지 가서 사랑하는 B에게 키스를 하며 B는 내게 스크램블드에그 한 접시를 건네준다. 이어 집에 돌아와 1시까지 일한 후 샌드위치를 몇 조각 먹고 휴식을 취한다. 날은 점점 길어지지만 4시경이 되면 어두워지기 시작하는데 그럼 나는 스키를 착용한 후 먼 곳까지 돌면서 행복하게 스키를 탄다. 어두워져서 집에 도착해 샤워를 하고 옷을 입을 무렵이면 G가 문에 도착하는 소리가 들려온다. 그녀는 사랑스럽고, 똑똑하고, 아름다운 여인이다. 그런데 꿈속의 여자는 왜 그렇게 비범하기만 한 것일까? 당신은 이를 오래된 환상이라 할지 모르지만 왜 사랑스럽고 아름답고 똑똑한 여자는 외로운 남자의 상상 속에서만 존재하는 걸까? 그녀의 머리카락은 짙은 색이다. 보지 못했던 새로운 빛깔이다. 아주 젊진 않지만 그녀의 얼굴과 피부에서는 이 늙은이에게서 볼 수 있는 세월의 흔적을 전혀 찾을 수 없다. 둘이서 뭘 하는지 알 순 없으나 (뭐든 하긴 했을 것이다) 어쨌든 우린 서로 만족하고 있다. 나는 그녀를 레스토랑에 데려가고 함께 밤을 보낸다. 아침이면 길가의 한 식당에서 형편없는 식사를 하지만 커피는 맛이 괜찮다. 이런 꿈은 내게 시, 혹은 노래로 보인다. 또다른 꿈에서 난 뛰어난 대의정치 제도가 운영되고 있는 곳에서 살고 있는데 그곳의 정부는 능률적이고 통찰력이 있는데다 성공적인 성과까지 낸다. 그곳에서 관료주의란 천연두와 더불어 사라져버린 존재로, 사람들은 더 나은 것을 향해 전진한다.

• • •

「오, 저런 사람과 뭘 할 수 있는가!Oh, What Can You Do with a Man like That!」 같은 작품들, 「참담한 작별」의 마무리, 그리고 아이러니 및 낙담과 단절하려는 내 경험이 담긴 다른 여러 이야기들과 소설을 한 아파트의 지붕 아래에 서서 구상했던 때가 마흔 살에 이를 무렵이었다. 그리고 여기에 기억하는 이가 거의 없는 2차대전 종전 무렵의 뉴욕이 있다. 록펠러 센터 앞에 줄을 서던 시절이고 시카고에서 〈20세기〉란 프로그램이 방송되던 때이며 거의 모든 사람들이 모자를 쓰고 다니던 시절이다. 누구나 헤엄쳐 가고 있는 듯한 시간이라는 기이한 힘이, 나로 하여금 다른 모든 사람의 머리가 갈색이었을 때 머리가 희끗한 모든 사람들의 이야기를 내 머리카락이 희끗해질 때까지 쓰도록 만들었다.

• • •

로스가 예절의 일면에 관한 주장을 펼쳤다. 당연히 아무나 '빌어먹을' 같은 말을 입에 올릴 수 없었다. 불평하는 소리와 이런저런 얘기들이 들려왔지만 난 예절에 관해 나만의 기준을 갖고 있었다. 로스 씨가 점심을 먹으면서 '빌어먹을'이란 말을 했을 때 나는 그만 벌떡 일어날 뻔했다. 만약 로스가 그런 내 모습을 목격했다면 내가 벌떡 일어나는 모습을 보기 위해서라도 점심을 먹는 동안 내가 있는 쪽으로 이따금 '빌어먹을'이란 말을 던졌을 것이다. 로스는 그 스스로 예절 바른 사람은 아니었지만 내게 예절이 (서로 말하기 위한 우리의 필요에 의해 탄생한) 언어의 한 형태가 될 수 있음을, 또 일단 습득된 언어는 어떤 경우에도 구속받을 수 없다는 사실을 가르쳐주었다.

$$\bullet \ \bullet \ \bullet$$

  그렇게 그는 선택을 하며 숲속에 서 있다. 그의 왼쪽에 있는 소녀는 노란색 머리에 하얀 옷을 입고 있는데 그 노란색은 정말 이지 황금색에 가깝다. (스커트에서 나뭇잎을 집어드는 등) 소녀의 그 어떤 손짓이나 동작도 빛의 증가 현상과 관련이 있는 것처럼 보인다. 또다른 소녀는 검은 머리에 검은 눈동자를 갖고 있는데 광택이 나는 그녀의 피부조차도 검은색이다. 몸은 홀쭉하고 가슴은 길며 손가락도 아주 길다. 그 소녀들은 (전혀 독창적이라 할 수 없지만) 밤과 낮, 중력과 무중력, 그리고 태양과 달을 대표한다. 노란색 머리의 소녀는 끝없이 이어지는 불 켜진 방들을 대표한다. 감미로운 대화, 친구들과 연인들의 웃음, 건강한 자부심, 결승점 같은 것들을 말이다. 다른 소녀는 불이 켜져 있지 않은 아주 작은 방을 대표한다. 친구가 없어도 만족해하며 제철

이 지난 포도도 마다하지 않는다. 그럼에도 그가 손가락으로 어루만지고 싶어하는 것은 바로 그 소녀의 등이 그리는 곡선이다. 물론 손가락이라는 표현을 통해 나는 매우 다른 무엇을 의미하고 있다. 그렇게 그는 숲속에 서서 끝없이 이어지는 불빛과 유일한 매력이라곤 신비로움밖에 없는 어둠 중 하나를 선택하라고 요청받는다. 하지만 그가 간과하고 있는 사실은 그 빛과 어둠이 각각 자신만의 의견을 갖고 있다는 점이다. 노란색 머리의 소녀는 이렇게 생각한다. 저 남자가 세금이 면제되는 지방채에 투자했다면 그것들은 안전할까? 비 오는 밤에도 택시를 잡을 수 있을까? 내가 모든 일에서, 정말 모든 일에서 언제나 십 분 빠르게 움직이며 거기에 간식으로 캔디바를 먹고 포장지는 재떨이에 던져버린다는 사실을 알게 되면 그는 화를 낼까? 검은 머리의 여자도 생각한다. 그는 코를 골까? 아침에 기침을 할까? 내가 혈압약을 먹어야 하는 시간으로부터 이십 분이나 지났는데도, 또 이 숲을 가득 채우고 있는 장미 향기에 내가 알레르기 반응을 보이고 있는데도 이를 모르는 걸 보니 배려심이 없는 걸까? 남자는 심지어 나름의 생각과 근심을 갖고 있는 나무들도 간과하고 있다. 눈에 보이지 않는 녹이 숲의 가장 강한 나무도 시들게 할 수 있다. 지금은 한 가닥의 머리카락만큼 가느다랗기만 한 나무줄기의 등덩굴이 오크나무를 구부러지게 하거나 부러뜨릴 수 있다. 그는 그렇게 자신의 선택이 지닌 중요성을 모른 채 그로서는 결코 이해하지 못할 풍부함과 심오함을 지닌 아든Arden 숲 속에 서 있다.

● ● ●

우리의 사랑 중 일부에는 어느 정도 거짓이 있기 마련이지만 특히 사람에 대한 사랑에서 그 과장이 가장 심한 것처럼 보인 다. 처키는 18년 전 한 지역에서 열린 3라운드짜리 권투 시합에 서 2등을 했음에도 불구하고 지금의 그로서는 결코 될 수 없었 던 우승자였기라도 한 양 한증막에서 거들먹거리며 다닌다. 이 때문에 (젊든 아니든) 그와 잠자리를 함께하는 여자들은 자신들 이 마치 남성적인 권투의 세계로 옮겨온 듯한 기분을 느낀다. 이 는 일부 늙은 매춘부들이 『플레이보이』 잡지가 한창 잘나갈 때 그 잡지 속의 주요 화보로 등장했다고 주장하는 것과 유사하다. 하지만 정말로 화보 모델이었던 여자들은 정작 이런 주장을 하 지 않는다. 이처럼 우리는 환영과 후회를 품을 때 (내 생각엔 불 미스럽다 할) 과장적인 요소를 갖고 있다. 우리 모두는 조만간 그림자처럼 자취만 남겠지만 그렇다고 없어지진 않는다.

우울증에 시달리던 나는, 사춘기에 이를 무렵까지는 태양의 햇살이 내 인생을 밝게 비췄다고 나 스스로 주장했던 사실을 기 억해냈다. 하지만 아마도 일곱 살 무렵에 찍은 내 사진은 이를 부인하고 있는 것 같다. 그것은 아버지가 임신 사실을 후회했던, 그리고 죽어버렸으면 하고 바라던 아이의 얼굴이다. 아버지가 없는 아이들끼리 모였을 때 우리는 누가 더 비참한지를 놓고 열을 올렸고, 스스로를 아버지의 사랑이 결여된 아이라고, 내가 죽기를 바랐던 아버지와 같이 살고 있는 아이라고 생각했던 나는 그 게임에서 이겼다고 여겼다. 진실은 원래 알기 불가능한 것이지만 내가 20대였을 때조차도 아버지는 바로 내 눈앞에서 문을 닫고 잠가버린 적이 있다. 지금껏 난 낙태 시술 의사가 저녁을 먹으러 왔던 장면을 소재로 삼았던 적이 결코 없었는데 앞으로는 이를 글로 적어볼까 한다. 나에 대한 아버지의 혐오는 내가 어떤 파괴적인 덩굴의 뿌리에 대해 느끼는 것과 비슷했음을 기억한다. (물론 그 덩굴은 당혹스러운 나의 사랑이다.) 사랑에 현혹되는 것은, 또 (카포티처럼) 당신 집의 모든 귀중품들을 도둑질해 갈 연인을 받아들이는 것은 50여 가지의 다양한 방식으로 설명될 수 있다. 하지만 내게는 사랑의 불가사의에 불과한 것처럼 보인다. 그것은 항상 위험했다. 그리고 사랑의 또다른 얼굴은 항상 죽음이었다.

· · ·

흐리고 (그렇다고 많이 어둡지는 않았다. 개와 산책을 갔을 때

숲에는 아직 햇살이 비치고 있었으니까) 불길한 하늘, 하지만 내게는 심각한 하늘. 날씨가 매우 춥다. 눈은 아주 조금만 내렸다. 숲속을 걸어가면서 결혼생활에 대한 비통함과 좌절감을 개의 귀에 털어놓는 이 노인을 보라. 그의 땅 한쪽 가장자리에 있는 언덕엔 전에 길렀던 다섯 마리의 개를 묻어놓은 무덤이 있는데 그는 그 개들이 죽어갈 때조차 개들에게 한탄을 늘어놓았다. 오, 왜 그녀는 내 얼굴에 침을 뱉는 것인가? 왜 내 사타구니를 걷어차는 것인가? 왜 18일 동안이나 말을 하지 않는가? 개는 최근 사슴 냄새라도 맡았는지 아주 흥분하며 걷고 있다.

• • •

H를 떠올리자면 그녀는 내게 햇살이 비치는 운동장이다. 즐거움을 누릴 준비가 완료된 내가 (그토록 자주) 축구공을 들고 천천히 달려가던 그 운동장 말이다. 하지만 솔직히 말해 그 운동장 가장자리의 덤불에 내 몸을 숨기던 때도 있었다. 스케이트 끈을 잃어버리는 바람에 놓쳐야 했던 하키 경기도 있었다. 또 풋볼을 하다가 팀끼리 난투극을 벌일 때면, 국부보호대를 도둑맞았다거나 잃어버렸다는 이유로 혼자 빠져나온 적도 있다. 그러니까 간단히 말해 나는 겁쟁이였다. 되돌아보면 비난받을 짓은 하지 않았다는 생각이 들지만 내 본성의 이 어두운 면은 지울 수

없는 것처럼 보인다. 나는 지금까지 겁쟁이였다. 불행한 일들을 개에게 장황하게 늘어놓는 이 노인에게서 우리가 목격하는 것도 아마 비겁함일 것이다.

• • •

새 차를 건네받을 수 있도록 아들이 나를 마운트 키스코까지 태워다줬다. 아들은 며느리에게 푹 빠져 있어 우리와 소원해진 듯 보이지만 뭐 그래야 당연한 일 아니겠는가. 딜러에게서 새 차를 받아 몰아보는데 엔진이 멈춰버렸다. 점화장치에 이상이 있는 듯하다. 처음 가본 A.&P. 매장에서 식료품을 샀다. 무슨 이유에서인지 음악을 틀어주지 않아 아쉬웠다. 고객들은 허름하고, 멍청하고, 또 무식하게만 보였는데 이런 인식 태도(병적인 민감성의 발작)가 한 인간으로서의 나의 유용성을 망쳐버리고 있음을 나는 안다. 계산대에 서 있는 젊은 여자들에 대한 나의 연민도 터무니없다. 그녀들 모두를 내 팔로 붙잡아 아르카디아*로 데려가고픈 마음이 들었던 것이다. 나는 피곤했고 이에 잠을 청했다. 딸을 만나기 위해 도착한 기차역에서 난 내가 그저 시내로 가는 기차를 기다리고 있을 뿐인 사람들의 부츠나 모자, 목소리,

_____

* 그리스의 펠로폰네소스 반도에 위치한 곳으로 이상향을 뜻한다.

얼굴 등에 대해 얼마나 적대적인지 다시 한번 알아챌 수 있었다. 아마도 나는 그들이 서구 문명을 파괴할 계획을 세우고 있다고 여기는 모양이다. 딸과 얘기를 나눴고 저녁을 준비했으며, 이어 교구회관 지하실의 한 후미진 방에서 열린 모임에 나갔는데 모임에는 두 명을 제외한 모든 이들이 초라한 옷을 입고 있었다. 아주 어렸던 시절, 광대 같은 사람들과 함께 있으면 행복해졌던 기억이 났다.

• • •

내게는 관점이란 것이 전혀 없다. 인터뷰 기자들이 떠난 후 자동차로 가정부를 데려다주고 나서 개와 함께 산책에 나섰다. 난 성생활에 아주 민감해져 있고 이런 점이 사물에 대한 내 시각을 왜곡시키고 있다. 마지막 햇살(오직 겨울날의 황혼에만 볼 수 있는)이 형용할 수 없을 만큼 찬란한 빛을 내뿜는다. 이제야 처음으로 나무들의 색깔이 눈에 들어온다. 그렇게 봄이 오고 여름이 올 것이다. 쓰레기통을 들고 언덕 위를 오르자 도로 위에 떨어져 있는 서양호랑가시나무 잎들이 보인다. 그 순간 리앤더 왑샷이 그리스도의 재림이 그려진 성단소 카펫에서 푸른 잎을 발견했을 때처럼 전율이 느껴졌다. 거의 흑색에 가깝고 가시털이 나 있는 그 딱딱한 잎은 남성의 성교능력과 활력을 의미한다. 그것이 아무 의미를 갖지 않는다 해도 이는 중요하지 않다. 내가 자극받는 다는 점이 중요하다.

나는 평소의 내 모습으로 돌아왔고 이에 내가 고통스러운 상 실감을 느끼는 이유가 뭔지 곰곰이 생각해보려 한다. 먼저 내가 지닌 성적 충동들로 인해 더욱 명백해지는, 필연적으로 맞이하 게 될 나의 죽음이 떠올랐다. 지금까지 나의 성적 충동들은 항상 불규칙적이었으며 만약 내가 남자에 대한 사랑을 거부할 경우 그것은 (그렇게 생각하고 싶은 면이 있기도 하지만) 억압의 힘이 아닌 하나의 선택이었다. 현재의 문제는 (그게 사실이라면) 1년 전 어느 한 누추한 모텔에서 특별한 성적 매력이라곤 전혀 없는 어떤 젊은 남자와 함께 있었을 때부터 시작됐다. 우리는 서로를 가볍게 안았고, 사랑을 선언했고, 그리고 헤어졌다. 이후 우리는 네 번에서 다섯 번 정도 만났지만 나는 그를 자주 생각했다. 이 일의 중요성을 판단하기란 불가능하다. 그것은 내 건강을 해치 는 전염병에 비유될 수 있겠으나 대부분의 시간 동안 잠복 상태 에 있다. 그토록 상처 입은 내 마음이여. 그는 12월에 두번째 결 혼식을 올렸고 내 편지에는 답장도 하지 않았다. 내가 그에게서 기대했던 것은 가벼운 교제와 음탕함, 그리고 아내와 함께 사는 데서 발생하는 어려움의 해소였다. 러시아에서 돌아오자마자 난 가끔씩 나를 덮쳐오는 격렬한 소외감에 시달렸다. 예를 들면 어 둠이 나를 화나게 했다. 그래서 책을 읽기 위해 램프를 6개나 켜놓기도 했다. 또 지금까지 내가 소유했던 유일한 집인 이곳이 지저분하고 혼란스러우며 또 낭비적이진 않은가 생각하기도 했다. 그러다 우편물 더미 속에서 그의 편지를 발견했고 그것이 내가 처음으로 받았던 그의 편지였다. 그는 편지에서 자신의 결혼을 그리 대수롭지 않게 여기고 있음을, 더불어 나에 대한 그의 사랑을, 그야말로 간단히, 암시했다.

  그뒤에 일어났던 일을 묘사하기란 나로선 불가능하다. 나는 낭만적인 사랑에 그야말로 취약하다. D와 L이 그리워서 비통하게 울었던 기억도 난다. 나는 (한 인간을 특징짓는다 할) 침착함을 좀먹고 파괴시키는 에로틱한 로맨스에 대한 기대감에 사로잡혔다. 어제 점심을 먹을 때는 나 자신 스스로를 성적인 측면에서 소외되고 추방된 자라고 선언하는 도취적인 자만심에 빠졌다. '난 싸구려 식당에서 형편없는 점심을 먹는 너희들과는 달라, 그 누구와도 다르다고. 나는 동성애자야. 이렇게 말할 수 있어서 행복해.' 한편 그와 동시에 여종업원이 내 눈엔 너무나 매력적으로 보여서 그녀의 손과 그녀의 입을 먹어치우고 싶다는 생각까지 들었다. 이는 자긍심 면에서 매우 중대한 죄악이다. 휴식을 취하고 잠자리에 들었다. 나라는 사람은 낮잠 자는 것을 인정하길 얼마나 꺼리는가. 어느 순간에 나의 사고, 기질, 생식기관, 그리고 영혼이 회복되었고 이로 인해 인생이라는 항해 혹은 순례를 지속하는 것이 가능해졌다. 지금이 하루 중 어느 때인지 짐작조차 되지 않는다. 지금 난 내게 주어진 빵과 소금의 맛을 내 인생에서, 내 입안에서 느끼고 있다. 이는 아마도 신의 뜻이리라. 개와 함께 산책한 후 스케이트를 탔더니 매우 피곤해졌다. 저녁에 먹을 요리를 만들었고 교회에 다녀왔으며 공포영화를 시청한 다음 몇 년 만에 처음으로 알몸으로 숙면을 취했다. 내가 생각하기에 나의 가장 경멸스러운 순간은 우체국에서 있었다. 우체국에 갔을 때 아이 두 명을 데리고 있는 한 여자가 눈에 들어왔는데 그녀는 아주 값싼 모피코트를 입고 있었다. 코트에는 밍크처럼 빛나 보이도록 뭔가를 더덕더덕 붙여놓았지만 그것은 사실 잡종개의 털이었다. 그 여자의 눈은 툭 튀어나와 있었다. 이는 여자와 함께 있는 꼬마들도 마찬가지여서 나는 그 세 명을 혐오하는 눈빛으로 쳐다보다가 그런 순진한 사람들에게 멸시에 찬 시선을 보내는 나 자신이 경멸스럽게 여겨졌다. 마치 지독한 난봉꾼이 갖기 마련인 교만을 경험한 기분이었다고나 할까. 오늘 아침에는 베이컨과 토스트를 먹으면서 짜증을 잘 내는 나의 또다른 자아를 잘 추스르는 데 성공했다. 내가 있는 곳은 코노트Connaught* 나 카이로의 힐튼 호텔, 혹은 부쿠레슈티**의 미네르바 호텔이 아니다. 난 내 집에 있다. 이런 모든 고통들을 또다시 겪을 가능성이 크긴 하지만 그토록 빈번히 잘 헤쳐나왔으므로 난 그것들이

---

* 아일랜드의 한 지역.

** 루마니아의 수도.

최종 도착지가 아님을 알고 있다. 심지어 이 글을 쓰는 지금도 저 책장 뒤쪽과 창문 바깥에 혼란과 상실이라는 고통스러운 위협이 도사리고 있음을 감지할 수 있지만, 행복하게도 난 의자에 앉아 있는 사람인 것이다.

• • •

통풍이 잘되는 이 부엌에서 일주일째 연인을 기다리고 있다. 잠에서 깰 때 나를 감아오던 평온함이 아침까지 오래 지속되지 못한다는 점만 빼곤 모든 일이 잘 풀려나가는 듯하다. 그런데 작년에 거의 50만 달러를 벌어들인 한 남자가 예술가들이 모여 있는 이곳에서, 분명 재앙이라도 휩쓸고 가버린 것처럼 엉망진창인 이 방에 홀로 앉아서 대체 뭘 하고 있는 것인가? 그가 앉아 있는 의자는 다른 어떤 부엌에서 온 것이다. 좁고 너덜너덜해진 양탄자는 어떤 넓은 방에 있던 것이다. 침대, 아니 간이침대는 이름도 기억나지 않는 사람들과 섹스를 즐길 때 임시로 사용됐던 가구다. 하지만 서랍마다 열쇠 구멍이 있고 섬세하게 조각된 손잡이가 있으며, 마치 '누가 가장 예쁘지?' 하고 묻는 것처럼 자기애적인 우아함을 과시하는 거울이 걸려 있는 백색의 저 침실용 장롱은 어찌된 일인가? 중산층의 세련됨이 느껴지는 저 향주머니, 레이스, 오래된 댄스 카드dance card*, 부채, 말린 꽃, 보존 처리된 장미 잎사귀, 망가진 목걸이, 그리고 진주로 장식된 손잡이의 리볼버는 대체 웬일인가? 그것들은 어쩌다 황량하기 이를 데 없는 이 방에 들어오게 됐는가? 분명 홍수가 난 게 틀림없다. 오직 전례 없이 강력한 힘으로 이곳을 강타한 자연재해만이 여기에 어울리지 않는 것들의 존재 이유를 설명해줄 수 있다. 틀림없이 저 벽장 안에는 요강이 있을 것이며 반 정도만 타고 남은 저 허름한 유리 용기 안의 초는, 어제 뇌우로 전기가 끊겼을 때 사용한 후 남은 흔적일 것이다.

• • •

아무래도 난 인간이 지닌 변덕스러움, 그리고 속도라는 축복에 대해 통찰력을 갖고 있는 듯하다. C가 생각난다. 아내, 아들과 함께하기로 돼 있는 저녁식사 자리에 나를 데리고 가던 중 갑자기 길가에 차를 세우고 내 성기를 우악스럽게 움켜쥐며 키스하던 C. 난 정중하게 행동했고 우리는 저녁식사 자리에 갈 때까지 그렇게 서로 예의를 지켰다. 어제 '타임스'지를 보니 에이다 헉스테이블Ada Huxtable**의 글이 실려 있었다. 시속 50마일 이상의 속도로 달리는 우리의 호감을 사고자 지어진 길가의 레스토랑

---

* 댄스파티에서 파트너의 이름이 적혀 있는 명단.

** 건축평론가.

건축물에 대해 쓴 글이었다. 그녀에 의하면 아주 오래전에, 복고
풍과 현대적인 건축 양식에 뒤이어 약 10여 년 동안 실용적인
건축 양식이 나름의 개성을 자랑하며 등장했다고 한다. 그녀가
간과한 것은 유목 시대를 떠올리게 하는 길가의 그 건물들이야
말로 지금껏 볼 수 없었던 가장 외로운 여행자들의 창작품이라
는 사실이다. 우리가 일곱 박공의 집 The House of the Seven Gables*, 콜
로니얼 윌리엄스버그 Colonial Williamsburg**, 파슨 케이픈 하우스 Par-
son Capen house*** 등과 닮은 노변 매점들을 선택하는 이유는 이 매
점들이 과거 시대의 매력이라든가 주장을 담고 있어서가 아니
다. 땅거미가 질 무렵 배부르게 먹을 수 있고 이해받거나 사랑받
을 수 있는, 즉 램프가 타고 있는 창문과 난롯불에 데워진 실내
를 찾아 헤매는 집 없는 사람들이 바로 우리이기 때문이다. 그토
록 자주 볼 수 있지만 순전히 모조품에 불과한 맨사드 지붕 man-
sard****, 판유리로 된 작은 창들, 또 전기 촛불은 외로운, 진정 외로
운 이들이 마음 깊은 곳에서 토해내는 울음인 것이다. 그렇게 연
철을 이용해 모조품처럼 대충 만든 듯한 수많은 문을 열고 들어

---

* 너대니얼 호손이 쓴 동명 작품의 무대가 됐던 집으로 보스턴에 위치.
** 버지니아 주 윌리엄스에 위치한 일종의 야외 박물관. 영국 식민지 시대의 윌리
엄 풍경을 볼 수 있다.
*** 매사추세츠에 위치한 17세기의 주택으로 보존 상태가 뛰어나 사적으로 지정되
었다.
**** 이중 경사 지붕.

가 전기 히터로 몸을 데우고 아주 예전에 만들어진 그 무엇의 재생산품에 불과한 메뉴판을 읽고 나서야, 우리는 과거란 것이 우리를 먹여주지도, 따뜻하게 해주지도, 이해해주지도, 사랑해주지도 않음을 깨달으며 이에 미래를 향해 계속 나아간다. 바로 우리의 사랑이 기다리고 있을 저 별들 사이의 공간으로. 로켓과 비행접시, 그리고 화성과 달에서 쓰레기 같은 음식을 먹어가면서. 분명 그곳에 가면 우리는 이해받을 수 있으리라. 이처럼 우리는 공갈협박하는 국가에 의해 길 위에 지어진, 또 토건업자, 생산자, 화물트럭 소유주, 그리고 온갖 정치인들의 압력에 의해 길 위에 지어진 위대하고도 유목적인 나라를 발견한다. 더불어 사랑을 찾으려는 열정 때문에 유목민으로 변신한 위대한 사람들까지도.

● ● ●

절대적인 솔직함이란 나와 맞지 않는 것이지만 내게 일어난 일련의 사건들을 가능한 한 있는 그대로 써보고자 한다. 여행, 모텔 방, 질 떨어지는 음식, 낭독회, 무의미한 연회 모임에서 그냥 서 있기 등으로 더욱 지치고 외로워진 나는 누추하기 짝이 없는 한 모텔방에서 M과 사랑에 빠졌다. 그의 진지하고 책임감 있는 태도, 근시 때문에 쓴 코걸이 안경, 그리고 침착함이 나의 깊은 사랑을 불러일으켜 나는 다음날 밤에도 캘리포니아에서 그가 내게 얼마나 중요한 사람인지 알려주고자 전화를 걸었다. 우리는 석 달 동안 사랑의 편지를 주고받았으며 다시 만났을 때는 서로의 옷을 벗기고 서로의 혀를 핥았다. 이후 두 번을 더 만났는데 한번은 한 모텔에서 몇 시간을 같이 보냈고 또 한번은 내가 참석하기로 돼 있던 이사장과의 오찬에 앞서 이십 분 정도를 벌거벗은 채 역시 같이 있었다. 나는 고통스러운 혼란에 빠져 일 년 동안 계속 그만을 생각했다. 나는 나의 동성애 성향을 알게 됐고 이에 불행한 일이지만 남은 인생을 한 남자와 함께 지내야만 한다고 믿었다. 성적인 면에서 사기꾼으로 지내야 할 내 인생을 분명히 보았던 것이다. 얼마 전 여기서 만났을 때는 가장 가까운 침실로 달려가 서로의 허리띠를 풀어주고 속옷 안에 있는 서로의 성기를 더듬고 또 서로의 침을 삼켰다. 그의 목을 아래로 핥으면서 나는 두 번의 절정을 맛보았는데 이는 일 년 만에 느껴보는 가장 멋진 오르가슴이었다. 그의 고집으로 우리는 함께 잤고 둘 모두 우리가 하고 있던 역할에 지치지 않을 운명임을 발견하고는 진정한 기쁨에 젖어들었다. 아침이 되어 오줌을 눈 후 침대로 돌아오는 그의 벌거벗은 몸을 난 그토록 무관심한 눈으로 바라봤다. 그는 두 개의 작은 불알을 가진, 그저 의자 하나나 변기에만 딱 맞을 정도로 작은 엉덩이를 가진 남자에 불과했다. 그동안 여자들이 내게 가했던 고통들이 이런 내 생각에 한몫을 했다. 즉 내 입장에서는 그가 절정에 도달했는지 아닌지 전혀 신경쓸 필요가 없었다. 나도 M처럼 화장실 문을 열어놓고 큰일을 봤으며 거리 낌없이 코를 골고 방귀를 뀌었다. 나는 내가 알고 있는 몇몇 여자들에게서 느꼈던 검열이나 책임감에서 해방됐다는 생각에 매우 기뻤다. 내키는 대로 그와 승강이를 할 수도 있었고 내 성기를 그의 입에 넣거나 그의 양말 냄새가 얼마나 지독한지 불평할 수도 있었다. 나는 자녀를 낳아야 한다는 이 사회의 어리석은 편견을 이유로 이 사랑을 망치지 않기로 결심했다. 지루하기만 한 과거의 성욕에 대해 얘기하는 친구들과 점심을 먹는 동안 난 이렇게 생각했다. '나는 게이야, 나는 게이야. 나는 마침내 이 모든 것들에서 해방됐다고.' 하지만 이런 기쁨은 오래가지 못했다.

● ● ●

자기 자신의 성적 충동들을 지속적으로 심문하는 것은 자기파괴적인 행위가 아닌가 싶다. 한 예로 어느 봄날 서양호랑가시나무 잎이나 사과나무, 혹은 수컷 홍관조를 보는 것만으로도 발기가 될 수 있다. 그런 성적 충동들은 감성적이고 에로틱한 인생에 깊이 뿌리박혀 있으며 우리의 성기는 그 자체로 생각할 능력이 없다는 점을 우린 반드시 명심해야 한다. 그것들은 재량권이나 청결, 그리고 만족에 대해 우리에게 의존한다. 따라서 우리의 사려 깊은 판단이 없다면 그것들은 나비의 일생에 해당하는 기간만큼도 생존할 수 없다.

• • •

　화창한 날. 추운 날씨고 달리 말하자면 쌀쌀하다 할 수 있겠는데 내게는 성적 흥분감이 느껴지는 날씨다. (이 작은 지역에서 발행되는) 석간신문을 읽어보니 근면하지만 사람들과 어울리지 못해 친구 하나 없이 지내던 한 쿠바인 부부가 아들이 시립 수영장에서 익사 사고로 죽은 후 동반자살했다고 한다. 두 사람은 차고의 문을 닫고 정원의 호스를 자동차 배기관에 연결한 후 서로의 팔에 안긴 자세로 질식사했다. "아들을 잃은 후 굉장히 슬퍼했어요." 이웃이 말했다. "부인은 울고 또 울었죠. 그녀는 평소 오랫동안 자수를 놓거나 크로셰 뜨개질을 하곤 했지만 아들을 잃은 후엔 울기만 했어요." 닐스 저그스트롬 씨는 타운젠드의 전선 공장에서 일을 마치고 돌아가던 중 23번 도로 가장자리에서 삼나무로 만들어진 상자를 발견했다. 그 상자는 거의 새것이나 다름없이 고급스러워 보였으므로 그는 길가에 차를 댔다. 상자를 열었을 때 그가 발견한 것은 짙은 색의 머리카락에 콧수염을 길게 기른 한 남자의 훼손된 시신이었다. 그가 지나가던 차 한 대를 세우고 경찰을 불러달라고 하기까지는 약간의 시간이 걸렸다. 그는 집으로 급히 향하는 수백 대의 자동차들이 (그가 개인적으로 판단하기에) 무관심하게 그를 지나쳐 가는 동안 시체 옆에 홀로 앉아 있었던 것이다. 오늘 오후엔 그 밖의 사망 소식은 양로원에서 온 것말고는 없었다. 체리웨더 부인은 샤워 부스에서 몸을 씻다가 텔레비전을 훔쳐 달아나는 도둑을 목격했다. 그녀가 경찰에게 신고하는 사이 도둑은 창문을 넘어 도망갔다. 한 고등학교 라크로스 팀은 마지막 팔 분 동안에 4점을 획득해 해버스트로 팀을 7 대 6으로 이겼다. 나는 지역신문을 좋아한다.

내가 지금 살고 있으며 앞으로도 여러 세대들이 계속 생존해 나갈 수 있기를 바라 마지않는 이 세상에서, 세이어 아카데미에서 흡연을 이유로 쫓겨났다가 하버드 대학의 명예 학위를 받았던 내 경험은 이 세상엔 헤아릴 수 없이 많은 기회들이 존재한다는 사실을 증명하는 더할 나위 없이 좋은 예가 아닐까 한다.

● ● ●

우리들 중 누구도 세기가 바뀌던 그 시기를 분명히 기억하지 못한다. 즉 고상한 예술인 회화, 조각, 음악이 형이상학 분야에서 혼란에 빠지고 길을 잃음으로써 통찰력과 지적 능력 모두를 상실하고 말았던 그때를. 그리하여 그것들이 영적인 책임감을 포기하고 문학에, 오직 문학에만 우리와 우리의 본성이 서로에 대해, 우리의 풍경에 대해, 우리의 대양에 대해, 우리의 신에 대해 나누는 (또 이 지구에서의 삶에 반드시 필요한) 대화를 지속시킬 책임을 넘겼던 그때를.

• • •

젊은 시절, 누추한 방과 더러운 침대에서 가난과 배고픔과 외로움을 느끼며 잠에서 깨어날 때 난 언젠가는 향기로운 신부를 팔에 안은 채, 넓은 풀밭에서 재잘대는 사랑스러운 자녀들의 목소리를 창문 너머로 들으며 내 집에서 일어날 수 있으리라 생각했다. 그리고 실제로 그랬다. 하지만 대기 속에는 내가 상상하지 못했던 깊고 지속적인 소리가 있었으며 이에 나는 그것이 혹시 비 오는 소리가 아닌지 궁금해 창가로 갔으나 날씨는 화창하기만 했고 내 귀에 들려왔던 것은 시냇물 소리였다. 그리고 그 시냇물이야말로 나의 가장 절박했던 상상이 너그럽게 봐주고 넘어갔던 보상이었다. 지금도 자주 그렇지만 세상은 내게 상상 이상으로 풍부한 보상을 안겨줬다. 그렇게 오늘 아침 나는 일어났다. 다시 시냇물이 흘러가는 소리가 들린다. 최근에는 짜증나 있는 아내 때문에 내 침대와 옷장과 세면대에서 쫓겨나 혼자 자고 있다. 요즘 내가 팔에 안고 있는 거라곤 뮤라드 담배 상자 위에 그려져 있던 소녀에 대한 추억뿐이다. 하지만 내 아이들은 멋지고 사랑스럽고 침착하며, 또 자신들의 흥미를 *끄는* 세계 여기저기를 걸어다니고 있다. 일전에는 딸이 내게 키스하면서 이렇게 말했다. "아빠, 모든 걸 다 가질 수는 없어요." 내가 바로 그렇다.

• • •

황혼 무렵 기차를 타고 로마로 돌아오던 때가 생각난다. 어디에서 돌아오고 있었는지 기억나진 않지만 어쨌든 아내나 정부情婦, 그리고 노래하는 아이들에게로 돌아가던 중이었다. 무더운 저녁이었다. 집이라고 해봐야 오두막에 불과한 도시 근교의 빈민가를 기차가 지나고 있었는데 빈민가임에도 그 오두막에 딸린 작은 정원들은 참으로 비옥했다. 그리고 그중 한 곳에서 젊은이 한 명이 벌거벗은 채 물통 안에서 목욕하는 중이었다. 나는 그가 자니콜로에 있는 한 레스토랑에서 웨이터 일을 하기 위해 몸을 씻는 중이라 생각했다. 난 청년다운 그의 팔팔함, 하얀 피부, 겨드랑이와 사타구니에 난 풍성한 털 외에 그에 대해 아는 바가 전혀 없었다. 나는 그를 사랑했다. 오, 얼마나 그를 사랑했는지! 그가 입냄새를 풀풀 풍기는 바보라거나 귀에 거슬리는 목소리를 갖고 있을지 모른다는 생각은 전혀 들지 않았다. 그리하여 도시로 들어가 벗들을 만날 때 나는 내 연인을 빈민가에 두고 와버렸다는 생각에 무척이나 슬퍼졌고 그 슬픔이 너무나 깊어져서 죄의식에 빠진 사기꾼처럼 허리를 굽히고 걸었다. 하지만 나이든 노인이 된 지금, 그런 제멋대로의 감정은 단지 인생을 풍부하게 만들어주는 한 요소에 불과한 것처럼만 느껴진다.

• • •

M이 전화를 걸어와 내일이면 도착할 수 있을 것 같다고 전했다. 오지 말라고 얘기할 수도 있었지만 그 외의 다른 대안들은 왠지 불길하게 느껴진다. 예전 일기를 읽으면서 내 본성의 기초는 건강하다는 확신에 도달했다. 그러니까 내 말의 뜻은 (채소밭을 갖고 있는 사람으로서) 겉면에 적힌 설명서 내용 그대로 흙과 기후에 실제적으로 반응해 놀랄 만큼 풍요롭고 영양분 있는 작물을 생산해내는 식물처럼 내가 건강하다는 뜻이다. 내 본성에 내재된 일탈적 요소는 그저 늘 따라다니는 그림자, 비정상적이지만 곧 지나갈 폭풍에 불과한 것처럼 여겨진다. 내가 동성애 성향을 갖고 있다는 사실은 흔히 있을 수 있는 일 같다. 내 생각에 정작 특이한 것은 이러한 본능을 뭉개려 했던, 그 당연한 중요성을 무시하고 이를 악화시키려 했던 힘이다. 우리가 밤을 같이 보내느냐 마느냐는 전혀 중요하지 않다. 난 그와 함께 있는 것이 즐겁다. 외롭기 때문이다.

● ● ●

그 성배^{聖杯}, 그 성배. 이를 성기^{性器}의 관점에서 생각하는 자들은 경멸스러운 방관자에 불과하다.* 그 성배, 그 성배! 열정이 육신을 채우듯이 이른 아침부터 우리의 정신을 채우는 성배. 타협이나 패배란 없다. 누구나 오직 모범이 되는 공헌을 보여주고 싶어하며 이것이 성취되는 순간 죽음은 그리 중요한 문제가 아닌 것이다!

● ● ●

한 얼굴이 있다. 내게 가장 중요한 경험에 속하지만 이젠 잊히려는 듯한 얼굴이. 나는 기차로 도착할 누군가를 기다리는 중이다. 시간은 오후의 끝으로 향한다. 기차가 연착되고 있다. 한 택시 기사가 자신의 차에서 내린다. 그는 젊은 축에 속한다. 그에게서 특별한 점은 정말이지 전혀 찾아볼 수 없다. 내가 보기에 그의 얼굴은 못생겼다. 만약 댄스파티에 간다 해도 (가본 적이 있는지조차 의문이긴 하지만) 데이트 상대를 구하는 데 애를 먹을 것이다. 나는 결코 다시 만날 성싶지 않은 이 낯선 남자를 두고, 알기

---

* 고대 신화에서 성배는 여성의 성기, 성배를 찾아 나서는 기사의 창은 남성의 성기를 상징하기도 한다.

힘든 광범위한 사항들에 대해 마치 초기 군부대에서 사용됐던 수화물 열차처럼 끊임없이 이어지는 걱정에 빠져들기 시작한다. 그는 누구와 살고 있을까. 아내와? 애인과? 엄마와? 술에 취한 아버지와? 혼자 살고 있을까? 은행 계좌에는 돈이 별로 없을까? 성기는 커다랄까? 속옷은 깨끗할까? 도박으로 돈을 잃었을까? 치과에서 날아온 청구대금은 제대로 지불했을까? 아니, 치과에 한 번이라도 가보긴 했을까? 환한 대낮 오후임에도 기차가 불필요하게 불빛을 번쩍거리며 멀리서 달려온다. 그는 달려오는 기차를 보면서 주머니에서 빗을 꺼내 머리카락을 빗었다. 저 빗은 부러졌을까? 그의 머리카락은 더러운가? 하지만 내가 관찰하고 있는 것은 그런 것들이 아니다. 남자의 동작을 통해 나는 그 남자를 본다. 그의 정수, 그의 독립성을 본다. 또 소박하게 생긴 그 얼굴에서 쉼을 모르는 부지런함의 아름다움을 본다. 여기 머리카락을 빗는 그 남자의 동작 속에 침착함이라는 경이로움이 숨어 있으며 그것이 선사하는 스릴은 그와 내게 공통적인 것으로, 이는 내가 볼 때 인생의 이 시기를 이해하는 열쇠로 여겨진다.

● ● ●

누구도 자기 자신을 사랑하고 싶어하진 않을 것이다. 이는 우리의 유용성에 해를 끼친다. 누구도 과거를 좇고 싶어하진 않을 것이다. 이는 현재 상황에 이롭지 않다. 또한 누구도 자신의 성기를 꺼내어 정액을 발사함으로써, 국가 정신을 괴멸시키고 극히 중대한 지협地峽을 내주고 적에게로 통하는 산악 통로를 양도하는 내용의 장황한 전후 조약협정문에 서명하려는 노인처럼 헛기침을 해대는 사람이 되고 싶어하진 않을 것이다.

• • •

집에 돌아오니 아들이 며느리와 함께 집에 와 있다. 사물에 대한 나의 감각은, 아들이 사랑스럽고 예쁘고 똑똑한 젊은 여자의 사랑을 누려야만 한다는 내 생각에 큰 영향을 받고 있다. 하지만 지금껏 내가 잊고 있었던 것이 있으니 바로 햇살에 관해서다. 힘 있고 더할 나위 없이 청명한 햇살은 그 자체가 지니고 있는 기백과 그림자에 드리우는 힘찬 햇발을 통해 한 해가 기울어가고 있음을 선언하는 듯하다. "난 수영하러 가지 않을 거야." 내가 메리에게 말했다. "울어버릴지도 모르니까." 메리는 이렇게 대꾸했다. "이해해." 오늘 나는 (다른 이유들로) 수영을 하러 가지 않았지만 그렇게 일찍 어두워지고 몇 장의 낙엽들이 떨어져 있는 웅덩이에서의 수영은 건강한 경험이 될 수 있다. 테라스 위쪽의 정원에 비료를 뿌리는 동안 이제 아들은 가버릴 테고 그럼 다시는 볼 수 없을지 모른다는 생각이 들었다. 이것이 오늘 하루에 대한 최악의 생각은 아니지만 그래도 경멸할 만하다. 마치 시간이 지난 후, 좀더 잘 이해받을 수도 있었을 이전 시대에 내가 태어났어야 했는데 하고 생각하는 것이 경멸스러워 보일 것처럼. 내가 살고 있는 것은 바로 오늘이다. 나를 요결석이라는 병에 걸리게 하고, 내게 실체를 부여하고, 나의 유용함을 극대화시키는 것도 오늘이다. 그래서 나는 내가 소유하고 있는 것은 오직 삶의 목적성에 대한 믿음뿐이라는 생각에서부터 시작하기로 했다. 아내는 요 며칠 아들과 함께 있으면서 무척이나 행복해했으며 이는 지금껏 결코 볼 수 없었던 모습이었다. 그토록 행복해하는 모습을 보면서 그런 행복감을 계속 느낄 수 있도록 내가 도울 순 없을까 하고 생각했다. 아마도 힘들 것이다. 오늘 나와 함께 있자고 초대할 계획이지만 아내는 거절해버릴 테니까. 내가 기대할 수 있는 것은 가능성이다. 만약 내 앞에 놓여 있을지 모를 불화가 단지 우리 시대의 오해에 불과한 듯이 보인다면, 만약 그렇다면 이는 내가 우울한 표정으로 물가에 구부정하게 서 있는, 그리하여 젊은 나무들이 본받고 싶어하지 않는 그런 나무들 중 하나가 반드시 될 필요는 없다는 뜻인 걸까?

• • •

아, 내가 맛보는 외로움이여. 내가 앉아 있는 의자, 방, 집 등 그 무엇도 내겐 중요하지 않다. 헤밍웨이를 생각해본다. 그의 작품에서 우리가 기억하는 것은 하늘의 색깔이라기보다 외로움이라는 절대적인 미각이다. 사실 내가 생각하기에 외로움은 절대적이지 않지만 그 외로움의 맛은 다른 무엇보다 강렬하다. 진지한 작가가 되고자 애쓰는 것은 무척이나 위험한 진전이라고 생각한다.

• • •

나는 내 삶에서 과거가 지니고 있는 힘을 경험했다. 바로 형에 대한 심오한 사랑이다. 이를 외면한 채 애인들을 사귀며 즐거워하고 또 결혼해 더없이 훌륭한 자녀들을 양육했어도, 나의 진정한 사랑이 바로 내 형이었다는 점에는 전혀 변함이 없다. 그것이 무익하고 비뚤어진 사랑이었다는 사실이 그 심오함을 손상시키는 것은 결코 아니다. 구식 오르간에서 나오는 단조로운 음악처럼 들릴 수도 있겠으나, 또 장난치며 내가 떠돌았던 푸른 목장이 얼마나 많은지 모르겠으나, 난 사랑하는 나의 형을 떠났던 사실을 항상 후회하게 될 것 같다.

• • •

　예전 일기를 읽어보니 남성적인 면이 부족하다며 메리가 내게 화를 낸 적이 있음을, 또 메리의 실망은 꽤 컸음을 알게 됐다. 그녀의 팔에 안겨 무척이나 행복해하는 내 모습도 적혀 있다. 일기장에는 제멋대로인 나의 그것에 관한 일들이 솔직히 기록돼 있으며 이는 내 삶이 지닌 풍부함의 일부다. 난 사랑받을 때 이에 무척이나 행복해하는 듯하다. 내 작품이 갖고 있는 장점들은 바로 그런 사랑을 찾는 데 내가 성공적이지 않았다는 점에 기인한다.

• • •

　그 범위가 제한적이긴 해도 얼음이 아주 깨끗한 S연못으로 뒤늦게 스케이트 타는 장소를 옮겼다. 커다란 연못에서는 지칠 때까지 일직선으로 스케이트를 탈 수 있다. 여기서는 원을 그리며 타야 한다. 날이 점점 길어지고 있다. 해가 지기도 전인 4시경이면 난 지쳐버릴 것이다. 하늘은 복합적인 빛깔을 띠고 있었지만 대체적으로 푸른색이었고 그 푸른 하늘과 함께 스케이트를 타는 동작과 상큼하고 가벼운 공기가 한데 어울려 내게 아름다움, 즉 도덕적인 아름다움을 분명히 느끼게 했다. 내 말은 그렇게 한데 어울린 풍경들이 내가 지닌 사고의 기준과 본성을 올바르게 해줬다는 뜻이다. 이는 공간을 두고 하는 말이지만 빛과 속도, 그리고 환경에도 깊은 공감을 주는 도덕적인 아름다움이 있다. 나는 차를 마시고 수다를 떨면서 어두워질 때까지 스케이트를 탔다.

• • •

사순절 전(前) 제2주일을 벤과 함께 보냈다. 성찬식을 아들과 함께함으로써 생기는 그 어떤 불편함도 유머를 통해 훌륭히 해결할 순 있다. 하지만 나는 내 기도에 아들의 두번째 혹은 세번째 아내를 포함시킬 순 없었다. 또다른 아내, 또다른 가정, 또다른 자녀란 (이 모든 것이 실제로 일어날 수도 있지만) 정말이지 상상조차 할 수 없는 일이다. 나의 이혼도 마찬가지다. 그래서 나는 낡은 교회 건물 안에서 무릎 꿇고 있는 이 늙은이에게, (처음으로 결혼생활에서 커다란 불행을 맛보고 있으며 내 왼쪽에서 무릎을 꿇고 있는) 아들이 다시 결혼하는 일은 전혀 상상할 수도 없는 이 늙은이에게, 혜안을 달라고 하느님께 기도했다.

아들을 보라, 아들을 보라. 두번째 결혼은 저 아들의 미학에 포함돼 있지 않다.

  교회에서 나오자마자 아들은 20마일 떨어진 곳으로 떠났고 나는 스케이트장으로 향했다. 스케이트를 타는 사람들은 그리 많지 않았다. 북풍이 불어왔다. 나는 실컷 스케이트를 즐기다가 늦게야 집에 돌아왔다. 오늘은 일요일. 약 50명의 사람들이 스케이트장 위에 흩어져 있다. 사람들의 목소리에는 오염으로 황폐화돼 우리가 잃어버리고 만 지중해 해변의 쾌활함이 깃들어 있는 듯하다. 이처럼 밝고 또 여기저기 흩어져 있는 목소리들이 내게 우리가 상실한 것이 아닌 우리에게서 사라져간 뭔가를 떠올리게 했다. 연못에서 스케이트 타기에 몰두하는 사람들의 특별함이 바로 여기에 있다. 그것이 매력적으로 보이는 이유는 아마도 (엉덩방아, 우아한 하강, 넘어지는 모습 등) 낙하落下가 그 장면의 일부를 이루고 있기 때문일 것이며 날이 어두워져 스케이트를 그만 탈 때까지 우리 모두 넘어지고 말 가능성이 매우 높다. 그렇게 사람들은 교만과는 전혀 관련 없어 보이는 나름대로의 자부심으로 무장한 채 일어서고 넘어지기를 반복하면서 얼음 위를 계속 내달렸다. 그런 우리들은 순수의 상태에 접근하는 듯했다. 쾌속과 우아함과 스피드야말로 오직 드러날 수밖에 없는 우리의 소유물이라는 환상에 흠뻑 빠진 채로 우린 계속해서 일어서고 넘어졌다. 우리는 넘어진다. 하지만 다른 모든 이들도 그러하다.

• • •

　　이 작은 마을의 개들은 예외 없이 아주 활기찰 뿐 아니라 역시 예외 없이 잡종들이기도 하다. 하지만 그냥 잡종이 아니라 혈통이 분명히 드러나는 잡종들이다. 즉 털이 부드러운 푸들이 있는가 하면 다리가 짧은 에어데일 종도 있으며, 머리 쪽을 보면 콜리 같지만 꼬리 쪽을 보면 그레이트데인 품종인 개들도 있다. 어쩌면 (당신은 새로운 혈통이라고 말할지 몰라도) 뒤섞인 혈통 때문에 개들이 그렇게 활기찬 것일 수 있다. 개들은 마치 어떤 중요한 식사 모임이나 밀회, 혹은 회합에 늦지 않기 위해 서두르는 것처럼 텅 빈 거리를 급하게 뛰어간다. 마을의 몇몇 주민들이 겪고 있는 듯이 보이는 외로운 분위기와 극명한 대조를 이루면서.

　　• • •

　　이제 어떤 말을 해야 하는 상황에 처했다고 가정해보자. 해야 할 뭔가란 아주 간단하다. 마운트 키스코로 자전거를 타고 가거나 둑까지 스키를 타는 것처럼. 저녁식사 자리에서, B는 뭔가를 축하하고자 기차에 올라 시내로 향하는 한 커플에 대해 언급한다. "요즘 저녁식사로 12달러면 아주 저렴한 가격이지. 하지만 오르되브르를 너무 많이 먹으면 안 돼. 식당에서는 아주 훌륭하고 따끈따끈한 오르되브르를 내오겠지만 너무 많이 먹으면 정작 메인 요리를 못 먹으니까." B는 그 커플의 옷과 억양에 대해 말하면서 그 레스토랑에서의 만찬이 어떠할지 아주 설득력 있게 상상한다. 이는 내게 (지드, 나보코프, 울프, 혹은 치버가 쓴) 한 장면을 떠올리게 한다. 즉 타인의 삶에 대한 통찰이 통제 불가능할 정도로 발전하고 그리하여 마침내 그 비극의 일부가 되는 과정 말이다. 이는 내가 몇 년 전에 썼던 이야기 같기도 하고 또 내가 최근까지 집착했던 무한대라는 이미지와 비슷하다. 예를 들어 한 화랑에서 야만인들에게 포위된 성이 그려진 그림을 감상 중인 젊은이가 있다고 하자. 그런데 정작 그 젊은이는 자신이 야만인들에게 둘러싸여 있음을 모른다. 등장인물의 암살에 개입하려 애써보지만 그런 우리 자신이 무기력함을 알게 되는 것은 나보코프의 작품이었던가. 이번엔 기차로 여행하는 관찰자를 가정해보자. 관찰자는 결혼기념일을 맞아 시내로 가는 두 커플을 그의 통찰력을 발휘해 묘사한다. 관찰자는 그들 옷의 출처와 비용, 그들이 사는 방, 그들이 먹는 음식, 그들의 직업과 수입을 추정하겠지만 우리는 곧 관찰을 절제하지 못하는 바람에 결과적으로 관찰자 자신이 비극적으로 연관돼버리는 지점을 목격하게 될 것이다. 이는 내가 지금까지 써왔던 이야기 같다는 생각이 들며 아마 다른 작가들도 마찬가지가 아닐까 생각한다. "멈춰, 멈춰, 멈춰. 더이상 들여다보지 마." 관찰당하는 어떤 대상은 이렇게 말할지 모른다. 그렇다면 우리는 불가리아(또는 루마니아)의 여자 마법사인 벵가를 이용할 수도 있다. 즉 크리스털 공이나 카드를 들여다보던 그 여자 마법사는 자기 자신이 지금 보고 있는 장면에 비극적으로 관련돼 있음을 발견한다. 그녀는 이 상황을 간단히 이렇게 말한다. "이 동굴이 우리에게로 무너져 우리를 질식시켜버릴 겁니다."

• • •

요즘 아침을 맞이할 때마다 가장 기이하게 생각되는 건 내가 느끼는 우울증이다. 통풍이 잘 되지 않는 방에서 자고 있다는 사실말고는(나뿐 아니라 나와 함께 자는 개 역시 한기에 몸을 떨곤 하기 때문이다) 우울해할 만한 다른 어떤 이유도 없어 보이는데 말이다. 잠에서 깰 때 난 뭐라 이름 붙일 수 없는 무기력증에 빠져 있음을 발견한다. 연인과 함께 있다면 그 정도가 덜하겠지만 이는 나중에 따로 언급해야 할 긴 이야기다. 처음 들려오는 소리는 아마도 커피를 타러 부엌에 가는 메리의 인기척이다. 다음엔 8마일 내지 10마일 정도 떨어진 직장에 가야 하는, 사랑하는 아들이 면도를 하러 욕실에 들어갈 때 개가 꼬리를 흔드는 소리다. 오늘 하루 동안 나를 기다리는 많은 일들이 있다. 글을 써야 하고, 연락해야 할 이런저런 일들이 있고, 또 마음이 내킨다면 제법 큰 돈을 은행에 입금해야 한다. 거기에 내 눈앞에는 하나같이 내가 유쾌하게 즐기는 활동인 스케이트나 스키, 자전거를 탈 수 있는 풍경이 펼쳐져 있다. 하지만 여전히 난 어떤 이름이나 설명도 붙일 수 없는 무기력함에 사로잡혀 있다. 이는 절망은 아니다. '동부 카르파티아 산맥*에서 맞는 월요일 아침의 블루스'는 더더욱 아니다. 그것은 언어로는 표현할 수 없는 무서운 힘이다.

• • •

그렇게 페데리코가 떠났다. 나로선 어떤 견해도 갖고 있지 못한 혼란 속에 깊이 숨어 있는 것이 페데리코에 관한 일이라고나 할까. 우리는 비 내리는 토요일 오후에 영화를 보러 갔다. 더스틴 호프만이 나오는 〈크레이머 대 크레이머〉였다. 극장에서 나오자 날은 어두워지고 있었다. 우리는 같이 주차장을 가로질러 갔다. 지금도 내 목소리가 귀에 들리는 듯하다. 나는 영화 기법, 그러니까 일광을 제거하는 새로운 카메라 기법에 대해 이런저런 얘기를 늘어놨다. 하지만 내가 말하고 싶었던 것은 비가 오는 3월의 늦은 저녁, 바로 여기에 늙은 아버지와 함께 주차장을 가로질러

---

* 동부 유럽에 위치한 산맥.

걸어가는 한 키 큰 젊은이가 있다는 사실이었다. 페데리코가 어렸을 때 아들을 자동차로 학교에 데려다주던 일이 문득 떠올랐다. 그때 우리는 가끔 따끈따끈한 피자나 프라이드치킨을 먹기 위해 차를 세우곤 했다. 하지만 생생한 기억이라곤 전혀 남아 있지 않다, 비록 당시엔 그렇지 않았다 해도. 아들은 나를 위해 쇠톱으로 사과나무를 잘라주기도 했다. 자세히 기억나진 않지만 자작나무가 나를 향해 쓰러질 때 내 목숨을 구해준 사람도 아들이었다. 난 말할 수 있다, 내가 사랑하는 것은 아들 앞에 펼쳐질 세상이라고. 그 무엇도 이보다 단순하지 않다. 그 무엇도 이보다 명쾌하지 않다.

• • •

나를 테마로 한 책이 도착했다. 메리는 이렇게 말했다. "사람들은 실상 아무 이유도 없이 그런 책들을 쓰지." 이것이 내가 알아낸 메리의 반응이었지만 만약 그런 메리의 말을 일곱 번(혹은 열 번)이나 들어야 한다면 그 결과는 오직 자기파괴뿐일 것이다. 나는 메리의 냉담한 말에 대항했고 나 역시 냉담하게 대했으나 만족스러운 결과를 얻진 못했다. 모든 방면에 걸친 나의 실패는 메리가 살아 있음을 느끼기 위한 필수 요소임을 난 알게 됐다. 이런 사실을 아이들에게 말해야 하는지 잘 모르겠다. 남아메리카로 떠나기 전인 눈 내리던 그 밤, 나는 전륜구동 자동차로 부근의 도로를 마구 내달렸다. 그러면서도 차가 고장나서 걸어가야 하는 사태라도 벌어지면 어쩌나 하는 걱정은 조금도 하지 않았다. 한번은 S가 사인회를 여는 중이었다. 나는 그에게 메리를 위해 책에 사인해달라고 요청했다. 집으로 돌아오는 길은 너무도 즐거웠다. 자동차도 그날따라 최고의 성능을 보였다. 메리는 부엌에서 텔레비전을 보고 있었다. 나는 그 책을 메리에게 주었다. 메리는 무척이나 혼란스럽다는 표정으로 나를 바라보더니 이렇게 말했다. "당신은 정말 좋은 사람이야, 안 그래?" 메리의 말은 난 오직 세상으로부터 경멸받는 비뚤어진 야만인으로만 용인될 수 있다는 점을 드러낸 것으로 보였다. 만약 점심식사를 하다가 메리에게 그녀의 대학으로부터 졸업식 연설을 해달라는 부탁을 받았다고 얘기한다면 메리는 이렇게 말할 것이다. "그 부탁을 거절한 게 틀림없는 모든 이들을 생각해봐. 그쪽 대학은 마지막 남은 방법을 쓴 거라고. 그리고 어쨌든 난 그 대학을 싫어해." 메리에게는 내가 혐오스러운 사람이 되어야 한다는 사실이 중요하다는 사실을 알게 됐으며 이런 깨달음이 어느 정도 도움이 될 수 있겠다는 생각도 들었다.

    • • •

  새벽이 오기 전에, 아니 사실은 새벽에 잠을 깼다. 밖에서 번개가 치자 방안이 환해졌다. 바닥에 벗어놓은 옷가지가 보였다. 새들의 노랫소리가 들려오기 시작했고 멀리서(아마 남서쪽 어느 곳일 것이다) 천둥소리도 들려왔다. 늙은 개는 잠들어 있지 않으면 자는 척하는 것으로 보였는데 아마 천둥소리에 겁을 집어먹었을 것이다. 섬광이 번쩍거린 후 마음속으로 거의 스물을 세었을 무렵 천둥소리가 들렸다. 그렇다면 폭풍은 여기서 약 20마일 떨어진 곳에 있을 터이다. 저 늙은 개의 (그렇지 않을 수도 있지만) 고통을 덜어줄까 하는 생각이 잠시 들었다. 다음에 친 번개는 아주 가까운 곳에 떨어진 듯했으며 이에 개가 잠에서 깨어 끙끙거리는 소리를 냈다. 난 동쪽에 있을 H를, 그리고 내가 그녀를 얼마나 사랑하는지를 생각했다. H를 떠올리자 빛이 나를 가득 채워오는 느낌이 들었고 그 신기한 광휘는 차라리 화약이 일으키는 불꽃에 가까웠다. 이 불꽃은 얼마나 단순하면서도 강력한가. 우리는 서로를 사랑해야 할 운명이었다. 개에 대한 나의 공포, 아티초크*에 대한 그녀의 알레르기, 그녀의 근시, 그리고 이제 잘 들리지 않는 내 귀는 이 사랑과 아무 상관도 없다. 우리는

---

* 국화과에 속한 여러해살이풀.

서로를 사랑한다. 그렇게 나는 침대에 누운 채 천둥소리가 늙은 개를 두렵게 만들지 않을까만 걱정했을 뿐 다른 것엔 거의 신경 쓰지 않았다. 햇살과 새들의 시끄러운 지저귐 소리가 점차 강해지는 가운데 폭풍은 으르렁거리며 뉴로셸New Rochelle 쪽으로 물러가기 시작했다. 새벽부터 있었던 이 모든 일들이 내게는 지극히 자연스러운 사건들의 전개처럼 다가왔다. 나는 전부터 이런 놀라운 감정을 알고 있었다. 그러니까 다른 소녀들에 대한 감정을, 다른 남자들에 대한 감정을, 또 요즘 자신의 침실에 들어오지 못하게 하는 내 아내에 대한 감정을. 내게 이는 산책만큼이나 지극히 자연스러운 일로 보인다.

• • •

아내가 내게 40년 동안 식사를 차려줬다는 점에 대해 생각해본다. 내가 볼 때 이는 역사상 가장 위대한 노동 중 하나로 여겨진다. 아내는 자주 나를 비꼬며 식사를 대접했다. 식사하라고 불러놓고는 아무 말도 하지 않은 적도 자주 있다. 하지만 아내는 10년 모자란 반세기 동안 밤이면 밤마다 식탁에 음식을 차려줬다. 이른 아침 벌거벗은 채 침대에 누워 있던 나는 이것이 참으로 대단한 일임을 깨달았다. 더불어 이제는 떠나야 한다고, 하지만 나의 기묘한 수집품들 중 그 무엇도 가져가선 안 된다고 생각했으며 그 이유는 무엇보다 여기가 바로 내 아이들의 집이기 때문이다.

• • •

현관에 앉아 별 재미도 없는 책을 읽던 중 기억상실증이 나를 덮쳐왔다. 나는 내가 누구인지 여기가 어디인지 알 수 없었다. 이런 증상은 몸을 움직임으로써 (나는 브로콜리를 솜씨 좋게 일렬로 심는다) 쉽사리 정상으로 돌아오지만 상태가 점점 악화되고 있진 않은지 유의해야만 한다. 의사에게 말해보긴 했으나 아무 답도 듣지 못했다. 기억 상실은 내가 이해하지 못하는 의식 수준의 한 측면에 대한 지각이다. 즉 이는 (형상화하여 말하자면) 공간에 존재하는 구조물들과 마찬가지로 우리의 지력을 넘어서는 또다른 창공으로, 잠깐에 불과하지만 우리를 압도하는 힘을 갖고 있다. 그때만큼은 난 이 현세에 존재하지 않는다. 그저 추락하고 또 추락하기만 할 뿐. 이 상태를 따져보면서, 또 (심리 분석에서의 습관 때문에) 죄의식의 몇 가지 형태들을 떠올려보면서, 나는 혹시 내가 젊었을 적에 (보스턴에서의 어느 겨울밤에 트롤리 전차에서 내리는 것과 같은) 궁극적인 무익無益함을 맛보았을지 모르며 그것에서 재빨리 도망친 후 지금에서야 그 무익함의 희생양이 바로 나라고 주장하고 있는 건 아닐까 생각했다. 물론, 내 늙은 심장이 내 늙은 뇌로 피를 공급하지 않아 일어나는 현상일 수도 있다.

● ● ●

난 내가 마치 아일랜드 출신의 노련한 정원사라도 되는 양 오래전에 죽어 방치돼 있는 작약들을 솎아냈다. 그 꽃에 대해 물었을 때 메리가 했던 말이 생생하게 기억난다. "오, 그 꽃은 어디서 발견했어?" 메리는 이런 내 질문에 퉁명스러운 목소리로 대꾸했다. "내가 뽑아온 거야." 확신컨대 오늘 아내는 기분이 별로임에 틀림없다. 나는 늙은 개를 향해 이렇게 큰 소리로 노래 불렀다. "나는 사랑의 정원에서 레몬을 뽑았다네. 오직 복숭아만 자라는 그 정원에서."

● ● ●

내일은 나의 예순여덟번째 생일로, 아주 고통스럽진 않아도 몸이 편치 않다.

· · ·

석간신문에 60대로 추정되는 한 여자가 보트 클럽에서 열린 파티에서 돌아오자마자 목 졸려 죽었다는 기사가 실렸다. 강도에 의한 사건은 아닌 것임에 틀림없다. 왜냐하면 죽은 여인은 다이 아몬드 귀걸이를 걸치고 있었기 때문이다. 그다음 기사엔 10명의 이름이 신문에 실렸다. 기차역 화장실에서 공개적으로 외설 행위를 한 죄로 고발된 자들이었다. 하지만 어떤 과정을 거쳐 이런 결정들이 내려진 것이며 또 이렇게 외설 행위로 이름이 공개된다면 이후 그 사람들이 어떻게 제대로 살아갈 수 있겠는가? 다음 페이지를 펼치자 우리의 어떤 누이와 형제가 얼마나 큰 정신 장애를 일으켰는지 알 수 있었다. 그러니까 한 엄마가 한 아빠를 20구경 산탄총으로 갈겨버린 사건이었다. 그 엄마는 아이들에게 치과 예약, 예상되는 기름 배달 일자, 그리고 화초에 물을 주라는 메모를 남겼다. 그들의 자녀들이 어떻게 이 세상에서 살아갈 수 있을 것이며 또 사랑과 우정이 주는 기쁨을 알 수 있겠는가? 여자아이는 나중에 연인과 포옹하며 이렇게 말할 것이다. "우리 엄마가 우리 아빠를 죽이고 자살했다는 걸 알아야 해요." "내가 23년 전에 풍기문란죄로 체포됐다는 사실을 알아두라고." "우리 엄마가 목 졸려 죽을 때 다이아몬드 귀걸이를 하고 있었다는 점을 명심해." 사랑이 이런 고백을 넘어설 수 있을까? 나는 그들이 그 섬에서, 그러니까 병이나 죽음에 정복당했다고 생각했던 모든 친구들과 연인들이 살고 있는 내가 좋아하는 바로 그 섬에서, 레스토랑에서 해변으로 혹은 해변에서 볼링장으로 즐겁게 오가는 모습을 본다.

오, 나를 예언자와 굴뚝청소부의 세상에서 살게 해달라!

• • •

이 공포는, 이 이름 없는 두려움은 무엇인가? 그것은, 지극히 간단히 말하자면, 원기의 상실이다. 지능을, 추억을, 연인으로서의 재능을 상실했다는 말이다. 어떤 이는 광기가 극에 달하기도 한다. 언덕 입구에서 Z부부와 얘기하고자 자전거에서 내릴 때 나는 내가 어디에 있는지 알 수 없었다. 내 추측으로는 순간적으로 기억상실증에 걸리지 않았나 싶다.

• • •

어제는 그동안 잊고 있었던 수표를 현금으로 바꾸려고 시내로 차를 몰고 갔다. 은행을 향해 언덕을 내려가는 동안 허드슨강까지 이어진 서쪽 해안의 산들이 눈에 들어왔다. 잎들은 완전히 자랐고, 구름이 이따금 그림자를 드리우며 지나가는 가운데 날씨는 화창했다. 산과 물은 그야말로 아름답게 보였는데 그것은 무척이나 감성적인 아름다움으로, 과거에 내가 알고 있었으나 잃어버렸고 이에 다시 기쁜 마음으로 찾고 있는 그 어떤 행복에 대한 추억처럼 보인다. 하지만 추억은 강하고도 힘차다. 내 연인이 (머리를 빗고 있든 아니면 생선뼈를 발라내고 있든) 어떤 일을 끝내길 기다리는 동안 내가 앉아 있는 현관 바닥의 냄새를 난 맡을 수 있으며 또 숲으로 우거진 산과 강 위로 움직여가는 그림자와 햇살을 이렇게 가만히 지켜본다. 난 여기에 계속 있어왔다.

• • •

거북이 등에 의해 세계가 지탱된다고 믿었던 초기 시대 선원들이 저 대양의 한쪽 끝으로 항해하기를 두려워했던 것처럼, 1930년대와 1940년대의 사람들은 동성애를 두려워하는 것처럼 보였다.

• • •

이토록 아름다운 여름 아침에 단 한마디만 내뱉은 뒤 (이는 명백한 모순이다) 아내는 방으로 들어가 문을 닫았다. 나는 연인으로서, 남편으로서, 아버지로서, 친구로서, 그리고 이웃으로서 내가 얼마나 행복했는지 기억해야만 할 것 같다. (그리고 이것이 나의 의무라는 사실도.) 하지만 지금 내게 아내란 결코 없으며 Z부인은 내 의식에서 완전히 사라졌다. R의 입장에서는 나를 긴급히 찾아야 할 필요성이 전혀 없다. 내게는 친구와 이웃과 아이들이 있으며 사실 아내가 없는 것도 아니다. 다만 아내라는 이름이 일반적으로 의미하는 바와 완전히 반대되는 상황에 처해 있을 뿐. 이는 그야말로 거세와 공개적인 모욕과 불명예를 포함하는, 거기에 만약 장비도 활용 가능하다면 십자가형까지 망라하는 폭력적인 공연이라 할 것이다. 이따금 우리가 성적인 면에서 당황하는 남자들을 마주친다는 사실이 조금이라도 놀랄 만한 일인가?

● ● ●

　신은 알고 계시지만 행복에 관한 내 기억에도 가시는 있으며 그것은 아마 지금보다 더 젊었던 시절이기 때문일 것이다. 난 내가 아직도 행복을 누릴 능력을 갖고 있다고 말하고 싶다. 월밍턴에서 전화한 F는 이렇게 물었다. "자니, 우린 행복하지 않았던 거야? 우린 정말로 행복하지 않았던 거야?"

• • •

　외로움이라는 무지막지한 힘만이 가장 흥미롭다 할 속물적인 탈선 행위, 즉 비가 오는 한밤중에 지하 차도에서 벌이는 관능적인 몸싸움의 이유를 설명해줄 수 있을 것이다. 아침이 왔을 때 우리는 우리의 엉덩이와 팔뚝에 난 잇자국이 누구의 것인지 결코 알지 못한다.

　노년에 관한 글을 읽으면서 최근 아침마다 나를 사로잡고 있는 듯이 보이는 우울증을 일종의 화학적 작용으로 설명할 수 있음을 알고 기뻤다. 죽기를 소원하며 침대에 누운 채, 나는 이런 우울함이 트리플렉손tryflexon이라는 성분의 과다 및 내 심장판막에 가해지는 부담의 결과물임을 알게 돼 행복했다.

• • •

　이는 인적이 드문 구불구불한 길의 근처에 있는, 또 아마도 산이 보이고 조금만 걸으면 낚시나 수영이 가능한 시냇물에서 가까운 한 낡은 집에서, 비 오는 밤에 침대에 누워 읽기 좋은 이야기다.

• • •

　노화 현상은 내게 두 가지의 분명한 변화를 보여주는 듯하다. 나는 이런 변화가 기질상의 문제라고 생각한다. 그중 하나는 공포의 증가다. 버몬트의 겨울에 관한 글을 읽을 때 나는 아침햇살 아래서 스키를 타거나 등산하는 장면이 아니라 오직 죽음의 전조로서의 추위를 떠올렸다. 오직 고통만을 생각했던 것이다. 이른 아침 한 텔레비전 영화에서 해안에 부딪히는 파도가 나오는 장면을 보면서 나는 내가 그 아침햇살로부터, 그 신선함으로부터, 그리고 행복한 참여자라는 지각으로부터 얼마나 멀리 떨어져 있는지 깨달았다. 지난번에 바다에 갔을 때 아내는 너무나 우울해했다. 어쨌든 겨울(죽음)에 대한 나의 공포와 넓은 해변에서의 행복을 상상할 수 있는 능력의 상실이라는 이 두 문제를 정직하게 바라보지 않으면 안 된다는 생각이 든다.

• • •

　아주 일반적으로 말해 내가 쓰고 싶은 글은 찬양이라고 할 수 있다. 비록 내 능력 밖의 일일지 모르지만, 난 성공에 대한 이야기를 쓰고 싶다는 말을 이따금 해왔다. 어제 숲속에서 사슴등에 deerfly에 쫓기며 걷다가 생각해낸 것이긴 해도 내 마음속에서 서서히 구체적인 형태를 띠어가는 한 노인이 있다. 그런데 그 노인이 대단히 지루한 인물이 될 것 같은 느낌이 들었다. 결단력과 창조적인 영감, 그리고 재능을 이용해 경솔함이 지닌 어떤 힘을 물리치거나 정복하는 한 남자의 성공 이야기를 당신은 쓸 수 있는가? 또 문학작품 속에 내가 사랑했던 영웅이 있기는 한가?

● ● ●

　쇼핑을 했다. '24시간 영업'이란 간판이 내걸려 있었지만 매장은 퇴락의 냄새를 물씬 풍겼다. 쇼핑 카트 정리 상태가 엉망이었다. 아무데나 널브러져 있어 주차하기가 힘들었고 그나마 정리돼 있는 카트들도 서로 꽉 끼어 있는 상태였으며 카트 정리를 담당하는 녀석은 담배를 피우며 문구점에 비치된 포르노 잡지나 들여다보는 중이었다. 매장 안에서는 음악조차 나오지 않았다. 난 봤던 그대로 말하고 있다. 하지만 곳곳의 판매원이나 청소하는 소년의 얼굴에서 그토록 생생하고 선의에 찬 표정을 목격할 수 있으므로 인간이라는 종이 마케팅이라는 의식儀式을 극복해낼 수 있을 것임은 누구나 알 수 있었다.

· · ·

   신부는 이렇게 말했다. "만약 당신이 참을성 있게 여름을 기다려온 이들 중 한 명이라면 지금 우리 교회가 처한 환경을 즐겁게 받아들여주시길 진심으로 바랍니다. 저로서는 충분히 그래왔죠. 교회는 지금까지 아주 더웠어요. 성구 보관소 창문에 설치된 선풍기는 거의 효과가 없더군요. 언젠가는 우리 교회에도 보다 좋은 환기시스템이 갖춰지기를 기원하고 또 희망하고 있습니다. 제가 당신을 위해 늘 기도하거나 생각하고 있다는 걸 잊지 마세요, 특히 오버라머가우*에서 열렸던 수난극을 보러 갔을 때 그랬답니다."

· · ·

   밤에는 공기가 답답하고 무척이나 덥다. 가슴 쪽에서 재발한 통증이 턱으로까지 확산돼 난 의사를 불러 진찰을 받아야 했다. 약간 상쾌한 공기가 계곡으로 불어오긴 하지만 그 바람은 이내 사라질 뿐이다. 두 번에 걸쳐 아내와 대화를 나눴으나 극도로 기분만 상할 뿐이었고 이어 커피를 한잔 마시려고 부엌에 들어섰

---

* 독일 바바리아 주에 위치한 지역으로, 10년마다 성주간 시기에 대규모 공연을 펼치는 곳으로 유명하다.

을 때 아내는 레몬주스를 들고 사라져버리기까지 했다. 나는 정말이지 마녀라도 만난 기분이었다. 아내는 내가 알기로 어렸을 때 장모의 집을 완전히 불태워버렸다는 의혹을 받은 적이 있다. 아내의 부정적 행태는 파괴적이라는 표현조차 어색할 정도로 너무 심하다. 이는 물이 부족한 상황에서도 밤새 수도꼭지를 틀어놓는다거나 급속 냉동고의 플러그를 뽑아놓는 바람에 냉장고 안의 엄청나게 많은 식품들을 상하게 만드는 것과 같은 기초적인 문제를 뜻한다. 이런 상황은 어떤 남자가 히드로 공항의 한 문을 두드리며 우는 그의 아내를 목격했을 때와 똑같다. 문에는 '출입금지'라는 팻말이 네 개의 언어로 쓰여 있었으므로 그녀의 행동은 남편을 불편하게 만드는 노력만큼 쉬운 일도 없음을 보여주는 듯했다. 그런 그녀는 이미 경험했거나 아니면 경험할 준비를 하고 있는, 다시 말해 여기가 아닌 다른 세상에서의 한 역할을 수행하고 있는 듯이 보였다. 공항의 문을 두드리고 있는 아내를 처음으로 보았던 그 아침에 그녀의 남편은 어떤 통찰력이 자신을 찾아온 듯했다. 그리고 몇 년이 지난 후 그가 느낄 수 있었던 건 오직 조바심과 지루함뿐이었다.

• • •

저녁식사로 큼지막한 생선을 먹었다. 이어 장작에 불을 지핌으로써 나는 이 집과 내게 어느 정도의 유용성을 부여할 수 있었다. 그렇지 않았다면 이곳은 추위가 계속되고 노부부가 서로 언쟁이나 벌이는 무의미한 방이 됐을 것이다. 사람들은 흔히 불은 하나의 화학적인 변화에 불과할 뿐 기본적인 요소가 아니라고 말하지만 내가 볼 때 이는 기본적인 요소이다. 말 그대로 기본적인 힘이라는 뜻이다. 비록 쌀쌀하다거나, 바람이 심하다거나, 유해하다고까지 말하긴 어려워도 그래도 밤은 밤이며 따라서 이곳과 그 안의 가구들에 대해 그에 걸맞은 무게 및 중요성을 부여하는 것은 바로 불이 선사하는 빛과 온기인 것이다.

• • •

장에서 느껴지는 통증과 함께 잠에서 깨어났다. 입안에서 느껴지는 이 미각과 내장기관의 불편함이 나의 감성적이며 정신적인 삶을 완전히 지배하고 있는 듯하다. 재작년에 썼던 일기를 읽어가다가 금욕이란 문제에 대해 고민하게 됐다. 오늘 아침 생각해보니 나는 이를 성공적으로 배웠던 적이 한 번도 없었고 내가 할 수 있었던 최선이라 해봐야 내 욕구를 한두 주 정도 지연시킨 것에 불과하다. 그러나 비록 아주 짧은 시간이라 해도, 이젠 완전히 잃어버린 것으로 보이는 위엄을 난 분명 갖고 있었다. 내가 지닌 가장 오래된 장점을 들라고 한다면 상당한 노동을 해왔다는 점이리라.

• • •

　잠을 설친데다 그토록 화창하고 산뜻한 아침에 그리도 깊은 절망까지 느끼며 깨어난 나는, 절망의 원인이 장腸 깊은 곳에 도사리고 있다고 결론 내릴 수밖에 없다. 비록 유례없이 건강하게 지내고 있긴 하지만 말이다. 그토록 오랜 세월을 이 같은 모순 속에서 살아왔다는 사실을 깨닫지 못한 건 나의 무딘 성격 탓이리라. "무엇이 당신을 괴롭히는 것 같나요?" 의사가 물었다. 완전히 벗은 채 검사실에 누워 있던 그 사람이 말했다. "난 지독한 슬픔을 느낍니다."

• • •

　시계가 5시를 알렸을 때 M이 와서 함께 야구 경기를 보고, 섹스를 하고, 저녁을 먹고, 또다른 야구 경기를 구경하고, 이어 내 뜻에 따라 헤어졌다. 아침에 그가 제시간에 나타나지 않자 이런 일에 경험이 없던 나는 혹시 무슨 일이 일어나진 않았는지 당황해서 노심초사했다. 어쩔 줄 몰라했던 것이다. M이 도착했을 무렵 비가 조금씩 내리고 있었지만 우리는 이에 아랑곳없이 자동차를 타고 '클럽 서클 모터 코트' 도로를 순회했다. 이곳에는 카르파티아 산의 몇몇 마을들이 풍기는, 오직 비 오는 일요일 아침을 배경으로 서 있는 허름한 이동식 주택에서만 느낄 수 있는 그런 외로움이 존재한다. 심지어 텔레비전 안테나들 중 일부가 파손돼 세상과 통하는 일반적인 수단마저 끊긴 상태였다. (접힌 부분에 끼어 있는 낙엽으로 짐작건대) 분명 내걸린 지 수 주는 되어 보이는 침대 시트 외엔 빨랫줄도 텅 비어 있었다. 열을 지어 늘어선 우편함이 눈에 띄긴 했지만 누가 이런 곳에 사는 사람들에게 편지를 쓸까? 방금 출고된 듯한 신차 한 대는 방치된 상태여서 비록 페인트 색은 반짝거리고 자동차 번호판은 최근의 것으로 보였으나 바퀴 사이로는 골든로드와 데이지가 자라고 있었다. 카르파티아와 이곳이 풍기는 외로움의 차이를 말하자면 카르파티아의 외로움은 홍적세洪績世 시대부터 계속 이어져내려왔다는 느낌을 주는 반면 이곳의 외로움은 우리가 초래한 결과라는 인상을 준다는 점이다.

"놀란 입 다물어." M이 말했다. "스프링클러만 돌리면 괜찮아 보일걸." 나는 낄낄 웃었고 그런 나를 따라 M도 같이 웃었다. 북쪽으로 향한 우리는 곧 20번 도로 부근의 번화가로 들어섰다. 여기에는 할인판매를 주로 하는 가구점, 도넛 공장, 대부분 꿈동산에나 나올 것 같은 멋진 주택이나 버섯 모양 집들을 닮은 수많은 식품점들, 그 밖에도 부동산 중개업소, 쇼핑몰, 화랑, 그리고 〈안 마시술소 대습격의 밤〉이라는 영화를 상영하는 자동차극장이 있었다. 하지만 번화가는 점점 한산해지다가 곧 사라지고, 한때 농장이었으나 지금은 나무울타리로 서로 구분된 약 2천 평 규모의 대지가 나타났다. 이곳의 교회와 집들은 가식이나 허세를 전혀 떨지 않았지만 건물의 전면^{前面}은 마치 귀족들의 저택처럼 매력적이고 독창적이었다. 아까 봤던 도넛 공장과 〈안마시술소 대습격의 밤〉으로부터 우린 얼마나 멀리 떨어져 있는가! 여기 집들에서는 올버니에서 버펄로에 걸쳐 있고 캐츠킬 산맥과 애디론댁 산맥 사이의 로렌시안 평원에 펼쳐진 넓고 기름진 계곡이 잘 내다보였으며 그 끝은 허드슨 강이 아닌 오대호를 향해 뻗어 있었다. 계곡은 기름지고 풍경은 광대했다. 이곳이 내게 마치 천국처럼 보였던 이유는 눈에 들어오는 모든 것들마다 지적이고 온화한 우아함만을 드러낼 뿐, 좀 전의 그 번화가를 생산해냈던 탐욕스러운 유목주의라곤 전혀 찾아볼 수 없었기 때문이다. 우리는 나의 오랜 친구인 T부부를 방문했고 난 주사위 놀이에서 4달러를 잃었다. 거대한 성적 흥분감에 빠져 잠시 외로움을 잊을 순 있었으나 그래도 여전히 외롭기는 마찬가지여서, 아마도 통신판매를 통해 구입한 것으로 보이는 작은 어부 동상을 잔디밭에 세워둔 한 외진 농장을 지날 때는 혹시 농부의 아내 아니면 농부 본인이 보다 덜 외로운 겨울을 보내기 위해 그 장식품을 산 것이 아닐까 궁금해지기도 했다. 어루만질 때마다 항상 적극적으로 반응하는 연인과 함께하는 와중에도 서부에 정착했던 개척자들과 이 계곡을 통과했을 그들의 여정을 생각하니 나의 외로움은 시시하게만 여겨졌다. 밤이 다가올 무렵에는 계곡에서 내려와 번화가의 불빛을 따라 달린 다음 보스턴, 뉴욕, 버펄로, 올버니로 이어지는 거대한 고속도로로 들어섰는데 그렇게 달리는 동안 내 머리에서 맴돌았던 이미지는 바로 낭비되는 에너지였다. 즉 농장과 그 주변 풍광들을 품고 있는 계곡의 에너지들은 여기에 와서 뿔뿔이 흩어져버렸고 6차선 고속도로를 따라 한눈에 들어오는 가로등은 방랑과 무기력을 연상시켰다. 언덕에 서 있던 고풍스러운 집들과 비교하면 새로 지은 집들은 천편일률적인데다 한결같이 천박하다는 생각이 들었다. 그러나 비록 주택단지의 집들이 획일적인 형태를 띠고 있긴 해도 천천히 주인을 닮아가기 시작해 결국엔 그들의 시작이었던 동일성과 단조로움을 극복해가지 않을까 하는 생각도 들었다. 똑똑한 사람이라면 200년 전 농가를 짓던 시대의 형식으로 되돌아가길 희망하진 않을 것이기 때문이다.

• • •

피로는 내가 추구해왔던 그 무엇인바, 아니나 다를까 여행에서 돌아오자마자 극심한 피로가 덮쳐왔다. 나의 진정 소중하고도 오랜 친구인 G와 얘기를 나눴고 작업실에서는 메리에게 편지를 썼다. 이어 친구들과 저녁을 먹은 후 익명의 알코올중독자들 모임에 참석했다. 이는 만남의 의미가 강력히 와닿는 그런 모임들 중 하나다. 모임 후에는 작업실로 돌아와 야구 경기를 시청했다. 그런데 7회가 진행되던 중 이른바 대발작이라고 불리는 경련이 내게 일어났다. 의식을 완전히 잃은 나는 간질 발작을 일으켰다고 주장하는 한 남자와 더불어 새러토가의 한 병원 응급실로 실려 갔다. 사람들은 그의 뺨을 때려가면서까지 절대로 발작이 아니라며 그를 안심시켰다. 내가 입원한 병실엔 창자가 아프다고 큰 소리로 불평해대는 노인이 있었다. 노인에 따르면 창자가 그를 사정없이 괴롭힌다고 했다. 이곳만 아니라면 평온을 되찾을 수 있을 것 같아 남자 간호사가 다른 병실로 친절하게 안내하는 동안 난 탈출을 진지하게 고민했다. 아침이 되자 내 뇌에 대한 위험한 검사를 피해야겠다고 결심한 나는 구급차를 타고 서둘러 남쪽으로 향했다. 그리고 내가 잘 아는 병원으로 가서 이틀 동안 검사를 받았다. 아무 결론도 나오지 않았으며 아무 병도 발견되지 않았다. 그동안 메리는 참을성 있게, 또 사랑으로 대해줬는데 메리가 나를 위해 이토록 자기 자신을 헌신한 적이 있었던가 하는 생각까지 들 정도였다. 이는 속물적인 행위가 아니며 또 지금 나는 M과의 속물스러운 장난이 부정不貞과 관련돼 있음을 느끼지 못하고 있다. 여자를 사랑하는 남자들로서, M과 나는 우리의 곡예가 이류이며 오늘 아침의 이별이 필수적인 것임을 알고 있다. 우리에게는 성취해야 할 일이 있고 지켜야 할 약속이 있다. 메리에게 편지를 쓸 수 있도록 노력해야겠다.

• • •

뉴잉글랜드에 관해 많은 이야기를 들려줬던 커밍스는 정신이상에 대한 두려움은 거만함의 유감스러운 과시라고 말했다. 그런 말도 안 되는 주장을 하는 사람은 반드시 정신병원에 가서 정말로 정신이상에 걸린 사람이 얼마나 지속적이며 끔찍한 고통을 겪는지 알아야만 한다. 내 기억으로도 B는 정신이상 증세 때문에 내가 알고 있던 그 무엇과도 견주지 못할 불행을 겪었다. 하지만 (심하진 않아도) 지금 나 역시 두려움을 겪고 있고 그래서 이를 메리와 H와 M에게 말하고 싶다. 비록 그렇게 말할 수 있는 나의 명정함에는 따뜻함과 배려심이 심히 결여돼 있어 내 말이 그들을 두렵게 한다 해도 말이다. 휘저은 달걀 요리처럼 복잡한 심경으로 아침에 일어난 나는, 내 형제나 아들이 아닌 그 어떤 남자와의 지속적이며 정서적인 삶도 내게는 큰 부담이며 또 진정 불가능함을 깨달았다. 하지만 바람은 나뭇잎들을 떨어뜨리고 그림자의 형태는 계속 바뀌어간다. 나는 내가 늙었고 따라서 일선에서 좀더 물러나 네덜란드처럼 아주 평평한 땅에서 남자를

벗으로 삼는 데 만족하거나 자전거를 타는 등 평온한 삶을 살다
가 차가운 겨울바람이 불어오기 시작하면 열대 지역 같은 곳으
로 가야겠다고 생각했다. 이는 내가 볼 때 하나의 망상, 다시 말
해 알코올중독이라는 과거로의 복귀 및 그로 인한 비만과 간경
변과 잘못된 기억과 또 (머지않아 시작될) 되돌릴 수 없는 뇌손
상으로부터 시작되는 장기적이며 외설적인 자기파괴 행위와 연
관된 망상이다. 내 나이 정도가 되면 누구도 뭔가를 요구하지 않
는다, 정말로 아무것도. 그러니 난 내 원고를 난롯불이 지펴진
작업실에 남겨둔 채 도시락을 갖고 차고로 가서 자전거로 동네
를 한 바퀴 돌아보려 한다. 자전거를 타러 가기 전에 그 원고를
복사해둘 수도 있겠으나 돌아왔을 때 글을 쓸 수 있는 종이만 남
겨놓고 지금은 자전거부터 탈까 한다.

• • •

술이 그립다. 가장 간단히 표현하자면 그렇다. 날이 어두워지
면 술 생각이 난다. (한 노인이 알게 된 완전한 허무인) 나다*에
대한 헤밍웨이의 이야기(들)는 최근 몇 달간 내가 경험했던 바

---

* 헤밍웨이는 자신의 단편인 「깨끗하고 불이 환한 곳」에서 젊은 웨이터와 늙은 웨
이터의 대비를 통해 허무라는 주제를 다루고 있다. 이 작품의 뒷부분에 나오는
'나다Nada'란 단어는 스페인어로 아무것도 없음, 허무를 뜻한다.

와 일치하는 것 같다. 나는 하느님의 뜻과 내게 일어나는 일의 섭리를 믿으며 만약 내가 발작을 일으켜 의식을 잃고 바닥에 누워 있었던 일의 섭리를 의심한다면 어리석은 짓이 될 것이다. 그 일로 인해 아내가 내게 다시 다가온바, 이것말고 그 이상으로 내가 원한 것이 있었던가? 최근 겪고 있는 슬픈 일들이 나름대로 의미가 있었음을 언젠가는 알게 되리라 생각한다. 이 슬픔의 본성은 당황스럽다. 나는 나를 자꾸 피하려드는 친숙함을 찾고 있다. 집으로 돌아가고 싶지만 내겐 결코 집이 없다는 그 친숙한 사실을. 나는 계속 아파왔으며 또 나의 문제들 중 하나는 내게 원기가 부족하다는 점이 아닐까 생각한다.

● ● ●

나의 가장 큰 문제는 현재 글을 쓰지 않고 있고 또 새러토가로 돌아가기 전까지는 그럴 생각이 없다는 점이다. 이전 일기를 읽다가 내가 새러토가에서 얼마나 자주 기억 상실이라는 발작을 일으켰는지 알게 됐다. 진정 나는 의식과 기억을 잃었다. 경험이 연속적이라는 사실을 나 자신은 이해할 수 없는 듯이 보인다. 나는 여기에서 젊은이였고 성숙한 사람이 되었고 이젠 나이든 노인이 됐다. 여기에서 난 부자이자 가난한 사람이었고, 아픈 사람이자 너무나 건강한 사람이었고, 몇 명의 여자들과 간통을 했고,

지금은 남자와 연애를 하고 있다. 이를 이해하기란 아주 힘든 일이다. 요즘 스케이트 타기를 무척 좋아하는 한 노인의 이야기를 쓰고 있다. 그는 야구 경기장의 국가國歌를 연상시키는 한 젊은 여자와 관능적인 연애에 빠지며 그녀에게서 퇴짜를 맞게 되자 그녀가 사는 건물의 엘리베이터 직원과 연인 사이가 된다. 내가 상상해낼 수 있는 유일한 해결책은 그 노인이 그가 스케이트를 타는 장소인 연못을 구해내는 것이다. 왜 여기서 이 작품을 쓰는 것이 실수임을 이해하지 못하는지 그런 나 자신이 유감스럽다. 새러토가는 내게 분쟁의 땅으로 여겨지기 때문이다. 난 시간의 흐름을 이해할 수 있으리라 믿는다. 그리고 난 다음과 같은 노인들 중 한 명이다. 즉 나는 여행해온 바다들을 기억하지 못하는 항해자와 같다. 그 바다의 재빠름과 깊이를 기억하지 못하고 가끔은 바다들의 이름조차 제대로 기억하지 못하는 그런 항해자 말이다. 비록 내가 누구인지, 그리고 내 인생의 목적이 무엇인지 매우 불확실하긴 해도 난 내가 새러토가로 돌아가 숲속에 있는 그 작은 집에 앉아 있을 준비가 돼 있다고 생각하고 싶다.

• • •

M이 왔다. 내 우울증이 혹시 자전거에서 웅크리고 있는 자세와 관련 있을지 모른다는 생각에 우리는 댐까지 이르는 길을 걸

어서 올라가기로 했다. 중간에 한때 시더 레인에서 만났던 몇몇 사람들과 마주쳤는데 (그러니 사실상 처음 보는 사람들이나 마찬가지다) 당시 나는 시더 레인이 아닌 지금 내가 걷고 있는 이 길을 걸어보라고 강력히 권했다. 이들은 가을낙엽을 보기 위해 나왔을 텐데도 왜 하나같이 검은 선글라스를 쓰고 있는 걸까? 그들 옆으로는 뚱뚱한 개도 보였다. M을 만나 너무 행복했고 M도 나와 마찬가지였으리라 생각한다. 지금껏 한 번도 느껴보지 못했던 행복이다. 이에 당연한 일이지만 난 이 행복의 한계가 어디까지일지 두리번거렸으며, 나의 훌륭하고 소중한 친구가 황금색으로 변한 낙엽들을 가리켰을 때 그 낙엽을 비추는 햇살에 감탄을 내뱉으면서도 여자에게 그랬듯이 시를 쓰고 싶다는 생각은 전혀 들지 않았다. 이는 관심의 결여가 아닌 그저 차이일 뿐이며 우리 둘은 각자 해야 할 일이 있음을 강하게 느낀다. M과의 작별은 무척이나 달콤했다. 그러나 아침이 되자 난 상상 속에 나오는 소녀의 팔에 안긴 채 잠에서 깨어났다.

· · ·

M과 피라미드 쇼핑센터에 갔다. 개장한 지 4년에서 5년이 지났지만 이곳이 호황을 누리는 모습은 한 번도 본 적이 없다. 도시 재개발 위원회는 마차 시대를 주된 테마로 하는 홍보 전략을

통해 마을의 낡은 번화가에 새로운 활기를 부여하려 애쓰고 있다. 이에 자동차업계와 개발이 뒤처진 마을이 서로 경쟁하는 양상을 띠었고 그 경쟁은 가솔린 가격에 의해 더욱 격화됐지만 세금의 사용으로 인해 불평등해지는 상황이 되고 있다. 나는 여기 쇼핑센터가 사람들로 붐빈다거나, 법석댄다거나, 심지어 그럭저럭이라도 활기에 차 있는 모습을 결코 본 적이 없다. 분위기를 띄우고자 장식용 분수를 많이 지어놓긴 했지만 그 분수에서는 수년간 물이 나온 적이 없다. 은행 내부는 텔레비전에 나오는 어떤 우주선의 여객실 내부처럼 꾸며져 있다. 배에서나 볼 수 있는 둥근 형태의 창밖으로 은하수들이 엿보였고, 벽 자체에는 발광 물질을 사용했으며, 천장도 오목한 형태였다. 이 같은 우주선 분위기에다 창구에 늘어선 사람들 중엔 치료가 필요할 정도로 뚱뚱한 체구를 가진 바지 차림의 여자와 귀는 크지만 난쟁이 같은 사람까지 끼어 있어, 보는 이로 하여금 저 별들 너머에 있는 암흑 속으로의 여행은 퇴행적인 동시에 우리가 선택한 (또 발전시키는 데 엄청난 시간이 걸리는) 고도로 문명화된 힘으로부터 멀어지는 것이란 인상을 갖게 했다. 그럼 적당히 보수적인 시선으로 그 장면을 판단해볼 때 우리가 발견하게 되는 것은 무엇인가? 그것은 평가 불가능할 정도의 매력적인 스타일이나 탁월함의 흔적이라곤 찾을 수 없는 상품들이 그저 광대하게 펼쳐져 있기만 한 풍경이다. 손님들이 별로 없기 때문인지 점원들은 당황스러울 만큼 지나치게 걱정하고, 지루해하고, 혹은 미숙하기만 했다. 극장은 세 군데가 있었다. 한곳에서는 한 나이든 희극배우가 영원히 지속되는 인생을 다룬 친숙한 소극笑劇에서 신의 배역을 맡고 있다. 두번째 극장에서는 고등학생들의 세태를 다룬 저예산의 유쾌한 영화를 내걸었다. 〈칼리굴라〉라는 제목의 영화를 상영중인 세번째 극장의 문을 열자 입으로 성기를 애무하는 배우의 모습이 보였고 그것이 우리의 착각이 아니었다는 점은 골동품처럼 생긴 세면대에 정액이 튀는 장면으로 확실해졌다. 세 극장 가운데 어느 곳도 이렇다 말할 수 있을 만큼 관객이 많진 않았다. 쇼핑센터로 다시 돌아오자 널리 알려진 〈저 무지개 너머 어딘가에Somewhere Over the Rainbow〉란 곡이 매장 전체에 흐르고 있었다. 테니스 반바지 차림의 키 작은 한 노부인이 배터리로 작동되는 최소 2피트 길이의 전등을 들고 우리 옆을 지나갔다. 다른 많은 것들에서 느낄 수 있는 바와 같이, 그 이유가 뭔지는 결코 알 수 없으리라. 배가 고플 때 찾게 되는 음식점은 열 곳 이상으로, 한 곳의 예외도 없이 문명이 시작된 이래 각종 의식과 축제에서 사람들이 튀겨오고 즐겨 먹어온 휴일의 그 야만스러운 음식들을 팔고 있었다. 이는 모든 왕들 중 으뜸인 왕을 처형하는 자리에서, 반역자를 찢어 죽이는 자리에서, 마녀의 목을 매는 자리에서, 구세주를 처형하는 자리에서 먹었던 음식이다. 비록 전부가 튀긴 음식은 아니지만 대부분이 그러하다. 이는 우리가 말을 타거나 카누를 저을 때, 또는 운전을 하거나 사랑하는 연인의 허리에 손을 두르고 쇼핑센터와 증권거래소를 드나들 때, 잎으로 만든 원뿔 모양의 용기 혹은 종이로 만든 콘 모양의 봉지에서 손가락으로 꺼내 먹는 음식이다. 어젯밤 텔레비전에는 레이건의 승리에서 자신이 느끼는 새로운 시작을 열정적으로 이야기하는 한 남자가 등장했다. 그는 아주 진지한 표정으로 유권자들이 레이건을 선택한 이유는 레이건의 경제 및 외교 정책 때문이라고 말했다. 거들먹거리고 싶어하는 사람은 없겠으나 나로서는 그두 정책 모두를 이해할 수 없다. 내게는 그 레이건 지지자가 다소불쾌하게 느껴졌다. 그는 머리숱이 별로 없고 약간 두꺼운 안경을 썼으며 재킷 안쪽에는 브이넥 모양의 두꺼운 스웨터를 입었다. 그래서인지 불편해하는 모습을 보였고 어깨를 상당히 많이움직이면서 이따금 스트레칭을 하곤 했다. 그가 보여준 카터 행정부의 상징물은 너덜너덜해진 깃발로, 통화 정책과 석유 위기사태를 통제하지 못한 카터의 실패를 너무나 열정적으로 토로하는 바람에 그의 설명은 마치 자전적인 느낌으로 변해가기 시작했다. 다시 말해 그의 개인적인 슬픔, 연기된 피크닉, 성적性的 콤플렉스, 그리고 우울증 및 외로움과의 만남이 흡사 카터 행정부의 책임이라도 되는 것처럼 말이다. 그런 장면은 지금까지 본 적이 없었지만 투표 결과를 이해하는 데 도움이 된다는 생각이 들었다. 어떤 이는 가솔린 가격이 1갤런당 1달러 이상이 될 경우

두 자리 숫자의 인플레이션 사태가 올 것이고 그럼 현 정부는 실패할 것이라고 말했다. 내겐 일리가 있어 보이는 견해였다.

· · ·

 텔레비전을 켜니 독일과의 마지막 전쟁에서 조지 스코트 George C. Scott*가 목숨을 바쳐 교량을 거의 방어하는 장면이 나온다. 다큐멘터리의 등장으로 (죽음에 대한 고뇌와 승리의 영광을 그린) 전투장면을 재현하는 배우들은 우스꽝스러운 신세가 됐다. 우리는 실제 사실을 너무나 잘 알고 있어 인공적으로 만든 참호 안에서 죽는 척 연기하는 배우들을 진지하게 받아들이지 못한다. 낸시 밋포드Nancy Mitford**의 글을 읽으면서 리도Lido***에 있을 때 그녀의 숙소 바로 옆에 묵었던 일이 떠올랐다. 그래, 생각난다! 그녀는 빅터 커나드란 사람과 함께 있었는데 그들은 지금은 이름도 기억나지 않는 한 이탈리아 공주의 손님들이었다. 그녀를 만난 적은 한 번도 없지만 왠지 그녀를 아주 잘 아는 것 같은 기분이 든다. 무솔리니는 그녀의 부친에게 작위를 선사한 바 있으며 나는 어떤 지체 높으신 양반과 함께 그녀의 풀장에 수영

---

* 미국의 영화배우.
** 영국의 소설가, 전기 작가.
*** 이탈리아 베네치아에 속해 있는 섬.

하러 갔던 적이 있다. (망가진 범죄자라고 부를 만한) 낸시 밋포드의 제부*로부터 축하 인사를 받았던 기억도 난다. 잠을 푹 잔 후 젊은 여자를 상상하며 자리에서 일어났다. 면도를 하고 방에 불을 지핀 다음 신문과 커피를 사려고 마을로 갔다. 나는 맥도날드에 갈 때도 카페인을 즉시 보충할 수 있도록 항상 커피를 들고 가는 그런 보기 드문 사람들 중 하나다. 매장 안에는 엄마와 아들로 보이는 커플이 있었다. 엄마는 어떻게 아이까지 낳을 수 있었을까 궁금해질 정도로 대단히 못생긴 얼굴이었다. 그녀와 잤던 남자는 대체 무슨 이유 때문에 그래야 했을까? 하지만 여자는 아이의 이모일 수도 있다. 그녀는 매우 행복해 보였다. (열두 살, 열세 살 정도의) 사춘기 나이로 보이는 소년은 챙 달린 노란색 모자를 쓰고 역시 노란 옷을 입고 있다. 오늘 아침이 그 아이에게는 자신의 힘과 아름다움과 민첩함을 경험하는 드문 날들 중 하나로 보였고, 이에 스크램블드에그와 베이컨을 기다리는 동안 그야말로 천진난만한 자세를 취하다가 반짝이는 표면에 비친 자기 모습을 행복한 표정으로 힐끗 쳐다보더니 이어 일이 분 정도 하늘로 날아올라가는 동작을 선보였다. 그들은 4인분 치의 음식을 사서 가져갔다. 자동차를 타고 아빠와 누나가 기다리는 집으로 돌아가리라 생각하지만 전혀 그렇지 않을 수도 있다. 즉

---

* 낸시 밋포드의 자매와 결혼했던 파시스트 운동가 오스왈드 모슬리Oswald Mosley를 가리킨다.

그 둘은 식탁에 앉아 4인분 치의 음식을 효율적이고도 능숙하게 먹어치워버릴지 모른다, 마치 일상적인 일이라는 듯이.

• • •

일하는 시간을 좀더 늘리려다가 안타깝게도 과도한 흥분 상태에 휩싸이고 말았다. 『팔코너』를 쓸 때의 그 평온함이 지금의 내게는 없다. 이는 단지 건강상의 문제 아니면 너무 많이 마시고 있는 커피 탓일지 모른다. 새로 난 길에서 자전거를 타다가 날이 어두워질 무렵 돌아와 오랜 시간 후에야 마침내 따뜻하게 데워진 이 방에서 휴식을 즐기고 있다.

• • •

딱히 뭘 하지도 않으면서 빈둥거리는 중이다. 익명의 알코올 중독자들 모임에 갔다. 이번에는 교구회관의 부엌에서 열렸는데 부엌의 내부 장식에 신경쓰는 사람은 아무도 없었다. 10년 전만 해도 자선 바자, 축하 행사, 일일 방문 기금 모금 행사 등으로 화려한 곳이었지만 지금은 설치된 형광등의 절반만 불규칙적으로 번쩍거리고 캐비닛의 문들도 절반은 삐딱하게 기울어져 있다. 이런 분위기 속에서 사람들은 삶의 당혹스러움에 관한 이야기

를 허심탄회하게 털어놓았다. "어제는 추억이었고 내일은 꿈이
다." 마치 주유소 직원처럼 옷을 차려입은, 치아가 세 개밖에 남
지 않은 한 남자가 이렇게 말했다. 그 남자가 어떤 글, 연하장,
혹은 책을 읽고 이런 말을 했는지는 지금 이 시간의 내게 전혀
문제되지 않는다.

• • •

오늘 아침에 일어났을 때 이런 생각이 들었다. 진정 위대한 나
라가 아니라면, 어떻게 그토록 경직된 기질을 갖고 있으며 게다
가 어제 점심식사 자리에서 했던 자신의 말도 거의 기억하지 못
하는 쇠약하고 나이든 카우보이 배우를 한 나라의 수장으로 거
리낌없이 뽑을 수 있을까 하고 말이다.

• • •

산책을 하고 자전거를 타고 또 서성거리면서, 나는 내가 나쁜
아버지이며 이는 나의 판단이 아니라 내 아들이 내린 판단이라
고 혼자 생각했다. 또 나의 사랑과 가장 깊은 근심을 언급함으로
써 나 자신의 입장을 방관자나 여행자, 심지어 관광객으로 바꿀
수 있지 않을까 하는 생각도 했다. 그렇게 나는 관점의 자유를

누리고 싶다고 주장하면서 다른 어떤 나라로 도망칠 생각이나 하고 있는 듯하다. 하지만 이는 지나가는 우울증으로 간주하고 싶다. 나는 진실한 사랑이라는 권위를 지닌 아버지의 역할을 수행하며 살아갈 것이고 진정 내 시대와 내가 있는 곳의 주인공이 될 것이다.

●　●　●

그렇게 나는 교회에서 무릎을 꿇고 지금과 같은 결혼생활에 이르게 된 것에 감사드리면서, 비록 결혼생활의 몇 가지 어려움들은 불멸인 내 영혼의 일부이며 때론 음주를 통해서만 이를 감당할 수 있었지만 결혼을 계속 유지할 수 있게 해달라고 기도했다. 내 본성의 복잡성은 아들이 태어난 이후의 아침으로 대표되는 듯하다. 아들의 탄생은 내 평생 가장 원했던 일이었고 살아갈 남은 인생 동안 끊임없는 기쁨의 원천이 될 것이었다. 그때 아들은 내게 열정이자 구원이기도 했다. 당시 로마의 한 아파트 발코니에서 이런 감당할 수 없는 행운을 경험하고 또 기대하고 있을 때, 술 취한 젊은이들을 가득 태운 스포츠 자동차 한 대가 거리를 질주해 내려갔고 그 장면을 목격하는 순간 (아마 오스티아로 가는 길이었을 것이다) 나는 그 젊은이들과 함께 있고 싶다는 갈망에 사로잡혔다. 이처럼 내가 열정적으로 원하는 곳임에도 불구하고 그곳을 둘러친 경계를 넘고 싶다는 갈망은 지금도 나를 자주 찾아오는 듯하다. 하지만 난 그 청년들과 더불어 오스티아에 다녀왔으며 그들과 함께하는 동안 떠나온 영원성에 대한 나의 갈망은 훨씬 더 고통스러워졌다. 그리하여 나는 그리스도 재림 첫 주일에 용기를 달라고 기도했다.

● ● ●

간질을 치료하고자 복용한 약이 다소 나를 졸리게 하고 무기력하게 만드는 듯하다. 이것이 오늘 나의 마지막 글이다.

● ● ●

다일랜틴*을 복용한 지 8일째 아니면 9일째인데 기분이 좋지 않다. 오늘은 내 의료카드를 수령해야 하고 개를 수의사에게 데려가야 하며 유명한 신경과의사와 면담할 수 있도록 병원까지 나를 태워줄 누군가를 찾아야 한다. 답장을 써볼까 생각중이지만 이것들 외에 내가 할 수 있는 일은 그리 많지 않은 것 같다.

---

* 간질 치료약. 상표명.

• • •

    M의 스승과 저녁식사를 같이했는데 앞으로 내가 그리 똑똑하지 않다는 사실을 깨닫게 될 것 같다. 정통성에 관해 토론하던 중 나는 약 20년 전에도 로드아일랜드 프로비던스에 있는 한 집의 베란다에서 같은 주제로 토론한 적이 있음을 기억해냈다. 이름이 기억나지 않는 어떤 부부가 나를 축하해주기 위해 자신들의 저택에서 큰 파티를 열어줬을 때였다. 내 기억에 메리는 일본풍의 멋진 옷을 입고 참석했다. 당시 나는 우리는 주어진 삶의 시간 동안 선과 악에 관한 규약을 그때그때 만들어낼 수 없으므로 전통에 의존해야만 한다고 주장했다. 변비에 걸리는 바람에 오전엔 교회에 가지 못했다. 나는 고양이 사료를 사려고 일찍 집을 나서 샵-라이트 마트로 향했다. 얼마 되지 않는 쇼핑객들이 내게는 새로운 세계의 대사大使들처럼 보였다. 그만큼 그들이 아주 낯설게 여겨졌다. 매장 안은 음악 소리로 가득 차 있어 수많은 이들이 천사 같은 목소리로 이렇게 노래 부르고 있었다. "그 맑은 밤중에 천사들이 이 세상에 내려와 황금 하프를 뜯으며 그 오래된 찬송의 노래를 부르네……" 나는 그와 같은 내용의 벽화를 모스크바에 있는 우크라이나 호텔에서 본 적이 있는데 바로 공산주의 세계를 평화로운 왕국으로 묘사해놓은 그림이었다. 그 그림에서 시인들은 마스크를 쓴 철강노동자들에게 자신들의 시

를 들려주고 있었고, 농부들은 그들 자신과 이웃들을 풍요롭게 만들 농작물을 추수하며 노래 불렀다. 이 두 사례에 존재하는 아이러니가 참으로 통렬하게 다가온다. 나는 나를 위해 마트의 문을 붙잡아준 낯선 이에게 감사를 표했다. 유쾌한 진지함을 선보이며 그가 말했다. "천만에요." 우리는 서로에게 좋은 하루를 보내라며 인사를 나눴다.

• • •

유독성 물질이 강에 버려지고 있다는 기사가 '타임스'지에 실렸다. 이를 소재로 써먹을 수도 있을 것이다. 소설의 시작을 어떤 이는 독립기념일로, 어떤 이는 크리스마스이브로, 어떤 이는 상류층에서 하류층으로 떨어진 한 남자에 대한 소개로 시작하기도 하는데 나는 전혀 긴급하지 않은 사안을 그 시작으로 삼고 싶다. 그러니까 한 노인과 스케이팅, 그리고 오염됐다는 소식이 전해진 연못으로 시작하고 싶다. 가능성은 있지만 아직 깊이 생각해본 적은 없다. 『뉴욕 리뷰 오브 북스』지에 따르면 미국인들은 되찾을 수 없는 과거, 이제는 더이상 찾을 수 없는 기질의 사람, 그리고 아주 오래전에 사라져버린 풍경과 환경들 때문에 레이건을 선택했다고 한다.

• • •

　월요일 오전에 S부부의 집을 방문했다. 인질들이 풀려나는 중이지만 텔레비전 광고가 멈추는 일은 없으며 덕분에 분별없는 아내나 어머니들은 바지와 속옷을 구매하라는 권고에 솔깃해하기도 한다. 취임식은 인질 석방으로 어느 정도 관심을 끌겠지만 이 사태를 이용하는 측면도 있으리라 생각한다. 오늘 아침 아나운서는 새 행정부가 유능하고 강력할 것이라고 했다. 레이건이 대통령으로 재임하는 동안에는 인질 사태가 절대로 없을 거라면서.

• • •

　지금쯤이면 아메리칸 인디언식 이름을 가진 외진 지역의 작은 대학교들이, 인문학 명예박사 학위를 수여할 대상으로 학부와 학생회에서 나를 열렬히 추천했다는 내용의 편지를 보내올 시점이다. 어제 나는 그것들 중 두 개를 후회했다. 그리고 이 글을 쓰는 동안 세 개로 늘어날 것이다.

• • •

　자기도취에 빠져 있다는 소리를 들을지 모르나 나로 말할 것 같으면 얼어붙은 오리 연못에서 하키용 스케이트로 얼음을 계속 타다가 이따금 멈춰 서서 겨울날의 석양이 선사하는 아름다움에 탄성을 지르는 노인이다. 또 이른 여름날 아침이면 사람들이 무릎을 꿇고 크랜머Cranmer* 기도서를 읽는 한 고교회파 교회의 성찬식에 참석하고자 자전거를 몰고 가는 사람이다. 나는 또한 밀스트림 모텔에서 벽 바깥으로 소리가 새어나갈 만큼 큰 소리로 황홀한 신음을 내뱉는 사람이기도 하다. "당신은 이런 식으로 계속 살아서는 안 돼요." 내 연인이 말했다. 무슨 뜻으로 하는 말인지 난 정말 모르겠다.

• • •

그 노인이 말했다. "당신들 중 누구도 완벽한 문명이 안겨줬던 스릴을 기억할 만큼 나이들진 않았습니다. 그것은 어쩌면 빛이 선사해주는 기쁨에 가까운 일시적인 현상이었죠. 비록 지금에야 그 빛이 세상을 움직이게 할 수 있다는 사실을 알게 됐지만 말입니다. 매우 유동적이긴 해도 그 시기에 대해 말하자면 아마 독일과 벌였던 두 차례의 전쟁 사이에 위치했을 겁니다. 이는 만약 당신이 오클라호마나 솔트레이크시티에서 파리, 비엔나, 심지어

---

* 16세기의 종교 지도자로 '기도서'를 제정했다.

런던으로 여행하는 젊은 남자나 여자라면 가장 분명해집니다. 다시 말해 당신이 좁은 지역에서 살 때 느끼게 되는 외로움이라는 고통스러운 조건에서 벗어나, 남자와 여자들 모두 마치 그들의 인생은 천국보다 훨씬 더 다양한 그 무엇이라는 듯 서로에 대한 그들의 관계에서, 또 산업과 예술과 그 밖의 지적 분야에 속한 창의력 분야에서 발전을 이루고 있는 어떤 국가의 수도로 여행하는 사람이라면 말이죠. 그것은 다른 노인들에 의해 행복하게 기억되고 있는 엄연한 사실이었으며 그 과거의 법률과 부와 음악과 그림에 의해 인증된 바 있습니다. 하지만 지금 우리는 오직 우리의 기억만을 갖고 있는 듯하며 오클라호마 지역 특유의 외로움은 보편적인 것이 되었습니다.”

● ● ●

스케이트, 스키, 자전거 타기, 수영, 혹은 성적^{性的}인 방출이나 술도 없이 아무것도 하지 않고 오후 시간을 보내면 문제가 생긴다. 그 기법을 존경해 마지않는 그레이엄 그린의 글을 읽었지만 6시 40분이 되었을 무렵 기억상실증에 빠지고 말았다. 내가 누구인지는 알았으나 어디에 있는지는 확실히 알 수 없었다. 식사하러 오라고 부르는 소리를 들을 때 항상 이런 일이 일어난다는 점이 어쩌면 중요한 의미를 가질지 모른다. 이번에 있었던 발작은 다른 때보다 나를 더 우울하게 한다.

• • •

극심한 우울에 시달리며 잠에서 깬 뒤 이런 경우가 얼마나 자주 있었는지, 또 야구 경기나 독립기념일의 퍼레이드를 보면서 우는 남자에 관한 글을 내가 얼마나 자주 써왔는지 생각하려 애썼다. 기도할 수 있는 재능은 얼마나 중요한가. 나는 무릎을 꿇었다. 그리고 젊은이의 감수성과 외로움에 대해, 또 그것이 젊은이의 충동과 아름다움에 얼마나 기여하는지에 대해 생각했다.

• • •

사순절을 맞이하기 전의 마지막 일요일에 급히 이 글을 쓴다. 햇살은 화창하고 기분도 활기차다. 오늘이 이 달의 첫번째 날이니만큼 지금의 활기찬 기분이 아주 오랫동안 지속될 것 같다는 생각이 든다. 교회에서 무릎을 꿇고 오하라에게 보냈던 내 편지를 떠올려보니 나는 이야기를 일종의 창조로 여기고 있음을 알게 됐다. 이는 물론 내가 이야기를 하나의 계시로 간주하고 있다는 말이다. 페데리코에게 편지를 쓸 때 난 나와 아들이 지닌 유사성, 즉 우리 둘 모두 운명이라는 요소를 갖고 있다는 점을 말하고 싶었다. 또 우리가 선견지명이라는 비범한 도구를 타고 태어났거나 아니면 이것으로 무장한 채 똑같은 길을 가는 여행자라는 사실에 대해서도 말하고 싶었다. 왜냐하면 그 길은 사람들이 거의 다니지 않는 길이며 그게 아니라 해도 최소한 그렇다는 인상을 주기 때문이다.

사회를 대략 불안, 절도, 그리고 겁쟁이의 창조물로 간주하는 사회학자들과 우리의 생각이 다른 지점이 있다면 바로 시장이다. 우리는 수적 우세를 과시함으로써 북쪽의 부족들로부터 우리를 방어하고자 강가에 위치한 이 길에 모인 것이 아니다. 우리는 우리의 감자를 고기로, 생선을 바구니로, 채소를 갓 만든 빵으로 교환하고자 여기에 모였다. 또 우리의 아내를 만나기 위해, 힘과 기술을 서로 겨루기 위해, 늑대가 나타났던 밤에 대해 자세히 얘기하는 이야기꾼의 말에 귀기울이기 위해, 도둑의 오른손이 잘려나가는 장면을 지켜보기 위해, 그리고 술에 곤드레만드레 취하기 위해 이 자리에 모였다. 우리의 사회적 기원이 지니고 있는 향기는 바로 바이 브라이트Buy Brite* 매장에 흥분을 불러일으키는 그 무엇인 것이다.

---

* 대형 식료품 매장의 이름.

　• • •

　흑인으로 목수 일을 하는 호리호리한 체구의 D.C.를 은행에
서 만났다. "못 가격이 파운드당 10센트에서 1.3달러까지 올랐
어요. 정말 죽을 지경이라니까요." 내 뒤에 서 있던 (또 나의 혐
오를 불러일으키는 외모를 가진) 한 아일랜드 사람은 최근 살기
가 참 팍팍하다고 말했다. "오, 정말 끔찍해요." D가 말했다. "주
지사들이 원하는 건 그저 교도소를 짓는 것뿐이죠. 애인을 죽였
다는 죄로 한 여자가 감옥에 갔는데 친구 얼굴 정면에다 총을 쏜
놈은 6개월도 채 안 돼 감옥에서 나왔어요. 담당 판사에게 뇌물
을 준 거죠. 돈을 몇 푼만 훔쳐봐요, 아마 종신형을 살게 될걸
요? 종신형을요! 실제로 내 친구의 형제가 돈 몇 푼을 훔쳤다가
18년 형을 선고받았죠. 결국 12년을 갇혀 있어야 했어요. 내 여
자 친구 중 한 명은 휴가를 맞아 뭐든 물건을 훔치기만 하면 손
을 잘라버리는 한 아랍 국가로 갔죠. 내 말은 그곳에선 거리에서
지갑을 발견할 경우 누가 주인인지 찾아줘야 한다는 거예요. 또
물건을 사러 가게에 들어갔는데 주인이 없다면 역시 거리로 나
와 그 주인을 찾아야 하죠. 그렇게 하지 않으면 손을 잘리게 되
니까요." "그렇군요." 아일랜드 사람이 말했다. "나는 판사가 부
패했다고 생각해요. 변호사들도 악덕이고요. 심지어 날씨조차
공해 때문에 예전만 못해요. 하지만 일본 자동차 한 대를 사면

열 명의 미국인들을 실업자로 만들어버리는 셈이 된다고요. 끔찍해요, 모든 게 다 끔찍해요."

그리고 불과 몇 시간 후 대통령을 암살하려는 시도가 벌어졌다. 그가 다시 일어나는 모습은 대단히 인상적이었다. 이 위대한 국가의 행정부 수장이 암살자에 의해 쓰러졌다가 금방 일어나 "내가 웅크리는 걸 깜박했어"라고 말했다는 사실은 언어와 영혼 간의 영감이 깃든 친밀성을 증명하는 사례다. 우리는 상트페테르부르크와 사라예보에 있을 때보다 빛에 더 가까이 있는 듯하다.*

나는 간이침대를 하나 마련했으며 에너지 절약형 수송 향상 채권에도 10만 달러를 투자했다. M이 도착했는데 그를 만나는 것은 내게 큰 기쁨이다. (비록 적대적 관계, 추문, 협박, 체포, 자살, 그리고 그 밖의 비극적인 최후를 맞을 가능성이 크긴 하지만) 그와의 우정은 내게 원래 그랬던 것처럼 편안하고 또 아주 자연스럽기만 하다. 기차를 타기 위해 그가 자동차에서 내리기 전 서로 잠깐 포옹했을 때 우리 둘 모두는 끝없게만 보이던 외로움이란 땅을 지배한 기분이었다. 그를 내 팔에 안고 나 역시 그의 팔에 안기는 순간, 또 내 볼로 그의 볼을 느끼는 순간, 나는 눈폭풍이 몰아치는 코펜하겐이나 이스탄불, 혹은 클리블랜드의 공항을 이해할 수 있을 듯했다.

---

* 상트페테르부르크에서는 1831년에 러시아 황제인 알렉산더 2세가, 사라예보에서는 1914년에 오스트리아 황태자 부부가 각각 암살당했다.

이는 영원히 지속될 수 없다. 그리고 아마 누구의 축하도 받지 못할 것이다. 이런 기분은 불과 몇 시간 정도만 지속될 뿐이지만, 감상적으로 생각해보면 그 이상의 시간을 원하는 사람 역시 아무도 없으리라.

나는 부엌 식탁에 앉아 블랙커피를 마시면서 베르디에 대해 생각했다. 지난주에는 정부의 지원 정책 덕분에 〈일 트로바토레 Il Trovatore〉와 〈레퀴엠 미사곡Requiem Mass〉*의 마지막 부분을 들을 수 있었다. 난 베르디가 지구에 사는 우리의 삶에 얼마나 큰 기여를 했는지, 또 오케스트라와 성악가와 청중들의 열정에 그가 얼마나 힘입었는지 생각했다. 더불어 이 지구상에 살아 있다는 것이 얼마나 어마어마한 기회인지에 대해서도. 추위와 배고픔과 지독한 외로움을 직접 겪었던 한 사람으로서, 난 여전히 기회가 선사하는 흥분을 느낀다. (자녀든 연인이든) 잠들어 있는 누군가와 함께 있다는 느낌, 삶의 특권 내지 살아 있다는 특권을 맛보는 듯한 이 기분이 바로 그것이다. 이러한 특권 혹은 기회에 관한 지각은 우리 주변을 둘러싼 다른 세계에 대해 단지 어떤 암시만을 던지는 듯하다. 이는 내게 특별한 경험으로 여겨진다.

목이 뻐근하다. 어젯밤에는 교회에서 교정을 보다가 마지막 페이지를 분실하고 말았다. 저녁에 있었던 일에 대해서는 뭐라

---

* 둘 모두 이탈리아 작곡가 베르디의 작품이다.

고 말해야 할까. 아주 간단히 말하자면 아내는 내게 숨쉴 수 있는 공기와도 같다. 봄밤이다, 사랑 가득한 봄밤이다. 교회에서 클럽까지 걸어가다 길 어귀에 서서 고개를 들어보니 가득한 하늘이 눈에 들어온다, 빛이 가득한 하늘이.

• • •

고양이 소리에 이어 개 짖는 소리에 잠이 깬 나는 덕분에 아주 이른 시간인 5시 15분에 커피를 마셔야 했다. 난 불만이 많은 편이지만 그것이 내 본성이다. 이는 오래된 얘기다. 내겐 옷장도, 셔츠를 보관할 서랍도 없으며 10만 달러가 저당 잡혀 있는 탓에 현금 여유마저 전혀 없다.

만약 주지사가 로마 교회와 그리스 교회 간의 종교적 갈등을 풀 수 있다면 그는 토요일에 있을 성스러운 결혼식에서 두 번 결혼한 바 있는 한 그리스 기회주의자와 결혼할 수 있겠지만 그는 현재로서는 이 연애 사건에 관해 의회조사를 받고 있음은 물론 그가 수행중인 주지사 업무조차 엉망으로 하는 상태다. 즉 이번 주말이면 예산 부족 때문에 수백만 명의 주 공무원들이 굶주리게 될 것이며 수백만 명 이상의 사람들이 메디케어^{Medicare}*에서

---

* 미국의 노인의료보험 제도.

구입해놓은 의료품을 받지 못해 죽게 될 것이다. 한 노인은 화요일 밤에 이렇게 말하기도 했다. "나한테 더 큰 소리로 말해야만 해요. 아마 당신의 어떤 말도 난 알아듣지 못할 겁니다. 어젯밤 아내가 내 보청기를 세탁기에 집어넣고 말았거든요. 400달러짜리 보청기예요. 덕분에 아내의 잔소리를 더이상 들을 필요가 없게 됐지만. 안 그래요? 하하. 결국엔 모든 것이 같아지게 될 겁니다. 부자는 여름에 얼음을 먹고 가난한 자는 겨울에 얼음을 먹고 말이죠."

6시에 나는 이렇게 썼다. 내가 아는 것이라곤 사랑, 튀긴 음식의 냄새, 그리고 비가 들려주는 음악의 중요성뿐이라고.

● ● ●

일주일 정도 병원에 머물렀고 돌아오자마자 이 글을 쓴다. 어느 이른 새벽에 강렬한 통증이 느껴졌다. 그때 내 의식 중 일부는 난 외롭지 않았다고 선언했다. 이에 그럼 내가 누구와 함께 있었느냐고 묻자 그것은 신이라는 대답이 돌아왔다. 그 대답 덕분에 고통을 참기가 훨씬 수월해졌다. 한 시간 후 또다른 발작이 일어났을 때도 내가 외롭지 않다는 사실은 나를 강하게 지탱해주는 힘이었다.

잠에서 깰 때 그 책을 완성해야겠다는 생각이 들었지만 몸이 약해졌음을 느낀다. (대가인) 피란델로와 아주 유사한 칼비노의 글을 읽으면서 그가 믿기지 않을 만큼 영민한 사람임을 알게 됐다. 지금 난 엉뚱한 곳에 와 있지만 곧 원래 있던 곳으로 돌아가리라.

병은 내가 말하고 싶은 얘기의 일부가 전혀 아니므로 오늘 아침의 일에 대해선 할말이 없다. 칼비노의 책을 다 읽은 후 심히 짓궂은 면이 있긴 해도 이는 모두가 읽어야 할 책이라는 생각이 들었다. 내가 직접 녹음했던 「헤엄치는 사람」을 틀어서 들어봤는데 너무 좋았다. 이어 텅 빈 디트로이트 야구장에서 경기하는 양키스팀의 경기를 지켜봤다. 관중이 없는 이유는 디트로이트의 모든 사람들이 파산해버렸기 때문이다. 잠에서 깰 때 처음 들었던 소리는 세 개짜리 차축에 여덟 개의 바퀴를 가진 트럭이 새벽을 질주하는 소리였고 다음에는 새벽을 처음으로 노래하는 새소리였다. 나는 Z부인을 품에 안고 있는 기분에 휩싸였으며 이에 모든 이들이 원하는 바가 한 가지라도 있었다고 한다면, 생각보다 조금 더 큰 가슴을 가진 금발 미인이 아니었을까 하는 생각이 든다. 단순함을 원하는 나의 바람이 쉽지 않다는 사실은 나도 잘 알고 있다. 하지만 지저귀는 새에게 감사하는 마음으로 아침의 첫 햇살을 받으며 침대에 누워 있자니 단순함은 (혹은 내가 본능적으로 기억하는 과거는) 내가 추구하고자 하는 운명인 것처럼 여겨진다.

• • •

　의사에게 갔다. 나로선 특별히 언급할 만한 어떤 이유도 찾을 수 없는 일을 하는 그 의사에게. 그래도 상담을 받고 나니 기분이 훨씬 나아졌다. 정말이지 오늘 아침에는 기분이 상쾌하다. 메리는 의아해하는 표정이다. 감상적인 생각일지 모르나 이런 딜레마 속에서도 내가 외롭지 않다고 생각하면 바로 그런 생각이 내게 어떤 여유, 혹은 (다른 사람들의 표현에 의하면) 관대함을 가져다준다. 오늘 내가 해야 할 일은 대단히 많다.

　이스탄불 교도소에서 탈옥한 한 터키인 살인범이 교황 암살을 시도했다. "그의 영혼에 자비를 베푸소서." 나는 이렇게 중얼거렸는데 만약 내가 이 사건을 언급해야 하는 입장에 있었다면 기도하겠다고 말했을 것이다. 질문을 받은 많은 유명인사들이 현대 세계의 혼란성에 대해 언급했다. 내가 볼 때 이는 수년 전부터 모든 이들이 느껴왔던 바다. 현대 세계의 혼란성은 논의의 출발점이지 판단의 기준은 아니다. 나는 기도할 것이다. 나는 기도하게 될 것이다. 그리고 지금 나는 기도하고 있다.

• • •

　지금까지 나는 Z부인과 R, 이 둘 모두와 얘기를 나눠왔다. Z부인은 친숙하게 들리는 거친 목소리를 갖고 있다. 그녀는 잭나이프를 사랑하는 예쁜 여자로, 나와 사귀는 여자라면 반드시 갖고 있어야 할 무언가를 갖고 있는 듯하다. R와 전화상으로 얘기를 나눌 때와는 달리, Z부인의 목소리는 나를 자극시키는 그 어떤 심오한 음악도 전혀 불러일으키지 않는다. 비록 점심을 함께하면서 R와 나눌 만한 얘깃거리란 지금껏 한 번도 없었지만 말이다. 내 연애를 지칭할 때 '타협'이란 말은 적당한 단어가 아닌데 그것은 비록 만나는 대상은 매우 다양해 보일지라도 나의 약속은 아주 진지하기 때문이다. 본인은 거의 눈치채지 못하고 있지만 Z부인은 가끔 고아에게서 볼 수 있는 비애감을 풍기곤 한다. 내가 피로를 느낄 때 R는 나를 지지해줄 것이다. 메리는 인생의 대부분을 나와 함께해왔다. 어젯밤 주사위 놀이에서 지고 있는 동안 문득 나와 게임중인 상대방에게 간절히 바라는 아내의 생각(혹은 과거의 기억)이 떠올랐다. "저 양반을 이겨요, 이겨버려요, 이기라고요." 이는 아주 오래전의 일이며 이와 같은 기억들로는 아무것도 이룰 수 없다.

● ● ●

비가 오는 로마에서의 어느 날 우리를 처음 찾아와 그로부터 수년간 우리를 위해 일해온 이올레는 병을 앓고 있는 로마의 큰 오빠 때문에, 보상도 별로 없는 일 때문에, 또 새 아파트를 찾는 일 때문에 힘들어하고 있다. 그녀는 남부 이탈리아인이 아니지만(본인은 로마인이라고 주장한다) 힘들어할 때면 코는 그 형태가 사뭇 달라 보이고 눈은 푹 가라앉고 목소리는 슬퍼짐과 동시에 더 커지는 것 같다. 메리가 그녀를 달래러 갔고 나는 가지 않았다. 죄책감을 느낀다는 말은 아니며 다만 메리의 그 친절함을 높이 평가할 뿐이다. 둘은 주로 이올레가 육아에 도움을 줬던 아이들을 화제로 얘기를 나눌 것이다. 나중에 부엌에 들어가보니 예전에 나를 위해 G가 예루살렘에서 사왔던 로마풍 램프를 메리가 고치는 중이었다. 그것은 나체의 남자 형상이 양각으로 새겨진 램프로 성기 부근에서 램프 빛이 나온다. 고양이가 바닥에 쓰러뜨려버려 메리가 고치고 있는 것이다. 아마도 앨트먼네 가게에서 샀을 일본풍 식기, 그리고 사람들이 마리화나를 피우던 시절에 재떨이로 사용됐음직한 장식된 중국풍 조개껍데기도 여기저기 손보는 중이었다. 이렇듯 메리는 오후를 이올레의 마음을 고치면서, 지금은 그 재주와 영민함으로 파손된 물건을 고치면서 보냈다. 그런 아내의 행동이 쓸데없는 짓이라는 생각은 들지 않았으나 다만 그런 아내의 모습을 보면서, 그리고 최근에는 뭔가를 고치는 것이 아내에겐 최우선적으로 중요한 일임을 알게 되면서, 난 내 본성의 상당 부분이 제멋대로이며 또 파기破棄라는 감각에 집착하고 있음을 알게 됐다.

• • •

『이 얼마나 천국 같은가』가 다 완성된 듯하다. 슈퍼마켓 부분은 다시 쓸 예정이며 그 밖에 뭐가 잘못되었든 이를 복사한 후 시내로 나를 태워다줄 사람을 찾을 생각이다. 기차는 타고 싶지 않다.

• • •

개들을 데리고 비가 오는 숲으로 가서 철쭉에 비료를 주었지만 울적함만 느끼며 집으로 돌아왔다. 개들은 비에 젖었고 군데군데 진흙이 묻었다. 개들이 현관에서 털을 말리는 동안 헤드폰을 끼고 카세트테이프로 바흐의 〈두 대의 바이올린을 위한 협주곡〉을 들었다. 이 얼마나 인상적인 장면인가. 한 노인과 진흙 묻은 늙은 개 두 마리. 노인은 두 명의 명연주자가 바이올린으로 서구 문명의 위대한 작품들 중 하나를 연주하는 소리를 듣고 있다. 그런데 헤드폰으로 듣고 있다. 그는 음악을 즐길 때조차 이토록 외로우며 비 오는 풍경 속의 이 외로움은 곡이 끝나 수천 명이 쳐대는 열정적인 박수 소리를 들을 때, 청중이 일어나면서 내는 소음과 외침을 들을 때 더욱 강렬해진다. 그는 웃거나 아니면 우는 것 같다. 홈통에 떨어지는 빗소리 외엔 아무것도 들을 수 없는 개들은 걱정스러운 눈빛으로 나를 쳐다본다. 내가 미쳐버려 먹이를 주지 않을까봐 두려워하고 있는지 모른다. 벤이 왔다. 벤과 나 모두 오늘이 아버지의 날이라는 사실을 모르고 있었다.

• • •

2주 정도 병원에 입원했다가 돌아오자마자 글을 쓴다. 나로서는 마치 무덤에서 돌아온 것만 같다. 떼어낸 신장에는 암이 퍼져 있었다. (내게 주어졌던 기회들을 생각해보면) 다행히 가볍게 넘길 수 있을 듯하지만 자칫 죽을 수도 있었다는 생각에 마음 아프도록 우울하고 또 스스로에게 화가 났다. 이번 일이 무사히 지나가기를 기도한다. 병원에서의 마지막날 밤, 나는 약도 없이 잠에 들었다. 새벽이 오기 전 잠에서 깬 나는 창가로 다가갔다. 병실은 에어컨으로 통제되고 있었고 창은 닫혀 있었다. 하늘에서 천둥이 치자 곧 창에 빗방울이 맺히기 시작했다. 하늘에서는 여명이 밝아오기 시작했으며 서쪽 해안가를 따라 늘어선 얼마 안 되는 배들의 불빛을 비롯해 그 밖의 다른 불빛들도 눈에 들어왔다. 침대로 돌아와 다시 보니 그 다른 불빛들은 램프들에서 나오는 것으로, 매우 우아하고 아름다운 마음씨를 지닌 것으로 보이는 한 여자에 의해 관리되고 있었다. 거북딱지 형태의 핀으로 가볍게 고정시킨 풍만한 검은 머리로 판단하건대, 비록 그녀가 내 엄마는 결코 아니지만 엄마 세대에 속한 사람이라는 생각이 들었다. 정식으로 옷을 차려입었으면서도 마치 나이아가라 폭포라도 정복할 것처럼 커다란 통 위로 올라가던 어머니의 모습을 난 결코 잊지 못할 것이다. 램프와 함께 있던 그녀의 아름다움에 대해 깊이 생각하던 나는, 비록 성욕의 본질은 무절제에 있다 해도 내가 어느 정도는 성적인 욕망을 자제할 수 있기를 기도했다.

● ● ●

꿰맸던 실을 의사가 제거했다. M은 늦게야 왔다. 동성애 사랑의 단점들 중 하나는 남자를 기다려야 한다는 데 있다. 여자를 기다리는 것은 운명처럼 보이지만 남자 연인을 기다리는 것은 매우 고통스럽다. 비록 이십 분이 늦긴 했지만 M은 내 물건을 꾸리고 다정하면서도 신속하게 퇴원 과정을 두루 살피는가 하면 돌아가는 동안 내 다리를 부드럽게 애무하며 그동안 있었던 흥미로운 변동 사항들을 알려주었다. 이어 도착하자마자 내 옷을 벗겨 몸을 씻기고 피 묻은 옷을 갈아입힌 다음 내 성욕을 자극함으로써 나를 기쁘게 했다. 나로서는 내가 지닌 이 성욕의 진지함에 대해 뭐라고 판단 내릴 수가 없다. 나는 내가 내려야만 하는 결정들이 내 앞에 나타나주기를 희망하고 기도했다. 오늘 아침에 들었던 생각은 2주 동안 우리가 함께하게 될 날들이 어쩌면 우리의 이별을 참을 수 없게 만들지도 모른다는 점이었다. 어쨌든 써야 할 편지와 지불해야 할 청구서들이 내 앞에 놓여 있다.

그렇게 죽은 자들 사이에서 부활한 듯한 날들이 지나가지만 (그런 느낌의 정점을 지나) 오후의 끝에 들어서면 이것이 내 인생의 마지막 주들, 혹은 마지막 달들이 될 것이라는 결론에 이르게 된다. 경멸스러울 뿐인 자기도취라는 증상뿐만 아니라 심상치 않은 피로와 슬픔이 느껴지기 때문이다. 자기 자신을 사랑하는 것은 우리 시대의 특징이며 바로 여기에 가장 강렬한 수준의 자기애가 있다. 나는 2월에 있을 그토록 사랑하는 아들의 결혼을 보지 못하고 죽을 생각인데 그것은 내가 죽을 경우 보다 성공적으로 유명해질 수 있을 것이기 때문이다. 이는 물론 역겨운 생각이긴 하나 그렇게 비난할 수 있을 만큼 기운찼던 오전 11시경의 활기를 이제 난 잃어버린 듯하다.

● ● ●

오랜 친구인 R와 점심을 함께한 덕분에 우울증이 다소 가벼워졌다. 1년 전만 해도 R는 자신의 동성애 경험을 대놓고 말했지만 이제 그런 얘기는 삼가는 모양이다. 늦은 오후에(아마도 인생의 권태에 대한 원치 않는 통찰력을 얻게 되는 그 불가사의한 시간에) 현관에 앉아 책을 읽던 중 과거의 어느 뜨거운 오후, 이 세상이 원치 않았던 아이였던 내가 생생히 떠올랐다. 그때 나는 이 세상이 나를 혐오스럽게 바라보는 것보다 더 혐오스러운 시선으로 이 세상을 바라봤다. 그리고 그 경멸은 상호적인 것이었다. 익명의 알코올중독자들 모임에 갔을 때 그것이 사교모임이 아님을 깨닫고 난 매우 놀랐다. 친구를 사귀거나 연인을 찾으려는 것도 아니면서 왜 남자와 여자들이 이렇게 만나는 걸까? 하지만 우리는 알코올중독으로 인한 자살에서 서로를 구하고자 이렇게 모였다. "난 정신병원에 네 번이나 갔어요." 머리끝을 뾰족하게 말아올린 여자가 말했다. 만약 T가 있었다면 그녀는 경쟁심이 생겨 여섯 번이나 갔다고 말했을 것이다. 하지만 친애하는 T는 오지 않았다. T는 일곱번째로 정신병원에 갔을 가능성이 매우 크다. 어떤 이들은 여기에 모인 사람들을 실패자라고 말할 수도 있다. 실제 그렇긴 하지만 (나는 그들이 실패한 사람들이라는 증거를 찾기도 했으니까) 이들은 내게 가장 중요한 친구들이다. 우리는 여행자로서, 물건을 사고파는 사람들로서, 어떤 직업에 관심이 많은 단체의 일원으로서, 혹은 부자나 가난한 자로서 만나지 않았다. 우리는 박물관이나 유적지에서 만난 사람들이 아니며 그렇다고 지진이나 홍수 같은 자연 재해 때문에 어쩔 수 없이 모인 사이도 아니다. 술고래이기 때문에 여기 이렇게 모인 것이다.

M과 시내에 같이 있는 동안 몇 통의 편지를 쓰고 대부분의 청구서 금액을 납부했다. 예상했던 바처럼 그는 아주 늦게 돌아왔으며 우리는 벤과 합류해 하이랜드 간이식당으로 갔다. 그 식당에서 받았던 충격을 어제 적으려 했으나 지금은 충격이 가신 듯하다. 그래봤자 어느 그리스 식당을 방문한 한 노인의 이야기에 불과하지만. 초기에 이런 장소들은 기차에 있는 식당칸과 정말로 닮았었다. 하지만 이런 인상을 바로잡으려는 세심하고 철저한 노력이 이루어진 끝에 이제 벽에는 그림들이 걸려 있고 창에는 커튼이 달려 있으며 유리세공으로 만든 샹들리에에서는 세련된 조명이 쏟아진다. 그 노인이 느꼈던 바는 식사에 깃든, 혹은 빵을 조각내는 의식에 깃들어 있는 의미를 잃어버렸다는 상실감이 아닐까 한다. 식당에 있는 사람들은 여행자들이 아니며 실제로 방랑이라는 말로는 그들이 지닌 용모의 다양성을 설명할 수 없다. 그들은 고작해야 반경 10마일 이내인 곳에서 차를 몰고 온 사람들로, 어떤 이들은 수년간 10마일 밖으로 떠나본 적도 없었을 가능성이 크다. 식당에는 치료가 필요할 정도로 비만인 네 명의 사람들이 있었다. 세 명의 여자는 서로 간에, 그리고 종업원들의 도움을 받고 나서야 편히 자리에 앉았다. 카운터 부근의 자리에 있던 매우 뚱뚱한 남자는 다른 두 개의 의자까지 다 차지한

상태였다. 그는 2인분의 요리를 시켰다. 식당에는 또 그 얼굴의 표정이 외로움의 위력을 고통스럽게 보여주는 듯한 남자가 한 명 있었다. 그는 흰머리에 얼굴은 잘생겼고, 허리둘레는 40인치였는데 두꺼운 허리가 그를 근심스럽게 만드는 듯했다. 즉 빵이나 버터는 전혀 먹지 않았고 감자도 주문하지 않았으며 디저트도 사양했다. 하지만 허릿살을 빼기 위한 그의 다이어트 결과가 신통치 않다는 것은 누가 봐도 분명했다. 그런데 가장 인상적이었던 것은 그의 얼굴에 드러나 있던, 절대적이라 할 정도로 웃음기가 없는 표정이었다. 그의 아내는 28년 전의 한 교통사고로 세상을 떠났고 이에 아내를 잃었다는 상실감에서 결코 회복하지 못한 것임에 틀림없으리라. 그의 얼굴에서 볼 수 있는 것은 외로움으로 인한 고통이 아니라 외로움이라는 것이 얼마나 누그러뜨리기 힘든 막강한 힘을 지니고 있는가에 관한 하나의 진술이다. 식사가 갖는 의식儀式적인 면을 이해하는 데 실패했다는 말로써 내가 의미하고자 하는 바를, 그는 변명하지 못할 것이다. 그는 야외에서의 식사가 자신에게 딱 들어맞는다고 생각할 것이다. 왜냐하면 막대기로 구워 먹는 소시지와 산 정상에서 먹는 딱딱한 샌드위치도 이 그리스 식당에서 받는 스트레스만큼 그를 괴롭히진 않았을 것이기에. 공교롭게도 그곳은 실제 한 그리스 가족이 운영하는 식당으로, 혹시 그들이 갖고 있는 항해자로서의 긴 역사가 이 나라에 뭔가 부적절한 것이라도 가져온 걸까? 과거에 그는 그 식당에 온 낯선 사람들을 손님으로서, 옷이나 식료품을 파는 소매상으로서, 또는 여행자로서 행복해하며 기꺼이 만났고 심지어 교회에서는 신자 좌석에 같이 앉았을지도 모르지만 이제는 고통스러울 만큼 마지못한 심정으로 그저 식사 때문에 다른 사람들과 같이하고 있을 뿐인 것이다.

• • •

설거지를 하고, 차의 기름을 갈고, 프랑스 빵 한 덩어리를 사고, 언덕 위에 있는 쓰레기를 치웠다. 어젯밤에는 한 명석한 평론가가 내 작품에는 과도한 탄식이 들어 있다고 비평하는 꿈을 꿨다. 오늘 아침 나는 내게 주어진 세상과 인생과 친구와 연인에 대해 잠시 생각했다. 여기 모든 것이 다 있다. 명료하고도 사랑스러운 일종의 낙원이. 그런 것들은 우리에게 주어지자마자 재빠르게 없어지고 말 것이라는 사실은 명심하기에 힘든 일이 아닌가 한다.

• • •

저녁식사를 하려고 B부부의 집에 가서 가재 요리를 먹었는데 아내와 나 둘 모두 가재 요리를 먹는 데 다소 불편을 겪었다. 그러거나 말거나, 난 오늘 아침 극심한 우울을 느끼며 잠에서 깨어났다. 모두 좋은 친구들이고 오랜 친구들이며 B부부 역시 유쾌한 사람들이다. 하지만 노인들이 으레 그렇듯 우리는 대체로 우리가 살아가는 동안 겪었던 서비스(그러니까 여기서는 의료서비스)의 품질 저하 현상에 대해 얘기했고 난 이런 대화에서 참여자가 아닌 관찰자의 입장에 보다 가깝지만 바로 이런 세상이 앞으로 내가 알아가게 될 유일한 세상이 될 것이다. 말하던 도중 내가 뭘 얘기하려 했는지 잊어버렸다. 이런 사실을 밝히기가 참으로 꺼려지긴 해도 현실은 그렇다. 내 나이 때에 드러나는 기억의 다양한 층들은 당황스럽기만 하다. 나는 곧 대화에 복귀했으나 다음과 같은 진부하고 오래된 경구를 처음으로 인정해야만 한다는 사실이 당혹스럽다. "그리고 이제 나는 내가 말하고자 했던 바를 잊어버렸다."

• • •

6시경에 일어났을 때 (지금까지 가끔 겪어온) 나의 기억 상실은 피로의 문제라고, 휴식을 취하면 통제력과 침착함을 유지할 수 있다는 환상이 나를 찾아올 거라고 생각했다. 하지만 그런 생각도 잠시, 사람들이 석간신문의 가족 관련 기사에서 접하게 되는 그런 노인들 중 한 명에 내가 속해버렸다는 기분이 들었다.

그러니까 노화 현상과 싸우는 할아버지, 늙기를 원치 않는 할아버지, 심지어 저 하늘에 있는 별도 찬란한 빛을 발하는 전성기가 지나면 서서히 시들어가기 마련이라는 사실조차 이해 못하는 할아버지가 된 것 같은 기분 말이다. 오호.

한편 이와는 전혀 다르게, 아침에 부엌으로 내려가자마자 마룻바닥에서 발견한 몇 마리의 개미들 위로 발을 내딛는 순간, 어떤 조건에서든 살아남겠다는 개미들의 삶에 대한 열정이 어떻게 드러나는가를 알아채버린 그런 노인은 어느 누구도 되고 싶어하지 않을 것이다. 노인은 (아마도 파브르의 책에서) 개미들의 문명은 숨겨진 곳에 있다는 글을 읽었고 또 그런 말을 들어왔지만, 과거에도 독극물이나 노인들의 슬리퍼에 깔려 죽을지 모를 위험을 감수하면서 부엌 싱크대와 광대한 마룻바닥을 탐험하고자 밖으로 나왔던 개미 모험가들이 있었다. 그 개미들이 마룻바닥 밑으로 도망치고, 영리하게도 식탁 모서리의 아래쪽으로 숨고, 또 성인成人의 시력에 대한 상당한 지식을 과시하면서 그늘을 활용하는 장면을 목격했을 때, 노인은 생존 수단을 찾아내기 위해 개미들이 발휘하는 지적 능력에 깜짝 놀라고 말았다. 노인은 그저 아침식사를 손수 요리한 다음 날씨가 어떤지 밖으로 나가는 편이 더 나았을지 모른다.

• • •

　나의 사고思考는 계속 활기를 잃어가고 난 그 이유가 혈구의 수
때문이라고 추측한다. 하지만 오늘 아침 잠에서 깼을 때 침대를
계속 밀어대는 늙은 개의 행동을 보면서 그 개에 대한 아주 깊고
도 소박한 사랑을 느낌과 동시에 한 사람이 다른 여자나 남자에
대해 느끼는 사랑을 떠올렸다. 이런 경우 내가 사용하는 말이 있
으니 바로 '사랑스러운'이란 단어다. "당신은 얼마나 사랑스러운
지." 이는 한 사람이 가진 최고의 것을 다른 사람에게로 이동시
키는 것에 관한 지각이다. 나는 이런 행위가 그야말로 기쁜 마음
으로 내 결혼생활중에 행해졌다고 생각한다. 비록 거실의 소파
로 쫓겨났던 일을 아직도 기억하고 있지만 말이다. (그러나 그런
행복한 시간이 지나가기 전엔 소파로 쫓겨나지 않았다.) 흡사 눈
사태처럼 메리를 향해 쏟아지던 나의 사랑이 생생히 기억난다.

• • •

　수지와 태드가 왔기에 시내로 나가 점심을 먹었다. 아이들과
함께 있으니 너무 행복했다. 날은 흐렸다. 간간이 비도 내렸다.
이제 공식적으로 여름의 끝이 다가왔지만 내가 여름날을 보내긴
했던가? 물론이다. 낫으로 풀을 베기도 했고 콩도 주웠다. 오늘

아침 그 여름날이 기억나진 않지만 이는 중요치 않다. S를 위해 과일을 샀는데 그만 주유구의 뚜껑을 잃어버렸다. 나는 내가 자니* 치버라고, 어떤 불행도 비켜가는 행운의 자니 치버라고 되뇌며 길모퉁이를 따라서 뚜껑을 찾아 두리번거렸다. 내 뒤로는 종이가방에서 위스키 병을 꺼내 마시는 한 흑인 남자가 걸어왔다. 비록 뚜껑을 찾진 못했지만 다행히 구입은 가능했다. S에게 과일을 전해주었고 이제 전보다 일찍 어두워지는 것처럼 느껴지는 시간에 개를 데리고 산책에 나섰다. 버뮤다에 허리케인이 왔다고 하는데 나무 사이로 불어오는 바람은 가을바람 같다. 야구 경기가 비로 취소됐기에 늙은 개와 함께 9시에 잠들었다.

• • •

계단 모퉁이 부근에 난 (야생) 콩코드 포도**의 향기에 (머루에서 나는 자극적인 냄새와 비슷한 그 강한 향기에) 남부 매사추세츠에서의 내 청춘이 생각났다. (과거 우리들의 삶에서 그토록 많은 부분을 차지했던) 이 향기, 그리고 잎들이 탈 때 나는 그윽한 연기 냄새 덕분에 가을을 만끽하고 이어 때 이르게 내리는 눈에 흥분하던 그때가.

---

* John의 애칭.
** 매사추세츠 주 콩코드에서 재배되는 미국의 대표적인 식용 포도.

884

　　　　　● ● ●

　북동부 지역에서 맛볼 수 있는 아주 멋진 가을날이어서 나는
이를 캘리포니아에 있는 사랑하는 내 아들에게 말해주고만 싶
다. 오늘 같은 날은 북쪽 방향으로 흘러가는 듯한 거대한 구름들
이 흡사 군에서 실시하는 소개 작전이나 신속한 이동, 혹은 군사
작전의 변경을 연상시키는 그런 날들 중 하나다. 또 햇살이 하도
맑아서 (나중에는 도시의 돌담까지 비추는) 그 햇살에 드러난
산을 보는 사람이라면 그 누구든 우리가 빛의 힘에 얼마나 큰 영
향을 받는 존재인지 알게 되는 날이기도 하다. 우리는 시내로 차
를 몰고 갔다. 운전이 나의 명백한 책무였던 때가 그 얼마나 오
래전의 일인가? 아내의 승객이 되는 것이 얼마나 부자연스럽게
느껴지는가! 그토록 오랜 세월을 살아왔던 이 도시에서 난 내가
이방인처럼 느껴졌다. 내가 젊었을 때 나와 나이가 비슷할 뿐 아
니라 여기에서 살아온 시간도 비슷한 누군가는 이렇게 말했다.
"서둘러, 서둘러, 서둘러. 오직 이 말이 그들이 생각해낼 수 있는
전부죠."

　나의 첫번째 발작이 일어난 이래 오늘 아침의 아내는 평소보
다 더 우울해하는 듯하다. 어떤 문장으로 이야기를 시작해야 할
것인가! 누구라도 이런 상황에서는 관대한 마음을 갖고 싶어할
것이다. 최근 몇 달 동안 그래왔듯이 나는 오늘도 아내의 아침식
사를 준비했다. 아내는 터벅터벅 걸어오더니 자기도 아침식사를
준비하기 시작했다. 내가 이미 아침식사 준비가 끝났음을 알려
주자 아내는 비명에 가까운 높은 목소리로 이렇게 말했다. "미안
해! 미안해! 미안해!" 하지만 나는 장모가 카드게임을 겸한 파티
를 열었을 때 장인이 가운 차림으로 난입했던 사실을, 또 아내의
자매가 부렸던 히스테리를 기억한다. 막내아들의 다음과 같은
말도 기억하고 있다. "엄마는 그런 사람들과 달라요."

• • •

　내게 말을 할 수 없는 아내의 말이 이제 들린다. 아내는 창문
을 열고 이렇게 소리쳤다. "오, 아름다운 앵무새여! 오, 내 창 밖
에 있는 이 아름다운 앵무새여!" 여자들이란 얼마나 중요한 존재
인가.

•　•　•

　　비록 화려한 빛깔의 잎들은 땅에 떨어졌지만 날씨는 눈부시고 잎들도 그러하다. 우리는 가을낙엽이 미국 북동부 지역에서만 볼 수 있는 아름다운 풍경이라고 생각하지만 눈부시도록 화려한 색과 무늬의 양탄자를 선보였던 나라들 역시 화사한 빛깔의 낙엽이 있는 가을을 누렸음에 틀림없다. 그렇지 않다면 어떻게 페르시아인들이 황금색과 붉은 자주색의 발판을 만들어볼 생각을 했을 것인가? 1840년에 지은 댐 위쪽의 언덕에는 여전히 황금색 잎들로 풍성한 키 큰 나무들이 서 있다. 이는 승리의 색이다. 승리한 군대, 승리한 황제, 승리한 정부, 그리고 승리한 축구팀들이 이 색을 들어올려왔다. 승리야말로 이런 빛깔들이 상징하는 것으로 보인다. 바로 이 정복자들의 빛깔이 내가 볼 수 있는 저 먼 풍경에까지 걸쳐 있다. 습지의 붉은색은 물의 파란색이 강력한 기운을 갖고 있는 것처럼 보이게 만들고 그 풍광의 장려함은 그야말로 뛰어나다. 하지만 난 늙은, 늙어버린 노인이다. 이 세상의 너그러움과 장려한 풍경도 (젊은 시절엔 전혀 달랐다) 그의 심장이 가진 사고思考를 정화하는 데 실패했음을 알아버린 노인 말이다. 지금 내 심장은 완벽한 음란함을 원하며 어느 모텔방에서 울부짖고 있다. 그럼에도 노력했다는 것, 바로 그 자체가 내게는 성과인 듯하다.

• • •

    잠에서 깨자마자 지난 48시간 동안 내가 피곤을 느꼈던 이유는 진정 순수하게 느껴지는 것들이 전혀 없었기 때문이 아닐까 생각했다. 나를 인터뷰했던 이들은 진지하고 호감이 가고 또 흥미로운 사람들이다. 하지만 우리의 만남에는 본질적으로 인위적인 그 뭔가가 있다. 어떻든 난 매우 피곤해졌고 전에도 지금과 동일한 상황에서 피로를 느꼈던 기억이 났다. 그래서 서둘러 부엌에서 커피를 타고 늙은 개와 잡담을 나눴다. 나는 〈다크 빅토리Dark Victory〉의 마지막 장면에 나오는 베티 데이비스고 늙은 개는 제럴딘 피츠제럴드다.* "이제 우린 다시 사는 법을 배워야만 해." 늙은 개의 말에 난 이렇게 대꾸했다. "웃을 수 있다면 난 살수 있어." 이어 자막이 올라가는 동안 (이 경우에는 모든 자막들이 다 올라갈 때까지) 난 지치지도 않고 계속 웃기 시작했다.

• • •

    뉴욕 메모리얼 병원에서 맞는 첫해, 첫날이다. 나는 내가 타자를 잘 칠 수 없다는 사실과 직면해야 했다. 손 놀리는 동작에 이

---

* 〈다크 빅토리〉는 1934년에 제작된 영화로 베티 데이비스와 제럴딘 피츠제럴드는 이 영화에 출연했던 배우들이다.

상이 생긴 것이다. 지난달에 겪었던 혼란스러운 경험들은 나로 하여금 진실들, 즉 우리가 의학적 수준에서 삶을 추구할 때 필요한 열정과 주로 관련된 진실들은 어떻게든 흐릿해지지 않는 것인지 질문하게 했다. 난 조용한 좌절의 삶에 대해 좀더 많이 알고 있고 또 매시간을 질식에 의한 죽음이라는 공포 속에서 살아왔으므로 그동안 아무것도 배우지 못한 듯하다. 즉 나는 환희가 진실과 관련 있다고 생각한다. 내가 생각할 때 진실이란 계시와 빛을 의미하지만 병원에서 의무적으로 걸쳐야 하는 이 헝겊 쪼가리를 입은 채, 끊임없이 이어지는 천하고 진부한 음악을 들어가며, 또 병에 걸린 내 뼈들 사이로 통증이 번쩍거리듯 엄습하는 중에 내 차례를 기다리며, 이 지하실 같은 곳에 수 시간을 앉아 있어야 하는 나로선 그 어떤 빛도 찾을 수 없는 듯하다.

• • •

새벽이 오기 훨씬 전부터 이렇게 속삭이는 목소리가 귀에 들려왔다. "오, 내 사랑." 아주 희미한 그 목소리는 우리가 주로 아이들에게 건네는 그런 사랑의 속삭임이었다. 하지만 오늘 아침 알고 보니 그 목소리의 주인공은 옆집에 사는 여자였다. 비록 그녀는 10년 전 로마의 매춘부들이 그렇게 힘겨워하며 신었던 높은 굽의 하이힐과 비슷한 신발을 신고 또 꿀색깔을 띤 그 아름다운 머리카락을 말도 안 되게 높이 올리고 다니지만, 이 사랑의 속삭임이야말로 밤새 내가 도달하게 될 진실과 가장 가깝다 할 수 있다.

• • •

멍하고 지루하게만 느껴지는 날. 두 명이 초음파로 내 심장을 진찰했는데 한 사람은 거드름을 피우는 젊은 흑인이었고 또 한 명은 동성애자였다. 그 동성애자의 소년다운 순수함을 설명해줄 그 무엇도 난 자연의 힘 안에서는 찾아내지 못했다. 그처럼 귀여운 목소리를 내려면 어떤 일들이 연속적으로 벌어져야 하는 것인지 전혀 상상되지 않는다. 검사를 마치는 데 거의 한 시간이 걸렸고 성공적이라는 얘기를 들었다. 한 시간 후 내게 무엇보다 중요하게 여겨지는 일이라 할 배변을 봤다. R가 화장실에 동행해 배변을 도왔다. 이어 2층으로 내려가 내 뼈의 사진을 찍을 수 있게 해주는 주사를 맞았다. 우리는 대기실에서 우리의 머리카락이 얼마나 빨리 빠지는가에 관해 농담을 주고받았다. 다음엔 M이 화장실에서 일을 잘 볼 수 있도록 도왔고 병원에서 내 뼈를 촬영했다. 이로써 오늘 하루가 다 끝났으며 나는 매우 우울했다. 사람들이 퇴근하고 집으로 돌아간다. 똑똑하거나 혹은 매력적으로 보이는 그 얼굴들을 난 병원 복도에서 지켜봤다. 얼마 후 내 기억을 혼란스럽게 하는 그런 말들의 조합과 소리들이 서서히 나타나기 시작했다. 시력이 침침해지면서 기분도 엉망이 됐다. 엘리베이터까지 혼자 걸어간 나는 역시 혼자서 내 병실로 돌아왔다.

이런 고독은 평소엔 유쾌하게 즐기는 편이지만 지금은 그렇지 않다. 나는 혼자 중얼거렸다. 내 인생에는 설명하기 곤란한 것들이 너무나 많고 그래서 어쩌면 다시 술을 마시게 될지도 모른다고. 이는 내가 아주 잘 알고 있는 그야말로 비도덕적인 광기다. 벽에 붙어 있는 알렉산더 칼더Alexander Sandy Calder*의 사진을 바라보면서 그 역시 평생 동안 술을 마시지 않았는가 하고 생각했지만 그가 나처럼 술주정꾼은 아니었음을 난 망각하고 있다. 심각한 관점의 상실 현상을 겪고 있는 셈이다. 사랑하는 내 딸이 찾아왔다. 딸은 내게 일종의 파라다이스다. 난 딸이 병실에 휘몰고 들어온 듯한 그 수많은 종류의 광채들에 젖어들었다. 그러나 딸이 떠나자 다시 피곤해지고 우울해졌다. 새롭게 방송되기 시작한 텔레비전쇼를 보던 중 내가 지적으로 무능한 상태에 매우 가까워져 있음을 발견했다. 난 씻지도 않은 채 침대로 갔으며 어쩔 수 없이 암시적인 주문을 외워야 했다. "나는 벌거벗고 따뜻한 상태로 어두운 방안에 누워 있어." 잠들 때까지 계속 이 말을

---

* 미국의 조각가.

중얼거렸다. 새벽 1시에 눈떴을 때도 이 주문을 외웠다. 이런 주문보다 더 나은 그 무엇이라도 내게 허락할 지적인 여유를 난 갖고 있지 못한 듯하다. 새벽이 가까워질 무렵 아주 친한 사람들과 함께 오리스타노란 마을에 갇히는 생생하면서도 유쾌한 꿈을 꾸었다. 그래, 계속 유쾌한 꿈을 꾸자. 사랑하는 아내가 나를 보러 오고 있다.

• • •

다소 늦은 화요일 밤 Y가 내게 말하길, 아침이면 퇴원했다가 월요일에 엑스레이를 찍으러 병원으로 돌아와야 한다고 했다. M은 나를 데려다주기로 기꺼이 동의했다. 난 매우 혼란스러운 감정에 휩싸였다. 오전 7시에 간호사로부터 심장을 검사해야 한다는 호출이 왔다. 면도부터 해야겠다고 우긴 후 미로처럼 생긴 2층으로 내려갔더니 아무 준비도 돼 있지 않은 상태였다. 하지만 기다리는 환자들의 수는 점점 많아졌다. 기다릴 때 드는 기분, 즉 환자들에게 앉아서 기다리라고 말하는 책상 뒤쪽의 외로운 여자에 의해 형성되는 평정 상태는 내 친구인 L의 연구과제로 적합할 듯싶다. 검사가 끝나 병실로 돌아왔지만 난 또다른 여행을 시작해야 했다. 엑스레이로 흉부를 찍는 절차가 아직 남아 있었던 것이다. 이번에도 예외 없이 검사는 지연됐고 이는 대형 병원에서 진찰받기 위해선 거의 피할 수 없는 일처럼 여겨졌다. 난 혼자 걸어서 병실로 돌아왔다. 11시경에 도착한 M이 깨끗한 옷들과 더러운 옷들, 남은 음식, 면도기 등을 챙겼다. 지금까지 나를 위해 이런 수고를 해준 사람이 있었는지 잘 생각나지 않는다. 아마 내 아들 중 한 명은 그랬겠지만. M을 기다리며 로비에 앉아 있는데 병 때문에 발을 심하게 절뚝거리는 한 여자가 남편에게 이렇게 말했다. "그거 알아요? 여기에 앉아 기다리다보면 이상한 생각이 들어요. 그냥 여기 앉아 있는 것만으로도 그래요." 우리는 차를 몰아 시내를 벗어났다. 집에 돌아왔다는 생각에 무척 기뻐하며 예전에 복용했던 발륨 약을 찾았다. 창턱에 놓아뒀다고 생각했으나 그곳에는 없으니 아마 어떤 옷 속에 숨겨놓았을지도 모르겠다. 사랑하는 아내와 좋은 친구들이 점심을 차리는 동안 난 남은 평생을 그저 약의 행복한 영향력 아래서 보내게 될 거라는 결론에 도달했다. 이는 불쾌할 정도로 자기파괴적인 생각이기도 하다. 지금 나의 주된 관심사는 내 가슴에서 느껴지는 통증이다.

• • •

추측건대 3일 만에 일기를 쓰는 것 같다. 5시경에 한기가 들더니 밤사이에 악화됐다. 경주용 자동차를 사서 내 딸보다 훨씬 어린 여자와 데이트하는 꿈을 꾸었다. 우리는 '300달러에 먹을 수 있는 모든 것'이란 간판을 내건 식당에서 만나기로 했다. 식당 밖으로 사람들이 많이 보였다. 그러다 잠에서 깨니 많은 눈이 내리고 있었고 이에 내가 스키를 결코 잘 타지 못했던 시절, 내가 달려들었던 스키 코스 중 가장 험난했던 스토의 슬로프를 간신히 내려왔던 일이 생각났다. 지금까지 난 스키 타기에 적당한 단 1인치의 눈이라도 이를 소중히 여기지 않으며 탔던 적이 한 번도 없다. 달리기에 적당한 단 1인치의 눈이라도 즐겁지 않은 마음으로 내달리지 않았던 적이 한 번도 없다. 그러자 이번에 내린 눈은 오랜 평생 처음으로 어떤 식으로든 스키를 탈 수 없는 바로 그 첫눈이라는 생각이 들었다. 난 스키나 썰매를 타지 못함은 물론 인도에 쌓인 눈도 치우지 못할 것이다. 커피를 마시는 동안 개들에게 이에 관한 얘기를 들려준바, 다음과 같은 의문이 들었던 이유는 아마 개들의 무덤덤한 반응 때문이었을 것이다. '대체 무엇이 나로 하여금 영원히 살 수 있다고 생각하게 만들었던가?'

• • •

변호사 몇 명이 내 유언과 세금 문제를 의논하러 왔다. 얘기를 나눠보니 피곤한 사람들은 아니었다. 치킨 수프를 한 그릇 먹은 후 잠에 들었다 깨어났을 때 몇 달 만에 처음으로 내 몸 상태가 최상으로 돌아왔음을 알게 됐다. 난 상쾌한 기분을 느낄 수 있는 행운을 누렸다. 이에 아내에게 1월 21일 2시 40분인 지금, 난 죽지 않을 것이라는 결론을 내렸다고 말해주었다. 이런 기분을 느낄 수 있어 매우 만족스럽고 깊이 감사하고픈 마음이다. 하지만 과도하게 만족해하는 것은 현명한 처사가 아니리라. 몸을 따뜻하게 하면서 〈브란덴부르크 협주곡〉을 들었고 이어 맛있게 저녁을 먹은 후 스턴, 펄먼, 주커만의 연주곡을 들었는데 몸 상태가 좋아서인지 음악을 듣는 동안 너무 행복했다. 잠을 충분히 잤지만 아침에 일어나니 활력은 어제에 비해 약간 떨어져 있다. 나는 연인을 기대하고 있으며 계속해서 그의 다양한 신체 부위를 생각하고 있다. 죽음에 거의 근접한 한 남자가 성욕을 전혀 잃지 않고 있는 모습을 관찰하는 것은 흥미로운 일이다. "그것이 발딱 서 있는 한 젊은이의 사진을 나무의 구부러진 곳에 걸어놓고 있는 노인을 난 알고 있소"라고 내가 말한다면 당신은 뭐라고 대꾸하겠는가? 물론 아무 말도 하지 않을 것이다. 그리고 밖으로 나가버릴 것이다. 하지만 정말이지 나로선 하고 싶은 말이 있으며 이를 한 싸구려 잡지에 털어놓을 생각이다.

• • •

그러나 이 손상된 배로 항해하는 지금, 난 항해일지에 기록할 만한 그 무엇도 갖고 있지 않은 듯하다. 그동안 내게 어느 정도 중요하다고 여겨지는 외설적인 행위들을 해왔지만 오늘 아침 생각해보니 지루하게만 여겨진다. 가끔 그 항해는 (원치 않는 음탕함이라 할) 부도덕한 지루함이라곤 전혀 없이 잔잔한 적도 있었다. 진정 내 건강이 많이 나아졌다는 생각이 든다.

• • •

점심을 먹은 후 모두들 잠깐 눈을 붙였다. 나로선 수면제를 복용함으로써 만족스러운 낮잠을 즐길 수 있었다. 우리는 다소 험한 산에 올랐고 난 정비소까지 메리를 태워다주기로 했다. 그 산에는 이번 달에만 두번째로 가는 셈이다. '헤어 스타일리스트'란 이름으로 문을 연 이발소들이 여기저기 보여서 메리가 그중 한 곳에 들러 내 머리를 깎아줄 수 있는지 물었다. 가격은 14달러였다. 난 12달러를 부르는 곳을 찾아냈으며 그곳이 마음에 들었다. "전에는 이발사였어요." 이발소 남자가 말했다. "제가 헤어 스타일리스트가 되기 전엔 말이죠." 어쨌든 그가 내 머리를 깎았다. 이발소에서 나오자마자 차를 몰고 폭스바겐 앞 유리창의 와이퍼를 수리해줄 정비소를 찾아 나섰다. 거동이 불편한 다리로 차에 오르고 내리는 일은 상당한 고역이었다. 두번째로 들른 정비소의 직원이 아주 신중하게 차를 살펴보더니 새로운 부품이 필요하다는 결론을 내렸다. 난 생각했다. 이 얼마나 감탄할 만한가, 이들은 차량 정비 분야에 얼마나 헌신적인가. 매력적으로 생긴 한 직원의 엉덩이를 힐끗 쳐다보던 나는 문득 궁금해졌다. '아아, 어쩌면 이것이 내 병과 관련 있진 않을까?'

• • •

오전에 나의 몸과 마음 전체가 매우 불안정한 상태에 휩싸였다. 난 커피를 마셨고 M에게는 달걀 두 개를 삶아주었다. 갑작스러운 죽음에 대한 우연한 환상(어느 날 트럭이 내 차의 옆구리를 들이박는 바람에 M을 남겨둔 채, 그리하여 어쨌든 내 지갑 속의 현금을 그에게 맡겨둔 채 죽게 될지 모른다는 환상)이 내 머릿속을 스쳐 지나갔지만, 이는 보통 술주정꾼이 의식을 잃기 바로 직전에 느끼는 천박하고도 값싼 감상주의와 별반 다르지 않다. 우리는 병원을 향해 출발했다. 떨어지는 잎들의 그림자에 이성理性을 의존하는 사람들의 얘기들을 그토록 많이 써왔으니 지금의 내 처지를 불평할 입장이 아니지 않은가 하고 생각했다. BMW 자동차에 관한 농담을 주고받는 동안 웃음이란 것이 거의 모든 종류의 부담감을 이겨내게 할 수 있음을 알게 됐다. 병원에 가니 딸이 도착해 있다. 딸이 내게 얼마나 큰 도움이 되는지는 이루 말할 수조차 없을 정도다. 딸과 M이 다소 힘거운 진찰을 버텨

낼 수 있도록 도왔다. 지난 석 달 동안 복용해온 약이 암세포를 막는 데 전혀 기여하지 못했음이 드러났고 이에 화요일에는 다른 치료를 시작할 예정이다. 우리는 차를 타고 집으로 왔다.

• • •

의사가 매우 좋지 않은 소식을 전해와 메리와 나는 서로 껴안고 울었다. 앞으로 타이핑을 할 수 없게 될지 모르지만 노력한다면 그 기계도 익숙하게 다룰 수 있지 않을까. 그런 날이 온다면 내 인생의 또다른 아침이 되리라.

• • •

코발트 치료*를 시작한 지 2주 하고도 3일이 지났다. 병원의 풍경들은 특히 내 인생과는 어울리지 않는다는 생각이 든다. 지팡이를 잡고 외래환자 대기실에서 늦은 오후까지 기다리는 저 할아버지나 할머니의 이야기를 써보면 어떨까. 천박한 음악이 지칠 줄 모르고 들려오는 대기실에서, (자신의 취향에 따라 벽에 걸어놓을 그림을 선택하고 모서리가 닳아 있는 잡지를 구독 신

---

* 금속 원소인 코발트를 이용한 치료법.

청하는) 여직원이 다른 용무 때문에 사라진 지 아주 오래된 대기실에서, 본인의 이름이나 번호가 불릴 때까지 그야말로 영원히 기다려야 하는 대기실에서 볼 수 있는 그 할아버지와 할머니들의 이야기를 말이다. 대도시를 밝히는 전기로 작동되는 아동용 의료기기가 있는 곳엔 꼬마용 장난감으로 가득한 세탁소 바구니도 있다. 이 모든 것들이 내 등장인물들 중 한 명이 반드시거쳐야 할 여행 중 일부라면 난 이에 대한 정보를 그야말로 아주많이 갖고 있다.

• • •

결혼식날이다. 페데리코가 전보를 잘 받았다며 제일 먼저 전화를 걸어왔고 난 당연히 아들과 얘기를 나눌 수 있어 기뻤다. 이어 예식이 끝나면 걸려올 가족들의 전화를 기다렸다. 지금 이글을 쓰는 동안 내 몸 상태가 최상은 아니다. 가족들이 전화를걸어왔다. 기쁘게도 메리는 계속 울고 있다. 이제 사람들은 와인을 마실 것이고 근사한 저녁식사가 시작될 것이다. 며느리를 시켜 내게 전화하도록 한 걸 보니 아들이 아주 많이 철들었다는 생각이 든다. M과 함께 저녁식사로 스테이크와 밝은 오렌지색 양파를 튀긴 요리, 그리고 그저 그런 드레싱을 입힌 샐러드를 먹은후 곧장 침대로 가 깊이 잠들었다. M과의 우정에 관해 말해보라고 한다면 우리는 함께 길을 가며 서로를 도와주는 여행자 같은 사이라고 흔쾌히 말하겠다. 정착된 삶이 아닌 여행 말이다. 여행 중에 그는 내가 처해 있는 악조건을 바로잡거나 장애물을 극복할 수 있도록 많은 도움을 준다.

• • •

저녁식사로 간 요리를 먹은 후 잠들었다가 새벽이 오기 전 어지럼증을 느끼며 잠에서 깼다. 난 메리보다 먼저 일어나 커피를 타고 또 쓰레기통을 언덕으로 치워놓아야겠다고 생각했다. 하지만 쓰레기통은 이미 언덕에 치워져 있었다. 월요일에는 병원으로 돌아가야만 한다. 의사가 일주일 예정으로 플로리다에 가게 되어 이렇듯 서둘게 됐다. 불평해봤자 아무 소용 없는 일이다.

• • •

오늘 아침에는 승리에 관한 이야기를 쓰고자 한다. 나는 과거 어느 큰 병원의 대기실에서 20~30명 정도의 사람들과 함께 우리의 다양한 장기癌들이 앞으로 처방받게 될 강한 약들을 과연 견딜 수 있는지, 혹은 치료 자체를 받을 수 있을 만큼 튼튼한지 알아보기 위해 기다리던 중이었다. 다른 병실들처럼 대기실의 벽들에도 그 같은 염려와 민감한 배려의 손길 아래 선택된 복제 그림들이 걸려 있었다. 호퍼, 르동, 그랜드마 모지스, 앤드루 와이어스의 그림들로, 거의 모든 이들에게 도움되는 뭔가를 담고 있는 그림들이었다. 테이블 위에는 흔히 볼 수 있는 잡지들이 놓여 있었는데, 그 주간지들을 보며 들었던 생각은 그것들이 가을에 땅으로 떨어지는 낙엽보다 부자연스러운 위치에 놓여 있는 것처럼 (다시 말해 더 빨리 사라지고 말 것처럼) 보인다는 점이었다. 잡지들의 표지에는 어제의 얼굴들이 실려 있었다. 그들 중 일부는 이미 잊히고 또 일부는 암살당해 여전히 영광의 자리를 차지하고 있던 이들은 몇 명 정도였다.

대기실의 약 20명에 이르는 각양각색의 사람들 중엔 평상복 차림도 있었으나 대부분 낡은 환자복을 입고 있었다. 또 사물함 열쇠를 분실하거나 훔치지 못하도록 각자 조잡한 형태의 나무 꼬리표가 달린 커다란 열쇠고리를 소지하고 있었다. 테이프에 녹음돼 대기실에 울려퍼지는 음악은 그저 진부할 뿐이었다. 그때 옷을 잘 차려입은 범상치 않은 외모의 한 여자가 대기실로 들어왔다. 평생을 살면서 느끼는 바이지만 옷을 잘 차려입은 잘생긴 여자들은 어떤 공통점들이 있는 듯하다. 그들의 몸가짐이나 헤어스타일, 옷 입는 요령, 모범에 가까운 흉내 불가능한 자연스러움 등이 그렇다. 여자는 이런 우리들의 시선을 한몸에 받았다. 그녀는 모여 있는 사람들에게 가볍고도 애매한 미소를 보내고는 코트와 모자를 벗었다. 드러난 그녀의 머리는 달걀처럼 민머리였다. 우리들 중 최소한 3분의 1 역시 그러했으나 그녀의 민머리가 주는 상실감은 미모로 인해 더욱 극대화됐다. 하지만 그 여자에게서 주목할 점은 민머리가 아니었다. 바로 얼굴에 드러난 절대적인 승리의 표정이었다. 그녀는 암에 감염됐지만 암을 혼쭐냈고 병원엔 그저 이를 확인하기 위해 들렀을 뿐이었던 것이다. 그녀의 얼굴에 드러난 표정, 암을 쫓아내고 질병이 초래할 죽음을 쫓아낸 그녀의 자태는 아름다웠다. 그녀가 우리보다 먼저 호명됐는데 여자는 확인차 들렀기 때문이라고 정중히 설명했다. 확인하는 데 걸린 시간은 아주 짧았다. "기다려주셔서 감사했습니다." 코트와 모자를 걸쳐 평소의 아름다움을 되찾은 그녀가 말했다. 승리에 찬 그 여인을 봤던 사실이 아마 나의 치료에 전환점이 될 것이다.

● ● ●

늘 열정적으로 백금 항암제를 언급했던 이는 T부인이었다. "이제 열흘 만에," 그녀가 입을 열었다. "나는 백금 치료를 받기 위해 병원으로 돌아갑니다." 잘은 몰라도 추측해보건대 그녀는 어디서 열차 관련 일을 하든, 채소를 다루든, 꽃을 보살피든 모든 일에 열정적일 것이다. "물론 난 백금에 대해 열정적이에요."

그녀가 들뜬 목소리로 말했다. "결국 백금이 내 생명을 구하고 있죠. 한때 내 생명을 위협했던 암세포들을 분리하고, 붕괴시키고, 파괴할 수 있는 것이 바로 백금이에요. 이런 경우 백금은 선의 힘이죠. 생명의 힘이에요. 아주 간단히 말해 제게 백금은 생과 사를 갈라놓는 것이라고 할 수 있답니다. 그래서 백금을 사랑하죠."

• • •

5일째 계속 상쾌한 기분이다. 이런 느낌은 앞으로도 계속되리라 생각하며 의사는 아마 지금 내게 필요한 것은 소량의 백금이라고 결론 내릴 것이다. 그러니까 6주에 1회 꼴로 말이다.

• • •

암세포가 줄어들었다는 새로운 소식을 들었고 이것이 여기에 몇 달 만에 적어보는 최고로 좋은 소식이다. 나의 이런저런 통증과 고통은 불치가 아닌 것으로 보이며 따라서 중요한 문제가 아니다. M이 아침 기차를 타고 오기로 했다. 그를 볼 수 있게 돼 몹시 기쁘다.

• • •

　'타임스'지를 읽지 않고 여기에 왔는데 그것은 매우 현명한 처사였다. 난 내 힘의 한계를 예측할 수 없으나 사실 그 힘은 한계를 지니고 있다. 의사는 암을 지금처럼 완화된 상태로 계속 유지할 수 있으리라 생각한다고 말했다. M이 왔고 그의 손을 잡는 것만으로도 질병의 고통이 완화된다. 사랑과 열린 마음이 지닌 치유의 힘을 묘사한 문학작품은 대단히 많다. 인간은 서로에게 사랑스럽다기보다 잔인한 존재이긴 하지만 M이 화학비료를 사러 나가고 없는 지금, 어쨌든 난 오후햇살을 받으며 대단히 만족스럽고 행복한 기분으로 이렇게 누워 있다. 그는 나를 위한 치유의 힘을 갖고 있다. 이에 대해서는 전혀 의심할 바가 없으며 또 어떤 종속성도 관련돼 있지 않다고 난 믿고 싶다.

• • •

　나는 세기世紀의 인간이라 불려도 무방할 듯싶다. 왜냐하면 (위험한 방출이 있을 수 있다는 이유로) 연방위원회에 의해 두 번이나 폐쇄된 바 있는 원자로 부근에 살고 있기 때문이다. 25년 전 한 친한 친구가 파주었던 우물의 식수는 그 향기와 달콤함을 잃어버렸고 대신 땅을 오염시킨 공해 물질과 부식된 화학 물질

냄새만 풍긴다. 나로 말할 것 같으면 심각한 골암骨癌을 앓고 있는데다 목발을 짚으며 다니고 있고 말이다. 하지만 내가 볼 때 이를 우리 시대의 탓으로 돌리는 것은 파괴적이며 수동적인 비관주의의 한 예가 아닐까 한다.

• • •

솔에게 보낸 편지에서 당신과 A도 (그리고 어쩌면 나도) 이미 알고 있지 않느냐고 쓴 것 같지만, 내 암을 치료할 수 있는 사람이 부쿠레슈티에 살고 있다는 소식을 들은 것은 바로 어제였다. 난 얼마나 어리석었던가. 그는 짧게 기른 회색 머리카락과 넓적하지만 씻지 않아 지저분한 복부를 갖고 있고, 건물의 꼭대기 부분이 여인상 기둥에 의해 떠받쳐져 있는 4층짜리 집에서 살고 있다 한다. 그 건물은 과거에 여자 경찰이었던 그의 어머니 소유라고 했다. 물론 입국은 힘들겠지만 내 친구의 사촌이 경찰이었던 그의 어머니에게서 취조받은 적이 있으므로 따라서 친구의 사촌이 그 의사와의 만남을 주선할 수 있는 누군가를 알고 있다. 이 모든 일은 비밀스럽게 진행돼야 한다. 왜냐하면 그는 마거릿 대처와 미테랑 대통령의 암을 치료한 적이 있음에도 불구하고 전국의사협회로부터 비난과 제재를 받은 적이 있기 때문이다.

• • •

　의사의 백금 처방 보류 결정을 난 축복이 아닌, 백금 치료가 효과적이지 않다는 사실을 의사가 인정한 것으로 판단하고 있다. 이 때문에 토요일 아침인 지금까지 매우 우울하다. 내 친구들, 나와 가장 가까운 친구들이 북돋워준 용기를 생각해보지만 내가 할 수 있는 최선은 친구들의 그런 노력에 감탄하는 것밖에 없는 듯하다. 몸을 따뜻하게 하고 이후의 일들을 생각해봐야겠다.

• • •

　자정이 되기 조금 전부터 아주 많은 눈이 내리기 시작했다. 지금은 4월 5일이다. 내일 아침이면 30~60센티미터 정도의 눈이 쌓일 것이다. 정확히 말해 눈사태라 불러야 할 정도다. 어렸을 때 폭풍에 즐거워했던 기억을 떠올리면서 계단과 자동차에 쌓인 눈을 털어냈다. 눈이 하도 빨리 내려 오후에만 세 번이나 눈을 치워야 했다. 눈은 다시 밤이 찾아올 무렵에야 그쳤다.

• • •

　아침에 잠에서 깼을 때 내 병은 과거가 되었다는 느낌을 받았다. 수 주 만에 처음으로 느껴보는 좋은 기분. 건강해졌다는 느낌과 더불어 난 똑똑하게도 내가 매우 건강했을 때도 극심한 우울증과 임의적이며 부적절한 발기, 그리고 기억상실증을 자주 겪었다는 사실 역시 떠올렸다. 어느 경우든 암이 치료됐다는 생각이 들었다. 그리고 아마도 그러할 것이다. 암을 정복했다는 생각에 행복한 마음으로 집 주변을 걸어다녔다. 빵이 필요해서 빵을 사기로 했다. 한 남자가 새로운 빵조각을 찾는 일보다 더 단순하고 보편적인 활동이 있을까? 계절에 맞지 않게 내렸던 눈은 모두 녹았고 공기 중에서는 수상하게도 낯선 향기가 묻어나왔다. 바로 죽음을 상징하는 향기가! 난 암을 정복하지 못했으며 오히려 더 악화됐을 뿐이다. 슈퍼마켓으로 갔지만 문이 닫혀 있다. 불이 꺼져 있고 배달트럭도 없으며 주차장 역시 가득 차 있지 않은 장면을 보고 있노라니 세상의 종말을 목격하는 기분이었다. 이 사회에서, 이 세계에서, 그리고 하루 중 바로 그 시간에 문이 닫혀 있는 슈퍼마켓을 발견하는 것은 엄청난 사건이 아닐 수 없다. 난 더 작고 허름한 슈퍼마켓으로 가면서 그 가게가 경쟁을 하느라 어쩔 수 없이 문을 열지 않았기를 희망했고 기쁘게도 그곳 역시 닫혀 있었다. 그렇다, 오늘은 주님이 부활하신 날인 것이다. 내가 새 빵을 구할 수 있었던 곳은 제과점이었다. 어째서 내게는 제과점이 한 마을의 심장으로 (그리고 때로는 영혼으로까지) 여겨지는 걸까! 로마 북쪽에 자리잡고 있던 어떤 작은 마을의 빵집이 생각났다. C와 함께 루마니아의 한 레스토랑에 갔을 때는 점심식사가 불가능하다는 말을 들었다. 빵이 아직 구워지지 않았던 것이다. 어떤 사람이 빵집에 있던 소녀들에게 미소를 보내며 기쁜 부활절이 되기를 기원했다.

• • •

지금 쓰고자 하는 것은 내가 해야만 하는 말들 중 가장 하고 싶지 않은 말로, 대탈출 사태가 바로 그것이다. 27일에 있을 연설에서 난 이렇게 말할 생각이다. 문학은 우리가 소유한 유일한 자각이며, 따라서 자각의 역할을 맡고 있는 문학은 원자력의 소름끼치는 위험성을 이해하는 데 우리가 실패하고 있음을 반드시 알려줘야 한다고 말이다. 문학은 지옥에 떨어진 자들의 구원이었다. 또 우리가 사랑하는 이들과 패배로 낙담한 자들에게 영감을 주면서 그들을 이끌어왔고 이런 경우에는 아마도 세상을 구할 수 있을 것이다.

• • •

부활 제2주일이다. 의사가 내게 암의 종식을 선언한 후 처음으로 교회에 나갔다. 난 외로움이 아니라 더 큰 겸손과 감사의 마음을 발견할 수 있길 희망하며 무릎을 꿇었다. 제단은 촛불로 환히 밝혀져 있다. 마치 황금처럼 촛불은 그 얼마나 밝게 빛나는 가! 봉헌 의식이 진행되는 동안 G는 으스대면서 꼿꼿이 서 있지만 이는 우리 교회의 예배의식에 어긋난다.

• • •

변명 같지만 아파서 수 주 동안 일기를 쓰지 못했다. M이 수화기를 잘못 놓아 월요일에 통화가 되지 않았다. 다른 사람을 고용하기 바로 직전에야 M에게서 전화가 왔다. 그가 많은 비를 뚫고 우리를 시내에 데려다줘서 매우 행복했다. 로커스트 클럽에서 연회가 열렸지만 특별히 중요한 모임은 아니었다. 한 프랑스 레스토랑에서 저녁식사를 했는데 손님들은 프랑스 요리를 잘 몰라 허둥대는 듯했다. 즐거운 모임이었다. 비가 내리는 가운데 집으로 돌아가는 길은 유쾌했다. M은 우리집에서 하룻밤을 보냈으며 난 그가 내 지붕 아래에서 잔다는 사실에 몹시 기뻤다. 오후 한나절에 우리는 다시 시내로 나갔고 내가 메달을 받을 때 온 가족이 함께 모였다. M이 또 우리를 데려다줬고 난 비가 내리지 않음을 아쉬워하면서 모두와 마지막 시간을 보냈다. M이 운전해줘서 너무 행복했다. 우리는 수요일에 다정한 인사를 나누며 헤어졌다. 금요일에는 R에게 방문해줄 것을 요청했다. 그는 유쾌한 젊은이로, 나로서는 인생을 살아가는 그의 방식이나 그가 사귀는 친구에 대해 전혀 모르고 상상도 가지 않는다. 육욕에 찬 뜨거운 열정 속에서 드라이브를 하던 R와 나는 점심을 먹기 전 어느 덤불 더미 앞에서 차를 멈췄다. 나를 찾아온 절정은 아주 만족스럽고 또 아주 중요했다. 함께 점심을 먹고 대화를 나눈 다음 R를 기차에 태워 보냈다. 하지만 열정이 너무 지나쳤는지 가슴에 심한 통증이 몰려왔다. 몹시 고통스러웠다. 월요일에 의사를 찾아갔지만 특별한 문제는 전혀 발견되지 않았다. 그러나 오늘 아침엔 숨쉬기가 힘들어져 이제부터 약간의 휴식을 취할 생각이다.

• • •

40년 만에 처음으로 일기에 전혀 신경쓰지 못했다. 나는 아프다. 이것이 내가 쓸 수 있는 유일한 메시지가 아닌가 한다. 오늘 아침에는 반드시 중개인을 부르고, 문구류를 주문하고, 손목시계를 고쳐야 한다. 이제 좀 누워야겠다.

• • •

2층에 있는 침대에 있다가 이 타자기 앞에 앉기 위해 올라왔다. 나로선 대단한 일이다. 지금까지 수년간 나를 이 자리에 앉게 했던 통제력, 혹은 내 성격에 무슨 일이 일어난 것인지 이해되지 않는다. 그저께 보았던 이른 새벽이 생각난다. 지금 아내는 위쪽 정원에서 뭔가를 심고 있다. 아내는 아마 이렇게 말할 것이다. "어두워지기 전까지 해놓아야 돼." 이슬비가 방울지며 가볍게 떨어진다. 이런 날씨, 그리고 이 시간에 뭔가를 심었던 일이 기억난다. 그게 무엇이었는지 생각나진 않지만 말이다. 아마 대황 아니면 토마토였을 것이다. 나는 옷을 벗고 침대로 갔으며 피곤이 극에 달해 마치 연인을 맞이하듯 서둘러 옷을 벗었다. 이처럼 심한 피로를 느꼈던 적은 결코 없다. 식사중에도 극도의 피곤함을 느꼈었다. 우리는 기차를 타고 떠나게 될 한 손님을 맞이했는데 나는 그가 몇 숟갈 만에 그의 디저트 접시를 비우는지 세기 시작했다. 그는 커피까지 마셨으나 다행히 작은 컵으로 마셨다. 그 커피조차 다 비우기 전에 나는 기차를 타야 하지 않느냐며 일어서라고 재촉했다. 식탁에서 자동차가 있는 곳까지 가려면 스물여덟 개의 계단을 걸어야 하며 그를 기차역에 내려놓은 다음에도 자동차에서 내 방까지 또 스물여덟 개의 계단을 걸어올라가야 한다. 그 방에서 난 옷을 벗어 바닥에 아무렇게나 내팽개친 다음 불을 끄고 침대 안으로 기어 들어간다.

편집자의 말

『뉴요커』지에 연재됐던 부분에 추가분을 더해 이 책을 구성하고 있는 '존 치버의 일기' 확장판은 내 추산에 의하면 약 300만~400만 개에 이르는 단어들 가운데 발췌됐다. 다시 말해 이 책에 실린 내용은 전체 일기 중 약 20%에 해당한다. 출판될 책에 어떤 내용을 포함시킬지 선택할 때 편집자인 나의 기본적인 욕구는, 당연한 말이지만, 그 광대한 분량의 일기를 대표할 수 있는 것들이어야 했다. 즉 치버가 날마다 또 해마다 써나갔던 그의 내면적인 삶을 충실히 기록하고 있고, 이 일기들이 쓰였던 약 35년에 걸친 갈등과 만족을 적절히 반영하며, 또 그가 어떤 식으로 일했는지 뭔가를 알려줄 수 있는 것들이어야 했다. 그의 집착에 관련된 일기는 주목할 필요가 있었으므로 이를 드러내는 듯한 부분

을 제외하고는 중복된 내용을 최소한도로 줄였다. 설명 또는 주
석이 요구되거나 그 자체로 완결성이 결여된 듯이 보이는 부분
도 제외됐다. (1940년대와 제2차세계대전 이전에 썼던 얼마 안
되는 분량의) 초창기 일기들은 그 강렬함과 질적인 면에서 이후
에 쓰인 일기보다 일관성이 상당히 결여돼 있는 듯했고 이에 나
는 1978년에 유명한 『존 치버 단편선집』을 펴낼 때 이 시기에
쓰인 작품들을 치버의 적극적인 동의 아래 생략했던 것과 마찬
가지로 이를 완전히 배제했다. 치버가 썼던 각 해마다의 일기장
에는 그다지 흥미롭지 않은 제목들이 다수 붙어 있었는데 너무
단편적이거나 혹은 애매해서 독자에게 많은 의미를 전달하기 힘
든 제목들도 있었다. (반면 당연히 포함시켜야겠다는 생각이 들
만큼 아름다움과 강한 힘을 지닌 구절들은 아주 많았다.)

　결국엔 출간될 것이라는 생각하에 쓰였다 해도 일기의 속성
상 미리 계획된 구체적인 형태라곤 전혀 없으므로 (일기는 그저
분량이 늘어날 뿐이다) 그처럼 방대한 양의 일기에서 무엇을 선
택할지 결정해야 하는 편집자라면 그가 누구든 출판될 재료에
일정한 형태를 부여하기 마련이다. 의심할 바 없이 다른 편집자
라면 나와 다른 선택을 하면서 상당히 다른 특색을 지닌, 그리고
어쩌면 다소 다른 강조점을 지닌 책을 만들었을 것이다. 하지만
어떤 시기에 쓰였든 치버의 일기는 그 주제와 톤에 상당한 일관
성을 유지하고 있으므로 다각적인 검토 끝에 치버의 일기 중 무

엇을 선택하더라도 그 형태와 강조점은 비록 다양할지 모르나 결국엔 같은 인생, 같은 재능을 드러내리라는 점을 나는 위안으로 삼았다. 결국 동일한 사람의 일기가 아닌가. 달리 말해 비록 나로선 출판 작업이 가능한 구조를 일기에 부여하고자 엄격하고 (내 생각에) 개인적인 선택을 할 수밖에 없었지만 치버의 일기에 담긴 본질적인 진실은 그와 같은 나의 개입에 저항했으리라 믿는다.

이전에 소설 세 편을 포함해 치버의 마지막 다섯 작품을 그와 함께 작업했던 적이 있었기에 실제 편집 과정은 보다 수월했으며 따라서 치버가 편집자나 교열담당자, 그리고 사실 관계를 확인하는 직원에게 어떤 종류의 도움을 기대했는지 난 아주 정확히 알고 있었다. 치버는 스펠링과 구두점, 그리고 문법 면에서 정확하지 못한 점이 있었으므로 이 분야에 관해 『뉴요커』지와 크노프 출판사의 도움을 받았다. 만약 치버가 이 책의 출판을 지켜볼 수 있을 때까지 살았더라면 내 동료들과 나는 아마 의도했던 바보다 일기 원문에 손을 덜 댔을 것이다. 왜냐하면 만약 치버가 우리가 제안한 변경 사항에 어떻게 반응할지 약간의 의구심이라도 갖고 있었다면 그런 제안을 하지 않았을 것이기 때문이다. 여기 수록된 개별 항목들은 쓰인 그대로 실었다. 다시 말해 수록된 구절 안에서는 어떤 내용도 삭제하지 않았다. (비록 몇 군데에 불과하지만 너무 거슬리는 부분, 즉 알아보기 불가능한 문구라든가 "D, S, 그리고 X와 굴 전문 요리점에서 점심을 먹었다" 같은 짧고 평범한 글들은 예외였다.) 각 일기들 사이의 여백은 긴 내용 중 제외한 글이 있음을 의미하거나 수일, 심지어 수 주가 경과했음을 뜻할 수도 있다. 하지만 그 공간들에 의해 분리된 각 구절은 수정을 가하지 않은 완벽한 원본 내용이다. 일기의 순서는 치버에 따랐지만 한 가지 예외는 있었다. 즉 서두에 나오는 일기는 수년 앞으로 당겨졌으며 이는 전체적으로 보아 일기에 관한 적절한 도입부라 판단했기 때문이다. 일기장 원본에는 인명 표기 방식에도 일관성이 없었다. 어떨 때는 원래의 이름 그대로, 어떨 때는 단순히 이니셜로만 쓰인 상태여서 가족과 명사들의 경우에는 원래 이름으로, 일반인일 경우에는 이니셜로 표기하기로 결정했다.

일기장 원본은 낱장을 떼어낼 수 있는 작은 공책에 쓴 것으로 한 권이 한 해의 일기를 담고 있으며 직접 손으로 쓴 경우도 물론 있으나 대개는 (서툴지만) 타자로 친 것들이다. 치버는 대부분의 일기에 일자를 표시하지 않았고 따라서 우리도 이를 생략했다. 이 책에는 매 페이지마다 언제 쓰인 일기인지 알 수 있도록 연도가 표시가 된바, 이는 원래 일기장의 표지를 토대로 한 것이지만 때론 추론에 의한 것도 있다. 이 책의 마지막 일기는 역시 치버가 쓴 일기의 마지막 부분이다. (1982년 6월 18일을 마지막으로 세상을 떠나기 불과 수일 전에 쓰인 일기다.)

존 치버의 세 자녀, 즉 수전과 벤저민과 페데리코는『뉴요커』에서 일기를 선별하는 데 지원과 승인을 아끼지 않았지만 그 책무는 온전히 나의 몫이었다. 그들은 심지어 자신들의 아버지가 일시적인 분노와 실망에 사로잡혀 그들을 언급하는 대목에 대해서도 지적하기를 대단히 삼갔다. 또한 이 책을 위해 추가분의 일기들을 내게 제공했는데 난 그 대부분을 전적으로 받아들였고 만약 기회가 있었다면 그것들 중 많은 부분을 발췌해 잡지에 추가로 실었을 것이다. 이 책을 만드는 일은 행복한 공동작업이었다. 혜안과 열정, 그리고 인내심을 보여줬던 동료들에게 감사한다.

로버트 고틀립

옮긴이의 말

치버의 일기는 놀랍다.

수상한 의도를 갖고 있지 않다면 누구든 일기장 앞에서는 그토록 솔직하고 가식 없는 사람이 되기에, 타인에게 차마 보일 수 있을까 싶은 지극히 사적인 사건과 생각이 담긴 그의 일기는 큰 놀라움으로 다가온다.

치버의 일기는 그의 작품을 이해하는 열쇠다.

일기 곳곳에서 치버가 출간했던 작품들과 관련된 소재, 스토리 구상, 습작, 궁리, 고민 들이 발견된다. 이러한 작품의 이면들은 『왑샷 가문 연대기』『불릿파크』『팔코너』등 그가 펴냈던 작품들을 보다 잘 이해할 수 있는 열쇠가 된다.

그의 일기는 우울하다.

가족에게서 느끼는 보람과 기쁨, 자연과 여행이 선사하는 환희, 극복에의 의지와 희망이 군데군데 보이긴 해도 성적 본능에 대한 깊은 회의와 절망, 작가로서의 재능에 대한 고민, 만족스럽지 못한 결혼생활에서 기인하는 철저한 외로움 등, 보통 사람이라면 생전은 물론 사후에라도 공개하기란 거의 시도조차 불가능해 보이는 그의 깊은 인간적 고뇌들은 읽는 이로 하여금 자신과 타인의 삶을 우울한 시선으로 돌아보게 한다.

그의 일기는 치료제다.

고통의 보편성이 과연 바람직한 것이냐 하는 윤리적 측면을 잠시 제쳐둔다면, 이 세상에서 상처 입은 사람은 오직 나뿐이라고 생각될 때 우리는 더욱 우울해지고 상처는 더욱 치명적이 된다.

"전에 수백 번이나 그랬듯이 나는 벌거벗은 채 식당으로 가서 어둠 속에 앉아 있었다."

우리는 탄식을 불러일으키는 치버의 모습에서 비범하며 행복해 보이는 이들조차 실상 하나 이상의 상처를 안고 있음을, 그리하여 내색하진 않아도 주변의 모든 이들 역시 크게 다르지 않을 것임을 짐작한다. 이에 우리는 이 책을 일종의 우울증치료제로 비치해둘 수 있게 되었다.

일기의 특성상 수시로 등장하는, 설명이 생략된 불친절한 단어들, 일정한 배열 규칙이라곤 없이 마구 뒤섞여 있는 실제 사건과 상상과 습작의 편린들, 그리고 극복하기 힘든 그네들과 우리의 문화적 간극. 고단한 작업의 연속이었고 늘 그렇듯 아쉬움이 남지만 이 책을 통해 누군가가 치버의 작품 세계를 보다 잘 이해하게 된다면, 무엇보다 누군가에게 조금이라도 위로가 될 수 있다면 더할 나위가 없겠다.

2016년 1월

박영원

지은이 **존 치버**
'교외의 체호프'라 불리며 20세기 미국 현대문학을 주도한 최고의 영미문학 작가. 주요 작품으로 『존 치버 단편선집』『불릿파크』『팔코너』『왑샷 가문 연대기』『왑샷 가문 몰락기』 등이 있고, 퓰리처상, 전미비평가협회상, 전미도서상 등 다수의 문학상을 수상했다.

옮긴이 **박영원**
고려대 영문학과를 졸업했으며, 현재 전문번역가로 활동중이다. 옮긴 책으로 『스포츠라이터』『달콤한 목요일』『열쇠 없는 집』『팔코너』 등이 있다.

존 치버의 일기

1판 1쇄 2016년 1월 29일
1판 3쇄 2020년 9월 11일

지은이 존 치버 | 옮긴이 박영원 | 펴낸이 염현숙
책임편집 이연실 | 편집 서현아 권혜림 고선향
디자인 윤종윤 최미영 | 저작권 한문숙 김지영 이영은
마케팅 정민호 이숙재 양서연 박지영 | 홍보 김희숙 김상만 지문희 김현지
제작 강신은 김동욱 임현식 | 제작처 한영문화사(인쇄) 경일제책사(제본)

펴낸곳 (주)문학동네
출판등록 1993년 10월 22일 제406-2003-000045호
주소 10881 경기도 파주시 회동길 210
전자우편 editor@munhak.com | 대표전화 031)955-8888 | 팩스 031)955-8855
문의전화 031)955-3578(마케팅) 031)955-2651(편집)
문학동네카페 http://cafe.naver.com/mhdn
문학동네트위터 http://twitter.com/munhakdongne
북클럽문학동네 http://bookclubmunhak.com

ISBN 978-89-546-3945-3 03840

잘못된 책은 구입하신 서점에서 교환해드립니다.
기타 교환 문의 031) 955-2661, 3580

www.munhak.com

존 치버 1912~1982
JOHN CHEEVER

존 치버의 편지

존 치버 지음 | 민은영 옮김

"이 책은 일반적인 의미의 서간집이라기보다 서신을 통해 드러난 한 인간의 초상화이다." 타고난 유머감각과 거침없는 솔직함을 바탕으로 쓴 편지들은 위대한 작가이자 삶을 사랑한 한 인간의 초상을 감동적으로 보여준다.

이 얼마나 천국 같은가

존 치버 장편소설 | 김승욱 옮김

존 치버의 유작. 완벽에 이르기 위해 끊임없이 노력하고 또 좌절했던 그가, 죽음을 목전에 두고 세상에 던진 메시지는 과연 무엇일까? 〈허핑턴포스트〉 선정 '최고의 마지막 문장'.

팔코너

존 치버 장편소설 | 박영원 옮김

안온한 일상 이면에서 균열하는 미국인의 삶을 날카로운 통찰력과 눈부신 언어로 그려낸 존 치버의 대표작. 〈타임〉 선정 20세기 영문학 100대 작품.

불릿파크

존 치버 장편소설 | 황보석 옮김

도무지 문제없어 보이는 내 삶이 왜 터지기 직전의 풍선처럼 불안하고 아슬아슬하게 느껴지는 걸까? 안정된 듯 위태로운 우리 삶을 거울처럼 비춘 현대인의 고독한 초상화.